*A mi madre, mi abuela y las otras
extraordinarias mujeres de esta historia.*

I. A.

¿Cuánto vive el hombre, por fin?
¿Vive mil años o uno sólo?
¿Vive una semana o varios siglos?
¿Por cuánto tiempo muere el hombre?
¿Qué quiere decir para siempre?

PABLO NERUDA

Capítulo Primero

ROSA, LA BELLA

Barrabás llegó a la familia por vía marítima, anotó la niña Clara con su delicada caligrafía. Ya entonces tenía el hábito de escribir las cosas importantes y más tarde, cuando se quedó muda, escribía también las trivialidades, sin sospechar que cincuenta años después, sus cuadernos me servirían para rescatar la memoria del pasado y para sobrevivir a mi propio espanto. El día que llegó Barrabás era Jueves Santo. Venía en una jaula indigna, cubierto de sus propios excrementos y orines, con una mirada extraviada de preso miserable e indefenso, pero ya se adivinaba —por el porte real de su cabeza y el tamaño de su esqueleto— el gigante legendario que llegó a ser. Aquél era un día aburrido y otoñal, que en nada presagiaba los acontecimientos que la niña escribió para que fueran recordados y que ocurrieron durante la misa de doce, en la parroquia de San Sebastián, a la cual asistió con toda su familia. En señal de duelo, los santos estaban tapados con trapos morados, que las beatas desempolvaban anualmente del ropero de la sacristía, y bajo las sábanas de luto, la corte celestial parecía un amasijo de muebles esperando la mudanza, sin que las velas, el incienso o los gemidos del órgano, pudieran contrarrestar ese lamentable

efecto. Se erguían amenazantes bultos oscuros en el lugar de los santos de cuerpo entero, con sus rostros idénticos de expresión constipada, sus elaboradas pelucas de cabello de muerto, sus rubíes, sus perlas, sus esmeraldas de vidrio pintado y sus vestuarios de nobles florentinos. El único favorecido con el luto era el patrono de la iglesia, San Sebastián, porque en Semana Santa le ahorraba a los fieles el espectáculo de su cuerpo torcido en una postura indecente, atravesado por media docena de flechas, chorreando sangre y lágrimas, como un homosexual sufriente, cuyas llagas, milagrosamente frescas gracias al pincel del padre Restrepo, hacían estremecer de asco a Clara.

Era ésa una larga semana de penitencia y de ayuno, no se jugaba baraja, no se tocaba música que incitara a la lujuria o al olvido, y se observaba, dentro de lo posible, la mayor tristeza y castidad, a pesar de que justamente en esos días, el aguijonazo del demonio tentaba con mayor insistencia la débil carne católica. El ayuno consistía en suaves pasteles de hojaldre, sabrosos guisos de verdura, esponjosas tortillas y grandes quesos traídos del campo, con los que las familias recordaban la Pasión del Señor, cuidándose de no probar ni el más pequeño trozo de carne o de pescado, bajo pena de excomunión, como insistía el padre Restrepo. Nadie se habría atrevido a desobedecerle. El sacerdote estaba provisto de un largo dedo incriminador para apuntar a los pecadores en público y una lengua entrenada para alborotar los sentimientos.

—¡Tú, ladrón que has robado el dinero del culto! —gritaba desde el púlpito señalando a un caballero que fingía afanarse en una pelusa de su solapa para no darle la cara—. ¡Tú, desvergonzada que te prostituyes en los muelles! —y acusaba a doña Ester Trueba, inválida debido a la artritis y beata de la Virgen del Carmen, que abría los ojos sorprendida, sin saber el significado de aquella palabra ni adónde quedaban los muelles—. ¡Arrepentíos, pecadores, inmunda carroña, indignos del sacrificio de Nuestro Señor! ¡Ayunad! ¡Haced penitencia!

Llevado por el entusiasmo de su celo vocacional, el sacerdote debía contenerse para no entrar en abierta desobediencia con las instrucciones de sus superiores eclesiásticos, sacudidos por vientos de modernismo, que se oponían al cilicio y a la flagelación. Él era partidario de vencer las debilidades del alma con una buena azotaina de la carne. Era famoso por su oratoria desenfrenada. Lo seguían sus fieles de parroquia en parroquia, sudaban oyéndolo describir los tormentos de los pecadores en el infierno, las carnes desgarradas por ingeniosas máquinas de tortura, los fuegos eternos, los garfios que traspasaban los miembros viriles, los asquerosos reptiles que se introducían por los orificios femeninos y otros múltiples suplicios que incorporaba en cada sermón para sembrar el terror de Dios. El mismo Satanás era

descrito hasta en sus más íntimas anomalías con el acento de Galicia
del sacerdote, cuya misión en este mundo era sacudir las conciencias
de los indolentes criollos.

Severo del Valle era ateo y masón, pero tenía ambiciones políticas
y no podía darse el lujo de faltar a la misa más concurrida cada domingo y fiesta de guardar, para que todos pudieran verlo. Su esposa Nívea
prefería entenderse con Dios sin intermediarios, tenía profunda desconfianza de las sotanas y se aburría con las descripciones del cielo, el purgatorio y el infierno, pero acompañaba a su marido en sus ambiciones
parlamentarias, en la esperanza de que si él ocupaba un puesto en el
Congreso, ella podría obtener el voto femenino, por el cual luchaba
desde hacía diez años, sin que sus numerosos embarazos lograran
desanimarla. Ese Jueves Santo el padre Restrepo había llevado a los
oyentes al límite de su resistencia con sus visiones apocalípticas y Nívea
empezó a sentir mareos. Se preguntó si no estaría nuevamente encinta.
A pesar de los lavados con vinagre y las esponjas con hiel, había dado
a luz quince hijos, de los cuales todavía quedaban once vivos, y tenía
razones para suponer que ya estaba acomodándose en la madurez, pues
su hija Clara, la menor, tenía diez años. Parecía que por fin había cedido
el ímpetu de su asombrosa fertilidad. Procuró atribuir su malestar al
momento del sermón del padre Restrepo cuando la apuntó para referir-
se a los fariseos que pretendían legalizar a los bastardos y al matrimonio civil, desarticulando a la familia, la patria, la propiedad y la Iglesia,
dando a las mujeres la misma posición que a los hombres, en abierto
desafío a la ley de Dios, que en ese aspecto era muy precisa. Nívea y
Severo ocupaban, con sus hijos, toda la tercera hilera de bancos. Clara
estaba sentada al lado de su madre y ésta le apretaba la mano con impaciencia cuando el discurso del sacerdote se extendía demasiado en los
pecados de la carne, porque sabía que eso inducía a la pequeña a visualizar aberraciones que iban más allá de la realidad, como era evidente
por las preguntas que hacía y que nadie sabía contestar. Clara era muy
precoz y tenía la desbordante imaginación que heredaron todas las mujeres de su familia por vía materna. La temperatura de la iglesia había
aumentado y el olor penetrante de los cirios, el incienso y la multitud
apiñada, contribuían a la fatiga de Nívea. Deseaba que la ceremonia terminara de una vez, para regresar a su fresca casa, a sentarse en el
corredor de los helechos y saborear la jarra de horchata que la Nana
preparaba los días de fiesta. Miró a sus hijos, los menores estaban cansados, rígidos en su ropa de domingo, y los mayores comenzaban a distraerse. Posó la vista en Rosa, la mayor de sus hijas vivas, y, como siempre, se sorprendió. Su extraña belleza tenía una cualidad perturbadora
de la cual ni ella escapaba, parecía fabricada de un material diferente al

de la raza humana. Nívea supo que no era de este mundo aun antes que naciera, porque la vio en sueños, por eso no le sorprendió que la comadrona diera un grito al verla. Al nacer, Rosa era blanca, lisa, sin arrugas, como una muñeca de loza, con el cabello verde y los ojos amarillos, la criatura más hermosa que había nacido en la tierra desde los tiempos del pecado original, como dijo la comadrona santiguándose. Desde el primer baño, la Nana le lavó el pelo con infusión de manzanilla, lo cual tuvo la virtud de mitigar el color, dándole una tonalidad de bronce viejo, y la ponía desnuda al sol, para fortalecer su piel, que era translúcida en las zonas más delicadas del vientre y de las axilas, donde se adivinaban las venas y la textura secreta de los músculos. Aquellos trucos de gitana, sin embargo, no fueron suficiente y muy pronto se corrió la voz de que les había nacido un ángel. Nívea esperó que las ingratas etapas del crecimiento otorgarían a su hija algunas imperfecciones, pero nada de eso ocurrió, por el contrario, a los dieciocho años Rosa no había engordado y no le habían salido granos, sino que se había acentuado su gracia marítima. El tono de su piel, con suaves reflejos azulados, y el de su cabello, la lentitud de sus movimientos y su carácter silencioso, evocaban a un habitante del agua. Tenía algo de pez y si hubiera tenido una cola escamada habría sido claramente una sirena, pero sus dos piernas la colocaban en un límite impreciso entre la criatura humana y el ser mitológico. A pesar de todo, la joven había hecho una vida casi normal, tenía un novio y algún día se casaría, con lo cual la responsabilidad de su hermosura pasaría a otras manos. Rosa inclinó la cabeza y un rayo se filtró por los vitrales góticos de la iglesia, dando un halo de luz a su perfil. Algunas personas se dieron vuelta para mirarla y cuchichearon, como a menudo ocurría a su paso, pero Rosa no parecía darse cuenta de nada, era inmune a la vanidad y ese día estaba más ausente que de costumbre, imaginando nuevas bestias para bordar en su mantel, mitad pájaro y mitad mamífero, cubiertas con plumas iridiscentes y provistas de cuernos y pezuñas, tan gordas y con alas tan breves, que desafiaban las leyes de la biología y de la aerodinámica. Rara vez pensaba en su novio, Esteban Trueba, no por falta de amor, sino a causa de su temperamento olvidadizo y porque dos años de separación son mucha ausencia. Él estaba trabajando en las minas del Norte. Le escribía metódicamente y a veces Rosa le contestaba enviando versos copiados y dibujos de flores en papel de pergamino con tinta china. A través de esa correspondencia, que Nívea violaba en forma regular, se enteró de los sobresaltos del oficio de minero, siempre amenazado por derrumbes, persiguiendo vetas escurridizas, pidiendo créditos a cuenta de la buena suerte, confiando en que aparecería un maravilloso filón de oro que le permi-

tiría hacer una rápida fortuna y regresar para llevar a Rosa del brazo al altar, convirtiéndose así en el hombre más feliz del universo, como decía siempre al final de las cartas. Rosa, sin embargo, no tenía prisa por casarse y casi había olvidado el único beso que intercambiaron al despedirse y tampoco podía recordar el color de los ojos de ese novio tenaz. Por influencia de las novelas románticas, que constituían su única lectura, le gustaba imaginarlo con botas de suela, la piel quemada por los vientos del desierto, escarbando la tierra en busca de tesoros de piratas, doblones españoles y joyas de los incas, y era inútil que Nívea tratara de convencerla de que las riquezas de las minas estaban metidas en las piedras, porque a Rosa le parecía imposible que Esteban Trueba recogiera toneladas de peñascos con la esperanza de que, al someterlos a inicuos procesos crematorios, escupieran un gramo de oro. Entretanto, lo aguardaba sin aburrirse, imperturbable en la gigantesca tarea que se había impuesto: bordar el mantel más grande del mundo. Comenzó con perros, gatos y mariposas, pero pronto la fantasía se apoderó de su labor y fue apareciendo un paraíso de bestias imposibles que nacían de su aguja ante los ojos preocupados de su padre. Severo consideraba que era tiempo de que su hija se sacudiera la modorra y pusiera los pies en la realidad, que aprendiera algunos oficios domésticos y se preparara para el matrimonio, pero Nívea no compartía esa inquietud. Ella prefería no atormentar a su hija con exigencias terrenales, pues presentía que Rosa era un ser celestial, que no estaba hecho para durar mucho tiempo en el tráfico grosero de este mundo, por eso la dejaba en paz con sus hilos de bordar y no objetaba aquel zoológico de pesadilla.

Una barba del corsé de Nívea se quebró y la punta se le clavó entre las costillas. Sintió que se ahogaba dentro del vestido de terciopelo azul, el cuello de encaje demasiado alto, las mangas muy estrechas, la cintura tan ajustada, que cuando se soltaba la faja pasaba media hora con retorcijones de barriga hasta que las tripas se le acomodaban en su posición normal. Lo habían discutido a menudo con sus amigas sufragistas y habían llegado a la conclusión que mientras las mujeres no se cortaran las faldas y el pelo y no se quitaran los refajos, daba igual que pudieran estudiar medicina o tuvieran derecho a voto, porque de ningún modo tendrían ánimo para hacerlo, pero ella misma no tenía valor para ser de las primeras en abandonar la moda. Notó que la voz de Galicia había dejado de martillarle el cerebro. Se encontraba en una de esas largas pausas del sermón que el cura, conocedor del efecto de un silencio incómodo, empleaba con frecuencia. Sus ojos ardientes aprovechaban esos momentos para recorrer a los feligreses uno por uno. Nívea soltó la mano de su hija Clara y buscó un pañuelo en su manga

para secarse una gota que le resbalaba por el cuello. El silencio se hizo denso, el tiempo pareció detenido en la iglesia, pero nadie se atrevió a toser o a acomodar la postura, para no atraer la atención del padre Restrepo. Sus últimas frases todavía vibraban entre las columnas.

Y en ese momento, como recordara años más tarde Nívea, en medio de la ansiedad y el silencio, se escuchó con toda nitidez la voz de su pequeña Clara.

—¡Pst! ¡Padre Restrepo! Si el cuento del infierno fuera pura mentira, nos chingamos todos...

El dedo índice del jesuita, que ya estaba en el aire para señalar nuevos suplicios, quedó suspendido como un pararrayos sobre su cabeza. La gente dejó de respirar y los que estaban cabeceando se reanimaron. Los esposos del Valle fueron los primeros en reaccionar al sentir que los invadía el pánico y al ver que sus hijos comenzaban a agitarse nerviosos. Severo comprendió que debía actuar antes que estallara la risa colectiva o se desencadenara algún cataclismo celestial. Tomó a su mujer del brazo y a Clara por el cuello y salió arrastrándolas a grandes zancadas, seguido por sus otros hijos, que se precipitaron en tropel hacia la puerta. Alcanzaron a salir antes que el sacerdote pudiera invocar un rayo que los convirtiera en estatuas de sal, pero desde el umbral escucharon su terrible voz de arcángel ofendido.

—¡Endemoniada! ¡Soberbia endemoniada!

Esas palabras del padre Restrepo permanecieron en la memoria de la familia con la gravedad de un diagnóstico y, en los años sucesivos, tuvieron ocasión de recordarlas a menudo. La única que no volvió a pensar en ellas fue la misma Clara, que se limitó a anotarlas en su diario y luego las olvidó. Sus padres, en cambio, no pudieron ignorarlas, a pesar de que estaban de acuerdo en que la posesión demoníaca y la soberbia eran dos pecados demasiado grandes para una niña tan pequeña. Temían a la maledicencia de la gente y al fanatismo del padre Restrepo. Hasta ese día, no habían puesto nombre a las excentricidades de su hija menor ni las habían relacionado con influencias satánicas. Las tomaban como una característica de la niña, como la cojera lo era de Luis o la belleza de Rosa. Los poderes mentales de Clara no molestaban a nadie y no producían mayor desorden; se manifestaban casi siempre en asuntos de poca importancia y en la estricta intimidad del hogar. Algunas veces, a la hora de comida, cuando estaban todos reunidos en el gran comedor de la casa, sentados en estricto orden de dignidad y gobierno, el salero comenzaba a vibrar y de pronto se desplazaba por la mesa entre las copas y platos, sin que mediara ninguna fuente de energía conocida ni truco de ilusionista. Nívea daba un tirón a las

trenzas de Clara y con ese sistema conseguía que su hija abandonara su distracción lunática y devolviera la normalidad al salero, que al punto recuperaba su inmovilidad. Los hermanos se habían organizado para que, en el caso de que hubiera visitas, el que estaba más cerca detenía de un manotazo lo que se estaba moviendo sobre la mesa, antes que los extraños se dieran cuenta y sufrieran un sobresalto. La familia continuaba comiendo sin comentarios. También se habían habituado a los presagios de la hermana menor. Ella anunciaba los temblores con alguna anticipación, lo que resultaba muy conveniente en ese país de catástrofes, porque daba tiempo de poner a salvo la vajilla y dejar al alcance de la mano las pantuflas para salir arrancando en la noche. A los seis años Clara predijo que el caballo iba a voltear a Luis, pero éste se negó a escucharla y desde entonces tenía una cadera desviada. Con el tiempo se le acortó la pierna izquierda y tuvo que usar un zapato especial con una gran plataforma que él mismo se fabricaba. En esa ocasión Nívea se inquietó, pero la Nana le devolvió la tranquilidad diciendo que hay muchos niños que vuelan como las moscas, que adivinan los sueños y hablan con las ánimas, pero a todos se les pasa cuando pierden la inocencia.

—Ninguno llega a grande en ese estado —explicó—. Espere que a la niña le venga la demostración y va a ver que se le quita la maña de andar moviendo los muebles y anunciando desgracias.

Clara era la preferida de la Nana. La había ayudado a nacer y ella era la única que comprendía realmente la naturaleza estrafalaria de la niña. Cuando Clara salió del vientre de su madre, la Nana la acunó, la lavó y desde ese instante amó desesperadamente a esa criatura frágil, con los pulmones llenos de flema, siempre al borde de perder el aliento y ponerse morada, que había tenido que revivir muchas veces con el calor de sus grandes pechos cuando le faltaba el aire, pues ella sabía que ése era el único remedio para el asma, mucho más efectivo que los jarabes aguardentosos del doctor Cuevas.

Ese Jueves Santo, Severo se paseaba por la sala preocupado por el escándalo que su hija había desatado en la misa. Argumentaba que sólo un fanático como el padre Restrepo podía creer en endemoniados en pleno siglo veinte, el siglo de las luces, de la ciencia y la técnica, en el cual el demonio había quedado definitivamente desprestigiado. Nívea lo interrumpió para decir que no era ése el punto. Lo grave era que si las proezas de su hija trascendían las paredes de la casa y el cura empezaba a indagar, todo el mundo iba a enterarse.

—Va a empezar a llegar la gente para mirarla como si fuera un fenómeno —dijo Nívea.

—Y el Partido Liberal se irá al carajo —agregó Severo, que veía el

daño que podía hacer a su carrera política tener una hechizada en la familia.

En eso estaban cuando llegó la Nana arrastrando sus alpargatas, con su frufrú de enaguas almidonadas, a anunciar que en el patio había unos hombres descargando a un muerto. Así era. Entraron en un carro con cuatro caballos, ocupando todo el primer patio, aplastando las camelias y ensuciando con bosta el reluciente empedrado, en un torbellino de polvo, un piafar de caballos y un maldecir de hombres supersticiosos que hacían gestos contra el mal de ojo. Traían el cadáver del tío Marcos con todo su equipaje. Dirigía aquel tumulto un hombrecillo melifluo, vestido de negro, con levita y un sombrero demasiado grande, que inició un discurso solemne para explicar las circunstancias del caso, pero fue brutalmente interrumpido por Nívea, que se lanzó sobre el polvoriento ataúd que contenía los restos de su hermano más querido. Nívea gritaba que abrieran la tapa, para verlo con sus propios ojos. Ya le había tocado enterrarlo en una ocasión anterior, y, por lo mismo, le cabía la duda de que tampoco esa vez fuera definitiva su muerte. Sus gritos atrajeron a la multitud de sirvientes de la casa y a todos los hijos, que acudieron corriendo al oír el nombre de su tío resonando con lamentos de duelo.

Hacía un par de años que Clara no veía a su tío Marcos, pero lo recordaba muy bien. Era la única imagen perfectamente nítida de su infancia y para evocarla no necesitaba consultar el daguerrotipo del salón, donde aparecía vestido de explorador, apoyado en una escopeta de dos cañones de modelo antiguo, con el pie derecho sobre el cuello de un tigre de Malasia, en la misma triunfante actitud que ella había observado en la Virgen del altar mayor, pisando el demonio vencido entre nubes de yeso y ángeles pálidos. A Clara le bastaba cerrar los ojos para ver a su tío en carne y hueso, curtido por las inclemencias de todos los climas del planeta, flaco, con unos bigotes de filibustero, entre los cuales asomaba su extraña sonrisa de dientes de tiburón. Parecía imposible que estuviera dentro de ese cajón negro al centro del patio.

En cada visita que hizo Marcos al hogar de su hermana Nívea, se quedó por varios meses, provocando el regocijo de los sobrinos, especialmente de Clara, y una tormenta en la que el orden doméstico perdía su horizonte. La casa se atochaba de baúles, animales embalsamados, lanzas de indios, bultos de marinero. Por todos lados la gente andaba tropezando con sus bártulos inauditos, aparecían bichos nunca vistos, que habían hecho el viaje desde tierras remotas, para terminar aplastados bajo la escoba implacable de la Nana en cualquier rincón de la casa. Los modales del tío Marcos eran

los de un caníbal, como decía Severo. Se pasaba la noche haciendo movimientos incomprensibles en la sala, que, más tarde se supo, eran ejercicios destinados a perfeccionar el control de la mente sobre el cuerpo y a mejorar la digestión. Hacía experimentos de alquimia en la cocina, llenando toda la casa con humaredas fétidas y arruinaba las ollas con substancias sólidas que no se podían desprender del fondo. Mientras los demás intentaban dormir, arrastraba sus maletas por los corredores, ensayaba sonidos agudos con instrumentos salvajes y enseñaba a hablar en español a un loro cuya lengua materna era de origen amazónico. En el día dormía en una hamaca que había tendido entre dos columnas del corredor, sin más abrigo que un taparrabos que ponía de pésimo humor a Severo, pero que Nívea disculpaba porque Marcos la había convencido de que así predicaba el Nazareno. Clara recordaba perfectamente, a pesar de que entonces era muy pequeña, la primera vez que su tío Marcos llegó a la casa de regreso de uno de sus viajes. Se instaló como si fuera a quedarse para siempre. Al poco tiempo, aburrido de presentarse en tertulias de señoritas donde la dueña de la casa tocaba el piano, jugar al naipe y eludir los apremios de todos sus parientes para que sentara cabeza y entrara a trabajar de ayudante en el bufete de abogados de Severo del Valle, se compró un organillo y salió a recorrer las calles, con la intención de seducir a su prima Antonieta y, de paso, alegrar al público con su música de manivela. La máquina no era más que un cajón roñoso provisto de ruedas, pero él la pintó con motivos marineros y le puso una falsa chimenea de barco. Quedó con aspecto de cocina a carbón. El organillo tocaba una marcha militar y un vals alternadamente y entre vuelta y vuelta de la manivela, el loro, que había aprendido el español, aunque todavía guardaba su acento extranjero, atraía a la concurrencia con gritos agudos. También sacaba con el pico unos papelitos de una caja para vender la suerte a los curiosos. Los papeles rosados, verdes y azules, eran tan ingeniosos, que siempre apuntaban a los más secretos deseos del cliente. Además de los papeles de la suerte, vendía pelotitas de aserrín para divertir a los niños y polvos contra la impotencia, que comerciaba a media voz con los transeúntes afectados por ese mal. La idea del organillo nació como un último y desesperado recurso para atraer a la prima Antonieta, después que le fallaron otras formas más convencionales de cortejarla. Pensó que ninguna mujer en su sano juicio podía permanecer impasible ante una serenata de organillo. Eso fue lo que hizo. Se colocó debajo de su ventana un atardecer, a tocar su marcha militar y su vals, en el momento en que ella tomaba el té con un grupo de amigas. Antonieta no se dio por aludida hasta que el loro comenzó a llamarla por su nombre de pila y entonces se asomó a la ventana. Su reacción no fue

la que esperaba su enamorado. Sus amigas se encargaron de repartir la
noticia por todos los salones de la ciudad y, al día siguiente, la gente
empezó a pasear por las calles céntricas en la esperanza de ver con sus
propios ojos al cuñado de Severo del Valle tocando el organillo y vendiendo pelotitas de aserrín con un loro apolillado, simplemente por el
placer de comprobar que también en las mejores familias había buenas
razones para avergonzarse. Ante el bochorno familiar, Marcos tuvo que
desistir del organillo y elegir métodos menos conspicuos para atraer
a la prima Antonieta, pero no renunció a asediarla. De todos modos, al
final no tuvo éxito, porque la joven se casó de la noche a la mañana con
un diplomático veinte años mayor, que se la llevó a vivir a un país
tropical cuyo nombre nadie pudo recordar, pero que sugería negritud,
bananas y palmeras, donde ella consiguió sobreponerse al recuerdo de
aquel pretendiente que arruinó sus diecisiete años con su marcha militar y su vals. Marcos se hundió en la depresión durante dos o tres días,
al cabo de los cuales anunció que jamás se casaría y que se iba a dar la
vuelta al mundo. Vendió el organillo a un ciego y dejó el loro como
herencia a Clara, pero la Nana lo envenenó secretamente con una sobredosis de aceite de hígado de bacalao, porque no podía soportar su
mirada lujuriosa, sus pulgas y sus gritos destemplados ofreciendo papelitos para la suerte, pelotas de aserrín y polvos para la impotencia.

Ése fue el viaje más largo de Marcos. Regresó con un cargamento
de enormes cajas que se almacenaron en el último patio, entre el gallinero y la bodega de la leña, hasta que terminó el invierno. Al despuntar
la primavera, las hizo trasladar al Parque de los Desfiles, un descampado enorme donde se juntaba el pueblo a ver marchar a los militares
durante las Fiestas Patrias, con el paso de ganso que habían copiado
de los prusianos. Al abrir las cajas, se vio que contenían piezas sueltas
de madera, metal y tela pintada. Marcos pasó dos semanas armando
las partes de acuerdo a las instrucciones de un manual en inglés, que
descifró con su invencible imaginación y un pequeño diccionario. Cuando el trabajo estuvo listo, resultó ser un pájaro de dimensiones prehistóricas, con un rostro de águila furiosa pintado en su parte delantera,
alas movibles y una hélice en el lomo. Causó conmoción. Las familias
de la oligarquía olvidaron el organillo y Marcos se convirtió en la novedad de la temporada. La gente hacía paseos los domingos para ir a ver
al pájaro y los vendedores de chucherías y fotógrafos ambulantes hicieron su agosto. Sin embargo, al poco tiempo comenzó a agotarse el
interés del público. Entonces Marcos anunció que apenas se despejara
el tiempo pensaba elevarse en el pájaro y cruzar la cordillera. La noticia se regó en pocas horas y se convirtió en el acontecimiento más co-
mentado del año. La máquina yacía con la panza asentada en tierra

firme, pesada y torpe, con más aspecto de pato herido, que de uno de esos modernos aeroplanos que empezaban a fabricarse en Norteamérica. Nada en su apariencia permitía suponer que podría moverse y mucho menos encumbrarse y atravesar las montañas nevadas. Los periodistas y curiosos acudieron en tropel. Marcos sonreía inmutable ante la avalancha de preguntas y posaba para los fotógrafos sin ofrecer ninguna explicación técnica o científica respecto a la forma en que pensaba realizar su empresa. Hubo gente que viajó de provincia para ver el espectáculo. Cuarenta años después, su sobrino nieto Nicolás, a quien Marcos no llegó a conocer, desenterró la iniciativa de volar que siempre estuvo presente en los hombres de su estirpe. Nicolás tuvo la idea de hacerlo con fines comerciales, en una salchicha gigantesca rellena con aire caliente, que llevaría impreso un aviso publicitario de bebidas gaseosas. Pero, en los tiempos en que Marcos anunció su viaje en aeroplano, nadie creía que ese invento pudiera servir para algo útil. Él lo hacía por espíritu aventurero. El día señalado para el vuelo amaneció nublado, pero había tanta expectación, que Marcos no quiso aplazar la fecha. Se presentó puntualmente en el sitio y no dio ni una mirada al cielo que se cubría de grises nubarrones. La muchedumbre atónita, llenó todas las calles adyacentes, se encaramó en los techos y los balcones de las casas próximas y se apretujó en el parque. Ninguna concentración política pudo reunir a tanta gente hasta medio siglo después, cuando el primer candidato marxista aspiraba, por medios totalmente democráticos, a ocupar el sillón de los Presidentes. Clara recordaría toda su vida ese día de fiesta. La gente se vistió de primavera, adelantándose un poco a la inauguración oficial de la temporada, los hombres con trajes de lino blanco y las damas con los sombreros de pajilla italiana que hicieron furor ese año. Desfilaron grupos de escolares con sus maestros, llevando flores para el héroe. Marcos recibía las flores y bromeaba diciendo que esperaran que se estrellara para llevarle flores al entierro. El obispo en persona, sin que nadie se lo pidiera, apareció con dos turiferarios a bendecir el pájaro y el orfeón de la gendarmería toco música alegre y sin pretensiones, para el gusto popular. La policía, a caballo y con lanzas, tuvo dificultad en mantener a la multitud alejada del centro del parque, donde estaba Marcos, vestido con una braga de mecánico, con grandes anteojos de automovilista y su cucalón de explorador. Para el vuelo llevaba, además, su brújula, un catalejo y unos extraños mapas de navegación aérea que él mismo había trazado basándose en las teorías de Leonardo da Vinci y en los conocimientos australes de los incas. Contra toda lógica, al segundo intento el pájaro se elevó sin contratiempos y hasta con cierta elegancia, entre los crujidos de su esqueleto y los estertores de su motor. Subió aleteando y se perdió en-

tre las nubes, despedido por una fanfarria de aplausos, silbatos, pañuelos, banderas, redobles musicales del orfeón y aspersiones de agua bendita. En tierra quedó el comentario de la maravillada concurrencia y de los hombres más instruidos, que intentaron dar una explicación razonable al milagro. Clara siguió mirando el cielo hasta mucho después que su tío se hizo invisible. Creyó divisarlo diez minutos más tarde, pero sólo era un gorrión pasajero. Después de tres días, la euforia provocada por el primer vuelo de aeroplano en el país, se desvaneció y nadie volvió a acordarse del episodio, excepto Clara, que oteaba incansablemente las alturas.

A la semana sin tener noticias del tío volador, se supuso que había subido hasta perderse en el espacio sideral y los más ignorantes especularon con la idea de que llegaría a la luna. Severo determinó, con una mezcla de tristeza y de alivio, que su cuñado se había caído con su máquina en algún resquicio de la cordillera, donde nunca sería encontrado. Nívea lloró desconsoladamente y prendió unas velas a San Antonio, patrono de las cosas perdidas. Severo se opuso a la idea de mandar a decir algunas misas, porque no creía en ese recurso para ganar el cielo y mucho menos para volver a la tierra, y sostenía que las misas y las mandas, así como las indulgencias y el tráfico de estampitas y escapularios, eran un negocio deshonesto. En vista de eso, Nívea y la Nana pusieron a todos los niños a rezar a escondidas el rosario durante nueve días. Mientras tanto, grupos de exploradores y andinistas voluntarios lo buscaron incansablemente por picos y quebradas de la cordillera, recorriendo uno por uno todos los vericuetos accesibles, hasta que por último regresaron triunfantes y entregaron a la familia los restos mortales en un negro y modesto féretro sellado. Enterraron al intrépido viajero en un funeral grandioso. Su muerte lo convirtió en un héroe y su nombre estuvo varios días en los titulares de todos los periódicos. La misma muchedumbre que se juntó para despedirlo el día que se elevó en el pájaro, desfiló frente a su ataúd. Toda la familia lo lloró como se merecía, menos Clara, que siguió escrutando el cielo con paciencia de astrónomo. Una semana después del sepelio, apareció en el umbral de la puerta de la casa de Nívea y Severo del Valle, el propio tío Marcos, de cuerpo presente, con una alegre sonrisa entre sus bigotes de pirata. Gracias a los rosarios clandestinos de las mujeres y los niños, como él mismo lo admitió, estaba vivo y en posesión de todas sus facultades, incluso la del buen humor. A pesar del noble origen de sus mapas aéreos, el vuelo había sido un fracaso, perdió el aeroplano y tuvo que regresar a pie, pero no traía ningún hueso roto y mantenía intacto su espíritu aventurero. Esto consolidó para siempre la devoción de la familia por San Antonio y no sirvió de escar-

miento a las generaciones futuras que también intentaron volar con diferentes medios. Legalmente, sin embargo, Marcos era un cadáver. Severo del Valle tuvo que poner todo su conocimiento de las leyes al servicio de devolver la vida y la condición de ciudadano a su cuñado. Al abrir el ataúd, delante de las autoridades correspondientes, se vio que habían enterrado una bolsa de arena. Este hecho manchó el prestigio, hasta entonces impoluto, de los exploradores y los andinistas voluntarios: desde ese día fueron considerados poco menos que malhechores.

La heroica resurrección de Marcos acabó por hacer olvidar a todo el mundo el asunto del organillo. Volvieron a invitarlo a todos los salones de la ciudad y, al menos por un tiempo, su nombre se reivindicó. Marcos vivió en la casa de su hermana por unos meses. Una noche se fue sin despedirse de nadie, dejando sus baúles, sus libros, sus armas, sus botas y todos sus bártulos. Severo, y hasta la misma Nívea, respiraron aliviados. Su última visita había durado demasiado. Pero Clara se sintió tan afectada, que pasó una semana caminando sonámbula y chupándose el dedo. La niña, que entonces tenía siete años, había aprendido a leer los libros de cuentos de su tío y estaba más cerca de él que ningún otro miembro de la familia, debido a sus habilidades adivinatorias. Marcos sostenía que la rara virtud de su sobrina podía ser una fuente de ingresos y una buena oportunidad para desarrollar su propia clarividencia. Tenía la teoría de que esta condición estaba presente en todos los seres humanos, especialmente en los de su familia, y que si no funcionaba con eficiencia era sólo por falta de entrenamiento. Compró en el Mercado Persa una bola de vidrio que, según él, tenía propiedades mágicas y venía de Oriente, pero más tarde se supo que era sólo un flotador de bote pesquero, la puso sobre un paño de terciopelo negro y anunció que podía ver la suerte, curar el mal de ojo, leer el pasado y mejorar la calidad de los sueños, todo por cinco centavos. Sus primeros clientes fueron las sirvientas del vecindario. Una de ellas había sido acusada de ladrona, porque su patrona había extraviado una sortija. La bola de vidrio indicó el lugar donde se encontraba la joya: había rodado debajo de un ropero. Al día siguiente había una cola en la puerta de la casa. Llegaron los cocheros, los comerciantes, los repartidores de leche y agua y más tarde aparecieron discretamente algunos empleados municipales y señoras distinguidas, que se deslizaban discretamente a lo largo de las paredes, procurando no ser reconocidas. La clientela era recibida por la Nana, que los ordenaba en la antesala y cobraba los honorarios. Este trabajo la mantenía ocupada casi todo el día y llegó a absorberla tanto, que descuidó sus labores en la cocina y la familia empezó a quejarse de que lo único que había para la cena eran porotos añejos y dulce de membrillo. Marcos arregló

la cochera con unos cortinajes raídos que alguna vez pertenecieron al salón, pero que el abandono y la vejez habían convertido en polvorientas hilachas. Allí atendía al público con Clara. Los dos adivinos vestían túnicas «del color de los hombres de la luz», como llamaba Marcos al amarillo. La Nana tiñó las túnicas con polvos de azafrán, haciéndolas hervir en la olla destinada al manjar blanco. Marcos llevaba, además de la túnica, un turbante amarrado en la cabeza y un amuleto egipcio colgando al cuello. Se había dejado crecer la barba y el pelo y estaba más delgado que nunca. Marcos y Clara resultaban totalmente convincentes, sobre todo porque la niña no necesitaba mirar la bola de vidrio para adivinar lo que cada uno quería oír. Lo soplaba al oído al tío Marcos, quien transmitía el mensaje al cliente e improvisaba los consejos que le parecían atinados. Así se propagó su fama, porque los que llegaban al consultorio alicaídos y tristes, salían llenos de esperanzas, los enamorados que no eran correspondidos obtenían orientación para cautivar el corazón indiferente y los pobres se llevaban infalibles martingalas para apostar en las carreras del canódromo. El negocio llegó a ser tan próspero, que la antesala estaba siempre atiborrada de gente y a la Nana empezaron a darle vahídos de tanto estar parada. En esa ocasión Severo no tuvo necesidad de intervenir para ponerle fin a la iniciativa empresarial de su cuñado, porque los dos adivinos, al darse cuenta de que sus aciertos podían modificar el destino de la clientela, que seguía al pie de la letra sus palabras, se atemorizaron y decidieron que ése era un oficio de tramposos. Abandonaron el oráculo de la cochera y se repartieron equitativamente las ganancias, aunque en realidad la única que estaba interesada en el aspecto material del negocio era la Nana.

De todos los hermanos del Valle, Clara era la que tenía más resistencia e interés para escuchar los cuentos de su tío. Podía repetir cada uno, sabía de memoria varias palabras en dialectos de indios extranjeros, conocía sus costumbres y podía describir la forma en que se atraviesan trozos de madera en los labios y en los lóbulos de las orejas, así como los ritos de iniciación y los nombres de las serpientes más venenosas y sus antídotos. Su tío era tan elocuente, que la niña podía sentir en su propia carne la quemante mordedura de las víboras, ver al reptil deslizarse sobre la alfombra entre las patas del arrimo de jacarandá y escuchar los gritos de las guacamayas entre las cortinas del salón. Se acordaba sin vacilaciones del recorrido de Lope de Aguirre en su búsqueda de El Dorado, de los nombres impronunciables de la flora y la fauna visitadas o inventadas por su tío maravilloso, sabía de los lamas que toman té salado con grasa de yac y podía describir con detalle a las opulentas nativas de la Polinesia, los arrozales de la China o

las blancas planicies de los países del Norte, donde el hielo eterno mata a las bestias y a los hombres que se distraen, petrificándolos en pocos minutos. Marcos tenía varios diarios de viaje donde escribía sus recorridos y sus impresiones así como una colección de mapas y de libros de cuentos, de aventuras y hasta de hadas, que guardaba dentro de sus baúles en el cuarto de los cachivaches, al fondo del tercer patio de la casa. De allí salieron para poblar los sueños de sus descendientes hasta que fueron quemados por error medio siglo más tarde, en una pira infame.

De su último viaje, Marcos regresó en un ataúd. Había muerto de una misteriosa peste africana que lo fue poniendo arrugado y amarillo como un pergamino. Al sentirse enfermo emprendió el viaje de vuelta con la esperanza de que los cuidados de su hermana y la sabiduría del doctor Cuevas le devolverían la salud y la juventud, pero no resistió los sesenta días de travesía en barco y a la altura de Guayaquil murió consumido por la fiebre y delirando sobre mujeres almizcladas y tesoros escondidos. El capitán del barco, un inglés de apellido Longfellow, estuvo a punto de lanzarlo al mar envuelto en una bandera, pero Marcos había hecho tantos amigos y enamorado a tantas mujeres a bordo del transatlántico, a pesar de su aspecto jibarizado y su delirio, que los pasajeros se lo impidieron y Longfellow tuvo que almacenarlo, junto a las verduras del cocinero chino, para preservarlo del calor y los mosquitos del trópico, hasta que el carpintero de a bordo le improvisó un cajón. En El Callao consiguieron un féretro apropiado y algunos días después el capitán, furioso por las molestias que ese pasajero le había causado a la Compañía de Navegación y a él personalmente, lo descargó sin miramientos en el muelle, extrañado de que nadie se presentara a reclamarlo ni a pagar los gastos extraordinarios. Más tarde se enteró de que el correo en esas latitudes no tenía la misma confiabilidad que en su lejana Inglaterra y que sus telegramas se volatilizaron por el camino. Afortunadamente para Longfellow, apareció un abogado de la aduana que conocía a la familia del Valle y ofreció hacerse cargo del asunto, metiendo a Marcos y su complejo equipaje en un coche de flete y llevándolo a la capital al único domicilio fijo que se le conocía: la casa de su hermana.

Para Clara ése habría sido uno de los momentos más dolorosos de su vida, si Barrabás no hubiera llegado mezclado con los bártulos de su tío. Ignorando la perturbación que reinaba en el patio, su instinto la condujo directamente al rincón donde habían tirado la jaula. Adentro estaba Barrabás. Era un montón de huesitos cubiertos con un pelaje de color indefinido, lleno de peladuras infectadas, un ojo cerrado y el otro supurando legañas, inmóvil como un cadáver en su

propia porquería. A pesar de su apariencia, la niña no tuvo dificultad en identificarlo.

—¡Un perrito! —chilló.

Se hizo cargo del animal. Lo sacó de la jaula, lo acunó en su pecho y con cuidados de misionera consiguió darle agua en el hocico hinchado y reseco. Nadie se había preocupado de alimentarlo desde que el capitán Longfellow, quien como todos los ingleses trataba mucho mejor a los animales que a los humanos, lo depositó con el equipaje en el muelle. Mientras el perro estuvo a bordo junto a su amo moribundo, el capitán lo alimentó con su propia mano y lo paseó por la cubierta, prodigándole todas las atenciones que le escatimó a Marcos, pero una vez en tierra firme, fue tratado como parte del equipaje. Clara se convirtió en una madre para el animal, sin que nadie le disputara ese dudoso privilegio, y consiguió reanimarlo. Un par de días más tarde, una vez que se calmó la tempestad de la llegada del cadáver y del entierro del tío Marcos, Severo se fijó en el bicho peludo que su hija llevaba en los brazos.

—¿Qué es eso? —preguntó.

—Barrabás —dijo Clara.

—Entrégueselo al jardinero, para que se deshaga de él. Puede contagiarnos alguna enfermedad —ordenó Severo.

Pero Clara lo había adoptado.

—Es mío, papá. Si me lo quita, le juro que dejo de respirar y me muero.

Se quedó en la casa. Al poco tiempo corría por todas partes devorándose los flecos de las cortinas, las alfombras y las patas de los muebles. Se recuperó de su agonía con gran rapidez y empezó a crecer. Al bañarlo se supo que era negro, de cabeza cuadrada, patas muy largas y pelo corto. La Nana sugirió mocharle la cola, para que pareciera perro fino, pero Clara agarró un berrinche que degeneró en ataque de asma y nadie volvió a mencionar el asunto. Barrabás se quedó con la cola entera y con el tiempo ésta llegó a tener el largo de un palo de golf, provista de movimientos incontrolables que barrían las porcelanas de las mesas y volcaban las lámparas. Era de raza desconocida. No tenía nada en común con los perros que vagabundeaban por la calle y mucho menos con las criaturas de pura raza que criaban algunas familias aristocráticas. El veterinario no supo decir cuál era su origen y Clara supuso que provenía de la China, porque gran parte del contenido del equipaje de su tío eran recuerdos de ese lejano país. Tenía una ilimitada capacidad de crecimiento. A los seis meses era del tamaño de una oveja y al año las proporciones de un potrillo. La familia, desesperada, se preguntaba hasta dónde crecería y comenzaron a dudar

de que fuera realmente un perro, especularon que podía tratarse de un animal exótico cazado por el tío explorador en alguna región remota del mundo y que tal vez en su estado primitivo era feroz. Nívea observaba sus pezuñas de cocodrilo y sus dientes afilados y su corazón de madre se estremecía pensando que la bestia podía arrancarle la cabeza a un adulto de un tarazcón y con mayor razón a cualquiera de sus niños. Pero Barrabás no daba muestras de ninguna ferocidad, por el contrario. Tenía los retozos de un gatito. Dormía abrazado a Clara, dentro de su cama, con la cabeza en el almohadón de plumas y tapado hasta el cuello porque era friolento, pero después, cuando ya no cabía en la cama, se tendía en el suelo a su lado, con su hocico de caballo apoyado en la mano de la niña. Nunca se lo vio ladrar ni gruñir. Era negro y silencioso como una pantera, le gustaban el jamón y las frutas confitadas y cada vez que había visitas y olvidaban encerrarlo, entraba sigilosamente al comedor y daba una vuelta a la mesa retirando con delicadeza sus bocadillos preferidos de los platos sin que ninguno de los comensales se atreviera a impedírselo. A pesar de su mansedumbre de doncella, Barrabás inspiraba terror. Los proveedores huían precipitadamente cuando se asomaba a la calle y en una oportunidad su presencia provocó pánico entre las mujeres que hacían fila frente al carretón que repartía la leche, espantando al percherón de tiro, que salió disparado en medio de un estropicio de cubos de leche desparramados en el empedrado. Severo tuvo que pagar todos los destrozos y ordenó que el perro fuera amarrado en el patio, pero Clara tuvo otra de sus pataletas y la decisión fue aplazada por tiempo indefinido. La fantasía popular y la ignorancia respecto a su raza, atribuyeron a Barrabás características mitológicas. Contaban que siguió creciendo y que si no hubiera puesto fin a su existencia la brutalidad de un carnicero, habría llegado a tener el tamaño de un camello. La gente lo creía una cruza de perro con yegua, suponían que podían aparecerle alas, cuernos y un aliento sulfuroso de dragón, como las bestias que bordaba Rosa en su interminable mantel. La Nana, harta de recoger porcelona rota y oír los chismes de que se convertía en lobo las noches de luna llena, usó con él el mismo sistema que con el loro, pero la sobredosis de aceite de hígado de bacalao no lo mató, sino que le provocó una cagantina de cuatro días que cubrió la casa de arriba abajo y que ella misma tuvo que limpiar.

Eran tiempos difíciles. Yo tenía entonces alrededor de veinticinco años, pero me parecía que me quedaba poca vida por delante para labrarme un futuro y tener la posición que deseaba. Trabajaba como

un animal y las pocas veces que me sentaba a descansar, obligado
por el tedio de algún domingo, sentía que estaba perdiendo momentos
preciosos y que cada minuto de ocio era un siglo más lejos de Rosa.
Vivía en la mina, en una casucha de tablas con techo de zinc, que me
fabriqué yo mismo con la ayuda de un par de peones. Era una sola
pieza cuadrada donde acomodé mis pertenencias, con un ventanuco en
cada pared, para que circulara el aire bochornoso del día, con postigos
para cerrarlos en la noche, cuando corría el viento glacial. Todo mi mobiliario consistía en una silla, un catre de campaña, una mesa rústica, una
máquina de escribir y una pesada caja fuerte que tuve que hacer llevar a
lomo de mula a través del desierto, donde guardaba los jornales de los
mineros, algunos documentos y una bolsita de lona donde brillaban los
pequeños trozos de oro que representaban el fruto de tanto esfuerzo. No
era cómoda, pero yo estaba acostumbrado a la incomodidad. Nunca me
había bañado en agua caliente y los recuerdos que tenía de mi niñez eran
de frío, soledad y un eterno vacío en el estómago. Allí comí, dormí y escribí durante dos años, sin más distracción que unos cuantos libros muchas
veces leídos, una ruma de periódicos atrasados, unos textos en inglés que
me sirvieron para aprender los rudimentos de esa magnífica lengua, y
una caja con llave donde guardaba la correspondencia que mantenía
con Rosa. Me había acostumbrado a escribirle a máquina, con una co-
pia que guardaba para mí y que ordenaba por fechas junto a las pocas
cartas que recibí de ella. Comía el mismo rancho que se cocinaba para
los mineros y tenía prohibido que circulara licor en la mina. Tampoco
lo tenía en mi casa, porque siempre he pensado que la soledad y el
aburrimiento terminan por convertir al hombre en alcohólico. Tal vez
el recuerdo de mi padre, con el cuello desabotonado, la corbata floja y
manchada, los ojos turbios y el aliento pesado, con un vaso en la mano,
hicieron de mí un abstemio. No tengo buena cabeza para el trago, me
emborracho con facilidad. Descubrí eso a los dieciséis años y nunca lo
he olvidado. Una vez me preguntó mi nieta cómo pude vivir tanto tiempo solo y tan lejos de la civilización. No lo sé. Pero en realidad debe
haber sido más fácil para mí que para otros, porque no soy una persona sociable, no tengo muchos amigos ni me gustan las fiestas o el
bochinche, por el contrario, me siento mejor solo. Me cuesta mucho
intimar con la gente. En aquella época todavía no había vivido con una
mujer, así es que tampoco podía echar de menos lo que no conocía. No
era enamoradizo, nunca lo he sido, soy de naturaleza fiel, a pesar de que
basta la sombra de un brazo, la curva de una cintura, el quiebre de
una rodilla femenina, para que me vengan ideas a la cabeza aún hoy,
cuando ya estoy tan viejo que al verme en el espejo no me reconozco.
Parezco un árbol torcido. No estoy tratando de justificar mis pecados

de juventud con el cuento de que no podía controlar el ímpetu de mis deseos, ni mucho menos. A esa edad yo estaba acostumbrado a la relación sin futuro con mujeres de vida ligera, puesto que no tenía posibilidad con otras. En mi generación hacíamos un distingo entre las mujeres decentes y las otras y también dividíamos a las decentes entre propias y ajenas. No había pensado en el amor antes de conocer a Rosa y el romanticismo me parecía peligroso e inútil y si alguna vez me gustó alguna jovencita, no me atreví a acercarme a ella por temor a ser rechazado y al ridículo. He sido muy orgulloso y por mi orgullo he sufrido más que otros.

Ha pasado mucho más de medio siglo, pero aún tengo grabado en la memoria el momento preciso en que Rosa, la bella, entró en mi vida, como un ángel distraído que al pasar me robó el alma. Iba con la Nana y otra criatura, probablemente alguna hermana menor. Creo que llevaba un vestido color lila, pero no estoy seguro, porque no tengo ojo para la ropa de mujer y porque era tan hermosa, que aunque llevara una capa de armiño, no habría podido fijarme sino en su rostro. Habitualmente no ando pendiente de las mujeres, pero habría tenido que ser tarado para no ver esa aparición que provocaba un tumulto a su paso y congestionaba el tráfico, con ese increíble pelo verde que le enmarcaba la cara como un sombrero de fantasía, su porte de hada y esa manera de moverse como si fuera volando. Pasó por delante de mí sin verme y penetró flotando a la confitería de la Plaza de Armas. Me quedé en la calle, estupefacto, mientras ella compraba caramelos de anís, eligiéndoles uno por uno, con su risa de cascabeles, echándose unos a la boca y dando otros a su hermana. No fui el único hipnotizado, en pocos minutos se formó un corrillo de hombres que atisbaban por la vitrina. Entonces reaccioné. No se me ocurrió que estaba muy lejos de ser el pretendiente ideal para aquella joven celestial, puesto que no tenía fortuna, distaba de ser buen mozo y tenía por delante un futuro incierto. ¡Y no la conocía! Pero estaba deslumbrado y decidí en ese mismo momento que era la única mujer digna de ser mi esposa y que si no podía tenerla, prefería el celibato. La seguí todo el camino de vuelta a su casa. Me subí en el mismo tranvía y me senté tras ella, sin poder quitar la vista de su nuca perfecta, su cuello redondo, sus hombros suaves acariciados por los rizos verdes que escapaban del peinado. No sentí el movimiento del tranvía, porque iba como en sueños. De pronto se deslizó por el pasillo, y al pasar por mi lado sus sorprendentes pupilas de oro se detuvieron un instante en las mías. Debí morir un poco. No podía respirar y se me detuvo el pulso. Cuando recuperé la compostura, tuve que saltar a la vereda, con riesgo de romperme algún hueso, y correr en dirección a la calle que ella había tomado. Adiviné donde

vivía al divisar una mancha color lila que se esfumaba tras un portón. Desde ese día monté guardia frente a su casa, paseando la cuadra como perro huacho, espiando, sobornando al jardinero, metiendo conversación a las sirvientas, hasta que conseguí hablar con la Nana y ella, santa mujer, se compadeció de mí y aceptó hacerle llegar los billetes de amor, las flores y las incontables cajas de caramelos de anís con que intenté ganar su corazón. También le enviaba acrósticos. No sé versificar, pero había un librero español que era un genio para la rima, donde mandaba a hacer poemas, canciones, cualquier cosa cuya materia prima fuera la tinta y el papel. Mi hermana Férula me ayudó a acercarme a la familia del Valle, descubriendo remotos parentescos entre nuestros apellidos y buscando la oportunidad de saludarnos a la salida de misa. Así fue como pude visitar a Rosa. El día que entré a su casa y la tuve al alcance de mi voz, no se me ocurrió nada para decirle. Me quedé mudo, con el sombrero en la mano y la boca abierta, hasta que sus padres, que conocían esos síntomas, me rescataron. No sé qué pudo ver Rosa en mí, ni por qué con el tiempo, me aceptó por esposo. Llegué a ser su novio oficial sin tener que realizar ninguna proeza sobrenatural, porque a pesar de su belleza inhumana y sus innumerables virtudes, Rosa no tenía pretendientes. Su madre me dio la explicación: dijo que ningún hombre se sentía lo bastante fuerte como para pasar la vida defendiendo a Rosa de las apetencias de los demás. Muchos la habían rondado, perdiendo la razón por ella, pero hasta que yo aparecí en el horizonte, no se había decidido nadie. Su belleza atemorizaba, por eso la admiraban de lejos, pero no se acercaban. Yo nunca pensé en eso, en realidad. Mi problema era que no tenía ni un peso, pero me sentía capaz, por la fuerza del amor, de convertirme en un hombre rico. Miré a mi alrededor buscando un camino rápido, dentro de los límites de la honestidad en que me habían educado, y vi que para triunfar necesitaba tener padrinos, estudios especiales o un capital. No era suficiente tener un apellido respetable. Supongo que si hubiera tenido dinero para empezar, habría apostado al naipe o a los caballos, pero como no era el caso, tuve que pensar en trabajar en algo que, aunque fuera arriesgado, pudiera darme fortuna. Las minas de oro y de plata eran el sueño de los aventureros: podían hundirlos en la miseria, matarlos de tuberculosis o convertirlos en hombres poderosos. Era cuestión de suerte. Obtuve la concesión de una mina en el Norte con la ayuda del prestigio del apellido de mi madre, que sirvió para que el Banco me diera una fianza. Me hice firme propósito de sacarle hasta el último gramo del precioso metal, aunque para ello tuviera que estrujar el cerro con mis propias manos y moler las rocas a patadas. Por Rosa estaba dispuesto a eso y mucho más.

A fines del otoño, cuando la familia se había tranquilizado respecto a las intenciones del padre Restrepo, quien tuvo que apaciguar su vocación de inquisidor después que el obispo en persona le advirtió que dejara en paz a la pequeña Clara del Valle, y cuando todos se habían resignado a la idea de que el tío Marcos estaba realmente muerto, comenzaron a concretarse los planes políticos de Severo. Había trabajado durante años con ese fin. Fue un triunfo para él cuando lo invitaron a presentarse como candidato del Partido Liberal en las elecciones parlamentarias, en representación de una provincia del Sur donde nunca había estado y tampoco podía ubicar fácilmente en el mapa. El Partido estaba muy necesitado de gente y Severo muy ansioso de ocupar un escaño en el Congreso, de modo que no tuvieron dificultad en convencer a los humildes electores del Sur, que nombraran a Severo como su candidato. La invitación fue apoyada por un cerdo asado, rosado y monumental, que fue enviado por los electores a la casa de la familia del Valle. Iba sobre una gran bandeja de madera, perfumado y brillante, con un perejil en el hocico y una zanahoria en el culo, reposando en un lecho de tomates. Tenía un costurón en la panza y adentro estaba relleno con perdices, que a su vez estaban rellenas con ciruelas. Llegó acompañado por una garrafa que contenía medio galón del mejor aguardiente del país. La idea de convertirse en diputado o, mejor aún, en senador, era un sueño largamente acariciado por Severo. Había ido llevando las cosas hasta esa meta con un minucioso trabajo de contactos, amistades, conciliábulos, apariciones públicas discretas pero eficaces, dinero y favores que hacía a las personas adecuadas en el momento preciso. Aquella provincia sureña, aunque remota y desconocida, era lo que estaba esperando.

Lo del cerdo fue un martes. El viernes, cuando ya del cerdo no quedaba más que los pellejos y los huesos que roía Barrabás en el patio, Clara anunció que habría otro muerto en la casa.

—Pero será un muerto por equivocación —dijo.

El sábado pasó mala noche y despertó gritando. La Nana le dio una infusión de tilo y nadie le hizo caso, porque estaban ocupados con los preparativos del viaje del padre al Sur y porque la bella Rosa amaneció con fiebre. Nívea ordenó que dejaran a Rosa en cama y el doctor Cuevas dijo que no era nada grave, que le dieran una limonada tibia bien azucarada, con un chorrillo de licor, para que sudara la calentura. Severo fue a ver a su hija y la encontró arrebolada y con los ojos brillantes, hundida en los encajes color mantequilla de sus sábanas. Le llevó de regalo un carnet de baile y autorizó a la Nana para abrir la ga-

rrafa de aguardiente y echarle a la limonada. Rosa se bebió la limonada, se arropó en su mantilla de lana y se durmió en seguida al lado de
Clara, con quien compartía la habitación.

En la mañana del domingo trágico, la Nana se levantó temprano,
como siempre. Antes de ir a misa fue a la cocina a preparar el desayuno
de la familia. La cocina a leña y carbón había quedado preparada desde el día anterior y ella encendió el fogón en el rescoldo de las brasas
aún tibias. Mientras calentaba el agua y hervía la leche, fue acomodan-
do los platos para llevarlos al comedor. Empezó a cocinar la avena, a
colar el café, tostar el pan. Arregló dos bandejas, una para Nívea, que
siempre tomaba su desayuno en la cama, y otra para Rosa, que por
estar enferma tenía derecho a lo mismo. Cubrió la bandeja de Rosa con
una servilleta de lino bordado por las monjas, para que no se enfriara
el café y no le entraran moscas, y se asomó al patio para ver que Barrabás no estuviera cerca. Tenía el prurito de asaltarla cuando ella pasaba
con el desayuno. Lo vio distraído jugando con una gallina y aprovechó
para salir en su largo viaje por los patios y los corredores, desde la
cocina, al fondo de la casa, hasta el cuarto de las niñas, al otro extremo
Frente a la puerta de Rosa vaciló, golpeada por la fuerza del presentimiento. Entró sin anunciarse a la habitación, como era su costumbre, y
al punto notó que olía a rosas, a pesar de que no era la época de esas
flores. Entonces la Nana supo que había ocurrido una desgracia irrepa-
rable. Depositó con cuidado la bandeja en la mesa de noche y caminó
lentamente hasta la ventana. Abrió las pesadas cortinas y el pálido sol
de la mañana entró en el cuarto. Se volvió acongojada y no le sorprendió ver sobre la cama a Rosa muerta, más bella que nunca, con el
pelo definitivamente verde, la piel del tono del marfil nuevo y sus ojos
amarillos como la miel, abiertos. A los pies de la cama estaba la pequeña Clara observando a su hermana. La Nana se arrodilló junto a la
cama, tomó la mano a Rosa y comenzó a rezar. Siguió rezando hasta
que se escuchó en toda la casa un terrible lamento de buque perdido.
Fue la primera y última vez que Barrabás sacó la voz. Aulló a la muerta
durante todo el día, hasta destrozarle los nervios a los habitantes de la
casa y a los vecinos, que acudieron atraídos por ese gemido de naufragio.

Al doctor Cuevas le bastó echar una mirada al cuerpo de Rosa, para
saber que la muerte se debió a algo mucho más grave que una fiebre
de morondanga. Comenzó a husmear por todos lados, inspeccionó la
cocina, pasó los dedos por las cacerolas, abrió los sacos de harina, las
bolsas de azúcar, las cajas de frutas secas, revolvió todo y dejó a su
paso un desparrame de huracán. Hurgó en los cajones de Rosa, interrogó a los sirvientes uno por uno, acosó a la Nana hasta que la puso fuera

de sí y finalmente sus pesquisas lo condujeron a la garrafa de aguardiente que requisó sin miramientos. No le comunicó a nadie sus dudas, pero se llevó la botella a su laboratorio. Tres horas después estaba de regreso con una expresión de horror que transformaba su rubicundo rostro de fauno en una máscara pálida que no le abandonó durante todo ese terrible asunto. Se dirigió a Severo, lo tomó de un brazo y lo llevó aparte.

—En ese aguardiente había suficiente veneno como para reventar a un toro —le dijo a boca de jarro—. Pero para estar seguro de que eso fue lo que mató a la niña, tengo que hacer una autopsia.

—¿Quiere decir que la va a abrir? —gimió Severo.

—No completamente. La cabeza no se la voy a tocar, sólo el sistema digestivo —explicó el doctor Cuevas.

Severo sufrió una fatiga.

A esa hora Nívea estaba agotada de llorar, pero cuando se enteró de que pensaban llevarse a su hija a la morgue, recuperó de golpe la energía. Sólo se calmó con el juramento de que se llevarían a Rosa directamente de la casa al Cementerio Católico. Entonces aceptó tomarse el láudano que le dio el médico y se durmió durante veinte horas.

Al anochecer, Severo dispuso los preparativos. Mandó a sus hijos a la cama y autorizó a los sirvientes para retirarse temprano. A Clara, que estaba demasiado impresionada por lo que había sucedido, le permitió pasar esa noche en el cuarto de otra hermana. Después que todas las luces se apagaron y la casa entró en reposo, llegó el ayudante del doctor Cuevas, un joven esmirriado y miope, que tartamudeaba al hablar. Ayudaron a Severo a transportar el cuerpo de Rosa a la cocina y lo colocaron con delicadeza sobre el mármol donde la Nana amasaba el pan y picaba las verduras. A pesar de la fortaleza de su carácter, Severo no pudo resistir el momento en que quitaron la camisa de dormir a su hija y apareció su esplendorosa desnudez de sirena. Salió trastabillando, borracho de dolor, y se desplomó en el salón llorando como una criatura. También el doctor Cuevas, que había visto nacer a Rosa y la conocía como la palma de su mano, tuvo un sobresalto al verla sin ropa. El joven ayudante, por su parte, comenzó a jadear de impresión y siguió jadeando en los años siguientes cada vez que recordaba la visión increíble de Rosa durmiendo desnuda sobre el mesón de la cocina, con su largo pelo cayendo como una cascada vegetal hasta el suelo.

Mientras ellos trabajaban en su terrible oficio, la Nana, aburrida de llorar y rezar, y presintiendo que algo extraño estaba ocurriendo en sus territorios del tercer patio, se levantó, se arropó con un chal y salió a recorrer la casa. Vio luz en la cocina, pero la puerta y los postigos de

las ventanas estaban cerrados. Siguió por los corredores silenciosos y helados, cruzando los tres cuerpos de la casa, hasta llegar al salón. Por la puerta entreabierta divisó a su patrón que se paseaba por la habitación con aire desolado. El fuego de la chimenea se había extinguido. La Nana entró.

—¿Dónde está la niña Rosa? —preguntó.

—El doctor Cuevas está con ella, Nana. Quédate aquí y tómate un trago conmigo —suplicó Severo.

La Nana se quedó de pie, con los brazos cruzados sujetando el chal contra su pecho. Severo le señaló el sofá y ella se aproximó con timidez. Se sentó a su lado. Era la primera vez que estaba tan cerca del patrón desde que vivía en su casa. Severo sirvió una copa de jerez para cada uno y se bebió la suya de un trago. Hundió la cabeza entre sus dedos, mesándose los cabellos y mascullando entredientes una incomprensible y triste letanía. La Nana, que estaba sentada rígidamente en la punta de la silla, se relajó al verlo llorar. Estiró su mano áspera y con un gesto automático le alisó el pelo con la misma caricia que durante veinte años había empleado para consolarle a los hijos. Él levantó la vista y observó el rostro sin edad, los pómulos indígenas, el moño negro, el amplio regazo donde había visto hipar y dormir a todos sus descendientes y sintió que esa mujer cálida y generosa como la tierra podía darle consuelo. Apoyó la frente en su falda, aspiró el suave olor de su delantal almidonado y rompió en sollozos como un niño, vertiendo todas las lágrimas que había aguantado en su vida de hombre. La Nana le rascó la espalda, le dio palmaditas de consuelo, le habló en la media lengua que empleaba para adormecer a los niños y le cantó en un susurro sus baladas campesinas, hasta que consiguió tranquilizarlo. Permanecieron sentados muy juntos, bebiendo jerez, llorando a intervalos y rememorando los tiempos dichosos en que Rosa corría por el jardín sorprendiendo a las mariposas con su belleza de fondo de mar.

En la cocina, el doctor Cuevas y su ayudante prepararon sus siniestros utensilios y sus frascos malolientes, se colocaron delantales de hule, se enrollaron las mangas y procedieron a hurgar en la intimidad de la bella Rosa, hasta comprobar, sin lugar a dudas, que la joven había ingerido una dosis superlativa de veneno para ratas.

—Esto estaba destinado a Severo —concluyó el doctor lavándose las manos en el fregadero.

El ayudante, demasiado emocionado por la hermosura de la muerta, no se resignaba a dejarla cosida como un saco y sugirió acomodarla un poco. Entonces se dieron ambos a la tarea de preservar el cuerpo con ungüentos y rellenarlo con emplastos de embalsamador. Trabajaron hasta las cuatro de la madrugada, hora en la que el doctor Cuevas

se declaró vencido por el cansancio y la tristeza y salió. En la cocina quedó Rosa en manos del ayudante, que la lavó con una esponja, quitándole las manchas de sangre, le colocó su camisa bordada para tapar el costurón que tenía desde la garganta hasta el sexo y le acomodó el cabello. Después limpió los vestigios de su trabajo.

El doctor Cuevas encontró en el salón a Severo acompañado por la Nana, ebrios de llanto y jerez.

—Está lista —dijo—. Vamos a arreglarla un poco para que la vea su madre.

Le explicó a Severo que sus sospechas eran fundadas y que en el estómago de su hija había encontrado la misma substancia mortal que en el aguardiente regalado. Entonces Severo se acordó de la predicción de Clara y perdió el resto de compostura que le quedaba, incapaz de resignarse a la idea de que su hija había muerto en su lugar. Se desplomó gimiendo que él era el culpable, por ambicioso y fanfarrón, que nadie lo había mandado a meterse en política, que estaba mucho mejor cuando era un sencillo abogado y padre de familia, que renunciaba en ese instante y para siempre a la maldita candidatura, al Partido Liberal, a sus pompas y sus obras, que esperaba que ninguno de sus descendientes volviera a mezclarse en política, que ese era un negocio de matarifes y bandidos, hasta que el doctor Cuevas se apiadó y terminó de emborracharlo. El jerez pudo más que la pena y la culpa. La Nana y el doctor se lo llevaron en vilo al dormitorio, lo desnudaron y lo metieron en su cama. Después fueron a la cocina, donde el ayudante estaba terminando de acomodar a Rosa.

Nívea y Severo del Valle despertaron tarde en la mañana siguiente. Los parientes habían decorado la casa para los ritos de la muerte, las cortinas estaban cerradas y adornadas con crespones negros y a lo largo de las paredes se alineaban las coronas de flores y su aroma dulzón llenaba el aire. Habían hecho una capilla ardiente en el comedor. Sobre la gran mesa, cubierta con un paño negro de flecos dorados, estaba el blanco ataúd con remaches de plata de Rosa. Doce cirios amarillos en candelabros de bronce, iluminaban a la joven con un difuso resplandor. La habían vestido con su traje de novia y puesto la corona de azahares de cera que guardaba para el día de su boda.

A mediodía comenzó el desfile de familiares, amigos y conocidos a dar el pésame y acompañar a los del Valle en su duelo. Se presentaron en la casa hasta sus más encarnizados enemigos políticos y a todos Severo del Valle los observó fijamente, procurando descubrir en cada par de ojos que veía, el secreto del asesino, pero en todos, incluso en el presidente del Partido Conservador, vio el mismo pesar y la misma inocencia.

Durante el velorio, los caballeros circulaban por los salones y corredores de la casa, comentando en voz baja sus asuntos de negocios. Guardaban respetuoso silencio cuando se aproximaba alguien de la familia. En el momento de entrar al comedor y acercarse al ataúd para dar una última mirada a Rosa, todos se estremecían, porque su belleza no había hecho más que aumentar en esas horas. Las señoras pasaban al salón, donde ordenaron las sillas de la casa formando un círculo. Allí había comodidad para llorar a gusto, desahogando con el buen pretexto de la muerte ajena, otras tristezas propias. El llanto era copioso, pero digno y callado. Algunas murmuraban oraciones en voz baja. Las empleadas de la casa circulaban por los salones y los corredores ofreciendo tazas de té, copas de coñac, pañuelos limpios para las mujeres, confites caseros y pequeñas compresas empapadas en amoníaco, para las señoras que sufrían mareos por el encierro, el olor de las velas y la pena. Todas las hermanas del Valle, menos Clara, que era todavía muy joven, estaban vestidas de negro riguroso, sentadas alrededor de su madre como una ronda de cuervos. Nívea, que había llorado todas sus lágrimas, se mantenía rígida sobre su silla, sin un suspiro, sin una palabra y sin el alivio del amoníaco porque le daba alergia. Los visitantes que llegaban, pasaban a darle el pésame. Algunos la besaban en ambas mejillas, otros la abrazaban estrechamente por unos segundos, pero ella parecía no reconocer ni a los más íntimos. Había visto morir a otros hijos en la primera infancia o al nacer, pero ninguno le produjo la sensación de pérdida que tenía en ese momento.

Cada hermano despidió a Rosa con un beso en su frente helada, menos Clara, que no quiso aproximarse al comedor. No insistieron, porque conocían su extrema sensibilidad y su tendencia a caminar sonámbula cuando se le alborotaba la imaginación. Se quedó en el jardín acurrucada al lado de Barrabás, negándose a comer o a participar en el velorio. Sólo la Nana se fijó en ella y trató de consolarla, pero Clara la rechazó.

A pesar de las precauciones que tomó Severo para acallar las murmuraciones, la muerte de Rosa fue un escándalo público. El doctor Cuevas ofreció, a quien quiso oírlo, la explicación perfectamente razonable de la muerte de la joven, debida, según él, a una neumonía fulminante. Pero se corrió la voz de que había sido envenenada por error, en vez de su padre. Los asesinatos políticos eran desconocidos en el país en esos tiempos y el veneno, en cualquier caso, era un recurso de mujerzuelas, algo desprestigiado y que no se usaba desde la época de la Colonia, porque incluso los crímenes pasionales se resolvían cara a cara. Se elevó un clamor de protesta por el atentado y antes que Severo

pudiera evitarlo, salió la noticia publicada en un periódico de la oposición, acusando veladamente a la oligarquía y añadiendo que los conservadores eran capaces hasta de eso, porque no podían perdonar a Severo del Valle que, a pesar de su clase social, se pasara al bando liberal. La policía trató de seguir la pista a la garrafa de aguardiente, pero lo único que se aclaró fue que no tenía el mismo origen que el cerdo relleno con perdices y que los electores del Sur no tenían nada que ver en el asunto. La misteriosa garrafa fue encontrada por casualidad en la puerta de servicio de la casa del Valle el mismo día y a la misma hora de la llegada del cerdo asado. La cocinera supuso que era parte del mismo regalo. Ni el celo de la policía, ni las pesquisas que realizó Severo por su cuenta a través de un detective privado, pudieron descubrir a los asesinos y la sombra de esa venganza pendiente ha quedado presente en las generaciones posteriores. Ése fue el primero de muchos actos de violencia que marcaron el destino de la familia.

Me acuerdo perfectamente. Ése había sido un día muy feliz para mí, porque había aparecido una nueva veta, la gorda y maravillosa veta que había perseguido durante todo ese tiempo de sacrificio, de ausencia y de espera, y que podría representar la riqueza que yo deseaba. Estaba seguro que en seis meses tendría suficiente dinero para casarme y en un año podría empezar a considerarme un hombre rico. Tuve mucha suerte porque, en el negocio de las minas, eran más los que se arruinaban que los que triunfaban, como estaba diciendo, escribiendo, a Rosa esa tarde, tan eufórico, tan impaciente, que se me trababan los dedos en la vieja máquina y me salían las palabras pegadas. En eso estaba cuando oí los golpes en la puerta que me cortaron la inspiración para siempre. Era un arriero con un par de mulas, que traía un telegrama del pueblo, enviado por mi hermana Férula, anunciándome la muerte de Rosa.

Tuve que leer el trozo de papel tres veces hasta comprender la magnitud de mi desolación. La única idea que no se me había ocurrido era que Rosa fuese mortal. Sufrí mucho pensando que ella, aburrida de esperarme, decidiera casarse con otro, o que nunca aparecería el maldito filón que pusiera una fortuna en mis manos, o que se desmoronara la mina aplastándome como una cucaracha. Contemplé todas esas posibilidades y algunas más, pero nunca la muerte de Rosa, a pesar de mi proverbial pesimismo, que me hace siempre esperar lo peor. Sentí que sin Rosa la vida no tenía significado para mí. Me desinflé por dentro, como un globo pinchado, se me fue todo el entusiasmo. Me quedé sentado en la silla mirando el desierto por la ventana, quién

sabe por cuánto rato, hasta que lentamente me volvió el alma al cuerpo. Mi primera reacción fue de ira. Arremetí a golpes contra los débiles tabiques de madera de la casa hasta que me sangraron los nudillos, rompí en mil pedazos las cartas, los dibujos de Rosa y las copias de las cartas mías que había guardado, metí apresuradamente en mis maletas mi ropa, mis papeles y la bolsita de lona donde estaba el oro y luego fui a buscar al capataz para entregarle los jornales de los trabajadores y las llaves de la bodega. El arriero se ofreció para acompañarme hasta el tren. Tuvimos que viajar una buena parte de la noche a lomo de las bestias, con mantas de Castilla como único abrigo contra la camanchaca, avanzando con lentitud en aquellas interminables soledades donde sólo el instinto de mi guía garantizaba que llegaríamos a destino, porque no había ningún punto de referencia. La noche estaba clara y estrellada, sentía el frío traspasándome los huesos, agarrotándome las manos, metiéndoseme en el alma. Iba pensando en Rosa y deseando con una vehemencia irracional que no fuera verdad su muerte, pidiendo al cielo con desesperación que todo fuera un error o que, reanimada por la fuerza de mi amor, recuperara la vida y se levantara de su lecho de muerte, como Lázaro. Iba llorando por dentro, hundido en mi pena y en el hielo de la noche, escupiendo blasfemias contra la mula que andaba tan despacio, contra Férula, portadora de desgracias, contra Rosa por haberse muerto y contra Dios por haberlo permitido, hasta que empezó a aclarar el horizonte y vi desaparecer las estrellas y surgir los primeros colores del alba, tiñendo de rojo y naranja el paisaje del Norte y, con la luz, me volvió algo de cordura. Empecé a resignarme a mi desgracia y a pedir, no ya que resucitara, sino tan sólo que yo alcanzara a llegar a tiempo para verla antes que la enterraran. Apuramos el tranco y una hora más tarde el arriero se despidió de mí en la minúscula estación por donde pasaba el tren de trocha angosta que unía al mundo civilizado con ese desierto donde pasé dos años.

Viajé más de treinta horas sin detenerme ni para comer, olvidado hasta de la sed, pero conseguí llegar a la casa de la familia del Valle antes del funeral. Dicen que entré a la casa cubierto de polvo, sin sombrero, sucio y barbudo, sediento y furioso, preguntando a gritos por mi novia. La pequeña Clara, que entonces era apenas una niña flaca y fea, me salió al encuentro cuando entré al patio, me tomó de la mano y me condujo en silencio al comedor. Allí estaba Rosa entre blancos pliegues de raso blanco en su blanco ataúd, que a los tres días de fallecida se conservaba intacta y era mil veces más bella de lo que yo recordaba, porque Rosa en la muerte se había transformado sutilmente en la sirena que siempre fue en secreto.

—¡Maldita sea! ¡Se me fue de las manos! —dicen que dije, grité, cayendo de rodillas a su lado, escandalizando a los deudos, porque no podía nadie comprender mi frustración por haber pasado dos años rascando la tierra para hacerme rico, con el único propósito de llevar algún día a esa joven al altar y la muerte me la había birlado.

Momentos después llegó la carroza, un coche enorme, negro y reluciente, tirado por seis corceles empenachados, como se usaba entonces, y conducida por dos cocheros de librea. Salió de la casa a media tarde, bajo una tenue llovizna, seguida por una procesión de coches que llevaban a los parientes, a los amigos y a las coronas de flores. Por costumbre, las mujeres y los niños no asistían a los entierros, ése era un oficio de hombres, pero Clara consiguió mezclarse a última hora con el cortejo, para acompañar a su hermana Rosa. Sentí su manita enguantada aferrada a la mía y durante todo el trayecto la tuve a mi lado, pequeña sombra silenciosa que removía una ternura desconocida en mi alma. En ese momento yo tampoco me di cuenta que Clara no había dicho ni una palabra en dos días y pasarían tres más antes de que la familia se alarmara por su silencio.

Severo del Valle y sus hijos mayores llevaron en andas el ataúd blanco con remaches de plata de Rosa y ellos mismos lo colocaron en el nicho abierto del mausoleo. Iban de luto, silenciosos y sin lágrimas, como corresponde a las normas de tristeza en un país habituado a la dignidad del dolor. Después que se cerraron las rejas de la tumba y se retiraron los deudos, los amigos y los sepultureros, me quedé allí, parado entre las flores que escaparon a las comilonas de Barrabás y acompañaron a Rosa al cementerio. Debo haber parecido un oscuro pájaro de invierno, con el faldón de la chaqueta bailando en la brisa, alto y flaco, como era yo entonces, antes que se cumpliera la maldición de Férula y empezara a achicarme. El cielo estaba gris y amenazaba lluvia, supongo que hacía frío, pero creo que no lo sentía, porque la rabia me estaba consumiendo. No podía despegar los ojos del pequeño rectángulo de mármol donde habían grabado el nombre de Rosa, la bella, y las fechas que limitaban su corto paso por este mundo, con altas letras góticas. Pensaba que había perdido dos años soñando con Rosa, trabajando para Rosa, escribiendo a Rosa, deseando a Rosa y que al final ni siquiera tendría el consuelo de ser enterrado a su lado. Medité en los años que me faltaban por vivir y llegué a la conclusión de que sin ella no valían la pena, porque nunca encontraría, en todo el universo, otra mujer con su pelo verde y su hermosura marina. Si me hubieran dicho que iba a vivir más de noventa años, me habría pegado un balazo.

No oí los pasos del guardián del cementerio que se me acercó por

detrás. Por eso me sorprendí cuando me tocó el hombro.

—¿Cómo se atreve a tocarme? —rugí.

Retrocedió asustado, pobre hombre. Algunas gotas de lluvia mojaron tristemente las flores de los muertos.

—Disculpe, caballero, son las seis y tengo que cerrar —creo que me dijo.

Trató de explicarme que el reglamento prohibía a las personas ajenas al personal permanecer en el recinto después de la puesta del sol, pero no lo dejé terminar, puse unos billetes en su mano y lo empujé para que se fuera y me dejara en paz. Lo vi alejarse mirándome por encima del hombro. Debe haber pensado que yo era un loco, uno de esos dementes necrofílicos que a veces rondan los cementerios.

Fue una larga noche, tal vez la más larga de mi vida. La pasé sentado junto a la tumba de Rosa, hablando con ella, acompañándola en la primera parte de su viaje al Más Allá, cuando es más difícil desprenderse de la tierra y se necesita el amor de los que quedan vivos, para irse al menos con el consuelo de haber sembrado algo en el corazón ajeno. Recordaba su rostro perfecto y maldecía mi suerte. Reproché a Rosa los años que pasé metido en un hoyo en la mina, soñando con ella. No le dije que no había visto más mujeres, en todo ese tiempo, que unas miserables prostitutas envejecidas y gastadas, que servían a todo el campamento con más buena voluntad que mérito. Pero sí le dije que había vivido entre hombres toscos y sin ley, comiendo garbanzos y bebiendo agua verde, lejos de la civilización, pensando en ella noche y día, llevando en el alma su imagen como un estandarte que me daba fuerzas para seguir picoteando la montaña, aunque se perdiera la veta, enfermo del estómago la mayor parte del año, helado de frío en las noches y alucinado por el calor del día, todo eso con el único fin de casarme con ella, pero va y se me muere a traición, antes que pudiera cumplir mis sueños, dejándome una incurable desolación. Le dije que se había burlado de mí, le saqué la cuenta de que nunca habíamos estado completamente solos, que la había podido besar una sola vez. Había tenido que tejer el amor con recuerdos y deseos apremiantes, pero imposibles de satisfacer, con cartas atrasadas y desteñidas que no podían reflejar la pasión de mis sentimientos ni el dolor de su ausencia, porque no tengo facilidad para el género epistolar y mucho menos para escribir sobre mis emociones. Le dije que esos años en la mina eran una irremediable pérdida, que si yo hubiera sabido que iba a durar tan poco en este mundo, habría robado el dinero necesario para casarme con ella y construir un palacio alhajado con tesoros del fondo del mar: corales, perlas, nácar, donde la habría mantenido secuestrada y donde sólo yo tuviera acceso. La habría amado ininterrumpidamente

por un tiempo casi infinito, porque estaba seguro que si hubiera estado conmigo, no habría bebido el veneno destinado a su padre y habría durado mil años. Le hablé de las caricias que le tenía reservadas, los regalos con que iba a sorprenderla, la forma como la hubiera enamorado y hecho feliz. Le dije, en resumen, todas las locuras que nunca le hubiera dicho si pudiera oírme y que nunca he vuelto a decir a ninguna mujer.

Esa noche creí que había perdido para siempre la capacidad de enamorarme, que nunca más podría reírme ni perseguir una ilusión. Pero nunca más es mucho tiempo. Así he podido comprobarlo en esta larga vida.

Tuve la visión de la rabia creciendo dentro de mí como un tumor maligno, ensuciando las mejores horas de mi existencia, incapacitándome para la ternura o la clemencia. Pero, por encima de la confusión y la ira, el sentimiento más fuerte que recuerdo haber tenido esa noche, fue el deseo frustrado, porque jamás podría cumplir el anhelo de recorrer a Rosa con las manos, de penetrar sus secretos, de soltar el verde manantial de su cabello y hundirme en sus aguas más profundas. Evoqué con desesperación la última imagen que tenía de ella, recortada entre los pliegues de raso de su ataúd virginal, con sus azahares de novia coronando su cabeza y un rosario entre los dedos. No sabía que así mismo, con los azahares y el rosario, volvería a verla por un instante fugaz muchos años más tarde.

Con las primeras luces del amanecer volvió el guardián. Debe haber sentido lástima por ese loco semicongelado que había pasado la noche entre los lívidos fantasmas del cementerio. Me tendió su cantimplora.

—Té caliente. Tome un poco, señor —me ofreció.

Pero lo rechacé con un manotazo y me alejé maldiciendo, a grandes zancadas rabiosas, entre las hileras de tumbas y cipreses.

La noche que el doctor Cuevas y su ayudante destriparon el cadáver de Rosa en la cocina para encontrar la causa de su muerte, Clara estaba en su cama con los ojos abiertos, temblando en la oscuridad. Tenía la terrible duda de que su hermana había muerto porque ella lo había dicho. Creía que así como la fuerza de su mente podía mover el salero, igualmente podía ser la causa de las muertes, de los temblores de tierra y otras desgracias mayores. En vano le había explicado su madre que ella no podía provocar los acontecimientos, sólo verlos con alguna anticipación. Se sentía desolada y culpable y se le ocurrió que si pudiera estar con Rosa, se sentiría mejor. Se levantó descalza, en camisa, y se fue al dormitorio que había compartido con su hermana mayor,

pero no la encontró en su cama, donde la había visto por última vez. Salió a buscarla por la casa. Todo estaba oscuro y silencioso. Su madre dormía drogada por el doctor Cuevas y sus hermanos y los sirvientes se habían retirado temprano a sus habitaciones. Recorrió los salones, deslizándose pegada a los muros, asustada y helada. Los muebles pesados, las gruesas cortinas drapeadas, los cuadros de las paredes, el papel tapiz con sus flores pintadas sobre tela oscura, las lámparas apagadas oscilando en los techos y las matas de helecho sobre sus columnas de loza, le parecieron amenazantes. Notó que en el salón brillaba algo de luz por una rendija debajo de la puerta y estuvo a punto de entrar, pero temió encontrar a su padre y que la mandara de regreso a la cama. Se dirigió entonces a la cocina, pensando que en el pecho de la Nana hallaría consuelo. Cruzó el patio principal, entre las camelias y los naranjos enanos, atravesó los salones del segundo cuerpo de la casa y los sombríos corredores abiertos donde las tenues luces de los faroles a gas quedaban encendidas toda la noche, para salir arrancando en los temblores y para espantar a los murciélagos y otros bichos nocturnos, y llegó al tercer patio, donde estaban las dependencias de servicio y las cocinas. Allí la casa perdía su señorial prestancia y empezaba el desorden de las perreras, los gallineros y los cuartos de los sirvientes. Más allá estaba la caballeriza, donde se guardaban los viejos caballos que Nívea todavía usaba, a pesar de que Severo del Valle había sido uno de los primeros en comprar un automóvil. La puerta y los postigos de la cocina y el repostero estaban cerrados. El instinto advirtió a Clara que algo anormal estaba ocurriendo adentro, trató de asomarse, pero su nariz no llegaba al alféizar de la ventana, tuvo que arrastrar un cajón y acercarlo al muro, se trepó y pudo mirar por un hueco entre el postigo de madera y el marco de la ventana que la humedad y el tiempo habían deformado. Y entonces vio el interior.

El doctor Cuevas, ese hombronazo bonachón y dulce, de amplia barba y vientre opulento, que la ayudó a nacer y que la atendió en todas sus pequeñas enfermedades de la niñez y sus ataques de asma, se había transformado en un vampiro gordo y oscuro como los de las ilustraciones de los libros de su tío Marcos. Estaba inclinado sobre el mesón donde la Nana preparaba la comida. A su lado había un joven desconocido, pálido como la luna, con la camisa manchada de sangre y los ojos perdidos de amor. Vio las piernas blanquísimas de su hermana y sus pies desnudos. Clara comenzó a temblar. En ese momento el doctor Cuevas se apartó y ella pudo ver el horrendo espectáculo de Rosa acostada sobre el mármol, abierta en canal por un tajo profundo, con los intestinos puestos a su lado, dentro de la fuente de la ensalada. Rosa tenía la cabeza torcida en dirección a la ventana donde

ella estaba espiando, su larguísimo pelo verde colgaba como un helecho desde el mesón hasta las baldosas del suelo, manchadas de rojo. Tenía los ojos cerrados, pero la niña, por efecto de las sombras, la distancia o la imaginación, creyó ver una expresión suplicante y humillada.

Clara, inmóvil sobre el cajón, no pudo dejar de mirar hasta el final. Se quedó atisbando por la rendija mucho rato, helándose sin darse cuenta, hasta que los dos hombres terminaron de vaciar a Rosa, de inyectarle líquido por las venas y bañarla por dentro y por fuera con vinagre aromático y esencia de espliego. Se quedó hasta que la rellenaron con emplastos de embalsamador y la cosieron con una aguja curva de colchonero. Se quedó hasta que el doctor Cuevas se lavó en el fregadero y se enjuagó las lágrimas, mientras el otro limpiaba la sangre y las vísceras. Se quedó hasta que el médico salió poniéndose su chaqueta negra con un gesto de mortal tristeza. Se quedó hasta que el joven desconocido besó a Rosa en los labios, en el cuello, en los senos, entre las piernas, la lavó con una esponja, le puso su camisa bordada y le acomodó el pelo, jadeando. Se quedó hasta que llegaron la Nana y el doctor Cuevas y hasta que la vistieron con su traje blanco y le pusieron la corona de azahares que tenía guardados en papel de seda para el día de su boda. Se quedó hasta que el ayudante la cargó en los brazos con la misma conmovedora ternura con que la hubiera levantado para cruzar por primera vez el umbral de su casa si hubiera sido su novia. Y no pudo moverse hasta que aparecieron las primeras luces. Entonces se deslizó hasta su cama, sintiendo por dentro todo el silencio del mundo. El silencio la ocupó enteramente y no volvió a hablar hasta nueve años después, cuando sacó la voz para anunciar que se iba a casar.

Capítulo II

LAS TRES MARÍAS

En el comedor de su casa, entre muebles anticuados y maltrechos que en un pasado lejano fueron buenas piezas victorianas, Esteban Trueba cenaba con su hermana Férula la misma sopa grasienta de todos los días y el mismo pescado desabrido de todos los viernes. Eran servidos por la empleada que los había atendido toda la vida, en la tradición de esclavos a sueldo de entonces. La vieja mujer iba y venía entre la cocina y el comedor, agachada y medio ciega, pero todavía enérgica, llevando y trayendo las fuentes con solemnidad. Doña Ester Trueba no acompañaba a sus hijos en la mesa. Pasaba las mañanas inmóvil en su silla mirando por la ventana el quehacer de la calle y viendo cómo el transcurso de los años iba deteriorando el barrio que en su juventud fue distinguido. Después del almuerzo la trasladaban a su cama, acomodándola para que pudiera estar medio sentada, única posición que le permitía la artritis, sin más compañía que las lecturas piadosas de sus libritos píos de vidas y milagros de los santos. Allí permanecía hasta el día siguiente, en que volvía a repetirse la misma ruti-

na. Su única salida a la calle era para asistir a la misa del domingo en la iglesia de San Sebastián, a dos cuadras de la casa, donde la llevaban Férula y la empleada en su silla de ruedas.

Esteban terminó de escarbar la carne blancuzca del pescado entre la maraña de espinas y dejó los cubiertos en el plato. Se sentaba rígidamente, igual como caminaba, muy erguido, con la cabeza ligeramente inclinada hacia atrás y un poco ladeada, mirando de reojo, con una mezcla de altanería, desconfianza y miopía. Ese gesto habría sido desagradable si sus ojos no hubieran sido sorprendentemente dulces y claros. Su postura, tan tiesa, era más propia de un hombre grueso y bajo que quisiera aparecer más alto, pero él medía un metro ochenta y era muy delgado. Todas las líneas de su cuerpo eran verticales y ascendentes, desde su afilada nariz aguileña y sus cejas en punta, hasta la alta frente coronada por una melena de león que peinaba hacia atrás. Era de huesos largos y manos de dedos espatulados. Caminaba a grandes trancos, se movía con energía y parecía muy fuerte, sin carecer, sin embargo, de cierta gracia en los gestos. Tenía un rostro muy armonioso, a pesar del gesto adusto y sombrío y su frecuente expresión de mal humor. Su rasgo predominante era el mal genio y la tendencia a ponerse violento y perder la cabeza, característica que tenía desde la niñez, cuando se tiraba al suelo, con la boca llena de espuma, sin poder respirar de rabia, pataleando como un endemoniado. Había que zambullirlo en agua helada para que recuperara el control. Más tarde aprendió a dominarse, pero le quedó a lo largo de la vida aquella ira siempre pronta, que requería muy poco estímulo para aflorar en ataques terribles.

—No voy a volver a la mina —dijo.

Era la primera frase que intercambiaba con su hermana en la mesa. Lo había decidido la noche anterior, al darse cuenta que no tenía sentido seguir haciendo vida de anacoreta en busca de una riqueza rápida. Tenía la concesión de la mina por dos años más, tiempo suficiente para explotar bien el maravilloso filón que había descubierto, pero pensaba que aunque el capataz le robara un poco, o no supiera trabajarla como lo haría él, no tenía ninguna razón para ir a enterrarse en el desierto. No deseaba hacerse rico a costa de tantos sacrificios. Le quedaba la vida por delante para enriquecerse si podía, para aburrirse y esperar la muerte, sin Rosa.

—En algo tendrás que trabajar, Esteban —replicó Férula—. Ya sabes que nosotras gastamos muy poco, casi nada, pero las medicinas de mamá son caras.

Esteban miró a su hermana. Era todavía una bella mujer, de formas opulentas y rostro ovalado de madona romana, pero a través de

su piel pálida con reflejos de durazno y sus ojos llenos de sombras, ya se adivinaba la fealdad de la resignación. Férula había aceptado el papel de enfermera de su madre. Dormía en la habitación contigua a la de doña Ester, dispuesta en todo momento a acudir corriendo a su lado a darle sus pócimas, ponerle la bacinilla, acomodarle las almohadas. Tenía un alma atormentada. Sentía gusto en la humillación y en las labores abyectas, creía que iba a obtener el cielo por el medio terrible de sufrir iniquidades, por eso se complacía limpiando las pústulas de las piernas enfermas de su madre, lavándola, hundiéndose en sus olores y en sus miserias, escrutando su orinal. Y tanto como se odiaba a sí misma por esos tortuosos e inconfesables placeres, odiaba a su madre por servirle de instrumento. La atendía sin quejarse, pero procuraba sutilmente hacerle pagar el precio de su invalidez. Sin decirlo abiertamente, estaba presente entre las dos el hecho de que la hija había sacrificado su vida por cuidar a la madre y se había quedado soltera por esa causa. Férula había rechazado a dos novios con el pretexto de la enfermedad de su madre. No hablaba de eso, pero todo el mundo lo sabía. Era de gestos bruscos y torpes, con el mismo mal carácter de su hermano, pero obligada por la vida, y por su condición de mujer, a dominarlo y a morder el freno. Parecía tan perfecta, que llegó a tener fama de santa. La citaban como ejemplo por la dedicación que le prodigaba a doña Ester y por la forma en que había criado a su único hermano cuando enfermó la madre y murió el padre dejándolos en la miseria. Férula había adorado a su hermano Esteban cuando era niño. Dormía con él, lo bañaba, lo llevaba de paseo, trabajaba de sol a sol cosiendo ropa ajena para pagarle el colegio y había llorado de rabia y de impotencia el día que Esteban tuvo que entrar a trabajar en una Notaría porque en su casa no alcanzaba lo que ella ganaba para comer. Lo había cuidado y servido como ahora lo hacía con la madre y también a él lo envolvió en la red invisible de la culpabilidad y de las deudas de gratitud impagas. El muchacho empezó a alejarse de ella apenas se puso pantalones largos. Esteban podía recordar el momento exacto en que se dio cuenta que su hermana era una sombra fatídica. Fue cuando ganó su primer sueldo. Decidió que se reservaría cincuenta centavos para cumplir un sueño que acariciaba desde la infancia: tomar un café vienés. Había visto, a través de las ventanas del Hotel Francés, a los mozos que pasaban con las bandejas suspendidas sobre sus cabezas, llevando unos tesoros: altas copas de cristal coronadas por torres de crema batida y decoradas con una hermosa guinda glaceada. El día de su primer sueldo pasó delante del establecimiento muchas veces antes de atreverse a entrar. Por último cruzó con timidez el umbral, con la boina en la mano, y avanzó hacia el lujoso comedor, entre

lámparas de lágrimas y muebles de estilo, con la sensación de que todo el mundo lo miraba, que mil ojos juzgaban su traje demasiado estrecho y sus zapatos viejos. Se sentó en la punta de la silla, las orejas calientes, y le hizo el pedido al mozo con un hilo de voz. Esperó con impaciencia, espiando por los espejos el ir y venir de la gente, saboreando de antemano aquel placer tantas veces imaginado. Y llegó su café vienés, mucho más impresionante de lo imaginado, soberbio, delicioso, acompañado por tres galletitas de miel. Lo contempló fascinado por un largo rato. Finalmente se atrevió a tomar la cucharilla de mango largo y con un suspiro de dicha, la hundió en la crema. Tenía la boca hecha agua. Estaba dispuesto a hacer durar ese instante lo más posible, estirarlo hasta el infinito. Comenzó a revolver viendo cómo se mezclaba el líquido oscuro del vaso con la espuma de la crema. Revolvió, revolvió, revolvió... Y, de pronto, la punta de la cucharilla golpeó el cristal, abriendo un orificio por donde saltó el café a presión. Le cayó en la ropa. Esteban, horrorizado, vio todo el contenido del vaso desparramarse sobre su único traje, ante la mirada divertida de los ocupantes de otras mesas. Se paró, pálido de frustración, y salió del Hotel Francés con cincuenta centavos menos, dejando a su paso un reguero de café vienés sobre las mullidas alfombras. Llegó a su casa chorreado, furioso, descompuesto. Cuando Férula se enteró de lo que había sucedido, comentó ácidamente: «eso te pasa por gastar el dinero de las medicinas de mamá en tus caprichos. Dios te castigó». En ese momento Esteban vio con claridad los mecanismos que usaba su hermana para dominarlo, la forma en que conseguía hacerlo sentirse culpable y comprendió que debía ponerse a salvo. En la medida en que él se fue alejando de su tutela, Férula le fue tomando antipatía. La libertad que él tenía, a ella le dolía como un reproche, como una injusticia. Cuando se enamoró de Rosa y lo vio desesperado, como un chiquillo, pidiéndole ayuda, necesitándola, persiguiéndola por la casa para suplicarle que se acercara a la familia del Valle, que hablara a Rosa, que sobornara a la Nana, Férula volvió a sentirse importante para Esteban. Por un tiempo parecieron reconciliados. Pero aquel fugaz reencuentro no duró mucho y Férula no tardó en darse cuenta de que había sido utilizada. Se alegró cuando vio partir a su hermano a la mina. Desde que empezó a trabajar, a los quince años, Esteban mantuvo la casa y adquirió el compromiso de hacerlo siempre, pero para Férula eso no era suficiente. Le molestaba tener que quedarse encerrada entre esas paredes hediondas a vejez y a remedios, desvelada con los gemidos de la enferma, atenta al reloj para administrarle sus medicinas aburrida, cansada, triste, mientras que su hermano ignoraba esas obligaciones. Él podría tener un des-

tino luminoso, libre, lleno de éxitos. Podría casarse, tener hijos, conocer el amor. El día que puso el telegrama anunciándole la muerte de Rosa, experimentó un cosquilleo extraño, casi de alegría.

—Tendrás que trabajar en algo —repitió Férula.

—Nunca les faltará nada mientras yo viva —dijo él.

—Es fácil decirlo —respondió Férula sacándose una espina de pescado entre los dientes.

—Creo que me iré al campo, a Las Tres Marías.

—Eso es una ruina, Esteban. Siempre te he dicho que es mejor vender esa tierra, pero tú eres testarudo como una mula.

—Nunca hay que vender la tierra. Es lo único que queda cuando todo lo demás se acaba.

—No estoy de acuerdo. La tierra es una idea romántica, lo que enriquece a los hombres es el buen ojo para los negocios —alegó Férula—. Pero tú siempre decías que algún día te ibas a ir a vivir al campo.

—Ahora ha llegado ese día. Odio esta ciudad.

—¿Porqué no dices mejor que odias esta casa?

—También —respondió él brutalmente.

—Me habría gustado nacer hombre, para poder irme también —dijo ella llena de odio.

—Y a mí no me habría gustado nacer mujer —dijo él.

Terminaron de comer en silencio.

Los hermanos estaban muy alejados y lo único que todavía los unía era la presencia de la madre y el recuerdo borroso del amor que se tuvieron en la niñez. Habían crecido en una casa arruinada, presenciando el deterioro moral y económico del padre y luego la lenta enfermedad de la madre. Doña Ester comenzó a padecer de artritis desde muy joven, fue poniéndose rígida hasta llegar a moverse con gran dificultad, como amortajada en vida, y, por último, cuando ya no pudo doblar las rodillas, se instaló definitivamente en su silla de ruedas, en su viudez y en su desolación. Esteban recordaba su infancia y su juventud, sus trajes estrechos, el cordón de San Francisco que lo obligaban a usar en pago de quién sabe qué promesas de su madre o de su hermana, sus camisas remendadas con cuidado y su soledad. Férula, cinco años mayor, lavaba y almidonaba día por medio sus únicas dos camisas, para que estuviera siempre pulcro y bien presentado, y le recordaba que por el lado de la madre llevaba el apellido más noble y linajudo del Virreinato de Lima. Trueba no había sido más que un lamentable accidente en la vida de doña Ester, que estaba destinada a casarse con alguien de su clase, pero se había enamorado perdidamente de aquel tarambana, emigrante de primera generación, que en pocos años dilapidó su dote y después su herencia.

Pero de nada servía a Esteban el pasado de sangre azul, si en su casa no había para pagar las cuentas del almacén y tenía que irse a pie al colegio, porque no tenía el centavo para el tranvía. Recordaba que lo mandaban a clase con el pecho y la espalda forrados en papel de periódicos, porque no tenía ropa interior de lana y su abrigo daba lástima, y que padecía imaginando que sus compañeros podían oír, como lo oía él, el crujido del papel al frotarse contra su piel. En invierno, la única fuente de calor era un brasero en la habitación de su madre, donde se reunían los tres para ahorrar las velas y el carbón. Había sido una infancia de privaciones, de incomodidades, de asperezas, de interminables rosarios nocturnos, de miedos y de culpas. De todo eso no le había quedado más que la rabia y su desmesurado orgullo.

Dos días después Esteban Trueba partió al campo. Férula lo acompañó a la estación. Al despedirse lo besó fríamente en la mejilla y esperó que subiera al tren, con sus dos maletas de cuero con cerraduras de bronce, las mismas que había comprado para irse a la mina y que debían durarle toda la vida, como le había prometido el vendedor. Le recomendó que se cuidara y tratara de visitarlas de vez en cuando, dijo que lo echaría de menos, pero ambos sabían que estaban destinados a no verse en muchos años y en el fondo sentían un cierto alivio.

—¡Avísame si mamá empeora! —gritó Esteban por la ventanilla cuando el tren se puso en movimiento.

—¡No te preocupes! —respondió Férula agitando su pañuelo desde el andén.

Esteban Trueba se recostó en el respaldo tapizado en terciopelo rojo y agradeció la iniciativa de los ingleses de construir coches de primera clase, donde se podía viajar como un caballero, sin tener que soportar las gallinas, los canastos, los bultos de cartón amarrados con un cordel y los lloriqueos de los niños ajenos. Se felicitó por haberse decidido a gastar en un pasaje más costoso, por primera vez en su vida, y decidió que era en los detalles donde estaba la diferencia entre un caballero y un patán. Por eso, aunque estuviera en mala situación, de ese día en adelante iba a gastar en las pequeñas comodidades que lo hacían sentirse rico.

—¡No pienso volver a ser pobre! —decidió, pensando en el filón de oro.

Por la ventanilla del tren vio pasar el paisaje del valle central. Vastos campos tendidos al pie de la cordillera, fértiles campiñas de viñedos, de trigales, de alfalfa y de maravilla. Lo comparó con las yermas planicies del Norte, donde había pasado dos años metido en un hoyo, en medio de una naturaleza agreste y lunar cuya aterradora belleza no se cansaba de mirar, fascinado por los colores del desierto, por los azules,

los morados, los amarillos, de los minerales a flor de tierra.

—Me está cambiando la vida —murmuró.

Cerró los ojos y se quedó dormido.

Bajó del tren en la estación San Lucas. Era un lugar miserable. A esa hora no se veía ni un alma en el andén de madera, con un techo arruinado por la intemperie y las hormigas. Desde allí se podía ver todo el valle a través de una bruma impalpable que se desprendía de la tierra mojada por la lluvia de la noche. Las montañas lejanas se perdían entre las nubes de un cielo encapotado y sólo la punta nevada del volcán se distinguía nítidamente, recortada contra el paisaje e iluminada por un tímido sol de invierno. Miró alrededor. En su infancia, en la única época feliz que podía recordar, antes que su padre terminara de arruinarse y se abandonara al licor y a su propia vergüenza, había cabalgado con él por esa región. Recordaba que en Las Tres Marías había jugado en los veranos, pero hacía tantos años de eso, que la memoria lo había casi borrado y no podía reconocer el lugar. Buscó con la vista el pueblo de San Lucas, pero sólo divisó un caserío lejano, desteñido en la humedad de la mañana. Recorrió la estación. Estaba cerrada con un candado la puerta de la única oficina. Había un aviso escrito con lápiz, pero estaba tan borroso que no pudo leerlo. Oyó que a sus espaldas el tren se ponía en marcha y comenzaba a alejarse dejando atrás una columna de humo blanco. Estaba solo en ese paraje silencioso. Tomó sus maletas y echó a andar por el barrial y las piedras de un sendero que conducía al pueblo. Caminó más de diez minutos, agradecido de que no lloviera, porque a duras penas podía avanzar con sus pesadas maletas por ese camino y comprendió que la lluvia lo habría convertido en pocos segundos en un lodazal intransitable. Al acercarse al caserío vio humo en algunas chimeneas y suspiró aliviado, porque al comienzo tuvo la impresión de que era un villorrio abandonado, tal era su decrepitud y su soledad.

Se detuvo a la entrada del pueblo, sin ver a nadie. En la única calle cercada de modestas casas de adobe, reinaba el silencio y tuvo la sensación de marchar en sueños. Se aproximó a la casa más cercana, que no tenía ninguna ventana y cuya puerta estaba abierta. Dejó sus maletas en la acera y entró llamando en alta voz. Adentro estaba oscuro, porque la luz sólo provenía de la puerta, de modo que necesitó algunos segundos para acomodar la vista y acostumbrarse a la penumbra. Entonces divisó a dos niños jugando en el suelo de tierra apisonada, que lo miraban con grandes ojos asustados, y en un patio posterior a una mujer que avanzaba secándose las manos con el borde

del delantal. Al verlo, esbozó un gesto instintivo para arreglarse un mechón de pelo que le caía sobre la frente. La saludó y ella respondió tapándose la boca con la mano al hablar para ocultar sus encías sin dientes. Trueba le explicó que necesitaba alquilar un coche, pero ella pareció no comprender y se limitó a esconder a los niños en los pliegues de su delantal, con una mirada sin expresión. Él salió, tomó su equipaje y siguió su camino.

Cuando había recorrido casi toda la aldea sin ver a nadie y empezaba a desesperarse, sintió a sus espaldas los cascos de un caballo. Era una destartalada carreta conducida por un leñador. Se paró delante y obligó al conductor a detenerse.

—¿Puede llevarme a Las Tres Marías? ¡Le pagaré bien! —gritó.

—¿Qué va a ir a hacer allá, caballero? —preguntó el hombre—. Ésa es una tierra de nadie, un roquerío sin ley.

Pero aceptó llevarlo y lo ayudó a poner su equipaje entre los atados de leña. Trueba se sentó a su lado en el pescante. De algunas casas salieron niños corriendo tras la carreta. Trueba se sintió más solo que nunca.

A once kilómetros del pueblo de San Lucas, por un camino devastado, invadido por la maleza y lleno de baches, apareció el aviso de madera con el nombre de la propiedad. Colgaba de una cadena rota y el viento lo golpeaba contra el poste con un sonido sordo que le sonó como un tambor de duelo. Le bastó una ojeada para comprender que se necesitaba un hércules para rescatar aquello de la desolación. La mala yerba se había tragado el sendero y para donde mirara veía peñascos, matorrales y monte. No había ni la sugerencia de potreros, ni restos de los viñedos que él recordaba, nadie que saliera a recibirlo. La carreta avanzó lentamente, siguiendo una huella que el paso de las bestias y los hombres había trazado en los malezales. Al poco rato divisó la casa del fundo, que todavía se mantenía en pie, pero aparecía como una visión de pesadumbre, llena de escombros, de alambres de gallinero en el suelo, de basura. Tenía la mitad de las tejas rotas y había una enredadera salvaje que se metía por las ventanas y cubría casi todas las paredes. Alrededor de la casa vio algunos ranchos de adobe sin blanquear, sin ventanas y con techos de paja, negros de hollín. Dos perros peleaban con furia en el patio.

La sonajera de las ruedas de la carreta y las maldiciones del leñador atrajeron a los ocupantes de los ranchos, que fueron apareciendo poco a poco. Miraban a los recién llegados con extrañeza y desconfianza. Habían pasado quince años sin ver ningún patrón y habían deducido que simplemente no lo tenían. No podían reconocer en ese hombre alto y autoritario al niño de rizos castaños que mucho tiempo atrás

jugaba en ese mismo patio. Esteban los miró y tampoco pudo recordar a ninguno. Formaban un grupo miserable. Vio varias mujeres de edad indefinida, con la piel agrietada y seca, algunas aparenteemente embarazadas, todas vestidas con harapos descoloridos y descalzas. Calculó que había por lo menos una docena de niños de todas las edades. Los menores estaban desnudos. Otros rostros se asomaban en los umbrales de las puertas, sin atreverse a salir. Esteban esbozó un gesto de saludo, pero nadie respondió. Algunos niños corrieron a esconderse detrás de las mujeres.

Esteban se bajó de la carreta, descargó sus dos maletas y pasó unas monedas al leñador.

—Si quiere lo espero, patrón —dijo el hombre.

—No. Aquí me quedo.

Se dirigió a la casa, abrió la puerta de un empujón y entró. Adentro había suficiente luz, porque la mañana entraba por los postigos rotos y los huecos del techo, donde habían cedido las tejas. Estaba lleno de polvo y telarañas, con un aspecto de total abandono, y era evidente que en esos años ninguno de los campesinos se había atrevido a dejar su choza para ocupar la gran casa patronal vacía. No habían tocado los muebles; eran los mismos de su niñez, en los mismos sitios de siempre, pero más feos, lúgubres y desvencijados de lo que podía recordar. Toda la casa estaba alfombrada con una capa de yerba, polvo y hojas secas. Olía a tumba. Un perro esquelético le ladró furiosamente, pero Esteban Trueba no le hizo caso y finalmente el perro, cansado, se echó en un rincón a rascarse las pulgas. Dejó sus maletas sobre una mesa y salió a recorrer la casa, luchando contra la tristeza que comenzaba a invadirlo. Pasó de una habitación a otra, vio el deterioro que el tiempo había labrado en todas las cosas, la pobreza, la suciedad, y sintió que ése era un hoyo mucho peor que el de la mina. La cocina era una amplia habitación cochambrosa, techo alto y de paredes renegridas por el humo de la leña y el carbón, mohosa, en ruinas, todavía colgaban de unos clavos en las paredes las cacerolas y sartenes de cobre y de fierro que no se habían usado en quince años y que nadie había tocado en todo ese tiempo. Los dormitorios tenían las mismas camas y los grandes armarios con espejos de luna que compró su padre en otra época, pero los colchones eran un montón de lana podrida y bichos que habían anidado en ellos durante generaciones. Escuchó los pasitos discretos de las ratas en el artesonado del techo. No pudo descubrir si el piso era de madera o de baldosas, porque en ninguna parte aparecía a la vista y la mugre lo tapaba todo. La capa gris de polvo borraba el contorno de los muebles. En lo que había sido el salón, aún se veía el piano ale-

mán con una pata rota y las teclas amarillas, sonando como un clave-
cín desafinado. En los anaqueles quedaban algunos libros ilegibles con
las páginas comidas por la humedad y en el suelo restos de revistas muy
antiguas, que el viento desparramó. Los sillones tenían los resortes a la
vista y había un nido de ratones en la poltrona donde su madre se sentaba a tejer antes que la enfermedad le pusiera las manos como garfios.

Cuando terminó su recorrido, Esteban tenía las ideas más claras.
Sabía que tenía por delante un trabajo titánico, porque si la casa estaba en ese estado de abandono, no podía esperar que el resto de la propiedad estuviera en mejores condiciones. Por un instante tuvo la tentación de cargar sus dos maletas en la carreta y volver por donde mismo
había llegado, pero desechó ese pensamiento de una plumada y resolvió
que si había algo que podía calmar la pena y la rabia de haber perdido a Rosa, era partirse el lomo trabajando en esa tierra arruinada.
Se quitó el abrigo, respiró profundamente y salió al patio donde todavía estaba el leñador junto a los inquilinos reunidos a cierta distancia,
con la timidez propia de la gente del campo. Se observaron mutuamente
con curiosidad. Trueba dio un par de pasos hacia ellos y percibió un
leve movimiento de retroceso en el grupo, paseó la vista por los zarrapastrosos campesinos y trató de esbozar una sonrisa amistosa a los
niños sucios de mocos, a los viejos legañosos y a las mujeres sin esperanza, pero le salió como una mueca.

—¿Dónde están los hombres? —preguntó.

El único hombre joven dio un paso adelante. Probablemente tenía
la misma edad de Esteban Trueba, pero se veía mayor.

—Se fueron —dijo.

—¿Cómo te llamas?

—Pedro Segundo García, señor —respondió el otro.

—Yo soy el patrón ahora. Se acabó la fiesta. Vamos a trabajar. Al
que no le guste la idea, que se vaya de inmediato. Al que se quede no
le faltará de comer, pero tendrá que esforzarse. No quiero flojos ni gente insolente, ¿me oyeron?

Se miraron asombrados. No habían comprendido ni la mitad del
discurso, pero sabían reconocer la voz del amo cuando la escuchaban.

—Entendimos, patrón —dijo Pedro Segundo García—. No tenemos
donde ir, siempre hemos vivido aquí. Nos quedamos.

Un niño se agachó y se puso a cagar y un perro sarnoso se acercó
a olisquearlo. Esteban, asqueado, dio orden de guardar al niño, lavar el
patio y matar al perro. Así comenzó la nueva vida que, con el tiempo,
habría de hacerlo olvidar a Rosa.

Nadie me va a quitar de la cabeza la idea de que he sido un buen patrón. Cualquiera que hubiera visto Las Tres Marías en los tiempos del abandono y la viera ahora, que es un fundo modelo, tendría que estar de acuerdo conmigo. Por eso no puedo aceptar que mi nieta me venga con el cuento de la lucha de clases, porque si vamos al grano, esos pobres campesinos están mucho peor ahora que hace cincuenta años. Yo era como un padre para ellos. Con la reforma agraria nos jodimos todos.

Para sacar a Las Tres Marías de la miseria destiné todo el capital que había ahorrado para casarme con Rosa y todo lo que me enviaba el capataz de la mina, pero no fue el dinero el que salvó a esa tierra, sino el trabajo y la organización. Se corrió la voz de que había un nuevo patrón en Las Tres Marías y que estábamos quitando las piedras con bueyes y arando los potreros para sembrar. Pronto comenzaron a llegar algunos hombres a ofrecerse como braceros, porque yo pagaba bien y les daba abundante comida. Compré animales. Los animales eran sagrados para mí y aunque pasáramos el año sin probar la carne, no se sacrificaban. Así creció el ganado. Organicé a los hombres en cuadrillas y después de trabajar en el campo, nos dedicábamos a reconstruir la casa patronal. No eran carpinteros ni albañiles, todo se lo tuve que enseñar yo con unos manuales que compré. Hasta plomería hicimos con ellos, arreglamos los techos, pintamos todo con cal, limpiamos hasta dejar la casa brillante por dentro y por fuera. Repartí los muebles entre los inquilinos, menos la mesa del comedor, que todavía estaba indemne a pesar de la polilla que había infectado todo, y la cama de fierro forjado que había sido de mis padres. Me quedé viviendo en la casa vacía, sin más mobiliario que esas dos cosas y unos cajones donde me sentaba, hasta que Férula me mandó de la capital los muebles nuevos que le encargué. Eran piezas grandes, pesadas, ostentosas, hechas para resistir muchas generaciones y adecuados para la vida de campo, la prueba es que se necesitó un terremoto para destruirlos. Los acomodé contra las paredes, pensando en la comodidad y no en la estética, y una vez que la casa estuvo confortable, me sentí contento y empecé a acostumbrarme a la idea de que iba a pasar muchos años, tal vez toda la vida, en Las Tres Marías.

Las mujeres de los inquilinos hacían turnos para servir en la casa patronal y ellas se encargaron de mi huerta. Pronto vi las primeras flores en el jardín que tracé con mi propia mano y que, con muy pocas modificaciones, es el mismo que existe hoy día. En esa época la gente trabajaba sin chistar. Creo que mi presencia les devolvió la seguridad y vieron que poco a poco esa tierra se convertía en un lugar próspero. Eran gente buena y sencilla, no había revoltosos. También es cierto que

eran muy pobres e ignorantes. Antes que yo llegara se limitaban a cultivar sus pequeñas chacras familiares que les daban lo indispensable para no morirse de hambre, siempre que no los golpeara alguna catástrofe, como sequía, helada, peste, hormiga o caracol, en cuyo caso las cosas se les ponían muy difíciles. Conmigo todo eso cambió. Fuimos recuperando los potreros uno por uno, reconstruimos el gallinero y los establos y comenzamos a trazar un sistema de riego para que las siembras no dependieran del clima, sino de algún mecanismo científico. Pero la vida no era fácil. Era muy dura. A veces yo iba al pueblo y volvía con un veterinario que revisaba a las vacas y a las gallinas y, de paso, echaba una mirada a los enfermos. No es cierto que yo partiera del principio de que si los conocimientos del veterinario alcanzaban para los animales, también servían para los pobres, como dice mi nieta cuando quiere ponerme furioso. Lo que pasaba era que no se conseguían médicos por esos andurriales. Los campesinos consultaban a una meica indígena que conocía el poder de las yerbas y de la sugestión, a quien le tenían una gran confianza. Mucha más que al veterinario. Las parturientas daban a luz con ayuda de las vecinas, de la oración y de una comadrona que casi nunca llegaba a tiempo, porque tenía que hacer el viaje en burro, pero que igual servía para hacer nacer a un niño, que para sacarle el ternero a una vaca atravesada. Los enfermos graves, esos que ningún encantamiento de la meica ni pócima del veterinario podían curar, eran llevados por Pedro Segundo García o por mí en una carreta al hospital de las monjas, donde a veces había algún médico de turno que los ayudaba a morir. Los muertos iban a parar con sus huesos a un pequeño camposanto junto a la parroquia abandonada, al pie del volcán, donde ahora hay un cementerio como Dios manda. Una o dos veces al año yo conseguía un sacerdote para que fuera a bendecir las uniones, los animales y las máquinas, bautizar a los niños y decir alguna oración atrasada a los difuntos. Las únicas diversiones eran capar a los cerdos y a los toros, las peleas de gallos, la rayuela y las increíbles historias de Pedro García, el viejo, que en paz descanse. Era el padre de Pedro Segundo y decía que su abuelo había combatido en las filas de los patriotas que echaron a los españoles de América. Enseñaba a los niños a dejarse picar por las arañas y tomar orina de mujer encinta para inmunizarse. Conocía casi tantas yerbas como la meica, pero se confundía en el momento de decidir su aplicación y cometía algunos errores irreparables. Para sacar muelas, sin embargo, reconozco que tenía un sistema insuperable, que le había dado justa fama en toda la zona, era una combinación de vino tinto y padrenuestros, que sumía al paciente en trance hipnótico. A mí me sacó una muela sin dolor y si estuviera vivo, sería mi dentista.

Muy pronto empecé a sentirme a gusto en el campo. Mis vecinos más próximos quedaban a una buena distancia a lomo de caballo, pero a mí no me interesaba la vida social, me complacía la soledad y además tenía mucho trabajo entre las manos. Me fui convirtiendo en un salvaje, se me olvidaron las palabras, se me acortó el vocabulario, me puse muy mandón. Como no tenía necesidad de aparentar ante nadie, se acentuó el mal carácter que siempre he tenido. Todo me daba rabia, me enojaba cuando veía a los niños rondando las cocinas para robarse el pan, cuando las gallinas alborotaban en el patio, cuando los gorriones invadían los maizales. Cuando el mal humor empezaba a estorbarme y me sentía incómodo en mi propio pellejo, salía a cazar. Me levantaba mucho antes que amaneciera y partía con una escopeta al hombro, mi morral y mi perro perdiguero. Me gustaba la cabalgata en la oscuridad, el frío del amanecer, el largo acecho en la sombra, el silencio, el olor de la pólvora y la sangre, sentir contra el hombro recular el arma con un golpe seco y ver a la presa caer pataleando, eso me tranquilizaba y cuando regresaba de una cacería, con cuatro conejos miserables en el morral y unas perdices tan perforadas que no servían para cocinarlas, medio muerto de fatiga y lleno de barro, me sentía aliviado y feliz.

Cuando pienso en esos tiempos, me da una gran tristeza. La vida se me pasó muy rápido. Si volviera a empezar hay algunos errores que no cometería, pero en general no me arrepiento de nada. Sí, he sido un buen patrón, de eso no hay duda.

Los primeros meses Esteban Trueba estuvo tan ocupado canalizando el agua, cavando pozos, sacando piedras, limpiando potreros y reparando los gallineros y los establos, que no tuvo tiempo de pensar en nada. Se acostaba rendido y se levantaba al alba, tomaba un magro desayuno en la cocina y partía a caballo a vigilar las labores del campo. No regresaba hasta el atardecer. A esa hora hacía la única comida completa del día, solo en el comedor de casa. Los primeros meses se hizo el propósito de bañarse y cambiarse ropa diariamente a la hora de cenar, como había oído que hacían los colonos ingleses en las más lejanas aldeas del Asia y del África, para no perder la dignidad y el señorío. Se vestía con su mejor ropa, se afeitaba y ponía en el gramófono las mismas arias de sus óperas preferidas todas las noches. Pero poco a poco se dejó vencer por la rusticidad y aceptó que no tenía vocación de petimetre, especialmente si no había nadie que pudiera apreciar el esfuerzo. Dejó de afeitarse, se cortaba el pelo cuando le llegaba por los hombros, y siguió bañándose sólo porque tenía el hábito muy arraigado, pero se despreocupó de su ropa y de sus modales. Fue con-

virtiéndose en un bárbaro. Antes de dormir leía un rato o jugaba ajedrez, había desarrollado la habilidad de competir contra un libro sin hacer trampas y de perder las partidas sin enojarse. Sin embargo, la fatiga del trabajo no fue suficiente para sofocar su naturaleza fornida y sensual. Empezó a pasar malas noches, las frazadas le parecían muy pesadas, las sábanas demasiado suaves. Su caballo le jugaba malas pasadas y de repente se convertía en una hembra formidable, una montaña dura y salvaje de carne, sobre la cual cabalgaba hasta molerse los huesos. Los tibios y perfumados melones de la huerta le parecían descomunales pechos de mujer y se sorprendía enterrando la cara en la manta de su montura, buscando en el agrio olor del sudor de la bestia, la semejanza con aquel aroma lejano y prohibido de sus primeras prostitutas. En la noche se acaloraba con pesadillas de mariscos podridos, de trozos enormes de res descuartizada, de sangre, de semen, de lágrimas. Despertaba tenso, con el sexo como un fierro entre las piernas, más rabioso que nunca. Para aliviarse, corría a zambullirse desnudo en el río y se hundía en las aguas heladas hasta perder la respiración, pero entonces creía sentir unas manos invisibles que le acariciaban las piernas. Vencido, se dejaba flotar a la deriva, sintiéndose abrazado por la corriente, besado por los guarisapos, fustigado por las cañas de la orilla. Al poco tiempo su apremiante necesidad era notoria, no se calmaba ni con inmersiones nocturnas en el río, ni con infusiones de canela, ni colocando piedra lumbre debajo del colchón, ni siquiera con los manipuleos vergonzantes que en el internado ponían locos a los muchachos, los dejaban ciegos y los sumían en la condenación eterna. Cuando comenzó a mirar con ojos de concuspiscencia a las aves del corral, a los niños que jugaban desnudos en el huerto y hasta a la masa cruda del pan, comprendió que su virilidad no se iba a calmar con sustitutos de sacristán. Su sentido práctico le indicó que tenía que buscarse una mujer y, una vez tomada la decisión, la ansiedad que lo consumía se calmó y su rabia pareció aquietarse. Ese día amaneció sonriendo por primera vez en mucho tiempo.

Pedro García, el viejo, lo vio salir silbando camino al establo y movió la cabeza inquieto.

El patrón anduvo todo el día ocupado en el arado de un potrero que acababa de hacer limpiar y que había destinado a plantar maíz. Después se fue con Pedro Segundo García a ayudar a una vaca que a esas horas trataba de parir y tenía al ternero atravesado. Tuvo que introducirle el brazo hasta el codo para voltear al crío y ayudarlo a asomar la cabeza. La vaca se murió de todos modos, pero eso no le puso de mal humor. Ordenó que alimentaran al ternero con una botella, se

lavó en un balde y volvió a montar. Normalmente era su hora de comida, pero no tenía hambre. No tenía ninguna prisa, porque ya había hecho su elección.

Había visto a la muchacha muchas veces cargando en la cadera a su hermanito moquillento, con un saco en la espalda o un cántaro de agua del pozo en la cabeza. La había observado cuando lavaba la ropa, agachada en las piedras planas del río, con sus piernas morenas pulidas por el agua, refregando los trapos descoloridos con sus toscas manos de campesina. Era de huesos grandes y rostro aindiado, con las facciones anchas y la piel oscura, de expresión apacible y dulce, su amplia boca carnosa conservaba todavía todos los dientes y cuando sonreía se iluminaba, pero lo hacía muy poco. Tenía la belleza de la primera juventud, aunque él podía ver que se marchitaría muy pronto, como sucede a las mujeres nacidas para parir muchos hijos, trabajar sin descanso y enterrar a sus muertos. Se llamaba Pancha García y tenía quince años.

Cuando Esteban Trueba salió a buscarla, ya había caído la tarde y estaba más fresco. Recorrió con su caballo al paso las largas alamedas que dividían los potreros preguntando por ella a los que pasaban, hasta que la vio por el camino que conducía a su rancho. Iba doblada por el peso de un haz de espino para el fogón de la cocina, sin zapatos, cabizbaja. La miró desde la altura del caballo y sintió al instante la urgencia del deseo que había estado molestándolo durante tantos meses. Se acercó al trote hasta colocarse a su lado, ella lo oyó, pero siguió caminando sin mirarlo, por la costumbre ancestral de todas las mujeres de su estirpe de bajar la cabeza ante el macho. Esteban se agachó y le quitó el fardo, lo sostuvo un momento en el aire y luego lo arrojó con violencia a la verma del camino, alcanzó a la muchacha con un brazo por la cintura y la levantó con un resoplido bestial, acomodándola delante de la montura, sin que ella opusiera ninguna resistencia. Espoleó el caballo y partieron al galope en dirección al río. Desmontaron sin intercambiar ni una palabra y se midieron con los ojos. Esteban se soltó el ancho cinturón de cuero y ella retrocedió, pero la atrapó de un manotazo. Cayeron abrazados entre las hojas de los eucaliptos.

Esteban no se quitó la ropa. La acometió con fiereza incrustándose en ella sin preámbulos, con una brutalidad inútil. Se dio cuenta demasiado tarde, por las salpicaduras sangrientas en su vestido, que la joven era virgen, pero ni la humilde condición de Pancha, ni las apremiantes exigencias de su apetito, le permitieron tener contemplaciones. Pancha García no se defendió, no se quejó, no cerró los ojos. Se quedó de espaldas, mirando el cielo con expresión despavorida, hasta que sintió que

el hombre se desplomaba con un gemido a su lado. Entonces empezó a llorar suavemente. Antes que ella su madre, y antes que su madre su abuela, habían sufrido el mismo destino de perra. Esteban Trueba se acomodó los pantalones, se cerró el cinturón, la ayudó a ponerse en pie y la sentó en el anca de su caballo. Emprendieron el regreso. Él iba silbando. Ella seguía llorando. Antes de dejarla en su rancho, el patrón la besó en la boca.

—Desde mañana quiero que trabajes en la casa —dijo.

Pancha asintió sin levantar la vista. También su madre y su abuela habían servido en la casa patronal.

Esa noche Esteban Trueba durmió como un bendito, sin soñar con Rosa. En la mañana se sentía pleno de energía, más grande y poderoso. Se fue al campo canturreando y a su regreso, Pancha estaba en la cocina, afanada revolviendo el manjar blanco en una gran olla de cobre. Esa noche la esperó con impaciencia y cuando se callaron los ruidos domésticos en la vieja casona de adobe y empezaron los trajines nocturnos de las ratas, sintió la presencia de la muchacha en el umbral de su puerta.

—Ven, Pancha —la llamó. No era una orden, sino más bien una súplica.

Esa vez Esteban se dio tiempo para gozarla y para hacerla gozar. La recorrió tranquilamente, aprendiendo de memoria el olor ahumado de su cuerpo y de su ropa lavada con ceniza y estirada con plancha a carbón, conoció la textura de su pelo negro y liso, de su piel suave en los sitios más recónditos y áspera y callosa en los demás, de sus labios frescos, de su sexo sereno y su vientre amplio. La deseó con calma y la inició en la ciencia más secreta y más antigua. Probablemente fue feliz esa noche y algunas noches más, retozando como dos cachorros en la gran cama de fierro forjado que había sido del primer Trueba y que ya estaba medio coja, pero aún podía resistir los embistes del amor.

A Pancha García le crecieron los senos y se le redondearon las caderas. A Esteban Trueba le mejoró por un tiempo el mal humor y comenzó a interesarse en sus inquilinos. Los visitó en sus ranchos de miseria. Descubrió en la penumbra de uno de ellos, un cajón relleno con papel de periódico donde compartían el sueño un niño de pecho y una perra recién parida. En otro, vio a una anciana que estaba muriéndose desde hacía cuatro años y tenía los huesos asomados por las llagas de la espalda. En un patio conoció a un adolescente idiota, babeando, con una soga al cuello, atado a un poste, hablando cosas de otros mundos, desnudo y con un sexo de mulo que refregaba incansablemente contra el suelo. Se dio cuenta, por primera vez, que el peor abandono no era el de las tierras y los animales, sino de los habitantes de Las Tres

Marías, que habían vivido en el desamparo desde la época en que su padre se jugó la dote y la herencia de su madre. Decidió que era tiempo de llevar un poco de civilización a ese rincón perdido entre la cordillera y el mar.

En Las Tres Marías comenzó una fiebre de actividad que sacudió la modorra. Esteban Trueba puso a trabajar a los campesinos como nunca lo habían hecho. Cada hombre, mujer, anciano y niño que pudiera tenerse en sus dos piernas, fue empleado por el patrón, ansioso por recuperar en pocos meses los años de abandono. Hizo construir un granero y despensas para guardar alimentos para el invierno, hizo salar la carne de caballo y ahumar la de cerdo y puso a las mujeres a hacer dulces y conservas de frutas. Modernizó la lechería, que no era más que un galpón lleno de estiércol y moscas, y obligó a las vacas a producir suficiente leche. Inició la construcción de una escuela con seis aulas, porque tenía la ambición de que todos los niños y adultos de Las Tres Marías debían aprender a leer, escribir y sumar, aunque no era partidario de que adquirieran otros conocimientos, para que no se les llenara la cabeza con ideas inapropiadas a su estado y condición. Sin embargo, no pudo conseguir un maestro que quisiera trabajar en esas lejanías, y ante la dificultad para atrapar a los chiquillos con promesas de azotes y de caramelos para alfabetizarlos él mismo, abandonó esa ilusión y dio otros usos a la escuela. Su hermana Férula le enviaba desde la capital los libros que le encargaba. Era literatura práctica. Con ellos aprendió a poner inyecciones colocándoselas en las piernas y fabricó una radio a galena. Gastó sus primeras ganancias en comprar telas rústicas, una máquina de coser, una caja de píldoras homeopáticas con su manual de instrucciones, una enciclopedia y un cargamento de silabarios, cuadernos y lápices. Acarició el proyecto de hacer un comedor donde todos los niños recibieran una comida completa al día, para que crecieran fuertes y sanos y pudieran trabajar desde pequeños, pero comprendió que era cosa de locos obligar a los niños a trasladarse desde cada extremo de la propiedad por un plato de comida, de modo que cambió el proyecto por un taller de costura. Pancha García fue la encargada de desentrañar los misterios de la máquina de coser. Al principio, creía que era un instrumento del diablo dotado de vida propia y se negaba a aproximársele, pero él fue inflexible y ella acabó por dominarla. Trueba organizó una pulpería. Era un modesto almacén donde los inquilinos podían comprar lo necesario sin tener que hacer el viaje en carreta hasta San Lucas. El patrón compraba las co-

sas al por mayor y lo revendía al mismo precio a sus trabajadores. Impuso un sistema de vales, que primero funcionó como una forma de crédito y con el tiempo llegó a remplazar al dinero legal. Con sus papeles rosados se compraba todo en la pulpería y se pagaban los sueldos. Cada trabajador tenía derecho, además de los famosos papelitos, a un trozo de tierra para cultivar en su tiempo libre, seis gallinas por familia al año, una porción de semillas, una parte de la cosecha que cubriera sus necesidades, pan y leche para el día y cincuenta pesos que se repartían para Navidad y para las Fiestas Patrias entre los hombres. Las mujeres no tenían esa bonificación, aunque trabajaran con los hombres de igual a igual, porque no se las consideraba jefes de familia, excepto en el caso de las viudas. El jabón de lavar, la lana para tejer y el jarabe para fortalecer los pulmones eran distribuidos gratuitamente, porque Trueba no quería a su alrededor gente sucia, con frío o enferma. Un día leyó en la enciclopedia las ventajas de una dieta equilibrada y comenzó su manía de las vitaminas, que había de durarle por el resto de la vida. Sufría rabietas cada vez que comprobaba que los campesinos daban a los niños sólo el pan y alimentaban a los cerdos con la leche y los huevos. Empezó a hacer reuniones obligatorias en la escuela para hablarles de las vitaminas y, de paso, informarlos sobre las noticias que conseguía captar mediante los escarceos con la radio a galena. Pronto se aburrió de perseguir la onda con el alambre y encargó a la capital una radio transoceánica provista de dos enormes baterías. Con ella podía captar algunos mensajes coherentes, en medio de un ensordecedor barullo de sonidos de ultramar. Así se enteró de la guerra de Europa y siguió los avances de las tropas en un mapa que colgó en el pizarrón de la escuela y que iba marcando con alfileres. Los campesinos lo observaban estupefactos, sin comprender ni remotamente el propósito de clavar un alfiler en el color azul y al día siguiente correrlo al color verde. No podían imaginar el mundo del tamaño de un papel suspendido en el pizarrón, ni a los ejércitos reducidos a la cabeza de un alfiler. En realidad, la guerra, los inventos de la ciencia, el progreso de la industria, el precio del oro y las extravagancias de la moda, los tenían sin cuidado. Eran cuentos de hadas que en nada modificaban la estrechez de su existencia. Para aquel impávido auditorio, las noticias de la radio eran lejanas y ajenas y el aparato se desprestigió rápidamente cuando fue evidente que no podía pronosticar el estado del tiempo. El único que demostraba interés por los mensajes venidos del aire, era Pedro Segundo García.

Esteban Trueba compartió con él muchas horas, primero junto a la radio a galena, y después con la de batería, esperando el milagro de una voz anónima y remota que los pusiera en contacto con la civilización.

Esto, sin embargo, no consiguió acercarlos. Trueba sabía que ese rudo campesino era más inteligente que los demás. Era el único que sabía leer y era capaz de mantener una conversación de más de tres frases. Era lo más parecido a un amigo que tenía en cien kilómetros a la redonda, pero su monumental orgullo le impedía reconocerle ninguna virtud, excepto aquellas propias de su condición de buen peón de campo. Tampoco era partidario de las familiaridades con los subalternos. Por su parte, Pedro Segundo lo odiaba, aunque jamás había puesto nombre a ese sentimiento tormentoso que le abrasaba el alma y lo llenaba de confusión. Era una mezcla de miedo y de rencorosa admiración. Presentía que nunca se atrevería a hacerle frente, porque era el patrón. Tendría que soportar sus rabietas, sus órdenes desconsideradas y su prepotencia durante el resto de su vida. En los años en que Las Tres Marías estuvo abandonada, él había asumido en forma natural el mando de la pequeña tribu que sobrevivió en esas tierras olvidadas. Se había acostumbrado a ser respetado, a mandar, a tomar decisiones y a no tener más que el cielo sobre su cabeza. La llegada del patrón le cambió la vida, pero no podía dejar de admitir que ahora vivían mejor, que no pasaban hambre y que estaban más protegidos y seguros. Algunas veces Trueba creyó verle en los ojos un destello asesino, pero nunca pudo reprocharle una insolencia. Pedro Segundo obedecía sin chistar, trabajaba sin quejarse, era honesto y parecía leal. Si veía pasar a su hermana Pancha por el corredor de la casa patronal, con el vaivén pesado de la hembra satisfecha, agachaba la cabeza y callaba.

Pancha García era joven y el patrón era fuerte. El resultado predecible de su alianza comenzó a notarse a los pocos meses. Las venas de las piernas de la muchacha aparecieron como lombrices en su piel morena, se hizo más lento su gesto y lejana su mirada, perdió interés en los retozos descarados de la cama de fierro forjado y rápidamente se le engrosó la cintura y se le cayeron los senos con el peso de una nueva vida que crecía en su interior. Esteban tardó bastante en darse cuenta, porque casi nunca la miraba y, pasado el entusiasmo del primer momento, tampoco la acariciaba. Se limitaba a utilizarla como una medida higiénica que aliviaba la tensión del día y le brindaba una noche sin sueños. Pero llegó un momento en que la gravidez de Pancha fue evidente incluso para él. Le tomó repulsión. Empezó a verla como un enorme envase que contenía una substancia informe y gelatinosa, que no podía reconocer como un hijo suyo. Pancha abandonó la casa del patrón y regresó al rancho de sus padres, donde no le hicieron preguntas. Siguió trabajando en la cocina patronal, amasando el pan y cosiendo a máquina, cada día más deformada por la maternidad. Dejó de servir la mesa a Esteban y evitó encontrarse con él, puesto que ya nada

tenían que compartir. Una semana después que ella salió de su cama, él volvió a soñar con Rosa y despertó con las sábanas húmedas. Miró por la ventana y vio a una niña delgada que estaba colgando en un alambre la ropa recién lavada. No parecía tener más de trece o catorce años, pero estaba completamente desarrollada. En ese momento se volvió y lo miró: tenía la mirada de una mujer.

Pedro García vio al patrón salir silbando camino al establo y movió la cabeza inquieto.

En el transcurso de los diez años siguientes. Esteban Trueba se convirtió en el patrón más respetado de la región, construyó casas de ladrillo para sus trabajadores, consiguió un maestro para la escuela y subió el nivel de vida de todo el mundo en sus tierras. Las Tres Marías era un buen negocio que no requería ayuda del filón de oro, sino, por el contrario, sirvió de garantía para prorrogar la concesión de la mina. El mal carácter de Trueba se convirtió en una leyenda y se acentuó hasta llegar a incomodarlo a él mismo. No aceptaba que nadie le contestara y no toleraba ninguna contradicción, consideraba que el menor desacuerdo era una provocación. También se acrecentó su concupiscencia. ·No pasaba ninguna muchacha de la pubertad a la edad adulta sin que la hiciera probar el bosque, la orilla del río o la cama de fierro forjado. Cuando no quedaron mujeres disponibles en Las Tres Marías, se dedicó a perseguir a las de otras haciendas, violándolas en un abrir y cerrar de ojos, en cualquier lugar del campo, generalmente al atardecer. No se preocupaba de hacerlo a escondidas, porque no le temía a nadie. En algunas ocasiones llegaron hasta Las Tres Marías un hermano, un padre, un marido o un patrón a pedirle cuentas, pero ante su violencia descontrolada, estas visitas de justicia o de venganza fueron cada vez menos frecuentes. La fama de su brutalidad se extendió por toda la zona y causaba envidiosa admiración entre los machos de su clase. Los campesinos escondían a las muchachas y apretaban los puños inútilmente, pues no podían hacerle frente. Esteban Trueba era más fuerte y tenía impunidad. Dos veces aparecieron cadáveres de campesinos de otras haciendas acribillados a tiros de escopeta y a nadie le cupo duda que había que buscar al culpable en Las Tres Marías, pero los gendarmes rurales se limitaron a anotar el hecho en su libro de actas, con la trabajosa caligrafía de los semialfabetos, agregando que habían sido sorprendidos robando. La cosa no pasó de allí. Trueba siguió labrando su prestigio de rajadiablos, sembrando la región de bastardos, cosechando el odio y almacenando culpas que no le hacían mella, porque se le había curtido el alma y acallado la conciencia con el pretexto del progreso.

En vano Pedro Segundo García y el viejo cura del hospital de las monjas trataron de sugerirle que no eran las casitas de ladrillo ni los litros de leche los que hacían a un buen patrón, o a un buen cristiano, sino dar a la gente un sueldo decente en vez de papelitos rosados, un horario de trabajo que no les moliera los riñones y un poco de respeto y dignidad. Trueba no quería oír hablar de esas cosas que, según él, olían a comunismo.

—Son ideas degeneradas —mascullaba—. Ideas bolcheviques para soliviantarme a los inquilinos. No se dan cuenta que esta pobre gente no tiene cultura ni educación, no pueden asumir responsabilidades, son niños. ¿Cómo van a saber lo que les conviene? Sin mí estarían perdidos, la prueba es que cuando doy vuelta la cara, se va todo al diablo y empiezan a hacer burradas. Son muy ignorantes. Mi gente está muy bien, ¿qué más quieren? No les falta nada. Si se quejan, es de puro mal agradecidos. Tienen casas de ladrillo, me preocupo de sonar los mocos y quitar los parásitos a sus chiquillos, de llevarles vacunas y enseñarles a leer. ¿Hay otro fundo por aquí que tenga su propia escuela? ¡No! Siempre que puedo, les llevo al cura para que les diga unas misas, así es que no sé por qué viene el cura a hablarme de justicia. No tiene que meterse en lo que no sabe y no es de su incumbencia. ¡Quisiera verlo a cargo de esta propiedad! A ver si iba a andar con remilgos. Con estos pobres diablos hay que tener mano dura, es el único lenguaje que entienden. Si uno se ablanda, no lo respetan. No niego que muchas veces he sido muy severo, pero siempre he sido justo. He tenido que enseñarles de todo, hasta a comer, porque si fuera por ellos, se alimentaban de puro pan. Si me descuido les dan la leche y los huevos a los chanchos. ¡No saben limpiarse el traste y quieren derecho a voto! Si no saben donde están parados, ¿cómo van a saber de política? Son capaces de votar por los comunistas, como los mineros del Norte, que con sus huelgas perjudican a todo el país, justamente cuando el precio del mineral está en su punto máximo. Mandar a la tropa es lo que haría yo en el Norte, para que les corra bala, a ver si aprenden de una vez por todas. Por desgracia el garrote es lo único que funciona en estos países. No estamos en Europa. Aquí lo que se necesita es un gobierno fuerte, un patrón fuerte. Sería muy lindo que fuéramos todos iguales, pero no lo somos. Eso salta a la vista. Aquí el único que sabe trabajar soy yo y los desafío a que me prueben lo contrario. Me levanto el primero y me acuesto el último en esta maldita tierra. Si fuera por mí, mandaba todo al carajo y me iba a vivir como un príncipe a la capital, pero tengo que estar aquí, porque si me ausento aunque sea por una semana, esto se viene al suelo y estos infelices empiezan a morirse de hambre. Acuérdense cómo era cuando yo llegué hace nueve o diez años: una desolación.

Era una ruina de piedras y buitres. Una tierra de nadie. Estaban todos los potreros abandonados. A nadie se le había ocurrido canalizar el agua. Se contentaban con plantar cuatro lechugas mugrientas en sus patios y dejaron que todo lo demás se hundiera en la miseria. Fue necesario que yo llegara para que aquí hubiera orden, ley, trabajo. ¿Cómo no voy a estar orgulloso? He trabajado tan bien, que ya compré los dos fundos vecinos y esta propiedad es la más grande y la más rica de toda la zona, la envidia de todo el mundo, un ejemplo, un fundo modelo. Y ahora que la carretera pasa por el lado, se ha duplicado su valor, si quisiera venderlo podría irme a Europa a vivir de mis rentas, pero no me voy, me quedo aquí, machucándome. Lo hago por esta gente. Sin mí estarían perdidos. Si vamos al fondo de las cosas, no sirven ni para hacer los mandados, siempre lo he dicho: son como niños. No hay uno que pueda hacer lo que tiene que hacer sin que tenga que estar yo detrás azuzándolo. ¡Y después me vienen con el cuento de que somos todos iguales! Para morirse de la risa, carajo...

A su madre y hermana enviaba cajones con frutas, carnes saladas, jamones, huevos frescos, gallinas vivas y en escabeche, harina, arroz y granos por sacos, quesos del campo y todo el dinero que podían necesitar, porque eso no le faltaba. Las Tres Marías y la mina producían como era debido por primera vez desde que Dios puso aquello en el planeta, como le gustaba decir a quien quisiera oírlo. A doña Ester y a Férula daba lo que nunca ambicionaron, pero no tuvo tiempo, en todos esos años, para irlas a visitar, aunque fuera de paso en alguno de sus viajes al Norte. Estaba tan ocupado en el campo, en las nuevas tierras que había comprado y en otros negocios a los que empezaba a echar el guante, que no podía perder su tiempo junto al lecho de una enferma. Además existía el correo que los mantenía en contacto y el tren que le permitía mandar todo lo que quisiera. No tenía necesidad de verlas. Todo se podía decir por carta. Todo menos lo que no quería que supieran, como la recua de bastardos que iban naciendo como por arte de magia. Bastaba tumbar a una muchacha en el potrero y quedaba preñada inmediatamente, era cosa del demonio, tanta fertilidad era insólita, estaba seguro que la mitad de los críos no eran suyos. Por eso decidió que aparte del hijo de Pancha García, que se llamaba Esteban como él y que no había duda de que su madre era virgen cuando la poseyó, los demás podían ser sus hijos y podían no serlo y siempre era mejor pensar que no lo eran. Cuando llegaba a su casa alguna mujer con un niño en los brazos para reclamar el apellido o alguna ayuda, la ponía en el camino con un par de billetes en la mano y la amenaza de que si volvía a importunarlo, la sacaría a rebencazos, para que no le quedaran ganas de andar meneando

el rabo al primer hombre que viera y después acusarlo a él. Así fue como nunca se enteró del número exacto de sus hijos y en realidad el asunto no le interesaba. Pensaba que cuando quisiera tener hijos, buscaría una esposa de su clase, con bendición de la Iglesia, porque los únicos que contaban eran los que llevaban el apellido del padre, los otros era como si no existieran. Que no le fueran con la monstruosidad de que todos nacen con los mismos derechos y heredan igual, porque en ese caso se iba todo al carajo y la civilización regresaba a la Edad de Piedra. Se acordaba de Nívea, la madre de Rosa, quien después que su marido renunció a la política, aterrado por el aguardiente envenenado, inició su propia campaña política. Se encadenaba con otras damas en las rejas del Congreso y de la Corte Suprema, provocando un bochornoso espectáculo que ponía en ridículo a sus maridos. Sabía que Nívea salía en la noche a pegar pancartas sufragistas en los muros de la ciudad y era capaz de pasear por el centro a plena luz del mediodía de un domingo, con una escoba en la mano y un birrete en la cabeza, pidiendo que las mujeres tuvieran los derechos de los hombres, que pudieran votar y entrar a la universidad, pidiendo también que todos los niños gozaran de la protección de la ley, aunque fueran bastardos.

—¡Esa señora está mal de la cabeza! —decía Trueba—. Eso sería ir contra la naturaleza. Si las mujeres no saben sumar dos más dos, menos podrán tomar un bisturí. Su función es la maternidad, el hogar. Al paso que van, cualquier día van a querer ser diputados, jueces ¡hasta Presidente de la República! Y mientras tanto están produciendo una confusión y un desorden que puede terminar en un desastre. Andan publicando panfletos indecentes, hablan por la radio, se encadenan en lugares públicos y tiene que ir la policía con un herrero para que corte los candados y puedan llevárselas presas, que es como deben estar. Lástima que siempre hay un marido influyente, un juez de pocos bríos o un parlamentario con ideas revoltosas, que las pone en libertad... ¡Mano dura es lo que hace falta también en este caso!

La guerra en Europa había terminado y los vagones llenos de muertos eran un clamor lejano, pero que aún no se apagaba. De allá estaban llegando las ideas subversivas traídas por los vientos incontrolables de la radio, el telégrafo y los buques cargados de emigrantes que llegaban como un tropel atónito, escapando al hambre de su tierra, asolados por el rugido de las bombas y por los muertos pudriéndose en los surcos del arado. Era año de elecciones presidenciales y de preocuparse por el vuelco que estaban tomando los acontecimientos. El país despertaba. La oleada de descontento que agitaba al pueblo estaba golpeando la sólida estructura de aquella sociedad oligárquica. En los campos hubo de todo: sequía, caracol, fiebre aftosa. En el Norte había cesantía

y en la capital se sentía el efecto de la guerra lejana. Fue un año de
miseria en el que lo único que faltó para rematar el desastre fue un
terremoto.

La clase alta, sin embargo, dueña del poder y de la riqueza, no se
dio cuenta del peligro que amenazaba el frágil equilibrio de su posición.
Los ricos se divertían bailando el charlestón y los nuevos ritmos del
jazz, el fox-trot y unas cumbias de negros que eran una maravillosa in-
decencia. Se renovaron los viajes en barco a Europa, que se habían
suspendido durante los cuatro años de guerra y se pusieron de moda
otros a Norteamérica. Llegó la novedad del golf, que reunía a la mejor
sociedad para golpear una pelotita con un palo, tal como doscientos
años antes hacían los indios en esos mismos lugares. Las damas se
ponían collares de perlas falsas hasta la rodillas y sombreros de bacinilla hundidos hasta las cejas, se habían cortado el pelo como hombres
y se pintaban como meretrices, habían suprimido el corsé y fumaban
pierna arriba. Los caballeros andaban deslumbrados por el invento de
los coches norteamericanos, que llegaban al país por la mañana y se
vendían el mismo día por la tarde, a pesar de que costaban una pequeña
fortuna y no eran más que un estrépito de humo y tuercas sueltas corriendo a velocidad suicida por unos caminos que fueron hechos para
los caballos y otras bestias naturales, pero en ningún caso para máquinas de fantasía. En las mesas de juego se jugaban las herencias y las
riquezas fáciles de la post-guerra, destapaban el champán y llegó la novedad de la cocaína para los más refinados y viciosos. La locura colectiva parecía no tener fin.

Pero en el campo los nuevos automóviles eran una realidad tan lejana como los vestidos cortos y los que se libraron del caracol y la
fiebre aftosa lo anotaron como un buen año. Esteban Trueba y otros
terratenientes de la región se juntaban en el club del pueblo para planear la acción política antes de las elecciones. Los campesinos todavía
vivían igual que en tiempos de la Colonia y no habían oído hablar de
sindicatos, ni de domingos festivos, ni de un salario mínimo, pero ya
comenzaban a infiltrarse en los fundos los delegados de los nuevos partidos de izquierda, que entraban disfrazados de evangélicos, con una
biblia en un sobaco y sus panfletos marxistas en el otro, predicando
simultáneamente la vida abstemia y la muerte por la revolución. Estos
almuerzos de confabulación de los patrones terminaban en borracheras
romanas o en peleas de gallos y al anochecer tomaban por asalto el
Farolito Rojo, donde las prostitutas de doce años y Carmelo el único
marica del burdel y del pueblo, bailaban al son de una vitrola antedilu-
viana, bajo la mirada alerta de la Sofía, que ya no estaba para esos trotes, pero que todavía tenía energía para regentarlo con mano de

hierro y para impedir que se metieran los gendarmes a fregar la paciencia y los patrones a propasarse con las muchachas, jodiendo sin pagar. Entre todas, Tránsito Soto era la que mejor bailaba y la que más resistía los embistes de los borrachos, era incansable y nunca se quejaba de nada, como si tuviera la virtud tibetana de dejar su mísero esqueleto de adolescente en manos del cliente y trasladar su alma a una región lejana. A Esteban Trueba le gustaba, porque no tenía remilgos para las innovaciones y las brutalidades del amor, sabía cantar con voz de pájaro ronco, y porque una vez le dijo que ella iba a llegar muy lejos y eso le hizo gracia.

—No me voy a quedar en el Farolito Rojo toda la vida, patrón. Me voy a ir a la capital, porque quiero ser rica y famosa —dijo.

Esteban iba al lupanar porque era el único lugar de diversión del pueblo, pero no era hombre de prostitutas. No le gustaba pagar por lo que podía obtener por otros medios. A Tránsito Soto, sin embargo, la apreciaba. La joven lo hacía reír.

Un día, después de hacer el amor, se sintió generoso, lo que no le ocurría casi nunca, y preguntó a Tránsito Soto si le gustaría que le hiciera un regalo.

—¡Préstame cincuenta pesos, patrón! —pidió ella al punto.

—Es mucha plata. ¿Para qué la quieres?

—Para un pasaje en tren, un vestido rojo, unos zapatos con tacón, un frasco de perfume y para hacerme la permanente. Es todo lo que necesito para empezar. Se los voy a devolver algún día, patrón. Con intereses.

Esteban le dio los cincuenta pesos porque ese día había vendido cinco novillos y andaba con los bolsillos repletos de billetes, y también porque la fatiga del placer satisfecho lo ponía algo sentimental.

—Lo único que siento es que no te voy a volver a ver, Tránsito. Me había acostumbrado a ti.

—Sí nos vamos a ver, patrón. La vida es larga y tiene muchas vueltas.

Esas comilonas en el club, las riñas de gallos y las tardes en el burdel, culminaron en un plan inteligente, aunque no del todo original, para hacer votar a los campesinos. Les dieron una fiesta con empanadas y mucho vino, se sacrificaron algunas reses para asarlas, les tocaron canciones en la guitarra, les endilgaron algunas arengas patrióticas y les prometieron que si salía el candidato conservador tendrían una bonificación, pero si salía cualquier otro, se quedaban sin trabajo. Además, controlaron las urnas y sobornaron a la policía. A los campesinos, después de la fiesta, los echaron dentro de unas carretas y los llevaron a votar, bien vigilados, entre bromas y risas, la única oportunidad en que

tenían familiaridades con ellos, compadre para acá, compadre para allá, cuente conmigo, que yo no le fallo, patroncito, así me gusta, hombre, que tengas conciencia patriótica, mira que los liberales y los radicales son todos unos pendejos y los comunistas son unos ateos, hijos de puta, que se comen a los niños.

El día de la elección todo ocurrió como estaba previsto, en perfecto orden. Las Fuerzas Armadas garantizaron el proceso democrático, todo en paz, un día de primavera más alegre y asoleado que otros.

—Un ejemplo para este continente de indios y de negros, que se lo pasan en revoluciones para tumbar a un dictador y poner a otro. Éste es un país diferente, una verdadera república, tenemos orgullo cívico, aquí el Partido Conservador gana limpiamente y no se necesita a un general para que haya orden y tranquilidad, no es como esas dictaduras regionales donde se matan unos a otros, mientras los gringos se llevan todas las materias primas —expresó Trueba en el comedor del club, brindando con una copa en la mano, en el momento en que se enteró de los resultados de la votación.

Tres días después, cuando se había vuelto a la rutina, llegó la carta de Férula a Las Tres Marías. Esteban Trueba había soñado esa noche con Rosa. Hacía muchos tiempo que eso no le ocurría. En el sueño la vio con su pelo de sauce suelto en la espalda, como un manto vegetal que la cubría hasta la cintura, tenía la piel dura y helada, del color y textura del alabastro. Iba desnuda y llevaba un bulto en los brazos, caminaba como se camina en los sueños, aureolada por el verde resplandor que flotaba alrededor de su cuerpo. La vio acercarse lentamente y cuando quiso tocarla, ella lanzó el bulto al suelo, estrellándolo a sus pies. Él se agachó, lo recogió, y vio a una niña sin ojos que lo llamaba papá. Se despertó angustiado y anduvo de mal humor toda la mañana. A causa del sueño, se sintió inquieto, mucho antes de recibir la carta de Férula. Entró a tomar su desayuno en la cocina, como todos los días, y vio una gallina que andaba picoteando las migas en el suelo. Le mandó un puntapié que le abrió la barriga, dejándola agónica en un charco de tripas y plumas, aleteando en medio de la cocina. Eso no lo calmó, por el contrario, aumentó su rabia y sintió que comenzaba a ahogarse. Se montó en el caballo y se fue al galope a vigilar el ganado que estaban marcando. En eso llegó a la casa Pedro Segundo García, que había ido a la estación San Lucas a dejar una encomienda y había pasado por el pueblo a recoger el correo. Traía la carta de Férula.

El sobre aguardó toda la mañana sobre la mesa de la entrada. Cuando Estaban Trueba llegó, pasó directamente a bañarse, porque iba cubierto de sudor y de polvo, impregnado del olor inconfundible de las bestias aterrorizadas. Después se sentó en su escritorio a sacar

cuentas y ordenó que le sirvieran la comida en una bandeja. No vio la carta de su hermana hasta la noche, cuando recorrió la casa como hacía siempre antes de acostarse, para ver que los faroles estuvieran apagados y las puertas cerradas. La carta de Férula era igual a todas las que había recibido de ella, pero al tenerla en la mano, supo, aun antes de abrirla, que su contenido le cambiaría la vida. Tuvo la misma sensación que cuando sostenía el telegrama de su hermana que le anunció la muerte de Rosa, años atrás.

La abrió, sintiendo que le latían las sienes a causa del presentimiento. La carta decía brevemente que doña Ester Trueba se estaba muriendo y que, después de tantos años de cuidarla y servirla como una esclava, Férula tenía que aguantar que su madre ni siquiera la reconociera, sino que clamaba día y noche por su hijo Esteban, porque no quería morirse sin verlo. Esteban nunca había querido realmente a su madre, ni se sentía cómodo en su presencia, pero la noticia lo dejó tembloroso. Comprendió que ya no le servirían los pretextos siempre novedosos que inventaba para no visitarla, y que había llegado el momento de hacer el camino de vuelta a la capital y enfrentar por última vez a esa mujer que estaba presente en sus pesadillas, con su rancio olor a medicamentos, sus quejidos tenues, sus interminables oraciones, esa mujer sufriente que había poblado de prohibiciones y terrores su infancia y cargado de responsabilidades y culpas su vida de hombre.

Llamó a Pedro Segundo García y le explicó la situación. Lo llevó al escritorio y le mostró el libro de contabilidad y las cuentas de la pulpería. Le entregó un manojo con todas la llaves, menos la de la bodega de los vinos, y le anunció que a partir de ese momento y hasta su regreso, él era responsable de todo lo que había en Las Tres Marías y que cualquier estupidez que cometiera la pagaría muy cara. Pedro Segundo García recibió las llaves, se metió el libro de cuentas debajo del brazo y sonrió sin alegría.

—Uno hace lo que puede, no más, patrón —dijo encogiéndose de hombros.

Al día siguiente Esteban Trueba rehizo por primera vez en años el camino que lo había llevado de la casa de su madre al campo. Se fue en una carreta con sus dos maletas de cuero hasta la estación San Lucas, tomó el coche de primera clase de los tiempos de la compañía inglesa de ferrocarriles y volvió a recorrer los vastos campos tendidos al pie de la cordillera.

Cerró los ojos e intentó dormir, pero la imagen de su madre le espantó el sueño.

Capítulo III

CLARA, CLARIVIDENTE

Clara tenía diez años cuando decidió que no valía la pena hablar y se encerró en el mutismo. Su vida cambió notablemente. El médico de la familia, el gordo y afable doctor Cuevas, intentó curarle el silencio con píldoras de su invención, con vitaminas en jarabe y tocaciones de miel de bórax en la garganta, pero sin ningún resultado aparente. Se dio cuenta de que sus medicamentos eran ineficaces y que su presencia ponía a la niña en estado de terror. Al verlo, Clara comenzaba a chillar y se refugiaba en el rincón más lejano, encogida como un animal acosado, de modo que abandonó sus curaciones y recomendó a Severo y Nívea que la llevaran donde un rumano de apellido Rostipov, que estaba causando sensación esa temporada. Rostipov se ganaba la vida haciendo trucos de ilusionista en los teatros de variedades y había realizado la increíble hazaña de tensar un alambre desde la punta de la catedral hasta la cúpula de la Hermandad Gallega, al otro lado de la plaza para cruzar caminando por el aire con una pértiga como único sostén. A pesar de su lado frívolo, Rostipov estaba provocando una batahola en los círculos científicos porque en sus horas libres mejoraba la histeria con varillas magnéticas y trances hipnóticos. Nívea y Severo lleva-

ron a Clara al consultorio que el rumano había improvisado en su hotel. Rostipov la examinó cuidadosamente y por último declaró que el caso no era de su incumbencia, puesto que la pequeña no hablaba porque no le daba la gana, y no porque no pudiera. De todos modos, ante la insistencia de los padres, fabricó unas píldoras de azúcar pintadas de color violeta y las recetó advirtiendo que eran un remedio siberiano para curar sordomudos. Pero la sugestión no funcionó en este caso y el segundo frasco fue devorado por Barrabás en un descuido sin que ello provocara en la bestia ninguna reacción apreciable. Severo y Nívea intentaron hacerla hablar con métodos caseros, con amenazas y súplicas y hasta dejándola sin comer, a ver si el hambre la obligaba a abrir la boca para pedir su cena, pero tampoco eso resultó.

La Nana tenía la idea de que un buen susto podía conseguir que la niña hablara y se pasó nueve años inventando recursos desesperados para aterrorizar a Clara, con lo cual sólo consiguió inmunizarla contra la sorpresa y el espanto. Al poco tiempo Clara no tenía miedo de nada, no la conmovían las apariciones de monstruos lívidos y desnutridos en su habitación, ni los golpes de los vampiros y demonios en su ventana. La Nana se disfrazaba de filibustero sin cabeza, de verdugo de la Torre de Londres, de perro lobo y de diablo cornudo, según la inspiración del momento y las ideas que sacaba de unos folletos terroríficos que compraba para ese fin y aunque no era capaz de leerlos, copiaba las ilustraciones. Adquirió la costumbre de deslizarse sigilosamente por los corredores para asaltar a la niña en la oscuridad, de aullar detrás de las puertas y esconder bichos vivos en la cama, pero nada de eso logró sacarle ni una palabra. A veces Clara perdía la paciencia, se tiraba al suelo, pataleaba y gritaba, pero sin articular ningún sonido en idioma conocido, o bien anotaba en la pizarrita que siempre llevaba consigo los peores insultos para la pobre mujer, que se iba a la cocina a llorar la incomprensión.

—¡Lo hago por tu bien, angelito! —sollozaba la Nana envuelta en una sábana ensangrentada y con la cara tiznada con corcho quemado.

Nívea le prohibió que siguiera asustando a su hija. Se dio cuenta que el estado de turbación aumentaba sus poderes mentales y producía desorden entre los aparecidos que rondaban a la niña. Además, aquel desfile de personajes truculentos estaba destrozando el sistema nervioso a Barrabás, que nunca tuvo buen olfato y era incapaz de reconocer a la Nana debajo de sus disfraces. El perro comenzó a orinarse sentado, dejando a su alrededor un inmenso charco y con frecuencia le crujían los dientes. Pero la Nana aprovechaba cualquier descuido de la madre para persistir en sus intentos de curar la mudez con el mismo remedio con que se quita el hipo.

Retiraron a Clara del colegio de monjas donde se habían educado todas las hermanas del Valle y le pusieron profesores en la casa. Severo hizo traer de Inglaterra a una institutriz, Miss Agatha, alta, toda ella de color ámbar y con grandes manos de albañil, pero no resistió el cambio de clima, la comida picante y el vuelo autónomo del salero desplazándose sobre la mesa del comedor, y tuvo que regresar a Liverpool. La siguiente fue una suiza que no tuvo mejor suerte y la francesa, que llegó gracias a los contactos del embajador de ese país con la familia, resultó ser tan rosada, redonda y dulce, que quedó encinta a los pocos meses y, al hacer las averiguaciones del caso, se supo que el padre era Luis, hermano mayor de Clara. Severo los casó sin preguntarles su opinión y, contra todos los pronósticos de Nívea y sus amigas, fueron muy felices. En vista de estas experiencias, Nívea convenció a su marido de que aprender idiomas extranjeros no era importante para una criatura con habilidades telepáticas y que era mucho mejor insistir con las clases de piano y enseñarle a bordar.

La pequeña Clara leía mucho. Su interés por la lectura era indiscriminado y le daban lo mismo los libros mágicos de los baúles encantados de su tío Marcos, que los documentos del Partido Liberal que su padre guardaba en su estudio. Llenaba incontables cuadernos con sus anotaciones privadas, donde fueron quedando registrados los acontecimientos de ese tiempo, que gracias a eso no se perdieron borrados por la neblina del olvido, y ahora yo puedo usarlos para rescatar su memoria.

Clara clarividente conocía el significado de los sueños. Esta habilidad era natural en ella y no requería los engorrosos estudios cabalísticos que usaba el tío Marcos con más esfuerzo y menos acierto. El primero en darse cuenta de eso fue Honorio, el jardinero de la casa, que soñó un día con culebras que andaban entre sus pies y que, para quitárselas de encima, les daba de patadas hasta que conseguía aplastar a diecinueve. Se lo contó a la niña mientras podaba las rosas, sólo para entretenerla, porque la quería mucho y le daba lástima que fuera muda. Clara sacó la pizarrita del bolsillo de su delantal y escribió la interpretación del sueño de Honorio: tendrás mucho dinero, te durará poco, lo ganarás sin esfuerzo, juega al diecinueve. Honorio no sabía leer, pero Nívea le leyó el mensaje entre burlas y risas. El jardinero hizo lo que le decían y se ganó ochenta pesos en una timba clandestina que había detrás de una bodega de carbón. Se los gastó en un traje nuevo, una borrachera memorable con todos sus amigos y una muñeca de loza para Clara. A partir de entonces la niña tuvo mucho trabajo descifrando sueños a escondidas de su madre, porque cuando se supo la historia de Honorio iban a preguntarle qué quiere decir volar sobre

una torre con alas de cisne; ir en una barca a la deriva y que cante una sirena con voz de viuda; que nazcan dos gemelos pegados por la espalda, cada uno con una espada en la mano, y Clara anotaba sin vacilar en la pizarrita que la torre es la muerte y el que vuela por encima se salvará de morir en un accidente, el que naufraga y escucha a la sirena perderá su trabajo y pasará penurias, pero lo ayudará una mujer con la que hará un negocio; los gemelos son marido y mujer forzados en un mismo destino, hiriéndose mutuamente con golpes de espada.

Los sueños no eran lo único que Clara adivinaba. También veía el futuro y conocía la intención de la gente, virtudes que mantuvo a lo largo de su vida y acrecentó con el tiempo. Anunció la muerte de su padrino, don Salomón Valdés, que era corredor de la Bolsa de Comercio y que creyendo haberlo perdido todo, se colgó de la lámpara en su elegante oficina. Allí lo encontraron, por insistencia de Clara, con el aspecto de un carnero mustio, tal como ella lo describió en la pizarra. Predijo la hernia de su padre, todos los temblores de tierra y otras alteraciones de la naturaleza, la única vez que cayó nieve en la capital matando de frío a los pobres en las poblaciones y a los rosales en los jardines de los ricos, y la identidad del asesino de las colegialas, mucho antes que la policía descubriera el segundo cadáver, pero nadie le creyó y Severo no quiso que su hija opinara sobre cosas de criminales que no tenían parentesco con la familia. Clara se dio cuenta a la primera mirada que Getulio Armando iba a estafar a su padre con el negocio de las ovejas australianas, porque se lo leyó en el color del aura. Se lo escribió a su padre, pero éste no le hizo caso y cuando vino a acordarse de las predicciones de su hija menor, había perdido la mitad de su fortuna y su socio andaba por el Caribe, convertido en hombre rico, con un serrallo de negras culonas y un barco propio para tomar el sol.

La habilidad de Clara para mover objetos sin tocarlos no se pasó con la menstruación, como vaticinaba la Nana, sino que se fue acentuando hasta tener tanta práctica, que podía mover las teclas del piano con la tapa cerrada, aunque nunca pudo desplazar el instrumento por la sala, como era su deseo. En esas extravagancias ocupaba la mayor parte de su energía y de su tiempo. Desarrolló la capacidad de adivinar un asombroso porcentaje de las cartas de la baraja e inventó juegos de irrealidad para divertir a sus hermanos. Su padre le prohibió escrutar el futuro en los naipes e invocar fantasmas y espíritus traviesos que molestaban al resto de la familia y aterrorizaban a la servidumbre, pero Nívea comprendió que mientras más limitaciones y sustos tenía que soportar su hija menor, más lunática se ponía, de modo que decidió dejarla en paz con sus trucos de espiritista, sus juegos de pitonisa y su silencio de caverna, tratando de amarla sin condiciones y

aceptarla tal cual era. Clara creció como una planta salvaje, a pesar de las recomendaciones del doctor Cuevas, que había traído de Europa la novedad de los baños de agua fría y los golpes de electricidad para curar a los locos.

Barrabás acompañaba a la niña de día y de noche, excepto en los períodos normales de su actividad sexual. Estaba siempre rondándola como una gigantesca sombra tan silenciosa como la misma niña, se echaba a sus pies cuando ella se sentaba y en la noche dormía a su lado con resoplidos de locomotora. Llegó a compenetrarse tan bien con su ama, que cuando ésta salía a caminar sonámbula por la casa, el perro la seguía en la misma actitud. Las noches de luna llena era común verlos paseando por los corredores, como dos fantasmas flotando en la pálida luz. A medida que el perro fue creciendo, se hicieron evidentes sus distracciones. Nunca comprendió la naturaleza translúcida del cristal y en sus momentos de emoción solía embestir las ventanas al trote, con la inocente intención de atrapar alguna mosca. Caía al otro lado en un estrépito de vidrios rotos, sorprendido y triste. En aquellos tiempos los cristales venían de Francia por barco y la manía del animal de lanzarse contra ellos llegó a ser un problema, hasta que Clara ideó el recurso extremo de pintar gatos en los vidrios. Al convertirse en adulto, Barrabás dejó de fornicar con las patas del piano, como lo hacía en su infancia, y su instinto reproductor se ponía de manifiesto sólo cuando olía alguna perra en celo en la proximidad. En esas ocasiones no había cadena ni puerta que pudiera retenerlo, se lanzaba a la calle venciendo todos los obstáculos que se le ponían por delante y se perdía por dos o tres días. Volvía siempre con la pobre perra colgando atrás, suspendida en el aire, atravesada por su enorme masculinidad. Había que esconder a los niños para que no vieran el horrendo espectáculo del jardinero mojándolos con agua fría hasta que, después de mucha agua, patadas y otras ignominias, Barrabás se desprendía de su enamorada, dejándola agónica en el patio de la casa, donde Severo tenía que rematarla con un tiro de misericordia.

La adolescencia de Clara transcurrió suavemente en la gran casa de tres patios de sus padres, mimada por sus hermanos mayores, por Severo que la prefería entre todos sus hijos, por Nívea y por la Nana, que alternaba sus siniestras excursiones disfrazada de cuco, con los más tiernos cuidados. Casi todos sus hermanos se habían casado o partido, unos de viaje, otros a trabajar a provincia, y la gran casa, que había albergado a una familia numerosa, estaba casi vacía, con muchos cuartos cerrados. La niña ocupaba el tiempo que le dejaban sus preceptores en leer, mover sin tocar los objetos más diversos, corretear a Barrabás, practicar juegos de adivinación y aprender a tejer que, de todas

las artes domésticas, fue la única que pudo dominar. Desde aquel Jueves Santo en que el padre Restrepo la acusó de endemoniada, hubo una sombra sobre su cabeza que el amor de sus padres y la discreción de sus hermanos consiguió controlar, pero la fama de sus extrañas habilidades circuló en voz baja en las tertulias de señoras. Nívea se dio cuenta que a su hija nadie la invitaba y hasta sus propios primos la eludían. Procuró compensar la falta de amigos con su dedicación total, con tanto éxito, que Clara creció alegremente y en los años posteriores recordaría su infancia como un período luminoso de su existencia, a pesar de su soledad y de su mudez. Toda su vida guardaría en la memoria las tardes compartidas con su madre en la salita de costura, donde Nívea cosía a máquina ropa para los pobres y le contaba cuentos y anécdotas familiares. Le mostraba los daguerrotipos de la pared y le narraba el pasado.

—¿Ve este señor tan serio, con barba de bucanero? Es el tío Mateo, que se fue al Brasil por un negocio de esmeraldas, pero una mulata de fuego le hizo mal de ojo. Se le cayó el pelo, se le desprendieron las uñas, se le soltaron los dientes. Tuvo que ir a ver a un hechicero, un brujo vodú, un negro retinto, que le dio un amuleto y se le afirmaron los dientes, le salieron uñas nuevas y recuperó el pelo. Mírelo, hijita, tiene más pelo que un indio: es el único calvo en el mundo que volvió a echar pelo.

Clara sonreía sin decir nada y Nívea seguía hablando porque se había acostumbrado al silencio de su hija. Por otra parte, tenía la esperanza que de tanto meterle ideas en la cabeza, tarde o temprano haría una pregunta y recuperaría el habla.

—Y éste —decía— es el tío Juan. Yo lo quería mucho. Una vez se tiró un pedo y fue su condena a muerte, una gran desgracia. Sucedió en un almuerzo campestre. Estábamos todas las primas un fragante día de primavera, con nuestros vestidos de muselina y nuestros sombreros con flores y cintas, y los muchachos lucían su mejor ropa dominguera. Juan se quitó su chaqueta blanca, ¡parece que lo estoy viendo! Se arremangó la camisa y se colgó airoso de la rama de un árbol para provocar, con sus proezas de trapecista, la admiración de Constanza Andrade, que fue Reina de la Vendimia, y que desde la primera vez que la vio, perdió la tranquilidad, devorado por el amor. Juan hizo dos flexiones impecables, una vuelta completa y al siguiente movimiento lanzó una sonora ventosidad. ¡No se ría, Clarita! Fue terrible. Se produjo un silencio confundido y la Reina de la Vendimia empezó a reír descontroladamente. Juan se puso su chaqueta, estaba muy pálido, se alejó del grupo sin prisa y no lo volvimos a ver más. Lo buscaron hasta en la Legión Extranjera, preguntaron por él en todos los consu-

lados, pero nunca más se supo de su existencia. Yo creo que se metió a misionero y se fue a cuidar leprosos a la Isla de Pascua, que es lo más lejos que se puede llegar para olvidar y para que lo olviden, porque queda fuera de las rutas de navegación y ni siquiera figura en los mapas de los holandeses. Desde entonces la gente lo recuerda como Juan del Pedo.

Nívea llevaba a su hija a la ventana y le mostraba el tronco seco del álamo.

—Era un árbol enorme —decía—. Lo hice cortar antes que naciera mi hijo mayor. Dicen que era tan alto, que desde la punta se podía ver toda la ciudad, pero el único que llegó tan arriba, no tenía ojos para verla. Cada hombre de la familia del Valle, cuando quiso ponerse pantalones largos, tuvo que treparlo para probar su valor. Era algo así como un rito de iniciación. El árbol estaba lleno de marcas. Yo misma pude comprobarlo cuando lo botaron. Desde las primeras ramas intermedias, gruesas como chimeneas, ya se podían ver la marcas dejadas por los abuelos que hicieron su ascenso en su época. Por las iniciales grabadas en el tronco se sabía de los que habían subido más alto, de los más valientes, y también de los que se habían detenido, asustados. Un día le tocó a Jerónimo, el primo ciego. Subió tanteando las ramas sin vacilar, porque no veía la altura y no presentía el vacío. Llegó a la cima, pero no pudo terminar la jota de su inicial, porque se desprendió como una gárgola y se fue de cabeza al suelo, a los pies de su padre y sus hermanos. Tenía quince años. Llevaron el cuerpo envuelto en una sábana a su madre, la pobre mujer los escupió a todos en la cara, les gritó insultos de marinero y maldijo a la raza de hombres que había incitado a su hijo a subir al árbol, hasta que se la llevaron las monjas de la Caridad envuelta en una camisa de fuerza. Yo sabía que algún día mis hijos tendrían que continuar esa bárbara tradición. Por eso lo hice cortar. No quería que Luis y los otros niños crecieran con la sombra de ese patíbulo en la ventana.

A veces Clara acompañaba a su madre y a dos o tres de sus amigas sufragistas a visitar fábricas, donde se subían en unos cajones para arengar a las obreras, mientras desde una prudente distancia, los capataces y los patrones las observaban burlones y agresivos. A pesar de su corta edad y su completa ignorancia de las cosas del mundo, Clara podía percibir el absurdo de la situación y describía en sus cuadernos el contraste entre su madre y sus amigas, con abrigos de piel y botas de gamuza, hablando de opresión, de igualdad y de derechos, a un grupo triste y resignado de trabajadoras, con sus toscos delantales de dril y las manos rojas por los sabañones. De la fábrica, las sufragistas se iban a la confitería de la Plaza de Armas a tomar té con pastelitos y comen-

tar los progresos de la campaña, sin que esta distracción frívola las apartara ni un ápice de sus inflamados ideales. Otras veces su madre la llevaba a las poblaciones marginales y a los conventillos, donde llegaban con el coche cargado de alimentos y ropa que Nívea y sus amigas cosían para los pobres. También en esas ocasiones, la niña escribía con asombrosa intuición, que las obras de caridad no podían mitigar la monumental injusticia. La relación con su madre era alegre e íntima, y Nívea, a pesar de haber tenido quince hijos, la trataba como si fuera la única, estableciendo un vínculo tan fuerte, que se prolongó en las generaciones posteriores como una tradición familiar.

La Nana se había convertido en una mujer sin edad, que conservaba intacta la fortaleza de su juventud y podía andar a brincos por los rincones asustando la mudez, igual como podía pasar el día revolviendo con un palo la marmita de cobre, en un fuego de infierno al centro del tercer patio, donde gorgoriteaba el dulce de membrillo, un líquido espeso del color del topacio, que al enfriarse se convertía en moldes de todos tamaños que Nívea repartía entre sus pobres. Acostumbrada a vivir rodeada de niños, cuando los demás crecieron y se fueron, la Nana volcó en Clara todas sus ternuras. Aunque la niña ya no tenía edad para eso, la bañaba como si fuera un crío, remojándola en la bañera esmaltada con agua perfumada de albahaca y jazmín, la frotaba con una esponja, la enjabonaba meticulosamente sin olvidar ningún resquicio de las orejas o los pies, la friccionaba con agua de colonia, la empolvaba con un hisopo de plumas de cisne y le cepillaba el pelo con infinita paciencia, hasta dejárselo brillante y dócil como una planta de mar. La vestía, le abría la cama, le llevaba el desayuno en bandeja, la obligaba a tomar infusión de tilo para los nervios, de manzanilla para el estómago, de limón para la transparencia de la piel, de ruda para la mala bilis y de menta para la frescura del aliento, hasta que la niña se convirtió en un ser angélico y hermoso que deambulaba por los patios y los corredores envuelta en un aroma de flores, un rumor de enaguas almidonadas y un halo de rizos y cintas.

Clara pasó la infancia y entró en la juventud dentro de las paredes de su casa, en un mundo de historias asombrosas, de silencios tranquilos, donde el tiempo no se marcaba con relojes ni calendarios y donde los objetos tenían vida propia, los aparecidos se sentaban en la mesa y hablaban con los humanos, el pasado y el futuro eran parte de la misma cosa y la realidad del presente era un caleidoscopio de espejos desordenados donde todo podía ocurrir. Es una delicia, para mí, leer los cuadernos de esa época, donde se describe un mundo mágico que se acabó. Clara habitaba un universo inventado para ella, protegida de las inclemencias de la vida, donde se confundían la verdad prosaica de las co-

sas materiales con la verdad tumultosa de los sueños, donde no siempre funcionaban las leyes de la física o la lógica. Clara vivió ese período ocupada en sus fantasías, acompañada por los espíritus del aire, del agua y de la tierra, tan feliz, que no sintió la necesidad de hablar en nueve años. Todos habían perdido la esperanza de volver a oírle la voz, cuando el día de su cumpleaños, después que sopló las diecinueve velas de su pastel de chocolate, estrenó una voz que había estado guardada durante todo aquel tiempo y que tenía resonancia de instrumento desafinado.

—Pronto me voy a casar —dijo.

—¿Con quién? —preguntó Severo.

—Con el novio de Rosa —respondió ella.

Y entonces se dieron cuenta que había hablado por primera vez en todos esos años y el prodigio remeció la casa en sus cimientos y provocó el llanto de toda la familia. Se llamaron unos a otros, se desparramó la noticia por la ciudad, consultaron al doctor Cuevas, que no podía creerlo, y en el alboroto de que Clara había hablado, a todos se les olvidó lo que dijo y no se acordaron hasta dos meses más tarde, cuando apareció Esteban Trueba, a quien no habían visto desde el entierro de Rosa, a pedir la mano de Clara.

Esteban Trueba se bajó en la estación y cargó él mismo sus dos maletas. La cúpula de fierro que habían construido los ingleses imitando la Estación Victoria, en los tiempos en que tenían la concesión de los ferrocarriles nacionales, no había cambiado nada desde la última vez que estuvo allí años antes, los mismos cristales sucios, los niños lustrabotas, las vendedoras de pan de huevo y dulces criollos y los cargadores con sus gorras oscuras con la insignia de la corona británica, que a nadie se le había ocurrido substituir por otra con los colores de la bandera. Tomó un coche y le dio la dirección de la casa de su madre. La ciudad le pareció desconocida, había un desorden de modernismo, un prodigio de mujeres mostrando las pantorrillas, de hombres con chaleco y pantalones con pliegues, un estropicio de obreros haciendo hoyos en el pavimento, quitando árboles para poner postes, quitando postes para poner edificios, quitando edificios para plantar árboles, un estorbo de pregoneros ambulantes gritando las maravillas del afilador de cuchillos, del maní tostado, del muñequito que baila solo, sin alambre, sin hilos, compruébelo usted mismo, pásele la mano, un viento de basurales, de fritangas, de fábricas, de automóviles tropezando con los coches y los tranvías de tracción a sangre, como llamaban a los caballos viejos que tiraban la movilización colec-

tiva, un resuello de muchedumbre, un rumor de carreras, de ir y venir con prisa, de impaciencia y horario fijo. Esteban se sintió oprimido. Odiaba esa ciudad mucho más de lo que recordaba, evocó las alamedas del campo, el tiempo medido por las lluvias, la vasta soledad de sus potreros, la fresca quietud del río y de su casa silenciosa.

—Ésta es una ciudad de mierda —concluyó.

El coche lo llevó al trote a la casa donde se había criado. Se estremeció al ver cómo se había deteriorado el barrio en esos años, desde que los ricos quisieron vivir más arriba que los demás y la ciudad creció hacia los faldeos de la cordillera. De la plaza donde jugaba de niño, no quedaba nada, era un sitio baldío lleno de carretas del mercado estacionadas entre la basura donde escarbaban los perros vagos. Su casa estaba devastada. Vio todos los signos del paso del tiempo. En la puerta vidriada, con motivos de pájaros exóticos en el cristal tallado, pasada de moda y desvencijada, había un llamador de bronce con la forma de una mano femenina sujetando una bola. Tocó y tuvo que esperar un tiempo que le pareció interminable hasta que la puerta se abrió con el tirón de una cuerda que iba del picaporte hasta la parte superior de la escalera. Su madre habitaba el segundo piso y alquilaba la planta baja a una fábrica de botones. Esteban comenzó a subir los peldaños crujientes que no habían sido encerados en mucho tiempo. Una viejísima sirvienta, cuya existencia había olvidado por completo, lo esperaba arriba y lo recibió con lacrimosas muestras de afecto, igual como lo recibía a los quince años, cuando volvía de la Notaría donde se ganaba la vida copiando traspasos de propiedades y poderes de desconocidos. Nada había cambiado, ni siquiera la ubicación de los muebles, pero todo le pareció diferente a Esteban, el corredor con los pisos de madera gastada, algunos vidrios rotos, mal remendados con pedazos de cartón, unos helechos polvorientos languideciendo en tarros oxidados y maceteros de loza descascarada, una fetidez de comida y de orines que encogía el estómago: «¡Qué pobreza!», pensó Esteban sin explicarse a dónde iba a parar todo el dinero que le enviaba a su hermana para vivir con decencia.

Férula salió a recibirlo con una triste mueca de bienvenida. Había cambiado mucho, ya no era la mujer opulenta que había dejado años atrás, había adelgazado y la nariz parecía enorme en su rostro anguloso, tenía un aire de melancolía y ofuscación, olor intenso a lavanda y ropa anticuada. Se abrazaron en silencio.

—¿Cómo está mamá? —preguntó Esteban.

—Ven a verla, te espera —dijo ella.

Pasaron por un corredor de cuartos comunicados entre sí, todos iguales, oscuros, de paredes mortuorias, techos altos y ventanas estre-

chas, con papeles murales de flores desteñidas y doncellas lánguidas, manchados por el hollín de los braseros y por la pátina del tiempo y la pobreza. Desde muy lejos llegaba la voz de un locutor de radio anunciando las pildoritas del doctor Ross, chiquitas pero cumplidoras, que combaten el estreñimiento, el insomnio y el mal aliento. Se detuvieron ante la puerta cerrada del dormitorio de doña Ester Trueba.

—Aquí está —dijo Férula.

Esteban abrió la puerta y necesitó algunos segundos para ver en la oscuridad. El olor a medicamentos y podredumbre le golpeó la cara, un olor dulzón de sudor, humedad, encierro y algo que al principio no identificó, pero que pronto se le adhirió como una peste: el olor de la carne en descomposición. La luz entraba en un hilo por la ventana entreabierta, vio la cama ancha donde murió su padre y donde durmió su madre desde el día de su boda, de negra madera tallada, con un dosel de ángeles en alto-relieve y unas piltrafas de brocado rojo marchitas por el uso. Su madre estaba semi sentada. Era un bloque de carne compacta, una monstruosa pirámide de grasa y trapos, terminada en una pequeña cabecita calva con los ojos dulces, sorprendentemente vivos, azules e inocentes. La artritis la había convertido en un ser monolítico, no podía doblar las articulaciones ni girar la cabeza, tenía los dedos engarfiados como las patas de un fósil, y para mantener la posición en la cama necesitaba el apoyo de un cajón en la espalda, sostenido por una viga de madera que a su vez se asentaba en la pared. Se notaba el paso de los años por las marcas que la viga dejó en el muro, una huella de sufrimiento, un sendero de dolor.

—Mamá... —murmuró Esteban y la voz se le quebró en el pecho en un llanto contenido, borrando de una plumada los recuerdos tristes, la infancia pobre, los olores rancios, las mañanas heladas y la sopa grasienta de su niñez, la madre enferma, el padre ausente y esa rabia comiéndole las entrañas desde el día en que tuvo uso de razón, olvidando todo menos los únicos momentos luminosos en que esa mujer desconocida que yacía en la cama, lo había acunado en sus brazos, había tocado su frente buscando la fiebre, le había cantado una canción de cuna, se había inclinado con él sobre las páginas de un libro, había sollozado de pena al verlo levantarse al alba para ir a trabajar cuando aún era un niño, había sollozado de alegría al verlo regresar en la noche, había sollozado, madre, por mí.

Doña Ester extendió la mano, pero no era un saludo, sino un gesto para detenerlo.

—Hijo, no se acerque —y tenía la voz entera, tal como él la recordaba, la voz cantarina y sana de una jovencita.

—Es por el olor —aclaró Férula secamente—. Se pega.

Esteban quitó la colcha de damasco deshilachada y vio las piernas de su madre. Eran dos columnas amoratadas, elefantiásicas, cubiertas de llagas donde las larvas de moscas y los gusanos hacían nidos y cavaban túneles, dos piernas pudriéndose en vida, con unos pies descomunales de un pálido color azul, sin uñas en los dedos, reventándose en su propia pus, en la sangre negra, en la fauna abominable que se alimentaba de su carne, madre, por Dios, de mi carne.

—El doctor me las quiere cortar, hijo —dijo doña Ester con su voz tranquila de muchacha—, pero yo estoy muy vieja para eso y estoy muy cansada de sufrir, así es que mejor me muero. Pero no quería morirme sin verlo, porque en todos estos años llegué a pensar que usted estaba muerto y que sus cartas las escribía su hermana, para no darme ese dolor. Póngase a la luz, hijo, para verlo bien visto. ¡Por Dios! ¡Parece un salvaje!

—Es la vida del campo, mamá —murmuró él.

—¡Enfín! Se ve fuerte todavía. ¿Cuántos años tiene?

—Treinta y cinco.

—Buena edad para casarse y asentar cabeza, para que yo me pueda morir en paz.

—¡Usted no se va a morir, mamá! —suplicó Esteban.

—Quiero estar segura de que tendré nietos, alguien que lleve mi sangre, que tenga nuestro apellido. Férula perdió las esperanzas de casarse, pero usted tiene que buscarse una esposa. Una mujer decente y cristiana. Pero antes tiene que cortarse esos pelos y esa barba ¿me oye?

Esteban asintió. Se arrodilló junto a su madre y hundió la cara en su mano hinchada, pero el olor lo tiró hacia atrás. Férula lo tomó del brazo y lo sacó de esa habitación de pesadumbre. Afuera respiró profundamente, con el olor pegado en las narices y entonces sintió la rabia, su rabia tan conocida subirle como una oleada caliente a la cabeza, inyectarle los ojos, poner blasfemias de bucanero en sus labios, rabia por el tiempo pasado sin pensar en usted madre, rabia por haberla descuidado, por no haberla querido y cuidado lo suficiente, rabia por ser un miserable hijo de puta, no, perdone, madre, no quise decir eso, carajo, se está muriendo, vieja y yo no puedo hacer nada, ni siquiera calmarle el dolor, aliviarle la podredumbre, quitarle ese olor de espanto, ese caldo de muerte en el que se está cocinando, madre.

Dos días después, doña Ester Trueba murió en el lecho de los suplicios donde había padecido los últimos años de su vida. Estaba sola, porque su hija Férula había ido, como todos los viernes, a los conventillos de los pobres, en el barrio de la Misericordia, a rezar el rosario a los indigentes, a los ateos, a las prostitutas y a los huérfanos, que le tiraban basura, le vaciaban bacinillas y la escupían, mientras ella, de

rodillas en el callejón del conventillo, gritaba padrenuestros y avemarías en incansable letanía, chorreada de porquería de indigente, de escupo de ateo, de desperdicio de prostituta y basura de huérfano, llorando ay de humillación, clamando perdón para los que no saben lo que hacen y sintiendo que los huesos se le ablandaban, que una languidez mortal le convertía las piernas en algodón, que un calor de verano le infundía pecado entre los muslos, aparta de mí este cáliz, Señor, que el vientre le estallaba en llamas de infierno, ay, de santidad, de miedo, padrenuestro, no me dejes caer en la tentación, Jesús.

Esteban tampoco estaba con doña Ester cuando murió calladamente en el lecho de los suplicios. Había ido a visitar a la familia del Valle para ver si les quedaba alguna hija soltera, porque con tantos años de ausencia y tantos de barbarie, no sabía por donde comenzar a cumplir la promesa hecha a su madre de darle nietos legítimos y concluyó que si Severo y Nívea lo aceptaron como yerno en los tiempos de Rosa la bella, no había ninguna razón para que no lo aceptaran de nuevo, especialmente ahora que era un hombre rico y no tenía que escarbar la tierra para arrancarle su oro, sino que tenía todo el necesario en su cuenta en el Banco.

Esteban y Férula encontraron esa noche a su madre muerta en la cama. Tenía una sonrisa apacible, como si en el último instante de su vida la enfermedad hubiera querido ahorrarle su cotidiana tortura.

El día que Esteban Trueba pidió ser recibido, Severo y Nívea del Valle recordaron las palabras con que Clara había roto su larga mudez, de modo que no manifestaron ninguna extrañeza cuando el visitante les preguntó si tenían alguna hija en edad y condición de casarse. Sacaron sus cuentas y le informaron que Ana se había metido a monja, Teresa estaba muy enferma y todas las demás estaban casadas, menos Clara, la menor, que aún estaba disponible, pero era una criatura algo estrafalaria, poco apta para las responsabilidades matrimoniales y la vida doméstica. Con toda honestidad, le contaron las rarezas de su hija menor, sin omitir el hecho de que había permanecido sin hablar durante la mitad de su existencia, porque no le daba la gana hacerlo y no porque no pudiera, como había aclarado muy bien el rumano Rostipov y confirmado el doctor Cuevas con innumerables exámenes. Pero Esteban Trueba no era hombre de dejarse amedrentar por historias de fantasmas que deambulan por los corredores, por objetos que se mueven a la distancia con el poder de la mente o por presagios de mala suerte, y mucho menos por el prolongado silencio, que consideraba una virtud. Concluyó que ninguna de esas cosas eran inconvenientes

para echar hijos sanos y legítimos al mundo y pidió conocer a Clara. Nívea salió a buscar a su hija y los dos hombres quedaron solos en el salón, ocasión que Trueba, con su franqueza habitual, aprovechó para plantear sin preámbulos su solvencia económica.

—¡Por favor, no se adelante, Esteban! —le interrumpió Severo—. Primero tiene que ver a la niña, conocerla mejor, y también tenemos que considerar los deseos de Clara. ¿No le parece?

Nívea regresó con Clara. La joven entró al salón con las mejillas arreboladas y las uñas negras, porque había estado ayudando al jardinero a plantar papas de dalias y en esa ocasión le falló la clarividencia para esperar al futuro novio con un arreglo más esmerado. Al verla, Esteban se puso de pie asombrado. La recordaba como una criatura flaca y asmática, sin la menor gracia, pero la joven que tenía al frente era un delicado medallón de marfil, con un rostro dulce y una mata de cabello castaño, crespo y desordenado escapándose en rizos del peinado, ojos melancólicos, que se transformaban en una expresión burlona y chispeante cuando se reía, con una risa franca y abierta, la cabeza ligeramente inclinada hacia atrás. Ella lo saludó con un apretón de manos, sin dar muestras de timidez.

—Lo estaba esperando —dijo sencillamente.

Transcurrieron un par de horas en visita de cortesía, hablando de la temporada lírica, los viajes a Europa, la situación política y los resfríos de invierno, bebiendo mistela y comiendo pasteles de hojaldre. Esteban observaba a Clara con toda la discreción de que era capaz, sintiéndose paulatinamente seducido por la muchacha. No recordaba haber estado tan interesado en alguien desde el día glorioso en que vio a Rosa, la bella, comprando caramelos de anís en la confitería de la Plaza de Armas. Comparó a las dos hermanas y llegó a la conclusión de que Clara aventajaba en simpatía, aunque Rosa, sin duda, había sido mucho más hermosa. Cayó la noche y entraron dos empleadas a correr las cortinas y encender las luces, entonces Esteban se dio cuenta que su visita había durado demasiado. Sus modales dejaban mucho que desear. Saludó rígidamente a Severo y Nívea y pidió autorización para visitar a Clara de nuevo.

—Espero no aburrirla, Clara —dijo sonrojándose—. Soy un hombre rudo, de campo, y soy por lo menos quince años mayor. No sé tratar a una joven como usted...

—¿Usted quiere casarse conmigo? —preguntó Clara y él notó un brillo irónico en sus pupilas de avellana.

—¡Clara, por Dios! —exclamó su madre horrorizada—. Disculpe, Esteban, esta niña siempre ha sido muy impertinente.

—Quiero saberlo, mamá, para no perder tiempo —dijo Clara.

—A mí también me gustan las cosas directas —sonrió feliz Esteban—. Sí, Clara, a eso he venido.

Clara lo tomó del brazo y lo acompañó hasta la salida. En la última mirada que intercambiaron Esteban comprendió que lo había aceptado y lo invadió la alegría. Al tomar el coche, iba sonriendo sin poder creer en su buena suerte y sin saber por qué una joven tan encantadora como Clara lo había aceptado sin conocerlo. No sabía que ella había visto su propio destino, por eso lo había llamado con el pensamiento y estaba dispuesta a casarse sin amor.

Dejaron pasar algunos meses por respeto al duelo de Esteban Trueba, durante los cuales él la cortejó a la antigua, en la misma forma en que lo había hecho con su hermana Rosa, sin saber que Clara detestaba los caramelos de anís y los acrósticos le daban risa. A fin de año, cerca de Navidad, anunciaron oficialmente su noviazgo por el periódico y se colocaron las argollas en presencia de sus parientes y amigos íntimos, más de cien personas en total, en un banquete pantagruélico, donde desfilaron las bandejas con pavos rellenos, los cerdos acaramelados, los congrios de agua fría, las langostas gratinadas, las ostras vivas, las tortas de naranja y limón de las Carmelitas, de almendra y nuez de las Dominicas, de chocolate y huevomol de las Clarisas, y cajas de champán traídas de Francia a través del cónsul, que hacía contrabando con sus privilegios diplomáticos, pero todo servido y presentado con gran sencillez por las antiguas empleadas de la casa, con sus delantales negros de todos los días, para darle al festín la apariencia de una modesta reunión familiar, porque toda extravagancia era una prueba de chabacanería y condenada como un pecado de vanidad mundana y un signo de mal gusto, debido al ancestro austero y algo lúgubre de aquella sociedad descendiente de los más esforzados emigrantes castellanos y vascos. Clara era una aparición de encaje de Chantilly blanco y camelias naturales, desquitándose como una cotorra feliz de los nueve años de silencio, bailando con su novio bajo los toldos y los faroles, ajena por completo a las advertencias de los espíritus que le hacían señales desesperadas desde las cortinas, pero que en la turbamulta y el bochinche, ella no veía. La ceremonia de las argollas se mantenía igual desde los tiempos de la Colonia. A las diez de la noche, un sirviente circuló entre los invitados tocando una campanita de cristal, se calló la música, se paró el baile y los invitados se reunieron en el salón principal. Un sacerdote pequeño e inocente, adornado con sus paramentos de misa mayor, leyó el enmarañado sermón que había preparado, exaltando confusas e impracticables virtudes. Clara no le escuchó, porque cuando se apagó el estrépito de la música y la pelotera de los bailarines, prestó atención a los susurros de los espíritus

entre las cortinas y se dio cuenta que hacía muchas horas que no veía a Barrabás. Lo buscó con la mirada, alertando los sentidos, pero un codazo de su madre la devolvió a las urgencias de la ceremonia. El sacerdote terminó su discurso, bendijo los anillos de oro y en seguida Esteban puso uno a su novia y se colocó el otro en su dedo.

En ese momento un grito de horror sacudió a la concurrencia. La gente se apartó, abriendo un camino por donde entró Barrabás, más negro y grande que nunca, con un cuchillo de carnicero metido en el lomo hasta la cacha, desangrándose como un buey, las largas patas de potrillo temblando, el hocico babeando en un hilo de sangre, los ojos nublados por la agonía, paso a paso, arrastrando una pata detrás de la otra, en un zigzagueante avance de dinosaurio herido. Clara cayó sentada en el sofá de seda francesa. El perrazo se acercó a ella, le colocó la gran cabeza de fiera milenaria en la falda y se quedó mirándola con sus ojos enamorados, que se fueron empañando y quedando ciegos, mientras el blanco encaje de Chantilly, la seda francesa del sofá, la alfombra persa y el parquet se ensopaban de sangre. Barrabás se fue muriendo sin ninguna prisa, con los ojos prendidos en Clara, que le acariciaba las orejas y murmuraba palabras de consuelo, hasta que finalmente cayó y en un único estertor se quedó tieso. Entonces todos parecieron despertar de una pesadilla y un rumor de espanto recorrió el salón, los invitados comenzaron a despedirse apresurados, a escapar sorteando los charcos de sangre, recogiendo al vuelo sus estolas de piel, sus sombreros de copa, sus bastones, sus paraguas, sus bolsos de mostacillas. En el salón de la fiesta quedaron solamente Clara con la bestia en el regazo, sus padres, que se abrazaban paralizados por el mal presagio, y el novio, que no entendía la causa de tanto alboroto por un simple perro muerto, mas cuando se dio cuenta que Clara parecía traspuesta, la levantó en brazos y se la llevó medio inconsciente hasta su dormitorio, donde los cuidados de la Nana y las sales del doctor Cuevas impidieron que volviera a caer en el estupor y la mudez. Esteban Trueba pidió ayuda al jardinero y entre los dos echaron al coche el cadáver de Barrabás, que con la muerte aumentó de peso hasta ser casi imposible levantarlo.

El año transcurrió en los preparativos de la boda. Nívea se ocupó del ajuar de Clara, quien no demostraba el menor interés en el contenido de los baúles de sándalo y seguía experimentando con la mesa de tres patas y sus naipes de adivinación. Las sábanas bordadas con primor, los manteles de hilo y la ropa interior que diez años atrás habían hecho las monjas para Rosa con las iniciales entrelazadas de Trueba

y del Valle, sirvieron para el ajuar de Clara. Nívea encargó a Buenos Aires, a París y a Londres vestidos de viaje, ropa para el campo, trajes de fiesta, sombreros a la moda, zapatos y carteras de cuero de lagarto y gamuza, y otras cosas que se guardaron envueltas en papel de seda y se preservaron con lavanda y alcanfor, sin que la novia les diera más que una mirada distraída.

Esteban Trueba se puso al mando de una cuadrilla de albañiles, carpinteros y plomeros, para construir la casa más sólida, amplia y asoleada que se pudiera concebir, destinada a durar mil años y a albergar varias generaciones de una familia numerosa de Truebas legítimos. Encargó los planos a un arquitecto francés e hizo traer parte de los materiales del extranjero para que su casa fuera la única con vitrales alemanes, con zócalos tallados en Austria, con grifería de bronce inglesa, con mármoles italianos en los pisos y cerraduras pedidas por catálogo a los Estados Unidos, que llegaron con las instrucciones cambiadas y sin llaves. Férula, horrorizada por el gasto, procuró evitar que siguiera haciendo locuras, comprando muebles franceses, lámparas de lágrimas y alfombras turcas, con el argumento de que se iban a arruinar y volverían a repetir la historia del Trueba extravagante que los había engendrado, pero Esteban le demostró que era bastante rico como para darse esos lujos y la amenazó con forrar las puertas de plata si seguía molestándolo. Entonces ella alegó que tanto despilfarro era seguramente pecado mortal y Dios los iba a castigar a todos por gastar en chabacanerías de nuevo rico lo que estaría mejor empleado ayudando a los pobres.

A pesar que Esteban Trueba no era amante de las innovaciones, sino, por el contrario, tenía gran desconfianza por los trastornos del modernismo, decidió que su casa debía ser construida como los nuevos palacetes de Europa y Norteamérica, con todas las comodidades aunque guardando un estilo clásico. Deseaba que fuera lo más alejada posible de la arquitectura aborigen. No quería tres patios, corredores, fuentes roñosas, cuartos oscuros, paredes de adobe blanqueadas a la cal ni tejas polvorientas, sino dos o tres pisos heroicos, hileras de blancas columnas, una escalera señorial que diera media vuelta sobre sí misma y aterrizara en un hall de mármol blanco, ventanas grandes e iluminadas y, en general, un aspecto de orden y concierto, de pulcritud y civilización, propio de los pueblos extranjeros y acorde con su nueva vida. Su casa debía ser el reflejo de él, de su familia y del prestigio que pensaba darle al apellido que su padre había manchado. Deseaba que el esplendor se notara desde la calle, por eso hizo diseñar un jardín francés con macrocarpa versallesca, macizos de flores, un prado liso y perfecto, surtidores de agua y algunas estatuas representando a los dio-

ses del Olimpo y tal vez algún indio bravo de la historia americana, desnudo y coronado de plumas, como una concesión al patriotismo. No podía saber que aquella mansión solemne, cúbica, compacta y oronda, colocada como un sombrero en su verde y geométrico contorno, acabaría llenándose de protuberancias y adherencias, de múltiples escaleras torcidas que conducían a lugares vagos, de torreones, de ventanucos que no se abrían, de puertas suspendidas en el vacío, de corredores torcidos y ojos de buey que comunicaban los cuartos para hablarse a la hora de la siesta, de acuerdo a la inspiración de Clara, que cada vez que necesitaba instalar un nuevo huésped, mandaría fabricar otra habitación en cualquier parte y si los espíritus le indicaban que había un tesoro oculto o un cadáver insepulto en las fundaciones, echaría abajo un muro, hasta dejar la mansión convertida en un laberinto encantado imposible de limpiar, que desafiaba numerosas leyes urbanísticas y municipales. Pero cuando Trueba construyó lo que todos llamaron «la gran casa de la esquina», tenía el sello solemne, que procuraba imponer a todo lo que le rodeaba, en recuerdo de las privaciones de su infancia. Clara nunca fue a ver la casa durante el proceso de construcción. Parecía interesarle tan poco como su propio ajuar, y depositó las decisiones en su novio y en su futura cuñada.

Al morir su madre, Férula se encontró sola y sin nada útil a lo cual dedicar su vida, a una edad en que no tenía ilusión de casarse. Por un tiempo estuvo visitando conventillos todos los días, en una frenética obra piadosa que le provocó una bronquitis crónica y no llevó nada de paz a su alma atormentada. Esteban quiso que viajara, se comprara ropa y se divirtiera por primera vez en su melancólica existencia, pero ella tenía el hábito de la austeridad y llevaba demasiado tiempo encerrada en su casa. Tenía miedo de todo. El matrimonio de su hermano la sumía en la incertidumbre, porque pensaba que ése sería un motivo más de alejamiento para Esteban, que era su único sustento. Temía terminar sus días haciendo ganchillo en un asilo para solteronas de buena familia, por eso se sintió muy feliz al descubrir que Clara era incompetente para todas las cosas de orden doméstico y cada vez que tenía que enfrentar una decisión, adoptaba un aire distraído y vago. «Es un poco idiota», concluyó Férula encantada. Era evidente que Clara sería incapaz de administrar el caserón que su hermano estaba construyendo y que necesitaría mucha ayuda. De maneras sutiles procuró hacer saber a Esteban que su futura mujer era una inútil y que ella, con su espíritu de sacrificio tan ampliamente demostrado, podría ayudarla y estaba dispuesta a hacerlo. Esteban no seguía la conversación cuando tomaba por esos rumbos. A medida que se acercaba la fecha del matrimonio y se veía en la necesidad de deci-

dir su destino, Férula empezó a desesperarse. Convencida de que con su hermano no iba a conseguir nada, buscó la oportunidad de hablar a solas con Clara y la encontró un sábado a las cinco de la tarde en que la vio paseando por la calle. La invitó al Hotel Francés a tomar el té. Las dos mujeres se sentaron rodeadas de pastelillos con crema y porcelana de Bavaria, mientras al fondo del salón una orquesta de señoritas interpretaba un melancólico cuarteto de cuerdas. Férula observaba con disimulo a su futura cuñada, que parecía de quince años y todavía tenía la voz desafinada, producto de los años de silencio, sin saber cómo abordar el tema. Después de una pausa larguísima en la que se comieron una bandeja de masitas y se bebieron dos tazas de té de jazmín cada una, Clara se acomodó un mechón de pelo que le caía sobre los ojos, sonrió y dio una palmadita cariñosa en la mano a Férula.

—No te preocupes. Vas a vivir con nosotros y las dos seremos como hermanas —dijo la muchacha.

Férula se sobresaltó, preguntándose si serían ciertos los chismes sobre la habilidad de Clara para leer el pensamiento ajeno. Su primera reacción fue de orgullo y hubiera rechazado la oferta nada más que por la belleza del gesto, pero Clara no le dio tiempo. Se inclinó y la besó en la mejilla con tal candor, que Férula perdió el control y rompió a llorar. Hacía mucho tiempo que no derramaba una lágrima y comprobó asombrada cuánta falta le hacía un gesto de ternura. No recordaba la última vez que alguien la había tocado espontáneamente. Lloró largo rato, desahogándose de muchas tristezas y soledades pasadas, de la mano de Clara, que la ayudaba a sonarse y entre sollozo y sollozo le daba más pedazos de pastel y sorbos de té. Se quedaron llorando y hablando hasta las ocho de la noche y esa tarde en el Hotel Francés sellaron un pacto de amistad que duró muchos años.

Apenas terminó el duelo por la muerte de doña Ester y estuvo lista la gran casa de la esquina, Esteban Trueba y Clara del Valle se casaron en una discreta ceremonia. Esteban regaló a su novia un aderezo de brillantes, que ella encontró muy bonito, lo guardó en una caja de zapatos y en seguida olvidó donde lo había puesto. Se fueron de viaje a Italia y a los dos días de embarcarse, Esteban se sentía enamorado como un adolescente, a pesar de que el movimiento del buque sumió a Clara en un mareo incontrolable y el encierro le produjo asma. Sentado a su lado en el estrecho camarote, poniéndole paños mojados en la frente y sosteniéndola cuando vomitaba, se sentía profundamente feliz y la deseaba con una intensidad injustificada, teniendo en consideración su lamentable estado. Al cuarto día ella amaneció mejor y salieron a

cubierta a mirar el mar. Al verla con la nariz colorada por el viento y riéndose con cualquier pretexto, Esteban se juró que tarde o temprano ella llegaría a amarlo en la forma en que necesitaba ser querido, aunque para lograrlo tuviera que emplear los recursos más extremos. Se daba cuenta que Clara no le pertenecía y que si ella continuaba habitando un mundo de aparecidos, de mesas de tres patas que se mueven solas y barajas que escrutan el futuro, lo más probable era que no llegara a pertenecerle nunca. La despreocupada e impúdica sensualidad de Clara tampoco le bastaba. Deseaba mucho más que su cuerpo, quería apoderarse de esa materia imprecisa y luminosa que había en su interior y que se le escapaba aun en los momento en que ella parecía agonizar de placer. Sentía que sus manos eran muy pesadas, sus pies muy grandes, su voz muy dura, su barba muy áspera, su costumbre de violaciones y de prostitutas muy arraigada, pero aunque tuviera que darse vuelta al revés como un guante, estaba dispuesto a seducirla.

Regresaron de la luna de miel tres meses después. Férula los esperaba con la casa nueva, que todavía olía a pintura y cemento fresco, llena de flores y fuentes con frutas, tal como Esteban le había ordenado. Al cruzar el umbral por primera vez, Esteban levantó a su mujer en brazos. Su hermana se sorprendió de no sentir celos y observó que Esteban parecía haber rejuvenecido.

—Te ha hecho bien el matrimonio —dijo.

Llevó a Clara a recorrer la casa. Ella paseaba la vista y encontraba todo muy bonito, con la misma cortesía con que celebraba una puesta de sol en alta mar, la Plaza San Marcos o el aderezo de brillantes. En la puerta de la habitación destinada a ella, Esteban le pidió que cerrara los ojos y la condujo de la mano hasta el centro.

—Ya puedes abrirlos —le dijo encantado.

Clara miró a su alrededor. Era una pieza grande con las paredes tapizadas en seda azul, muebles ingleses, grandes ventanas con balcones abiertos al jardín y una cama con dosel y cortinas de gasa que parecía un velero navegando en el agua mansa de la seda azul.

—Muy bonito —dijo Clara.

Entonces Esteban le señaló el lugar donde estaba parada. Era la maravillosa sorpresa que había preparado para ella. Clara bajó los ojos y dio un grito pavoroso; estaba de pie sobre el lomo negro de Barrabás, que yacía abierto de patas, convertido en alfombra, con la cabeza intacta y dos ojos de vidrio mirándola con la expresión de desamparo propia de la taxidermia. Su marido alcanzó a sostenerla antes que cayera desmayada al suelo.

—Yo te dije que no le iba a gustar, Esteban —dijo Férula.

El cuero curtido de Barrabás fue rápidamente sacado de la habitación y lo tiraron en un rincón del sótano, junto con los libros mágicos de los baúles encantados del tío Marcos y otros tesoros, donde se defendió de las polillas y del abandono con una tenacidad digna de mejor causa, hasta que otras generaciones lo rescataron.

Muy pronto fue evidente que Clara estaba embarazada. El cariño que Férula sentía por su cuñada se transformó en una pasión por cuidarla, una dedicación para servirla y una tolerancia ilimitada para resistir sus distracciones y excentricidades. Para Férula, que había dedicado su vida a cuidar a una anciana que iba pudriéndose irremisiblemente, atender a Clara fue como entrar en la gloria. La bañaba en agua perfumada de albahaca y jazmín, la frotaba con una esponja, la enjabonaba, la friccionaba con agua de colonia, la empolvaba con un hisopo de plumas de cisne y le cepillaba el pelo hasta dejárselo brillante y dócil como una planta de mar, tal como antes lo había hecho la Nana.

Mucho antes de que se apaciguara su impaciencia de marido reciente, Esteban Trueba tuvo que regresar a Las Tres Marías, donde no había puesto los pies desde hacía más de un año y que, a pesar de los esmeros de Pedro Segundo García, reclamaba la presencia del patrón. La propiedad, que antes le parecía un paraíso y era todo su orgullo, ahora le resultaba un fastidio. Miraba las vacas inexpresivas rumiando en los potreros, la lenta faena de los campesinos repitiendo los mismos gestos cada día a lo largo de sus vidas, el inmutable marco de la cordillera nevada y la frágil columna de humo del volcán y se sentía como un preso.

Mientras él estaba en el campo, la vida en la gran casa de la esquina cambiaba para acomodarse a una suave rutina sin hombres. Férula era la primera en despertar, porque le había quedado el hábito de madrugar desde la época en que velaba junto a su madre enferma, pero dejaba dormir a su cuñada hasta tarde. A media mañana le llevaba personalmente el desayuno a la cama, abría las cortinas de seda azul para que entrara el sol entre los cristales, llenaba la bañera de porcelana francesa pintada con nenúfares, dándole tiempo a Clara para sacudirse la modorra saludando por turno a los espíritus presentes, atraer la bandeja y mojar las tostadas en el chocolate espeso. Luego la sacaba de la cama acariciándola con cuidados de madre y comentándole las noticias agradables del periódico, que cada día eran menos, así es que debía llenar las lagunas con chismes sobre los vecinos, pormenores domésticos y anécdotas inventadas que Clara encontraba muy bonitas y a los cinco minutos ya no recordaba, de modo que era

posible volver a contarle lo mismo varias veces y ella se divertía como si fuera la primera.

Férula la llevaba a pasear para que tomara luz, le hace bien a la criatura; de compras, para que cuando nazca no le falte nada y tenga la ropa más fina del mundo; a almorzar al Club de Golf, para que todos vean lo bonita que te has puesto desde que te casaste con mi hermano; a visitar a tus padres, para que no crean que los has olvidado; al teatro, para que no pases todo el día encerrada en la casa. Clara se dejaba conducir con una dulzura que no era imbecilidad, sino distracción y gastaba toda su capacidad de concentración en inútiles intentos de comunicarse telepáticamente con Esteban, que no recibía los mensajes, y en perfeccionar su propia clarividencia.

Por primera vez desde que podía recordar, Férula se sentía feliz. Estaba más cerca de Clara de lo que nunca estuvo de nadie, ni siquiera de su madre. Una persona menos original que Clara, habría terminado por molestarse con los mimos excesivos y la constante preocupación de su cuñada, o habría sucumbido a su carácter dominante y meticuloso. Pero Clara vivía en otro mundo. Férula detestaba el momento en que su hermano regresaba del campo y su presencia llenaba toda la casa, rompiendo la armonía que se establecía en su ausencia. Con él en la casa, ella debía ponerse a la sombra y ser más prudente en la forma de dirigirse a los sirvientes, tanto como en las atenciones que prodigaba a Clara. Cada noche, en el momento en que los esposos se retiraban a sus habitaciones, se sentía invadida por un odio desconocido, que no podía explicar y que llenaba su alma de funestos sentimientos. Para distraerse retomaba el vicio de rezar el rosario en los conventillos y de confesarse con el padre Antonio.

—Ave María Purísima.

—Sin pecado concebida.

—Te escucho, hija.

—Padre, no sé cómo comenzar. Creo que lo que hice es pecado...

—¿De la carne, hija?

—¡Ay! La carne está seca, padre, pero el espíritu no. Me atormenta el demonio.

—La misericordia de Dios es infinita.

—Usted no conoce los pensamientos que pueden haber en la mente de una mujer sola, padre, una virgen que no ha conocido varón, y no por falta de oportunidades, sino porque Dios le mandó a mi madre una larga enfermedad y tuve que cuidarla.

—Ese sacrificio está registrado en el Cielo, hija mía.

—¿Aunque haya pecado de pensamiento, padre?

—Bueno, depende del pensamiento...

—En la noche no puedo dormir, me sofoco. Para calmarme me levanto y camino por el jardín, vago por la casa, voy al cuarto de mi cuñada, pego el oído a la puerta, a veces entro en puntillas para verla cuando duerme, parece un ángel, tengo la tentación de meterme en su cama para sentir la tibieza de su piel y su aliento.

—Reza, hija. La oración ayuda.

—Espere, no se lo he dicho todo. Me avergüenzo.

—No debes avergonzarte de mí, porque no soy más que un instrumento de Dios.

—Cuando mi hermano viene del campo es mucho peor, padre. De nada me sirve la oración, no puedo dormir, transpiro, tiemblo, por último me levanto y cruzo toda la casa a oscuras, deslizándome por los pasillos con mucho cuidado para que no cruja el piso. Los oigo a través de la puerta de su dormitorio y una vez pude verlos, porque se había quedado la puerta entreabierta. No le puedo contar lo que vi, padre, pero debe ser un pecado terrible. No es culpa de Clara, ella es inocente como un niño. Es mi hermano el que la induce. Él se condenará con seguridad.

—Sólo Dios puede juzgar y condenar, hija mía. ¿Qué hacían?

Y entonces Férula podía tardar media hora en dar los detalles. Era una narradora virtuosa, sabía colocar la pausa, medir la entonación, explicar sin gestos, pintando un cuadro tan vívido, que el oyente parecía estarlo viviendo, era increíble cómo podía percibir desde la puerta entreabierta la calidad de los estremecimientos, la abundancia de los jugos, las palabras murmuradas al oído, los olores más secretos, un prodigio, en verdad. Desahogada de aquellos tumultuosos estados de ánimo, regresaba a la casa con su máscara de ídolo, impasible y severa, y vamos dando órdenes, contando los cubiertos, disponiendo la comida, echando llave, exigiendo póngame esto aquí, se lo ponían, cambien las flores de los jarrones, las cambiaban, laven los vidrios, hagan callar a esos pájaros del diablo, que la bullaranga no deja dormir a la señora Clara y con tanto cacareo se le va a espantar la criatura y capaz que nazca alelada. Nada escapaba a sus ojos vigilantes y estaba siempre en actividad, en contraste con Clara, que todo lo encontraba muy bonito y le daba lo mismo comer trufas rellenas o sopa de sobras, dormir en colchón de plumas o sentada en una silla, bañarse en aguas perfumadas o no bañarse. A medida que avanzaba su estado de gravidez, parecía irse despegando irremisiblemente de la realidad y volcándose hacia el interior de sí misma, en un diálogo secreto y constante con la criatura.

Esteban quería un hijo que llevara su nombre y le pasara a su descendencia el apellido de los Trueba.

—Es una niña y se llama Blanca —dijo Clara desde el primer día que anunció su embarazo.

Y así fue.

El doctor Cuevas, a quien Clara le había finalmente perdido el miedo, calculaba que el alumbramiento debía producirse a mediados de octubre, pero a principios de noviembre Clara seguía bamboleando una panza enorme, en estado semisonámbulo, cada vez más distraída y cansada, asmática, indiferente a todo lo que la rodeaba, incluso su marido, a quien a veces ni siquiera reconocía y le preguntaba ¿qué se le ofrece? cuando lo veía a su lado. Una vez que el médico descartó cualquier posible error en sus matemáticas y fue evidente que Clara no tenía ninguna intención de parir por la vía natural, procedió a abrir la barriga a la madre y sustraer a Blanca, que resultó ser una niña más peluda y fea que lo usual. Esteban sufrió un escalofrío cuando la vio, convencido de que había sido burlado por el destino y en vez del Trueba legítimo que le prometió a su madre en el lecho de muerte, había engendrado un monstruo y, para colmo, de sexo femenino. Revisó a la niña personalmente y comprobó que tenía todas sus partes en el sitio correspondiente, al menos aquellas visibles al ojo humano. El doctor Cuevas lo consoló con la explicación de que el aspecto repugnante de la criatura se debía a que había pasado más tiempo que lo normal dentro de su madre, al sufrimiento de la cesárea y a su constitución pequeña, delgada, morena y algo peluda. Clara, en cambio, estaba encantada con su hija. Pareció despertar de un largo sopor y descubrir la alegría de estar viva. Tomó a la niña en los brazos y no la soltó más, andaba con ella prendida al pecho, dándole de mamar en todo momento, sin horario fijo y sin contemplaciones con las buenas maneras o el pudor, como una indígena. No quiso fajarla, cortarle el pelo, abrirle hoyos en las orejas o contratarle un aya para que la criara y mucho menos recurrir a la leche de algún laboratorio, como hacían todas las señoras que podían pagar ese lujo. Tampoco aceptó la receta de la Nana de darle leche de vaca diluida en agua de arroz, porque concluyó que si la naturaleza hubiera querido que los humanos se criaran así, habría hecho que los senos femeninos secretaran ese tipo de producto. Clara le hablaba a la niña todo el tiempo, sin usar medias lenguas ni diminutivos, en correcto español, como si dialogara con una adulta, en la misma forma pausada y razonable en que le hablaba a los animales y a las plantas, convencida de que si le había dado resultado con la flora y la fauna, no había ninguna razón para que no fuera lo indicado también con la niña. La combinación de leche materna y conversación tuvo la virtud de transformar a Blanca en una niña saludable y casi hermosa, que no se parecía en nada al armadillo que era cuando nació.

Pocas semanas después del nacimiento de Blanca, Esteban Trueba pudo comprobar, mediante los retozos en el velero del agua mansa de la seda azul, que su esposa no había perdido con la maternidad el encanto o la buena disposición para hacer el amor, sino todo lo contrario. Por su parte Férula, demasiado ocupada con la crianza de la niña, que tenía pulmones formidables, carácter impulsivo y apetito voraz, no tenía tiempo para ir a rezar a los conventillos, para confesarse con el padre Antonio y mucho menos para espiar por la puerta entreabierta.

Capítulo IV

EL TIEMPO DE LOS ESPÍRITUS

A una edad en que la mayoría de los niños anda con pañales y en cuatro patas, balbuceando incoherencias y chorreando baba, Blanca parecía una enana razonable, caminaba a tropezones, pero en sus dos piernas, hablaba correctamente y comía sola, debido al sistema de su madre de tratarla como persona mayor. Tenía todos sus dientes y empezaba a abrir los armarios para alborotar su contenido, cuando la familia decidió ir a pasar el verano a Las Tres Marías, que Clara no conocía más que de referencia. En ese período de la vida de Blanca, la curiosidad era más fuerte que el instinto de supervivencia y Férula pasaba apuros corriendo detrás de ella para evitar que se precipitara del segundo piso, se metiera en el horno o se tragara el jabón. La idea de ir al campo con la niña le parecía peligrosa, agobiante e inútil, puesto que Esteban podía arreglarse solo en Las Tres Marías, mientras ellas disfrutaban de una existencia civilizada en la capital. Pero Clara estaba entusiasmada. El campo le parecía una idea romántica, porque nunca había estado dentro de un establo, como decía Férula. Los preparativos del viaje ocuparon a toda la familia durante más de dos semanas y la casa se atochó de baúles, canastos y maletas. Alquilaron un vagón especial en el tren para desplazarse con el in-

creíble equipaje y los sirvientes que Férula consideró necesario llevar, además de las jaulas de los pájaros, que Clara no quiso abandonar y las cajas de juguetes de Blanca, llenas de arlequines mecánicos, figuritas de loza, animales de trapo, bailarinas de cuerda y muñecas con pelo de gente y articulaciones humanas, que viajaban con sus propios vestidos, coches y vajillas. Al ver aquella multitud desconcertada y nerviosa y aquel tumulto de bártulos, Esteban se sintió derrotado por primera vez en su vida, especialmente cuando descubrió entre el equipaje un San Antonio de tamaño natural, con ojos estrábicos y sandalias repujadas. Miraba el caos que lo rodeaba, arrepentido de la decisión de viajar con su mujer y su hija, preguntándose cómo era posible que él sólo necesitara de sus dos maletas para ir por el mundo y ellas, en cambio, llevaran ese cargamento de trastos y esa procesión de sirvientes que nada tenían que ver con el propósito del viaje.

En San Lucas tomaron tres coches que los condujeron a Las Tres Marías envueltos en una nube de polvo, como gitanos. En el patio del fundo esperaban para darle la bienvenida todos los inquilinos encabezados por el administrador, Pedro Segundo García. Al ver aquel circo ambulante, quedaron atónitos. Bajo las órdenes de Férula empezaron a descargar los coches y meter las cosas en la casa. Nadie prestó atención a un niño que tenía aproximadamente la misma edad de Blanca, desnudo, moquillento, con la barriga inflada por los parásitos, provisto de hermosos ojos negros con expresión de anciano. Era el hijo del administrador y se llamaba, para diferenciarlo del padre y del abuelo, Pedro Tercero García. En el tumulto de instalarse, conocer la casa, husmear la huerta, saludar a todo el mundo, armar el altar de San Antonio y espantar a las gallinas de las camas y a los ratones de los roperos, Blanca se quitó la ropa y salió corriendo desnuda con Pedro Tercero. Jugaron entre los bultos, se metieron debajo de los muebles, se mojaron con besos babosos, masticaron el mismo pan, sorbieron los mismos mocos, y se embetunaron con la misma caca, hasta que, por último, se durmieron abrazados bajo la mesa del comedor. Allí los encontró Clara a las diez de la noche. Los habían buscado durante horas con antorchas, los inquilinos en cuadrillas habían recorrido la orilla del río, los graneros, los potreros y los establos, Férula había clamado de rodillas a San Antonio, Esteban estaba agotado de llamarlos y la misma Clara había invocado inútilmente sus dotes de vidente. Cuando los encontraron, el niño estaba de espaldas en el suelo y Blanca se acurrucaba con la cabeza apoyada en el vientre panzudo de su nuevo amigo. En esa misma posición serían sorprendidos muchos años después, para desdicha de los dos, y no les alcanzaría la vida para pagarlo.

Desde el primer día, Clara comprendió que había un lugar para ella en Las Tres Marías y, tal como apuntó en sus cuadernos de anotar la vida, sintió que por fin había encontrado su misión en este mundo. No le impresionaron las casas de ladrillos, la escuela y la abundancia de comida, porque su capacidad para ver lo invisible detectó inmediatamente el recelo, el miedo y el rencor de los trabajadores y el imperceptible rumor que se acallaba cuando volteaba la cara, que le permitieron adivinar algunas cosas sobre el carácter y el pasado de su marido. El patrón había cambiado, sin embargo. Todos pudieron apreciar que dejó de ir al Farolito Rojo, se acabaron sus tardes de parranda, de peleas de gallos, de apuestas, sus violentas rabietas y, sobre todo, el mal hábito de voltear muchachas en los trigales. Se lo atribuyeron a Clara. Por su parte, ella también cambió. Abandonó de la noche a la mañana su languidez, dejó de encontrarlo todo muy bonito y pareció curada del vicio de hablar con los seres invisibles y mover los muebles con recursos sobrenaturales. Se levantaba al amanecer con su marido, compartían el desayuno vestidos, él se iba a vigilar los trabajos y afanes del campo, mientras Férula se hacía cargo de la casa, de los sirvientes de la capital, que no se acostumbraban a las incomodidades y las moscas del campo, y de Blanca. Clara repartía su tiempo entre el taller de costura, la pulpería y la escuela, donde hizo su cuartel general para aplicar remedios contra la sarna y parafina contra los piojos, desentrañar los misterios del silabario, enseñar a los niños a cantar tengo una vaca lechera, no es una vaca cualquiera, a las mujeres a hervir la leche, curar la diarrea y blanquear la ropa. Al atardecer, antes que regresaran los hombres del campo, Férula reunía a las campesinas y a los niños para rezar el rosario. Acudían por simpatía, más que por fe, y daban a la solterona la oportunidad de recordar los buenos tiempos de sus conventillos. Clara esperaba que su cuñada terminara las místicas letanías de padrenuestros y avemarías y aprovechaba la reunión para repetir las consignas que había oído a su madre cuando se encadenaba en las rejas del Congreso en su presencia. Las mujeres la escuchaban risueñas y avergonzadas, por la misma razón por la cual rezaban con Férula: para no disgustar a la patrona. Pero aquellas frases inflamadas les parecían cuentos de locos. «Nunca se ha visto que un hombre no pueda golpear a su propia mujer, si no le pega es que no la quiere o que no es bien hombre; dónde se ha visto que lo que gana un hombre o lo que produce la tierra o ponen las gallinas, sea de los dos, si el que manda es él; dónde se ha visto que una mujer pueda hacer las mismas cosas que un hombre, si ella nació con marraqueta y sin cojones, pues doña Clarita», alegaban. Clara desesperaba. Ellas se codeaban y sonreían tímidas, con sus bocas desdentadas y sus ojos llenos de arrugas,

curtidas por el sol y la mala vida, sabiendo de antemano que si tenían
la peregrina idea de poner en práctica los consejos de la patrona, sus
maridos les daban una zurra. Y merecida, por cierto, como la misma
Férula sostenía. Al poco tiempo Esteban se enteró de la segunda parte
de las reuniones para rezar y montó en cólera. Era la primera vez que
se enojaba con Clara y la primera que ella lo veía en uno de sus famosos ataques de rabia. Esteban gritaba como un enajenado, paseándose
por la sala a grandes trancos y dando puñetazos a los muebles, argu-
mentando que si Clara pensaba seguir los pasos de su madre, se iba a
encontrar con un macho bien plantado que le bajaría los calzones y le
daría una azotaina para que se le quitaran las malditas ganas de andar arengando a la gente, que le prohibía terminantemente las reuniones para rezar o para cualquier otro fin y que él no era ningún pelele
a quien su mujer pudiera poner en ridículo. Clara lo dejó chillar y darle golpes a los muebles hasta que se cansó y después, distraída como
siempre estaba, le preguntó si sabía mover las orejas.

Las vacaciones se alargaron y las reuniones en la escuela continuaron. Terminó el verano y el otoño cubrió de fuego y oro el campo, cambiando el paisaje. Comenzaron los primeros días fríos, las lluvias y el
barro, sin que Clara diera señales de querer regresar a la capital, a pesar
de la presión sostenida de Férula, que detestaba el campo. En el verano
se había quejado de las tardes acaloradas espantando moscas, del tierral
del patio, que empolvaba la casa como si vivieran en el pozo de una
mina, del agua sucia de la bañera, donde las sales perfumadas se convertían en una sopa de chinos, las cucarachas voladoras que se metían
entre las sábanas, los caminos de ratones y de hormigas, las arañas que
amanecían pataleando en el vaso de agua sobre la mesita de noche, las
gallinas insolentes que ponían huevos en los zapatos y se cagaban en la
ropa blanca del armario. Cuando cambió el clima, tuvo nuevas calami-
dades que lamentar, el lodazal del patio, los días más cortos, a las cinco
estaba oscuro y no había nada más que hacer, aparte de enfrentar la
larga noche solitaria, el viento y el resfrío, que ella combatía con cata-
plasmas de eucalipto, sin poder evitar que se contagiaran unos a otros
en una cadena sin fin. Estaba harta de luchar contra los elementos sin
más distracción que ver crecer a Blanca, que parecía un antropófago,
como decía jugando con ese chiquillo sucio, Pedro Tercero, que era el
colmo que la niña no tuviera alguien de su clase con quien mezclarse,
estaba adquiriendo malos modales, andaba con las mejillas chapato-
zas y costrones secos en las rodillas, «miren como habla, parece un
indio, estoy cansada de quitarle piojos de la cabeza y ponerle azul de
metileno en la sarna». A pesar de sus murmuraciones, conservaba su
rígida dignidad, su moño inalterable, su blusa almidonada y el manojo

de llaves colgando de la cintura, nunca sudaba, no se rascaba y mantenía siempre su tenue aroma de lavanda y limón. Nadie pensaba que algo pudiera alterar su autocontrol, hasta un día en que sintió picor en la espalda. Era una picazón tan fuerte, que no pudo evitar rascarse con disimulo pero nada podía aliviarla. Por último fue al baño y se quitó el corsé, que aun en los días de mayor trabajo, llevaba puesto. Al soltar las tiras cayó al suelo un ratón aturdido que había estado allí toda la mañana procurando inútilmente reptar hacia la salida, entre las barbas duras de la faja y la carne oprimida de su dueña. Férula tuvo la primera crisis de nervios de su vida. A sus gritos acudieron todos y la encontraron metida dentro de la bañera, lívida de terror y todavía medio desnuda, dando alaridos de maníaca y señalando con un dedo trémulo al pequeño roedor, que se ponía trabajosamente en pie y procuraba avanzar hacia un lugar seguro. Esteban dijo que era la menopausia y que no había que hacerle caso. Tampoco le hicieron caso cuando tuvo el segundo ataque. Era el cumpleaños de Esteban. Amaneció un domingo asoleado y había mucha agitación en la casa, porque por primera vez iban a dar una fiesta en Las Tres Marías, desde los días olvidados en que doña Ester era una muchachita. Invitaron a varios parientes y amigos, que hicieron el viaje en tren desde la capital, y a todos los terratenientes de la zona, sin olvidar a los notables del pueblo. Con una semana de anticipación prepararon el banquete: media res asada en el patio, pastel de riñones, cazuela de gallina, guisos de maíz, torta de manjar blanco y lúcumas y los mejores vinos de la cosecha. A mediodía comenzaron a llegar los invitados en coche o a caballo y la gran casa de adobe se llenó de conversaciones y risas. Férula se distrajo un momento para correr al baño, uno de esos inmensos baños de la casa donde el excusado quedaba al medio de la pieza, rodeado de un desierto de cerámicas blancas. Estaba instalada en aquel asiento solitario como un trono, cuando se abrió la puerta y entró uno de los invitados, nada menos que el alcalde del pueblo, desabrochándose la bragueta y algo achispado con el aperitivo. Al ver a la señorita se quedó paralizado de confusión y sorpresa y cuando pudo reaccionar, lo único que se le ocurrió fue avanzar con una sonrisa torcida, cruzar toda la habitación, extender la mano y saludarla con una venia.

—Zorobabel Blanco Jamasmié, a sus gratas órdenes —se presentó.

«¡Por Dios! Nadie puede vivir entre gentes tan rústicas. Si quieren se quedan ustedes en este purgatorio de incivilizados, lo que es yo, me vuelvo a la ciudad, quiero vivir como cristiana, como he vivido siempre», exclamó Férula cuando pudo hablar del asunto sin ponerse a llorar. Pero no se fue. No quería separarse de Clara, había llegado a adorar hasta el aire que ella exhalaba y aunque ya no tenía ocasión de bañarla

y dormir con ella, procuraba demostrarle su ternura con mil pequeños detalles a los cuales dedicaba su existencia. Aquella mujer severa y tan poco complaciente consigo misma y con los demás, podía ser dulce y risueña con Clara y a veces, por extensión, también con Blanca. Sólo con ella se permitía el lujo de ceder ante su desbordante deseo de servir y de ser amada, con ella podía manifestar, aunque fuera solapadamente, los más secretos y delicados anhelos de su alma. A lo largo de tantos años de soledad y tristeza había ido decantando las emociones y limpiando los sentimientos, hasta reducirlos a unas pocas terribles y magníficas pasiones, que la ocupaban por completo. No tenía capacidad para las pequeñas turbaciones, para los rencores mezquinos, las envidias disimuladas, las obras de caridad, los cariños desteñidos, la cortesía amable o las consideraciones cotidianas. Era uno de esos seres nacidos para la grandeza de un solo amor, para el odio exagerado, para la venganza apocalíptica y para el heroísmo más sublime, pero no pudo realizar su destino a la medida de su romántica vocación, y éste transcurrió chato y gris, entre las paredes de un cuarto de enferma, en míseros conventillos, en tortuosas confesiones, donde esa mujer grande, opulenta, de sangre ardiente, hecha para la maternidad, para la abundancia, la acción y el ardor, se fue consumiendo. En esa época tenía alrededor de cuarenta y cinco años, su espléndida raza y sus lejanos antepasados moriscos, la mantenían tersa, con el pelo todavía negro y sedoso, con un solo mechón blanco en la frente, el cuerpo fuerte y delgado y el andar resuelto de la gente sana, sin embargo, el desierto de su vida le daba un aspecto mucho mayor. Tengo un retrato de Férula tomado en esos años, durante un cumpleaños de Blanca. Es una vieja fotografía color sepia, desteñida por el tiempo, donde, sin embargo, aún se la puede ver con claridad. Era una regia matrona, pero tenía un rictus amargo en el rostro que delataba su tragedia interior. Probablemente esos años junto a Clara fueron los únicos felices para ella, porque sólo con Clara pudo intimar. Ella fue la depositaria de sus más sutiles emociones y a ella pudo dedicar su enorme capacidad de sacrificio y veneración. Una vez se atrevió a decírselo y Clara escribió en su cuaderno de anotar la vida, que Férula la amaba mucho más de lo que ella merecía o podía retribuir. Por ese amor desmesurado, Férula no quiso irse de Las Tres Marías ni siquiera cuando cayó la plaga de las hormigas, que empezó con un ronroneo en los potreros, una sombra oscura que se deslizaba con rapidez comiéndose todo, las mazorcas, los trigales, la alfalfa y la maravilla. Las rociaban con gasolina y les prendían fuego, pero reaparecían con nuevos bríos. Pintaban con cal viva los troncos de los árboles, pero ellas subían sin detenerse y no respetaban peras, manzanas ni naranjas, se metían en la huerta y acababan con los

melones, entraban en la lechería y la leche amanecía agria y llena de
minúsculos cadáveres, se introducían en los gallineros y se devoraban
a los pollos vivos, dejando un desperdicio de plumas y unos huesitos
de lástima. Hacían caminos dentro de la casa, entraban por las cañerías,
se apoderaban de la despensa, todo lo que se cocinaba había que comér-
selo al instante, porque si quedaba unos minutos sobre la mesa, llegaban en procesión y se lo zampaban. Pedro Segundo García las combatió
con agua y fuego y enterró esponjas empapadas en miel de abejas,
para que se juntaran atraídas por el dulce y poderlas matar a mansalva,
pero todo fue inútil. Esteban Trueba se fue al pueblo y regresó cargado con pesticidas de todas las marcas conocidas, en polvo, en líquido
y en píldoras y echó tanto por todos lados, que no se podían comer las
verduras porque daban retorcijones de barriga. Pero las hormigas siguieron apareciendo y multiplicándose, cada día más insolentes y deci-
didas. Esteban se fue otra vez al pueblo y puso un telegrama a la capital. Tres días después desembarcó en la estación Míster Brown, un
gringo enano, provisto de una maleta misteriosa, que Esteban presentó
como técnico agrícola experto en insecticidas. Después de refrescarse
con una jarra de vino con frutas, desplegó su maleta sobre la mesa.
Extrajo un arsenal de instrumentos nunca vistos y procedió a coger
una hormiga y observarla detenidamente con un microscopio.

—¿Qué le mira tanto, Míster, si son todas iguales? —dijo Pedro
Segundo García.

El gringo no le contestó. Cuando acabó de identificar la raza, el
estilo de vida, la ubicación de sus madrigueras, sus hábitos y hasta sus
más secretas intenciones, había pasado una semana y las hormigas se
estaban metiendo en las camas de los niños, se habían comido las
reservas de alimento para el invierno y comenzaban a atacar a los
caballos y a las vacas. Entonces Míster Brown explicó que había que
fumigarlas con un producto de su invención que volvía estériles a los
machos, con lo cual dejaban de multiplicarse y luego debían rociarlas
con otro veneno, también de su invención, que provocaba una enfermedad mortal en las hembras, y eso, aseguró, acabaría con el problema.

—¿En cuánto tiempo? —preguntó Esteban Trueba que de la impaciencia estaba pasando a la furia.

—Un mes —dijo Míster Brown.

—Para entonces ya se habrán comido hasta los humanos, Míster
—dijo Pedro Segundo García—. Si me lo permite, patrón, voy a llamar
a mi padre. Hace tres semanas que me está diciendo que él conoce un
remedio para la plaga. Yo creo que son cosas de viejo, pero no perde-
mos nada con probar.

Llamaron al viejo Pedro García, que llegó arrastrando sus pies, tan

oscuro, empequeñecido y desdentado, que Esteban se sobresaltó al comprobar el paso del tiempo. El viejo escuchó con el sombrero en la mano, mirando el suelo y masticando el aire con sus encías desnudas. Después pidió un pañuelo blanco, que Férula le trajo del armario de Esteban, y salió de la casa, cruzó el patio y se fue derecho al huerto, seguido por todos los habitantes de la casa y por el enano extranjero, que sonreía con desprecio, ¡estos bárbaros, oh God! El anciano se encuclilló con dificultad y comenzó a juntar hormigas. Cuando tuvo un puñado, las puso dentro del pañuelo, anudó las cuatro puntas y metió el atadito en su sombrero.

—Les voy a mostrar el camino, para que se vayan, hormigas, y para que se lleven a las demás —dijo.

El viejo se subió en un caballo y se fue al paso murmurando consejos y recomendaciones para las hormigas, oraciones de sabiduría y fórmulas de encantamiento. Lo vieron alejarse rumbo al límite de la propiedad. El gringo se sentó en el suelo a reírse como un enajenado, hasta que Pedro Segundo García lo sacudió.

—Vaya a reírse de su abuela, Míster, mire que el viejo es mi padre —le advirtió.

Al atardecer regresó Pedro García. Desmontó lentamente, dijo al patrón que había puesto a las hormigas en la carretera y se fue a su casa. Estaba cansado. A la mañana siguiente vieron que no había hormigas en la cocina, tampoco en la despensa, buscaron en el granero, en el establo, en los gallineros, salieron a los potreros, fueron hasta el río, revisaron todo y no encontraron una sola, ni para muestra. El técnico se puso frenético.

—¡Tener que decirme cómo hacer eso! —clamaba.

—Hablándoles, pues, Míster. Dígales que se vayan, que aquí están molestando y ellas entienden —explicó Pedro García, el viejo.

Clara fue la única que consideró natural el procedimiento. Férula se aferró a eso para decir que se encontraban en un hoyo, en una región inhumana, donde no funcionaban las leyes de Dios ni el progreso de la ciencia, que cualquier día iban a empezar a volar en escobas, pero Esteban Trueba la hizo callar: no quería que le metieran nuevas ideas en la cabeza a su mujer. En los últimos días Clara había vuelto a sus quehaceres lunáticos, a hablar con los aparecidos y a pasar horas escribiendo en los cuadernos de anotar la vida. Cuando perdió interés por la escuela, el taller de costura o los mítines feministas y volvió a opinar que todo era muy bonito, comprendieron que otra vez estaba encinta.

—¡Por culpa tuya! —gritó Férula a su hermano.

—Eso espero —contestó él.

Pronto fue evidente que Clara no estaba en condiciones de pasar el embarazo en el campo y parir en el pueblo, así es que organizaron el regreso a la capital. Eso consoló un poco a Férula, que sentía la preñez de Clara como una afrenta personal. Ella viajó antes con la mayor parte del equipaje y los sirvientes, para abrir la gran casa de la esquina y preparar la llegada de Clara. Esteban acompañó días después a su mujer y a su hija de vuelta a la ciudad y nuevamente dejó a Las Tres Marías en manos de Pedro Segundo García, que se había convertido en el administrador, aunque no por ello ganaba más privilegio, sólo más trabajo.

El viaje de Las Tres María a la capital terminó de agotar las fuerzas de Clara. Yo la veía cada vez más pálida, asmática, ojerosa. Con el bamboleo de los caballos y después con el del tren, el polvo del camino y su natural tendencia al mareo, iba perdiendo las energías a ojos vistas y yo no podía hacer mucho por ayudarla, porque cuando estaba mal prefería que no le hablaran. Al bajarnos en la estación tuve que sostenerla, porque le flaqueaban las piernas.

—Creo que me voy a elevar —dijo.

—¡Aquí no! —le grité espantado ante la idea de que saliera volando por encima de las cabezas de los pasajeros en el andén.

Pero ella no se refería concretamente a la levitación, sino a subir a un nivel que le permitiera desprenderse de la incomodidad, del peso de su embarazo y de la profunda fatiga que se le estaba metiendo en los huesos. Entró en otro de sus largos períodos de silencio, creo que le duró varios meses, durante los cuales se servía de la pizarrita, como en los tiempos de la mudez. En esa ocasión no me alarmé, porque supuse que recuperaría la normalidad como había ocurrido después del nacimiento de Blanca y, por otra parte, había llegado a comprender que el silencio era el último inviolable refugio de mi mujer, y no una enfermedad mental, como sostenía el doctor Cuevas. Férula la cuidaba de la misma forma obsesiva como antes cuidaba a nuestra madre, la trataba como si fuera una inválida, no quería dejarla nunca sola y había descuidado a Blanca, que lloraba todo el día porque quería regresar a Las Tres Marías. Clara deambulaba como una sombra gorda y callada por la casa, con un desinterés budista por todo lo que la rodeaba. A mí ni siquiera me miraba, pasaba por mi lado como si yo fuera un mueble y cuando le dirigía la palabra se quedaba en la luna, como si no me oyera o no me conociera. No habíamos vuelto a dormir juntos. Los días ociosos en la ciudad y la atmósfera irracional que se respiraba en la casa me ponían los nervios de punta. Procuraba man-

tenerme ocupado, pero no era suficiente: estaba siempre de mal humor. Salía todos los días a vigilar mis negocios. En esa época empecé a especular en la Bolsa de Comercio y pasaba horas estudiando los altibajos de los valores internacionales, me dediqué a invertir plata, a armar sociedades, a las importaciones. Pasaba muchas horas en el Club. También comencé a interesarme en la política y hasta entré en un gimnasio, donde un gigantesco entrenador me obligaba a ejercitar unos músculos que no sospechaba que tenía en el cuerpo. Me habían recomendado que me diera masajes, pero nunca me gustó eso: detesto que me toquen manos mercenarias. Pero nada de todo aquello podía llenarme el día, estaba incómodo y aburrido, quería volver al campo, pero no me atrevía a dejar la casa, donde a todas luces se necesitaba la presencia de un hombre razonable entre esas mujeres histéricas. Además, Clara estaba engordando demasiado. Tenía una barriga descomunal que apenas podía sostener en su frágil esqueleto. Le daba pudor que la viera desnuda, pero era mi mujer y yo no iba a permitir que me tuviera vergüenza. La ayudaba a bañarse, a vestirse, cuando Férula no se me adelantaba, y sentía una pena infinita por ella, tan pequeña y delgada, con esa monstruosa panza, acercándose peligrosamente al momento del parto. Muchas veces me desvelé pensando que se podía morir al dar a luz y me encerraba con el doctor Cuevas a discutir la mejor forma de ayudarla. Habíamos acordado que si las cosas no se presentaban bien, era mejor hacerle otra cesárea, pero yo no quería que la llevaran a una clínica y él se negaba a practicarle otra operación como la primera en el comedor de la casa. Decía que no había comodidades, pero en esos tiempos las clínicas eran un foco de infecciones y allí eran más lo que morían que los que salvaban.

Un día, faltando poco para la fecha del parto, Clara descendió sin previo aviso de su refugio brahamánico y volvió a hablar. Quiso una taza de chocolate y me pidió que la llevara a pasear. El corazón me dio un vuelco. Toda la casa se llenó de alegría, abrimos champán, hice poner flores frescas en todos los jarrones, le encargué camelias, sus flores preferidas y tapicé con ellas su cuarto, hasta que le empezó a dar asma y tuvimos que sacarlas rápidamente. Corrí a comprarle un broche de diamantes a la calle de los joyeros judíos. Clara me lo agradeció efusivamente, lo encontró muy bonito, pero nunca se lo vi puesto. Supongo que habrá ido a parar a algún lugar impensado donde lo puso y luego lo olvidó, como casi todas las alhajas que le compré a lo largo de nuestra vida en común. Llamé al doctor Cuevas, quien se presentó con el pretexto de tomar el té, pero en realidad venía a examinar a Clara. Se la llevó a su habitación y después nos dijo a Férula y a mí que si bien parecía curada de su crisis mental, había

que prepararse para un alumbramiento difícil, porque el niño era
muy grande. En ese momento entró Clara al salón y debe haber oído
la última frase.

—Todo saldrá bien, no se preocupen —dijo.

—Espero que esta vez sea hombre, para que lleve mi nombre
—bromeé.

—No es uno, son dos —replicó Clara—. Los mellizos se llamarán
Jaime y Nicolás respectivamente —agregó.

Eso fue demasiado para mí. Supongo que estallé por la presión acu-
mulada en los últimos meses. Me puse furioso, alegué que ésos eran
nombres de comerciantes extranjeros, que nadie se llamaba así en mi
familia ni en la suya, que por lo menos uno debía llamarse Esteban
como yo y como mi padre, pero Clara explicó que los nombres repeti-
dos crean confusión en los cuadernos de anotar la vida y se mantuvo
inflexible en su decisión. Para asustarla rompí de un manotazo un jarrón
de porcelana que, me parece, era el último vestigio de los tiempos esplendorosos de mi bisabuelo, pero ella no se conmovió y el doctor Cuevas sonrió detrás de su taza de té, lo cual me indignó más. Salí dando un
portazo y me fui al Club.

Esa noche me emborraché. En parte porque lo necesitaba y en
parte por venganza, me fui al burdel más conocido de la ciudad,
que tenía un nombre histórico. Quiero aclarar que no soy hombre de
prostitutas y que sólo en los períodos en que me ha tocado vivir solo
por un tiempo largo, he recurrido a ellas. No sé lo que me pasó ese
día, estaba picado con Clara, andaba enojado, me sobraban energías,
me tenté. En esos años el negocio del Cristóbal Colón era floreciente,
pero no había adquirido aún el prestigio internacional que llegó a tener
cuando aparecía en las cartas de navegación de las compañías inglesas
y en las guías turísticas, y lo filmaron para la televisión. Entré a un
salón de muebles franceses, de ésos con patas torcidas, donde me
recibió una matrona nacional que imitaba a la perfección el acento
de París, y que comenzó por darme a conocer la lista de los precios y
en seguida procedió a preguntarme si yo tenía a alguien especial en
mente. Le dije que mi experiencia se limitaba al Farolito Rojo y a algunos miserables lupanares de mineros en el Norte, de modo que cualquier mujer joven y limpia me vendría bien.

—Usted me caé simpaticó, mesiú —dijo ella—. Le voy a traer lo
mejor de la casá.

A su llamado acudió una mujer enfundada en un vestido de raso
negro demasiado estrecho, que apenas podía contener la exuberancia
de su feminidad. Llevaba el pelo ladeado sobre una oreja, un peinado
que nunca me ha gustado, y a su paso se desprendía un terrible perfume

almizclado que quedaba flotando en el aire, tan persistente como un gemido.

—Me alegro de verlo, patrón —saludó y entonces la reconocí, porque la voz era lo único que no le había cambiado a Tránsito Soto.

Me llevó de la mano a un cuarto cerrado como una tumba, con las ventanas cubiertas de cortinajes oscuros, donde no había penetrado un rayo de luz natural desde tiempos ignotos, pero que, de todos modos parecía un palacio comparado con las sórdidas instalaciones del Farolito Rojo. Allí quité personalmente el vestido de raso negro a Tránsito, desarmé su horrendo peinado y pude ver que en esos años había crecido, engordado y embellecido.

—Veo que has progresado mucho —le dije.

—Gracias a sus cincuenta pesos, patrón. Me sirvieron para comenzar —me respondió—. Ahora puedo devolvérselos reajustados, porque con la inflación ya no valen lo que antes.

—¡Prefiero que me debas un favor, Tránsito! —me reí.

Terminé de quitarle las enaguas y comprobé que no quedaba casi nada de la muchacha delgada, con los codos y las rodillas salientes, que trabajaba en el Farolito Rojo, excepto su incansable disposición para la sensualidad y su voz de pájaro ronco. Tenía el cuerpo depilado y su piel había sido frotada con limón y miel de hamamelis, como me explicó, hasta dejarla suave y blanca como la de una criatura. Tenía las uñas teñidas de rojo y una serpiente tatuada alrededor del ombligo, que podía mover en círculos mientras mantenía en perfecta inmovilidad el resto de su cuerpo. Simultáneamente con demostrarme su habilidad para ondular la serpiente, me contó su vida.

—Si me hubiera quedado en el Farolito Rojo ¿qué habría sido de mí, patrón? Ya no tendría dientes, sería una vieja. En esta profesión una se desgasta mucho, hay que cuidarse. ¡Y eso que yo no ando por la calle! Nunca me ha gustado eso, es muy peligroso. En la calle hay que tener un cafiche, porque o sino se arriesga mucho. Nadie la respeta a una. Pero ¿por qué darle a un hombre lo que cuesta tanto ganar? En ese sentido las mujeres son muy brutas. Son hijas del rigor. Necesitan a un hombre para sentirse seguras y no se dan cuenta que lo único que hay que temer es a los mismos hombres. No saben administrarse, necesitan sacrificarse por alguien. Las putas son las peores, patrón, créamelo. Dejan la vida trabajando para un cafiche, se alegran cuando él les pega, se sienten orgullosas de verlo bien vestido, con dientes de oro, con anillos y cuando las deja y se va con otra más joven, se lo perdonan porque «es hombre». No, patrón, yo no soy así. A mí nadie me ha mantenido, por eso ni loca me pondría a mantener a otro. Trabajo para mí, lo que gano me lo gasto como quiero. Me ha

costado mucho, no crea que ha sido fácil, porque a las dueñas de prostíbulo no les gusta tratar con mujeres, prefieren entenderse con los cafiches. No la ayudan a una. No tienen consideración.

—Pero parece que aquí te aprecian, Tránsito. Me dijeron que eras lo mejor de la casa.

—Lo soy. Pero este negocio se iría al suelo si no fuera por mí, que trabajo como un burro —dijo ella—. Las demás ya están como estropajos, patrón. Aquí vienen puros viejos, ya no es lo que era antes. Hay que modernizar esta cuestión, para atraer a los empleados públicos, que no tienen nada que hacer a mediodía, a la juventud, a los estudiantes. Hay que ampliar las instalaciones, darle más alegría al local y limpiar. ¡Limpiar a fondo! Así la clientela tendría confianza y no estaría pensando que puede agarrarse una venérea ¿verdad? Esto es una cochinada. No limpian nunca. Mire, levante la almohada y seguro le salta un chinche. Se lo he dicho a la madame, pero no me hace caso. No tiene ojo para el negocio.

—¿Y tú lo tienes?

—¡Claro, pues patrón! A mí se me ocurren un millón de cosas para mejorar al Cristóbal Colón. Yo le pongo entusiasmo a esta profesión. No soy como esas que andan puro quejándose y echándole la culpa a la mala suerte cuando les va mal. ¿No ve donde he llegado? Ya soy la mejor. Si me empeño, puedo tener la mejor casa del país, se lo juro.

Me estaba divirtiendo mucho. Sabía apreciarla, porque de tanto ver la ambición en el espejo cuando me afeitaba en las mañanas, había terminado por aprender a reconocerla cuando la veía en los demás.

—Me parece una excelente idea, Tránsito. ¿Por qué no montas tu propio negocio? Yo te pongo el capital —le ofrecí fascinado con la idea de ampliar mis intereses comerciales en esa dirección, ¡cómo estaría de borracho!

—No gracias, patrón —respondió Tránsito acariciando su serpiente con una uña pintada de laca china—. No me conviene salir de un capitalista para caer en otro. Lo que hay que hacer es una cooperativa y mandar a la madame al carajo. ¿No ha oído hablar de eso? Váyase con cuidado, mire que si sus inquilinos le forman una cooperativa en el campo, usted se jodió. Lo que yo quiero es una cooperativa de putas. Pueden ser putas y maricones, para darle más amplitud al negocio. Nosotros ponemos todo, el capital y el trabajo. ¿Para qué queremos un patrón?

Hicimos el amor en la forma violenta y feroz que yo casi había olvidado de tanto navegar en el velero de aguas mansas de la seda azul. En aquel desorden de almohadas y sábanas, apretados en el

nudo vivo del deseo, atornillándonos hasta desfallecer, volví a sentirme de veinte años, contento de tener en los brazos a esa hembra brava y prieta que no se deshacía en hilachas cuando la montaban, una yegua fuerte a quien cabalgar sin contemplaciones, sin que a uno las manos le queden muy pesadas, la voz muy dura, los pies muy grandes o la barba muy áspera, alguien como uno, que resiste un sartal de palabrotas al oído y no necesitada ser acunado con ternuras ni engañado con galanteos. Después, adormecido y feliz, descansé un rato a su lado, admirando la curva sólida de su cadera y el temblor de su serpiente.

—Nos volveremos a ver, Tránsito —dije al darle la propina.

—Eso mismo le dije yo antes, patrón ¿se acuerda? —me contestó con un último vaivén de su serpiente.

En realidad, no tenía intención de volver a verla. Más bien prefería olvidarla.

No habría mencionado este episodio si Tránsito Soto no hubiera jugado un papel tan importante para mí mucho tiempo después, porque, como ya dije, no soy hombre de prostitutas. Pero esta historia no habría podido escribirse si ella no hubiera intervenido para salvarnos y salvar, de paso, nuestros recuerdos.

Pocos días después, cuando el doctor Cuevas estaba preparándoles el ánimo para volver a abrir la barriga a Clara, murieron Severo y Nívea del Valle, dejando varios hijos y cuarenta y siete nietos vivos. Clara se enteró antes que los demás a través de un sueño, pero no se lo dijo más que a Férula, quien procuró tranquilizarla explicándole que el embarazo produce un estado de sobresalto en el que los malos sueños son frecuentes. Duplicó sus cuidados, la friccionaba con aceite de almendras dulces para evitar las estrías en la piel del vientre, le ponía miel de abejas en los pezones para que no se le agrietaran, le daba de comer cáscara molida de huevo para que tuviera buena leche y no se le picaran los dientes y le rezaba oraciones de Belén para el buen parto. Dos días después del sueño, llegó Esteban Trueba más temprano que de costumbre a la casa, pálido y descompuesto, agarró a su hermana Férula de un brazo y se encerró con ella en la biblioteca.

—Mis suegros se mataron en un accidente —le dijo brevemente—. No quiero que Clara se entere hasta después del parto. Hay que hacer un muro de censura a su alrededor, ni periódicos, ni radio, ni visitas ¡nada! Vigila a los sirvientes para que nadie se lo diga.

Pero sus buenas intenciones se estrellaron contra la fuerza de las premoniciones de Clara. Esa noche volvió a soñar que sus padres caminaban por un campo de cebollas y que Nívea iba sin cabeza, de modo

que así supo todo lo ocurrido sin necesidad de leerlo en el periódico ni de escucharlo por la radio. Despertó muy excitada y pidió a Férula que la ayudara a vestirse, porque debía salir en busca de la cabeza de su madre. Férula corrió donde Esteban y éste llamó al doctor Cuevas, quien, aun a riesgo de dañar a los mellizos, le dio una pócima para locos destinada a hacerla dormir dos días, pero que no tuvo ni el menor efecto en ella.

Los esposos del Valle murieron tal como Clara lo soñó y tal como, en broma, Nívea había anunciado a menudo que morirían.

—Cualquier día nos vamos a matar en esta máquina infernal —decía Nívea señalando al viejo automóvil de su marido.

Severo del Valle tuvo desde joven debilidad por los inventos modernos. El automóvil no fue una excepción. En los tiempos en que todo el mundo se movilizaba a pie, en coche de caballos o en velocípedos, él compró el primer automóvil que llegó al país y que estaba expuesto como una curiosidad en una vitrina del centro. Era un prodigio mecánico que se desplazaba a la velocidad suicida de quince y hasta veinte kilómetros por hora, en medio del asombro de los peatones y las maldiciones de quienes a su paso quedaban salpicados de barro o cubiertos de polvo. Al principio fue combatido como un peligro público. Eminentes científicos explicaron por la prensa que el organismo humano no estaba hecho para resistir un desplazamiento a veinte kilómetros por hora y que el nuevo ingrediente que llamaban gasolina podía inflamarse y producir una reacción en cadena que acabaría con la ciudad. Hasta la Iglesia se metió en el asunto. El padre Restrepo, que tenía a la familia del Valle en la mira desde el enojoso asunto de Clara en la misa del Jueves Santo, se constituyó en guardián de las buenas costumbres e hizo oír su voz de Galicia contra los «amicis rerum novarum», amigos de las cosas nuevas, como esos aparatos satánicos que comparó con el carro de fuego en que el profeta Elías desapareció en dirección al cielo. Pero Severo ignoró el escándalo y al poco tiempo otros caballeros siguieron su ejemplo, hasta que el espectáculo de los automóviles dejó de ser una novedad. Lo usó por más de diez años, negándose a cambiar el modelo cuando la ciudad se llenó de carros modernos que eran más eficientes y seguros, por la misma razón que su esposa no quiso eliminar a los caballos de tiro hasta que murieron tranquilamente de vejez. El Sunbeam tenía cortinas de encaje y dos floreros de cristal en los costados, donde Nívea mantenía flores frescas, era todo forrado en madera pulida y en cuero ruso y sus piezas de bronce eran brillantes como el oro. A pesar de su origen británico, fue bautizado con un nombre indígena, Covadonga. Era perfecto, en verdad, excepto porque nunca le funcionaron bien los frenos.

Severo se enorgullecía de sus habilidades mecánicas. Lo desarmó varias veces intentando arreglarlo y otras tantas se lo confió al Gran Cornudo, un mecánico italiano que era el mejor del país. Le debía su apodo a una tragedia que había ensombrecido su vida. Decían que su mujer, hastiada de ponerle cuernos sin que él se diera por aludido, lo abandonó una noche tormentosa, pero antes de marcharse ató unos cuernos de carnero que consiguió en la carnicería, en las puntas de la reja del taller mecánico. Al día siguiente, cuando el italiano llegó a su trabajo, encontró un corrillo de niños y vecinos burlándose de él. Aquel drama, sin embargo, no mermó en nada su prestigio profesional, pero él tampoco pudo componer los frenos del Covadonga. Severo optó por llevar una piedra grande en el automóvil y cuando estacionaba en pendiente, un pasajero apretaba el freno de pie y el otro descendía rápidamente y ponía la piedra por delante de las ruedas. El sistema en general daba buen resultado, pero ése domingo fatal, señalado por el destino como el último de sus vidas, no fue así. Los esposos del Valle salieron a pasear a las afueras de la ciudad como hacían siempre que había un día asoleado. De pronto los frenos dejaron de funcionar por completo y antes que Nívea alcanzara a saltar del coche para colocar la piedra, o Severo a maniobrar, el automóvil se fue rodando cerro abajo. Severo trató de desviarlo o de detenerlo, pero el diablo se había apoderado de la máquina que voló descontrolada hasta estrellarse contra una carretela cargada de fierro de construcción. Una de las láminas entró por el parabrisas y decapitó a Nívea limpiamente. Su cabeza salió disparada y a pesar de la búsqueda de la policía, los guardabosques y los vecinos voluntarios que salieron a rastrearla con perros, fue imposible dar con ella en dos días. Al tercero los cuerpos comenzaban a heder y tuvieron que enterrarlos incompletos en un funeral magnífico al cual asistió la tribu Del Valle y un número increíble de amigos y conocidos, además de las delegaciones de mujeres que fueron a despedir los restos mortales de Nívea, considerada para entonces la primera feminista del país y de quien sus enemigos ideológicos dijeron que si había perdido la cabeza en vida, no había razón para que la conservara en la muerte. Clara, recluida en su casa, rodeada de sirvientes que la cuidaban, con Férula como guardián y dopada por el doctor Cuevas, no asistió al sepelio. No hizo ningún comentario que indicara que sabía el espeluznante asunto de la cabeza perdida, por consideración a todos los que habían intentado ahorrarle ese último dolor, sin embargo, cuando terminaron los funerales y la vida pareció retornar a la normalidad, Clara convenció a Férula de que la acompañara a buscarla y fue inútil que su cuñada le diera más pócimas y píldoras, porque no desistió en su empeño. Vencida, Férula compren-

dió que no era posible seguir alegando que lo de la cabeza era un mal sueño y que lo mejor era ayudarla en sus planes, antes que la ansiedad terminara de desquiciarla. Esperaron que Esteban Trueba saliera. Férula la ayudó a vestirse y llamó a un coche de alquiler. Las instrucciones que Clara le dio al chofer fueron algo imprecisas.

—Usted dele para adelante, que yo le voy diciendo el camino —le dijo, guiada por su instinto para ver lo invisible.

Salieron de la ciudad y entraron al espacio abierto donde las casas se distanciaban y empezaban las colinas y los suaves valles, doblaron a indicación de Clara por un camino lateral y siguieron entre abedules y campos de cebollas hasta que ordenó al chofer que se detuviera junto a unos matorrales.

—Aquí es —dijo.

—¡No puede ser! ¡estamos lejísimos del lugar del accidente! —dudó Férula.

—¡Te digo que es aquí! —insistió Clara, bajándose del coche con dificultad, balanceando su enorme vientre, seguida por su cuñada, que mascullaba oraciones y por el hombre, que no tenía la menor idea del objetivo del viaje. Trató de reptar entre las matas, pero se lo impidió el volumen de los mellizos.

—Hágame el favor, señor, métase allí y páseme una cabeza de señora que va a encontrar —pidió al chofer.

Él se arrastró debajo de los espinos y encontró la cabeza de Nívea que parecía un melón solitario. La tomó del pelo y salió con ella gateando en cuatro patas. Mientras el hombre vomitaba apoyado en un árbol cercano, Férula y Clara le limpiaron a Nívea la tierra y los guijarros que se le habían metido por las orejas, la nariz y la boca y le acomodaron el pelo, que se le había desbaratado un poco, pero no pudieron cerrarle los ojos. La envolvieron en un chal y regresaron al coche.

—¡Apúrese, señor, porque creo que voy a dar a luz! —dijo Clara al chofer.

Llegaron justo a tiempo para acomodar a la madre en su cama. Férula se afanó con los preparativos mientras iba un sirviente a buscar al doctor Cuevas y a la comadrona. Clara, que con el vapuleo del coche, las emociones de los últimos días y las pócimas del médico había adquirido la facilidad para dar a luz que no tuvo con su primera hija, apretó los dientes, se sujetó del palo de mesana y del trinquete del velero y se dio a la tarea de echar al mundo en el agua mansa de la seda azul, a Jaime y Nicolás, que nacieron precipitadamente, ante la mirada atenta de su abuela, cuyos ojos continuaban abiertos observándolos desde la cómoda. Férula los agarró por turnos del mechón de pelo

húmedo que les coronaba la nuca y los ayudó a salir a tirones con
la experiencia adquirida viendo nacer potrillos y terneros en Las
Tres Marías. Antes que llegaran el médico y la comadrona, ocultó debajo de la cama la cabeza de Nívea, para evitar engorrosas explicaciones. Cuando éstos llegaron, tuvieron muy poco que hacer, porque
la madre descansaba tranquila y los niños, minúsculos como sietemesi-
nos, pero con todas sus partes enteras y en buen estado, dormían en
brazos de su extenuada tía.

La cabeza de Nívea se convirtió en un problema, porque no había
donde ponerla para no estar viéndola. Por fin Férula la colocó dentro
de una sombrerera de cuero envuelta en unos trapos. Discutieron
la posibilidad de enterrarla como Dios manda, pero habría sido un pa-
peleo interminable conseguir que abrieran la tumba para incluir lo que
faltaba y, por otra parte, temían el escándalo si se hacía pública la forma en que Clara la había encontrado donde los sabuesos fracasaron.
Esteban Trueba, temeroso del ridículo como siempre fue, optó por
una solución que no diera argumentos a las malas lenguas, porque
sabía que el extraño comportamiento de su mujer era el blanco
de los chismes. Había trascendido la habilidad de Clara para mover
objetos sin tocarlos y para adivinar lo imposible. Alguien desenterró la historia de la mudez de Clara durante su infancia y la acu-
sación del padre Restrepo, aquel santo varón que la Iglesia pretendía
convertir en el primer beato del país. El par de años en Las Tres Marías sirvió para acallar las murmuraciones y que la gente olvidara, pero Trueba sabía que bastaba una insignificancia, como el asunto de la cabeza de su suegra, para que volvieran las habladurías. Por
eso, y no por desidia, como se dijo años más tarde, la sombrerera
se guardó en el sótano a la espera de una ocasión adecuada para darle
cristiana sepultura.

Clara se repuso del doble parto con rapidez. Le entregó la crianza
de los niños a su cuñada y a la Nana, que después de la muerte de sus
antiguos patrones, se empleó en la casa de los Trueba para seguir sir-
viendo a la misma sangre, como decía. Había nacido para acunar hijos
ajenos, para usar la ropa que otros desechaban, para comer sus sobras,
para vivir de sentimientos y tristezas prestadas, para envejecer bajo el
techo de otros, para morir un día en su cuartucho del último patio,
en una cama que no era suya y ser enterrada en una tumba común
del Cementerio General. Tenía cerca de setenta años, pero se mantenía
inconmovible en su afán, incansable en los trajines, intocada por el
tiempo, con agilidad para disfrazarse de cuco y asaltar a Clara en los

rincones cuando le bajaba la manía de la mudez y la pizarrita, con fortaleza para lidiar con los mellizos y ternura para consentir a Blanca, igual como antes lo hizo con su madre y su abuela. Había adquirido el hábito de murmurar oraciones constantemente, porque cuando se dio cuenta que nadie en la casa era creyente, asumió la responsabilidad de orar por los vivos de la familia, y, por cierto, también por sus muertos, como una prolongación de los servicios que les había prestado en vida. En su vejez llegó a olvidar para quien rezaba, pero mantuvo la costumbre con la certeza de que a alguien le serviría. La devoción era lo único que compartía con Férula. En todo lo demás fueron rivales.

Un viernes por la tarde tocaron a la puerta de la gran casa de la esquina tres damas translúcidas de manos tenues y ojos de bruma, tocadas con unos sombreros con flores pasados de moda y bañadas en un intenso perfume a violetas silvestres, que se infiltró por todos los cuartos y dejó la casa oliendo a flores por varios días. Eran las tres hermanas Mora. Clara estaba en el jardín y parecía haberlas esperado toda la tarde, las recibió con un niño en cada pecho y con Blanca jugueteando a sus pies. Se miraron, se reconocieron, se sonrieron. Fue el comienzo de una apasionada relación espiritual que les duró toda la vida y, si se cumplieron sus previsiones, continúa en el Más Allá.

Las tres hermanas Mora eran estudiosas del espiritismo y de los fenómenos sobrenaturales, eran las únicas que tenían la prueba irrefutable de que las ánimas pueden materializarse, gracias a una fotografía que las mostraba alrededor de una mesa y volando por encima de sus cabezas a un ectoplasma difuso y alado, que algunos descreídos atribuían a una mancha en el revelado del retrato y otros a un simple engaño del fotógrafo. Se enteraron, por conductos misteriosos al alcance de los iniciados, de la existencia de Clara, se pusieron en contacto telepático con ella y de inmediato comprendieron que eran hermanas astrales. Mediante discretas averiguaciones dieron con su dirección terrenal y se presentaron con sus propias barajas impregnadas de fluidos benéficos, unos juegos de figuras geométricas y números cabalísticos de su invención, para desenmascarar a los falsos parapsicólogos, y una bandeja de pastelitos comunes y corrientes de regalo para Clara. Se hicieron íntimas amigas y a partir de ese día, procuraron juntarse todos los viernes para invocar a los espíritus e intercambiar cábalas y recetas de cocina. Descubrieron la forma de enviarse energía mental desde la gran casa de la esquina hasta el otro extremo de la ciudad, donde vivían las Mora, en un viejo molino que habían convertido en su extraordinaria morada, y también en sentido inverso, con lo cual podían darse apoyo en las circunstancias difíciles de la vida cotidiana. Las Mora conocían a muchas personas, casi todas interesadas en esos asun-

tos, que empezaron a llegar a las reuniones de los viernes y aportaron sus conocimientos y sus fluidos magnéticos. Esteban Trueba las veía desfilar por su casa y puso como únicas condiciones que respetaran su biblioteca, que no usaran a los niños para experimentos psíquicos y que fueran discretas, porque no quería escándalo público. Férula desaprobaba estas actividades de Clara, porque le parecían reñidas con la religión y las buenas costumbres. Observaba las sesiones desde una distancia prudente, sin participar, pero vigilando con el rabillo del ojo mientras tejía, dispuesta a intervenir apenas Clara se sobrepasara en algún trance. Había comprobado que su cuñada quedaba exhausta después de algunas sesiones en las que servía de médium y comenzaba a hablar en idiomas paganos con una voz que no era la suya. La Nana también vigilaba con el pretexto de ofrecer tacitas de café, espantando a las ánimas con sus enaguas almidonadas y su cloqueo de oraciones murmuradas y de dientes sueltos, pero no lo hacía para cuidar a Clara de sus propios excesos, sino para verificar que nadie se robara los ceniceros. Era inútil que Clara le explicara que sus visitas no tenían ni el menor interés en ellos; principalmente porque ninguno fumaba, pues la Nana había calificado a todos, excepto a las tres encantadoras señoritas Mora, como una banda de rufianes evangélicos.

La Nana y Férula se detestaban. Se disputaban el cariño de los niños y se peleaban por cuidar a Clara en sus extravagancias y desvaríos, en un sordo y permanente combate que se desarrollaba en las cocinas, en los patios, en los corredores, pero jamás cerca de Clara, porque las dos estaban de acuerdo en evitarle esa molestia. Férula había llegado a querer a Clara con una pasión celosa que se parecía más a la de un marido exigente que a la de una cuñada. Con el tiempo perdió la prudencia y empezó a dejar translucir su adoración en muchos detalles que no pasaban inadvertidos para Esteban. Cuando él regresaba del campo, Férula procuraba convencerlo de que Clara estaba en lo que llamaba «uno de sus malos momentos», para que él no durmiera en su cama y no estuviera con ella más que en contadas ocasiones y por tiempo limitado. Argüía recomendaciones del doctor Cuevas que después, al ser confrontadas con el médico, resultaban inventadas. Se interponía de mil maneras entre los esposos y si todo le fallaba, azuzaba a los tres niños para que reclamaran ir a pasear con su padre, leer con la madre, que los velaran porque tenían fiebre, que jugaran con ellos: «pobrecitos, necesitan a su papá y a su mamá, pasan todo el día en manos de esa vieja ignorante que les pone ideas atrasadas en la cabeza, los está poniendo imbéciles con sus supersticiones, lo que hay que hacer con la Nana es internarla, dicen que las Siervas de Dios tienen un asilo para empleadas viejas que es una maravilla, las tratan como se-

ñoras, no tienen que trabajar, hay buena comida, eso sería lo más humano, pobre Nana, ya no da para más», decía. Sin poder detectar la causa, Esteban comenzó a sentirse incómodo en su propia casa. Sentía a su mujer cada vez más alejada, más rara e inaccesible, no podía alcanzarla ni con regalos, ni con sus tímidas muestras de ternura, ni con la pasión desenfrenada que lo conmovía siempre en su presencia. En todo ese tiempo su amor había aumentado hasta convertirse en una obsesión. Quería que Clara no pensara más que en él, que no tuviera más vida que la que pudiera compartir con él, que le contara todo, que no poseyera nada que no proviniera de sus manos, que dependiera completamente.

Pero la realidad era diferente, Clara parecía andar volando en aeroplano, como su tío Marcos, desprendida del suelo firme, buscando a Dios en disciplinas tibetanas, consultando a los espíritus con mesas de tres patas que daban golpecitos, dos para sí, tres para no, descifrando mensajes de otros mundos que podían indicarle hasta el estado de las lluvias. Una vez anunciaron que había un tesoro escondido debajo de la chimenea y ella hizo primero tumbar el muro, pero no apareció, luego la escalera, tampoco, en seguida la mitad del salón principal, nada. Por último resultó que el espíritu, confundido con las modificaciones arquitectónicas que ella había hecho en la casa, no reparó en que el escondite de los doblones de oro no estaba en la masión de los Trueba, sino al otro lado de la calle, en la casa de los Ugarte, quienes se negaron a echar abajo el comedor, porque no creyeron el cuento del fantasma español. Clara no era capaz de hacer las trenzas a Blanca para ir al colegio, de eso se encargaban Férula o la Nana, pero tenía con ella una estupenda relación basada en los mismos principios de la que ella había tenido con Nívea, se contaban cuentos, leían los libros mágicos de los baúles encantados, consultaban los retratos de familia, se pasaban anécdotas de los tíos a los que se les escapan ventosidades y los ciegos que se caen como gárgolas de los álamos, salían a mirar la cordillera y a contar las nubes, se comunicaban en un idioma inventado que suprimía la te al castellano y la remplazaba por ene y la erre por ele, de modo que quedaban hablando igual que el chino de la tintorería. Entretanto Jaime y Nicolás crecían separados del binomio femenino, de acuerdo con el principio de aquellos tiempos de que «hay que hacerse hombres». Las mujeres, en cambio, nacían con su condición incorporada genéticamente y no tenían necesidad de adquirirla con los avatares de la vida. Los mellizos se hacían fuertes y brutales en los juegos propios de su edad, primero cazando lagartijas para rebanarles la cola, ratones para hacerlos correr carreras y mariposas para quitarles el polvo de las alas y, más tarde, dándose puñetazos y patadas de acuerdo

a las instrucciones del mismo chino de la tintorería, que era un adelantado para su época y que fue el primero en llevar al país el conocimiento milenario de las artes marciales, pero nadie le hizo caso cuando demostró que podía partir ladrillos con la mano y quiso poner su propia academia, por eso terminó lavando ropa ajena. Años más tarde, los mellizos terminaron de hacerse hombres escapando del colegio para meterse en el sitio baldío del basural, donde cambiaban los cubiertos de plata de su madre por unos minutos de amor prohibido con una mujerona inmensa que podía acunarlos a los dos en sus pechos de vaca holandesa, ahogarlos a los dos en la pulposa humedad de sus axilas, aplastarlos a los dos con sus muslos de elefante y elevarlos a los dos a la gloria con la cavidad oscura, jugosa, caliente, de su sexo. Pero eso no fue hasta mucho más tarde y Clara nunca lo supo, de modo que no pudo anotarlo en sus cuadernos para que yo lo leyera algún día. Me enteré por otros conductos.

A Clara no le interesaban los asuntos domésticos. Vagaba por las habitaciones sin extrañarse de que todo estuviera en perfecto estado de orden y de limpieza. Se sentaba a la mesa sin preguntarse quién preparaba la comida o dónde se compraban los alimentos, le daba igual quien la sirviera, olvidaba los nombres de los empleados y a veces hasta de sus propios hijos, sin embargo, parecía estar siempre presente, como un espíritu benéfico y alegre, a cuyo paso echaban a andar los relojes. Se vestía de blanco, porque decidió que era el único color que no alteraba su aura, con los trajes sencillos que le hacía Férula en la máquina de coser y que prefería a los atuendos con volantes y pedrerías que le regalaba su marido, con el propósito de deslumbrarla y verla a la moda.

Esteban sufría arrebatos de desesperación, porque ella lo trataba con la misma simpatía con que trataba a todo el mundo, le hablaba en el tono mimoso con que acariciaba a los gatos, era incapaz de darse cuenta si estaba cansado, triste, eufórico o con ganas de hacer el amor, en cambio le adivinaba por el color de sus irradiaciones cuando estaba tramando alguna bellaquería y podía desarmarle una rabieta con un par de frases burlonas. Lo exasperaba que Clara nunca parecía estar realmente agradecida de nada y nunca necesitaba algo que él pudiera darle. En el lecho era distraída y risueña como en todo lo demás, relajada y simple, pero ausente. Sabía que tenía su cuerpo para hacer todas las gimnasias aprendidas en los libros que escondía en un compartimento de la biblioteca, pero hasta los pecados más abominables con Clara parecían retozos de recién nacido, porque era imposible salpicarlos con la sal de un mal pensamiento o la pimienta de la sumisión. Enfurecido, en algunas ocasiones Trueba volvió a sus antiguos pecados y volteaba a una campesina robusta entre

los matorrales durante las forzadas separaciones en que Clara se quedaba con los niños en la capital y él tenía que hacerse cargo del campo, pero el asunto, lejos de aliviarlo, le dejaba un mal sabor en la boca y no le daba ningún placer durable, especialmente porque si se lo hubiera contado a su mujer, sabía que se habría escandalizado por el maltrato a la otra, pero en ningún caso por su infidelidad. Los celos, como muchos otros sentimientos propiamente humanos, a Clara no le incumbían. También fue al Farolito Rojo dos o tres veces, pero dejó de hacerlo porque ya no funcionaba con las prostitutas y tenía que tragarse la humillación con pretextos mascullados de que había tomado mucho vino, de que le cayó mal el almuerzo, de que hacía varios días que andaba resfriado. No volvió, sin embargo, a visitar a Tránsito Soto, porque presentía que ella contenía en sí misma el peligro de la adicción. Sentía un deseo insatisfecho ebulléndole en las entrañas, un fuego imposible de apagar, una sed de Clara que nunca, ni aun en las noches más fogosas y prolongadas, conseguía saciar. Se dormía extenuado, con el corazón a punto de estallarle en el pecho, pero hasta en sus sueños estaba consciente de que la mujer que reposaba a su lado no estaba allí, sino en una dimensión desconocida a la que él jamás podría llegar. A veces perdía la paciencia y sacudía furioso a Clara, le gritaba los peores reclamos y terminaba llorando en su regazo y pidiendo perdón por su brutalidad. Clara comprendía, pero no podía remediarlo. El amor desmedido de Esteban Trueba por Clara fue sin duda el sentimiento más poderoso de su vida, mayor incluso que la rabia y el orgullo y medio siglo más tarde seguía invocándolo con el mismo estremecimiento y la misma urgencia. En su lecho de anciano la llamaría hasta el fin de sus días.

Las intervenciones de Férula agravaron el estado de ansiedad en que se debatía Esteban. Cada obstáculo que su hermana atravesaba entre Clara y él, lo ponía fuera de sí. Llegó a detestar a sus propios hijos porque absorbían la atención de la madre, se llevó a Clara a una segunda luna de miel en los mismos sitios de la primera, se escapaban a hoteles por el fin de semana, pero todo era inútil. Se convenció de que la culpa de todo la tenía Férula, que había sembrado en su mujer un germen maléfico que le impedía amarlo y que, en cambio, se robaba con caricias prohibidas lo que le pertenecía como marido. Se ponía lívido cuando sorprendía a Férula bañando a Clara, le quitaba la esponja de las manos, la despedía con violencia y sacaba a Clara del agua prácticamente en vilo, la zarandeaba, le prohibía que volviera a dejarse bañar, porque a su edad eso era un vicio, y terminaba secándola él, arropándola en su bata y llevándola a la cama con la sensación de que hacía el ridículo. Si Férula servía a su mujer una taza de chocolate,

se la arrebataba de las manos con el pretexto de que la trataba como a una inválida, si le daba un beso de buenas noches, la apartaba de un manotazo diciendo que no era bueno besuquearse, si le elegía los mejores trozos de la bandeja, se separaba de la mesa enfurecido. Los dos hermanos llegaron a ser rivales declarados, se medían con miradas de odio, inventaban argucias para descalificarse mutuamente a los ojos de Clara, se espiaban se celaban. Esteban descuidó de ir al campo y puso a Pedro Segundo García a cargo de todo, incluso de las vacas importadas, dejó de salir con sus amigos, de ir a jugar al golf, de trabajar, para vigilar día y noche los pasos de su hermana y plantársele al frente cada vez que se acercaba a Clara. La atmósfera de la casa se hizo irrespirable, densa y sombría y hasta la Nana andaba como espirituada. La única que permanecía ajena por completo a lo que estaba sucediendo, era Clara, que en su distracción e inocencia, no se daba cuenta de nada.

El odio de Esteban y Férula demoró mucho tiempo en estallar. Empezó como un malestar disimulado y un deseo de ofenderse en los pequeños detalles, pero fue creciendo hasta que ocupó toda la casa. Ese verano Esteban tuvo que ir a Las Tres Marías porque justamente en el momento de la cosecha, Pedro Segundo García se cayó del caballo y fue a parar con la cabeza rota al hospital de las monjas. Apenas se recuperó su administrador, Esteban regresó a la capital sin avisar. En el tren iba con un presentimiento atroz, con un deseo inconfesado de que ocurriera algún drama, sin saber que el drama ya había comenzado cuando él lo deseó. Llegó a la ciudad a media tarde, pero se fue directamente al Club, donde jugó unas partidas de brisca y cenó, sin conseguir calmar su inquietud y su impaciencia, aunque no sabía lo que estaba esperando. Durante la cena hubo un ligero temblor de tierra, las lámparas de lágrimas se bambolearon con el usual campanilleo del cristal, pero nadie levantó la vista, todos siguieron comiendo y los músicos tocando sin perder ni una nota, excepto Esteban Trueba, que se sobresaltó como si aquello hubiera sido un aviso. Terminó de comer aprisa, pidió la cuenta y salió.

Férula, que en general tenía sus nervios bajo control, nunca había podido habituarse a los temblores. Llegó a perder el miedo a los fantasmas que Clara invocaba y a los ratones en el campo, pero los temblores la conmovían hasta los huesos y mucho después que habían pasado ella seguía estremecida. Esa noche todavía no se había acostado y corrió a la pieza de Clara, que había tomado su infusión de tilo y estaba durmiendo plácidamente. Buscando un poco de compañía y calor, se acostó a su lado procurando no despertarla y murmurando oraciones silenciosas para que aquello no fuera a degenerar en un

terremoto. Allí la encontró Esteban Trueba. Entró a la casa tan sigiloso como un bandido, subió al dormitorio de Clara sin encender las luces y apareció como una tromba ante las dos mujeres amo-
dorradas, que lo creían en Las Tres Marías. Se abalanzó sobre su
hermana con la misma rabia con que lo hubiera hecho si fuera el seductor de su esposa y la sacó de la cama a tirones, la arrastró por el
pasillo, la bajó a empujones por la escalera y la introdujo a viva fuerza
en la biblioteca mientras Clara, desde la puerta de su habitación clamaba sin comprender lo que había ocurrido. A solas con Férula, Esteban descargó su furia de marido insatisfecho y gritó a su hermana lo
que nunca debió decirle, desde marimacho hasta meretriz, acusándola
de pervertir a su mujer, de desviarla con caricias de solterona, de vol-
verla lunática, distraída, muda y espiritista con artes de lesbiana, de
refocilarse con ella en su ausencia, de manchar hasta el nombre de los
hijos, el honor de la casa y la memoria de su santa madre, que ya estaba harto de tanta maldad y que la echaba de su casa, que se fuera
inmediatamente, que no quería volver a verla nunca más y le prohibía
que se acercara a su mujer y a sus hijos, que no le faltaría dinero para
subsistir con decencia mientras él viviera, tal como se lo había prometido una vez, pero que si volvía a verla rondando a su familia, la iba
a matar, que se lo metiera adentro de la cabeza. ¡Te juro por nuestra
madre que te mato!

—¡Te maldigo, Esteban! —le gritó Férula—. ¡Siempre estarás solo,
se te encogerá el alma y el cuerpo y te morirás como un perro!

Y salió para siempre de la gran casa de la esquina, en camisa de
dormir y sin llevar nada consigo.

Al día siguiente Esteban Trueba se fue a ver al padre Antonio y le
contó lo que había pasado, sin dar detalles. El sacerdote le escuchó
blandamente con la impasible mirada de quien ya había oído antes el
cuento.

—¿Qué deseas de mí, hijo mío? —preguntó cuando Esteban terminó de hablar.

—Que le haga llegar a mi hermana todos los meses un sobre que
yo le entregaré. No quiero que tenga necesidades económicas. Y le
aclaro que no lo hago por cariño sino por cumplir una promesa.

El padre Antonio recibió el primer sobre con un suspiro y esbozó
el gesto de dar la bendición, pero Esteban ya había dado media vuelta y salía. No dio ninguna explicación a Clara de lo que había ocurrido entre su hermana y él. Le anunció que la había echado de la
casa, que le prohibía volver a mencionarla en su presencia y le sugirió que si tenía algo de decencia, tampoco la mencionara a sus espaldas. Hizo sacar su ropa y todos los objetos que pudieran recordarla y

se hizo el ánimo de que había muerto.

Clara comprendió que era inútil hacerle preguntas. Fue al costurero a buscar su péndulo, que le servía para comunicarse con los fantasmas y que usaba como instrumento de concentración. Extendió un mapa de la ciudad en el suelo y sostuvo el péndulo a medio metro y esperó que las oscilaciones le indicaran la dirección de su cuñada, pero después de intentarlo durante toda la tarde, se dio cuenta que el sistema no resultaría si Férula no tenía un domicilio fijo. Ante la ineficacia del péndulo para ubicarla, salió a vagar en coche, esperando que su instinto la guiara, pero tampoco esto dio resultado. Consultó la mesa de tres patas sin que ningún espíritu baqueano apareciera para conducirla donde Férula a través de los vericuetos de la ciudad, la llamó con el pensamiento y no obtuvo respuesta y tampoco las cartas del Tarot la iluminaron. Entonces decidió recurrir a los métodos tradicionales y comenzó a buscarla entre las amigas, interrogó a los proveedores y a todos los que tenían tratos con ella, pero nadie la había vuelto a ver. Sus averiguaciones la llevaron por último donde el padre Antonio.

—No la busque más, señora —dijo el sacerdote—. Ella no quiere verla.

Clara comprendió que ésa era la causa por la cual no habían funcionado ninguno de sus infalibles sistemas de adivinación.

—Las hermanas Mora tenían razón —se dijo—. No se puede encontrar a quien no quiere ser encontrado.

Esteban Trueba entró en un período muy próspero. Sus negocios parecían tocados por una varilla mágica. Se sentía satisfecho de la vida. Era rico, tal como se lo había propuesto una vez. Tenía la concesión de otras minas, estaba exportando fruta al extranjero, formó una empresa constructora y Las Tres Marías, que había crecido mucho en tamaño, estaba convertida en el mejor fundo de la zona. No lo afectó la crisis económica que convulsionó al resto del país. En las provincias del Norte la quiebra de las salitreras había dejado en la miseria a miles de trabajadores. Las famélicas tribus de cesantes, que arrastraban a sus mujeres, sus hijos, sus viejos, buscando trabajo por los caminos, habían terminado por acercarse a la capital y lentamente formaron un cordón de miseria alrededor de la ciudad, instalándose de cualquier manera, entre tablas y pedazos de cartón, en medio de la basura y el abandono. Vagaban por las calles pidiendo una oportunidad para trabajar, pero no había trabajo para todos y poco a poco los rudos obreros, adelgazados por el hambre, encogidos por el frío,

harapientos, desolados, dejaron de pedir trabajo y pidieron simplemente una limosna. Se llenó de mendigos. Y después de ladrones. Nunca se habían visto heladas más terribles que las de ese año. Hubo nieve en la capital, un espectáculo inusitado que se mantuvo en primera plana de los periódicos, celebrado como una noticia festiva, mientras en las poblaciones marginales amanecían los niños azules, congelados. Tampoco alcanzaba la caridad para tantos desamparados.

Ése fue el año del tifus exantemático. Comenzó como otra calamidad de los pobres y pronto adquirió características de castigo divino. Nació en los barrios de los indigentes, por culpa del invierno, de la desnutrición, del agua sucia de las acequias. Se juntó con la cesantía y se repartió por todas partes. Los hospitales no daban abasto. Los enfermos deambulaban por las calles con los ojos perdidos, se sacaban los piojos y se los tiraban a la gente sana. Se regó la plaga, entró a todos los hogares, infectó los colegios y las fábricas, nadie podía sentirse seguro. Todos vivían con miedo, escrutando los signos que anunciaban la terrible enfermedad. Los contagiados empezaban a tiritar con un frío de lápida en los huesos y a poco eran presas del estupor. Se quedaban como imbéciles, consumiéndose en la fiebre, llenos de manchas, cagando sangre, con delirios de fuego y de naufragio, cayéndose al suelo, los huesos de lana, las piernas de trapo y un gusto de bilis en la boca, el cuerpo en carne viva, una pústula roja al lado de otra azul y otra amarilla y otra negra, vomitando hasta las tripas y clamando a Dios que se apiade y que los deje morir de una vez, que no aguantan más, que la cabeza les revienta y el alma se les va en mierda y espanto.

Esteban propuso llevar a toda la familia al campo, para preservarla del contagio, pero Clara no quiso oír hablar del asunto. Estaba muy ocupada socorriendo a los pobres en una tarea que no tenía principio ni fin. Salía muy temprano y a veces llegaba cerca de la medianoche. Vació los armarios de la casa, quitó la ropa a los niños, las frazadas de las camas, las chaquetas a su marido. Sacaba la comida de la despensa y estableció un sistema de envíos con Pedro Segundo García, quien mandaba desde Las Tres Marías quesos, huevos, cecinas, frutas, gallinas, que ella distribuía entre sus necesitados. Adelgazó y se veía demacrada. En las noches volvió a caminar sonámbula.

La ausencia de Férula se sintió como un cataclismo en la casa y hasta la Nana, que siempre había deseado que ese momento llegara algún día, se conmovió. Cuando comenzó la primavera y Clara pudo descansar un poco, aumentó su tendencia a evadir la realidad y perderse en el ensueño. Aunque ya no contaba con la impecable organización de su cuñada para barajar el caos de la gran casa de la esquina, se despreocupó de las cosas domésticas. Delegó todo en manos de la Nana y

de los otros empleados y se sumió en el mundo de los aparecidos y de los experimentos psíquicos. Los cuadernos de anotar la vida se embrollaron, su caligrafía perdió la elegancia de convento, que siempre tuvo, y degeneró en unos trazos despachurrados que a veces eran tan minúsculos que no se podían leer y otras tan grandes que tres palabras llenaban la página.

En los años siguientes se juntó alrededor de Clara y las tres hermanas Mora un grupo de estudiosos de Gourdieff, de Rosacruces, de espiritistas y de bohemios transnochados que hacían tres comidas diarias en la casa y que alternaban su tiempo entre consultas perentorias a los espíritus de la mesa de tres patas y la lectura de los versos del último poeta iluminado que aterrizaba en el regazo de Clara. Esteban permitía esa invasión de estrafalarios, porque hacía mucho tiempo que se dio cuenta que era inútil interferir en la vida de su mujer. Decidió que por lo menos los niños varones debían estar al margen de la magia, de modo que Jaime y Nicolás fueron internos a un colegio inglés victoriano, donde cualquier pretexto era bueno para bajarles los pantalones y darles varillazos por el trasero, especialmente a Jaime, que se burlaba de la familia real británica y a los doce años estaba interesado en leer a Marx, un judío que provocaba revoluciones en todo el mundo. Nicolás heredó el espíritu aventurero del tío abuelo Marcos y la propensión de fabricar horóscopos y descifrar el futuro de su madre, pero eso no constituía un delito grave en la rígida formación del colegio, sino sólo una excentricidad, así es que el joven fue mucho menos castigado que su hermano.

El caso de Blanca era diferente, porque su padre no intervenía en su educación. Consideraba que su destino era casarse y brillar en sociedad, donde la facultad de comunicarse con los muertos, si se mantenía en un tono frívolo, podría ser una atracción. Sostenía que la magia, como la religión y la cocina, era un asunto propiamente femenino y tal vez por eso era capaz de sentir simpatía por las tres hermanas Mora, en cambio detestaba a los espirituados de sexo masculino casi tanto como a los curas. Por su parte, Clara andaba para todos lados con su hija pegada a sus faldas, la invitaba a las sesiones de los viernes y la crió en estrecha familiaridad con las ánimas, con los miembros de las sociedades secretas y con los artistas misérrimos a quienes hacía de mecenas. Igual como ella lo había hecho con su madre en tiempos de la mudez, llevaba ahora a Blanca a ver a los pobres, cargada de regalos y consuelos.

—Esto sirve para tranquilizarnos la conciencia, hija —explicaba a Blanca—. Pero no ayuda a los pobres. No necesitan caridad, sino justicia.

Era en ese punto donde tenía las peores discusiones con Esteban, que tenía otra opinión al respecto.

—¡Justicia! ¿Es justo que todos tengan lo mismo? ¿Los flojos lo mismo que los trabajadores? ¿Los tontos lo mismo que los inteligentes? ¡Eso no pasa ni con los animales! No es cuestión de ricos y pobres, sino de fuertes y débiles. Estoy de acuerdo en que todos debemos tener las mismas oportunidades, pero esa gente no hace ningún esfuerzo. ¡Es muy fácil estirar la mano y pedir limosna! Yo creo en el esfuerzo y en la recompensa. Gracias a esa filosofía he llegado a tener lo que tengo. Nunca he pedido un favor a nadie y no he cometido ninguna deshonestidad, lo que prueba que cualquiera puede hacerlo. Yo estaba destinado a ser un pobre infeliz escribiente de Notaría. Por eso no aceptaré ideas bolcheviques en mi casa. ¡Vayan a hacer caridad en los conventillos, si quieren! Eso está muy bien: es bueno para la formación de las señoritas. ¡Pero no me vengan con las mismas estupideces de Pedro Tercero García, porque no lo voy a aguantar!

Era verdad, Pedro Tercero García estaba hablando de justicia en Las Tres Marías. Era el único que se atrevía a desafiar al patrón, a pesar de las zurras que le había dado su padre, Pedro Segundo García, cada vez que lo sorprendía. Desde muy joven el muchacho hacía viajes sin permiso al pueblo para conseguir libros prestados, leer los periódicos y conversar con el maestro de la escuela, un comunista ardiente a quien años más tarde lo matarían de un balazo entre los ojos. También se escapaba en las noches al bar de San Lucas donde se reunía con unos sindicalistas que tenían la manía de componer el mundo entre sorbo y sorbo de cerveza, o con el gigantesco y magnífico padre José Dulce María, un sacerdote español con la cabeza llena de ideas revolucionarias que le valieron ser relegado por la Compañía de Jesús a aquel perdido rincón del mundo, pero ni por eso renunció a transformar las parábolas bíblicas en panfletos socialistas. El día que Esteban Trueba descubrió que el hijo de su administrador estaba introduciendo literatura subversiva entre sus inquilinos, lo llamó a su despacho y delante de su padre le dio una tunda de azotes con su fusta de cuero de culebra.

—¡Éste es el primer aviso, mocoso de mierda! —le dijo sin levantar la voz y mirándolo con ojos de fuego—. La próxima vez que te encuentre molestándome a la gente, te meto preso. En mi propiedad no quiero revoltosos, porque aquí mando yo y tengo derecho a rodearme de la gente que me gusta. Tú no me gustas, así es que ya lo sabes. Te aguanto por tu padre, que me ha servido lealmente durante muchos años, pero anda con cuidado, porque puedes acabar muy mal. ¡Retírate!

Pedro Tercero García era parecido a su padre, moreno, de faccio-

nes duras, esculpidas en piedra, con grandes ojos tristes, pelo negro y tieso cortado como un cepillo. Tenía sólo dos amores, su padre y la hija del patrón, a quien amó desde el día en que durmieron desnudos debajo de la mesa del comedor, en su tierna infancia. Y Blanca no se libró de la misma fatalidad. Cada vez que iba de vacaciones al campo y llegaba a Las Tres Marías en medio de la polvareda provocada por los coches cargados con el tumultuoso equipaje, sentía el corazón batiéndole como un tambor africano de impaciencia y de ansiedad. Ella era la primera en saltar del vehículo y echar a correr hacia la casa, y siempre encontraba a Pedro Tercero García en el mismo sitio donde se vieron por primera vez, de pie en el umbral, medio oculto por la sombra de la puerta, tímido y hosco, con sus pantalones raídos, descalzo, sus ojos de viejo escrutando el camino para verla llegar. Los dos corrían, se abrazaban, se besaban, se reían, se daban trompadas cariñosas y rodaban por el suelo tirándose los pelos y gritando de alegría.

—¡Párate, chiquilla! ¡Deja a ese rotoso! —chillaba la Nana procurando separarlos.

—Déjalos, Nana, son niños y se quieren —decía Clara, que sabía más.

Los niños escapaban corriendo, iban a esconderse para contarse todo lo que habían acumulado durante esos meses de separación. Pedro le entregaba, avergonzado, unos animalitos tallados que había hecho para ella en trozos de madera y a cambio Blanca le daba los regalos que había juntado para él: un cortaplumas que se abría como una flor, un pequeño imán que atraía por obra de magia los clavos roñosos del suelo. El verano que ella llegó con parte del contenido del baúl de los libros mágicos del tío Marcos, tenía alrededor de diez años y todavía Pedro Tercero leía con dificultad, pero la curiosidad y el anhelo consiguieron lo que no había podido obtener la maestra a varillazos. Pasaron el verano leyendo acostados entre las cañas del río, entre los pinos del bosque, entre las espigas de los trigales, discutiendo las virtudes de Sandokan y Robin Hood, la mala suerte del Pirata Negro, las historias verídicas y edificantes del Tesoro de la Juventud, el malicioso significado de las palabras prohibidas en el diccionario de la Real Academia de la Lengua Española, el sistema cardiovascular en láminas, donde podían ver a un tipo sin pellejo, con todas sus venas y el corazón expuestos a la vista, pero con calzones. En pocas semanas el niño aprendió a leer con voracidad. Entraron en el mundo ancho y profundo de las historias imposibles, los duendes, las hadas, los náufragos que se comen unos a otros después de echarlo a la suerte, los tigres que se dejan amaestrar por amor, los inventos fascinantes, las curiosidades geográficas y zoológicas, los países orientales donde hay genios en las

botellas, dragones en las cuevas y princesas prisioneras en las torres. A menudo iban a visitar a Pedro García, el viejo, a quien el tiempo había gastado los sentidos. Se fue quedando ciego paulatinamente, una película celeste le cubría las pupilas, «son las nubes, que me están entrando por la vista», decía. Agradecía mucho las visitas de Blanca y Pedro Tercero, que era su nieto, pero él ya lo había olvidado. Escuchaba los cuentos que ellos seleccionaban de los libros mágicos y que tenían que gritarle al oído, porque también decía que el viento le estaba entrando por las orejas y por eso estaba sordo. A cambio, les enseñaba a inmunizarse contra las picadas de bichos malignos y les demostraba la eficacia de su antídoto, poniéndose un alacrán vivo en el brazo. Les enseñaba a buscar agua. Había que sujetar un palo seco con las dos manos y caminar tocando el suelo, en silencio, pensando en el agua y la sed que tiene el palo, hasta que de pronto, al sentir la humedad, el palo comenzaba a temblar. Allí había que cavar, les decía el viejo, pero aclaraba que ése no era el sistema que él empleaba para ubicar los pozos en el suelo de Las Tres Marías, porque él no necesitaba el palo. Sus huesos tenían tanta sed, que al pasar por el agua subterránea, aunque fuera profunda, su esqueleto se lo advertía. Les mostraba las yerbas del campo y los hacía olerlas, gustarlas, acariciarlas, para conocer su perfume natural, su sabor y su textura y así poder identificar a cada una según sus propiedades curativas: calmar la mente, expulsar los influjos diabólicos, pulir los ojos, fortificar el vientre, estimular la sangre. En ese terreno su sabiduría era tan grande, que el médico del hospital de las monjas iba a visitarlo para pedirle consejo. Sin embargo, toda su sabiduría no pudo curar la lipiria calambre de su hija Pancha, que la despachó al otro mundo. Le dio de comer boñiga de vaca y como eso no resultó, le dio bosta de caballo, la envolvió en mantas y la hizo sudar el mal hasta que la dejó en los huesos, le dio fricciones de aguardiente con pólvora por todo el cuerpo, pero fue inútil; Pancha se fue en una diarrea interminable que le estrujó las carnes y la hizo padecer una sed insaciable. Vencido, Pedro García pidió permiso al patrón para llevarla al pueblo en una carreta. Los dos niños lo acompañaron. El médico del hospital de las monjas examinó cuidadosamente a Pancha y dijo al viejo que estaba perdida, que si se la hubiera llevado antes y no le hubiera provocado esa sudadera, habría podido hacer algo por ella, pero que ya su cuerpo no podía retener ningún líquido y era igual que una planta con las raíces secas. Pedro García se ofendió y siguió negando su fracaso aun cuando regresó con el cadáver de su hija envuelto en una manta, acompañado por los dos niños asustados, y lo desembarcó en el patio de Las Tres Marías refunfuñando contra la ignorancia del doctor. La enterraron en un sitio

privilegiado en el pequeño cementerio junto a la iglesia abandonada, al pie del volcán, porque ella había sido, en cierta forma, mujer del patrón, pues le había dado el único hijo que llevó su nombre, aunque nunca llevó su apellido, y un nieto, el extraño Esteban García, que estaba destinado a cumplir un terrible papel en la historia de la familia.

Un día el viejo Pedro García les contó a Blanca y a Pedro Tercero el cuento de las gallinas que se pusieron de acuerdo para enfrentar a un zorro que se metía todas las noches en el gallinero para robar los huevos y devorarse los pollitos. Las gallinas decidieron que ya estaban hartas de aguantar la prepotencia del zorro, lo esperaron organizadas y cuando entró al gallinero, le cerraron el paso, lo rodearon y se le fueron encima a picotazos hasta que lo dejaron más muerto que vivo.

—Y entonces se vio que el zorro escapaba con la cola entre las piernas, perseguido por las gallinas —terminó el viejo.

Blanca se rió con la historia y dijo que eso era imposible, porque las gallinas nacen estúpidas y débiles y los zorros nacen astutos y fuertes, pero Pedro Tercero no se rió. Se quedó toda la tarde pensativo, rumiando el cuento del zorro y las gallinas, y tal vez ese fue el instante en que el niño comenzó a hacerse hombre.

Capítulo V

LOS AMANTES

La infancia de Blanca transcurrió sin grandes sobresaltos, alternando aquellos calientes veranos en Las Tres Marías, donde descubría la fuerza de un sentimiento que crecía con ella, y la rutina de la capital, similar a la de otras niñas de su edad y su medio, a pesar de que la presencia de Clara ponía una nota extravagante en su vida. Todas las mañanas aparecía la Nana con el desayuno a sacudirle la modorra y vigilarle el uniforme, estirarle los calcetines, ponerle el sombrero, los guantes y el pañuelo, ordenar los libros en el bolsón, mientras intercalaba oraciones murmuradas por el alma de los muertos, con recomendaciones en voz alta para que Blanca no se dejara embaucar por las monjas.

—Esas mujeres son todas unas depravadas —le advertía— que eligen a las alumnas más bonitas, más inteligentes y de buena familia, para meterlas al convento, afeitan la cabeza a las novicias, pobrecitas, y las destinan a perder su vida haciendo tortas para vender y cuidando viejitos ajenos.

El chofer llevaba a la niña al colegio, donde la primera actividad del día era la misa y la comunión obligatoria. Arrodillada en su banco, Blanca aspiraba el intenso olor del incienso y las azucenas de María,

y padecía el suplicio combinado de las náuseas, la culpa y el aburrimiento. Era lo único que no le gustaba del colegio. Amaba los altos corredores de piedra, la limpieza inmaculada de los pisos de mármol, los blancos muros desnudos, el Cristo de fierro que vigilaba la entrada. Era una criatura romántica y sentimental, con tendencia a la soledad, de pocas amigas, capaz de emocionarse hasta las lágrimas cuando florecían las rosas en el jardín, cuando aspiraba el tenue olor a trapo y jabón de las monjas que se inclinaban sobre sus tareas, cuando se quedaba rezagada para sentir el silencio triste de las aulas vacías. Pasaba por tímida y melancólica. Sólo en el campo, con la piel dorada por el sol y la barriga llena de fruta tibia, corriendo con Pedro Tercero por los potreros, era risueña y alegre. Su madre decía que ésa era la verdadera Blanca y que la otra, la de la ciudad, era una Blanca en hibernación.

Debido a la agitación constante que reinaba en la gran casa de la esquina, nadie, excepto la Nana, se dio cuenta de que Blanca estaba convirtiéndose en una mujer. Entró en la adolescencia de golpe. Había heredado de los Trueba la sangre española y árabe, el porte señorial, el rictus soberbio, la piel aceitunada y los ojos oscuros de sus genes mediterráneos, pero teñidos por la herencia de la madre, de quien sacó la dulzura que ningún Trueba tuvo jamás. Era una criatura tranquila que se entretenía sola, estudiaba, jugaba con sus muñecas y no manifestaba la menor inclinación natural por el espiritismo de su madre o por las rabietas de su padre. La familia decía en tono de chanza que ella era la única persona normal en varias generaciones y, en verdad, parecía ser un prodigio de equilibrio y serenidad. Alrededor de los trece años comenzó a desarrollársele el pecho, afinársele la cintura, adelgazó y estiró como una planta abonada. La Nana le recogió el pelo en un moño, la acompañó a comprar su primer corpiño, su primer par de medias de seda, su primer vestido de mujer y una colección de toallas enanas para lo que ella llamaba la demostración. Entretanto su madre seguía haciendo bailar las sillas por toda la casa, tocando Chopin con el piano cerrado y declamando los bellísimos versos sin rima, argumento ni lógica, de un poeta joven que había acogido en la casa, de quien se comenzaba a hablar por todas partes, sin enterarse de los cambios que se producían en su hija, sin ver el uniforme del colegio con las costuras reventadas, ni darse cuenta que la cara de fruta se le había sutilmente transformado en un rostro de mujer, porque Clara vivía más atenta del aura y los fluidos, que de los kilos o los centímetros. Un día la vio entrar al costurero con su vestido de salir y se extrañó de que aquella señorita alta y morena fuera su pequeña Blanca. La abrazó, la llenó de besos y le advirtió que pronto tendría la menstruación.

—Siéntase y le explico lo que es eso —dijo Clara.

—No se moleste, mamá, ya va a hacer un año que me viene todos los meses —se rió Blanca.

La relación de ambas no sufrió grandes cambios con el desarrollo de la muchacha, porque estaba basada en los sólidos principios de la total aceptación mutua y la capacidad para burlarse juntas de casi todas las cosas de la vida.

Ese año el verano se anunció temprano con un calor seco y bochornoso que cubrió la ciudad con una reverberación de mal sueño, por eso adelantaron en un par de semanas el viaje a Las Tres Marías. Como todos los años, Blanca esperó ansiosamente el momento de ver a Pedro Tercero y, como todos los años, al bajarse del coche lo primero que hizo fue buscarlo con la vista en el lugar de siempre. Descubrió su sombra escondida en el umbral de la puerta y saltó del vehículo, precipitándose a su encuentro con el ansia de tantos meses de soñar con él, pero vio, sorprendida, que el niño daba media vuelta y salía escapando.

Blanca anduvo toda la tarde recorriendo los lugares donde se reunían, preguntó por él, lo llamó a gritos, lo buscó en la casa de Pedro García, el viejo, y, por último, al caer la noche se acostó vencida, sin comer. En su enorme cama de bronce, dolida y extrañada, hundió la cara en la almohada y lloró con desconsuelo. La Nana le llevó un vaso de leche con miel y adivinó al instante la causa de su congoja.

—¡Me alegro! —dijo con una sonrisa torcida—. ¡Ya no tienes edad para jugar con ese mocoso pulguiento!

Media hora más tarde entró su madre a besarla y la encontró sollozando los últimos estertores de un llanto melodramático. Por un instante Clara dejó de ser un ángel distraído y se colocó a la altura de los simples mortales que a los catorce años sufren su primera pena de amor. Quiso indagar, pero Blanca era muy orgullosa o demasiado mujer ya y no le dio explicaciones, de modo que Clara se limitó a sentarse un rato en la cama y acariciarla hasta que se calmó.

Esa noche Blanca durmió mal y despertó al amanecer, rodeada por las sombras de la amplia habitación. Se quedó mirando el artesonado del techo hasta que escuchó el canto del gallo y entonces se levantó, abrió las cortinas y dejó que entrara la suave luz del alba y los primeros ruidos del mundo. Se acercó al espejo del armario y se miró detenidamente. Se quitó la camisa y observó su cuerpo por primera vez en detalle, comprendiendo que todos esos cambios eran la causa de que su amigo hubiera huido. Sonrió con una nueva y delicada sonrisa de mujer. Se puso la ropa vieja del verano pasado, que casi no le cruzaba, se arropó con una manta y salió en puntillas para no despertar a la familia. Afuera el campo se sacudía la modorra de la noche y los pri-

meros rayos del sol cruzaban como sablazos los picos de la cordillera, calentando la tierra y evaporando el rocío en una fina espuma blanca que borraba los contornos de las cosas y convertía el paisaje en una visión de ensueño. Blanca echó a andar en dirección al río. Todo estaba todavía en calma, sus pisadas aplastaban las hojas caídas y las ramas secas, produciendo un leve crepitar, único sonido en aquel vasto espacio dormido. Sintió que las alamedas imprecisas, los trigales dorados y los lejanos cerros morados perdiéndose en el cielo translúcido de la mañana, eran un recuerdo antiguo en su memoria, algo que había visto antes exactamente así y que ese instante ya lo había vivido. La finísima llovizna de la noche había empapado la tierra y los árboles, sintió la ropa ligeramente húmeda y los zapatos fríos. Respiró el perfume de la tierra mojada, de las hojas podridas, del humus, que despertaba un placer desconocido en sus sentidos.

Blanca llegó hasta el río y vio a su amigo de la infancia sentado en el sitio donde tantas veces se habían dado cita. En ese año, Pedro Tercero no había crecido como ella, sino que seguía siendo el mismo niño delgado, panzudo y moreno, con una sabia expresión de anciano en sus ojos negros. Al verla, se puso de pie y ella calculó que medía media cabeza más que él. Se miraron desconcertados, sintiendo por primera vez que eran casi dos extraños. Por un tiempo que pareció infinito, se quedaron inmóviles, acostumbrándose a los cambios y a las nuevas distancias, pero entonces trinó un gorrión y todo volvió a ser como el verano anterior. Volvieron a ser dos niños que corren, se abrazan y ríen, caen al suelo, se revuelcan, se estrellan contra los guijarros murmurando sus nombres incansablemente, dichosos de estar juntos una vez más. Por fin se calmaron. Ella tenía el pelo lleno de hojas secas, que él quitó una por una.

—Ven, quiero mostrarte algo —dijo Pedro Tercero.

La llevó de la mano. Caminaron, saboreando aquel amanecer del mundo, arrastrando los pies en el barro, recogiendo tallos tiernos para chuparles la savia, mirándose y sonriendo, sin hablar, hasta que llegaron a un potrero lejano. El sol aparecía por encima del volcán, pero el día aún no terminaba de instalarse y la tierra bostezaba. Pedro le indicó que se tirara al suelo y guardara silencio. Reptaron acercándose a unos matorrales, dieron un corto rodeo y entonces Blanca la vio. Era una hermosa yegua baya, dando a luz, sola en la colina. Los niños inmóviles, procurando que no se oyera ni su respiración, la vieron jadear y esforzarse hasta que apareció la cabeza del potrillo y luego, después de un largo tiempo, el resto del cuerpo. El animalito cayó a tierra y la madre comenzó a lamerlo, dejándolo limpio y brillante como madera encerada, animándolo con el hocico para que in-

tentara pararse. El potrillo trató de ponerse en pie, pero se le doblaban sus frágiles patas de recién nacido y se quedó echado, mirando a su madre con aire desvalido, mientras ella relinchaba saludando al sol de la mañana. Blanca sintió la felicidad estallando en su pecho y brotando en lágrimas de sus ojos.

—Cuando sea grande, me voy a casar contigo y vamos a vivir aquí, en Las Tres Marías —dijo en un susurro.

Pedro se la quedó mirando con expresión de viejo triste y negó con la cabeza. Era todavía mucho más niño que ella, pero ya conocía su lugar en el mundo. También sabía que amaría a aquella niña durante toda su existencia, que ese amanecer perduraría en su recuerdo y que sería lo último que vería en el momento de morir.

Ese verano lo pasaron oscilando entre la infancia, que aún los retenía, y el despertar del hombre y de la mujer. Por momentos corrían como criaturas, soliviantando gallinas y alborotando vacas, se hartaban de leche tibia recién ordeñada y les quedaban bigotes de espuma, se robaban el pan salido del horno, trepaban a los árboles para construir casitas arbóreas. Otras veces se escondían en los lugares más secretos y tupidos del bosque, hacían lechos de hoja y jugaban a que estaban casados, acariciándose hasta la extenuación. No habían perdido la inocencia para quitarse la ropa sin curiosidad y bañarse desnudos en el río, como lo habían hecho siempre, zambulléndose en el agua fría y dejando que la corriente los arrastrara sobre las piedras lustrosas del fondo. Pero había cosas que ya no compartían como antes. Aprendieron a tenerse vergüenza. Ya no competían para ver quién era capaz de hacer el charco más grande de orina y Blanca no le habló de aquella materia oscura que le manchaba los calzones una vez al mes. Sin que nadie se lo dijera, se dieron cuenta de que no podían tener familiaridades delante de los demás. Cuando Blanca se ponía su ropa de señorita y se sentaba en las tardes en la terraza a beber limonada con su familia, Pedro Tercero la observaba de lejos, sin acercarse. Comenzaron a ocultarse para sus juegos. Dejaron de andar tomados de la mano a la vista de los adultos y se ignoraban para no atraer su atención. La Nana respiró más tranquila, pero Clara empezó a observarlos más cuidadosamente.

Terminaron las vacaciones y los Trueba regresaron a la capital cargados de frascos de dulces, compotas, cajones de fruta, quesos, gallinas y conejos en escabeche, cestos con huevos. Mientras acomodaban todo en los coches que los llevarían al tren, Blanca y Pedro Tercero se escondieron en el granero para despedirse. En esos tres meses habían llegado a amarse con aquella pasión arrebatada que los transtornó durante el resto de sus vidas. Con el tiempo ese amor se hizo más invulnerable y persistente, pero ya entonces tenía la misma profundidad y certeza

que lo caracterizó después. Sobre una pila de grano, aspirando el aromático polvillo del granero en la luz dorada y difusa de la mañana que se colaba entre las tablas, se besaron por todos lados, se lamieron, se mordieron, se chuparon, sollozaron y bebieron las lágrimas de los dos, se juraron eternidad y se pusieron de acuerdo en un código secreto que les serviría para comunicarse durante los meses de separación.

Todos los que vivieron aquel momento, coinciden en que eran alrededor de las ocho de la noche cuando apareció Férula, sin que nada presagiara su llegada. Todos pudieron verla con su blusa almidonada, su manojo de llaves en la cintura y su moño de solterona, tal como la habían visto siempre en la casa. Entró por la puerta del comedor en el momento en que Esteban comenzaba a trinchar el asado y la reconocieron inmediatamente, a pesar de que hacía seis años que no la veían y estaba muy pálida y mucho más anciana. Era un sábado y los mellizos, Jaime y Nicolás, habían salido del internado a pasar el fin de semana con su familia, de modo que también estaban allí. Su testimonio es muy importante, porque eran los únicos miembros de la familia que vivían alejados por completo de la mesa de tres patas, preservados de la magia y el espiritismo por su rígido colegio inglés. Primero sintieron un frío súbito en el comedor y Clara ordenó que cerraran las ventanas, porque pensó que era una corriente de aire. Luego oyeron el tintineo de las llaves y casi en seguida se abrió la puerta y apareció Férula, silenciosa y con una expresión lejana, en el mismo instante en que entraba la Nana por la puerta de la cocina, con la fuente de la ensalada. Esteban Trueba se quedó con el cuchillo y el tenedor de trinchar en el aire, paralizado por la sorpresa, y los tres niños gritaron ¡tía Férula! casi al unísono. Blanca alcanzó a pararse para ir a su encuentro, pero Clara, que se sentaba a su lado, estiró la mano y la sujetó de un brazo. En realidad Clara fue la única que se dio cuenta a la primera mirada de lo que estaba ocurriendo, debido a su larga familiaridad con los asuntos sobrenaturales, a pesar de que nada en el aspecto de su cuñada delataba su verdadero estado. Férula se detuvo a un metro de la mesa, los miró a todos con ojos vacíos e indiferentes y luego avanzó hacia Clara, que se puso de pie, pero no hizo ningún ademán de acercarse, sino que cerró los ojos y comenzó a respirar agitadamente, como si estuviera incubando uno de sus ataques de asma. Férula se acercó a ella, le puso una mano en cada hombro y la besó en la frente con un beso breve. Lo único que se escuchaba en el comedor era la respiración jadeante de Clara y el campanilleo metálico de las llaves en la cintura de Férula.

Después de besar a su cuñada, Férula pasó por su lado y salió por donde mismo había entrado, cerrando la puerta a sus espaldas con suavidad. En el comedor quedó la familia inmóvil, como en una pesadilla. De pronto la Nana comenzó a temblar tan fuerte, que se le cayeron los cucharones de la ensalada y el ruido de la plata al chocar contra el parquet los sobresaltó a todos. Clara abrió los ojos. Seguía respirando con dificultad y le caían lágrimas silenciosas por las mejillas y el cuello, manchándole la blusa.

—Férula ha muerto —anunció.

Esteban Trueba soltó los cubiertos de trinchar el asado sobre el mantel y salió corriendo del comedor. Llegó hasta la calle llamando a su hermana, pero no encontró ni rastro de ella. Entretanto Clara ordenó a un sirviente que fuera a buscar los abrigos y cuando su esposo regresó, estaba colocándose el suyo y tenía las llaves del automóvil en la mano.

—Vamos donde el padre Antonio —le dijo.

Hicieron el camino en silencio. Esteban manejaba con el corazón oprimido, buscando la antigua parroquia del padre Antonio en esos barrios de pobres donde hacía muchos años que no ponía los pies. El sacerdote estaba pegando un botón a su raída sotana cuando llegaron con la noticia de que Férula había muerto.

—¡No puede ser! —exclamó—. Yo estuve con ella hace dos días y estaba en buena salud y con buen ánimo.

—Llévenos a su casa, padre, por favor —suplicó Clara—. Yo sé por qué se lo digo. Está muerta.

Ante la insistencia de Clara, el padre Antonio los acompañó. Guió a Esteban por unas calles estrechas hasta el domicilio de Férula. Durante esos años de soledad, ella había vivido en uno de aquellos conventillos donde iba a rezar el rosario contra la voluntad de los beneficiados en los tiempos de su juventud. Tuvieron que dejar el coche a varias cuadras de distancia, porque las calles fueron haciéndose más y más estrechas, hasta que comprendieron que estaban hechas para andar sólo a pie o en bicicleta. Se internaron caminando, evitando los charcos de agua sucia que desbordaba de las acequias, sorteando la basura apilada en montones donde los gatos escarbaban como sombras sigilosas. El conventillo era un largo pasaje de casas ruinosas, todas iguales, pequeñas y humildes viviendas de cemento, con una sola puerta y dos ventanas, pintadas de parduzcos colores, desvencijadas, comidas por la humedad, con alambres tendidos a través del pasaje, donde en el día se colgaba la ropa al sol, pero a esa hora de la noche, vacíos, se mecían imperceptiblemente. Al centro de la callejuela había un único pilón de agua para abastecer a todas las fami-

lias que vivían allí y sólo dos faroles alumbraban el corredor entre las casas. El padre Antonio saludó a una vieja que se hallaba junto al pilón de agua esperando que se llenara un balde con el chorro miserable que salía del grifo.

—¿Ha visto a la señorita Férula? —preguntó.

—Debe estar en su casa, padre. No la he visto en los últimos días —dijo la vieja.

El padre Antonio señaló una de las viviendas, igual a las demás, triste, descascarada y sucia, pero la única que tenía dos tarros colgando junto a la puerta donde crecían unas pequeñas matas de cardenales, la flor del pobre. El sacerdote golpeó la puerta.

—¡Entren, no más! —gritó la vieja desde el pilón—. La señorita nunca pone llave a la puerta. ¡Ahí no hay nada que robar!

Esteban Trueba abrió llamando a su hermana, pero no se atrevió a entrar. Clara fue la primera en cruzar el umbral. Adentro estaba oscuro y les salió al encuentro el inconfundible aroma de lavanda y de limón. El padre Antonio alumbró un fósforo. La débil llama abrió un círculo de luz en la penumbra, pero antes que pudieran avanzar o darse cuenta de qué los rodeaba, se apagó.

—Esperen aquí —dijo el cura—. Yo conozco la casa.

Avanzó a tientas y al poco rato encendió una vela. Su figura se destacó grotescamente y vieron su rostro deformado por la luz que le daba desde abajo flotando a media altura, mientras su gigantesca sombra bailoteaba contra las paredes. Clara describió esta escena con minuciosidad en su diario, detallando con cuidado las dos habitaciones oscuras, cuyos muros estaban manchados por la humedad, el pequeño baño sucio y sin agua corriente, la cocina donde sólo quedaban sobras de pan viejo y un tarro con un poco de té. El resto de la vivienda de Férula pareció a Clara congruente con la pesadilla que había comenzado cuando su cuñada apareció en el comedor de la gran casa de la esquina para despedirse. Le dio la impresión de ser la trastienda de un vendedor de ropa usada o las bambalinas de una mísera compañía de teatro en gira. De unos clavos en los muros colgaban trajes anticuados, boas de plumas, escuálidos pedazos de piel, collares de piedras falsas, sombreros que habían dejado de usarse hacía medio siglo, enaguas desteñidas con sus encajes raídos, vestidos que fueron ostentosos y cuyo brillo ya no existía, inexplicables chaquetas de almirantes y casullas de obispos, todo revuelto en una hermandad grotesca, donde anidaba el polvo de años. Por el suelo había un trastorno de zapatos de raso, bolsos de debutante, cinturones de bisutería, suspensores y hasta una flamante espada de cadete militar. Vio pelucas tristes, potiches con afeites, frascos vacíos y un descomedimiento de artículos imposibles sembrados por todos lados.

Una puerta estrecha separaba las únicas dos habitaciones. En el otro cuarto, yacía Férula en su cama. Engalanada como reina austríaca, vestía un traje de terciopelo apolillado, enaguas de tafetán amarillo y sobre su cabeza, firmemente encasquetada, brillaba una increíble peluca rizada de cantante de ópera. Nadie estaba con ella, nadie supo de su agonía y calcularon que hacía muchas horas que había muerto, porque los ratones comenzaban ya a mordisquearle los pies y a devorarle los dedos. Estaba magnífica en su desolación de reina y tenía en el rostro la expresión dulce y serena que nunca tuvo en su existencia de pesadumbre.

—Le gustaba vestirse con ropa usada que conseguía de segunda mano o recogía en los basurales, se pintaba y se ponía esas pelucas, pero nunca le hizo mal a nadie, por el contrario, hasta el final de sus días rezaba el rosario para la salvación de los pecadores —explicó el padre Antonio.

—Déjeme sola con ella —dijo Clara con firmeza.

Los dos hombres salieron al pasaje, donde ya comenzaban a juntarse los vecinos. Clara se sacó el abrigo de lana blanca y se subió las mangas, se acercó a su cuñada, le quitó con suavidad la peluca y vio que estaba casi calva, anciana y desvalida. La besó en la frente tal como ella la había besado pocas horas antes en el comedor de su casa y en seguida procedió, con toda calma, a improvisar los ritos de la muerte. La desnudó, la lavó, la jabonó meticulosamente sin olvidar ningún resquicio, la friccionó con agua de colonia, la empolvó, cepilló sus cuatro pelos amorosamente, la vistió con los más estrafalarios y elegantes andrajos que encontró, le puso su peluca de soprano, devolviéndole en la muerte esos infinitos servicios que le había prestado Férula en la vida. Mientras trabajaba, luchando contra el asma, le iba contando de Blanca, que ya era una señorita, de los mellizos, de la gran casa de la esquina, del campo «y si vieras cómo te echamos de menos, cuñada, la falta que me haces para cuidar a esa familia, ya sabes que yo no sirvo para las tareas de la casa, los muchachos están insoportables, en cambio Blanca es una niña adorable, y las hortensias que tú plantaste con tu propia mano en Las Tres Marías, se han puesto maravillosas, hay algunas azules, porque puse monedas de cobre en la tierra de abono, para que brotaran de ese color, es un secreto de naturaleza, y cada vez que las coloco en los floreros me acuerdo de ti, pero también me acuerdo de ti cuando no hay hortensias, me acuerdo siempre, Férula, porque la verdad es que desde que te fuiste de mi lado nunca más nadie me ha dado tanto amor».

Terminó de acomodarla, se quedó un rato hablándole y acariciándola y después llamó a su marido y al padre Antonio, para que se ocu-

paran del entierro. En una caja de galletas encontraron intactos los sobres con el dinero que Esteban había enviado mensualmente a su hermana durante esos años. Clara se los dio al sacerdote para sus obras piadosas, segura de que ése era el destino que Férula pensaba darles de todos modos.

El cura se quedó con la muerta para que los ratones no le faltaran el respeto. Era cerca de la medianoche cuando salieron. En la puerta se habían aglomerado los vecinos del conventillo para comentar la noticia. Tuvieron que abrirse paso apartando a los curiosos y espantando a los perros que olisqueaban entre la gente. Esteban se alejó a grandes zancadas llevando a Clara del brazo casi a la rastra, sin fijarse en el agua sucia que salpicaba sus impecables pantalones grises del sastre inglés. Estaba furioso porque su hermana, aún después de muerta, conseguía hacerlo sentirse culpable, igual como cuando era un niño. Recordó su infancia, cuando lo rodeaba de sus oscuras solicitudes, envolviéndolo en deudas de gratitud tan grandes, que en todos los días de su vida no alcanzaría a pagarlas. Volvió a sufrir el sentimiento de indignidad que a menudo lo atormentaba en su presencia y a detestar su espíritu de sacrificio, su severidad, su vocación de pobreza y su inconmovible castidad, que él sentía como un reproche por su naturaleza egoísta, sensual y ansiosa de poder. ¡Que te lleve el diablo, maldita!, masculló, negándose a admitir, ni en lo más íntimo de su corazón, que su mujer tampoco llegó a pertenecerle después que él echó a Férula de la casa.

—¿Por qué vivía así, si le sobraba el dinero? —gritó Esteban.
—Porque le faltaba todo lo demás —replicó Clara dulcemente.

Durante los meses que estuvieron separados, Blanca y Pedro Tercero intercambiaron por correo misivas inflamadas que él firmaba con nombre de mujer y ella ocultaba apenas llegaban. La Nana logró interceptar una o dos, pero no sabía leer y aunque hubiera sabido, el código secreto le impedía enterarse del contenido, afortunadamente para ella, porque su corazón no lo hubiera resistido. Blanca pasó el invierno tejiendo un chaleco de punto con lana de Escocia en la clase de labores del colegio, pensando en las medidas del muchacho. En la noche dormía abrazada al chaleco, aspirando el olor de la lana y soñando que era él quien dormía en su cama. Pedro Tercero, a su vez, pasó el invierno componiendo canciones en la guitarra para cantar a Blanca y tallando su imagen en cuanto trocito de madera caía en sus manos, sin poder separar el recuerdo angélico de la muchacha con aquellas tormentas que le hervían en la sangre, le ablandaban los huesos, le esta-

ban haciendo cambiar la voz y salir pelos en la cara. Se debatía inquieto entre las exigencias de su cuerpo, que se estaba transformando en el de un hombre, y la dulzura de un sentimiento que todavía estaba teñido por los juegos inocentes de la infancia. Ambos esperaron la llegada del verano con una impaciencia dolorosa y finalmente, cuando éste llegó y volvieron a encontrarse, el chaleco que había tejido Blanca no le entraba a Pedro Tercero por la cabeza, porque en esos meses había dejado atrás la niñez y alcanzado sus proporciones de hombre adulto, y las tiernas canciones de flores y amaneceres que él había compuesto para ella, le sonaron ridículas, porque tenía el porte de una mujer y sus urgencias.

Pedro Tercero seguía siendo delgado, con cabello tieso y los ojos tristes, pero al cambiar la voz adquirió una tonalidad ronca y apasionada con la que sería conocido más tarde, cuando cantara a la revolución. Hablaba poco y era hosco y torpe en el trato, pero tierno y delicado con las manos, tenía largos dedos de artista con los que tallaba, arrancaba lamentos a las cuerdas de la guitarra y dibujaba con la misma facilidad con que sujetaba las riendas de un caballo, blandía el hacha para cortar la leña o guiaba el arado. Era el único en Las Tres Marías que hacía frente al patrón. Su padre, Pedro Segundo, le dijo mil veces que no mirara al patrón a los ojos, que no le contestara, que no se metiera con él y en su deseo de protegerlo llegó a darle rotundas palizas para agacharle el moño. Pero el hijo era rebelde. A los diez años ya sabía tanto como la maestra de la escuela de Las Tres Marías y a los doce insistía en hacer el viaje al liceo del pueblo, a caballo o a pie, saliendo de su casita de ladrillos a las cinco de la mañana, lloviera o tronara. Leyó y releyó mil veces los libros mágicos de los baúles encantados del tío Marcos, y siguió alimentándose con otros que le prestaban los sindicalistas del bar y el padre José Dulce María, quien también le enseñó a cultivar su habilidad natural para versificar y a traducir en canciones sus ideas.

—Hijo mío, la Santa Madre Iglesia está a la derecha, pero Jesucristo siempre estuvo a la izquierda —le decía enigmáticamente, entre sorbo y sorbo del vino de misa con que celebraba las visitas de Pedro Tercero.

Así fue como un día Esteban Trueba, que estaba descansando en la terraza después del almuerzo, lo escuchó cantar algo de unas gallinas organizadas que se unían para enfrentar al zorro y lo vencían. Lo llamó.

—Quiero oírte. ¡Canta, a ver! —le ordenó.

Pedro Tercero cogió la guitarra con gesto amoroso, acomodó la pierna en una silla y rasgó las cuerdas. Se quedó mirando fijamente al patrón mientras su voz de terciopelo se elevaba apasionada en el sopor

de la siesta. Esteban Trueba no era tonto y comprendió el desafío.

—¡Ajá! Veo que la cosa más estúpida se puede decir cantando —gruñó—. ¡Aprende mejor a cantar canciones de amor!

—A mí me gusta, patrón. La unión hace la fuerza, como dice el padre José Dulce María. Si las gallinas pueden hacerle frente al zorro, ¿qué queda para los humanos?

Y tomó su guitarra y salió arrastrando los pies sin que el otro discurriera qué decirle, a pesar de que ya tenía la rabia a flor de labios y empezaba a subirle la tensión. Desde ese día, Esteban Trueba lo tuvo en la mira, lo observaba, desconfiaba. Trató de impedir que fuera al liceo inventándole tareas de hombre grande, pero el muchacho se levantaba más temprano y se acostaba más tarde, para cumplirlas. Fue ese año que Esteban lo azotó con la fusta delante de su padre porque llevó a los inquilinos las novedades que andaban circulando entre los sindicalistas del pueblo, ideas de domingo de asueto, de sueldo mínimo, de jubilación y servicio médico, de permiso maternal para las mujeres preñadas, de votar sin presiones, y, lo más grave, la idea de una organización campesina que pudiera enfrentar a los patrones.

Ese verano, cuando Blanca fue a pasar las vacaciones a Las Tres Marías, estuvo a punto de no reconocerlo, porque medía quince centímetros más y había dejado muy atrás al niño vientrudo que compartió con ella todos los veranos de la infancia. Ella se bajó del coche, se estiró la falda y por primera vez no corrió a abrazarlo, sino que le hizo una inclinación de cabeza a modo de saludo, aunque con los ojos le dijo lo que los demás no debían escuchar y que, por otra parte, ya le había dicho en su impúdica correspondencia en clave. La Nana observó la escena con el rabillo del ojo y sonrió burlona. Al pasar frente a Pedro Tercero le hizo una mueca.

—Aprende, mocoso, a meterte con los de tu clase y no con señoritas —se burló entre dientes.

Esa noche Blanca cenó con toda la familia en el comedor la cazuela de gallina con que siempre los recibían en Las Tres Marías, sin que se vislumbrara en ella ninguna ansiedad durante la prolongada sobremesa en que su padre bebía coñac y hablaba sobre vacas importadas y minas de oro. Esperó que su madre diera la señal de retirarse, luego se paró calmadamente, deseó las buenas noches a cada uno y se fue a su habitación. Por primera vez en su vida, le puso llave a la puerta. Se sentó en la cama sin quitarse la ropa y esperó en la oscuridad hasta que se acallaron las voces de los mellizos alborotando en el cuarto del lado, los pasos de los sirvientes, las puertas, los cerrojos, y la casa se acomodó en el sueño. Entonces abrió la ventana y saltó, cayendo sobre las matas de hortensias que mucho tiempo atrás

había plantado su tía Férula. La noche estaba clara, se oían los grillos y los sapos. Respiró profundamente y el aire le llevó el olor dulzón de los duraznos que se secaban en el patio para las conservas. Esperó que se acostumbraran sus ojos a la oscuridad y luego comenzó a avanzar, pero no pudo seguir más lejos, porque oyó los ladridos furibundos de los perros guardianes que soltaban en la noche. Eran cuatro mastines que se habían criado amarrados con cadenas y que pasaban el día encerrados, a quienes ella nunca había visto de cerca y sabía que no podrían reconocerla. Por un instante sintió que el pánico la hacía perder la cabeza y estuvo a punto de echarse a gritar, pero entonces se acordó que Pedro García, el viejo, le había dicho que los ladrones andan desnudos, para que no los ataquen los perros. Sin vacilar se despojó de su ropa con toda la rapidez que le permitieron sus nervios, se la puso bajo el brazo y siguió caminando con paso tranquilo, rezando para que las bestias no le olieran el miedo. Los vio abalanzarse ladrando y siguió adelante sin perder el ritmo de la marcha. Los perros se aproximaron, gruñendo desconcertados, pero ella no se detuvo. Uno, más audaz que los otros, se acercó a olerla. Recibió el vaho tibio de su aliento en la mitad de la espalda, pero no le hizo caso. Siguieron gruñendo y ladrando por un tiempo, la acompañaron un trecho y, por último, fastidiados, dieron media vuelta. Blanca suspiró aliviada y se dió cuenta que estaba temblando y cubierta de sudor, tuvo que apoyarse en un árbol y esperar hasta que pasara la fatiga que había puesto sus rodillas de lana. Después se vistió a toda prisa y echó a correr en dirección al río.

Pedro Tercero la esperaba en el mismo sitio donde se habían juntado el verano anterior y donde muchos años antes Esteban Trueba se había apoderado de la humilde virginidad de Pancha García. Al ver al muchacho, Blanca enrojeció violentamente. Durante los meses que habían estado separados, él se curtió en el duro oficio de hacerse hombre y ella, en cambio, estuvo recluida entre las paredes de su hogar y del colegio de monjas, preservada del roce de la vida, alimentando sueños románticos con palillos de tejer y lana de Escocia, pero la imagen de sus sueños no coincidía con ese joven alto que se acercaba murmurando su nombre. Pedro Tercero estiró la mano y le tocó el cuello a la altura de la oreja. Blanca sintió algo caliente que le recorría los huesos y le ablandaba las piernas, cerró los ojos y se abandonó. La atrajo con suavidad y la rodeó con sus brazos, ella hundió la nariz en el pecho de ese hombre que no conocía, tan diferente al niño flaco con quien se acariciaba hasta la extenuación pocos meses antes. Aspiró su nuevo olor, se frotó contra su piel áspera, palpó ese cuerpo enjuto y fuerte y sintió una grandiosa y completa paz, que en

nada se parecía a la agitación que se había apoderado de él. Se buscaron con las lenguas, como lo hacían antes, aunque parecía una caricia recién inventada, cayeron hincados besándose con desesperación y luego rodaron sobre el blando lecho de tierra húmeda. Se descubrían por vez primera y no tenían nada que decirse. La luna recorrió todo el horizonte, pero ellos no la vieron, porque estaban ocupados en explorar su más profunda intimidad, metiéndose cada uno en el pellejo del otro, insaciablemente.

A partir de esa noche, Blanca y Pedro Tercero se encontraban siempre en el mismo lugar a la misma hora. En el día ella bordaba, leía y pintaba insípidas acuarelas en los alrededores de la casa, ante la mirada feliz de la Nana, que por fin podía dormir tranquila. Clara, en cambio, presentía que algo extraño estaba ocurriendo, porque podía ver un nuevo color en el aura de su hija y creía adivinar la causa. Pedro Tercero hacía sus faenas habituales en el campo y no dejó de ir al pueblo a ver a sus amigos. Al caer la noche estaba muerto de fatiga, pero la perspectiva de encontrarse con Blanca le devolvía la fuerza. No en vano tenía quince años. Así pasaron todo el verano y muchos años más tarde los dos recordarían esas noches vehementes como la mejor época de sus vidas.

Entretanto, Jaime y Nicolás aprovechaban las vacaciones haciendo todas aquellas cosas que estaban prohibidas en el internado británico, gritando hasta desgañitarse, peleando con cualquier pretexto, convertidos en dos mocosos mugrientos, zarrapastrosos, con las rodillas llenas de costras y la cabeza de piojos, hartos de fruta tibia recién cosechada, de sol y de libertad. Salían al alba y no volvían a la casa hasta el anochecer, ocupados en cazar conejos a pedradas, correr a caballo hasta perder el aliento y espiar a las mujeres que jabonaban la ropa en el río.

Así transcurrieron tres años, hasta que el terremoto cambió las cosas. Al final de esas vacaciones, los mellizos regresaron a la capital antes que el resto de la familia, acompañados por la Nana, los sirvientes de la ciudad y gran parte del equipaje. Los muchachos iban directamente al colegio mientras la Nana y los otros empleados arreglaban la gran casa de la esquina para la llegada de los patrones.

Blanca se quedó con sus padres en el campo unos días más. Fue entonces cuando Clara comenzó a tener pesadillas, a caminar sonámbula por los corredores y despertar gritando. En el día andaba como idiotizada, viendo signos premonitorios en el comportamiento de las bestias: que las gallinas no ponen su huevo diario, que las vacas andan es-

pantadas, que los perros aúllan a la muerte y salen las ratas, las arañas y los gusanos de sus escondrijos, que los pájaros han abandonado los nidos y están alejándose en bandadas, mientras sus pichones gritan de hambre en los árboles. Miraba obsesivamente la tenue columna de humo blanco del volcán, escrutando los cambios en el color del cielo. Blanca le preparó infusiones calmantes y baños tibios y Esteban recurrió a la antigua cajita de píldoras homeopáticas para tranquilizarla, pero los sueños continuaron.

—¡La tierra va a temblar! —decía Clara, cada vez más pálida y agitada.

—¡Siempre tiembla, Clara, por Dios! —respondía Esteban.

—Esta vez será diferente. Habrá diez mil muertos.

—No hay tanta gente en todo el país —se burlaba él.

Comenzó el cataclismo a las cuatro de la madrugada. Clara despertó poco antes con una pesadilla apocalíptica de caballos reventados, vacas arrebatadas por el mar, gente reptando debajo de las piedras y cavernas abiertas en el suelo donde se hundían casas enteras. Se levantó lívida de terror y corrió a la habitación de Blanca. Pero Blanca, como todas las noches, había cerrado con llave su puerta y se había deslizado por la ventana en dirección al río. Los últimos días antes de volver a la ciudad, la pasión del verano adquiría características dramáticas, porque ante la inminencia de una nueva separación, los jóvenes aprovechaban todos los momentos posibles para amarse con desenfreno. Pasaban la noche en el río, inmunes al frío o el cansancio, retozando con la fuerza de la desesperación, y sólo al vislumbrar los primeros rayos del amanecer, Blanca regresaba a la casa y entraba por la ventana a su cuarto, donde llegaba justo a tiempo para oír cantar a los gallos. Clara llegó hasta la puerta de su hija y trató de abrirla, pero estaba trancada. Golpeó y como nadie respondió, salió corriendo, dio media vuelta a la casa y entonces vio la ventana abierta de par en par y las hortensias plantadas por Férula pisoteadas. En un instante comprendió la causa del color del aura de Blanca, sus ojeras, su desgano y su silencio, su somnolencia matinal y sus acuarelas vespertinas. En ese mismo momento comenzó el terremoto.

Clara sintió que el suelo se sacudía y no pudo sostenerse en pie. Cayó de rodillas. Las tejas del techo se desprendieron y llovieron a su alrededor con un estrépito ensordecedor. Vio la pared de adobe de la casa quebrarse como si un hachazo le hubiera dado de frente, la tierra se abrió, tal como lo había visto en sus sueños, y una enorme grieta fue apareciendo ante ella, sumergiendo a su paso los gallineros, las artesas del lavado y parte del establo. El estanque de agua se ladeó y cayó al suelo desparramando mil litros de agua sobre las gallinas

sobrevivientes que aleteaban desesperadas. A lo lejos, el volcán echaba fuego y humo como un dragón furioso. Los perros se soltaron de las cadenas y corrieron enloquecidos, los caballos que escaparon al derrumbe del establo, husmeaban el aire y relinchaban de terror antes de salir desbocados a campo abierto, los álamos se tambalearon como borrachos y algunos cayeron con las raíces al aire, despachurrando los nidos de los gorriones. Y lo tremendo fue aquel rugido del fondo de la tierra, aquel resuello de gigante que se sintió largamente, llenando el aire de espanto. Clara trató de arrastrarse hacia la casa llamando a Blanca, pero los estertores del suelo se lo impidieron. Vio a los campesinos que salían despavoridos de sus casas, clamando al cielo, abrazándose unos con otros, a tirones con los niños, a patadas con los perros, a empujones con los viejos, tratando de poner a salvo sus pobres pertenencias en ese estruendo de ladrillos y tejas que salían de las entrañas mismas de la tierra, como un interminable rumor de fin de mundo.

Esteban Trueba apareció en el umbral de la puerta en el mismo momento en que la casa se partió como una cáscara de huevo y se derrumbó en una nube de polvo, aplastándolo bajo una montaña de escombros. Clara reptó hasta allá llamándolo a gritos, pero nadie respondió.

La primera sacudida del terremoto duró casi un minuto y fue la más fuerte que se había registrado hasta esa fecha en ese país de catástrofes. Tiró al suelo casi todo lo que estaba en pie y el resto terminó de desmoronarse con el rosario de temblores menores que siguió estremeciendo el mundo hasta que amaneció. En Las Tres Marías esperaron que saliera el sol para contar a los muertos y desenterrar a los sepultados que aún gemían bajo los derrumbes, entre ellos a Esteban Trueba, que todos sabían donde estaba, pero nadie tenía esperanza de encontrar con vida. Se necesitaron cuatro hombres al mando de Pedro Segundo, para remover el cerro de polvo, tejas y adobes que lo cubría. Clara había abandonado su distracción angélica y ayudaba a quitar las piedras con fuerza de hombre.

—¡Hay que sacarlo! ¡Está vivo y nos escucha! —aseguraba Clara y eso les daba ánimo para continuar.

Con las primeras luces aparecieron Blanca y Pedro Tercero, intactos. Clara se fue encima de su hija y le dio un par de bofetadas, pero luego la abrazó llorando, aliviada por saberla a salvo y tenerla a su lado.

—¡Su padre está allí! —señaló Clara.

Los muchachos se pusieron a la tarea con los demás y al cabo de una hora, cuando ya había salido el sol en aquel universo de congoja,

sacaron al patrón de su tumba. Eran tantos sus huesos rotos, que no se podían contar, pero estaba vivo y tenía los ojos abiertos.

—Hay que llevarlo al pueblo para que lo vean los médicos —dijo Pedro Segundo.

Estaban discutiendo cómo trasladarlo sin que los huesos se le salieran por todos lados como de un saco roto, cuando llegó Pedro García, el viejo, que gracias a su ceguera y su ancianidad, había soportado el terremoto sin conmoverse. Se agachó al lado del herido y con gran cautela le recorrió el cuerpo, tanteándolo con sus manos, mirando con sus dedos antiguos, hasta que no dejó resquicio sin contabilizar ni rotura sin tener en cuenta.

—Si lo mueven, se muere —dictaminó.

Esteban Trueba no estaba inconsciente y lo oyó con toda claridad, se acordó de la plaga de hormigas y decidió que el viejo era su única esperanza.

—Déjenlo, él sabe lo que hace —balbuceó.

Pedro García hizo traer una manta y entre su hijo y su nieto colocaron al patrón sobre ella, lo alzaron con cuidado y lo acomodaron sobre una improvisada mesa que habían armado al centro de lo que antes era el patio, pero ya no era más que un pequeño claro en esa pesadilla de cascotes, de cadáveres de animales, de llantos de niños, de gemidos de perros y oraciones de mujeres. Entre las ruinas rescataron un odre de vino, que Pedro García distribuyó en tres partes, una para lavar el cuerpo del herido, otra para dársela a tomar y otra que se bebió él parsimoniosamente antes de comenzar a componerle los huesos, uno por uno, con paciencia y calma, estirando por aquí, ajustando por allá, colocando cada uno en su sitio, entablillándolos, envolviéndolos en tiras de sábanas para inmovilizarlos, mascullando letanías de santos curanderos, invocando a la buena suerte y a la Virgen María, y soportando los gritos y blasfemias de Esteban Trueba, sin cambiar para nada su beatífica expresión de ciego. A tientas le reconstituyó el cuerpo tan bien, que los médicos que lo revisaron después no podían creer que eso fuera posible.

—Yo ni siquiera lo habría intentado —reconoció el doctor Cuevas al enterarse.

Los destrozos del terremoto sumieron al país en un largo luto. No bastó a la tierra con sacudirse hasta echarlo todo por el suelo, sino que el mar se retiró varias millas y regresó en una sola gigantesca ola que puso barcos sobre las colinas, muy lejos de la costa, se llevó caseríos, caminos y bestias y hundió más de un metro bajo el nivel del agua a varias islas del Sur. Hubo edificios que cayeron como dinosaurios heridos, otros se deshicieron como castillos de naipes, los muertos se

contaban por millares y no quedó familia que no tuviera alguien a quien llorar. El agua salada del mar arruinó las cosechas, los incendios abatieron zonas enteras de ciudades y pueblos y por último corrió la lava y cayó la ceniza como coronación del castigo, sobre las aldeas cercanas a los volcanes. La gente dejó de dormir en sus casas, aterrorizada con la posibilidad de que el cataclismo se repitiera, improvisaban carpas en lugares desiertos, dormían en las plazas y en las calles. Los soldados tuvieron que hacerse cargo del desorden y fusilaban sin más trámites a quienes sorprendían robando, porque mientras los más cristianos atestaban las iglesias clamando perdón por sus pecados y rogando a Dios para que aplacara su ira, los ladrones recorrían los escombros y donde aparecía una oreja con un zarcillo o un dedo con un anillo, los volaban de una cuchillada, sin considerar que la víctima estuviera muerta o solamente aprisionada en el derrumbe. Se desató un zafarrancho de gérmenes que provocó diversas pestes en todo el país. El resto del mundo, demasiado ocupado en otra guerra, apenas se enteró de que la naturaleza se había vuelto loca en ese lejano lugar del planeta, pero así y todo llegaron cargamentos de medicinas, frazadas, alimentos y materiales de construcción, que se perdieron en los misteriosos vericuetos de la administración pública, hasta el punto de que años después, todavía se podían comprar los guisos enlatados de Norteamérica y la leche en polvo de Europa, al precio de refinados manjares en los almacenes exclusivos.

Esteban Trueba pasó cuatro meses envuelto en vendas, tieso de tablillas, parches y garfios, en un atroz suplicio de picores e inmovilidad, devorado por la impaciencia. Su carácter empeoró hasta que nadie lo pudo soportar. Clara se quedó en el campo para cuidarlo y cuando se normalizaron las comunicaciones y se restauró el orden, enviaron a Blanca interna a su colegio, porque su madre no podía hacerse cargo de ella.

En la capital, el terremoto sorprendió a la Nana en su cama y a pesar de que allí se sintió menos que en el Sur, igual la mató el susto. La gran casa de la esquina crujió como una nuez, se agrietaron sus paredes y la gran lámpara de lágrimas de cristal del comedor cayó con un clamor de mil campanas, haciéndose añicos. Aparte de eso, lo único grave fue la muerte de la Nana. Cuando pasó el terror del primer momento, los sirvientes se dieron cuenta que la anciana no había salido huyendo a la calle con los demás. Entraron a buscarla y la encontraron en su camastro, con los ojos desorbitados y el poco pelo que le quedaba erizado de pavor. En el caos de esos días, no pudieron darle un sepelio digno, como ella hubiera esperado, sino que tuvieron que enterrarla a toda prisa, sin discursos ni lágrimas. No asistió a su funeral ninguno

de los numerosos hijos ajenos que ella con tanto amor crió.

El terremoto marcó un cambio tan importante en la vida de la familia Trueba, que a partir de entonces dividieron los acontecimientos en antes y después de esa fecha. En Las Tres Marías, Pedro Segundo García volvió a asumir el cargo de administrador, ante la imposibilidad del patrón de moverse de su cama. Le tocó la tarea de organizar a los trabajadores, devolver la calma y reconstruir la ruina en que se había convertido la propiedad. Comenzaron por enterrar a sus muertos en el cementerio al pie del volcán, que milagrosamente se había salvado del río de lava que descendió por las laderas del cerro maldito. Las nuevas tumbas dieron un aire festivo al humilde camposanto y plantaron hileras de abedules para que dieran sombra a los que visitaban a sus muertos. Reconstruyeron las casitas de ladrillo una por una, exactamente como eran antes, los establos, la lechería y el granero y volvieron a preparar la tierra para las siembras, agradecidos de que la lava y la ceniza hubieran caído para el otro lado, salvando la propiedad. Pedro Tercero tuvo que renunciar a sus paseos al pueblo, porque su padre lo requería a su lado. Lo secundaba de mal humor, haciéndole notar que se partían el lomo por volver a poner en pie la riqueza del patrón, pero que ellos seguían siendo tan pobres como antes.

—Siempre ha sido así, hijo. Usted no puede cambiar la ley de Dios —le replicaba su padre.

—Sí se puede cambiar, padre. Hay gente que lo está haciendo, pero aquí ni siquiera sabemos las noticias. En el mundo están pasando cosas importantes —argüía Pedro Tercero y le soltaba sin pausas el discurso del maestro comunista o del padre José Dulce María.

Pedro Segundo no respondía y continuaba trabajando sin vacilaciones. Hacía la vista gorda cuando su hijo, aprovechando que la enfermedad del patrón había relajado la vigilancia, rompía el cerco de censura e introducía en Las Tres Marías los folletos prohibidos de los sindicalistas, los periódicos políticos del maestro y las extrañas versiones bíblicas del cura español.

Por orden de Esteban Trueba, el administrador comenzó la reconstrucción de la casa patronal siguiendo el mismo plano que tenía originalmente. Ni siquiera cambiaron los adobes de paja y barro cocido por modernos ladrillos, o modificaron el ancho de las ventanas demasiado estrechas. La única mejora fue incorporar agua caliente en los baños y cambiar la antigua cocina a leña por un artefacto a parafina al cual, sin embargo, ninguna cocinera llegó a habituarse y terminó sus días relegado en el patio para uso indiscriminado de las gallinas. Mientras se construía la casa, improvisaron un refugio de tablas con techo de zinc, donde acomodaron a Esteban en su lecho de inválido y desde allí, a tra-

vés de una ventana, él podía observar los progresos de la obra y gritar sus instrucciones, hirviendo de rabia por su forzada inmovilidad.

Clara cambió mucho en esos meses. Debió ponerse junto a Pedro Segundo García a la tarea de salvar lo que pudiera ser salvado. Por primera vez en su vida se hizo cargo, sin ninguna ayuda, de los asuntos materiales, porque ya no contaba con su marido, con Férula o con Nana. Despertó al fin de una larga infancia en la que había estado siempre protegida, rodeada de cuidados, de comodidades y sin obligaciones. Esteban Trueba adquirió la maña de que todo lo que comía le caía mal, excepto lo que cocinaba ella, de modo que pasaba una buena parte del día metida en la cocina desplumando gallinas para hacer sopitas de enfermo y amasando pan. Tuvo que hacer de enfermera, lavarlo con una esponja, cambiarle los vendajes, quitarle la bacinilla. Él se puso cada día más furibundo y despótico, le exigía ponme una almohada aquí, no, más arriba, tráeme vino, no, te dije que quería vino blanco, abre la ventana, ciérrala, me duele aquí, tengo hambre, tengo calor, ráscame la espalda, más abajo. Clara llegó a temerlo mucho más que cuando era el hombre sano y fuerte que se introducía en la paz de su vida con su olor a macho ansioso, su vozarrón de huracán, su guerra sin cuartel, su prepotencia de gran señor, imponiendo su voluntad y estrellando sus caprichos contra el delicado equilibrio que ella mantenía entre los espíritus del Más Allá y las almas necesitadas del Más Acá. Llegó a detestarlo. Apenas soldaron los huesos y pudo moverse un poco, le volvió a Esteban el deseo tormentoso de abrazarla y cada vez que ella pasaba por su lado, le lanzaba un manotazo, confundiéndola en su perturbación de enfermo con las robustas campesinas que en sus años mozos lo servían en la cocina y en la cama. Clara sentía que ya no estaba para esos trotes. Las desgracias la habían espiritualizado y la edad y la falta de amor por su marido, la habían llevado a considerar el sexo como un pasatiempo algo brutal, que le dejaba adoloridas las coyunturas y producía desorden en el mobiliario. En pocas horas, el terremoto la hizo aterrizar en la violencia, la muerte y la vulgaridad y la puso en contacto con las necesidades básicas, que antes había ignorado. De nada le sirvieron la mesa de tres patas o la capacidad de adivinar el porvenir en las hojas del té, frente a la urgencia de defender a los inquilinos de la peste y el desconcierto, a la tierra de la sequía y el caracol, a las vacas de la fiebre aftosa, a las gallinas del moquillo, a la ropa de la polilla, a sus hijos del abandono y a su esposo de la muerte y de su propia incontenible ira. Clara estaba muy cansada. Se sentía sola y confundida y en los momentos de las decisiones, al único que podía recurrir en busca de ayuda, era a Pedro Segundo García. Ese hombre leal y silencioso, estaba siempre presente, al alcance de su voz, dando algo de

estabilidad al bamboleo borrascoso que había entrado en su vida. A menudo, al final del día, Clara lo buscaba para ofrecerle una taza de té. Se sentaban en sillas de mimbres bajo un alero, a esperar que llegara la noche a aliviar la tensión del día. Miraban la oscuridad que caía suavemente y las primeras estrellas que comenzaban a brillar en el cielo, oían croar a las ranas y se quedaban callados. Tenían muchas cosas que hablar, muchos problemas que resolver, muchos acuerdos pendientes, pero ambos comprendían que esta media hora en silencio era un premio merecido, sorbían su té sin apurarse, para hacerlo durar, y cada uno pensaba en la vida del otro. Se conocían desde hacía más de quince años, estaban cerca todos los veranos, pero en total habían intercambiado muy pocas frases. Él había visto a la patrona como una luminosa aparición estival, ajena a los afanes brutales de la vida, de una especie diferente a las demás mujeres que había conocido. Incluso entonces, con las manos hundidas en la masa o el delantal ensangrentado por la gallina del almuerzo, le parecía un espejismo en la reverberación del día. Sólo al atardecer, en la calma de esos momentos que compartían con sus tazas de té, podía verla en su dimensión humana. Secretamente le había jurado lealtad y, como un adolescente, a veces fantaseaba con la idea de dar la vida por ella. La apreciaba tanto como odiaba a Esteban Trueba.

Cuando fueron a colocarles el teléfono, a la casa le faltaba mucho para estar habitable. Hacía cuatro años que Esteban Trueba luchaba por conseguirlo y se lo fueron a poner justamente cuando no tenía ni un techo para protegerlo de la intemperie. El artefacto no duró mucho, pero sirvió para llamar a los mellizos y escucharles la voz como si estuvieran en otra galaxia, en medio de un ensordecedor ronroneo y las interrupciones de la operadora del pueblo, que participaba en la conversación. Por teléfono se enteraron de que Blanca estaba enferma y las monjas no querían hacerse cargo de ella. La niña tenía una tos persistente y le daba fiebre con frecuencia. El terror de la tuberculosis estaba presente en todos los hogares, porque no había familia que no tuviera un tísico que lamentar, de modo que Clara decidió ir a buscarla. El mismo día que Clara viajaba, Esteban Trueba destrozó el teléfono a bastonazos, porque empezó a repicar y le gritó que ya iba, que se callara, pero el aparato siguió sonando y él, en un arrebato de furia, le cayó encima a golpes, zafándose, de paso, la clavícula que a Pedro García, el viejo, tanto le había costado remendar.

Era la primera vez que Clara viajaba sola. Había hecho el mismo trayecto por años, pero siempre distraída, porque contaba con al-

guien que se hiciera cargo de los detalles prosaicos, mientras ella soñaba observando el paisaje por la ventanilla. Pedro Segundo García la
llevó hasta la estación y la acomodó en el asiento del tren. Al despedirse, ella se inclinó, lo besó ligeramente en una mejilla y sonrió. Él se
llevó la mano a la cara para proteger del viento aquel beso fugaz y no
sonrió, porque lo había invadido la tristeza.

Guiada por la intuición, más que por el conocimiento de las cosas
o por la lógica, Clara consiguió llegar hasta el colegio de su hija sin contratiempos. La Madre Superiora la recibió en su escritorio espartano, con
un Cristo enorme y sangrante en el muro y un incongruente ramo de
rosas rojas sobre la mesa.

—Hemos llamado al médico, señora Trueba —le dijo—. La niña
no tiene nada en los pulmones, pero es mejor que se la lleve, el campo
le sentará bien. Nosotras no podemos asumir esa responsabilidad, com-
prenda.

La monja tocó una campanilla y entró Blanca. Se veía más delgada y pálida, con sombras violáceas bajo los ojos que habrían impresionado a cualquier madre, pero Clara comprendió de inmediato que la
enfermedad de su hija no era del cuerpo, sino del alma. El horrendo
uniforme gris la hacía ver mucho menor de lo que era, a pesar de que
sus formas de mujer rebasaban por las costuras. Blanca se sorprendió
al ver a su madre, a quien recordaba como un ángel vestido de blanco,
alegre y distraído y que en pocos meses se había convertido en una
mujer eficiente, con las manos callosas y dos profundas arrugas en las
comisuras de la boca.

Fueron a ver a los mellizos al colegio. Era la primera vez que
se encontraban después del terremoto y tuvieron la sorpresa de comprobar que el único lugar del territorio nacional que no había sido tocado por el cataclismo, fue el viejo colegio, donde lo ignoraron por
completo. Allí los diez mil muertos pasaron sin pena ni gloria, mientras
ellos seguían cantando en inglés y jugando al cricket, conmovidos solamente por las noticias que llegaban de Gran Bretaña con tres semanas
de atraso. Extrañadas, vieron que esos dos muchachos que llevaban sangre de moros y españoles en las venas y que habían nacido en el último
rincón de América, hablaban el castellano con acento de Oxford y la
única emoción que eran capaces de manifestar era la sorpresa, levan-
tando la ceja izquierda. No tenían nada en común con los dos rapaces
exuberantes y piojosos que pasaban el verano en el campo. «Espero
que tanta flema sajona no me los ponga idiotas», balbuceó Clara al despedirse de sus hijos.

La muerte de la Nana, que a pesar de sus años era la responsable
de la gran casa de la esquina en ausencia de los patrones, produjo el

desbande de los sirvientes. Sin vigilancia, abandonaron sus tareas y pasaban el día en una orgía de siesta y chismes, mientras se secaban las plantas por falta de riego y se paseaban las arañas por los rincones. El deterioro era tan evidente, que Clara decidió cerrar la casa y despedirlos a todos. Después se dio con Blanca a la tarea de cubrir los muebles con sábanas y poner naftalina por todos lados. Abrieron una por una las jaulas de los pájaros y el cielo se llenó de caturras, canarios, jilgueros y cristofué, que revolotearon enceguecidos por la libertad y finalmente emprendieron el vuelo en todas direcciones. Blanca notó que en todos esos afanes, no apareció fantasma alguno detrás de las cortinas, no llegó ningún Rosacruz advertido por su sexto sentido, ni poeta hambriento llamado por la necesidad. Su madre parecía haberse convertido en una señora común y silvestre.

—Usted ha cambiado mucho, mamá —observó Blanca.

—No soy yo, hija. Es el mundo que ha cambiado —respondió Clara.

Antes de irse fueron al cuarto de la Nana en el patio de los sirvientes. Clara abrió sus cajones, sacó la maleta de cartón que usó la buena mujer durante medio siglo y revisó su ropero. No había más que un poco de ropa, unas viejas alpargatas y cajas de todos los tamaños, atadas con cintas y elásticos, donde ella guardaba estampitas de Primera Comunión y de Bautizo, mechones de pelo, uñas cortadas, retratos desteñidos y algunos zapatitos de bebé gastados por el uso. Eran los recuerdos de todos los hijos de la familia del Valle y después de los Trueba, que pasaron por sus brazos y que ella acunó en su pecho. Debajo de la cama encontró un atado con los disfraces que la Nana usaba para espantarle la mudez. Sentada en el camastro, con esos tesoros en el regazo, Clara lloró largamente a esa mujer que había dedicado su existencia a hacer más cómoda la de otros y que murió sola.

—Después de tanto intentar asustarme a mí, fue ella la que se murió de susto —observó Clara.

Hizo trasladar el cuerpo al mausoleo de los del Valle, en el Cementerio Católico, porque supuso que a ella no le gustaría estar enterrada con los evangélicos y los judíos y hubiera preferido seguir en la muerte junto a aquellos que había servido en la vida. Colocó un ramo de flores junto a la lápida y se fue con Blanca a la estación, para regresar a Las Tres Marías.

Durante el viaje en el tren, Clara puso al día a su hija sobre las novedades de la familia y la salud de su padre, esperando que Blanca le hiciera la única pregunta que sabía que su hija deseaba hacer, pero Blanca no mencionó a Pedro Tercero García y Clara tampoco se atrevió a hacerlo. Tenía la idea de que al poner nombre a los problemas, éstos se materializan y ya no es posible ignorarlos; en cambio, si se

mantienen en el limbo de las palabras no dichas, pueden desaparcer solos, con el transcurso del tiempo. En la estación las esperaba Pedro Segundo con el coche y Blanca se sorprendió al oírlo silbar durante todo el trayecto hasta Las Tres Marías, pues el administrador tenía fama de taciturno.

Encontraron a Esteban Trueba sentado en un sillón tapizado en felpa azul, al cual le habían acomodado ruedas de bicicleta, en espera que llegara de la capital la silla de ruedas que había encargado y que Clara traía en el equipaje. Dirigía con enérgicos bastonazos e improperios los progresos de la casa, tan absorto, que las recibió con un beso distraído y olvidó preguntar por la salud de su hija.

Esa noche comieron en una rústica mesa de tablas, alumbrados por una lámpara de petróleo. Blanca vio a su madre servir la comida en platos de arcilla hechos artesanalmente, tal como hacían los ladrillos, porque en el terremoto había perecido toda la vajilla. Sin la Nana para dirigir los asuntos en la cocina, se habían simplificado hasta la frugalidad y sólo compartieron una espesa sopa de lentejas, pan, queso y dulce de membrillo, que era menos que lo que ella comía en el internado los viernes de ayuno. Esteban decía que apenas pudiera pararse en sus dos piernas, iba a ir en persona a la capital a comprar las cosas más finas y costosas para alhajar su casa, porque ya estaba harto de vivir como un patán por culpa de la maldita naturaleza histérica de ese país del carajo. De todo lo que se habló en la mesa, lo único que Blanca retuvo fue que había despedido a Pedro Tercero García con orden de no volver a pisar la propiedad, porque lo sorprendió llevando ideas comunistas a los campesinos. La muchacha palideció al oírlo y se le cayó el contenido de la cuchara sobre el mantel. Sólo Clara percibió su alteración, porque Esteban estaba enfrascado en su monólogo de siempre sobre los mal nacidos que muerden la mano que les da de comer «¡y todo por culpa de esos politicastros del demonio! Como ese nuevo candidato socialista, un fantoche que se atreve a cruzar el país de Norte a Sur en su tren de pacotilla, soliviantando a la gente de paz con su fanfarria bolchevique, pero más le vale que aquí no se acerque, porque si se baja del tren, nosotros lo hacemos puré, ya estamos preparados, no hay un solo patrón en toda la zona que no esté de acuerdo, no vamos a permitir que vengan a predicar contra el trabajo honrado, el premio justo para el que se esfuerza, la recompensa de los que salen adelante en la vida, no es posible que los flojos tengan lo mismo que nosotros, que laboramos de sol a sol y sabemos invertir nuestro capital, correr los riesgos, asumir las responsabilidades, porque si vamos al grano, el cuento de que la tierra es de quien la trabaja, se les va a dar vuelta, porque aquí el único que sabe trabajar soy yo, sin mí esto

era una ruina y seguiría siéndolo, ni Cristo dijo que hay que repartir el fruto de nuestro esfuerzo con los flojos y ese mocoso de mierda, Pedro Tercero, se atreve a decirlo en mi propiedad, no le metí una bala en la cabeza porque estimo mucho a su padre y en cierta forma le debo la vida a su abuelo, pero ya le advertí que si lo veo merodeando por aquí lo hago papilla a escopetazos.»

Clara no había participado en la conversación. Estaba ocupada en poner y sacar las cosas de la mesa y vigilar a su hija con el rabillo del ojo, pero al quitar la sopera con el resto de las lentejas oyó las últimas palabras de la cantinela de su marido.

—No puedes impedir que el mundo cambie, Esteban. Si no es Pedro Tercero García, será otro el que traiga las nuevas ideas a Las Tres Marías —dijo.

Esteban Trueba dio un bastonazo a la sopera que su mujer tenía en las manos y la lanzó lejos, desparramando su contenido por el suelo. Blanca se puso de pie horrorizada. Era la primera vez que veía el mal humor de su padre dirigido contra Clara y pensó que ella entraría en uno de sus trances lunáticos y echaría a volar por la ventana, pero nada de eso ocurrió. Clara recogió los restos de la sopera rota con su calma habitual, sin dar muestras de escuchar las palabrotas de marinero que escupía Esteban. Esperó que terminara de rezongar, le dio las buenas noches con un beso tibio en la mejilla y salió llevándose a Blanca de la mano.

Blanca no perdió la tranquilidad por la ausencia de Pedro Tercero. Iba todos los días al río y esperaba. Sabía que la noticia de su regreso al campo llegaría al muchacho tarde o temprano y el llamado del amor lo alcanzaría dondequiera que estuviera. Así fue, en efecto. Al quinto día vio llegar a un tipo zarrapastroso, cubierto con una manta invernal y un sombrero de ala ancha, arrastrando un burro cargado de utensilios de cocina, ollas de peltre, teteras de cobre, grandes marmitas de fierro esmaltado, cucharones de todos los tamaños, con una sonajera de latas que anunciaba su paso con diez minutos de anticipación. No lo reconoció. Parecía un anciano miserable, uno de esos tristes viajeros que van por la provincia con su mercadería de puerta en puerta. Se le paró al frente, se quitó el sombrero y entonces ella vio los hermosos ojos negros brillando en el centro de una melena y una barba hirsutas. El burro se quedó mordisqueando la yerba con su fastidio de ollas ruidosas, mientras Blanca y Pedro Tercero saciaban el hambre y la sed acumulados en tantos meses de silencio y de separación, rodando por las piedras y los matorrales y gimiendo como desesperados. Después se quedaron abrazados entre las cañas de la orilla. En el zumzum de los matapiojos y el croar de las ranas, ella le contó que se había puesto

cáscaras de plátano y papel secante en los zapatos para que le diera
fiebre y había tragado tiza molida hasta que le dio tos de verdad, para
convencer a las monjas de que su inapetencia y su palidez eran síntomas seguros de la tisis.

—¡Quería estar contigo! —dijo, besándolo en el cuello.

Pedro Tercero le habló de lo que estaba sucediendo en el mundo y
en el país, de la guerra lejana que tenía a media humanidad sumida en
un destripadero de metralla, una agonía de campo de concentración y
un regadero de viudas y huérfanos, le habló de los trabajadores en Europa y en Norteamérica, cuyos derechos eran respetados, porque la
mortandad de sindicalistas y socialistas de las décadas anteriores había
producido leyes más justas y repúblicas como Dios manda, donde los
gobernantes no se roban la leche en polvo de los damnificados.

—Los últimos en darse cuenta de las cosas, somos siempre los campesinos, no nos enteramos de lo que pasa en otros lados. A tu padre
aquí lo odian. Pero le tienen tanto miedo que no son capaces de orga-
nizarse para hacerle frente. ¿Entiendes, Blanca?

Ella entendía, pero en ese momento su único interés era aspirar
su olor a grano fresco, lamerle las orejas, hundir los dedos en esa barba tupida, oír sus gemidos enamorados. También tenía miedo por él.
Sabía que no solamente su padre le metería la bala prometida en la
cabeza, sino que cualquiera de los patrones de la región haría lo mismo
con gusto. Blanca le recordó a Pedro Tercero la historia del dirigente
socialista, que un par de años antes andaba recorriendo la región en
bicicleta, introduciendo panfletos en los fundos y organizando a los inquilinos, hasta que lo atraparon los hermanos Sánchez, lo mataron a
palos y lo colgaron de un poste del telégrafo en el cruce de dos caminos, para que todos pudieran verlo. Allí estuvo un día y una noche
columpiándose contra el cielo, hasta que llegaron los gendarmes a caballo y lo descolgaron. Para disimular, echaron la culpa a los indios de
la reservación, a pesar de que todo el mundo sabía que eran pacíficos
y que si tenían miedo de matar una gallina, con mayor razón lo tenían
de matar a un hombre. Pero los hermanos Sánchez lo desenterraron
del cementerio y volvieron a exhibir el cadáver y esto ya era demasiado
para atribuir a los indios. Ni por eso la justicia se atrevió a intervenir
y la muerte del socialista fue rápidamente olvidada.

—Te pueden matar —suplicó Blanca abrazándolo.

—Me cuidaré —la tranquilizó Pedro Tercero—. No me quedaré mucho tiempo en el mismo sitio. Por lo mismo no podré verte todos los
días. Espérame en este mismo lugar. Yo vendré cada vez que pueda.

—Te quiero —dijo ella sollozando.

—Yo también.

Volvieron a abrazarse con el ardor insaciable propio de su edad, mientras el burro seguía masticando la yerba.

Blanca se las arregló para no regresar al colegio, provocándose vómitos con salmuera caliente, diarrea con ciruelas verdes y fatigas apretándose la cintura con una cincha de caballo, hasta que adquirió fama de mala salud, que era justamente lo que andaba buscando. Tan bien imitaba los síntomas de las más diversas enfermedades, que hubiera podido engañar a una junta de médicos y ella misma llegó a convencerse de que era muy enfermiza. Todas las mañanas, al despertar, hacía una revisión mental de su organismo, para ver dónde le dolía y qué nuevo mal la aquejaba. Aprendió a aprovechar cualquier circunstancia para sentirse enferma, desde un cambio en la temperatura hasta el polen de las flores, y a convertir todo malestar menor en una agonía. Clara era de opinión que lo mejor para la salud era tener las manos ocupadas, así es que mantuvo a raya los malestares de su hija dándole trabajo. La muchacha tenía que levantarse temprano, como todos los demás, bañarse en agua fría y dedicarse a sus quehaceres, que incluían enseñar en la escuela, coser en el taller y hacer todos los oficios de la enfermería, desde poner enemas hasta suturar heridas con aguja e hilo del costurero, sin que le valieran de nada los desmayos a la vista de la sangre, ni los sudores fríos cuando había que limpiar un vómito. Pedro García, el viejo, que ya tenía cerca de noventa años y apenas arrastraba sus huesos, compartía la idea de Clara de que las manos son para usarlas. Así fue como un día que Blanca andaba lamentándose de una terrible jaqueca, la llamó y sin preámbulos le colocó una bola de barro en la falda. Pasó la tarde enseñándole a moldear la arcilla para hacer cacharros de cocina, sin que la muchacha se acordara de sus dolencias. El viejo no sabía que le estaba dando a Blanca lo que más tarde sería su único medio de vida y su consuelo en las horas más tristes. Le enseñó a mover el torno con el pie mientras hacía volar las manos sobre el barro blando, para fabricar vasijas y cántaros. Pero muy pronto Blanca descubrió que lo utilitario la aburría y que era mucho más entretenido hacer figuras de animales y de personas. Con el tiempo se dedicó a fabricar un mundo en miniatura de bestias domésticas y personajes dedicados a todos los oficios, carpinteros, lavanderas, cocineras, todos con sus pequeñas herramientas y muebles.

—¡Eso no sirve para nada! —dijo Esteban Trueba cuando vio la obra de su hija.

—Busquémosle la utilidad —sugirió Clara.

Así surgió la idea de los Nacimientos. Blanca empezó a producir

figuritas para el pesebre navideño, no sólo los reyes magos y los pastores, sino una muchedumbre de personas de la más diversa calaña y toda clase de animales, camellos y zebras del África, iguanas de América y tigres del Asia, sin considerar para nada la zoología propia de Belén. Después agregó animales que inventaba, pegando medio elefante con la mitad de un cocodrilo, sin saber que estaba haciendo con barro lo mismo que su tía Rosa, a quien no conoció, hacía con hilos de bordar en su gigantesco mantel, mientras Clara especulaba que si las locuras se repiten en la familia, debe ser que existe una memoria genética que impide que se pierdan en el olvido. Los multitudinarios Nacimientos de Blanca se convirtieron en una curiosidad. Tuvo que entrenar a dos muchachas para que la ayudaran, porque no daba abasto con los pedidos, ese año todo el mundo quería tener uno para la noche de Navidad, especialmente porque eran gratis. Esteban Trueba determinó que la manía del barro estaba bien como diversión de señorita, pero que si se convertía en un negocio, el nombre de los Trueba sería colocado junto a los de los comerciantes que vendían clavos en las ferreterías y pescado frito en el mercado.

Los encuentros de Banca y Pedro Tercero eran distanciados e irregulares, pero por lo mismo más intensos. En esos años, ella se acostumbró al sobresalto y a la espera, se resignó a la idea de que siempre se amarían a escondidas y dejó de alimentar el sueño de casarse y vivir en una de las casitas de ladrillo de su padre. A menudo pasaban semanas sin que supiera de él, pero de repente aparecía por el fundo un cartero en bicicleta, un evangélico predicando con una Biblia en el sobaco, o un gitano hablando en media lengua pagana, todos ellos tan inofensivos, que pasaban sin levantar sospechas al ojo vigilante del patrón. Lo reconocía por sus negras pupilas. No era la única: todos los inquilinos de Las Tres Marías y muchos campesinos de otros fundos lo esperaban también. Desde que el joven era perseguido por los patrones, ganó fama de héroe. Todos querían esconderlo por una noche, las mujeres le tejían ponchos y calcetines para el invierno y los hombres le guardaban el mejor aguardiente y el mejor charqui de la estación. Su padre, Pedro Segundo García, sospechaba que su hijo violaba la prohibición de Trueba y adivinaba las huellas que dejaba a su paso. Estaba dividido entre el amor por su hijo y su papel de guardián de la propiedad. Además temía reconocerlo y que Esteban Trueba se lo leyera en la cara, pero sentía una secreta alegría al atribuirle algunas de las cosas extrañas que estaban sucediendo en el campo. Lo único que no se le pasó por la imaginación, fue que las visitas de su hijo tuvieran algo que ver con los paseos de Blanca Trueba al río, porque esa posibilidad no estaba en el orden natural del mundo. Nunca hablaba de su hijo, ex-

cepto en el seno de su familia, pero se sentía orgulloso de él y prefería verlo convertido en prófugo que uno más del montón, sembrando papas y cosechando pobrezas como todos los demás. Cuando escuchaba canturrear algunas de las canciones de gallinas y zorros, sonreía pensando que su hijo había conseguido más adeptos con sus baladas subversivas que con los panfletos del Partido Socialista que repartía incansablemente.

Capítulo VI

LA VENGANZA

Año y medio después del terremoto, Las Tres Marías había vuelto a ser el fundo modelo de antes. Estaba en pie la gran casa patronal igual a la original, pero más sólida y con una instalación de agua caliente en los baños. El agua era como chocolate claro y a veces hasta guarisapos aparecían, pero salía en un alegre y fuerte chorro. La bomba alemana era una maravilla. Yo circulaba por todas partes sin más apoyo que un grueso bastón de plata, el mismo que tengo ahora y que mi nieta dice que no lo uso por la cojera, sino para dar fuerza a mis palabras, blandiéndolo como un contundente argumento. La larga enfermedad melló mi organismo y empeoró mi carácter. Reconozco que al final ni Clara podía frenarme las rabietas. Otra persona habría quedado inválida para siempre a raíz del accidente, pero a mí me ayudó la fuerza de la desesperación. Pensaba en mi madre, sentada en su silla de ruedas pudriéndose en vida, y eso me daba tenacidad para pararme y echar a andar, aunque fuera a punta de maldiciones. Creo que la gente me tenía miedo. Hasta la misma Clara, que nunca había temido mi mal genio, en parte porque yo me cuidaba mucho de dirigirlo contra ella, andaba asustada. Verla temerosa de mí me ponía frenético.

Poco a poco Clara fue cambiando. Se veía cansada y noté que se alejaba de mí. Ya no me tenía simpatía, mis dolores no le daban com-

pasión sino fastidio, me di cuenta que eludía mi presencia. Me atrevería a decir que en esa época se sentía más a gusto ordeñando las vacas con Pedro Segundo que haciéndome compañía en el salón. Mientras más distante estaba Clara, más grande era la necesidad que yo sentía de su amor. No había disminuido el deseo que tuve de ella al casarme, quería poseerla completamente, hasta su último pensamiento, pero aquella mujer diáfana pasaba por mi lado como un soplo y aunque la sujetara a dos manos y la abrazara con brutalidad, no podía aprisionarla. Su espíritu no estaba conmigo. Cuando me tuvo miedo, la vida se nos convirtió en un purgatorio. En el día cada uno andaba ocupado en lo suyo. Los dos teníamos mucho que hacer. Sólo nos encontrábamos a la hora de comida y entonces era yo el que hacía toda la conversación, porque ella parecía vagar en las nubes. Hablaba muy poco y había perdido esa risa fresca y atrevida que fue lo primero que me gustó en ella, ya no echaba para atrás la cabeza, riéndose con todos los dientes. Apenas sonreía. Pensé que la edad y mi accidente nos estaban separando, que estaba aburrida de la vida matrimonial, esas cosas ocurren en todas las parejas y yo no era un amante delicado, de esos que regalan flores a cada rato y dicen cosas bonitas. Pero intenté acercarme a ella. ¡Cómo lo intenté, Dios mío! Me aparecía en su cuarto cuando estaba afanada en sus cuadernos de anotar la vida o en la mesa de tres patas. Traté inclusive de compartir esos aspectos de su existencia, pero a ella no le gustaba que leyeran sus cuadernos y mi presencia le cortaba la inspiración cuando conversaba con sus espíritus, de modo que tuve que desistir. También abandoné el propósito de establecer una buena relación con Blanca. Mi hija desde chica era rara y nunca fue la niña cariñosa y tierna que yo habría deseado. En realidad parecía un quirquincho. Desde que me acuerdo fue arisca conmigo y no tuvo que superar el complejo de Edipo, porque nunca lo tuvo. Pero ya era una señorita, parecía inteligente y madura para su edad, estaba muy unida a su madre. Pensé que podría ayudarme y traté de conquistarla como aliada, le hacía regalos, trataba de bromear con ella, pero también me eludía. Ahora, que ya estoy muy viejo y puedo hablar de eso sin perder la cabeza de rabia, creo que la culpa de todo la tuvo su amor por Pedro Tercero García. Blanca era insobornable. Nunca pedía nada, hablaba menos que su madre y si yo la obligaba a darme un beso de saludo, lo hacía de tan mala gana, que me dolía como una bofetada. «Todo cambiará cuando regresemos a la capital y hagamos una vida civilizada», decía yo entonces, pero ni Clara ni Blanca demostraban el menor interés por dejar Las Tres Marías, por el contrario, cada vez que yo mencionaba el asunto, Blanca decía que la vida en el campo le había devuelto la salud, pero todavía no se sentía fuerte, y Clara me recordaba

que había mucho que hacer en el campo, que las cosas no estaban como para dejarlas a medio hacer. Mi mujer no echaba de menos los refinamientos a que había estado acostumbrada y el día que llegó a Las Tres Marías el cargamento de muebles y artículos domésticos que encargué para sorprenderla, se limitó a encontrarlo todo muy bonito. Yo mismo tuve que disponer dónde se colocarían las cosas, porque a ella parecía no importarle en lo más mínimo. La nueva casa se vistió con un lujo que nunca había tenido, ni siquiera en los esplendorosos días previos a mi padre, que la arruinó. Llegaron grandes muebles coloniales de encina rubia y nogal, tallados a manos, pesados tapices de lana, lámparas de fierro y cobre martillado. Encargué a la capital una vajilla de porcelana inglesa pintada a mano, digna de una embajada, cristalería, cuatro cajones atiborrados de adornos, sábanas y manteles de hilo, una colección de discos de música clásica y frívola, con su moderna vitrola. Cualquier mujer se habría encantado con todo eso y habría tenido ocupación para varios meses organizando su casa, menos Clara, que era impermeable a esas cosas. Se limitó a adiestrar un par de cocineras y a entrenar a unas muchachas, hijas de los inquilinos, para que sirvieran en la casa, y apenas se vio libre de las cacerolas y la escoba, regresó a sus cuadernos de anotar la vida y a sus cartas del Tarot en los momentos de ocio. Pasaba la mayor parte del día ocupada en el taller de costura, la enfermería y la escuela. Yo la dejaba tranquila, porque esos quehaceres justificaban su vida. Era una mujer caritativa y generosa, ansiosa por hacer felices a los que la rodeaban, a todos menos a mí. Después del derrumbe reconstruimos la pulpería y por darle gusto, suprimí el sistema de papelitos rosados y empecé a pagar a la gente con billetes, porque Clara decía que eso les permitía comprar en el pueblo y ahorrar. No era cierto. Sólo servía para que los hombres fueran a emborracharse a la taberna de San Lucas y las mujeres y los niños pasaran necesidades. Por ese tipo de cosas peleábamos mucho. Los inquilinos eran la causa de todas nuestras discusiones. Bueno, no todas. También discutíamos por la guerra mundial. Yo seguía los progresos de las tropas nazis en un mapa que había puesto en la pared del salón, mientras Clara tejía calcetines para los soldados aliados. Blanca se agarraba la cabeza a dos manos, sin comprender la causa de nuestra pasión por una guerra que no tenía nada que ver con nosotros y que estaba ocurriendo al otro lado del océano. Supongo que también teníamos malentendidos por otros motivos. En realidad, muy pocas veces estábamos de acuerdo en algo. No creo que la culpa de todo fuera mi mal genio, porque yo era un buen marido, ni sombra del tarambana que había sido de soltero. Ella era la única mujer para mí. Todavía lo es.

Un día Clara hizo poner un pestillo a la puerta de su habitación y

no volvió a aceptarme en su cama, excepto en aquellas ocasiones en que yo forzaba tanto la situación, que negarse habría significado una ruptura definitiva. Primero pensé que tenía alguno de esos misteriosos malestares que dan a las mujeres de vez en cuando, o bien la menopausia, pero cuando el asunto se prolongó por varias semanas, decidí hablar con ella. Me explicó con calma que nuestra relación matrimonial se había deteriorado y por eso había perdido su buena disposición para los retozos carnales. Dedujo naturalmente que si no teníamos nada que decirnos, tampoco podíamos compartir la cama, y pareció sorprendida de que yo pasara todo el día rabiando contra ella y en la noche quisiera sus caricias. Traté de hacerle ver que en ese sentido los hombres y las mujeres somos algo diferentes y que la adoraba, a pesar de todas mis mañas, pero fue inútil. En ese tiempo me mantenía más sano y más fuerte que ella, a pesar de mi accidente y de que Clara era mucho menor. Con la edad yo había adelgazado. No tenía ni un gramo de grasa en el cuerpo y guardaba la misma resistencia y fortaleza de mi juventud. Podía pasarme todo el día cabalgando, dormir tirado en cualquier parte, comer lo que fuera sin sentir la vesícula, el hígado y otros órganos internos de los cuales la gente habla constantemente. Eso sí, me dolían los huesos. En las tardes frías o en las noches húmedas el dolor de los huesos aplastados en el terremoto era tan intenso, que mordía la almohada para que no se oyeran mis gemidos. Cuando ya no podía más, me echaba un largo trago de aguardiente y dos aspirinas al gaznate, pero eso no me aliviaba. Lo extraño es que mi sensualidad se había hecho más selectiva con la edad, pero era casi tan inflamable como en mi juventud. Me gustaba mirar a las mujeres, todavía me gusta. Es un placer estético, casi espiritual. Pero sólo Clara despertaba en mí un deseo concreto e inmediato, porque en nuestra larga vida en común habíamos aprendido a conocernos y cada uno tenía en la punta de los dedos la geografía precisa del otro. Ella sabía dónde estaban mis puntos más sensibles, podía decirme exactamente lo que necesitaba oír. A una edad en la que la mayoría de los hombres está hastiado de su mujer y necesita el estímulo de otras para encontrar la chispa del deseo, yo estaba convencido que sólo con Clara podía hacer el amor como en los tiempos de la luna de miel, incansablemente. No tenía la tentación de buscar a otras.

Recuerdo que empezaba a asediarla al caer la noche. En las tardes se sentaba a escribir y yo fingía saborear mi pipa, pero en realidad la estaba espiando de reojo. Apenas calculaba que iba a retirarse —porque empezaba a limpiar la pluma y cerrar los cuadernos— me adelantaba. Me iba cojeando al baño, me acicalaba, me ponía una bata de felpa episcopal que había comprado para seducirla, pero que ella nunca pa-

reció darse cuenta de su existencia, pegaba la oreja a la puerta y la esperaba. Cuando la escuchaba avanzar por el corredor, le salía al asalto. Lo intenté todo, desde colmarla de halagos y regalos, hasta amenazarla con echar la puerta abajo y molerla a bastonazos, pero ninguna de esas alternativas resolvía el abismo que nos separaba. Supongo que era inútil que yo tratara de hacerla olvidar con mis apremios amorosos en la noche, el mal humor con que la agobiaba durante el día. Clara me eludía con ese aire distraído que acabé por detestar. No puedo comprender lo que me atraía tanto de ella. Era una mujer madura, sin ninguna coquetería, que arrastraba ligeramente los pies y había perdido la alegría injustificada que la hacía tan atrayente en su juventud. Clara no era seductora ni tierna conmigo. Estoy seguro que no me amaba. No había razón para desearla en esa forma descomedida y brutal que me sumía en la desesperación y el ridículo. Pero no podía evitarlo. Sus gestos menudos, su tenue olor a ropa limpia y jabón, la luz de sus ojos, la gracia de su nuca delgada coronada por sus rizos rebeldes, todo en ella me gustaba. Su fragilidad me producía una ternura insoportable. Quería protegerla, abrazarla, hacerla reír como en los viejos tiempos, volver a dormir con ella a mi lado, su cabeza en mi hombro, las piernas recogidas debajo de las mías, tan pequeña y tibia, su mano en mi pecho, vulnerable y preciosa. A veces me hacía el propósito de castigarla con una fingida indiferencia, pero al cabo de unos días me daba por vencido, porque parecía mucho más tranquila y feliz cuando yo la ignoraba. Taladré un agujero en la pared del baño para verla desnuda, pero eso me ponía en tal estado de turbación, que preferí volver a tapiarlo con argamasa. Para herirla, hice ostentación de ir al Farolito Rojo, pero su único comentario fue que eso era mejor que forzar a las campesinas, lo cual me sorprendió, porque no imaginé que supiera de eso. En vista de su comentario, volví a intentar las violaciones, nada más que para molestarla. Pude comprobar que el tiempo y el terremoto hicieron estragos en mi virilidad y que ya no tenía fuerzas para rodear la cintura de una robusta muchacha y alzarla sobre la grupa de mi caballo, y, mucho menos, quitarle la ropa a zarpazos y penetrarla contra su voluntad. Estaba en la edad en que se necesita ayuda y ternura para hacer el amor. Me había puesto viejo, carajo.

Él fue el único que se dio cuenta que se estaba achicando. Lo notó por la ropa. No era simplemente que le sobrara en las costuras, sino que le quedaban largas las mangas y las piernas de los pantalones. Pidió a Blanca que se la acomodara en la máquina de coser, con el pretexto de que estaba adelgazando, pero se preguntaba inquieto si Pedro

García, el viejo, no le habría puesto al revés los huesos y por eso se estaba encogiendo. No se lo dijo a nadie, igual como no habló nunca de sus dolores, por una cuestión de orgullo.

Por esos días se preparaban las elecciones presidenciales. En una cena de políticos conservadores en el pueblo, Esteban Trueba conoció al conde Jean de Satigny. Usaba zapatos de cabritilla y chaquetas de lino crudo, no sudaba como los demás mortales y olía a colonia inglesa, estaba siempre tostado por el hábito de meter una pelota a través de un pequeño arco con un palo, a plena luz del mediodía y hablaba arrastrando las últimas sílabas de las palabras y comiéndose las erres. Era el único hombre que Esteban conocía, que se pusiera esmalte brillante en las uñas y se echara colirio azul en los ojos. Tenía tarjetas de presentación con escudo de armas de su familia y observaba todas las reglas conocidas de urbanidad y otras inventadas por él, como comer las alcachofas con pinzas, lo cual provocaba estupefacción general. Los hombres se burlaban a sus espaldas, pero pronto se vio que trataban de imitar su elegancia, sus zapatos de cabritilla, su indiferencia y su aire civilizado. El título de conde lo colocaba en un nivel diferente al de los otros emigrantes que habían llegado de Europa Central huyendo de las pestes del siglo pasado, de España escapando de la guerra, del Medio Oriente con sus negocios de turcos y armenios del Asia a vender su comida típica y sus baratijas. El conde de Satigny no necesitaba ganarse la vida, como lo hizo saber a todo el mundo. El negocio de las chinchillas era sólo un pasatiempo para él.

Esteban Trueba había visto las chinchillas merodeando por su propiedad. Las cazaba a tiros, para que no le devoraran las siembras, pero no se le había ocurrido que esos roedores insignificantes pudieran convertirse en abrigos de señora. Jean de Satigny buscaba un socio que pusiera el capital, el trabajo, los criaderos y corriera con todos los riesgos, para dividir las ganancias en un cincuenta por ciento. Esteban Trueba no era aventurero en ningún aspecto de la vida, pero el conde francés tenía la gracia alada y el ingenio que podían cautivarlo, por eso perdió muchas noches desvelado estudiando la proposición de las chinchillas y sacando cuentas. Entretanto, Monsieur de Satigny, pasaba largas temporadas en Las Tres Marías, como invitado de honor. Jugaba con su pelotita a pleno sol, bebía cantidades exorbitantes de jugo de melón sin azúcar y rondaba delicadamente las cerámicas de Blanca. Llegó, incluso, a proponer a la muchacha exportarlas a otros lugares donde había un mercado seguro para las artesanías indígenas. Blanca trató de sacarlo de su error, explicándole que ella no tenía nada de indio y que su obra tampoco, pero la barrera del lenguaje impidió que él comprendiera su punto de vista. El conde fue una adquisición social

para la familia Trueba, porque desde el momento en que se instaló en su propiedad, les llovieron las invitaciones a los fundos vecinos, a las reuniones con las autoridades políticas del pueblo y a todos los acontecimientos culturales y sociales de la región. Todos querían estar cerca del francés, con la esperanza de que algo de su distinción se contagiara, las jovencitas suspiraban al verlo y las madres lo anhelaban como yerno, disputándose el honor de invitarlo. Los caballeros envidiaban la suerte de Esteban Trueba, que había sido elegido para el negocio de las chinchillas. La única persona que no se deslumbró por los encantos del francés y ni se maravilló por su forma de pelar una naranja con los cubiertos, sin tocarla con los dedos, dejando las cáscaras en forma de flor, o su habilidad para citar a los poetas y filósofos franceses en su lengua natal, era Clara, que cada vez que lo veía tenía que preguntarle su nombre y se desconcertaba cuando lo encontraba en bata de seda camino al baño de su propia casa. Blanca, en cambio, se divertía con él y agradecía la oportunidad de lucir sus mejores vestidos, peinarse con esmero y arreglar la mesa con la vajilla inglesa y los candelabros de plata.

—Por lo menos nos saca de la barbarie —decía.

Esteban Trueba estaba menos impresionado por la burumballa del noble, que por las chinchillas. Pensaba cómo diablos no se le había ocurrido la idea de curtirles el pellejo, en vez de perder tantos años criando esas malditas gallinas que se morían de cualquier diarrea de morondanga y esas vacas que por cada litro de leche que se les ordeñaba, consumían una hectárea de forraje y una caja de vitaminas y además llenaban todo de moscas y de mierda. Clara y Pedro Segundo García, en cambio, no compartían su entusiasmo por los roedores, ella por razones humanitarias, puesto que le parecía atroz criarlos para arrancarles el cuero, y él porque nunca había oído hablar de criaderos de ratones.

Una noche el conde salió a fumar uno de sus cigarrillos orientales, especialmente traídos del Líbano ¡vaya uno a saber donde queda eso!, como decía Trueba, y a respirar el perfume de las flores que subía en grandes bocanadas desde el jardín e inundaba los cuartos. Paseó un poco por la terraza y midió con la vista la extensión de parque que se extendía alrededor de la casa patronal. Suspiró, conmovido por aquella naturaleza pródiga que podía reunir en el más olvidado país de la tierra, todos los climas de su invención, la cordillera y el mar, los valles y las cumbres más altas, ríos de agua cristalina y una benigna fauna que permitía pasear con toda confianza, con la certeza de que no aparecerían víboras venenosas o fieras hambrientas, y, para total perfección, tampoco había negros rencorosos o indios

salvajes. Estaba harto de recorrer países exóticos detrás de negocios de aletas de tiburón para afrodisíacos, ginseng para todos los males, figuras talladas por los esquimales, pirañas embalsamadas del Amazonas y chinchillas para hacer abrigos de señora. Tenía treinta y ocho años, al menos ésos confesaba, y sentía que por fin había encontrado el paraíso en la tierra, donde podía montar empresas tranquilas con socios ingenuos. Se sentó en un tronco a fumar en la oscuridad. De pronto vio una sombra agitarse y tuvo la idea fugaz de que podía ser un ladrón, pero en seguida la desechó, porque los bandidos en esas tierras estaban tan fuera de lugar como las bestias malignas. Se aproximó con prudencia y entonces divisó a Blanca, que asomaba las piernas por la ventana y se deslizaba como un gato por la pared, cayendo entre las hortensias sin el menor ruido. Vestía de hombre, porque los perros ya la conocían y no necesitaba andar en cueros. Jean de Satigny la vio alejarse buscando las sombras del alero de la casa y de los árboles, pensó seguirla, pero tuvo miedo de los mastines y pensó que no había necesidad de eso para saber donde iba una muchacha que salta por una ventana en la noche. Se sintió preocupado, porque lo que acababa de ver ponía en peligro sus planes.

Al día siguiente, el conde pidió a Blanca Trueba en matrimonio. Esteban, que no había tenido tiempo para conocer bien a su hija, confundió su plácida amabilidad y su entusiasmo por colocar los candelabros de plata en la mesa, con amor. Se sintió muy satisfecho de que su hija, tan aburrida y de mala salud, hubiera atrapado al galán más solicitado de la región. «¿Qué habrá visto en ella?», se preguntó, extrañado. Manifestó al pretendiente que debía consultarlo con Blanca, pero que estaba seguro de que no habría ningún inconveniente y que, por su parte, se adelantaba a darle la bienvenida a la familia. Hizo llamar a su hija, que en ese momento estaba enseñando geografía en la escuela, y se encerró con ella en su despacho. Cinco minutos después se abrió la puerta violentamente y el conde vio salir a la joven con las mejillas arreboladas. Al pasar por su lado le lanzó una mirada asesina y volteó la cara. Otro menos tenaz, habría cogido sus valijas y se habría ido al único hotel del pueblo, pero el conde dijo a Esteban que estaba seguro de conseguir el amor de la joven, siempre que le dieran tiempo para ello. Esteban Trueba le ofreció que se quedara como huésped en Las Tres Marías mientras lo considerara necesario. Blanca nada dijo, pero desde ese día dejó de comer en la mesa con ellos y no perdió oportunidad de hacer sentir al francés que era indeseable. Guardó sus vestidos de fiesta y los candelabros de plata y lo evitó cuidadosamente. Anunció a su padre que si volvía a mencionar el asunto del matrimonio regresaba a la ca-

pital en el primer tren que pasara por la estación y se iba de novicia a su colegio.

—¡Ya cambiará de opinión! —rugió Esteban Trueba.

—Lo dudo —respondió ella.

Ese año la llegada de los mellizos a Las Tres Marías, fue un gran alivio. Llevaron una ráfaga de frescura y bullicio al clima oprimente de la casa. Ninguno de los dos hermanos supo apreciar los encantos del noble francés, a pesar de que él hizo discretos esfuerzos por ganar la simpatía de los jóvenes. Jaime y Nicolás se burlaban de sus modales, de sus zapatos de marica y su apellido extranjero, pero Jean de Satigny nunca se molestó. Su buen humor terminó por desarmarlos y convivieron el resto del verano amigablemente, llegando incluso a aliarse para sacar a Blanca del emperramiento en que se había hundido.

—Ya tienes veinticuatro años, hermana. ¿Quieres quedarte para vestir santos? —decían.

Procuraban entusiasmarla para que se cortara el pelo y copiara los vestidos que hacían furor en las revistas, pero ella no tenía ningún interés en esa moda exótica, que no tenía la menor oportunidad de sobrevivir en la polvareda del campo.

Los mellizos eran tan diferentes entre sí, que no parecían hermanos. Jaime era alto, fornido, tímido y estudioso. Obligado por la educación del internado, llegó a desarrollar con los deportes una musculatura de atleta, pero en realidad consideraba que ésa era una actividad agotadora e inútil. No podía comprender el entusiasmo de Jean de Satigny por pasar la mañana persiguiendo una bola con un palo para meterla en un hoyo, cuando era tanto más fácil colocarla con la mano. Tenía extrañas manías que empezaron a manifestarse en esa época y que fueron acentuándose a lo largo de su vida. No le gustaba que le respiraran cerca, que le dieran la mano, que le hicieran preguntas personales, le pidieran libros prestados o le escribieran cartas. Esto dificultaba su trato con la gente, pero no consiguió aislarlo, porque a los cinco minutos de conocerlo saltaba a la vista que, a pesar de su actitud atrabiliaria, era generoso, cándido y tenía una gran capacidad de ternura, que él procuraba inútilmente disimular, porque lo avergonzaba. Se interesaba por los demás mucho más de lo que quería admitir, era fácil conmoverlo. En Las Tres Marías los inquilinos lo llamaban «el patroncito» y acudían a él cada vez que necesitaban algo. Jaime los escuchaba sin comentarios, contestaba con monosílabos y terminaba dándoles la espalda, pero no descansaba hasta solucionar el problema. Era huraño y su madre decía que ni siquiera cuando era pequeño se dejaba acariciar. Desde niño tenía gestos extravagantes, era capaz de

quitarse la ropa que llevaba puesta para dársela a otro, como lo hizo en varias oportunidades. El afecto y las emociones le parecían signos de inferioridad y sólo con los animales perdía las barreras de su exagerado pudor, se revolcaba por el suelo con ellos, los acariciaba, les daba de comer en la boca y dormía abrazado con los perros. Podía hacer lo mismo con los niños de muy corta edad, siempre que nadie lo estuviera observando, porque frente a la gente prefería el papel de hombre recio y solitario. La formación británica de doce años de colegio, no pudo desarrollar en él el spleen, que se consideraba el mejor atributo de un caballero. Era un sentimental incorregible. Por eso se interesó en la política y decidió que no sería abogado, como su padre le exigía, sino médico, para ayudar a los necesitados, como le sugirió su madre, que le conocía mejor. Jaime había jugado con Pedro Tercero García durante toda su infancia, pero fue ese año que aprendió a admirarlo. Blanca tuvo que sacrificar un par de encuentros en el río, para que los dos jóvenes se reunieran. Hablaban de justicia, de igualdad, del movimiento campesino, del socialismo, mientras Blanca los escuchaba con impaciencia, deseando que acabaran pronto para quedarse sola con su amante. Esa amistad unió a los dos muchachos hasta la muerte, sin que Esteban Trueba lo sospechara.

Nicolás era hermoso como una doncella. Heredó la delicadeza y la transparencia de la piel de su madre, era pequeño, delgado, astuto y rápido como un zorro. De inteligencia brillante, sin hacer ningún esfuerzo sobrepasaba a su hermano en todo lo que emprendían juntos. Había inventado un juego para atormentarlo: le llevaba la contra en cualquier tema y argumentaba con tanta habilidad y certeza, que terminaba por convencer a Jaime que estaba equivocado, obligándolo a admitir su error.

—¿Estás seguro de que yo tengo la razón? —decía finalmente Nicolás a su hermano.

—Sí, tienes razón —gruñía Jaime, cuya rectitud le impedía discutir de mala fe.

—¡Ah! Me alegro —exclamaba Nicolás—. Ahora yo te voy a demostrar que el que tiene la razón eres tú y el equivocado soy yo. Te voy a dar los argumentos que tú tenías que haberme dado, si fueras inteligente.

Jaime perdía la paciencia y le caía a golpes, pero en seguida se arrepentía, porque era mucho más fuerte que su hermano y su propia fuerza lo hacía sentirse culpable. En el colegio, Nicolás usaba su ingenio para molestar a los demás y cuando se vía obligado a enfrentar una situación de violencia, llamaba a su hermano para que lo defendiera mientras él lo animaba desde atrás. Jaime se acostumbró a dar la cara por Nicolás y llegó a parecerle natural ser castigado en su

lugar, hacer sus tareas y tapar sus mentiras. El principal interés de Nicolás en ese período de su juventud aparte de las mujeres, fue desarrollar la habilidad de Clara para adivinar el futuro. Compraba libros sobre sociedades secretas, de horóscopos y de todo lo que tuviera características sobrenaturales. Ese año le dio por desenmascarar milagros, se compró «Las Vidas de Los Santos» en edición popular y pasó el verano buscando explicaciones pedestres a las más fantásticas proezas de orden espiritual. Su madre se burlaba de él.

—Si no puedes entender cómo funciona el teléfono, hijo —decía Clara—, ¿cómo quieres comprender los milagros?

El interés de Nicolás por los asuntos sobrenaturales comenzó a manifestarse un par de años antes. Los fines de semana que podía salir del internado, iba a visitar a las tres hermanas Mora en su viejo molino, para aprender ciencias ocultas. Pero pronto se vio que no tenía ninguna disposición natural para la clarividencia o la telequinesia, de modo que tuvo que conformarse con la mecánica de las cartas astrológicas, el Tarot y los palitos chinos. Como una cosa trae a la otra, conoció en casa de las Mora a una hermosa joven de nombre Amanda, algo mayor que él, que lo inició en la meditación yoga y en la acupuntura, ciencias con las cuales Nicolás llegó a curar el reúma y otras dolencias menores, que era más de lo que conseguiría su hermano con la medicina tradicional, después de siete años de estudio. Pero todo eso fue mucho después. Ese verano tenía veintiún años y se aburría en el campo. Su hermano lo vigilaba estrechamente, para que no molestara a las muchachas, porque se había autodesignado defensor de la virtud de las doncellas de Las Tres Marías, a pesar de lo cual Nicolás se las arregló para seducir a casi todas las adolescentes de la zona, con artes de galantería que jamás se habían visto por aquellos lugares. El resto del tiempo lo pasaba investigando milagros, tratando de aprender los trucos de su madre para mover el salero con la fuerza de la mente, y escribiendo versos apasionados a Amanda, que se los devolvía por correo, corregidos y mejorados, sin que ello lograra desanimar al joven.

Pedro García, el viejo, murió poco antes de las elecciones presidenciales. El país estaba convulsionado por las campañas políticas, los trenes de triunfo cruzaban de Norte a Sur llevando a los candidatos asomados en la cola, con su corte de proselitistas, saludando todos del mismo modo, prometiendo todos las mismas cosas, embanderados y con una sonajera de orfeón y altoparlantes que espantaba la quietud del paisaje y pasmaba al ganado. El viejo había vivido tanto, que ya no era más que un montón de huesitos de cristal cubiertos por un pellejo

amarillo. Su rostro era un encaje de arrugas. Cloqueaba al caminar, con un tintineo de castañuelas, no tenía dientes y sólo podía comer papilla de bebé, además de ciego se había quedado sordo, pero nunca le falló el reconocimiento de las cosas y la memoria del pasado y de lo inmediato. Murió sentado en su silla de mimbre al atardecer. Le gustaba colocarse en el umbral de su rancho a sentir caer la tarde, que la adivinaba por el cambio sutil de la temperatura, por los sonidos del patio, el afán de las cocinas, el silencio de las gallinas. Allí lo encontró la muerte. A sus pies, estaba su bisnieto Esteban García, que ya tenía alrededor de diez años, ocupado en ensartar los ojos a un pollo con un clavo. Era hijo de Esteban García, el único bastardo del patrón que llevó su nombre, aunque no su apellido. Nadie recordaba su origen ni la razón por la cual llevaba ese nombre, excepto él mismo, porque su abuela, Pancha García, antes de morir alcanzó a envenenar su infancia con el cuento de que si su padre hubiera nacido en el lugar de Blanca, Jaime o Nicolás, habría heredado Las Tres Marías y podría haber llegado a Presidente de la República, de haberlo querido. En aquella región sembrada de hijos ilegítimos y de otros legítimos que no conocían a su padre, él fue probablemente el único que creció odiando su apellido. Vivió castigado por el rencor contra el patrón, contra su abuela seducida, contra su padre bastardo y contra su propio inexorable destino de patán. Esteban Trueba no lo distinguía entre los demás chiquillos de la propiedad, era uno más del montón de criaturas que cantaban el himno nacional en la escuela y hacían cola para su regalo de Navidad. No se acordaba de Pancha García ni de haber tenido un hijo con ella, y mucho menos de aquel nieto taimado que lo odiaba, pero que lo observaba de lejos para imitar sus gestos y copiar su voz. El niño se desvelaba en la noche imaginando horribles enfermedades o accidentes que ponían fin a la existencia del patrón y todos sus hijos, para que él pudiera heredar la propiedad. Entonces transformaba Las Tres Marías en su reino. Esas fantasías las acarició toda su vida, aun después de saber que jamás obtendría nada por vía de la herencia. Siempre reprochó a Trueba la existencia oscura que forjó para él y se sintió castigado, inclusive en los días en que llegó a la cima del poder y los tuvo a todos en su puño.

El niño se dio cuenta que algo había cambiado en el anciano. Se acercó, lo tocó y el cuerpo se tambaleó. Pedro García cayó al suelo como una bolsa de huesos. Tenía las pupilas cubiertas por la película lechosa que las fue dejando sin luz a lo largo de un cuarto de siglo. Esteban García tomó el clavo y se disponía a pincharle los ojos, cuando llegó Blanca y lo apartó de un empujón, sin sospechar que esa criatura hosca y malvada era su sobrino y que dentro de algunos años

sería el instrumento de una tragedia para su familia.

—Dios mío, se murió el viejito —sollozó inclinándose sobre el cuerpo gibarizado del anciano que pobló su infancia de cuentos y protegió sus amores clandestinos.

A Pedro García, el viejo, lo enterraron con un velorio de tres días en la que Esteban Trueba ordenó que no se escatimara el gasto. Acomodaron su cuerpo en un cajón de pino rústico, con su traje dominguero, el mismo que usó cuando se casó y que se ponía para votar y recibir sus cincuenta pesos en Navidad. Le pusieron su única camisa blanca, que le quedaba muy holgada en el cuello, porque la edad lo había encogido, su corbata de luto y un clavel rojo en el ojal, como siempre que se enfiestaba. Le sujetaron la mandíbula con un pañuelo y le colocaron su sombrero negro, porque había dicho muchas veces, que quería quitárselo para saludar a Dios. No tenía zapatos, pero Clara sustrajo unos de Esteban Trueba, para que todos vieran que no iba descalzo al Paraíso.

Jean de Satigny se entusiasmó con el funeral, extrajo de su equipaje una máquina fotográfica con trípode y tomó tantos retratos al muerto, que sus familiares pensaron que le podía robar el alma y, por precaución, destrozaron las placas. Al velatorio acudieron campesinos de toda la región, porque Pedro García, en su siglo de vida estaba emparentado con muchos paisanos de provincia. Llegó la meica, que era aún más anciana que él, con varios indios de su tribu, que a una orden suya comenzaron a llorar al finado y no dejaron de hacerlo hasta que terminó la parranda tres días después. La gente se juntó alrededor del rancho del viejo a beber vino, tocar la guitarra y vigilar los asados. También llegaron dos curas en bicicleta, a bendecir los restos mortales de Pedro García y a dirigir los ritos fúnebres. Uno de ellos era un gigante rubicundo con fuerte acento español, el padre José Dulce María, a quien Esteban Trueba conocía de nombre. Estuvo a punto de impedirle la entrada a su propiedad, pero Clara lo convenció de que no era el momento de anteponer sus odios políticos al fervor cristiano de los campesinos. «Por lo menos pondrá algo de orden en los asuntos del alma», dijo ella. De modo que Esteban Trueba terminó por darle la bienvenida e invitarlo que se quedara en su casa con el hermano lego, que no abría la boca y miraba siempre al suelo, con la cabeza ladeada y las manos juntas. El patrón estaba conmovido por la muerte del viejo que le había salvado las siembras de las hormigas y la vida de yapa, y quería que todos recordaran ese entierro como un acontecimiento.

Los curas reunieron a los inquilinos y visitantes en la escuela, para repasar los olvidados evangelios y decir una misa por el descanso del alma de Pedro García. Después se retiraron a la habitación

que se les había destinado en la casa patronal, mientras los demás continuaban la juerga que había sido interrumpida por su llegada. Esa noche
Blanca esperó que se callaran las guitarras y el llanto de los indios y
que todos se fueran a la cama, para saltar por la ventana de su habitación y enfilar en la dirección habitual, amparada por las sombras.
Volvió a hacerlo durante las tres noches siguientes, hasta que los sacer-
dotes se fueron. Todos, menos sus padres, se enteraron de que Blanca se
juntaba con uno de ellos en el río. Era Pedro Tercero García, que no
quiso perderse el funeral de su abuelo y aprovechó la sotana prestada
para arengar a los trabajadores casa por casa, explicándoles que las
próximas elecciones eran su oportunidad de sacudir el yugo en que
habían vivido siempre. Lo escuchaban sorprendidos y confusos. Su tiempo se medía por estaciones, sus pensamientos por generaciones, eran
lentos y prudentes. Sólo los más jóvenes, los que tenían radio y oían
las noticias, los que a veces iban al pueblo y conversaban con los sindicalistas, podían seguir el hilo de sus ideas. Los demás lo escuchaban
porque el muchacho era el héroe perseguido por los patrones, pero en
el fondo estaban convencidos de que hablaba tonterías.

—Si el patrón descubre que vamos a votar por los socialistas, nos
jodimos —dijeron.

—¡No puede saberlo! El voto es secreto —alegó el falso cura.

—Eso cree usted, hijo —respondió Pedro Segundo, su padre—. Dicen que es secreto, pero después siempre saben por quién votamos.
Además, si ganan los de su partido, nos van a echar a la calle, no tendremos trabajo. Yo he vivido siempre aquí. ¿Qué haría?

—¡No pueden echarlos a todos, porque el patrón pierde más que
ustedes si se van! —arguyó Pedro Tercero.

—No importa por quién votemos, siempre ganan ellos.

—Cambian los votos —dijo Blanca, que asistía a la reunión sentada
entre los campesinos.

—Esta vez no podrán —dijo Pedro Tercero—. Mandaremos gente
del Partido para controlar las mesas de votación y ver que sellen las
urnas.

Pero los campesinos desconfiaban. La experiencia les había enseñado que el zorro siempre acaba por comerse a las gallinas, a pesar de
las baladas subversivas que andaban de boca en boca cantando lo contrario. Por eso, cuando pasó el tren del nuevo candidato del Partido
Socialista, un doctor miope y carismático que movía a las mu-
chedumbres con su discurso inflamado, ellos lo observaron desde la estación, vigilados por los patrones que montaron un cerco a su alrededor, armados con escopetas de caza y garrotes. Escucharon respetuosa-
mente las palabras del candidato, pero no se atrevieron a hacerle ni un

gesto de saludo, excepto unos pocos braceros que acudieron en pandilla, provistos de palos y picotas, y lo vitorearon hasta desgañitarse, porque ellos no tenían nada que perder, eran nómadas del campo, vagaban por la región sin trabajo fijo, sin familia, sin amo y sin miedo.

Poco después de la muerte y el memorable entierro de Pedro García, el viejo, Blanca comenzó a perder sus colores de manzana y a sufrir fatigas naturales que no eran producidas por dejar de respirar y vómitos matinales que no eran provocados por salmuera caliente. Pensó que la causa estaba en el exceso de comida, era la época de los duraznos dorados, los damascos, el maíz tierno preparado en cazuelas de barro y perfumado con albahaca, era el tiempo de hacer las mermeladas y las conservas para el invierno. Pero el ayuno, la manzanilla, los purgantes y el reposo no la curaron. Perdió el entusiasmo por la escuela, la enfermería y hasta por sus Nacimientos de barro, se puso floja y somnolienta, podía pasar horas echada en la sombra mirando el cielo, sin interesarse por nada. La única actividad que mantuvo fueron sus escapadas nocturnas por la ventana cuando tenía cita con Pedro Tercero en el río.

Jean de Satigny, que no se había dado por vencido en su asedio romántico, la observaba. Por discreción, pasaba unas temporadas en el hotel del pueblo y hacía algunos viajes cortos a la capital, de donde regresaba cargado de literatura sobre las chinchillas, sus jaulas, su alimento, sus enfermedades, sus métodos reproductivos, la forma de curtirles el cuero y, en general, todo lo referente a esas pequeñas bestias cuyo destino era convertirse en estolas. La mayor parte del verano el conde fue huésped en Las Tres Marías. Era un visitante encantador, bien educado, tranquilo y alegre. Siempre tenía una frase amable en la punta de los labios, celebraba la comida, los divertía en las tardes tocando el piano del salón, donde competía con Clara en los nocturnos de Chopin y era una fuente inagotable de anécdotas. Se levantaba tarde y pasaba una o dos horas dedicado a su arreglo personal, hacía gimnasia, trotaba alrededor de la casa sin importarle las burlas de los toscos campesinos, se remojaba en la bañera con agua caliente y se demoraba mucho en elegir la ropa para cada ocasión. Era un esfuerzo perdido, puesto que nadie apreciaba su elegancia y a menudo lo único que conseguía con sus trajes ingleses de montar, sus chaquetas de terciopelo y sus sombreros tiroleses con pluma de faisán, era que Clara, con la mejor intención, le ofreciera ropa más apropiada para el campo. Jean no perdía el buen humor, aceptaba las sonrisas irónicas del dueño de casa, las malas caras de Blanca y la perenne distracción de Clara, que al cabo de un año seguía preguntándole su nombre. Sabía cocinar algunas recetas francesas, muy aliñadas y mag-

níficamente presentadas, con las que contribuía cuando tenían invitados. Era la primera vez que veían a un hombre interesado en la cocina, pero supusieron que eran costumbres europeas y no se atrevieron a hacerle bromas, para no pasar por ignorantes. De sus viajes a la capital traía, además de lo concerniente a las chinchillas, las revistas de moda, los folletines de guerra que se habían popularizado para crear el mito del soldado heroico y novelas románticas para Blanca. En la conversación de sobremesa, a veces se refería con tono de mortal aburrimiento, a sus veranos con la nobleza europea en los castillos de Lichtenstein o en la Costa Azul. Nunca dejaba de decir que estaba feliz de haber cambiado todo eso por el encanto de América. Blanca le preguntaba por qué no había elegido el Caribe, o por lo menos un país con mulatas, cocoteros y tambores, si lo que buscaba era exotismo, pero él sostenía que no había en la tierra otro sitio más agradable que ese olvidado país al final del mundo. El francés no hablaba de su vida personal, excepto para deslizar algunas claves imperceptibles que permitían al interlocutor astuto darse cuenta de su esplendoroso pasado, su fortuna incalculable y su noble origen. No se conocía con certeza su estado civil, su edad, su familia o de qué parte de Francia provenía. Clara era de opinión que tanto misterio era peligroso y trató de desentrañarlo con las cartas del Tarot, pero Jean no permitía que le echaran la suerte ni que se escrutaran las líneas de su mano. Tampoco se sabía su signo zodiacal.

A Esteban Trueba todo eso le tenía sin cuidado. Para él era suficiente que el conde estuviera dispuesto a entretenerlo con una partida de ajedrez o de dominó, que fuera ingenioso y simpático y nunca pidiera dinero prestado. Desde que Jean de Satigny visitaba la casa, era mucho más soportable el aburrimiento del campo, donde a las cinco de la tarde no había nada más que hacer. Además le gustaba que los vecinos lo envidiaran por tener a ese huésped distinguido en Las Tres Marías.

Se había corrido la voz de que Jean pretendía a Blanca Trueba, pero no por eso dejó de ser el galán predilecto de las madres casamenteras. Clara también lo estimaba, aunque en ella no había ningún cálculo matrimonial. Por su parte, Blanca acabó acostumbrándose a su presencia. Era tan discreto y suave en el trato, que poco a poco Blanca olvidó su proposición matrimonial. Llegó a pensar que había sido algo así como una broma del conde. Volvió a sacar del armario los candelabros de plata, a poner la mesa con la vajilla inglesa y a usar sus vestidos de ciudad en las tertulias de la tarde. A menudo Jean la invitaba al pueblo o le pedía que lo acompañara a sus numerosas invitaciones sociales. En esas oportunidades Clara tenía que ir con ellos, porque

Esteban Trueba era inflexible en ese punto: no quería que vieran a su hija sola con el francés. En cambio, les permitía pasear sin chaperona por la propiedad, siempre que no se alejaran demasiado y que regresaran antes que oscureciera. Clara decía que si se trataba de cuidar la virginidad a la joven eso era mucho más peligroso que ir a tomar té al fundo de los Uzcátegui, pero Esteban estaba seguro de que no había nada que temer de Jean, puesto que sus intenciones eran nobles, pero había que cuidarse de las malas lenguas, que podían destrozar la honra a su hija. Los paseos campestres de Jean y de Blanca consolidaron una buena amistad. Se llevaban bien. A los dos les gustaba salir a media mañana a caballo, con la merienda en un canasto y varios maletines de lona y cuero con el equipo de Jean. El conde aprovechaba todas las paradas para colocar a Blanca contra el paisaje y fotografiarla, a pesar de que se resistía un poco, porque se sentía vagamente ridícula. Ese sentimiento se justificaba al ver los retratos revelados, donde aparecía con una sonrisa que no era la suya, en una postura incómoda y con un aire de infelicidad, debido, según Jean, a que no era capaz de posar con naturalidad y, según ella, a que la obligaba a ponerse torcida y aguantar la respiración durante largos segundos, hasta que se imprimiera la placa. Por lo general escogían un lugar sombrío debajo de los árboles, colocaban una manta sobre la yerba y se acomodaban para pasar algunas horas. Hablaban de Europa, de libros, de anécdotas familiares de Blanca o de los viajes de Jean. Ella le regaló un libro del Poeta y él se entusiasmó tanto, que aprendió largos pasajes de memoria y podía recitar los versos sin vacilar. Decía que era lo mejor que se había escrito en materia de poesía y que ni siquiera en francés, el idioma de las artes, había nada que pudiera compararse. No hablaban de sus sentimientos. Jean era solícito, pero no era suplicante o insistente, sino más bien hermanable y burlón. Si le besaba la mano para despedirse, lo hacía con una mirada de escolar que restaba todo romanticismo al gesto. Si le admiraba un vestido, un guiso o una figura del Nacimiento, su tono tenía un dejo irónico que permitía interpretar la frase de muchas maneras. Si cortaba flores para ella o la ayudaba a desmontar del caballo, lo hacía con un desenfado que convertía la galantería en una atención de amigo. De todos modos, para prevenir, Blanca le hizo saber, cada vez que se presentó la ocasión, que no se casaría ni muerta con él. Jean de Satigny sonreía con su brillante sonrisa de seductor, sin decir nada, y Blanca no podía menos que notar que era mucho más apuesto que Pedro Tercero.

Blanca no sabía que Jean la espiaba. La había visto saltar por la ventana vestida de hombre en muchas ocasiones. La seguía un trecho, pero se revolvía, temeroso de que lo sorprendieran los perros en la oscuri-

dad. Pero, por la dirección que ella tomaba, había podido determinar que siempre iba rumbo al río.

Entretanto, Trueba no terminaba de decidirse respecto a las chinchillas. A modo de prueba, accedió a instalar una jaula con algunas parejas de esos roedores, imitando en pequeña escala, la gran industria modelo. Fue la única vez que se vio a Jean de Satigny arremangado trabajando. Sin embargo, las chinchillas se contagiaron de una enfermedad privativa de las ratas y se fueron muriendo todas en menos de dos semanas. Ni siquiera pudieron curtir las pieles, porque el pelo se les puso opaco y se les desprendía del cuero como plumas de un ave remojada en agua hirviendo. Jean vio horrorizado aquellos cadáveres despelucados, con las patas tiesas y los ojos en blanco, que echaban por tierra las esperanzas de convencer a Esteban Trueba, quien perdió todo entusiasmo por la peletería al ver esa mortandad.

—Si la peste le hubiera dado a la industria modelo, estaría totalmente arruinado —concluyó Trueba.

Entre la peste de las chinchillas y las escapadas de Blanca, el conde pasó varios meses perdiendo su tiempo. Empezaba a estar cansado de aquellas tramitaciones y pensaba que Blanca jamás se iba a fijar en sus encantos. Vio que el criadero de roedores no tenía para cuando concretarse y decidió que era mejor precipitar las cosas, antes que otro más avispado se quedara con la heredera. Además, Blanca comenzaba a gustarle, ahora que estaba más robusta y con esa languidez que había atenuado sus modales de campesina. Prefería a las mujeres plácidas y opulentas y la visión de Blanca echada sobre almohadones observando el cielo a la hora de la siesta, le recordaba a su madre. A veces conseguía conmoverlo. Jean aprendió a adivinar, por pequeños detalles imperceptibles para los demás, cuando Blanca tenía planeada una excursión nocturna al río. En esas ocasiones, la joven se quedaba sin cenar, pretextando dolor de cabeza, se despedía temprano y había un brillo extraño en sus pupilas, una impaciencia y un anhelo en sus gestos que él reconocía. Una noche decidió seguirla hasta el final, para terminar con esa situación que amenazaba con prolongarse indefinidamente. Estaba seguro que Blanca tenía un amante, pero creía que no podía ser nada serio. Personalmente, Jean de Satigny no tenía ninguna fijación con la virginidad y no se había planteado ese asunto cuando decidió pedirla en matrimonio. Lo que le interesaba de ella eran otras cosas, que no se perderían por un momento de placer en el lecho del río.

Después que Blanca se retiró a su habitación y el resto de la familia también, Jean de Satigny se quedó sentado en el salón a oscuras, atento a los ruidos de la casa, hasta la hora que calculó que ella saltaría por la ventana. Entonces salió al patio y se plantó entre los árboles

a esperarla. Estuvo agazapado en la sombra más de media hora, sin que nada anormal turbara la paz de la noche. Aburrido de esperar, se disponía a retirarse, cuando se fijó que la ventana de Blanca estaba abierta. Se dio cuenta que había saltado antes que él se apostara en el jardín a vigilarla.

—Merde —masculló en francés.

Rogando que los perros no alertaran a toda la casa con sus ladridos y que no le saltaran encima, se dirigió hacia el río, por el camino que otras veces había visto tomar a Blanca. No estaba acostumbrado a andar con su fino calzado por la tierra arada, ni a saltar piedras y sortear charcos, pero la noche estaba muy clara, con una hermosa luna llena iluminando el cielo en un resplandor fantasmagórico y apenas se le pasó el temor de que aparecieran los perros, pudo apreciar la belleza del momento. Anduvo un buen cuarto de hora antes de avistar los primeros cañaverales de la orilla y entonces duplicó su prudencia y se acercó con más sigilo, cuidando sus pisadas para que no aplastaran ramas que pudieran delatarlo. La luna se reflejaba en el agua con un brillo de cristal y la brisa mecía suavemente las cañas y las copas de los árboles. Reinaba el más completo silencio y por un instante tuvo la fantasía de que estaba viviendo un sueño de sonámbulo, en el cual caminaba y caminaba, sin avanzar, siempre en el mismo sitio encantado, donde el tiempo se había detenido y donde trataba de tocar los árboles, que parecían al alcance de la mano, y se encontraba con el vacío. Tuvo que hacer un esfuerzo para recuperar su habitual estado de ánimo, realista y pragmático. En un recodo del paisaje, entre grandes piedras grises iluminadas por la luz de la luna, los vio tan cerca, que casi podía tocarlos. Estaban desnudos. El hombre estaba de espaldas, cara al cielo, con los ojos cerrados, pero no tuvo dificultad en reconocer al sacerdote jesuita que había ayudado la misa del funeral de Pedro García, el viejo. Eso lo sorprendió. Blanca dormía con la cabeza apoyada en el vientre liso y moreno de su amante. La tenue luz lunar ponía reflejos metálicos en sus cuerpos y Jean de Satigny se estremeció al ver la armonía de Blanca, que en ese momento le pareció perfecta.

Tomó casi un minuto al elegante conde francés abandonar el estado de ensueño en que lo sumió la vista de los enamorados, la placidez de la noche, la luna y el silencio del campo, y darse cuenta de que la situación era más grave de lo que había imaginado. En la actitud de los amantes reconoció el abandono propio de quienes se conocen de muy largo tiempo. Aquello no tenía el aspecto de una aventura erótica de verano, como había supuesto, sino más bien de un matrimonio de la carne y el espíritu. Jean de Satigny no podía saber que Blanca y Pe-

dro Tercero habían dormido así el primer día que se conocieron y que
continuaron haciéndolo cada vez que pudieron a lo largo de esos años,
sin embargo, lo intuyó por instinto.

Procurando no hacer ni el menor ruido que pudiera alertarlos, dio
media vuelta y emprendió el regreso, pensando cómo enfrentar el asunto. Al llegar a la casa, ya había tomado la decisión de contárselo al padre
de Blanca, porque la ira siempre pronta de Esteban Trueba le pareció
el mejor medio para resolver el problema. «Que se las arreglen entre
los nativos», pensó.

Jean de Satigny no esperó la mañana. Golpeó la puerta de la habitación de su anfitrión y antes que éste alcanzara a despabilarse completamente del sueño, le zampó su versión. Dijo que no podía dormir por el calor y que, para tomar aire, había caminado distraídamente en dirección al río y se había encontrado con el deprimente
espectáculo de su futura novia durmiendo en brazos del jesuita barbudo, desnudos a la luz de la luna. Por un momento, eso despistó a Esteban Trueba, que no podía imaginar a su hija acostada con el padre
José Dulce María, pero en seguida se dio cuenta de lo que había pasado, de la burla de que había sido objeto durante el entierro del viejo
y de que el seductor no podía ser otro que Pedro Tercero García, ese
maldito hijo de perra que lo tendría que pagar con su vida. Se puso
los pantalones a toda prisa, se calzó las botas, se echó la escopeta al
hombro y descolgó de la pared su fusta de jinete.

—Usted me espera aquí, don —ordenó al francés, quien de todos
modos no tenía ninguna intención de acompañarlo.

Esteban Trueba corrió al establo y se montó en su caballo sin ensi-
llarlo. Iba resoplando de indignación, con los huesos soldados recla-
mando por el esfuerzo y el corazón galopándole en el pecho. «Los voy
a matar a los dos», rezongaba como una letanía. Salió a la carrera en
la dirección que había señalado el francés, pero no tuvo necesidad de
llegar hasta el río, porque a medio camino se encontró con Blanca que
regresaba a la casa canturreando, con el pelo desordenado, la ropa sucia, y ese aire feliz de quien no tiene nada que pedirle a la vida. Al ver
a su hija, Esteban Trueba no pudo contener su mal carácter y se le fue
encima con el caballo y la fusta en el aire, la golpeó sin piedad, propi-
nándole un azote tras otro, hasta que la muchacha cayó y quedó
tendida inmóvil en el barro. Su padre saltó del caballo, la sacudió
hasta que la hizo volver en sí y le gritó todos los insultos conocidos y
otros inventados en el arrebato del momento.

—¡Quién es! ¡Dígame su nombre o la mato! —le exigió.

—No se lo diré nunca —sollozó ella.

Esteban Trueba comprendió que ése no era el sistema para obtener

algo de esa hija suya, que había heredado su propia testarudez. Vio que se había sobrepasado en el castigo, como siempre. La subió al caballo y volvieron a la casa. El instinto o el alboroto de los perros, advirtieron a Clara y a los sirvientes, que esperaban en la puerta con todas las luces encendidas. El único que no se veía por ninguna parte, era el conde, que en el tumulto aprovechó para hacer sus maletas, enganchó los caballos al coche y se fue discretamente al hotel del pueblo.

—¡Qué has hecho, Esteban, por Dios! —exclamó Clara al ver a su hija cubierta de barro y sangre.

Clara y Pedro Segundo García llevaron a Blanca en brazos a su cama. El administrador había empalidecido mortalmente, pero no dijo ni una sola palabra. Clara lavó a su hija, le aplicó compresas frías en los moretones y la arrulló hasta que consiguió tranquilizarla. Después que la dejó dormitando, fue a enfrentarse con su marido, que se había encerrado en su despacho y allí paseaba furioso dando golpes con la fusta a las paredes, maldiciendo y pateando los muebles. Al verla, Esteban dirigió toda su furia contra ella, la culpó de haber criado a Blanca sin moral, sin religión, sin principios, como una atea libertina, peor aún, sin sentido de clase, porque se podía entender que lo hiciera con alguien bien nacido, pero no con un patán, un gaznápiro, un cerebro caliente, ocioso, bueno para nada.

—¡Debí haberlo matado cuando se lo prometí! ¡Acostándose con mi propia hija! ¡Juro que lo voy a encontrar y cuando lo agarre lo capo, le corto las bolas, aunque sea lo último que haga en mi vida, juro por mi madre que se va a arrepentir de haber nacido!

—Pedro Tercero García no ha hecho nada que no hayas hecho tú —dijo Clara, cuando pudo interrumpirlo—. Tú también te has acostado con mujeres solteras que no son de tu clase. La diferencia es que él lo ha hecho por amor. Y Blanca también.

Trueba la miró, inmovilizado por la sorpresa. Por un instante su ira pareció desinflarse y se sintió burlado, pero inmediatamente una oleada de sangre le subió a la cabeza. Perdió el control y descargó un puñetazo en la cara a su mujer, tirándola contra la pared. Clara se desplomó sin un grito. Esteban pareció despertar de un trance, se hincó a su lado, llorando, balbuciendo disculpas y explicaciones, llamándola por los nombres tiernos que sólo usaba en la intimidad, sin comprender cómo había podido levantar la mano a ella, que era el único ser que realmente le importaba y a quien jamás, ni aun en los peores momentos de su vida en común, había dejado de respetar. La alzó en brazos, la sentó amorosamente en un sillón, mojó un pañuelo para ponerle en la frente y trató de hacerla beber un poco de agua. Por último, Clara abrió los ojos. Botaba sangre por la nariz. Cuando abrió la boca,

escupió varios dientes, que cayeron el suelo y un hilo de saliva sanguinolenta le corrió por la barbilla y el cuello.

Apenas Clara pudo enderezarse, apartó a Esteban de un empujón, se puso de pie con dificultad y salió del despacho, tratando de caminar erguida. Al otro lado de la puerta estaba Pedro Segundo García, que alcanzó a sujetarla en el momento que trastabillaba. Al sentirlo a su lado, Clara se abandonó. Apoyó la cara tumefacta en el pecho de ese hombre que había estado a su lado durante los momentos más difíciles de su vida, y se puso a llorar. La camisa de Pedro Segundo García se tiñó de sangre.

Clara no volvió a hablar a su marido nunca más en su vida. Dejó de usar su apellido de casada y se quitó del dedo la fina alianza de oro que él le había colocado más de veinte años atrás, aquella noche memorable en que Barrabás murió asesinado por un cuchillo de carnicero.

Dos días después, Clara y Blanca abandonaron Las Tres Marías y regresaron a la capital. Esteban quedó humillado y furioso, con la sensación de que algo se había roto para siempre en su vida.

Pedro Segundo fue a dejar a la patrona y a su hija a la estación. Desde la noche aquella, no había vuelto a verlas y permanecía silencioso y huraño. Las acomodó en el tren y después se quedó con el sombrero en la mano, los ojos bajos, sin saber cómo despedirse. Clara lo abrazó. Al principio él se mantuvo rígido y desconcertado, pero pronto lo vencieron sus propios sentimientos y se atrevió a rodearla tímidamente con los brazos y depositar un beso imperceptible en su pelo. Se miraron por última vez a través de la ventanilla y los dos tenían los ojos llenos de lágrimas. El fiel administrador llegó a su casa de ladrillos, hizo un bulto con sus escasas pertenencias, envolvió en un pañuelo el poco dinero que había podido ahorrar en todos esos años de servicio y partió. Trueba lo vio despedirse de los inquilinos y montar en su caballo. Trató de detenerlo explicándole que lo que había ocurrido no tenía nada que ver con él, que no era justo que por las culpas de su hijo perdiera el trabajo, los amigos, la casa y su seguridad.

—No quiero estar aquí cuando encuentre a mi hijo, patrón —fueron las últimas palabras de Pedro Segundo García antes de partir al trote hacia la carretera.

¡Qué solo me sentí entonces! Ignoraba que la soledad no me abandonaría nunca más y que la única persona que volvería a tener cerca de mí en el resto de mi vida, sería una nieta bohemia y es-

trafalaria, con el pelo verde como Rosa. Pero eso sería varios años más tarde.

Después de la partida de Clara, miré a mi alrededor y vi muchas caras nuevas en Las Tres Marías. Los antiguos compañeros de ruta estaban muertos o se habían alejado. Ya no tenía a mi mujer ni a mi hija. El contacto con mis hijos era mínimo. Habían fallecido mi madre, mi hermana, la buena Nana, Pedro García, el viejo. Y también Rosa me vino a la memoria como un inolvidable dolor. Ya no podía contar con Pedro Segundo García, que estuvo a mi lado durante treinta y cinco años. Me dio por llorar. Se me caían solas las lágrimas y me las sacudía a manotazos, pero venían otras. ¡Váyanse todos al carajo!, bramaba yo por los rincones de la casa. Me paseaba por los cuartos vacíos, entraba al dormitorio de Clara y buscaba en su ropero y en su cómoda algo que ella hubiera usado, para acercármelo a la nariz y recuperar, aunque fuera por un momento fugaz, su tenue olor a limpieza. Me tendía en su cama, hundía la cara en su almohada, acariciaba los objetos que había dejado sobre el tocador y me sentía profundamente desolado.

Pedro Tercero García tenía toda la culpa de lo que había pasado. Por él se había alejado Blanca de mi lado, por él yo había discutido con Clara, por él se había ido del fundo Pedro Segundo, por él los inquilinos me miraban con recelo y cuchicheaban a mis espaldas. Siempre había sido un revoltoso y lo que yo debí hacer desde el principio era echarlo a patadas. Dejé pasar el tiempo por respeto a su padre y a su abuelo y el resultado fue que ese mocoso de porquería me quitó lo que más amaba en el mundo. Fui al retén del pueblo y soborné a los carabineros para que me ayudaran a buscarlo. Les di orden de no meterlo preso, sino de entregármelo sin alboroto. En el bar, en la peluquería, en el club y en el Farolito Rojo, eché a correr la voz de que había una recompensa para quien me entregara al muchacho.

—Cuidado, patrón. No se ponga a hacer justicia por su propia mano, mire que las cosas han cambiado mucho desde los tiempos de los hermanos Sánchez —me advirtieron. Pero yo no quise escucharlos. ¿Qué habría hecho la justicia en ese caso? Nada.

Pasaron como quince días sin ninguna novedad. Salía a recorrer el fundo, entraba en las propiedades vecinas, espiaba a los inquilinos. Estaba convencido que me escondían al muchacho. Subí la recompensa y amenacé a los carabineros con hacerlos destituir, por incapaces, pero todo fue inútil. Con cada hora que pasaba me aumentaba la rabia. Comencé a beber como nunca lo había hecho, ni en mis años de soltería. Dormía mal y volví a soñar con Rosa. Una noche soñé que la golpeaba como a Clara y que sus dientes también rodaban por el suelo, desperté

gritando, pero estaba solo y nadie me podía oír. Estaba tan deprimido, que dejé de afeitarme, no me cambiaba ropa, creo que tampoco me bañaba. La comida me parecía agria, tenía un sabor de bilis en la boca. Me rompí los nudillos golpeando las paredes y reventé un caballo galopando para espantar la furia que me estaba consumiendo las entrañas. En esos días nadie se me acercaba, las empleadas me servían la mesa temblando, lo cual me ponía peor.

Un día estaba en el corredor, fumando un cigarro antes de la siesta, cuando se acercó un niño moreno y se me plantó al frente en silencio. Se llamaba Esteban García. Era mi nieto, pero yo no lo sabía y sólo ahora, debido a las terribles cosas que han ocurrido por obra suya, me he enterado del parentesco que nos une. Era también nieto de Pancha García, una hermana de Pedro Segundo, a quien en realidad no recuerdo.

—¿Qué es lo que quieres, mocoso? —pregunté al niño.

—Yo sé dónde está Pedro Tercero García —me respondió.

Di un salto tan brusco que se volteó el sillón de mimbre donde estaba sentado, agarré al muchacho por los hombros y lo zarandeé.

—¿Dónde? ¿Dónde está ese maldito? —le grité.

—¿Me va a dar la recompensa, patrón? —balbuceó el niño aterrorizado.

—¡La tendrás! Pero primero quiero estar seguro de que no me mientes. ¡Vamos, llévame donde está ese desgraciado!

Fui a buscar mi escopeta y salimos. El niño me indicó que teníamos que ir a caballo, porque Pedro Tercero estaba escondido en el aserradero de los Lebus, a varias millas de Las Tres Marías. ¿Cómo no se me ocurrió que estaría allí? Era un escondite perfecto. En esa época del año el aserradero de los alemanes estaba cerrado y quedaba lejos de todos los caminos.

—¿Cómo te enteraste que Pedro Tercero García está allá?

—Todo el mundo lo sabe, patrón, menos usted —me respondió.

Nos fuimos al trote, porque en ese terreno no se podía correr. El aserradero está enclavado en una ladera de la montaña y allí no se podía forzar mucho a las bestias. En el esfuerzo por trepar, los caballos arrancaban chispas a las piedras con los cascos. Creo que sus pisadas eran el único sonido en la tarde bochornosa y quieta. Al entrar a la zona boscosa, cambió el paisaje y refrescó, porque los árboles se erguían en apretadas filas, cerrando el paso a la luz del sol. El suelo era una alfombra rojiza y mullida donde las patas de los caballos se hundían blandamente. Entonces nos rodeó el silencio. El niño iba adelante, montado en su bestia sin montura, pegado al animal, como si fueran el mismo cuerpo, y yo iba detrás, taciturno, rumiando mi rabia.

Por momentos la tristeza me invadía, era más fuerte que el enojo que había estado incubando durante tanto tiempo, más fuerte que el odio que sentía por Pedro Tercero García. Deben haber pasado un par de horas antes de divisar los chatos galpones del aserradero, ubicados en semicírculo en un claro del bosque. En ese lugar, el olor de la madera y de los pinos era tan intenso, que por un momento me distraje del propósito del viaje. Me sobrecogió el paisaje, el bosque, la quietud. Pero esa debilidad no me duró más que un segundo.

—Espera aquí y cuida los caballos. ¡No te muevas!

Desmonté. El niño tomó las riendas del animal y yo partí agazapado, con la escopeta preparada en las manos. No sentía mis sesenta años ni los dolores en mis viejos huesos aporreados. Iba animado por la idea de vengarme. De uno de los galpones salía una frágil columna de humo, vi un caballo amarrado en la puerta, deduje que allí debía estar Pedro Tercero y me dirigí al galpón haciendo un rodeo. Me castañeaban los dientes de impaciencia, iba pensando que no quería matarlo al primer tiro, porque eso sería muy rápido y se me iría el gusto en un minuto, había esperado tanto que quería saborear el momento de hacerlo pedazos, pero tampoco podía darle una oportunidad de escapar. Era mucho más joven que yo y si no podía sorprenderlo estaba jodido. Llevaba la camisa empapada de sudor, pegada al cuerpo, un velo me cubría los ojos, pero me sentía de veinte años y con la fuerza de un toro. Entré al galpón arrastrándome silenciosamente, el corazón me golpeaba como un tambor. Me encontré dentro de una amplia bodega que tenía el suelo cubierto de aserrín. Había grandes pilas de madera y unas máquinas tapadas con trozos de lona verde, para preservarlas del polvo. Avancé ocultándome entre las pilas de madera, hasta que de pronto lo vi. Pedro Tercero García estaba acostado en el suelo, con la cabeza sobre una manta doblada, durmiendo. A su lado había un pequeño fuego de brasas sobre unas piedras y un tarro para hervir agua. Me detuve sobresaltado y pude observarlo a mi antojo, con todo el odio del mundo, tratando de fijar para siempre en mi memoria ese rostro moreno, de facciones casi infantiles, donde la barba parecía un disfraz, sin comprender qué diablos había visto mi hija en ese peludo ordinario. Tendría unos veinticinco años, pero al verlo dormido me pareció un muchacho. Tuve que hacer un gran esfuerzo para controlar el temblor de mis manos y mis dientes. Levanté la escopeta y me adelanté un par de pasos. Estaba tan cerca, que podía volarle la cabeza sin apuntar, pero decidí esperar unos segundos para que se me tranquilizara el pulso. Ese momento de vacilación me perdió. Creo que el hábito de esconderse había afinado el oído a Pedro Tercero García y el instinto le advirtió el peligro. En una fracción de segundo debe

haber vuelto a la conciencia, pero se quedó con los ojos cerrados, alertó todos los músculos, tensó los tendones y puso toda su energía en un salto formidable que de un solo impulso lo dejó parado a un metro del sitio donde se estrelló mi bala. No alcancé a apuntar de nuevo, porque se agachó, recogió un trozo de madera y lo lanzó, dando de lleno en la escopeta, que voló lejos. Recuerdo que sentí una oleada de pánico al verme desarmado, pero inmediatamente me di cuenta que él estaba más asustado que yo. Nos observamos en silencio, jadeando, cada uno esperaba el primer movimiento del otro para saltar. Y entonces vi el hacha. Estaba tan cerca, que podía alcanzarla estirando apenas el brazo y eso es lo que hice sin pensarlo dos veces. Tomé el hacha y con un grito salvaje que me salió del fondo de las entrañas, me lancé contra él, dispuesto a partirlo de arriba abajo con un solo golpe. El hacha brilló en el aire y cayó sobre Pedro Tercero García. Un chorro de sangre me saltó a la cara.

En el último instante levantó los brazos para detener el hachazo y el filo de la herramienta le rebanó limpiamente tres dedos de la mano derecha. Con el esfuerzo yo me fui hacia adelante y caí de rodillas. Se sujetó la mano contra el pecho y salió corriendo, brincó sobre las pilas de madera y los troncos tirados en el suelo, alcanzó su caballo, montó de un salto y se perdió con un grito terrible entre las sombras de los pinos. Dejó atrás un reguero de sangre.

Yo me quedé en cuatro patas en el suelo, acezando. Tardé varios minutos en serenarme y comprender que no lo había matado. Mi primera reacción fue de alivio, porque al sentir la sangre caliente que me golpeaba la cara, se me desinfló el odio súbitamente y tuve que hacer un esfuerzo para recordar por qué quería matarlo, para justificar la violencia que me estaba ahogando, que me hacía estallar el pecho, zumbar los oídos, que me nublaba la vista. Abrí la boca desesperado, tratando de meter aire en los pulmones, y conseguí ponerme en pie, pero empecé a temblar, di un par de pasos y caí sentado sobre un montón de tablas, mareado, sin poder recuperar el ritmo de la respiración. Creí que me iba a desmayar, el corazón me saltaba en el pecho como una máquina enloquecida. Debe haber transcurrido mucho tiempo, no lo sé. Por último levanté la vista, me paré y busqué la escopeta.

El niño Esteban García estaba a mi lado, mirándome en silencio. Había recogido los dedos cortados y los sostenía como un ramo de espárragos sangrientos. No pude evitar las arcadas, tenía la boca llena de saliva, vomité manchándome las botas, mientras el chiquillo sonreía impasible.

—¡Suelta eso, mocoso de mierda! —grité golpeándole la mano.

Los dedos cayeron sobre el aserrín, tiñéndolo de rojo.

Recogí la escopeta y avancé tambaleándome hacia la salida. El aire fresco del atardecer y el perfume agobiador de los pinos me dieron en la cara, devolviéndome el sentido de la realidad. Respiré con avidez, a bocanadas. Caminé hacia mi caballo con un gran esfuerzo, me dolía todo el cuerpo y tenía las manos agarrotadas. El niño me siguió.

Volvimos a Las Tres Marías buscando el camino en la oscuridad, que cayó rápidamente después que se puso el sol. Los árboles dificultaban la marcha, los caballos tropezaban con las piedras y los matorrales, las ramas nos golpeaban al pasar. Yo estaba como en otro mundo, confundido y aterrado de mi propia violencia, agradecido de que Pedro Tercero escapara, porque estaba seguro de que si hubiera caído al suelo, yo le habría seguido dando con el hacha hasta matarlo, destrozarlo, picarlo en pedacitos, con la misma decisión con que estaba dispuesto a meterle un tiro en la cabeza.

Yo sé lo que dicen de mí. Dicen, entre otras cosas, que he matado a uno o a varios hombres en mi vida. Me han colgado la muerte de algunos campesinos. No es verdad. Si lo fuera, no me importaría reconocerlo, porque a la edad que tengo esas cosas se pueden decir impunemente. Ya me falta muy poco para estar enterrado. Nunca he matado a un hombre y lo más cerca que he estado de hacerlo, fue ese día que tomé el hacha y me abalancé sobre Pedro Tercero García.

Llegamos a la casa de noche. Me bajé trabajosamente del caballo y caminé hacia la terraza. Me había olvidado por completo del niño que iba acompañándome, porque en todo el trayecto no abrió la boca, por eso me sorprendí al sentir que me tiraba de la manga.

—¿Me va a dar la recompensa, patrón? —dijo.

Lo despedí de un manotazo.

—No hay recompensa para los traidores que delatan. ¡Ah! ¡Y te prohíbo que cuentes lo que pasó! ¿Me has entendido? —gruñí.

Entré a la casa y fui directamente a beber un trago de la botella. El coñac me quemó la garganta y me devolvió algo de calor. Luego me tendí en el sofá, resoplando. Todavía me latía desordenadamente el corazón y estaba mareado. Con el dorso de la mano limpié las lágrimas que me rodaban por las mejillas.

Afuera quedó Esteban García frente a la puerta cerrada. Como yo, estaba llorando de rabia.

Capítulo VII

LOS HERMANOS

Clara y Blanca llegaron a la capital con el lamentable aspecto de dos damnificadas. Ambas tenían la cara hinchada, los ojos rojos de llanto y la ropa arrugada por el largo viaje en tren. Blanca, más débil que su madre, a pesar de ser mucho más alta, joven y pesada, suspiraba despierta y sollozaba dormida, en un lamento ininterrumpido que duraba desde el día de la paliza. Pero Clara no tenía paciencia para la desgracia, de modo que al llegar a la gran casa de la esquina, que estaba vacía y lúgubre como un mausoleo, decidió que bastaba de lloriqueos y quejumbres, que era hora de alegrar la vida. Obligó a su hija a secundarla en la tarea de contratar nuevos sirvientes, abrir los postigos, quitar las sábanas que cubrían los muebles, las fundas de las lámparas, los candados de las puertas, sacudir el polvo y dejar entrar la luz y el aire. En eso estaban, cuando invadió la casa el inconfundible aroma de las violetas silvestres, y así supieron que las tres hermanas Mora, advertidas por la telepatía o simplemente por el afecto, habían llegado de visita. Su parloteo feliz, sus compresas de agua fría, sus consuelos espirituales y su encanto natural, consiguieron que la madre y la hija se repusieran de las contusiones del cuerpo y

los dolores del alma.

—Habrá que comprar otros pájaros —dijo Clara mirando por la ventana las jaulas vacías y el jardín enmarañado, donde las estatuas del Olimpo se erguían desnudas y cagadas por las palomas.

—No sé cómo puede pensar en los pájaros si le faltan los dientes, mama —anotó Blanca, que no se acostumbraba al nuevo rostro desdentado de su madre.

Clara se dio tiempo para todo. En un par de semanas tenía las antiguas jaulas llenas de nuevos pájaros, y se había hecho fabricar una prótesis de porcelana, que se sostenía en su sitio mediante un ingenioso mecanismo que la afirmaba a los molares que le quedaban, pero el sistema resultó tan incómodo, que prefirió llevar la dentadura postiza colgando de una cinta al cuello. Se la ponía sólo para comer y, a veces, para las reuniones sociales. Clara devolvió la vida a la casa. Dio orden a la cocinera de mantener el fogón siempre encendido y le dijo que había que estar preparados para alimentar a un número variable de huéspedes. Sabía por qué lo decía. A los pocos días comenzaron a llegar sus amigos rosacruces, los espiritistas, los teósofos, los acupunturistas, los telépatas, los fabricantes de lluvia, los peripatéticos, los adventistas del séptimo día, los artistas necesitados o en desgracia y, en fin, todos los que habitualmente constituían su corte. Clara reinaba entre ellos como una pequeña soberana alegre y sin dientes. En esa época empezaron sus primeros intentos serios para comunicarse con los extraterrestres y, como ella anotó, tuvo sus primeras dudas respecto al origen de los mensajes espirituales que recibía a través del péndulo o de la mesa de tres patas. Se la oyó decir a menudo que tal vez no eran las almas de los muertos que vagaban en otra dimensión, sino simplemente seres de otros planetas que intentaban establecer una relación con los terrícolas, pero que, por estar hechos de una materia impalpable, fácilmente podían confundirse con las ánimas. Esa explicación científica encantó a Nicolás, pero no tuvo la misma aceptación entre las tres hermanas Mora, que eran muy conservadoras.

Blanca vivía ajena a esas dudas. Los seres de otros planetas entraban, para ella, en la misma categoría de las ánimas y no podía, por lo tanto, comprender el apasionamiento de su madre y los demás por identificarlos. Estaba muy ocupada en la casa, porque Clara se desentendió de los asuntos domésticos con el pretexto de que jamás tuvo aptitud para ellos. La gran casa de la esquina requería un ejército de sirvientes para mantenerla limpia y el séquito de su madre obligaba a tener turnos permanentes en la cocina. Había que cocinar granos y yerbas para algunos, verduras y pescado crudo para otros, frutas y leche agria para las tres hermanas Mora y suculentos platos de carne, dulces y otros

venenos para Jaime y Nicolás, que tenían un apetito insaciable y todavía no habían adquirido sus propias mañas. Con el tiempo ambos pasarían hambre: Jaime por solidaridad con los pobres y Nicolás para purificar su alma. Pero en esa época todavía eran dos robustos jóvenes ansiosos de gozar los placeres de la vida.

Jaime había entrado a la universidad y Nicolás vagaba buscando su destino. Tenían un automóvil prehistórico, comprado con el producto de las bandejas de plata que se habían robado de la casa de sus padres. Lo bautizaron Covadonga, en recuerdo de los abuelos del Valle. Covadonga había sido desarmado y vuelto a armar tantas veces con otras piezas, que escasamente podía andar. Se desplazaba con un estrépito de su roñoso motor, escupiendo humo y tuercas por el tubo de escape. Los hermanos lo compartían salomónicamente: los días pares lo usaba Jaime y los nones, Nicolás.

Clara estaba dichosa de vivir con sus hijos y se dispuso a iniciar una relación amistosa. Había tenido poco contacto con ellos durante su infancia y en el afán de que se «hicieran hombres», había perdido las mejores horas de sus hijos y había tenido que guardarse todas sus ternuras. Ahora que estaban en sus proporciones adultas, hechos hombres finalmente, podía darse el gusto de mimarlos como debió haberlo hecho cuando eran pequeños, pero ya era tarde, porque los mellizos se habían criado sin sus caricias y habían terminado por no necesitarlas. Clara se dio cuenta de que no le pertenecían. No perdió la cabeza ni el buen ánimo. Aceptó a los jóvenes tal como eran y se dispuso a gozar de su presencia sin pedir nada a cambio.

Blanca, sin embargo, rezongaba porque sus hermanos habían convertido la casa en un muladar. A su paso quedaba un reguero de desorden, estropicio y bulla. La joven engordaba a ojos vista y parecía cada día más lánguida y mal humorada. Jaime se fijó en la barriga de su hermana y acudió donde su madre.

—Creo que Blanca está embarazada, mamá —dijo sin preámbulos.

—Me lo imaginaba, hijo —suspiró Clara.

Blanca no lo negó y, una vez confirmada la noticia, Clara lo escribió con su redonda caligrafía en el cuaderno de anotar la vida. Nicolás levantó la vista de sus prácticas del horóscopo chino y sugirió que había que decírselo al padre, porque dentro de un par de semanas el asunto ya no podría disimularse y todo el mundo se iba a enterar.

—¡Nunca diré quién es el padre! —dijo Blanca con firmeza.

—No me refiero al padre de la criatura, sino al nuestro —dijo su hermano—. Papá tiene derecho a saberlo por nosotros, antes que se lo cuente otra persona.

—Pongan un telegrama al campo —sugirió Clara tristemente. Se

daba cuenta de que cuando se enterara Esteban Trueba, el niño de Blanca se convertiría en una tragedia.

Nicolás redactó el mensaje con el mismo espíritu criptográfico con que hacía versos a Amanda, para que la telegrafista del pueblo no pudiera entender el telegrama y propagar el chisme: «Envíe instrucciones en cinta blanca. Punto.» Igual que la telegrafista, Esteban Trueba no pudo descifrarlo y tuvo que llamar por teléfono a su casa en la capital para enterarse del asunto. A Jaime le tocó explicárselo y agregó que el embarazo estaba tan avanzado, que no se podía pensar en ninguna solución drástica. Al otro lado de la línea hubo un largo y terrible silencio y después su padre colgó el auricular. En Las Tres Marías, Esteban Trueba, lívido de sorpresa y de rabia, tomó su bastón y destrozó el teléfono por segunda vez. Nunca se le había ocurrido la idea de que una hija suya pudiera cometer un desatino tan monstruoso. Sabiendo quién era el padre, le tomó menos de un segundo arrepentirse de no haberle metido un balazo en la nuca cuando tuvo la oportunidad. Estaba seguro que el escándalo sería igual si ella daba a luz un bastardo, que si se casaba con el hijo de un campesino: la sociedad la condenaría al ostracismo en cualquiera de los dos casos.

Esteban Trueba pasó varias horas rondando por la casa a grandes trancos, dando bastonazos a los muebles y a las paredes, murmurando entre dientes maldiciones y forjando planes descabellados, que iban desde mandar a Blanca a un convento en Extremadura, hasta matarla a golpes. Finalmente, cuando se calmó un poco, le vino una idea salvadora a la mente. Hizo ensillar su caballo y se fue al galope hasta el pueblo.

Encontró a Jean de Satigny, a quien no había vuelto a ver desde la infortunada noche en que lo despertó para contarle los amoríos de Blanca, sorbiendo jugo de melón sin azúcar en la única pastelería del pueblo, acompañado del hijo de Indalecio Aguirrazábal, un fifiriche acicalado que hablaba con voz atiplada y recitaba a Rubén Darío. Sin ningún respeto, Trueba levantó al conde francés por las solapas de su impecable chaqueta escocesa y lo sacó de la confitería prácticamente en vilo, ante las miradas atónitas de los demás clientes, plantándolo en el medio de la acera.

—Usted me ha dado bastantes problemas, joven. Primero lo de sus malditas chinchillas y después mi hija. Ya me cansé. Vaya a buscar sus pilchas, porque se viene a la capital conmigo. Se va a casar con Blanca.

No le dio tiempo a reponerse de la sorpresa. Lo acompañó al hotel del pueblo, donde esperó con la fusta en una mano y el bastón en la otra, mientras Jean de Satigny hacía sus maletas. Después lo lle-

vó directamente a la estación y lo montó sin miramientos al tren. Durante el viaje, el conde trató de explicarle que no tenía nada que ver con ese asunto y que jamás le había puesto ni un dedo encima a Blanca Trueba, que probablemente el responsable de lo sucedido era el fraile barbudo con quien Blanca se encontraba en las noches en la orilla del río. Esteban Trueba lo fulminó con su mirada más feroz.

—No sé de lo que está hablando, hijo. Eso usted lo soñó —le dijo.

Trueba procedió a explicarle las cláusulas del contrato matrimonial, lo cual tranquilizó bastante al francés. La dote de Blanca, su renta mensual y las perspectivas de heredar una fortuna, la convertían en un buen partido.

—Como ve, éste es mejor negocio que el de las chinchillas —concluyó el futuro suegro sin prestar atención al lloriqueo nervioso del joven.

Así fue como el sábado llegó Esteban Trueba a la gran casa de la esquina, con un marido para su hija desflorada y un padre para el pequeño bastardo. Iba echando chispas de rabia. De un manotazo volteó el florero con crisantemos de la entrada, le dio un bofetón a Nicolás que intentó interceder para explicar la situación y anunció a gritos que no quería ver a Blanca y que debía quedarse encerrada hasta el día del matrimonio. Clara no salió a recibirlo. Se quedó en su habitación y no le abrió ni aun cuando él partió el bastón de plata a golpes contra la puerta.

La casa entró en un torbellino de actividad y de peleas. El aire parecía irrespirable y hasta los pájaros se callaron en sus jaulas. Los sirvientes corrían bajo las órdenes de ese patrón ansioso y brusco que no admitía demoras para hacer cumplir sus deseos. Clara continuó haciendo la misma vida, ignorando a su marido y negándose a dirigirle la palabra. El novio, prácticamente prisionero de su futuro suegro, fue acomodado en uno de los numerosos cuartos de huéspedes, donde pasaba el día dándose vueltas sin nada que hacer, sin ver a Blanca y sin comprender cómo había ido a parar en ese folletín. No sabía si lamentarse por ser víctima de aquellos bárbaros aborígenes o alegrarse de que podría cumplir su sueño de desposar a una heredera sudamericana, joven y hermosa. Como era de temperamento optimista y estaba dotado del sentido práctico propio de los de su raza, optó por lo segundo y en el transcurso de la semana se fue tranquilizando.

Esteban Trueba fijó la fecha del matrimonio para dentro de quince días. Decidió que la mejor forma de evitar el escándalo era saliéndole al encuentro con una boda espectacular. Quería ver a su hija casada por el obispo, con traje blanco y una cola de seis metros llevada por pajes y doncellas, fotografiada en la crónica social del periódico, que-

ría una fiesta caligulesca y suficiente fanfarria y gasto como para que
nadie se fijara en la barriga de la novia. El único que lo secundó en sus
planes fue Jean de Satigny.

El día que Esteban Trueba llamó a su hija para mandarla al mo-
disto a probarse el vestido de novia, fue la primera vez que la vio desde
la noche de la paliza. Se espantó al verla gorda y con manchas en la
cara.

—No me voy a casar, padre —dijo ella.

—¡Cállese! —rugió él—. Se va a casar porque yo no quiero bastardos en la familia ¿me oye?

—Creí que ya teníamos varios —respondió Blanca.

—¡No me conteste! Quiero que sepa que Pedro Tercero García está
muerto. Lo maté con mi propia mano, así es que olvídese de él y trate
de ser una esposa digna del hombre que la lleva al altar.

Blanca se echó a llorar y siguió llorando incansablemente en los
días que siguieron.

El matrimonio que Blanca no deseaba, se celebró en la catedral,
con bendición del obispo y un traje de reina hecho por el mejor costurero del país, quien hizo milagros para disimular el vientre pro-
minente de la novia con chorreras de flores y pliegues greco-romanos.
La boda culminó con una fiesta espectacular, con quinientos invitados
en tenida de gala, que invadieron la gran casa de la esquina, animada
por una orquesta de músicos mercenarios, con un escándalo de reses
sazonadas con yerbas finas, mariscos frescos, caviar del Báltico, salmón
de Noruega, aves trufadas, un torrente de licores exóticos, un chorro
inacabable de champán, un despilfarro de dulces, suspiros, mil hojas,
eclaires, empolvados, grandes copas de cristal con frutas glaceadas, fresas de Argentina, cocos del Brasil, papayas de Chile, piñas de Cuba y
otras delicias imposibles de recordar, sobre una larguísima mesa que
daba vueltas por el jardín y terminaba en una torta descomunal de
tres pisos, fabricada por un artífice italiano originario de Nápoles, amigo de Jean de Satigny, que convirtió los humildes materiales: huevos,
harina y azúcar, en una réplica de la Acrópolis coronada por una nube de
merengue, donde reposaban dos amantes mitológicos, Venus y Adonis,
hechos con pasta de almendra teñida para imitar el tono rosado de la
carne, el rubio de los cabellos, el azul cobalto de los ojos, acompañados
por un Cupido regordete, también comestible, que fue partida con un
cuchillo de plata por el novio orgulloso y la novia desolada.

Clara, que desde el principio se opuso a la idea de casar a Blanca
contra su voluntad, decidió no asistir a la fiesta. Se quedó en el costurero elaborando tristes predicciones para los novios, que se cumplieron
al pie de la letra, como todos pudieron comprobar más tarde, hasta que

su marido fue a suplicarle que se cambiara de ropa y apareciera en el jardín aunque fuera por diez minutos, para acallar las murmuraciones de los invitados. Clara lo hizo de mala gana, pero, por cariño a su hija, se puso los dientes y procuró sonreír a todos los presentes.

Jaime llegó al final de la fiesta, porque se quedó trabajando en el hospital de pobres donde empezaban sus primeras prácticas como estudiante de medicina. Nicolás llegó acompañado por la bella Amanda, quien acababa de descubrir a Sartre y había adoptado el aire fatal de las existencialistas europeas, toda de negro, pálida, con los ojos moros pintados con khol, el pelo oscuro suelto hasta la cintura y una sonajera de collares, pulseras y zarcillos que provocaban conmoción a su paso. Por su parte, Nicolás estaba vestido de blanco, como un enfermero, con amuletos colgando al cuello. Su padre le salió al encuentro, lo tomó de un brazo y lo introdujo a viva fuerza en un baño, donde procedió a arrancar los talismanes sin contemplaciones.

—¡Vaya a su cuarto y póngase una corbata decente! ¡Vuelva a la fiesta y pórtese como un caballero! No se le ocurra ponerse a predicar alguna religión hereje entre los invitados ¡y diga a esa bruja que lo acompaña que se cierre el escote! —ordenó Esteban a su hijo.

Nicolás obedeció de pésimo humor. En principio era abstemio, pero de la rabia se tomó unas copas, perdió la cabeza y se lanzó vestido a la fuente del jardín, de donde tuvieron que rescatarlo con la dignidad empapada.

Blanca pasó toda la noche sentada en una silla observando la torta con expresión alelada y llorando, mientras su flamante esposo revoloteaba entre los comensales explicando la ausencia de su suegra con un ataque de asma y el llanto de su novia con la emoción de la boda. Nadie le creyó. Jean de Satigny le daba a Blanca besitos en el cuello, le tomaba la mano y procuraba consolarla con sorbos de champán y langostinos elegidos amorosamente y servidos de su propia mano, pero todo fue inútil, ella seguía llorando. A pesar de todo, la fiesta fue un acontecimiento, tal como había planeado Esteban Trueba. Comieron y bebieron opíparamente y vieron el amanecer bailando al son de la orquesta, mientras en el centro de la ciudad los grupos de cesantes se calentaban en pequeñas fogatas hechas con periódicos, pandillas de jóvenes con camisas pardas desfilaban saludando con el brazo en alto, como habían visto en las películas sobre Alemania, y en las casas de los partidos políticos se daban los últimos toques a la campaña electoral.

—Van a ganar los socialistas —había dicho Jaime, que de tanto convivir con el proletariado en el hospital de pobres, andaba alucinado.

—No, hijo, van a ganar los de siempre —había replicado Clara, que lo vio en las barajas y se lo confirmó su sentido común.

Después de la fiesta, Esteban Trueba se llevó a su yerno a la biblioteca y le extendió un cheque. Era su regalo de boda. Había arreglado todo para que la pareja se fuera al Norte, donde Jean de Satigny pensaba instalarse cómodamente a vivir de las rentas de su mujer, lejos del comentario de la gente observadora que no dejaría de reparar en su vientre prematuro. Tenía en mente un negocio de cántaros diaguitas y de momias indígenas.

Antes que los recién casados abandonaran la fiesta, fueron a despedirse de su madre. Clara llevó aparte a Blanca, que no había parado de llorar, y le habló en secreto.

—Deja de llorar, hijita. Tantas lágrimas le harán daño a la criatura y tal vez no sirva para ser feliz —dijo Clara.

Blanca respondió con otro sollozo.

—Pedro Tercero García está vivo, hija —agregó Clara.

Blanca se tragó el hipo y se sonó la nariz.

—¿Cómo lo sabe, mamá? —preguntó.

—Porque lo soñé —respondió Clara.

Eso fue suficiente para tranquilizar a Blanca por completo. Se secó las lágrimas, enderezó la cabeza y no volvió a llorar hasta el día en que murió su madre, siete años más tarde, a pesar de que no le faltaron dolores, soledades y otras razones.

Separada de su hija, con quien siempre había estado muy unida, Clara entró en otro de sus períodos confusos y depresivos. Continuó haciendo la misma vida de antes, con la gran casa abierta y siempre llena de gente, con sus reuniones de espiritualistas y sus veladas literarias, pero perdió la capacidad de reírse con facilidad y a menudo se quedaba mirando fijamente al frente, perdida en sus pensamientos. Intentó establecer con Blanca un sistema de comunicación directa que le permitiera obviar los atrasos del correo, pero la telepatía no siempre funcionaba y no había seguridad de la buena recepción del mensaje. Pudo comprobar que sus comunicaciones se embrollaban por interferencias incontrolables y se entendía otra cosa de lo que ella había querido transmitir. Además, Blanca no era proclive a los experimentos psíquicos y a pesar de haber estado siempre muy cerca de su madre, jamás demostró ni la menor curiosidad por los fenómenos de la mente. Era una mujer práctica, terrenal y desconfiada, y su naturaleza moderna y pragmática era un grave obstáculo para la telepatía. Clara tuvo que resignarse a usar los métodos convencionales. Madre e hija se escribían casi a diario y su nutrida correspondencia remplazó por varios meses a los cuadernos de anotar la vida. Así se enteraba Blanca de todo lo

que ocurría en la gran casa de la esquina y podía jugar con la ilusión de que todavía estaba con su familia y que su matrimonio era sólo un mal sueño.

Ese año los caminos de Jaime y Nicolás se distanciaron definitivamente, porque las diferencias entre ambos hermanos eran irreconciliables. Nicolás andaba esos días con la novedad del baile flamenco, que decía haberlo aprendido de los gitanos en las cuevas de Granada, aunque en realidad nunca había salido del país, pero era tal su poder de convicción, que hasta en el seno de su propia familia comenzaron a dudar. A la menor provocación, ofrecía una demostración. Saltaba sobre la mesa del comedor, la gran mesa de encina que había servido para velar a Rosa muchos años antes y que Clara había heredado, y comenzaba a batir palmas como un desenfrenado, a zapatear espasmódicamente, a dar saltos y gritos agudos hasta que conseguía atraer a todos los habitantes de la casa, algunos vecinos y en una ocasión a los carabineros, que llegaron con los palos desenfundados, embarrando las alfombras con las botas, pero que terminaron como todos los demás, aplaudiendo y gritando olé. La mesa resistió heroicamente, aunque al cabo de una semana tenía la apariencia de un mesón de carnicería usado para descuartizar becerros. El baile flamenco no tenía ninguna utilidad práctica en la cerrada sociedad capitalina de entonces, pero Nicolás puso un discreto anuncio en el periódico anunciando sus servicios como maestro de esa fogosa danza. Al día siguiente tenía una alumna y a la semana se había corrido el rumor de su encanto. Las muchachas acudían en pandillas, al comienzo avergonzadas y tímidas, pero él comenzaba a revolotearles alrededor, a zapatearles enlazándolas por la cintura, a sonreírles con su estilo de seductor y al poco rato conseguía entusiasmarlas. Las clases fueron un éxito. La mesa del comedor estaba a punto de deshacerse en astillas, Clara empezó a quejarse de jaqueca y Jaime pasaba encerrado en su habitación tratando de estudiar con dos bolas de cera en las orejas. Cuando Esteban Trueba se enteró de lo que ocurría en la casa durante su ausencia, montó en justa y terrible cólera y prohibió a su hijo usar la casa como academia de baile flamenco o de cualquiera otra cosa. Nicolás tuvo que desistir de sus contorsiones, pero la experiencia le sirvió para convertirse en el joven más popular de la temporada, el rey de las fiestas y de todos los corazones femeninos, porque mientras los demás estudiaban, se vestían con trajes grises cruzados y se cultivaban el bigote al ritmo de los boleros, él predicaba el amor libre, citaba a Freud, bebía pernod y bailaba flamenco. El éxito social, sin embargo, no consiguió disminuir su interés por las habilidades psíquicas de su madre. Trataba inútilmente de emularla. Estudiaba con vehemencia, practicaba hasta poner

en peligro su salud y asistía a las reuniones de los viernes con las tres hermanas Mora, a pesar de la prohibición expresa de su padre, que persistía en su idea de que ésos no eran asuntos de hombres. Clara intentaba consolarlo de sus fracasos.

—Esto no se aprende ni se hereda, hijo —decía, cuando lo veía concentrarse hasta quedar bizco, en un esfuerzo desproporcionado por mover el salero sin tocarlo.

Las tres hermanas Mora querían mucho al muchacho. Le prestaban los libros secretos y lo ayudaban a descifrar las claves de los horóscopos y de las cartas de adivinación. Se sentaban a su alrededor, tomadas de la mano, para traspasarlo de fluidos benéficos, pero eso tampoco consiguió dotar a Nicolás de poderes mentales. Lo ampararon en sus amores con Amanda. Al comienzo la joven pareció fascinada con la mesa de tres patas y los artistas pelucones de la casa de Nicolás, pero al poco tiempo se cansó de evocar fantasmas y de recitar al Poeta, cuyos versos andaban de boca en boca, y entró a trabajar como reportera en un periódico.

—Ésa es una profesión truhán —dictaminó Esteban Trueba al enterarse.

Trueba no sentía simpatía por ella. No le gustaba verla en su casa. Pensaba que era una mala influencia para su hijo y tenía la idea que su pelo largo, sus ojos pintados y sus abalorios eran los síntomas de algún vicio oculto, y que su tendencia a quitarse los zapatos y sentarse en el suelo con las piernas cruzadas, como un aborigen, eran modales de marimacho.

Amanda tenía una visión muy pesimista del mundo y para soportar sus depresiones, fumaba haschich. Nicolás la acompañaba. Clara se dio cuenta que su hijo pasaba por momentos malos, pero ni siquiera su prodigiosa intuición le permitió relacionar esas pipas orientales que fumaba Nicolás con sus extravíos delirantes, su modorra ocasional y sus ataques de injustificada alegría, porque nunca había oído hablar de esa droga ni de ninguna otra. «Son cosas de la edad, ya se le pasará», decía al verlo actuar como un lunático, sin acordarse que Jaime había nacido el mismo día y no tenía ninguno de esos desvaríos.

Las locuras de Jaime eran de muy diverso estilo. Tenía vocación para el sacrificio y la austeridad. En su ropero sólo había tres camisas y dos pantalones. Clara pasaba el invierno tejiendo apresuradamente prendas de lana ordinaria, para mantenerlo abrigado, pero él las usaba sólo hasta que otro más necesitado se le ponía por delante. Todo el dinero que le daba su padre iba a parar a los bolsillos de los indigentes que atendía en el hospital. Siempre que algún perro esquelético lo seguía en la calle, él lo asilaba en la casa y cuando se enteraba de la

existencia de un niño abandonado, una madre soltera o una anciana desvalida que necesitara de su protección, llegaba con ellos para que su madre se hiciera cargo del problema. Clara se convirtió en una experta en beneficencia social, conocía todos los servicios del Estado y de la Iglesia donde se podía colocar a los desventurados y cuando todo le fallaba, terminaba por aceptarlos en su casa. Sus amigas le tenían miedo, porque cada vez que aparecía de visita era porque tenía algo que pedirles. Así se extendió la red de los protegidos de Clara y Jaime, que no llevaban la cuenta de la gente que ayudaban, de modo que les resultaba una sorpresa que de pronto apareciera alguien a darles las gracias por un favor que no recordaban haber hecho. Jaime tomó sus estudios de medicina como una vocación religiosa. Le parecía que cualquier diversión que lo apartara de sus libros o le quitara su tiempo, era una traición a la humanidad que había jurado servir. «Este niño debió haberse metido a cura», decía Clara. Para Jaime, a quien los votos de humildad, pobreza y castidad del sacerdote no habrían molestado, la religión era la causa de la mitad de las desgracias del mundo, de modo que cuando su madre opinaba así, se ponía furioso. Decía que el cristianismo, como casi todas las supersticiones, hacía al hombre más débil y resignado y que no había que esperar una recompensa en el cielo, sino pelear por sus derechos en la tierra. Estas cosas las discutía a solas con su madre, porque era imposible hacerlo con Esteban Trueba, que perdía rápidamente la paciencia y acababa a gritos y portazos, porque, como él decía, ya estaba harto de vivir entre puros locos y lo único que quería era un poco de normalidad, pero había tenido la mala suerte de casarse con una excéntrica y engendrar tres chiflados buenos para nada que le amargaban la existencia. Jaime no discutía con su padre. Pasaba por la casa como una sombra, daba un beso distraído a su madre cuando la veía y se dirigía directamente a la cocina, comía de pie las sobras de los demás y luego se encerraba en su habitación a leer o estudiar. Su dormitorio era un túnel de libros, todas las paredes estaban cubiertas desde el suelo hasta el techo, de estanterías de madera repletas de volúmenes que nadie limpiaba, porque él mantenía la puerta con llave. Eran nidos ideales para las arañas y los ratones. Al centro de la pieza estaba su cama, un camastro de conscripto, iluminado por un bombillo desnudo que colgaba del techo sobre la cabecera. Durante un temblor de tierra que Clara olvidó predecir, se sintió un estrépito de tren descarrilado y cuando pudieron abrir la puerta, vieron que la cama estaba enterrada debajo de una montaña de libros. Se habían desprendido las estanterías y Jaime quedó aplastado por ellas. Lo rescataron sin un rasguño. Mientras Clara quitaba libros, se acordaba del terremoto y pensaba que ese momento ya lo había vivido. La

ocasión sirvió para sacudir el polvo al zocucho y espantar los bichos y pajarracos a escobazos.

Las únicas veces que Jaime enfocaba la vista para percibir la realidad de su casa, era cuando veía pasar a Amanda de la mano de Nicolás. Muy pocas veces le dirigía la palabra y enrojecía violentamente si ella lo hacía. Desconfiaba de su exótica apariencia y estaba convencido que si se peinaba como todo el mundo y se quitaba la pintura de los ojos, se vería como un ratón flaco y verdoso. Sin embargo, no podía dejar de mirarla. La sonajera de pulseras que acompañaba a la joven lo distraía de sus estudios y tenía que hacer un gran esfuerzo para no seguirla por la casa como una gallina hipnotizada. Solo, en su cama, sin poder concentrarse en la lectura, imaginaba a Amanda desnuda, envuelta en su pelo negro, con todos sus adornos ruidosos, como un ídolo. Jaime era un solitario. Fue un niño huraño y más tarde un hombre tímido. No se amaba a sí mismo y tal vez por eso pensaba que no merecía el amor de los demás. La menor demostración de solicitud o agradecimiento hacia él, lo avergonzaba y lo hacía sufrir. Amanda representaba la esencia de todo lo femenino y, por ser la compañera de Nicolás, de todo lo prohibido. La personalidad libre, afectuosa y aventurera de la joven mujer lo fascinaba y su aspecto de ratón disfrazado provocaba en él un ansia tormentosa de protegerla. La deseaba dolorosamente, pero nunca se atrevió a admitirlo, ni en lo más secreto de sus pensamientos.

En esa época Amanda frecuentaba mucho la casa de los Trueba. En el periódico tenía un horario flexible y cada vez que podía, llegaba a la gran casa de la esquina con su hermano Miguel, sin que la presencia de ambos llamara la atención en aquel caserón siempre lleno de gente y de actividad. Miguel tendría entonces alrededor de cinco años, era discreto y limpio, no producía ningún alboroto, pasaba desapercibido, confundiéndose con el diseño del papel de las paredes y con los muebles, jugaba solo en el jardín y seguía a Clara por toda la casa llamándola mamá. Por eso, y porque a Jaime lo llamaba papá, supusieron que Amanda y Miguel eran huérfanos. Amanda andaba siempre con su hermano, lo llevaba a su trabajo, lo acostumbró a comer de todo, a cualquier hora, y a dormir tirado en los lugares más incómodos. Lo rodeaba de una ternura apasionada y violenta, lo rascaba como a un perrito, lo gritaba cuando se enojaba y después corría a abrazarlo. No dejaba que nadie corrigiera o diera una orden a su hermano, no aceptaba comentarios sobre la extraña vida que le hacía llevar y lo defendía como una leona, aunque nadie tuviera intención de atacarlo. A la única persona que permitió opinar sobre la educación de Miguel fue a Clara, quien la pudo convencer de que

había que enviarlo a la escuela, para que no fuera un ermitaño analfabeto. Clara no era especialmente partidaria de la educación regular, pero pensó que en el caso de Miguel era necesario darle algunas horas diarias de disciplina y convivencia con otros niños de su edad. Ella misma se encargó de matricularlo, comprarle los útiles y el uniforme y acompañó a Amanda a dejarlo el primer día de clases. En la puerta del plantel, Amanda y Miguel se abrazaron llorando, sin que la maestra consiguiera separar al niño de las polleras de su hermana, a las cuales se aferraba con dientes y uñas, chillando y lanzando patadas desesperadas al que se acercaba. Finalmente, ayudada por Clara, la maestra pudo arrastrar al niño al interior y se cerró la puerta del colegio a sus espaldas. Amanda se quedó toda la mañana sentada en la acera. Clara la acompañó porque se sentía culpable de tanto dolor ajeno y empezaba a dudar de la sabiduría de su iniciativa. A mediodía sonó la campana y se abrió el portón. Vieron salir un rebaño de escolares y entre ellos, en orden, callado y sin lágrimas, con una raya de lápiz en la nariz y los calcetines comidos por los zapatos, iba el pequeño Miguel, que en esas pocas horas había aprendido a andar por la vida sin ir de la mano de su hermana. Amanda lo estrechó contra su pecho frenéticamente y en una inspiración del momento le dijo: «daría la vida por ti, Miguelito». No sabía que algún día tendría que hacerlo.

Entretanto, Esteban Trueba se sentía cada día más sólo y furioso. Se resignó a la idea de que su mujer no volvería a dirigirle la palabra y, cansado de perseguirla por los rincones, suplicarle con la mirada y taladrar agujeros en las paredes del baño, decidió dedicarse a la política. Tal como Clara había pronosticado, ganaron las elecciones los mismos de siempre, pero por tan escaso margen, que todo el país se alertó. Trueba consideró que era el momento de salir en defensa de los intereses de la patria y los del Partido Conservador, puesto que nadie mejor que él podía encarnar al político honesto e incontaminado, como él mismo lo decía, y agregaba que se había levantado con su propio esfuerzo, dando trabajo y buenas condiciones de vida a sus empleados, dueño del único fundo con casitas de ladrillo. Era respetuoso de la ley, la patria y la tradición y nadie podía reprocharle ningún delito mayor que la evasión de impuestos. Contrató un administrador para remplazar a Pedro Segundo García y lo puso en las Tres Marías a cargo de sus gallinas ponedoras y sus vacas importadas y se instaló definitivamente en la capital. Pasó varios meses dedicado a su campaña, con el respaldo del Partido Conservador, que necesitaba gente para presentar a las próximas elecciones parlamentarias, y de su propia for-

tuna, que la puso al servicio de su causa. La casa se llenó de propaganda política y de sus partidarios, que prácticamente la tomaron por asalto, mezclándose con los fantasmas de los corredores, los Rosacruces y las tres hermanas Mora. Poco a poco la corte de Clara fue desplazada hacia los cuartos traseros de la casa. Se estableció una frontera invisible entre el sector que ocupaba Esteban Trueba y el de su mujer. Bajo la inspiración de Clara y de acuerdo a las necesidades del momento, fueron brotándole a la noble arquitectura señorial, cuartuchos, escaleras, torrecillas, azoteas. Cada vez que había que alojar a un nuevo huésped, llegaban los mismos albañiles y añadían otra habitación. Así, la gran casa de la esquina llegó a parecer un laberinto.

—Algún día esta casa servirá para poner un hotel —decía Nicolás.

—O un pequeño hospital —agregaba Jaime, que empezaba a acariciar la idea de llevar sus pobres al Barrio Alto.

La fachada de la casa se mantuvo sin alteraciones. Por delante se veían las columnas heroicas y el jardín versallesco, pero hacia detrás se perdía el estilo. El jardín trasero era una selva enmarañada donde proliferaban variedades de plantas y flores y donde alborotaban los pájaros de Clara, junto con varias generaciones de perros y gatos. Entre aquella fauna doméstica, el único que tuvo alguna relevancia en el recuerdo de la familia, fue un conejo que llevó Miguel, un pobre conejo vulgar, que los perros lamían constantemente, hasta que se le cayó el pelo, convirtiéndose en el único calvo de su especie, cubierto por un pellejo tornasoleado que le daba la apariencia de un reptil orejudo.

A medida que se acercaba la fecha de las elecciones, Esteban Trueba se ponía más y más nervioso. Había arriesgado todo lo que tenía en su aventura política. Una noche no aguantó más y fue a golpear la puerta del dormitorio de Clara. Ella le abrió. Estaba en camisa de dormir y se había puesto los dientes, porque le gustaba mordisquear galletas mientras escribía en su cuaderno de anotar la vida. A Esteban le pareció tan joven y hermosa como el primer día que la llevó de la mano a ese dormitorio tapizado en seda azul y la paró sobre la piel de Barrabás. Sonrió con el recuerdo.

—Disculpa, Clara —dijo sonrojándose como un escolar—. Me siento solo y angustiado. Quiero estar un rato aquí, si no te importa.

Clara sonrió también, pero no dijo nada. Le señaló el sillón y Esteban se sentó. Se quedaron un rato callados, compartiendo el plato de galletas y mirándose extrañados, porque hacía mucho tiempo que vivían bajo el mismo techo sin verse.

—Supongo que sabes lo que me está atormentando —dijo Esteban Trueba finalmente.

Clara asintió con la cabeza.

—¿Crees que voy a salir elegido?

Clara volvió a asentir y entonces Trueba se sintió totalmente aliviado, como si ella le hubiera dado una garantía escrita. Lanzó una alegre y sonora carcajada, se puso de pie, la tomó por los hombros y la besó en la frente.

—¡Eres formidable, Clara! Si tú lo dices, seré senador —exclamó.

A partir de esa noche disminuyó la hostilidad entre los dos. Clara siguió sin dirigirle la palabra, pero él hacía caso omiso de su silencio y le hablaba normalmente, interpretando sus menores gestos como respuestas. En casos de necesidad, Clara usaba a los sirvientes o a sus hijos para enviarle mensajes. Se preocupaba del bienestar de su marido, lo secundaba en su trabajo y lo acompañaba cuando se lo pedía. Algunas veces le sonreía.

Diez días después, Esteban Trueba fue elegido Senador de la República tal como Clara había pronosticado. Celebró el acontecimiento con una fiesta para sus amigos y correligionarios, una bonificación en efectivo para sus empleados y para los inquilinos de Las Tres Marías y un collar de esmeraldas que dejó a Clara sobre la cama junto a un ramito de violetas. Clara comenzó a asistir a las recepciones sociales y a los actos políticos, donde su presencia era necesaria para que su marido proyectara la imagen de hombre sencillo y familiar que gustaba al público y al Partido Conservador. En esas ocasiones, Clara se colocaba los dientes y algunas joyas que le había regalado Esteban. Pasaba por ser la dama más elegante, discreta y encantadora de su círculo social y nadie llegó a sospechar que esa distinguida pareja jamás se hablaba.

Con la nueva posición de Esteban Trueba, aumentó el número de personas que atender en la gran casa de la esquina. Clara no llevaba la cuenta de las bocas que alimentaba ni de los gastos de su casa. Las facturas iban directamente a la oficina del Senador Trueba en el Congreso, quien pagaba sin preguntar, porque había descubierto que mientras más gastaba, más parecía aumentar su fortuna y llegó a la conclusión que no sería Clara, con su hospitalidad indiscriminada y sus obras de caridad, quien consiguiera arruinarlo. Al principio, tomó el poder político como un juguete nuevo. Había llegado a la madurez convertido en el hombre rico y respetado que juró que llegaría a ser cuando era un adolescente pobre, sin padrinos y sin más capital que su orgullo y su ambición. Pero, al poco tiempo comprendió que estaba tan solo como siempre. Sus dos hijos lo eludían y con Blanca no había vuelto a tener ningún contacto. Sabía de ella por lo que contaban sus hermanos y se limitaba a enviarle todos los meses un cheque, fiel al compromiso que había adquirido con Jean de Satigny. Estaba tan lejos de sus hijos,

que era incapaz de mantener un diálogo con ellos sin acabar a gritos. Trueba se enteraba de la locuras de Nicolás cuando ya era demasiado tarde, es decir, cuando todo el mundo las comentaba. Tampoco sabía nada de la vida de Jaime. Si hubiera sospechado que se juntaba con Pedro Tercero García, con quien llegó a desarrollar un cariño de hermano, seguramente le habría dado una apoplejía, pero Jaime se cuidaba muy bien de hablar de esas cosas con su padre.

Pedro Tercero García había abandonado el campo. Después del terrible encuentro con su patrón, lo acogió el padre José Dulce María en la casa parroquial y le curó la mano. Pero el muchacho estaba hundido en la depresión y repetía incansablemente que la vida no tenía ningún sentido, porque había perdido a Blanca y tampoco podría tocar la guitarra, que era su único consuelo. El padre José Dulce María esperó que la fuerte contextura del joven le cicatrizara los dedos y luego lo montó en una carretela y se lo llevó a la reservación indígena, donde le presentó a una vieja centenaria que estaba ciega y tenía las manos engarfiadas por el reumatismo, pero que aún tenía voluntad para hacer cestería con los pies. «Si ella puede hacer canastos con las patas, tú puedes tocar la guitarra sin dedos», le dijo. Luego el jesuita le contó su propia historia.

—A tu edad yo también estaba enamorado, hijo. Mi novia era la muchacha más linda de mi pueblo. Nos íbamos a casar y ella estaba comenzando a bordar su ajuar y yo a ahorrar para hacernos una casita, cuando me mandaron al servicio militar. Cuando volví, se había casado con el carnicero y estaba convertida en una señora gorda. Estuve a punto de tirarme al río con una piedra en los pies, pero luego decidí meterme a cura. Al año de tomar los hábitos, ella enviudó y venía a la iglesia a mirarme con ojos lánguidos. —La risotada franca del gigantesco jesuita levantó el ánimo a Pedro Tercero y lo hizo sonreír por primera vez en tres semanas—. Para que veas, hijo —concluyó el padre José Dulce María—, cómo no hay que desesperarse. Volverás a ver a Blanca el día menos pensado.

Curado del cuerpo y del alma, Pedro Tercero García se fue a la capital con un atadito de ropa y unas pocas monedas que el cura sustrajo de la limosna dominical. También le dio las señas de un dirigente socialista en la capital, que lo acogió en su casa los primeros días y luego le consiguió un trabajo como cantante en una peña de bohemios. El joven se fue a vivir a una población obrera, en un rancho de madera que le pareció un palacio, sin más mobiliario que un somier con patas, un colchón, una silla y dos cajones que le servían de mesa. Desde allí promovía el socialismo y rumiaba su disgusto de que Blanca se hubiera casado con otro, negándose a aceptar las expli-

caciones y las palabras de consuelo de Jaime. Al poco tiempo había dominado la mano derecha y multiplicado el uso de los dos dedos que le quedaban y siguió componiendo canciones de gallinas y zorros perseguidos. Un día lo invitaron a un programa de radio y ése fue el comienzo de una vertiginosa popularidad que ni él mismo esperaba. Su voz comenzó a escucharse a menudo en la radio y su nombre se hizo conocido. El Senador Trueba, sin embargo, nunca lo oyó nombrar, porque en su casa no admitía aparatos de radio. Los consideraba instrumentos propios de la gente inculta, portadores de influencias nefastas y de ideas vulgares. Nadie estaba más alejado de la música popular que él, que lo único melódico que podía soportar era la ópera durante la temporada lírica y la compañía de zarzuelas que viajaba desde España todos los inviernos.

El día que llegó Jaime a la casa con la novedad de que quería cambiarse el apellido, porque desde que su padre era senador del Partido Conservador sus compañeros lo hostilizaban en la universidad y desconfiaban de él en el Barrio de la Misericordia, Esteban Trueba perdió la paciencia y estuvo a punto de abofetearlo, pero se contuvo a tiempo, porque le vio en la mirada que en esa ocasión no se lo toleraría.

—¡Me casé para tener hijos legítimos que lleven mi apellido, y no bastardos que lleven el de la madre! —le espetó lívido de furia.

Dos semanas más tarde oyó comentar en los pasillos del Congreso y en los salones del Club, que su hijo Jaime se había quitado los pantalones en la Plaza Brasil, para dárselos a un indigente, y había regresado caminando en calzoncillos quince cuadras hasta su casa, seguido por una leva de niños y curiosos que lo vitoreaban. Cansado de defender su honor del ridículo y de los chismes, autorizó a su hijo para ponerse el apellido que le diera la gana, con tal que no fuera el suyo. Ese día, encerrado en su escritorio, lloró de decepción y de rabia. Trató de decirse a sí mismo que semejantes excentricidades se le pasarían cuando madurara y tarde o temprano se convertiría en el hombre equilibrado que podría secundarlo en sus negocios y ser el sostén de su vejez. Con su otro hijo, en cambio, había perdido las esperanzas. Nicolás pasaba de una empresa fantástica a otra. Andaba en esos días con la ilusión de cruzar la cordillera, igual como muchos años antes lo intentara su tío abuelo Marcos, en un medio de transporte poco usual. Había elegido elevarse en globo, convencido de que el espectáculo de un gigantesco globo suspendido entre las nubes, sería un irresistible elemento publicitario que cualquier bebida gaseosa podía auspiciar. Copió el modelo de un cepelín alemán anterior a la guerra, que se

elevaba mediante un sistema de aire caliente, llevando en su interior a una o más personas de temperamento audaz. Los afanes de armar aquella gigantesca salchicha inflable, estudiar sus mecanismos secretos, las corrientes de los vientos, los presagios de los naipes y las leyes de la aerodinámica, lo mantuvieron entretenido por mucho tiempo. Olvidó durante semanas las sesiones de espiritismo de los viernes con su madre y las tres hermanas Mora, y ni siquiera se dio cuenta que Amanda había dejado de ir a la casa. Una vez terminada su nave voladora, se encontró ante un obstáculo que no había calculado: el gerente de las gaseosas, un gringo de Arkansas, se negó a financiar el proyecto, pretextando que si Nicolás se mataba en su artefacto, bajarían las ventas de su brebaje. Nicolás trató de encontrar otros auspiciadores, pero nadie se interesó. Eso no fue suficiente para hacerlo desistir de sus propósitos y decidió elevarse de todos modos, aunque fuera gratis. El día fijado, Clara siguió tejiendo imperturbable sin prestar atención a los preparativos de su hijo, a pesar de que la familia, los vecinos y los amigos estaban horrorizados con el plan descabellado de cruzar las montañas en esa máquina estrambótica.

—Tengo la corazonada de que no se va a elevar —dijo Clara sin dejar de tejer.

Así fue. En el último momento apareció una camioneta llena de policías en el parque público que Nicolás había elegido para elevarse. Exigieron un permiso municipal que, por supuesto, no tenía. Tampoco lo pudo conseguir. Pasó cuatro días corriendo de una oficina a otra, en trámites desesperados que se estrellaban contra un muro de incomprensión burocrática. Nunca se enteró que detrás de la camioneta de policías y los papeleos interminables, estaba la influencia de su padre, que no estaba dispuesto a permitir esa aventura. Cansado de luchar contra la timidez de las gaseosas y la burocracia aérea, se convenció de que no podría elevarse, a menos que lo hiciera clandestinamente, lo cual era imposible, dadas las dimensiones de su nave. Entró en una crisis de ansiedad, de la cual lo sacó su madre, al sugerirle que para no perder todo lo invertido, usara los materiales del globo para algún fin práctico. Entonces Nicolás ideó la fábrica de emparedados. Su plan era hacer emparedados de pollo, envasarlos en la tela del globo cortada en pedacitos y venderlos a los oficinistas. La amplia cocina de su casa le pareció ideal para su industria. Los jardines traseros fueron llenándose de aves atadas de las patas, que aguardaban su turno para que dos matarifes especialmente contratados decapitaran en serie. El patio se llenó de plumas y la sangre salpicó las estatuas del Olimpo, el olor a consomé tenía a todo el mundo con náuseas y el destripadero empezaba a llenar de moscas el barrio, cuando

Clara le puso fin a la matanza con un ataque de nervios que por poco la vuelve a los tiempos de la mudez. Este nuevo fracaso comercial no importó tanto a Nicolás, que también estaba con el estómago y la conciencia revueltos con la carnicería. Se resignó a perder lo que había invertido en esos negocios y se encerró en su pieza a planear nuevas formas de ganar dinero y de divertirse.

—Hace tiempo que no veo a Amanda por aquí —dijo Jaime, cuando ya no pudo resistir la impaciencia de su corazón.

En ese momento Nicolás se acordó de Amanda y sacó la cuenta que no la había visto deambular por la casa desde hacía tres semanas y que no había asistido al fracasado intento de elevarse en globo, ni a la inauguración de la industria doméstica de pan con pollo. Fue a preguntar a Clara, pero su madre tampoco sabía nada de la joven y estaba comenzando a olvidarla, debido a que había tenido que acomodar su memoria al hecho ineludible de que su casa era un pasadero de gente y, como ella decía, no le alcanzaba el alma para lamentar a todos los ausentes. Nicolás decidió entonces ir a buscarla, porque se dio cuenta que le estaban haciendo falta la presencia de mariposa inquieta de Amanda y sus abrazos sofocados y silenciosos en los cuartos vacíos de la gran casa de la esquina, donde retozaban como cachorros cada vez que Clara aflojaba la vigilancia y Miguel se distraía jugando o se quedaba dormido en algún rincón.

La pensión donde vivía Amanda con su hermanito resultó ser una vetusta casa que medio siglo atrás probablemente tuvo algún esplendor ostentoso, pero lo perdió a medida que la ciudad fue extendiéndose hacia las laderas de la cordillera. La ocuparon primero los comerciantes árabes, quienes le incorporaron pretenciosos frisos de yeso rosado, y, más tarde, cuando los árabes pusieron sus negocios en el Barrio de los Turcos, el propietario la convirtió en pensión, subdividiéndola en cuartos mal iluminados, tristes, incómodos contrahechos, para inquilinos de pocos recursos. Tenía una geografía imposible de pasillos estrechos y húmedos, donde reinaba eternamente el tufillo de la sopa de coliflor y del guiso de repollo. Salió a abrir la puerta la dueña de la pensión en persona, una mujerona inmensa, provista de una triple papada majestuosa y ojillos orientales sumidos en pliegues fosilizados de grasa, con anillos en todos los dedos y los remilgos de una novicia.

—No se aceptan visitantes del sexo opuesto —dijo a Nicolás.

Pero Nicolás desplegó su irresistible sonrisa de seductor, le besó la mano sin retroceder ante el carmesí descascarado de sus uñas sucias, se extasió con los anillos y se hizo pasar por un primo hermano de Amanda, hasta que ella, derrotada, retorciéndose en risitas co-

quetas y contorneos elefantiásicos, lo condujo por las polvorientas escaleras hasta el tercer piso y le señaló la puerta de Amanda. Nicolás encontró a la joven en la cama, arropada con un chal desteñido y jugando a las damas con su hermano Miguel. Estaba tan verdosa y disminuida, que tuvo dificultad en reconocerla. Amanda lo miró sin sonreír y no le hizo ni el menor gesto de bienvenida. Miguel, en cambio, se le paró al frente con los brazos en jarra.

—Por fin vienes —le dijo el niño.

Nicolás se aproximó a la cama y trató de recordar a la cimbreante y morena Amanda, la Amanda frutal y sinuosa de sus encuentros en la oscuridad de los cuartos cerrados, pero entre las lanas apelmazadas del chal y las sábanas grises, había una desconocida de grandes ojos extraviados, que lo observaba con inexplicable dureza. «Amanda», murmuró tomándole la mano. Esa mano sin los anillos y las pulseras de plata, parecía tan desvalida como pata de pájaro moribundo. Amanda llamó a su hermano. Miguel se acercó a la cama y ella le sopló algo al oído. El niño se dirigió lentamente hacia la puerta y desde el umbral lanzó una última mirada furiosa a Nicolás y salió, cerrando la puerta sin ruido.

—Perdóname, Amanda —balbuceó Nicolás—. Estuve muy ocupado. ¿Por qué no me avisaste que estabas enferma?

—No estoy enferma —respondió ella—. Estoy embarazada.

Esa palabra dolió a Nicolás como un bofetón. Retrocedió hasta sentir el vidrio de la ventana a sus espaldas. Desde el primer momento en que desnudó a Amanda, tanteando en la oscuridad, enredado en los trapos de su disfraz de existencialista, temblando de anticipación por las protuberancias y los instersticios que muchas veces había imaginado sin llegar a conocerlos en su espléndida desnudez, supuso que ella tendría la experiencia suficiente para evitar que él se convirtiera en padre de familia a los veintiún años y ella en madre soltera a los veinticinco. Amanda había tenido amores anteriores y había sido la primera en hablarle del amor libre. Sostenía su irrevocable determinación de permanecer juntos solamente mientras se tuvieran simpatía, sin ataduras y sin promesas para el futuro, como Sartre y la Beauvoir. Ese acuerdo, que al principio a Nicolás le pareció una muestra de frialdad y desprejuicio algo chocante, después le resultó muy cómodo. Relajado y alegre, como era para todas las cosas de la vida, encaró la relación amorosa sin medir las consecuencias.

—¡Qué vamos a hacer ahora! —exclamó.

—Un aborto, por supuesto —respondió ella.

Una oleada de alivio sacudió a Nicolás. Había sorteado el abismo una vez más Como siempre que jugaba al borde del precipicio, otro

más fuerte había surgido a su lado para hacerse cargo de las cosas, tal como en los tiempos del colegio, cuando azuzaba a los muchachos en el recreo hasta que se le iban encima y entonces, en el último instante, en el momento en que el terror lo paralizaba, llegaba Jaime y se ponía por delante, transformando su pánico en euforia y permitiéndole ocultarse entre los pilares del patio a gritar insultos desde su refugio, mientras su hermano sangraba de la nariz y repartía puñetazos con la silenciosa tenacidad de una máquina. Ahora era Amanda quien asumía la responsabilidad por él.

—Podemos casarnos, Amanda..., si quieres —balbuceó para salvar la cara.

—¡No! —replicó ella sin vacilar—. No te quiero lo suficiente para eso, Nicolás.

Inmediatamente sus sentimientos dieron un brusco viraje, porque esa posibilidad no se le había ocurrido. Hasta entonces nunca se había sentido rechazado o abandonado y en cada amorío había tenido que recurrir a todo su tacto para escabullirse sin herir demasiado a la muchacha de turno. Pensó en la difícil situación en que se encontraba Amanda, pobre, sola, esperando un hijo. Pensó que una palabra suya podía cambiar el destino de la joven, convirtiéndola en la respetable esposa de un Trueba. Estos cálculos le pasaron por la cabeza en una fracción de segundo, pero en seguida se sintió avergonzado y enrojeció al sorprenderse sumido en esos pensamientos. De pronto Amanda le pareció magnífica. Le vinieron a la memoria todos los buenos momentos que habían compartido, las veces que se echaron en el suelo fumando la misma pipa para marearse un poco juntos, riéndose de esa yerba que sabía a bosta seca y tenía muy poco efecto alucinógeno, pero hacía funcionar el poder de la sugestión; de los ejercicios yoga y la meditación en pareja, sentados frente a frente, en completa relajación, mirándose a los ojos y murmurando palabras en sánscrito que pudieran transportarlo al Nirvana, pero que generalmente tenían el efecto contrario y terminaban escabulléndose de las miradas ajenas, agazapados entre los matorrales del jardín, amándose como desesperados; de los libros leídos a la luz de una vela ahogados de pasión y de humo; de las tertulias eternas discutiendo a los filósofos pesimistas de la postguerra, o concentrándose en mover la mesa de tres patas, dos golpes para sí, tres para no, mientras Clara se burlaba de ellos. Cayó hincado junto a la cama suplicando a Amanda que no lo dejara, que lo perdonara, que siguieran juntos como si nada hubiera pasado, que eso no era más que un accidente desventurado que no podía alterar la esencia intocable de su relación. Pero ella parecía no escucharlo. Le acariciaba la cabeza con un gesto maternal y distante.

—Es inútil, Nicolás. ¿No ves que yo tengo el alma muy vieja y tú todavía eres un niño? Siempre serás un niño —le dijo.

Continuaron acariciándose sin deseo y atormentándose con las súplicas y los recuerdos. Saboreaban la amargura de una despedida que presentían, pero que todavía podían confundir con una reconciliación. Ella se paró de la cama a preparar una taza de té para los dos y Nicolás vio que usaba una enagua vieja a modo de camisa de dormir. Había adelgazado y sus pantorrillas le parecieron patéticas. Andaba por la habitación descalza, con el chal en los hombros y el pelo revuelto, afanada alrededor de la hornilla a parafina que había sobre una mesa que le servía como escritorio, comedor y cocina. Vio el desorden en que vivía Amanda y cayó en cuenta que hasta entonces ignoraba casi todo de ella. Había supuesto que no tenía más familia que su hermano, y que vivía con un sueldo escaso, pero había sido incapaz de imaginar su verdadera situación. La pobreza le parecía un concepto abstracto y lejano, aplicable a los inquilinos de Las Tres Marías y los indigentes que su hermano Jaime socorría, pero con los cuales él nunca había estado en contacto. Amanda, su Amanda tan próxima y conocida, de pronto era una extraña. Miraba sus vestidos, que cuando ella los llevaba puestos parecían los disfraces de una reina, colgando de unos clavos en la pared, como tristes ropajes de una mendiga. Veía su cepillo de dientes en un vaso sobre el lavatorio oxidado, los zapatos del colegio de Miguel tantas veces embetunados y vueltos a embetunar, que ya habían perdido la forma original, la vieja máquina de escribir al lado de la hornilla, los libros entre las tazas, el vidrio roto de una ventana tapado con un recorte de revista. Era otro mundo. Un mundo cuya existencia no sospechaba. Hasta entonces a un lado de la línea divisoria estaban los pobres de solemnidad y al otro la gente como él, entre la que había colocado a Amanda. No sabía nada de esa silenciosa clase media que se debatía entre la pobreza de cuello y corbata y el deseo imposible de emular a la canalla dorada a la cual él pertenecía. Se sintió confuso y abochornado, pensando en las múltiples ocasiones pasadas en que ella probablemente tuvo que embrujarlos para que no se notara su miseria en la casa de los Trueba y él, en completa inconciencia, no la había ayudado. Recordó los cuentos de su padre, cuando le hablaba de su infancia pobre y de que a su edad trabajaba para mantener a su madre y a su hermana, y por primera vez pudo encajar esas anécdotas didácticas con una realidad. Pensó que así era la vida de Amanda.

Compartieron una taza de té sentados sobre la cama, porque había una sola silla. Amanda le contó de su pasado, de su familia, de un padre alcohólico que era profesor en una provincia del Norte, de una

madre agobiada y triste que trabajaba para mantener a seis hijos y de cómo ella, apenas pudo valerse por sí misma, se fue de la casa. Había llegado a la capital de quince años, a casa de una madrina bondadosa que la ayudó por un tiempo. Después, cuando su madre murió, fue a enterrarla y a buscar a Miguel, que era todavía una criatura en pañales. Desde entonces le había servido de madre. Del padre y del resto de sus hermanos no había vuelto a saber. Nicolás sentía crecer en su interior el deseo de protegerla y cuidarla, de compensarle todas las carencias. Nunca la había amado más.

Al anochecer vieron llegar a Miguel con las mejillas arreboladas, retorciéndose sigiloso y divertido para ocultar el regalo que traía escondido en la espalda. Era una bolsa de pan para su hermana. Se la puso sobre la cama, la besó amorosamente, le alisó el pelo con su manita enana, le acomodó las almohadas. Nicolás se estremeció, porque en los gestos del niño había más solicitud y ternura que en todas las caricias que él había prodigado en su vida a cualquier mujer. Entonces comprendió lo que Amanda había querido decirle. «Tengo mucho que aprender», murmuró. Apoyó la frente en el cristal grasiento de la ventana, preguntándose si alguna vez sería capaz de dar en la misma medida en que esperaba recibir.

—¿Cómo lo haremos? —preguntó sin atreverse a decir la palabra terrible.

—Pídele ayuda a tu hermano Jaime —sugirió Amanda.

Jaime recibió a su hermano en su túnel de libros, recostado en el camastro de conscripto, iluminado por la luz del único bombillo que colgaba del techo. Estaba leyendo los sonetos de amor del Poeta, que para entonces ya tenía renombre mundial, tal como lo pronosticara Clara la primera vez que lo oyó recitar con su voz telúrica, en su velada literaria. Especulaba que los sonetos tal vez habían sido inspirados por la presencia de Amanda en el jardín de los Trueba, donde el Poeta solía sentarse a la hora del té, a hablar sobre canciones desesperadas, en la época en que era un huésped tenaz de la gran casa de la esquina. Le sorprendió la visita de su hermano porque, desde que habían salido del colegio, cada día se distanciaban más. En los últimos tiempos no tenían nada que hablar y se saludaban con una inclinación de cabeza las raras veces que se tropezaban en el umbral de la puerta. Jaime había desistido de su idea de atraer a Nicolás a las cosas trascendentales de la existencia.

Aún sentía que sus frívolas diversiones eran un insulto personal, pues no podía aceptar que gastara tiempo y energía en viajes en globo y

masacres de pollos, habiendo tanto trabajo por hacer en el Barrio de la Misericordia. Pero ya no intentaba arrastrarlo al hospital, para que viera el sufrimiento de cerca, en la esperanza de que la miseria ajena lograra conmover su corazón de pájaro transeúnte y dejó de invitarlo a las reuniones con los socialistas en la casa de Pedro Tercero García, en la última calle de la población obrera, donde se reunían, vigilados por la policía, todos los jueves. Nicolás se burlaba de sus inquietudes sociales, alegando que sólo un tonto con vocación de apóstol podía salir por el mundo a buscar la desgracia y la fealdad con un cabo de vela. Ahora, Jaime tenía a su hermano al frente, mirándolo con la expresión culpable y suplicante que había empleado tantas veces para remover su afecto.

—Amanda está embarazada —dijo Nicolás sin preámbulos.

Tuvo que repetirlo, porque Jaime se quedó inmóvil, en la misma actitud huraña que siempre tenía, sin que ni un solo gesto delatara que lo había oído. Pero por dentro la frustración estaba ahogándolo. En silencio llamaba a Amanda por su nombre, aferrándose a la dulce resonancia de esa palabra para mantener el control. Era tanta su necesidad de tener viva la ilusión, que llegó a convencerse de que Amanda sostenía con Nicolás un amor infantil, una relación limitada a paseos inocentes tomados de la mano, a discusiones alrededor de una botella de ajenjo, a los pocos besos fugaces que él había soprendido.

Se había negado a la verdad dolorosa que ahora tenía que enfrentar.

—No me lo cuentes. No tengo nada que ver con eso —replicó apenas pudo sacar la voz.

Nicolás se dejó caer sentado a los pies de la cama, hundiendo la cara entre las manos.

—¡Tienes que ayudarla, por favor! —suplicó.

Jaime cerró los ojos y respiró con ansias, esforzándose por controlar esos alocados sentimientos que lo impulsaban a matar a su hermano, a correr a casarse él mismo con Amanda, a llorar de impotencia y decepción. Tenía la imagen de la joven en la memoria, tal como se le aparecía cada vez que la zozobra del amor lo derrotaba. La veía entrando y saliendo de la casa, como una ráfaga de aire puro, llevando a su hermanito de la mano, oía su risa en la terraza, olía el imperceptible y dulce aroma de su piel y su pelo cuando pasaba por su lado a pleno sol del mediodía. La veía tal como la imaginaba en las horas ociosas en que soñaba con ella. Y, sobre todo, la evocaba en ese único momento preciso en que Amanda entró a su dormitorio y estuvieron solos en la intimidad de su santuario. Entró sin golpear, cuando él estaba echado en el camastro leyendo, llenó el túnel con el revoloteo de su pelo

largo y sus brazos ondulantes, tocó los libros sin ninguna reverencia y hasta se atrevió a sacarlos de sus anaqueles sagrados, soplarles el polvo sin el menor respeto y después tirarlos sobre la cama, parloteando incansablemente, mientras él temblaba de deseo y de sorpresa, sin encontrar en todo su vasto vocabulario enciclopédico, ni una sola palabra para retenerla, hasta que por último ella se despidió con un beso que le plantó en la mejilla, beso que le quedó ardiendo como una quemadura, único y terrible beso, que le sirvió para construir un laberinto de sueños en que ambos eran príncipes enamorados.

—Tú sabes algo de medicina, Jaime. Tienes que hacer algo —rogó Nicolás.

—Soy estudiante, me falta mucho para ser médico. No sé nada de eso. Pero he visto a muchas mujeres que se mueren porque un ignorante las interviene —dijo Jaime.

—Ella confía en ti. Dice que sólo tú puedes ayudarla —dijo Nicolás.

Jaime agarró a su hermano por la ropa y lo levantó en el aire, sacudiéndolo como un pelele y gritando todos los insultos que se le pasaron por la mente, hasta que sus propios sollozos lo obligaron a soltarlo. Nicolás lloriqueó aliviado. Conocía a Jaime y había intuido que, como siempre, aceptaba el papel de protector.

—¡Gracias, hermano!

Jaime le dio una cachetada sin ganas y lo sacó de su habitación a empujones. Cerró la puerta con llave y se acostó boca bajo en su camastro, estremecido por ese ronco y terrible llanto con que los hombres lloran las penas de amor.

Esperaron hasta el domingo. Jaime les dio cita en el consultorio del Barrio de la Misericordia donde trabajaba en sus prácticas de estudiante. Tenía la llave, porque siempre era el último en irse, de modo que pudo entrar sin dificultad, pero se sentía como un ladrón, porque no habría podido explicar su presencia allí a esa hora tardía. Desde hacía tres días, estudiaba cuidadosamente cada paso de la intervención que iba a efectuar. Podía repetir cada palabra del libro en el orden correcto, pero eso no le daba más seguridad. Estaba temblando. Procuraba no pensar en las mujeres que había visto llegar agonizando a la sala de emergencia del hospital, a las que había ayudado a salvar en ese mismo consultorio y las otras, las que habían muerto lívidas, en esas camas, con un río de sangre fluyendo entre las piernas, sin que la ciencia pudiera hacer nada para evitar que se les escapara la vida por ese grifo abierto. Conocía el drama de muy cerca, pero hasta ese momento nunca había tenido que plantearse el conflicto moral de ayudar a una mujer desesperada. Y mucho menos a Amanda. Encendió las luces, se puso la blanca túnica de su oficio, preparó el instrumental

repasando en alta voz cada detalle que había memorizado. Deseaba que ocurriera una desgracia monumental, un cataclismo, que sacudiera el planeta en sus cimientos, para que no tuviera que hacer lo que iba a hacer. Pero nada ocurrió hasta la hora señalada.

Entretanto, Nicolás había ido a buscar a Amanda en el viejo Covadonga, que apenas andaba a tropezones con sus tuercas, en medio de una humareda negra de aceite quemado, pero que aún servía para los trances de emergencia. Ella lo estaba esperando sentada en la única silla de su cuarto tomada de la mano de Miguel, sumidos en una mutua complicidad de la cual, como siempre, Nicolás se sintió excluido. La joven se veía pálida y demacrada, debido a los nervios y a las últimas semanas de malestares e incertidumbres que había soportado, pero más tranquila que Nicolás, que hablaba atropelladamente, no podía estarse quieto y se esforzaba por animarla con una alegría fingida y con bromas inútiles. Le había llevado de regalo un anillo antiguo de granates y brillantes que había sacado del cuarto de su madre, en la seguridad de que ella nunca lo echaría de menos y, aunque lo viera en la mano de Amanda, sería incapaz de reconocerlo, porque Clara no llevaba la cuenta de esas cosas. Amanda se lo devolvió con suavidad.

—Ya ves, Nicolás, eres un niño —dijo sin sonreír.

En el momento de salir, el pequeño Miguel se puso un poncho y se aferró a la mano de su hermana. Nicolás tuvo que recurrir primero a su encanto y luego a la fuerza bruta para dejarlo en manos de la patrona de la pensión, que en los últimos días había sido definitivamente seducida por el supuesto primo de su pensionista, y, contra sus propias normas, había aceptado cuidar al niño esa noche.

Hicieron el trayecto sin hablar, cada uno sumido en sus temores. Nicolás percibía la hostilidad de Amanda como una pestilencia que se hubiera instalado entre los dos. En los últimos días ella había alcanzado a madurar la idea de la muerte y la temía menos que al dolor y a la humillación que esa noche tendría que soportar. Él conducía el Covadonga por un sector desconocido de la ciudad, callejuelas estrechas y oscuras, donde se amontonaba la basura junto a los altos muros de las fábricas, en un bosque de chimeneas que le cerraban el paso al color del cielo. Los perros vagos husmeaban la mugre y los mendigos dormían envueltos en periódicos en los nichos de las puertas. Le sorprendió que ése fuera el escenario diario de las actividades de su hermano.

Jaime los estaba esperando en la puerta del consultorio. El delantal blanco y su propia ansiedad le daban un aire mucho mayor. Los

llevó a través de un laberinto de helados corredores hasta la sala que había preparado, procurando distraer a Amanda de la fealdad del lugar, para que no viera las toallas amarillentas en los tarros esperando la lavandería del lunes, las palabrotas gabarateadas en los muros, las baldosas sueltas y las oxidadas cañerías que goteaban incansablemente. En la puerta del pabellón Amanda se detuvo con una expresión de terror: había visto el instrumental y la mesa ginecológica y lo que hasta ese momento era una idea abstracta y un coqueteo con la posibilidad de la muerte, en ese instante cobró forma. Nicolás estaba lívido, pero Jaime los tomó del brazo y los obligó a entrar.

—¡No mires, Amanda! Te voy a dormir, para que no sientas nada —le dijo.

Nunca había colocado anestesia ni había intervenido en una operación. Como estudiante se limitaba a labores administrativas, llevar estadísticas, llenar fichas y ayudar en curaciones, suturas y tareas menores. Estaba más asustado que la misma Amanda, pero adoptó la actitud prepotente y relajada que le había visto a los médicos, para que creyera que todo ese asunto no era más que rutina. Quiso evitarle la pena de desnudarse y evitarse él mismo la inquietud de observarla, de modo que la ayudó a acostarse vestida sobre la mesa. Mientras se lavaba e indicaba a Nicolás la forma de hacerlo también, trataba de distraerla con la anécdota del fantasma español que se había aparecido a Clara en una sesión de los viernes, con el cuento de que había un tesoro escondido en las fundaciones de la casa, y le habló de su familia: un montón de locos extravagantes por varias generaciones, de los cuales hasta los espectros se burlaban. Pero Amanda no lo escuchaba, estaba pálida como un sudario y le castañeteaban los dientes.

—¿Para qué son esas correas? ¡No quiero que me amarres! —se estremeció.

—No te voy a amarrar. Nicolás te va a administrar el éter. Respira tranquila, no te asustes y cuando despiertes habremos terminado —sonrió Jaime con los ojos por encima de su máscara.

Nicolás acercó a la joven la mascarilla de la anestesia y lo último que ella vio antes de hundirse en la oscuridad, fue a Jaime mirándola con amor, pero creyó que lo estaba soñando. Nicolás le quitó la ropa y la ató a la mesa, consciente de que eso era peor que una violación, mientras su hermano aguardaba con las manos enguantadas, tratando de no ver en ella a la mujer que ocupaba todos sus pensamientos, sino tan sólo un cuerpo como tantos que pasaban a diario por esa misma mesa en un grito de dolor. Comenzó a trabajar con lentitud y cuidado, repitiéndose lo que tenía que hacer, mascullando el texto del libro que se había aprendido de memoria, con el sudor cayendo sobre los ojos,

atento a la respiración de la muchacha, al color de su piel, al ritmo de su corazón, para indicar a su hermano que le pusiera más éter cada vez que gemía, rezando para que no se produjera alguna complicación, mientras hurgaba en su más profunda intimidad, sin dejar, en todo ese tiempo, de maldecir a su hermano con el pensamiento, porque si ese hijo fuera suyo y no de Nicolás, habría nacido sano y completo, en vez de irse en pedazos por el desagüe de ese miserable consultorio y él lo habría acunado y protegido, en vez de extraerlo de su nido a cucharadas. Veinticinco minutos después había terminado y ordenó a Nicolás que lo ayudara a acomodarla mientras se le pasaba el efecto del éter, pero vio que su hermano se tambaleaba apoyado contra la pared, presa de violentas arcadas.

—¡Idiota! —rugió Jaime—. ¡Anda al baño y después que vomites la culpa aguarda en la sala de espera, porque todavía tenemos para largo!

Nicolás salió a tropezones y Jaime se quitó los guantes y la máscara y procedió a soltar las correas de Amanda, ponerle delicadamente su ropa, ocultar los vestigios ensangrentados de su obra y retirar de su vista los instrumentos de su tortura. Luego la levantó en brazos, saboreando ese instante en que podía estrecharla contra su pecho, y la llevó a una cama donde había puesto sábanas limpias, que era más de lo que tenían las mujeres que acudían al consultorio a pedir socorro. La arropó y se sentó a su lado. Por primera vez en su vida podía observarla a su antojo. Era más pequeña y dulce de lo que parecía cuando andaba por todos lados con su disfraz de pitonisa y su sonajera de abalorios, y, tal como siempre lo había sospechado, en su cuerpo delgado los huesos eran apenas una sugerencia entre las pequeñas colinas y los lisos valles de su feminidad. Sin su melena escandalosa y sus ojos de esfinge, parecía de quince años. Su vulnerabilidad pareció a Jaime más deseable que todo lo que en ella antes lo había seducido. Se sentía dos veces más grande y pesado que ella y mil veces más fuerte, pero se sabía derrotado de antemano por la ternura y las ansias de protegerla. Maldijo su invencible sentimentalismo y trató de verla como la amante de su hermano a quien acababa de practicar un aborto, pero de inmediato comprendió que era un intento inútil y se abandonó al placer y al sufrimiento de amarla. Acarició sus manos transparentes, sus finos dedos, la caracola de sus orejas, recorrió su cuello oyendo el rumor imperceptible de la vida en sus venas. Acercó la boca a sus labios y aspiró con avidez el olor de la anestesia, pero no se atrevió a tocarlos.

Amanda regresó del sueño lentamente. Sintió primero el frío y luego la sacudieron las arcadas. Jaime la consoló hablándole en el mismo

lenguaje secreto que reservaba para los animales y para los niños más pequeños del hospital de pobres, hasta que se fue calmando. Ella comenzó a llorar y él siguió acariciándola. Se quedaron en silencio, ella oscilando entre la modorra, las náuseas, la angustia y el dolor que empezaba a atenazar su vientre, y él deseando que esa noche no terminara nunca.

—¿Crees que podré tener hijos? —preguntó ella por último.

—Supongo que sí —respondió él—. Pero búscales un padre responsable.

Los dos sonrieron aliviados. Amanda buscó en el rostro moreno de Jaime, inclinado tan cerca del suyo, alguna semejanza con el de Nicolás, pero no pudo encontrarla. Por primera vez en su existencia de nómade se sintió protegida y segura, suspiró contenta y olvidó la sordidez que la rodeaba, las paredes descascaradas, los fríos armarios metálicos, los pavorosos instrumentos, el olor a desinfectante y también ese ronco dolor que se había instalado en sus entrañas.

—Por favor, acuéstate a mi lado y abrázame —dijo.

Él se tendió tímidamente en la angosta cama rodeándola con sus brazos. Procuraba mantenerse quieto para no molestarla y no caerse. Tenía la ternura torpe de quien nunca ha sido amado y debe improvisar. Amanda cerró los ojos y sonrió. Estuvieron así, respirando juntos en completa calma, como dos hermanos, hasta que comenzó a aclarar y la luz de la ventana fue más fuerte que la de la lámpara. Entonces Jaime la ayudó a ponerse en pie, le colocó el abrigo y la llevó del brazo hasta la antesala donde Nicolás se había quedado dormido en una silla.

—¡Despierta! Vamos a llevarla a casa, para que la cuide mi madre. Es mejor no dejarla sola por unos días —dijo Jaime.

—Sabía que podíamos contar contigo, hermano —agradeció Nicolás, emocionado.

—No lo hice por ti, desgraciado, sino por ella —gruñó Jaime dándole la espalda.

En la gran casa de la esquina los recibió Clara sin hacer preguntas, o tal vez se las hizo directamente a los naipes o a los espíritus. Tuvieron que despertarla, porque estaba amaneciendo y nadie se había levantado aún.

—Mamá, ayude a Amanda —pidió Jaime con la seguridad que daba la larga complicidad que tenían en esos asuntos—. Está enferma y se quedará aquí unos días.

—¿Y Miguelito? —preguntó Amanda.

—Yo iré a buscarlo —dijo Nicolás y salió.

Prepararon uno de los cuartos de huéspedes y Amanda se acostó. Jaime le tomó la temperatura y dijo que debía descansar. Hizo ademán

de retirarse, pero se quedó parado en el umbral de la puerta, indeciso. En eso volvió Clara con una bandeja con café para los tres.

—Supongo que le debemos una explicación, mamá —murmuró Jaime.

—No, hijo —respondió Clara alegremente—. Si es pecado, prefiero que no me lo cuenten. Vamos a aprovechar para regalonear un poco a Amanda, que mucha falta le hace.

Salió seguida por su hijo. Jaime vio a su madre avanzar por el corredor, descalza, con el pelo suelto en la espalda, arropada con su bata blanca y notó que no era alta y fuerte como la había visto en su infancia. Estiró la mano y la retuvo de un hombro. Ella volteó la cabeza, sonrió, y Jaime la abrazó compulsivamente, estrechándola contra su pecho, raspando su frente con el mentón donde su barba imposible ya reclamaba otra afeitada. Era la primera vez que le hacía una caricia espontánea desde que era una criatura prendida por necesidad a sus pechos y Clara se sorprendió al darse cuenta lo grande que era su hijo, con un tórax de levantador de pesas y unos brazos como martillos que la estrujaban en un gesto temeroso. Emocionada y feliz, se preguntó cómo era posible que ese hombronazo peludo con la fuerza de un oso y el candor de una novicia, hubiera estado alguna vez en su barriga y además en compañía de otro.

En los días siguientes Amanda tuvo fiebre. Jaime, asustado, vigilaba a toda hora y le administraba sulfa. Clara la cuidaba. No dejó de observar que Nicolás preguntaba por ella discretamente, pero no hacía ningún amago de visitarla, en cambio Jaime se encerraba con ella, le prestaba sus libros más queridos y andaba como iluminado, hablando incoherencias y rondando por la casa como nunca lo había hecho, hasta el punto que el jueves olvidó la reunión de los socialistas.

Así fue como Amanda pasó a formar parte de la familia durante un tiempo y como Miguelito, por una circunstancia especial, estuvo presente, escondido en el armario, el día que nació Alba en la casa de los Trueba y nunca más olvidó el grandioso y terrible espectáculo de la criatura apareciendo al mundo envuelta en sus mucosidades ensangrentadas, entre los gritos de su madre y el alboroto de mujeres que se afanaban a su alrededor.

Entretanto, Esteban Trueba había partido de viaje a Norteamérica. Cansado del dolor de huesos y de aquella secreta enfermedad que sólo él percibía, tomó la decisión de hacerse examinar por médicos extranjeros, porque había llegado a la prematura conclusión de que los doctores latinos eran todos unos charlatanes más cercanos al brujo aborigen que al científico. Su empequeñecimiento era tan sutil, tan lento y solapado, que nadie más se había dado cuenta. Tenía que comprar

los zapatos un número más chico, tenía que hacer acortar los pantalones y mandar hacer alforzas a las mangas de sus camisas. Un día se puso el calañé que no había usado en todo el verano y vio que le cubría completamente las orejas, de donde dedujo horrorizado que si estaba encogiendo el tamaño de su cerebro, probablemente también se achicarían sus ideas. Los médicos gringos le midieron el cuerpo, le pesaron las presas una por una, lo interrogaron en inglés, le inyectaron líquidos con una aguja y se los extrajeron con otra, lo fotografiaron, lo dieron vuelta al revés como un guante y hasta le metieron una lámpara por el ano. Al final concluyeron que eran puras ideas suyas, que no pensaba estarse encogiendo, que siempre había tenido el mismo tamaño y que seguramente había soñado que alguna vez midió un metro ochenta y calzó cuarenta y dos. Esteban Trueba acabó de perder la paciencia y regresó a su patria dispuesto a no prestar atención al problema de la estatura, puesto que todos los grandes políticos de la historia habían sido pequeños, desde Napoleón hasta Hitler. Cuando llegó a su casa, vio a Miguel jugando en el jardín y a Amanda más delgada y ojerosa, desprovista de sus collares y sus pulseras, sentada con Jaime en la terraza. No hizo preguntas, porque estaba acostumbrado a ver gente extraña a la familia viviendo bajo su propio techo.

Capítulo VIII

EL CONDE

Ese período habría quedado sumido en la confusión de los recuerdos antiguos y desdibujados por el tiempo, a no ser por las cartas que intercambiaron Clara y Blanca. Esa nutrida correspondencia preservó los acontecimientos, salvándolos de la nebulosa de los hechos improbables. Desde la primera carta que recibió de su hija, después de su matrimonio, Clara pudo adivinar que la separación con Blanca no sería por mucho tiempo. Sin decirle a nadie, arregló una de las más asoleadas y amplias habitaciones de la casa, para esperarla. Allí instaló la cuna de bronce donde había criado a sus tres hijos.

Blanca nunca pudo explicar a su madre las razones por las cuales había aceptado casarse, porque ni ella misma las sabía. Analizando el pasado, cuando ya era una mujer madura, llegó a la conclusión de que la causa principal fue el miedo que sentía por su padre. Desde que era una criatura de pecho había conocido la fuerza irracional de su ira y estaba acostumbrada a obedecerle. Su embarazo y la noticia de que Pedro Tercero estaba muerto terminaron por decidirla; sin embargo, se propuso desde el momento que aceptó el enlace con Jean de Satigny

que jamás consumaría el matrimonio. Iba a inventar toda suerte de argumentos para postergar la unión, pretextando al comienzo los malestares propios de su estado y después buscaría otros, segura de que sería mucho más fácil manejar a un marido como el conde, que usaba calzado de cabritilla, se ponía barniz en las uñas y estaba dispuesto a casarse con una mujer preñada por otro, que oponerse a un padre como Esteban Trueba. De dos males, eligió el que le pareció menor. Se dio cuenta que entre su padre y el conde francés había un arreglo comercial en el que ella no tenía nada que decir. A cambio de un apellido para su nieto, Trueba dio a Jean de Satigny una dote suculenta y la promesa de que algún día recibiría una herencia. Blanca se prestó para la negociación, pero no estaba dispuesta a entregar a su marido ni su amor ni su intimidad, porque seguía amando a Pedro Tercero García, más por la fuerza del hábito, que por la esperanza de volverlo a ver.

Blanca y su flamante marido pasaron la primera noche de casados en la cámara nupcial del mejor hotel de la capital, que Trueba hizo llenar de flores para hacerse perdonar por su hija el rosario de violencias con que la había castigado en los últimos meses. Para su sorpresa, Blanca no tuvo necesidad de fingir una jaqueca, porque una vez que se encontraron solos, Jean abandonó el papel de novio que le daba besitos en el cuello y elegía los mejores langostinos para dárselos en la boca, y pareció olvidar por completo sus seductores modales de galán del cine mudo, para transformarse en el hermano que había sido para ella en los paseos del campo, cuando iban a merendar sobre la yerba con la máquina fotográfica y los libros en francés. Jean entró al baño, donde se demoró tanto, que cuando reapareció en la habitación Blanca estaba medio dormida. Creyó estar soñando al ver que su marido se había cambiado el traje de matrimonio por un pijama de seda negra y un batín de terciopelo pompeyano, se había puesto una red para sujetar el impecable ondulado de su peinado y olía intensamente a colonia inglesa. No parecía tener ninguna impaciencia amatoria. Se sentó a su lado en la cama y le acarició la mejilla con el mismo gesto un poco burlón que ella había visto en otras ocasiones, y luego procedió a explicar, en su relamido español desprovisto de erres, que no tenía ninguna inclinación especial por el matrimonio, puesto que era un hombre enamorado solamente de las artes, las letras y las curiosidades científicas, y que, por lo tanto, no intentaba molestarla con requerimientos de marido, de modo que podrían vivir juntos, pero no revueltos, en perfecta armonía y buena educación. Aliviada, Blanca le tiró los brazos al cuello y lo besó en ambas mejillas.

—¡Gracias, Jean! —exclamó.

—No hay de qué —replicó él cortésmente.

Se acomodaron en la gran cama de falso estilo Imperio, comentando los pormenores de la fiesta y haciendo planes para su vida futura.

—¿No te interesa saber quién es el padre de mi hijo? —preguntó Blanca.

—Yo lo soy —respondió Jean besándola en la frente.

Se durmieron cada uno para su lado, dándose la espalda. A las cinco de la mañana Blanca despertó con el estómago revuelto debido al olor dulzón de las flores con que Esteban Trueba había decorado la cámara nupcial. Jean de Satigny la acompañó al baño, le sostuvo la frente mientras se doblaba sobre el excusado, la ayudó a acostarse y sacó las flores al pasillo. Después se quedó desvelado el resto de la noche leyendo «La Filosofía del Tocador», del Marqués de Sade, mientras Blanca suspiraba entre sueños que era estupendo estar casada con un intelectual.

Al día siguiente Jean fue al Banco a cambiar un cheque de su suegro y pasó casi todo el día recorriendo las tiendas del centro para comprarse el ajuar de novio que consideró apropiado para su nueva posición económica. Entretanto, Blanca, aburrida de aguardarlo en el hall del hotel, decidió ir a visitar a su madre. Se colocó su mejor sombrero de mañana y partió en un coche de alquiler a la gran casa de la esquina, donde el resto de su familia estaba almorzando en silencio, todavía rencorosos y cansados por los sobresaltos de la boda y la resaca de las últimas peleas. Al verla entrar al comedor, su padre dio un grito de horror.

—¡Qué hace aquí, hija! —rugió.

—Nada... vengo a verlos... —murmuró Blanca aterrada.

—¡Está loca! ¿No se da cuenta que si alguien la ve, van a decir que su marido la devolvió en plena luna de miel? ¡Van a decir que no era virgen!

—Es que no lo era, papá.

Esteban estuvo a punto de cruzarle la cara de un bofetón, pero Jaime se puso por delante con tanta determinación, que se limitó a insultarla por su estupidez. Clara, inconmovible, llevó a Blanca hasta una silla y le sirvió un plato de pescado frío con salsa de alcaparras. Mientras Esteban seguía gritando y Nicolás iba a buscar el coche para devolverla a su marido, ellas dos cuchicheaban como en los viejos tiempos.

Esa misma tarde Blanca y Jean tomaron el tren que los llevó al puerto. Allí se embarcaron en un transatlántico inglés. Él vestía un pantalón de lino blanco y una chaqueta azul de corte marinero, que combinaban a la perfección con la falda azul y la chaqueta blanca del traje sastre de su mujer. Cuatro días más tarde, el buque los depositó en la más

olvidada provincia del Norte, donde sus elegantes ropas de viaje y sus
maletas de cocodrilo pasaron desapercibidas en el bochornoso calor
seco de la hora de la siesta. Jean de Satigny acomodó provisoriamente
a su esposa en un hotel y se dio a la tarea de buscar un alojamiento
digno de sus nuevos ingresos. A las veinticuatro horas la pequeña sociedad provinciana estaba enterada que había un conde auténtico entre
ellos. Eso facilitó mucho las cosas para Jean. Pudo alquilar una antigua mansión que había pertenecido a una de las grandes fortunas de
los tiempos del salitre, antes que se inventara el sustituto sintético
que envió toda la región al carajo. La casa estaba algo mustia y abandonada, como todo lo demás por allí, necesitaba algunas reparaciones,
pero conservaba intacta su dignidad de antaño y su encanto de fin de
siglo. El conde la decoró a su gusto, con un refinamiento equívoco y
decadente que sorprendió a Blanca, acostumbrada a la vida de campo
y a la sobriedad clásica de su padre. Jean colocó sospechosos jarrones
de porcelana china que en lugar de flores contenían plumas teñidas de
avestruz, cortinas de damasco con drapeados y borlas, almohadones
con flecos y pompones, muebles de todos los estilos, arrimos dorados,
biombos y unas increíbles lámparas de pie, sostenidas por estatuas de
loza representando negros abisinios en tamaño natural, semidesnudos,
pero con babuchas y turbantes. La casa siempre estaba con las cortinas corridas, en una tenue penumbra que lograba detener la luz implacable del desierto. En los rincones Jean puso pebeteros orientales donde quemaba yerbas perfumadas y palitos de incienso que al comienzo
le revolvían el estómago a Blanca, pero pronto se acostumbró. Contrató
varios indios para su servicio, además de una gorda monumental que
hacía el oficio de la cocina, a quien entrenó para preparar las salsas
muy aliñadas que a él le gustaban, y una mucama coja y analfa-
beta para atender a Blanca. A todos puso vistosos uniformes de opereta, pero no pudo ponerles zapatos, porque estaban habituados a
andar descalzos y no los resistían. Blanca se sentía incómoda en esa
casa y tenía desconfianza de los indios inmutables que la servían des-
ganadamente y parecían burlarse a sus espaldas. A su alrededor circulaban como espíritus, deslizándose sin ruido por las habitaciones, casi
siempre desocupados y aburridos. No respondían cuando ella les hablaba como si no comprendieran el castellano, y entre sí hablaban en
susurros o en dialectos del altiplano. Cada vez que Blanca comentaba
con su marido las extrañas cosas que veía entre los sirvientes, él decía
que eran costumbres de indios y que no había que hacerles caso. Lo
mismo contestó Clara por carta cuando ella le contó que un día vio a uno
de los indios equilibrándose en unos sorprendentes zapatos antiguos
con tacón torcido y lazo de terciopelo, donde los anchos pies callosos

del hombre se mantenían encogidos. «El calor del desierto, el embarazo y tu deseo inconfesado de vivir como una condesa, de acuerdo a la alcurnia de tu marido, te hacen ver visiones, hijita», escribió Clara en broma, y agregó que el mejor remedio contra los zapatos Luis XV era una ducha fría y una infusión de manzanilla. Otra vez Blanca encontró en su plato una pequeña lagartija muerta que estuvo a punto de llevarse a la boca. Apenas se repuso del susto y consiguió sacar la voz, llamó a gritos a la cocinera y le señaló el plato con un dedo tembloroso. La cocinera se aproximó bamboleando su inmensidad de grasa y sus trenzas negras, y tomó el plato sin comentarios. Pero en el momento de volverse, Blanca creyó sorprender un guiño de complicidad entre su marido y la india. Esa noche se quedó despierta hasta muy tarde, pensando en lo que había visto, hasta que al amanecer llegó a la conclusión de que lo había imaginado. Su madre tenía razón: el calor y el embarazo la estaban transtornando.

Los cuartos más apartados de la casa fueron destinados a la manía de Jean por la fotografía. Allí instaló sus lámparas, sus trípodes, sus máquinas. Rogó a Blanca que no entrara jamás sin autorización a lo que bautizó «el laboratorio», porque, según explicó, se podían velar las placas con la luz natural. Puso llave a la puerta y andaba con ella colgando de una leontina de oro, precaución del todo inútil, porque su mujer no tenía prácticamente ningún interés en lo que la rodeaba y mucho menos en el arte de la fotografía.

A medida que engordaba, Blanca iba adquiriendo una placidez oriental contra la cual se estrellaron los intentos de su marido por incorporarla a la sociedad, llevarla a fiestas, pasearla en coche o entusiasmarla por la decoración de su nuevo hogar. Pesada, torpe, solitaria y con un cansancio perenne, Blanca se refugió en el tejido y en el bordado. Pasaba gran parte del día durmiendo y en sus horas de vigilia fabricaba minúsculas piezas de ropa para un ajuar rosado, porque estaba segura que daría a luz una niña. Tal como su madre con ella, desarrolló un sistema de comunicación con la criatura que estaba gestando y fue volcándose hacia su interior en un silencioso e ininterrumpido diálogo. En sus cartas describía su vida retirada y melancólica y se refería a su esposo con ciega simpatía, como un hombre fino, discreto y considerado. Así fue estableciendo, sin proponérselo, la leyenda de que Jean de Satigny era casi un príncipe, sin mencionar el hecho de que aspiraba cocaína por la nariz y fumaba opio por las tardes, porque estaba segura que sus padres no sabrían comprenderlo. Disponía de toda un ala de la mansión para ella. Allí había arreglado sus cuarteles y allí amontonaba todo lo que estaba preparando para la llegada de su hija. Jean decía que cincuenta niños

no alcanzarían a ponerse toda esa ropa y jugar con esa cantidad de juguetes, pero la única diversión que Blanca tenía era salir a recorrer el reducido comercio de la ciudad y comprar todo lo que veía en color de rosa para bebé. El día se le iba en bordar mantillas, tejer zapatitos de lana, decorar canastillos, ordenar las pilas de camisas, de baberos, de pañales, repasar las sábanas bordadas. Después de la siesta escribía a su madre y a veces a su hermano Jaime y cuando el sol se ponía y refrescaba un poco, iba a caminar por los alrededores para desentumecer las piernas. En la noche se reunía con su esposo en el gran comedor de la casa, donde los negros de loza, parados en sus rincones, iluminaban la escena con su luz de prostíbulo. Se sentaban uno en cada extremo de la mesa, puesta con mantel largo, cristalería y vajilla completa, y adornada con flores artificiales, porque en esa región inhóspita no las había naturales. Los servía siempre el mismo indio impasible y silencioso, que mantenía en la boca rodando en permanencia la verde bola de hojas de coca con que se sustentaba. No era un sirviente común y no cumplía ninguna función específica dentro de la organización doméstica. Tampoco era su fuerte servir la mesa, ya que no dominaba ni fuentes ni cubiertos y terminaba por tirarles la comida de cualquier modo. Blanca tuvo que indicarle en alguna ocasión que por favor no agarrara las papas con la mano para ponérselas en el plato. Pero Jean de Satigny lo estimaba por alguna misteriosa razón y lo estaba entrenando para que fuera su ayudante en el laboratorio.

—Si no puede hablar como un cristiano, menos podrá tomar retratos —observó Blanca cuando se enteró.

Aquel indio fue el que Blanca creyó ver luciendo tacones Luis XV.

Los primeros meses de su vida de casada transcurrieron apacibles y aburridos. La tendencia natural de Blanca al aislamiento y la soledad se acentuó. Se negó a la vida social y Jean de Satigny acabó por ir solo a las numerosas invitaciones que recibían. Después, cuando llegaba a la casa, se burlaba frente a Blanca de la cursilería de esas familias antañosas y rancias donde las señoritas andaban con chaperona y los caballeros usaban escapulario. Blanca pudo hacer la vida ociosa para la cual tenía vocación, mientras su marido se dedicaba a esos pequeños placeres que sólo el dinero puede pagar y a los que había tenido que renunciar por tan largo tiempo. Salía todas las noches a jugar al casino y su mujer calculó que debía perder grandes sumas de dinero, porque al final del mes había invariablemente una fila de acreedores en la puerta. Jean tenía una idea muy peculiar sobre la economía doméstica. Se compró un automóvil último modelo, con asientos forrados en piel de leopardo y perillas doradas, digno de un príncipe árabe, el más grande y ostentoso que se había visto nunca por esos lados.

Estableció una red de contactos misteriosos que le permitieron comprar antigüedades, especialmente porcelana francesa de estilo barroco, por la cual sentía debilidad. También metió al país cajones de licores finos que pasaba por la aduana sin problemas. Sus contrabandos entraban a la casa por la puerta de servicio y salían intactos por la puerta principal rumbo a otros sitios, donde Jean los consumía en parrandas secretas o bien vendía a un precio exorbitante. En la casa no recibían visitas y a las pocas semanas las señoras de la localidad dejaron de llamar a Blanca. Se había corrido el rumor que era orgullosa, altanera y de mala salud, lo cual aumentó la simpatía general por el conde francés, quien adquirió fama de marido paciente y sufrido.

Blanca se llevaba bien con su esposo. Las únicas oportunidades en que discutían era cuando ella intentaba averiguar sobre las finanzas familiares. No podía explicarse que Jean se diera el lujo de comprar porcelana y pasear en ese vehículo atigrado, si no le alcanzaba el dinero para pagar la cuenta del chino del almacén ni los sueldos de los numerosos sirvientes. Jean se negaba a hablar del asunto, con el pretexto de que ésas eran responsabilidades propiamente masculinas y que ella no tenía necesidad de llenar su cabecita de gorrión con problemas que no estaba en capacidad de comprender. Blanca supuso que la cuenta de Jean de Satigny con Esteban Trueba tenía fondos ilimitados y ante la imposibilidad de llegar a un acuerdo con él, acabó por desentenderse de esos problemas. Vegetaba como una flor de otro clima, dentro de esa casa enclavada en arenales, rodeada de indios insólitos que parecía existir en otra dimensión, sorprendiendo a menudo pequeños detalles que la inducían a dudar de su propia cordura. La realidad le parecía desdibujada, como si aquel sol implacable que borraba los colores, también hubiera deformado las cosas que la rodeaban y hubiera convertido a los seres humanos en sombras sigilosas.

En el sopor de esos meses, Blanca, protegida por la criatura que crecía en su interior, olvidó la magnitud de su desgracia. Dejó de pensar en Pedro Tercero García con la apremiante urgencia con que lo hacía antes y se refugió en recuerdos dulces y desteñidos que podía evocar en todo momento. Su sensualidad estaba adormecida y en las raras ocasiones en que meditaba sobre su desafortunado destino, se complacía imaginándose a sí misma flotando en una nebulosa, sin penas y sin alegrías, alejada de las cosas brutales de la vida, aislada, con su hija como única compañía. Llegó a pensar que había perdido para siempre la capacidad de amar y que el ardor de su carne se había acallado definitivamente. Pasaba interminables horas contemplando el paisaje pálido que se extendía delante de su ventana. La casa quedaba en el límite de la ciudad, rodeada por algunos árboles raquíticos que

resistían el acoso implacable del desierto. Por el lado norte, el viento destruía toda forma de vegetación y se podía ver la inmensa planicie de dunas y cerros lejanos temblando en la reverberación de la luz. En el día la agobiaba el sofoco de ese sol de plomo y por las noches temblaba de frío entre las sábanas de su cama, defendiéndose de las heladas con bolsas de agua caliente y chales de lana. Miraba el cielo desnudo y límpido buscando el vestigio de una nube, con la esperanza de que alguna vez cayera una gota de lluvia que aliviara la oprimente aspereza de ese valle lunar. Los meses transcurrían inmutables, sin más diversión que las cartas de su madre, en las que le contaba de la campaña política de su padre, de las locuras de Nicolás, de las extravagancias de Jaime, que vivía como un cura, pero andaba con ojos enamorados. Clara le sugirió, en una de sus cartas, que para tener las manos ocupadas, volviera a sus Nacimientos. Ella lo intentó. Se hizo mandar la arcilla especial que estaba acostumbrada a usar en Las Tres Marías, organizó su taller en la parte posterior de la cocina y puso a un par de indios a construir un horno para quemar las figuras de cerámica. Pero Jean de Satigny se burlaba de su afán artístico, diciendo que si era para mantener las manos ocupadas, mejor tejía botines y aprendía a hacer pastelitos de hojaldre. Ella terminó por abandonar su trabajo, no tanto por los sarcasmos de su marido, sino porque le resultó imposible competir con la alfarería antigua de los indios.

Jean había organizado su negocio con la misma tenacidad que antes empleó en el asunto de las chinchillas, pero con más éxito. Aparte de un sacerdote alemán que llevaba treinta años recorriendo la región para desenterrar el pasado de los incas, nadie más se había preocupado de esas reliquias, por considerarlas carentes de valor comercial. El Gobierno prohibía el tráfico de antigüedades indígenas y había entregado una concesión general al cura, quien estaba autorizado para requisar las piezas y llevarlas al museo. Jean las vio por primera vez en las polvorientas vitrinas del museo. Pasó dos días con el alemán, quien feliz de encontrar después de tantos años a una persona interesada en su trabajo, no tuvo reparos en revelar sus vastos conocimientos. Así se enteró de la forma como se podía precisar el tiempo que llevaban enterrados, aprendió a diferenciar las épocas y los estilos, descubrió el modo de ubicar los cementerios en el desierto por medio de señales invisibles al ojo civilizado y llegó finalmente a la conclusión de que si bien esos cacharros no tenían el dorado esplendor de las tumbas egipcias, al menos tenían su mismo valor histórico. Una vez que obtuvo toda la información que necesitaba, organizó sus cuadrillas de indios para desenterrar cuanto hubiera escapado al celo arqueológico del cura.

Los magníficos huacos, verdes por la pátina del tiempo, empezaron

a llegar a su casa disimulados en bultos de indios y alforjas de llamas, llenando rápidamente los lugares secretos dispuestos para ellos. Blanca los veía amontonarse en los cuartos y quedaba maravillada por sus formas. Los sostenía en las manos, acariciándolos como hipnotizada y cuando los embalaban en paja y papel para enviarlos a destinos lejanos y desconocidos, se sentía acongojada. Esa alfarería le parecía demasiado hermosa. Sentía que los monstruos de sus Nacimientos no podían estar bajo el mismo techo que los huacos, y por eso, más que por ninguna otra razón, abandonó su taller.

El negocio de las gredas indígenas era secreto, puesto que eran patrimonio histórico de la nación. Trabajaban para Jean de Satigny varias cuadrillas de indios que habían llegado allí deslizándose clandestinamente por los intrincados pasos de la frontera. No tenían documentos que los acreditaran como seres humanos, eran silenciosos, toscos e impenetrables. Cada vez que Blanca preguntaba de adónde salían esos seres que aparecían súbitamente en su patio, le respondían que eran primos del que servía la mesa y, en efecto, todos se parecían. No duraban mucho en la casa. La mayor parte del tiempo estaban en el desierto, sin más equipaje que una pala para excavar la arena y una bola de coca en la boca para mantenerse vivos. A veces tenían la suerte de encontrar las ruinas semienterradas en un pueblo de los incas y en poco tiempo llenaban las bodegas de la casa con lo que robaban en sus excavaciones. La búsqueda, transporte y comercialización de esta mercadería se hacía en forma tan cautelosa, que Blanca no tuvo la menor duda de que había algo ilegal detrás de las actividades de su marido. Jean le explicó que el Gobierno era muy susceptible respecto a los cántaros mugrientos y los míseros collares de piedrecitas del desierto y que para evitar tramitaciones eternas de la burocracia oficial, prefería negociarlos a su modo. Los sacaba del país en cajas selladas con etiquetas de manzanas, gracias a la complicidad interesada de algunos inspectores de la aduana.

Todo eso a Blanca la tenía sin cuidado. Sólo la preocupaba el asunto de las momias. Estaba familiarizada con los muertos, porque había pasado toda su vida en estrecho contacto con ellos a través de la mesa de tres patas, donde su madre los invocaba. Estaba acostumbrada a ver sus siluetas transparentes paseando por los corredores de la casa de sus padres, metiendo ruido en los roperos y apareciendo en los sueños para pronosticar desgracias o los premios de la lotería. Pero las momias eran diferentes. Esos seres encogidos, envueltos en trapos que se deshacían en hilachas polvorientas, con sus cabezas descarnadas y amarillas, sus manitas arrugadas, sus párpados cosidos, sus pelos ralos en la nuca, sus eternas y terribles sonrisas sin labios, su olor a rancio y

ese aire triste y pobretón de los cadáveres antiguos, le revolvían el alma. Eran escasas. Muy rara vez llegaban los indios con alguna. Lentos e inmutables, aparecían por la casa cargando una gran vasija sellada de barro cocido. Jean la abría cuidadosamente en una habitación con todas las puertas y ventanas cerradas, para que el primer soplo de aire no la convirtiera en polvo de ceniza. En el interior de la vasija aparecía la momia, como el hueso de un fruto extraño, encogida en posición fetal, envuelta en sus harapos, acompañada por sus miserables tesoros de collares de dientes y muñecos de trapo. Eran mucho más apreciadas que los demás objetos que sacaban de las tumbas, porque los coleccionistas privados y algunos museos extranjeros las pagaban muy bien. Blanca se preguntaba qué tipo de persona podía coleccionar muertos y dónde los pondría. No podía imaginar una momia como parte del decorado de un salón, pero Jean de Satigny le decía que acomodadas en una urna de cristal, podían ser más valiosas que cualquier obra de arte para un millonario europeo. Las momias eran difíciles de colocar en el mercado, transportar y pasar por la aduana, de modo que a veces permanecían varias semanas en las bodegas de la casa, esperando su turno para emprender el largo viaje al extranjero. Blanca soñaba con ellas, tenía alucinaciones, creía verlas andar por los corredores en la punta de los pies, pequeñas como gnomos solapados y furtivos. Cerraba la puerta de su habitación, metía la cabeza debajo de las sábanas y pasaba horas así, temblando, rezando y llamando a su madre con la fuerza del pensamiento. Se lo contó a Clara en sus cartas y ésta respondió que no debía temer a los muertos, sino a los vivos, porque a pesar de su mala fama, nunca se supo que las momias atacaran a nadie; por el contrario, eran de naturaleza más bien tímida. Fortalecida por los consejos de su madre, Blanca decidió espiarlas Las esperaba silenciosamente, vigilando por la puerta entreabierta de su habitación. Pronto tuvo la certeza de que se paseaban por la casa, arrastrando sus patitas infantiles por las alfombras, cuchicheando como escolares, empujándose, pasando todas las noches en pequeños grupos de dos o tres, siempre en dirección al laboratorio fotográfico de Jean de Satigny. A veces creía oír unos gemidos lejanos de ultratumba y sufría arrebatos incontrolables de terror, llamaba a gritos a su marido, pero nadie acudía y ella tenía demasiado miedo para cruzar toda la casa y buscarlo. Con la salida de los primeros rayos del sol, Blanca recuperaba la cordura y el control de sus nervios atormentados, se daba cuenta que sus angustias nocturnas eran fruto de la imaginación febril que había heredado de su madre y se tranquilizaba, hasta que volvían a caer las sombras de la noche y recomenzaba su ciclo de espanto. Un día no soportó más la tensión que sentía a medida que se acercaba la noche y

decidió hablar de las momias con Jean. Estaban cenando. Cuando ella le contó de los paseos, los susurros y los gritos sofocados, Jean de Satigny se quedó petrificado, con el tenedor en la mano y la boca abierta. El indio que iba entrando al comedor con la bandeja, dio un traspié y el pollo asado rodó debajo de una silla. Jean desplegó todo su encanto, firmeza y sentido de la lógica, para convencerla de que le estaban fallando los nervios y que nada de eso ocurría en realidad, sino que era producto de su sobresaltada fantasía. Blanca fingió aceptar su razonamiento, pero le pareció muy sospechosa la vehemencia de su marido, que habitualmente no prestaba atención a sus problemas, así como la cara del sirviente, que por una vez perdió su inmutable expresión de ídolo y se le desorbitaron un poco los ojos. Decidió entonces para sus adentros que había llegado la hora de investigar a fondo el asunto de las momias transhumantes. Esa noche se despidió temprano, después de anunciar a su marido que pensaba tomar un tranquilizante para dormir. En vez bebió una taza grande de café negro y se apostó junto a su puerta, dispuesta a pasar muchas horas de vigilia.

Sintió los primeros pasitos alrededor de la medianoche. Abrió la puerta con mucha cautela y asomó la cabeza, en el preciso instante en que una pequeña figura agazapada pasaba por el fondo del corredor. Esta vez estaba segura de que no lo había soñado, pero debido al peso de su vientre, necesitó casi un minuto para alcanzar el corredor. La noche estaba fría y soplaba la brisa del desierto, que hacía crujir los viejos artesonados de la casa e hinchaba las cortinas como negras velas en alta mar. Desde pequeña, cuando escuchaba los cuentos de cucos de la Nana en la cocina, temía a la oscuridad, pero no se atrevió a encender las luces para no espantar a las pequeñas momias en sus erráticos paseos.

De pronto rompió el espeso silencio de la noche un grito ronco, amortiguado, como si saliera del fondo de un ataúd o al menos eso pensó Blanca. Comenzaba a ser víctima de la morbosa fascinación de las cosas de ultratumba. Se inmovilizó, con el corazón a punto de saltarle por la boca, pero un segundo gemido la sacó del ensimismamiento, dándole fuerzas para avanzar hasta la puerta del laboratorio de Jean de Satigny. Trató de abrirla, pero estaba con llave. Pegó la cara a la puerta y entonces sintió claramente murmullos, gritos sofocados y risas, y ya no tuvo dudas de que algo estaba ocurriendo con las momias. Regresó a su habitación confortada por la convicción de que no eran sus nervios los que estaban fallando, sino que algo atroz ocurría en el antro secreto de su marido.

Al día siguiente, Blanca esperó que Jean de Satigny terminara su meticuloso aseo personal, desayunara con su parsimonia habitual, leye-

ra su periódico hasta la última página y finalmente saliera en su diario paseo matinal, sin que nada en su plácida indiferencia de futura madre, delatara su feroz determinación. Cuando Jean salió, ella llamó al indio de los tacones altos y por primera vez le dio una orden.

—Anda a la ciudad y me compras papayas confitadas —ordenó secamente.

El indio se fue con el trote lento de los de su raza y ella se quedó en la casa con los otros sirvientes, a quienes temía mucho menos que a ese extraño individuo de inclinaciones cortesanas. Supuso que disponía de un par de horas antes que regresara, de modo que decidió no apurarse y actuar con serenidad. Estaba resuelta a aclarar el misterio de las momias furtivas. Se dirigió al laboratorio, segura de que a plena luz de la mañana, las momias no tendrían ánimo para hacer payasadas y deseando que la puerta estuviera sin llave, pero la encontró cerrada, como siempre. Probó todas las llaves que tenía, pero ninguna sirvió. Entonces tomó el más grande cuchillo de la cocina, lo metió en el quicio de la puerta y empezó a forcejear hasta que saltó en pedazos la madera reseca del marco y así pudo soltar la chapa y abrir la puerta. El daño que le hizo a la puerta era indisimulable y comprendió que cuando su marido lo viera, tendría que ofrecer alguna explicación razonable, pero se consoló con el argumento de que como dueña de la casa, tenía derecho a saber lo que estaba ocurriendo bajo su techo. A pesar de su sentido práctico, que había resistido inconmovible más de veinte años el baile de la mesa de tres patas y oír a su madre pronosticar lo impronosticable, al cruzar el umbral del laboratorio, Blanca estaba temblando.

A tientas buscó el interruptor y encendió la luz. Se encontró en una espaciosa habitación con los muros pintados de negro y gruesas cortinas del mismo color en las ventanas, por donde no se colaba ni el más débil rayo de luz. El suelo estaba cubierto de gruesas alfombras oscuras y por todos lados vio los focos, las lámparas y las pantallas que había visto usar a Jean por primera vez durante el funeral de Pedro García, el viejo, cuando le dio por tomar retratos de los muertos y de los vivos, hasta que puso a todo el mundo en ascuas y los campesinos terminaron pateando las placas en el suelo. Miró a su alrededor desconcertada: estaba dentro de un escenario fantástico. Avanzó sorteando baúles abiertos que contenían ropajes emplumados de todas las épocas, pelucas rizadas y sombreros ostentosos, se detuvo ante un trapecio dorado suspendido del techo, donde colgaba un muñeco desarticulado de proporciones humanas, vio en un rincón una llama embalsamada, sobre las mesas botellas de licores ambarinos y en el suelo pieles de animales exóticos. Pero lo que más la sorprendió fueron las fotografías. Al verlas se detuvo estupefacta. Las paredes del estudio de Jean de

Satigny estaban cubiertas de acongojantes escenas eróticas que revelaban la oculta naturaleza de su marido.

Blanca era de reacciones lentas y tardó un buen rato en asimilar lo que estaba viendo, porque carecía de experiencia en esos asuntos. Conocía el placer como una última y preciosa etapa en el largo camino que había recorrido con Pedro Tercero, por donde había transitado sin prisa, con buen humor, en el marco de los bosques, los trigales, el río, bajo un inmenso cielo, en el silencio del campo. No alcanzó a tener las inquietudes propias de la adolescencia. Mientras sus compañeras en el colegio leían a escondidas novelas prohibidas con imaginarios galanes apasionados y vírgenes ansiosas por dejar de serlo, ella se sentaba a la sombra de los ciruelos en el patio de las monjas, cerraba los ojos y evocaba con total precisión la magnífica realidad de Pedro Tercero García encerrándola en sus brazos, recorriéndola con sus caricias y arrancándole de lo más profundo los mismos acordes que podía sacar a la guitarra. Sus instintos se vieron satisfechos tan pronto despertaron y no se le había ocurrido que la pasión pudiera tener otras formas. Esas escenas desordenadas y tormentosas eran una verdad mil veces más desconcertante que las momias escandalosas que había esperado encontrar.

Reconoció los rostros de los sirvientes de la casa. Allí estaba toda la corte de los incas, desnuda como Dios la puso en el mundo, o mal cubierta por teatrales ropajes. Vio el insondable abismo entre los muslos de la cocinera, a la llama embalsamada cabalgando sobre la mucama coja y al indio impertérrito que le servía la mesa, en cueros como un recién nacido, lampiño y paticorto, con su inconmovible rostro de piedra y su desproporcionado pene en erección.

Por un interminable instante, Blanca se quedó suspendida en su propia incertidumbre, hasta que la venció el horror. Procuró pensar con lucidez. Entendió lo que Jean de Satigny había querido decir la noche de bodas, cuando le explicó que no se sentía inclinado por la vida matrimonial. Vislumbró también el siniestro poder del indio, la burla solapada de los sirvientes y se sintió prisionera en la antesala del infierno. En ese momento la niña se movió en su interior y ella se estremeció, como si hubiera sonado una campana de alerta.

—¡Mi hija! ¡Debo sacarla de aquí! —exclamó abrazándose el vientre.

Salió corriendo del laboratorio, cruzó toda la casa como una exhalación y llegó a la calle, donde el calor de plomo y la despiadada luz del mediodía le devolvieron el sentido de la realidad. Comprendió que no podría llegar muy lejos a pie con su barriga de nueve meses. Regresó a su habitación, tomó todo el dinero que pudo encontrar, hizo un adadito

con algunas ropas del suntuoso ajuar que había preparado y se dirigió a la estación.

Sentada en un tosco banco de madera en el andén, con su bulto en el regazo y los ojos espantados, Blanca esperó durante horas la llegada del tren, rezando entre dientes para que el conde, al volver a la casa y ver el destrozo en la puerta del laboratorio, no la buscara hasta dar con ella y obligarla a regresar al maléfico reino de los incas, para que se apresurara el ferrocarril y por una vez cumpliera su horario, para que pudiera llegar a la casa de sus padres antes que la criatura que le estrujaba las entrañas y le pateaba las costillas anunciara su venida al mundo, para que le alcanzaran las fuerzas para ese viaje de dos días sin descanso y para que su deseo de vivir fuera más poderoso que esa terrible desolación que comenzaba a embargarla. Apretó los dientes y esperó.

Capítulo IX

LA NIÑA ALBA

Alba nació parada, lo cual es signo de buena suerte. Su abuela Clara buscó en su espalda y encontró una mancha en forma de estrella que caracteriza a los seres que nacen capacitados para encontrar la felicidad. «No hay que preocuparse por esta niña. Tendrá buena suerte y será feliz. Además tendrá buen cutis, porque eso se hereda y a mi edad, no tengo arrugas y jamás me salió un grano», dictaminó Clara al segundo día del nacimiento. Por esas razones no se preocuparon de prepararla para la vida, ya que los astros se habían combinado para dotarla de tantos dones. Su signo era Leo. Su abuela estudió su carta astral y anotó su destino con tinta blanca en un álbum de papel negro, donde pegó también unos mechones verdosos de su primer pelo, las uñas que le cortó al poco tiempo de nacer y varios retratos que permiten apreciarla tal como era: un ser extraordinariamente pequeño, casi calvo, arrugado y pálido, sin más signo de inteligencia humana que sus negros ojos relucientes, con una sabia expresión de ancianidad desde la cuna. Así los tenía su verdadero padre. Su madre quería llamarla Clara, pero su abuela no era partidaria de repetir los nombres en la familia, porque eso siembra confusión en los cuadernos de anotar la vida. Buscaron un

nombre en un diccionario de sinónimos y descubrieron el suyo, que es el último de una cadena de palabras luminosas que quieren decir lo mismo. Años después Alba se atormentaba pensando que cuando ella tuviera una hija, no habría otra palabra con el mismo significado que pudiera servirle de nombre, pero Blanca le dio la idea de usar lenguas extranjeras, lo que ofrece una amplia variedad.

Alba estuvo a punto de nacer en un tren de trocha angosta, a las tres de la tarde, en medio del desierto. Eso habría sido fatal para su carta astrológica. Afortunadamente, pudo sujetarse dentro de su madre varias horas más y alcanzó a nacer en la casa de sus abuelos, el día, la hora y en el lugar exactos que más convenían a su horóscopo. Su madre llegó a la gran casa de la esquina sin previo aviso, desgreñada, cubierta de polvo, ojerosa y doblada en dos por el dolor de las contracciones con que Alba pujaba por salir, tocó la puerta con desesperación y cuando le abrieron, cruzó como una tromba, sin detenerse hasta el costurero, donde Clara estaba terminando el último primoroso vestido para su futura nieta. Allí Blanca se desplomó, después de su largo viaje, sin alcanzar a dar ninguna explicación, porque el vientre le reventó con un hondo suspiro líquido y sintió que toda el agua del mundo corría entre sus piernas con un gorgoriteo furioso. A los gritos de Clara acudieron los sirvientes y Jaime, que en esos días estaba siempre en la casa rondando a Amanda. La trasladaron a la habitación de Clara y mientras la acomodaban sobre la cama y le arrancaban a tirones la ropa del cuerpo, Alba comenzó a asomar su minúscula humanidad. Su tío Jaime, que había asistido a algunos partos en el hospital, la ayudó a nacer, agarrándola firmemente de las nalgas con la mano derecha, mientras con los dedos de la mano izquierda tanteaba en la oscuridad, buscando el cuello de la criatura, para separar el cordón umbilical que la estrangulaba. Entretanto Amanda, que llegó corriendo, atraída por el alboroto, apretaba el vientre a Blanca con todo el peso de su cuerpo y Clara, inclinada sobre el rostro sufriente de su hija, le acercaba a la nariz un colador de té cubierto con un trapo, donde destilaban unas gotas de éter. Alba nació con rapidez. Jaime le quitó el cordón del cuello, la sostuvo en el aire boca abajo y de dos sonoras bofetadas la inició en el sufrimiento de la vida y la mecánica de la respiración, pero Amanda, que había leído sobre las costumbres de las tribus africanas y predicaba la vuelta a la naturaleza, le arrebató la recién nacida de las manos y la colocó amorosamente sobre el vientre tibio de su madre, donde encontró algún consuelo a la tristeza de nacer. Madre e hija permanecieron descansando, desnudas y abrazadas, mientras los demás limpiaban los vestigios del parto y se afanaban con las sábanas nuevas y los primeros pañales. En la emoción de

esos momentos, nadie se fijó en la puerta entreabierta del armario, donde el pequeño Miguel observaba la escena paralizado de miedo, grabando para siempre en su memoria la visión del gigantesco globo atravesado de venas y coronado por un ombligo sobresaliente, de donde salió aquel ser amoratado, envuelto en una horrenda tripa azul.

Inscribieron a Alba en el Registro Civil y en los libros de la parroquia, con el apellido francés de su padre, pero ella no llegó a usarlo, porque el de su madre era más fácil de deletrear. Su abuelo, Esteban Trueba, jamás estuvo de acuerdo con ese mal hábito, porque, tal como decía cada vez que le daban la oportunidad, se había tomado muchas molestias para que la niña tuviera un padre conocido y un apellido respetable y no tuviera que usar el de la madre, como si fuera hija de la vergüenza y del pecado. Tampoco permitió que se dudara de la legítima paternidad del conde y siguió esperando, contra toda lógica, que tarde o temprano se notara la elegancia de modales y el fino encanto del francés en la silenciosa y desmañada nieta que deambulaba por su casa. Clara tampoco hizo mención del asunto hasta mucho tiempo después, en una ocasión en que vio a la niña jugando entre las destruidas estatuas del jardín y se dio cuenta de que no se parecía a nadie de la familia y mucho menos a Jean de Satigny.

—¿A quién habrá sacado esos ojos de viejo? —preguntó la abuela.

—Los ojos son del padre —respondió Blanca distraídamente.

—Pedro Tercero García, supongo —dijo Clara.

—Ajá —asintió Blanca.

Fue la única vez que se habló del origen de Alba en el seno de la familia, porque tal como Clara anotó, el asunto carecía por completo de importancia, ya que de todos modos, Jean de Satigny había desaparecido de sus vidas. No volvieron a saber de él y nadie se tomó la molestia de averiguar su paradero, ni siquiera para legalizar la situación de Blanca, que carecía de las libertades de una soltera y tenía todas las limitaciones de una mujer casada, pero no tenía marido. Alba nunca vio un retrato del conde, porque su madre no dejó ningún rincón de la casa sin revisar, hasta destruirlos todos, incluso aquellos en que aparecía de su brazo el día de la boda. Había tomado la decisión de olvidar al hombre con quien se casó y hacer cuenta que nunca existió. No volvió a hablar de él y tampoco ofreció una explicación por su huida del domicilio conyugal. Clara, que había pasado nueve años muda, conocía las ventajas del silencio, de modo que no hizo preguntas a su hija y colaboró en la tarea de borrar a Jean de Satigny de los recuerdos. A Alba le dijeron que su padre había sido un noble caballero, inteligente y distinguido, que tuvo la desgracia de morir de fiebre en el desierto del Norte. Fue uno de los pocos infundios que tuvo que soportar en su

infancia, porque en todo lo demás estuvo en estrecho contacto con las prosaicas verdades de la existencia. Su tío Jaime se encargó de destruir el mito de los niños que surgen de los repollos o son transportados desde París por las cigüeñas y su tío Nicolás el de los Reyes Magos, las hadas y los cucos. Alba tenía pesadillas en las que veía la muerte de su padre. Soñaba con un hombre joven, hermoso y enteramente vestido de blanco, con zapatos de charol del mismo color y un sombrero de pajilla, caminando por el desierto a pleno sol. En su sueño, el caminante acortaba el paso, vacilaba, iba más y más lento, tropezaba y caía, se levantaba y volvía a caer, abrasado por el calor, la fiebre y la sed. Se arrastraba de rodillas un trecho sobre las ardientes arenas, pero finalmente quedaba tendido en la inmensidad de aquellas dunas lívidas, con las aves de rapiña revoloteando en círculos sobre su cuerpo inerte. Tantas veces lo soñó, que fue una sorpresa cuando muchos años después tuvo que ir a reconocer el cadáver del que creía su padre, en un depósito de la Morgue Municipal. Entonces Alba era una joven valerosa, de temperamento audaz y acostumbrada a las adversidades, de modo que fue sola. La recibió un practicante de delantal blanco, que la condujo por los largos pasillos del antiguo edificio hasta una sala grande y fría, cuyos muros estaban pintados de gris. El hombre del delantal blanco abrió la puerta de una gigantesca nevera y extrajo una bandeja sobre la cual yacía un cuerpo hinchado, viejo y de color azulado. Alba lo miró con atención, sin encontrar ningún parecido con la imagen que había soñado tantas veces. Le pareció un tipo común y corriente, con aspecto de empleado de correos, se fijó en sus manos: no eran las de un noble caballero, fino e inteligente, sino las de un hombre que no tiene nada interesante que contar. Pero sus documentos eran una prueba irrefutable de que aquel cadáver azul y triste era Jean de Satigny que no murió de fiebre en las dunas doradas de una pesadilla de infancia, sino simplemente de una apoplejía al cruzar la calle en su vejez. Pero todo eso ocurrió mucho después. En los tiempos en que Clara estaba viva, cuando Alba era todavía una niña, la gran casa de la esquina era un mundo cerrado, donde ella creció protegida hasta de sus propias pesadillas.

Alba no había cumplido aún dos semanas de vida, cuando Amanda se fue de la gran casa de la esquina. Había recuperado sus fuerzas y no tuvo dificultad en adivinar el anhelo en el corazón de Jaime. Tomó a su hermanito de la mano y partió tal como había llegado, sin ruido y sin promesas. La perdieron de vista y el único que pudo buscarla, no quiso hacerlo para no herir a su hermano. Sólo por casualidad Jaime volvió a verla muchos años después, pero entonces ya era tarde para ambos. Después que ella se fue, Jaime ahogó la desesperación en sus

estudios y en el trabajo. Regresó a sus antiguos hábitos de anacoreta y no aparecía casi nunca por la casa. No volvió a mencionar el nombre de la joven y se distanció para siempre de su hermano.

La presencia de su nieta en la casa dulcificó el carácter de Esteban Trueba. El cambio fue imperceptible, pero Clara lo notó. Lo delataban pequeños síntomas: el brillo de su mirada cuando veía a la niña, los costosos regalos que le traía, la angustia si la oía llorar. Eso, sin embargo, no lo acercó a Blanca. Las relaciones con su hija nunca fueron buenas y desde su funesto matrimonio estaban tan deterioradas, que sólo la cortesía obligatoria impuesta por Clara les permitía vivir bajo el mismo techo.

En esa época la casa de los Trueba tenía casi todos los cuartos ocupados y diariamente se ponía la mesa para la familia, los invitados y un puesto de sobra para quien pudiera llegar sin anunciarse. La puerta principal estaba abierta en permanencia, para que entraran y salieran los que vivían de allegados y las visitas. Mientras el Senador Trueba procuraba enmendar los destinos de su país, su mujer navegaba hábilmente por las agitadas aguas de la vida social y por las otras, sorprendentes, de su camino espiritual. La edad y la práctica acentuaron la capacidad de Clara para adivinar lo oculto y mover las cosas a la distancia. Los estados de ánimo exaltados la conducían con facilidad a trances en los cuales podía desplazarse sentada en su silla por toda la habitación, como si hubiera un motor oculto bajo el asiento del mueble. En esos días, un joven artista famélico, acogido en la casa por misericordia, pagó su hospedaje pintando el único retrato de Clara que existe. Mucho tiempo después, el misérrimo artista se convirtió en un maestro y hoy el cuadro está en un museo de Londres, como tantas otras obras de arte que salieron del país en la época en que hubo que vender el mobiliario para alimentar a los perseguidos. En la tela puede verse a una mujer madura, vestida de blanco, con el pelo plateado y una dulce expresión de trapecista en el rostro, descansando en una mecedora que está suspendida encima del nivel del suelo, flotando entre cortinas floreadas, un jarrón que vuela invertido y un gato gordo y negro que observa sentado como un gran señor. Influencia de Chagall, dice el catálogo del museo, pero no es así. Corresponde exactamente a la realidad que el artista vivió en la casa de Clara. Ésa fue la época en que actuaban con impunidad las fuerzas ocultas de la naturaleza humana y el buen humor divino, provocando un estado de emergencia y sobresalto en las leyes de la física y la lógica. Las comunicaciones de Clara con las almas vagabundas y con los extraterrestres, ocurrían mediante la telepatía, los sueños y un péndulo que ella usaba para tal fin, sosteniéndolo en el aire sobre un alfabeto que colocaba ordenadamente en la mesa. Los movi-

mientos autónomos del péndulo señalaban las letras y formaban los mensajes en español y esperanto, demostrando así que son los únicos idiomas que interesan a los seres de otras dimensiones, y no el inglés, como decía Clara en sus cartas a los embajadores de las potencias angloparlantes, sin que ellos le contestaran jamás, así como tampoco lo hicieron los sucesivos Ministros de Educación a los cuales se dirigió para exponerles su teoría de que en vez de enseñar inglés y francés en las escuelas, lenguas de marineros, mercachifles y usureros, se obligara a los niños a estudiar esperanto.

Alba pasó su infancia entre dietas vegetarianas, artes marciales niponas, danzas del Tibet, respiración yoga, relajación y concentración con el profesor Hausser y muchas otras técnicas interesantes, sin contar los aportes que hicieron a su educación los dos tíos y las tres encantadoras señoritas Mora. Su abuela Clara se las arreglaba para mantener rodando aquel inmenso carromato lleno de alucinados en que se había convertido su hogar, aunque ella misma no tenía ninguna habilidad doméstica y desdeñaba las cuatro operaciones hasta el punto de olvidarse de sumar, de modo que la organización de la casa y las cuentas cayeron en forma natural en manos de Blanca, quien repartía su tiempo entre las labores de mayordomo de aquel reino en miniatura y su taller de cerámica al fondo del patio, último refugio para sus pesares, donde hacía clases tanto para mongólicos, como para señoritas, y fabricaba sus increíbles Nacimientos de monstruos que, contra toda lógica, se vendían como pan salido del horno.

Desde muy pequeña Alba tuvo la responsabilidad de poner flores frescas en los jarrones. Abría las ventanas para que entrara a raudales la luz y el aire, pero las flores no alcanzaban a durar hasta la noche, porque el vozarrón de Esteban Trueba y sus bastonazos, tenían el poder de espantar a la naturaleza. A su paso huían los animales domésticos y las plantas se ponían mustias. Blanca criaba un gomero traído del Brasil, una mata escuálida y tímida cuya única gracia era su precio: se compraba por hojas. Cuando oían llegar al abuelo, el que estaba más cerca corría a poner el gomero a salvo en la terraza, porque apenas el viejo entraba a la pieza, la planta agachaba las hojas y empezaba a exhumar por el tallo un llanto blancuzco como lágrimas de leche. Alba no iba al colegio porque su abuela decía que alguien tan favorecido por los astros como ella, no necesitaba más que saber leer y escribir, y eso podía aprenderlo en la casa. Se apuró tanto en alfabetizarla, que a los cinco años la niña leía el periódico a la hora del desayuno para comentar las noticias con su abuelo, a los seis había des-

cubierto los libros mágicos de los baúles encantados de su legendario tío bisabuelo Marcos y había entrado de lleno en el mundo sin retorno de la fantasía. Tampoco se preocuparon de su salud, porque no creían en beneficios de vitaminas y decían que las vacunas eran para las gallinas. Además, su abuela estudió las líneas de su mano y dijo que tendría salud de fierro y una larga vida. El único cuidado frívolo que le prodigaron fue peinarla con Bayrum para mitigar el tono verde oscuro que tenía su pelo al nacer, a pesar de que el Senador Trueba decía que había que dejárselo así, porque ella era la única que había heredado algo de la bella Rosa, aunque desafortunadamente era sólo el color marítimo del cabello. Para complacerlo Alba abandonó en la adolescencia los subterfugios del Bayrum y se enjuagaba la cabeza con infusión de perejil, lo cual permitió al verde reaparecer en toda su frondosidad. El resto de su persona era pequeño y anodino, a diferencia de la mayoría de las mujeres de su familia, que casi sin excepción, fueron espléndidas.

En los pocos momentos de ocio que tenía Blanca para pensar en sí misma y en su hija, se lamentaba de que fuera una niña solitaria y silenciosa, sin compañeros de su edad para jugar. En realidad Alba no se sentía sola, por el contrario, a veces habría sido muy feliz si hubiera podido eludir la clarividencia de su abuela, la intuición de su madre y el alboroto de gentes estrafalarias que constantemente aparecían, desaparecían y reaparecían en la gran casa de la esquina. A Blanca también le preocupaba que su hija no jugara con muñecas, pero Clara apoyaba a su nieta con el argumento de que esos pequeños cadáveres de loza, con sus ojillos de abre y cierra y su perversa boca fruncida, eran repugnantes. Ella misma fabricaba unos seres informes con sobras de la lana que empleaba para tejer a los pobres. Eran unas criaturas que no tenían nada humano y por lo mismo era mucho más fácil acunarlas, mecerlas, bañarlas y después tirarlas a la basura. El juguete predilecto de la niña era el sótano. A causa de las ratas, Esteban Trueba ordenó que pusieran una tranca a la puerta, pero Alba se deslizaba de cabeza por una claraboya y aterrizaba sin ruido en aquel paraíso de los objetos olvidados. El lugar estaba siempre en penumbra, preservado del uso del tiempo, como una pirámide sellada. Allí se amontonaban los muebles desechados, herramientas de utilidad incomprensible, máquinas desvencijadas, pedazos del Covadonga, el prehistórico automóvil que sus tíos desarmaron para transformar en vehículo de carrera y terminó sus días convertido en chatarra. Todo le servía a Alba para construir casitas en los rincones. Había baúles y maletas con ropa antigua, que usó para montar sus solitarios espectáculos teatrales y un felpudo triste, negro y apolillado, con cabeza de perro, que puesto en el suelo parecía

una lamentable bestia abierta de patas. Era el último oprobioso vestigio del fiel Barrabás.

Una noche de Navidad, Clara hizo a su nieta un fabuloso regalo que llegó a remplazar en ocasiones la fascinante atracción del sótano: una caja con tarros de pintura, pinceles, una pequeña escalera y la autorización para usar a su antojo la pared más grande de su habitación.

—Esto le va a servir para desahogarse —dijo Clara cuando vio a Alba equilibrándose en la escalera para pintar cerca del techo un tren lleno de animales.

A lo largo de los años, Alba fue llenando ésa y las demás murallas de su dormitorio con un inmenso fresco, donde, en medio de una flora venusiana y una fauna imposible de bestias inventadas, como las que bordaba Rosa en su mantel y cocinaba Blanca en su horno de cerámica, aparecieron los deseos, los recuerdos, las tristezas y las alegrías de su niñez.

Vivían muy cerca de ella sus dos tíos. Jaime era su preferido. Era un hombronazo peludo que debía afeitarse dos veces al día y aun así, siempre parecía llevar una barba del martes, tenía cejas negras y malévolas que peinaba hacia arriba para hacer creer a su sobrina que estaba emparentado con el diablo, y el pelo tieso como un escobillón, inútilmente engominado y siempre húmedo. Entraba y salía con sus libros debajo del brazo y un maletín de plomero en la mano. Había dicho a Alba que trabajaba como ladrón de joyas y que dentro de la horrenda maleta llevaba ganzúas y manoplas. La niña fingía espantarse, pero sabía que su tío era médico y que el maletín contenía los instrumentos de su oficio. Habían inventado juegos de ilusión para entretenerse algunas tardes de lluvia.

—¡Trae al elefante! —ordenaba el tío Jaime.

Alba salía y regresaba arrastrando de una cuerda invisible a un paquidermo imaginario. Podían pasar una buena media hora dándole de comer yerbas propias de su especie, bañándolo con tierra para preservarle la piel de las inclemencias del tiempo y sacándole brillo al marfil de sus colmillos, mientras discutían acaloradamente sobre las ventajas y los inconvenientes de vivir en la selva.

—¡Esta niña va a terminar loca de remate! —decía el Senador Trueba, cuando veía a la pequeña Alba sentada en la galería leyendo los tratados de medicina que le prestaba su tío Jaime.

Era la única persona de toda la casa que tenía llave para entrar al túnel de libros de su tío y autorización para tomarlos y leerlos. Blanca sostenía que había que dosificar la lectura, porque había cosas que no eran apropiadas para su edad, pero su tío Jaime opinaba que la gente no lee lo que no le interesa, y si le interesa, es que ya tiene madurez para

hacerlo. Tenía la misma teoría para el baño y la comida. Decía que si la niña no tenía ganas de bañarse, era porque no lo necesitaba y que había que darle de comer lo que quisiera a las horas que tuviera hambre, porque el organismo conoce mejor que nadie sus propias urgencias. En ese punto Blanca era inflexible y obligaba a su hija a cumplir estrictos horarios y normas de higiene. El resultado era que además de las comidas y los baños normales, Alba tragaba las golosinas que su tío le regalaba y se bañaba en la manguera cada vez que tenía calor, sin que ninguna de estas cosas alterara su saludable naturaleza. A Alba le habría gustado que su tío Jaime se casara con su mamá, porque era más seguro tenerlo de padre que de tío, pero le explicaron que de esas uniones incestuosas nacen niños mongólicos. Se quedó con la idea de que los alumnos de los jueves en el taller de su madre eran hijos de sus tíos.

Nicolás también estaba cerca del corazón de la niña, pero tenía algo efímero, volátil, apresurado, siempre de paso, como si fuera saltando de una idea a otra, que a Alba producía inquietud. Tenía cinco años cuando su tío Nicolás regresó de la India. Cansado de invocar a Dios en la mesa de tres patas y en el humo del haschich, decidió ir a buscarlo a una región menos tosca que su tierra natal. Se pasó dos meses molestando a Clara, persiguiéndola por los rincones y susurrándole al oído cuando estaba dormida, hasta que la convenció de que vendiera un anillo de brillantes para pagarle el pasaje a la tierra del Mahatma Gandhi. Esa vez Esteban Trueba no se opuso, porque pensó que un paseo por aquella lejana nación de hambrientos y vacas transhumantes haría mucho bien a su hijo.

—Si no muere picado de cobra o de alguna peste extranjera, espero que vuelva convertido en un hombre, porque ya estoy harto de sus extravagancias —le dijo su padre al despedirle en el muelle.

Nicolás pasó un año como pordiosero, recorriendo a pie los caminos de los yogas, a pie por el Himalaya, a pie por Katmandú, a pie por el Ganges y a pie por Benarés. Al cabo de esa peregrinación tenía la certeza de la existencia de Dios y había aprendido a atravesarse alfileres de sombrero por las mejillas y la piel del pecho y a vivir casi sin comer. Lo vieron llegar a la casa un día cualquiera, sin previo aviso, con un pañal de infante cubriendo sus vergüenzas, el pellejo pegado a los huesos y ese aire extraviado que se observa en la gente que se nutre sólo de verduras. Llegó acompañado por un par de carabineros incrédulos, que estaban dispuestos a llevarlo preso a menos que pudiera demostrar que era en verdad el hijo del Senador Trueba, y por una comitiva de niños que lo seguían tirándole basura y burlándose. Clara fue la única que no tuvo dificultad en reconocerlo. Su padre tranquilizó a los carabineros y ordenó a Nicolás que se diera un baño y se pusiera

ropa de cristiano si quería vivir en su casa, pero Nicolás lo miró como
si no lo viera y no le contestó. Se había puesto vegetariano. No probaba
la carne, la leche ni los huevos, su dieta era la de un conejo y poco a
poco su rostro ansioso fue pareciéndose al de ese animal. Masticaba
cada bocado de sus escasos alimentos cincuenta veces. Las comidas se
convirtieron en un ritual eterno en el que Alba se quedaba dormida
sobre el plato vacío y los sirvientes con las bandejas en la cocina, mientras él rumiaba ceremoniosamente, por eso Esteban Trueba dejó de ir
a la casa y hacía todas sus comidas en el Club. Nicolás aseguraba que
podía caminar descalzo sobre las brasas, pero cada vez que se dispuso
a demostrarlo, a Clara le dio un ataque de asma y tuvo que desistir.
Hablaba en parábolas asiáticas no siempre comprensibles. Sus únicos
intereses eran de orden espiritual. El materialismo de la vida doméstica
le molestaba tanto como los excesivos cuidados de su hermana y su
madre, que insistían en alimentarlo y vestirlo, y la persecución fascinada de Alba, que lo seguía por toda la casa como un perrito, rogándole
que le enseñara a pararse de cabeza y atravesarse alfileres. Permaneció
desnudo aun cuando el invierno se dejó caer con todo su rigor. Podía
mantenerse casi tres minutos sin respirar y estaba dispuesto a realizar
esa hazaña cada vez que alguien se lo pedía, lo que ocurría con frecuencia. Jaime decía que era una lástima que el aire fuera gratis, porque
sacó la cuenta que Nicolás respiraba la mitad que una persona normal,
aunque eso no parecía afectarlo en absoluto. Pasó el invierno comiendo
zanahorias, sin quejarse del frío, encerrado en su habitación, llenando
páginas y páginas con su minúscula letra en tinta negra. Al aparecer los
primeros síntomas de la primavera, anunció que su libro estaba listo.
Tenía mil quinientas páginas y pudo convencer a su padre y a su hermano Jaime que se lo financiaran, a cuenta de las ganancias que se ob-
tendrían de la venta. Después de corregidas e impresas, las mil y tantas
cuartillas manuscritas se redujeron a seiscientas páginas de un volumi-
noso tratado sobre los noventa y nueve nombres de Dios y la forma de
llegar al Nirvana mediante ejercicios respiratorios. No tuvo el éxito
esperado y los cajones con la edición terminaron sus días en el sótano,
donde Alba los usaba como ladrillos para construir trincheras, hasta
que muchos años después sirvieron para alimentar una hoguera infame.

Tan pronto salió el libro de la imprenta, Nicolás lo sostuvo amorosamente en sus manos, recuperó su perdida sonrisa de hiena, se puso
ropa decente y anunció que había llegado el momento de entregar La
Verdad a sus coetáneos que permanecían en las tinieblas de la ignorancia. Esteban Trueba le recordó su prohibición de usar la casa como academia y le advirtió que no iba a tolerar que metiera ideas paganas en
la cabeza de Alba y, mucho menos, que le enseñara trucos de fakir.

Nicolás se fue a predicar al cafetín de la universidad, donde consiguió un impresionante número de adeptos para sus cursos de ejercicios espirituales y respiratorios. En sus ratos libres paseaba en moto y enseñaba a su sobrina a vencer el dolor y otras debilidades de la carne. Su método consistía en identificar aquellas cosas que le producían temor. La niña, que tenía cierta inclinación por lo macabro, se concentraba de acuerdo a las instrucciones de su tío y lograba visualizar, como si lo estuviera viviendo, la muerte de su madre. La veía lívida, fría, con sus hermosos ojos moros cerrados, tendida en un ataúd. Oía el llanto de la familia. Veía la procesión de amigos que entraban en silencio, dejaban sus tarjetas de visita en una bandeja y salían cabizbajos. Sentía el olor de las flores, el relincho de los caballos empenachados de la carroza funeraria. Sufría su dolor de pies dentro de sus zapatos nuevos de luto. Imaginaba su soledad, su abandono, su orfandad. Su tío la ayudaba a pensar en todo eso sin llorar, relajarse y no oponer resistencia al dolor, para que éste la atravesara sin permanecer en ella. Otras veces Alba se apretaba un dedo en la puerta y aprendía a soportar el quemante ardor sin quejarse. Si lograba pasar toda la semana sin llorar, superando las pruebas que le ponía Nicolás, ganaba un premio, que consistía casi siempre en un paseo a toda velocidad en la moto, lo cual era una experiencia inolvidable. En una ocasión se metieron entre un rebaño de vacas que cruzaba al establo, en un camino de las afueras de la ciudad donde llevó a su sobrina para pagar el premio. Ella recordaría siempre los cuerpos pesados de los animales, su torpeza, sus colas embarradas golpeándole la cara, el olor a boñiga, los cuernos que la rozaban y su propia sensación de vacío en el estómago, de vértigo maravilloso, de increíble excitación, mezcla de apasionada curiosidad y de terror, que sólo volvió a sentir en instantes fugaces de su vida.

Esteban Trueba, que siempre había tenido dificultad para expresar su necesidad de afecto y que desde que se deterioraron sus relaciones matrimoniales con Clara no tenía acceso a la ternura, volcó en Alba sus mejores sentimientos. La niña le importaba más de lo que nunca le importaron sus propios hijos. Cada mañana ella iba en pijama a la pieza de su abuelo, entraba sin golpear y se introducía en su cama. Él fingía despertar sobresaltado, aunque en realidad la estaba esperando y gruñía que no lo molestara, que se fuera a su habitación y lo dejara dormir. Alba le hacía cosquillas hasta que, aparentemente vencido, él la autorizaba para que buscara el chocolate que escondía para ella. Alba conocía todos los escondites y su abuelo los usaba siempre en el mismo orden, pero para no defraudarlo se afanaba un buen rato buscando y daba gritos de júbilo al encontrarlo. Esteban nunca supo que su nieta odiaba el chocolate y que lo comía por amor a él. Con esos

juegos matinales, el Senador satisfacía su necesidad de contacto humano. El resto del día estaba ocupado en el Congreso, el Club, el golf, los negocios y sus conciliábulos políticos. Dos veces al año iba a Las Tres Marías con su nieta por dos o tres semanas. Ambos regresaban bronceados, más gordos y felices. Allí destilaban un aguardiente casero que servía para beberlo, para encender la cocina, para desinfectar heridas y matar cucarachas y que ellos llamaban pomposamente «vodka». Al final de su vida, cuando los noventa años lo habían convertido en un viejo árbol retorcido y frágil, Esteban Trueba recordaría esos momentos con su nieta como los mejores de su existencia, y ella también guardó siempre en la memoria la complicidad de esos viajes al campo de la mano con su abuelo, los paseos al anca de su caballo, los atardeceres en la inmensidad de los potreros, las largas noches junto a la chimenea del salón contando cuentos de aparecidos y dibujando.

Las relaciones del Senador Trueba con el resto de su familia no hicieron más que empeorar con el tiempo. Una vez por semana, los sábados, se reunían a cenar alrededor de la gran mesa de encina que había estado siempre en la familia y que antes perteneció a los del Valle, es decir, venía de la más antigua antigüedad, y había servido para velar a los muertos, para bailes flamencos y otros oficios impensados. Sentaban a Alba entre su madre y su abuela, con un almohadón en la silla para que su nariz alcanzara la altura del plato. La niña observaba a los adultos con fascinación, su abuela radiante, con los dientes puestos para la ocasión, dirigiendo mensajes cruzados a su marido a través de sus hijos o los sirvientes, Jaime haciendo alarde de mala educación, eructando después de cada plato y escarbándose los dientes con el dedo meñique para molestar a su padre, Nicolás con los ojos entrecerrados masticando cincuenta veces cada bocado y Blanca parloteando de cualquier cosa para crear la ficción de una cena normal. Trueba se mantenía relativamente silencioso hasta que lo traicionaba su mal carácter y empezaba a pelear con su hijo Jaime por razones de pobres, de votaciones, de socialistas y de principios, o a insultar a Nicolás por sus iniciativas de elevarse en globo y practicar acupuntura con Alba, o castigar a Blanca con sus réplicas brutales, su indiferencia y sus advertencias inútiles de que había arruinado su vida y que no heredaría ni un peso de él. A la única que no hacía frente era a Clara, pero con ella casi no hablaba. En ocasiones Alba sorprendía los ojos de su abuelo prendidos en Clara, se la quedaba mirando y se iba poniendo blanco y dulce hasta parecer un anciano desconocido. Pero eso no ocurría con frecuencia, lo normal era que los esposos se ignoraran. Algunas veces el Senador Trueba perdía el control y gritaba tanto, que se ponía rojo y había que arrojarle la jarra con agua fría a la cara,

para que se le pasara la rabieta y recuperara el ritmo de la respiración.

En esa época, Blanca había llegado al apogeo de su belleza. Tenía un aire morisco, lánguido y abundante, que invitaba al reposo y a la confidencia. Era alta y opulenta, de temperamento desvalido y llorón, que despertaba en los hombres el ancestral instinto de protección. Su padre no le tenía simpatía. No le perdonó sus amores con Pedro Tercero García y procuraba que ella no olvidara que vivía de su misericordia. Trueba no podía explicarse que su hija tuviera tantos enamorados, porque Blanca no tenía nada de la inquietante alegría y la jovialidad que lo atraían en las mujeres y además pensaba que ningún hombre normal podía tener deseos de casarse con una mujer de mala salud, de estado civil incierto y que cargaba con una hija. Por su parte, Blanca no parecía sorprendida del acecho de los hombres. Estaba consciente de su belleza. Sin embargo, frente a los caballeros que la visitaban, adoptaba una actitud contradictoria, alentándolos con el parpadeo de sus ojos musulmanes, pero manteniéndolos a prudente distancia. Tan pronto veía que las intenciones del otro eran serias, cortaba la relación con una negativa feroz. Algunos, de mejor posición económica, intentaron llegar hasta el corazón de Blanca por el camino de seducir a su hija. Colmaban a Alba de regalos caros, de muñecas dotadas de mecanismos para caminar, llorar, comer y ejecutar otras destrezas propiamente humanas, la atiborraban de pasteles con crema y la llevaban de paseo al zoológico, donde la niña lloraba de lástima por las pobres bestias prisioneras, especialmente la foca, que removía en su alma funestos presagios. Esas visitas al zoológico de la mano de algún pretendiente orondo y dispendioso, le dejaron para el resto de la vida el horror al encierro, los muros, las rejas y el aislamiento. Entre todos los enamorados, el que avanzó más en el camino de conquistar a Blanca, fue el Rey de las Ollas a Presión. A pesar de su inmensa fortuna y su carácter apacible y reflexivo, Esteban Trueba lo detestaba porque era circuncidado, tenía la nariz sefardita y el pelo ensortijado. Con su actitud burlona y hostil, Trueba consiguió espantar a ese hombre que había sobrevivido en un campo de concentración, había vencido la miseria y el exilio y había triunfado en la despiadada lucha comercial. Mientras duró el romance, el Rey de las Ollas a Presión pasaba a recoger a Blanca para llevarla a cenar a los lugares más exclusivos, en un automóvil minúsculo, de sólo dos asientos, con ruedas de tractor y un ruido de turbina en sus motores, único en su especie, que provocaba tumultos de curiosidad a su paso y respingos despectivos de la familia Trueba. Sin darse por aludida del malestar de su padre ni del fisgoneo de los vecinos, Blanca montaba al vehículo con la majestad de un primer ministro, vestida con su único traje sastre negro y su blusa de seda blanca

que usaba en todas las ocasiones especiales. Alba la despedía con un beso y se quedaba parada en la puerta, con el sutil perfume de jazmines de su madre pegado en las narices y un nudo de ansiedad cerrándole el pecho. Sólo los entrenamientos de su tío Nicolás le permitían soportar esas salidas de su madre sin echarse a llorar, pues temía que cualquier día el galán de turno lograra convencer a Blanca que se fuera con él y ella se quedaría para siempre sin madre. Había decidido hacía mucho tiempo que no necesitaba un padre, y mucho menos un padrastro, pero que si llegaba a faltar su madre iba a hundir la cabeza en un balde con agua hasta morirse ahogada, tal como hacía la cocinera con los gatitos que paría la gata cada cuatro meses.

Alba perdió el temor de que su madre la abandonara cuando conoció a Pedro Tercero y su intuición le advirtió que mientras ese hombre existiera no habría nadie capaz de ocupar el amor de Blanca. Fue un domingo de verano. Blanca la peinó con rizos de tirabuzón, fabricados con un fierro caliente que le chamuscó las orejas, le puso guantes blancos y zapatos de charol negro y un sombrero de pajilla con cerezas artificiales. Al verla, su abuela Clara lanzó una carcajada, pero su madre la consoló con dos gotas de su perfume que le puso en el cuello.

—Vas a conocer a una persona famosa —dijo Blanca misteriosamente al salir.

Llevó a la niña al Parque Japonés, donde le compró pirulines de azúcar quemada y una bolsita de maíz. Se sentaron en un banco a la sombra, tomadas de la mano, rodeadas de las palomas que picoteaban el maíz.

Lo vio acercarse antes que su madre se lo señalara. Llevaba un mameluco de mecánico, una enorme barba negra que le llegaba a la mitad del pecho, el pelo revuelto, sandalias de franciscano sin calcetines y una amplia, brillante y maravillosa sonrisa que lo colocó de inmediato en la categoría de los seres que merecían ser pintados en el fresco gigantesco de su habitación.

El hombre y la niña se miraron y ambos se reconocieron en los ojos del otro.

—Este es Pedro Tercero, el cantante. Lo has oído en la radio —dijo su madre.

Alba estiró la mano y él se la estrechó con la izquierda. Entonces ella notó que le faltaban varios dedos de la mano derecha, pero él le explicó que a pesar de eso podía tocar la guitarra, porque siempre hay una forma de hacer lo que uno quiere hacer. Pasearon los tres por el Parque Japonés. A media tarde fueron en uno de los últimos tranvías eléctricos que aún existían en la ciudad, a comer pescado en una fri-

tanga del mercado, y cuando anocheció las acompañó hasta la calle de su casa. Al despedirse, Blanca y Pedro Tercero se besaron en la boca. Fue la primera vez que Alba vio eso en su vida, porque a su alrededor no había gente enamorada.

A partir de ese día, Blanca comenzó a salir sola por el fin de semana. Decía que iba a visitar a unas primas lejanas. Esteban Trueba montaba en cólera y la amenazaba con expulsarla de su casa, pero Blanca se mantenía inflexible en su decisión. Dejaba a su hija con Clara y partía en autobús con una valijita de payaso con flores pintadas.

—Te prometo que no me voy a casar y que regresaré mañana en la noche —decía al despedirse de su hija.

A Alba le gustaba sentarse con la cocinera a la hora de la siesta, a escuchar por la radio canciones populares, especialmente las del hombre que había conocido en el Parque Japonés. Un día entró el Senador Trueba al repostero y al oír la voz de la radio, se lanzó contra el aparato dándole de bastonazos hasta dejarlo convertido en un montón de cables retorcidos y perillas sueltas, ante los ojos espantados de su nieta, que no podía explicarse el súbito arrebato de su abuelo. Al día siguiente, Clara compró otra radio para que Alba escuchara a Pedro Tercero cuando le diera la gana y el viejo Trueba fingió no estar enterado.

Ésa fue la época del Rey de las Ollas a Presión. Pedro Tercero supo de su existencia y tuvo un ataque de celos injustificado, si se compara el ascendiente que él tenía sobre Blanca con el tímido asedio del comerciante judío. Como tantas otras veces, suplicó a Blanca que abandonara la casa de los Trueba, la tutela feroz de su padre y la soledad de su taller lleno de mongólicos y señoritas ociosas, y partiera con él, de una vez por todas, a vivir ese amor desenfrenado que habían ocultado desde la niñez. Pero Blanca no se decidía. Sabía que si se iba con Pedro Tercero quedaría excluida de su círculo social y de la posición que siempre había tenido y se daba cuenta que ella misma no tenía ni la menor oportunidad de caer bien entre las amistades de Pedro Tercero o de adaptarse a la modesta existencia en una población obrera. Años después, cuando Alba tuvo edad para analizar ese aspecto de la vida de su madre, llegó a la conclusión que no se fue con Pedro Tercero simplemente porque no le alcanzaba el amor, puesto que en la casa de los Trueba no tenía nada que él no pudiera darle. Blanca era una mujer muy pobre, que sólo disponía de algo de dinero cuando Clara se lo daba o cuando vendía algún Nacimiento. Ganaba un mísero sueldo que gastaba casi entero en cuentas de médicos, porque su capacidad para sufrir enfermedades imaginarias no había disminuido con el trabajo y la necesidad, por el contrario, no hacía más que aumentar año a año. Procuraba no pedir nada a su padre, para no darle ocasión de humillarla. De vez en

cuando, Clara y Jaime le compraban ropa o le daban algo para sus necesidades, pero lo normal era que no tuviera para un par de medias. Su pobreza contrastaba con los vestidos bordados y el calzado hecho a la medida con que el Senador Trueba vestía a su nieta Alba. Su vida era dura. Se levantaba a las seis de la mañana, invierno y verano. A esa hora encendía el horno del taller, vestida con un delantal de hule y zuecos de madera, preparaba las mesas de trabajo y batía la arcilla para sus clases, con los brazos hundidos hasta los codos en el barro áspero y frío. Por eso tenía siempre las uñas partidas y la piel agrietada y con el tiempo se le fueron deformando los dedos. A esa hora se sentía inspirada y nadie la interrumpía, de modo que podía empezar el día fabricando sus monstruosos animales para los Nacimientos. Después tenía que ocuparse de la casa, los sirvientes y las compras, hasta la hora que comenzaban sus clases. Sus alumnos eran niñas de buena familia que no tenían nada que hacer y habían adoptado la moda de la artesanía, que era más elegante que tejer para los pobres, como hacían las abuelas.

La idea de hacer clases para mongólicos fue producto del azar. Un día llegó a la casa del Senador Trueba una vieja amiga de Clara que traía a su nieto. Era un adolescente gordo y blando, con una redonda cara de luna mansa y una expresión de ternura inconmovible en sus ojitos orientales. Tenía quince años, pero Alba se dio cuenta de que era como un bebé. Clara pidió a su nieta que llevara al muchacho a jugar al jardín y cuidara que no se ensuciara, no se ahogara en la fuente, no comiera tierra y no se manoseara la bragueta. Alba se aburrió muy pronto de vigilarlo, y ante la imposibilidad de comunicarse con él en ningún lenguaje coherente, se lo llevó al taller de cerámica, donde Blanca, para mantenerlo quieto, le puso un delantal que lo preservara de las manchas y el agua, y colocó en sus manos una bola de arcilla. El muchacho estuvo más de tres horas entretenido, sin babear, sin orinarse y sin dar cabezazos contra las paredes, modelando unas toscas figuras de barro que después llevó a su abuela de regalo. La señora, que había llegado a olvidar que andaba con él, quedó encantada y así nació la idea de que la cerámica era buena para los mongólicos. Blanca terminó haciendo clases para un grupo de niños que iban al taller los jueves por la tarde. Llegaban en una camioneta, cuidados por dos monjas de tocas almidonadas, que se sentaban en la glorieta del jardín a tomar chocolate con Clara y a discutir las virtudes del punto de cruz y las jerarquías de los pecados, mientras Blanca y su hija enseñaban a los niños a hacer gusanos, pelotitas, perros despachurrados y vasos deformes. Al final del año las monjas organizaban una exposición y una verbena y aquellas espantosas obras de arte se vendían por caridad. Pronto Blanca y Alba se dieron cuenta que los niños trabajaban mucho mejor cuando

se sentían queridos y que la única forma de comunicarse con ellos era el afecto. Aprendieron a abrazarlos, a besarlos y a hacerles mimos, hasta que ambas acabaron por amarlos de verdad. Alba esperaba toda la semana la llegada de la camioneta con los retrasados y saltaba de alegría cuando ellos corrían a abrazarla. Pero los jueves eran agotadores. Alba se acostaba rendida, le daban vueltas en la mente los dulces rostros asiáticos de los niños del taller y Blanca invariablemente sufría una jaqueca. Después que se iban las monjas con su revuelo de trapos blancos y su leva de retrasados tomados de la mano, Blanca abrazaba furiosamente a su hija, la cubría de besos y le decía que había que agradecer a Dios que ella fuera normal. Por eso, Alba creció con la idea de que la normalidad era un don divino. Lo discutió con su abuela.

—En casi todas las familias hay algún tonto o un loco, hijita —aseguró Clara mientras se afanaba en su tejido, porque en todos esos años no había aprendido a tejer sin mirar—. A veces no se ven, porque los esconden, como si fuera una vergüenza. Los encierran en los cuartos más apartados, para que no los vean las visitas. Pero en realidad no hay de qué avergonzarse, ellos también son obra de Dios.

—Pero en nuestra familia no hay ninguno, abuela —replicó Alba.

—No. Aquí la locura se repartió entre todos y no sobró nada para tener nuestro propio loco de remate.

Así eran sus conversaciones con Clara. Por eso, para Alba la persona más importante en la casa y la presencia más fuerte de su vida era su abuela. Ella era el motor que ponía en marcha y hacía funcionar aquel universo mágico que era la parte posterior de la gran casa de la esquina, donde transcurrieron sus primeros siete años en completa libertad. Se acostumbró a las rarezas de su abuela. No le sorprendía verla desplazarse en estado de trance por todo el salón, sentada en su poltrona con las piernas encogidas, arrastrada por una fuerza invisible. La seguía en todas sus peregrinaciones a los hospitales y casas de beneficencia donde trataba de seguir la pista de su recua de necesitados y hasta aprendió a tejer con lana de cuatro hebras y palillos gruesos los chalecos que su tío Jaime regalaba después de ponérselos una vez, nada más que para ver la sonrisa sin dientes de su abuela cuando ella se ponía bizca persiguiendo los puntos. A menudo Clara la usaba para llevarle mensajes a Esteban, por eso la apodaron Paloma Mensajera. La niña participaba en las sesiones de los viernes, donde la mesa de tres patas daba saltos a plena luz del día, sin que mediara ningún truco, energía conocida o palanca, y en las veladas literarias donde alternaba con los maestros consagrados y con un número variable de tímidos artistas desconocidos que Clara amparaba. En esa época en la gran casa de la esquina comieron y bebieron muchos huéspedes. Se turnaron para vivir allí, o al

menos para asistir a las reuniones espirituales, las charlas culturales y las tertulias sociales, casi toda la gente importante del país, incluso el Poeta, que años más tarde fue considerado el mejor del siglo y traducido a todos los idiomas conocidos de la tierra, en cuyas rodillas Alba se sentó muchas veces, sin sospechar que un día caminaría detrás de su féretro con un ramo de claveles ensangrentados en la mano, entre dos filas de ametralladoras.

Clara era todavía joven, pero a su nieta le parecía muy vieja, porque no tenía dientes. Tampoco tenía arrugas y cuando estaba con la boca cerrada, creaba la ilusión de extrema juventud debido a la expresión inocente de su rostro. Se vestía con túnicas de lino crudo que parecían batas de loco y en invierno llevaba calcetines largos de lana y guantes sin dedos. Le hacían gracia los asuntos menos chistosos y, en cambio, era incapaz de comprender una broma, se reía a destiempo, cuando nadie más lo hacía, y podía ponerse muy triste si veía a otro hacer el ridículo. Algunas veces sufría ataques de asma. Entonces llamaba a su nieta con una campanilla de plata que siempre llevaba consigo y Alba acudía corriendo, la abrazaba y la curaba con susurros de consuelo, pues ambas sabían, por experiencia, que lo único que quita el asma es el abrazo prolongado de un ser querido. Tenía ojos risueños color avellana, el pelo canoso y brillante recogido en un moño desordenado del cual escapaban mechones rebeldes, las manos finas y blancas, de uñas almendradas y largos dedos sin anillos, que sólo servían para hacer gestos de ternura, acomodar las cartas de adivinación y ponerse la dentadura postiza a la hora de comer. Alba pasaba el día persiguiendo a su abuela, metiéndose entre sus faldas, provocándola para que contara cuentos o moviera los jarrones con la fuerza de su pensamiento. En ella encontraba un refugio seguro cuando la asediaban sus pesadillas o cuando los entrenamientos de su tío Nicolás se hacían insoportables. Clara le enseñó a cuidar a los pájaros y a hablarles a cada uno en su idioma, a conocer los signos premonitorios de la naturaleza y a tejer bufandas con punto correteado para los pobres.

Alba sabía que su abuela era el alma de la gran casa de la esquina. Los demás lo supieron más tarde, cuando Clara murió y la casa perdió las flores, los amigos transeúntes y los espíritus juguetones y entró de lleno en la época del estropicio.

Alba tenía seis años cuando vio a Esteban García por primera vez, pero nunca lo olvidó. Probablemente lo había visto antes, en las Tres Marías, en cualquiera de sus viajes estivales con el abuelo, cuando la

llevaba a recorrer la propiedad y con un gesto amplio le mostraba todo lo que abarcaba la vista, desde las alamedas hasta el volcán, incluyendo las casitas de ladrillos, y le decía que aprendiera a amar la tierra, porque algún día sería suya.

—Mis hijos son todos unos pelotudos. Si heredaran Las Tres Marías, en menos de un año esto volvería a ser la ruina que era en tiempos de mi padre —le decía a su nieta.

—¿Todo esto es tuyo, abuelo?

—Todo, desde la carretera panamericana hasta la punta de esos cerros. ¿Los ves?

—¿Por qué, abuelo?

—¡Cómo que por qué! ¡Porque soy el dueño, claro!

—Sí, ¿pero por qué eres el dueño?

—Porque era de mi familia.

—¿Por qué?

—Porque se la compraron a los indios.

—Y los inquilinos, los que también han vivido aquí siempre, ¿por qué no son ellos los dueños?

—¡Tu tío Jaime está metiéndote ideas bolcheviques en la cabeza! —bramaba el Senador Trueba congestionado de furia—. ¿Sabes lo que pasaría si aquí no hubiera un patrón?

—No.

—¡Que todo se iba al carajo! No habría nadie que diera las órdenes, que vendiera las cosechas, que se responsabilizara por las cosas, ¿entiendes? Nadie que cuidara de la gente, tampoco. Si alguien se enfermara, por ejemplo, o se muriera y dejara una viuda y muchos hijos, morirían de hambre. Cada uno tendría un pedacito miserable de terreno y no le alcanzaría ni para comer en su casa. Se necesita alguien que piense por ellos, que tome las decisiones, que los ayude. Yo he sido el mejor patrón de la región, Alba. Tengo mal carácter, pero soy justo. Mis inquilinos viven mejor que mucha gente en la ciudad, no les falta nada y aunque sea un año de sequía, de inundación o de terremoto, yo me preocupo de que aquí nadie pase miserias. Eso tendrás que hacer tú cuando tengas la edad necesaria, por eso te traigo siempre a Las Tres Marías, para que conozcas cada piedra y cada animal y, sobre todo, a cada persona por su nombre y apellido. ¿Me has comprendido?

Pero en realidad ella tenía poco contacto con los campesinos y estaba muy lejos de conocer a cada uno por su nombre y apellido. Por eso no reconoció al joven moreno, desmañado y torpe, con pequeños ojos crueles de roedor, que una tarde tocó la puerta de la gran casa de la esquina en la capital. Vestía un traje oscuro muy estrecho para su tamaño. En las rodillas, los codos y las asentaderas, la tela estaba gas-

tada, reducida a una película brillosa. Dijo que quería hablar con
el Senador Trueba y se presentó como el hijo de uno de sus inquilinos de Las Tres Marías. A pesar de que en tiempos normales la gente
de su condición entraba por la puerta de servicio y aguardaba en el
repostero, lo condujeron a la biblioteca, porque ese día había una fiesta
en la casa a la cual asistiría toda la plana mayor del Partido Conservador. La cocina estaba invadida por un ejército de cocineros y ayudan-
tes que Trueba había traído del Club, y había tal confusión y prisa, que
un visitante no habría hecho más que molestar. Era una tarde de invierno y la biblioteca estaba oscura y silenciosa, iluminada solamente por
el fuego que crepitaba en la chimenea. Olía a pulimento para madera
y a cuero.

—Espera aquí, pero no toques nada. El Senador llegará pronto
—dijo de mal modo la mucama, dejándolo solo.

El joven recorrió la habitación con la vista, sin atreverse a hacer
ningún movimiento, rumiando el rencor de que todo aquello podría haber sido suyo, si hubiera nacido de origen legítimo, como tantas veces
se lo explicó su abuela, Pancha García, antes de morir de lipiria calambre y dejarlo definitivamente huérfano en la multitud de hermanos y primos donde él no era nadie. Sólo su abuela lo distinguió en
el montón y no le permitió olvidar que era diferente de los demás,
porque por sus venas corría la sangre del patrón. Miró la biblioteca sintiéndose sofocado. Todas las paredes estaban cubiertas por estanterías de caoba pulida, excepto a ambos lados de la chimenea, donde
habían dos vitrinas abarrotadas de marfiles y piedras duras del Oriente.
La habitación tenía doble altura, único capricho del arquitecto que su
abuelo consintió. Un balcón, al cual se tenía acceso por una escalera de
caracol de fierro forjado, hacía las veces de segundo piso de las estanterías. Los mejores cuadros de la casa estaban allí, porque Esteban
Trueba había convertido esa pieza en su santuario, su oficina, su refugio, y le gustaba tener a su alrededor los objetos que más apreciaba.
Las repisas estaban llenas de libros y de objetos de arte, desde el suelo
hasta el techo. Había un pesado escritorio de estilo español, grandes
butacas de cuero negro dando la espalda a la ventana, cuatro alfombras
persas cubriendo el parquet de encina y varias lámparas de lectura
con pantalla de pergamino distribuidas estratégicamente, de modo
que donde uno se sentara, había buena luz para leer. En ese lugar
prefería el Senador celebrar sus conciliábulos, tejer sus intrigas, for-
jar sus negocios y, en las horas más solitarias, encerrarse a desahogar
la rabia, el deseo frustrado o la tristeza. Pero nada de eso podía saberlo el campesino que estaba de pie sobre la alfombra, sin saber dónde
poner las manos, sudando de timidez. Aquella biblioteca señorial, pe-

sada y apabullante, correspondía exactamente a la imagen que tenía del patrón. Se estremeció de odio y de temor. Nunca había estado en un lugar así, y hasta ese momento pensaba que lo más lujoso que podía existir en todo el universo era el cine de San Lucas, donde una vez la maestra de la escuela llevó a todo el curso a ver una película de Tarzán. Le había costado mucho tomar su decisión, convencer a su familia y hacer el largo viaje hasta la capital, solo y sin dinero, para hablar con el patrón. No podía esperar hasta el verano para decirle lo que tenía atorado en el pecho. De pronto se sintió observado. Volteó y se encontró frente a una niña con trenzas y calcetines bordados que lo miraba desde la puerta.

—¿Cómo te llamas? —inquirió la niña.

—Esteban García —dijo él.

—Yo me llamo Alba Trueba. Acuérdate de mi nombre.

—Me acordaré.

Se miraron por un largo rato, hasta que ella entró en confianza y se atrevió a acercarse. Le explicó que tendría que esperar, porque su abuelo todavía no había regresado del Congreso y le contó que en la cocina había un torbellino por culpa de la fiesta, prometiéndole que más tarde conseguiría unos dulces para traerle. Esteban García se sintió más cómodo. Se sentó en una de las butacas de cuero negro y poco a poco atrajo a la niña y la sentó en sus rodillas. Alba olía a Bayrum, una fragancia fresca y dulce que se mezclaba con su olor natural de chiquilla transpirada. El muchacho acercó la nariz a su cuello y aspiró ese perfume desconocido de limpieza y bienestar y, sin saber por qué, se le llenaron los ojos de lágrimas. Sintió que odiaba a esa criatura casi tanto como odiaba al viejo Trueba. Ella encarnaba lo que nunca tendría, lo que él nunca sería. Deseaba hacerle daño, destruirla, pero también quería seguir oliéndola, escuchando su vocecita de bebé y teniendo al alcance de la mano su piel suave. Le acarició las rodillas, justo encima del borde de los calcetines bordados, eran tibias y tenían hoyuelos. Alba siguió parloteando sobre la cocinera que metía nueces por el culo a los pollos para la cena de la noche. Él cerró los ojos, estaba temblando. Con una mano rodeó el cuello de la niña, sintió sus trenzas cosquilleándole la muñeca y apretó suavemente, consciente de que era tan pequeña, que con un esfuerzo mínimo podía estrangularla. Deseó hacerlo, quiso sentirla revolcándose y pataleando en sus rodillas, agitándose en busca de aire. Deseó oírla gemir y morir en sus brazos, deseó desnudarla y se sintió violentamente excitado. Con la otra mano incursionó debajo del vestido almidonado, recorrió las piernas infantiles, encontró el encaje de las enaguas de batista y las bombachas de lana con elástico. Jadeaba. En un rincón de su cerebro le quedaba

suficiente cordura para darse cuenta de que estaba parado al borde de un abismo. La niña había dejado de hablar y estaba quieta, mirándolo con sus grandes ojos negros. Esteban García tomó la mano de la criatura y la apoyó sobre su sexo endurecido.

—¿Sabes qué es esto? —preguntó roncamente.

—Tu pene —respondió ella, que lo había visto en las láminas de los libros de medicina de su tío Jaime y en su tío Nicolás, cuando paseaba desnudo haciendo sus ejercicios asiáticos.

Él se sobresaltó. Se puso bruscamente de pie y ella cayó sobre la alfombra. Estaba sorprendido y asustado, le temblaban las manos, sentía las rodillas de lana y las orejas calientes. En ese momento oyó los pasos del Senador Trueba en el pasillo y un instante después, antes que alcanzara a recuperar la respiración, el viejo entró en la biblioteca.

—¿Por qué está tan oscuro esto? —rugió con su vozarrón de terremoto.

Trueba encendió las luces y no reconoció al joven que lo miraba con los ojos desorbitados. Le tendió los brazos a su nieta y ella se refugió en ellos por un breve instante, como un perro apaleado, pero en seguida se desprendió y salió cerrando la puerta.

—¿Quién eres tú, hombre? —espetó a quien era también su nieto.

—Esteban García. ¿No se acuerda de mí, patrón? —logró balbucear el otro.

Entonces Trueba reconoció al niño taimado que había delatado a Pedro Tercero años atrás y había recogido del suelo los dedos amputados. Comprendió que no le sería fácil despedirlo sin escucharlo, a pesar de que tenía por norma que los asuntos de sus inquilinos debía resolverlos el administrador en Las Tres Marías.

—¿Qué es lo que quieres? —le preguntó.

Esteban García vaciló, no podía encontrar las palabras que había preparado tan minuciosamente durante meses, antes de atreverse a tocar la puerta de la casa del patrón.

—Habla rápido, no tengo mucho tiempo —dijo Trueba.

Tartamudeando, García consiguió plantear su petición: había logrado terminar el liceo en San Lucas y quería una recomendación para la Escuela de Carabineros y una beca del Estado para pagar sus estudios.

—¿Por qué no te quedas en el campo, como tu padre y tu abuelo? —le preguntó el patrón.

—Disculpe, señor, pero quiero ser carabinero —rogó Esteban García.

Trueba recordó que aún le debía la recompensa por delatar a Pedro Tercero García y decidió que ésa era una buena ocasión de saldar la deuda y, de paso, tener un servidor en la policía. «Nunca se sabe,

de repente puedo necesitarlo», pensó. Se sentó en su pesado escritorio, tomó una hoja de papel con membrete del Senado, redactó la recomendación en los términos habituales y se la pasó al joven que aguardaba de pie.

—Toma, hijo. Me alegro que hayas elegido esa profesión. Si lo que quieres es andar armado, entre ser delincuente o ser policía, es mejor ser policía, porque tienes impunidad. Voy a llamar por teléfono al comandante Hurtado, es amigo mío, para que te den la beca. Si necesitas algo, avísame.

—Muchas gracias, patrón.

—No me lo agradezcas, hijo. Me gusta ayudar a mi gente.

Lo despidió con una palmadita amistosa en el hombro.

—¿Por qué te pusieron Esteban? —le preguntó en la puerta.

—Por usted, señor —respondió el otro enrojeciendo.

Trueba no le dio un segundo pensamiento al asunto. A menudo los inquilinos usaban los nombres de sus patrones para bautizar a los hijos, como señal de respeto.

Clara murió el mismo día que Alba cumplió siete años. El primer anuncio de su muerte fue perceptible sólo para ella. Entonces comenzó a hacer secretas disposiciones para partir. Con gran discreción distribuyó su ropa entre los sirvientes y la leva de protegidos que siempre tenía, dejándose lo indispensable. Ordenó sus papeles, rescatando de los rincones perdidos sus cuadernos de anotar la vida. Los ató con cintas de colores, separándolos por acontecimientos y no por orden cronológico porque lo único que se había olvidado de poner en ellos eran las fechas y en la prisa de su última hora decidió que no podía perder tiempo averiguándolas. Al buscar los cuadernos fueron apareciendo las joyas en cajas de zapatos, en bolsas de medias y en el fondo de los armarios donde las había puesto desde la época en que su marido se las regaló pensando que con eso podía alcanzar su amor. Las colocó en una vieja calceta de lana, la cerró con un alfiler imperdible y se las entregó a Blanca.

—Guarde esto, hijita. Algún día pueden servirle para algo más que disfrazarse —dijo.

Blanca lo comentó con Jaime y éste comenzó a vigilarla. Notó que su madre hacía una vida aparentemente normal, pero que casi no comía. Se alimentaba de leche y unas cucharadas de miel. Tampoco dormía mucho, pasaba la noche escribiendo o vagando por la casa. Parecía irse desprendiendo del mundo, cada vez más ligera, más transparente, más alada.

—Cualquier día de éstos va a salir volando —dijo Jaime preocupado.

De pronto comenzó a asfixiarse. Sentía en el pecho el galope de un caballo enloquecido y la ansiedad de un jinete que va a 'toda prisa contra el viento. Dijo que era el asma, pero Alba se dio cuenta que ya no la llamaba con la campanita de plata para que la curara con abrazos prolongados. Una mañana vio a su abuela abrir las jaulas de los pájaros con inexplicable alegría.

Clara escribió pequeñas tarjetas para sus seres queridos, que eran muchos, y las puso sigilosamente en una caja bajo su cama. A la mañana siguiente no se levantó y cuando llegó la mucama con el desayuno, no le permitió abrir las cortinas. Había comenzado a despedirse también de la luz, para entrar lentamente en las sombras.

Advertido, Jaime fue a verla y no se fue hasta que ella se dejó examinar. No pudo encontrar nada anormal en su aspecto, pero supo, sin lugar a dudas, que iba a morir. Salió de la habitación con una amplia e hipócrita sonrisa y una vez fuera de la vista de su madre, tuvo que apoyarse en la pared, porque le flaqueaban las piernas. No se lo dijo a nadie en la casa. Llamó a un especialista que había sido su profesor en la Facultad de Medicina y ese mismo día éste se presentó en el hogar de los Trueba. Después de ver a Clara, confirmó el diagnóstico de Jaime. Reunieron a la familia en el salón y sin muchos preámbulos les notificaron que no viviría más de dos o tres semanas y que lo único que se podía hacer era acompañarla, para que muriera contenta.

—Creo que ha decidido morirse, y la ciencia no tiene remedio alguno contra ese mal —dijo Jaime.

Esteban Trueba agarró a su hijo por el cuello y estuvo a punto de estrangularlo, sacó a empujones al especialista y luego rompió a bastonazos las lámparas y las porcelanas del salón. Finalmente cayó de rodillas al suelo gimiendo como una criatura. Alba entró en ese momento y vio a su abuelo colocado a su altura, se acercó, lo quedó mirando sorprendida y cuando vio sus lágrimas, lo abrazó. Por el llanto del viejo la niña se enteró de la noticia. La única persona en la casa que no perdió la calma fue ella, debido a sus entrenamientos para soportar el dolor y al hecho de que su abuela le había explicado a menudo las circunstancias y los afanes de la muerte.

—Igual que en el momento de venir al mundo, al morir tenemos miedo de lo desconocido. Pero el miedo es algo interior que no tiene nada que ver con la realidad. Morir es como nacer: sólo un cambio —había dicho Clara.

Agregó que si ella podía comunicarse sin dificultad con las almas del Más Allá, estaba totalmente segura de que después podría hacerlo

con las almas del Más Acá, de modo que en vez de lloriquear cuando ese momento llegara, quería que estuviera tranquila, porque en su caso la muerte no sería una separación, sino una forma de estar más unidas. Alba lo comprendió perfectamente.

Poco después Clara pareció entrar en un dulce sueño y sólo el visible esfuerzo por introducir aire en sus pulmones, señalaba que aún estaba viva. Sin embargo, la asfixia no parecía angustiarla, puesto que no estaba luchando por su vida. Su nieta permaneció a su lado todo el tiempo. Tuvieron que improvisarle una cama en el suelo, porque se negó a salir del cuarto y cuando quisieron sacarla a la fuerza, tuvo su primera pataleta. Insistía en que su abuela se daba cuenta de todo y la necesitaba. Así era, en efecto. Poco antes del final, Clara recuperó la conciencia y pudo hablar con tranquilidad. Lo primero que notó fue la mano de Alba entre las suyas.

—Voy a morir, ¿verdad, hijita? —preguntó.

—Sí, abuela, pero no importa, porque yo estoy contigo —respondió la niña.

—Está bien. Saca una caja con tarjetas que hay debajo de la cama y repártelas, porque no voy a alcanzar a despedirme de todos.

Clara cerró los ojos, dio un suspiro satisfecho y se marchó al otro mundo sin mirar para atrás. A su alrededor estaba toda la familia, Jaime y Blanca demacrados por las noches de vigilia, Nicolás murmurando oraciones en sánscrito, Esteban con la boca y los puños apretados, infinitamente furioso y desolado, y la pequeña Alba, que era la única que se mantenía serena. También estaban los sirvientes, las hermanas Mora, un par de artistas paupérrimos que habían sobrevivido en la casa los últimos meses y un sacerdote que llegó llamado por la cocinera, pero no tuvo nada que hacer, porque Trueba no permitió que molestara a la moribunda con confesiones de última hora ni aspersiones de agua bendita.

Jaime se inclinó sobre el cuerpo buscando algún imperceptible latido en su corazón, pero no lo encontró.

—Mamá ya se fue —dijo en un sollozo.

Capítulo X

LA ÉPOCA DEL ESTROPICIO

No puedo hablar de eso. Pero intentaré escribirlo. Han pasado veinte años y durante mucho tiempo tuve un inalterable dolor. Creí que nunca podría consolarme, pero ahora, cerca de los noventa años, comprendo lo que ella quiso decir cuando nos aseguró que no tendría dificultad en comunicarse con nosotros, puesto que tenía mucha práctica en esos asuntos. Antes yo andaba como perdido, buscándola por todas partes. Cada noche, al acostarme, imaginaba que estaba conmigo, tal como era cuando tenía todos sus dientes y me amaba. Apagaba la luz, cerraba los ojos y en el silencio de mi cuarto procuraba visualizarla, la llamaba despierto y dicen que también la llamaba dormido.

La noche que murió me encerré con ella. Después de tantos años sin hablarnos, compartimos aquellas últimas horas reposando en el velero del agua mansa de la seda azul, como le gustaba llamar a su cama, y aproveché para decirle todo lo que no había podido decirle antes, todo lo que me había callado desde la noche terrible en que la golpeé. Le quité la camisa de dormir y la revisé con cuidado buscando algún rastro de enfermedad que justificara su muerte, y al

no encontrarlo, supe que simplemente había cumplido su misión en esta tierra y había volado a otra dimensión donde su espíritu, libre al fin de los lastres materiales, se sentiría más a gusto. No había ninguna deformidad ni nada terrible en su muerte. La examiné largamente, porque hacía muchos años que no tenía ocasión de observarla a mi antojo y en ese tiempo mi mujer había cambiado, como nos ocurre a todos con el transcurso de la edad. Me pareció tan hermosa como siempre. Había adelgazado y creí que había crecido, que estaba más alta, pero luego comprendí que era un efecto ilusorio, producto de mi propio achicamiento. Antes me sentía como un gigante a su lado, pero al acostarme con ella en la cama, noté que éramos casi del mismo tamaño. Tenía su mata de pelo rizado y rebelde que me encantaba cuando nos casamos, suavizada por unos mechones de canas que iluminaban su rostro dormido. Estaba muy pálida, con sombras en los ojos y noté por primera vez que tenía pequeñas arrugas muy finas en la comisura de los labios y en la frente. Parecía una niña. Estaba fría, pero era la mujer dulce de siempre y pude hablarle tranquilamente, acariciarla, dormir un rato cuando el sueño venció a la pena, sin que el hecho irremediable de su muerte alterara nuestro encuentro. Nos reconciliamos por fin.

Al amanecer empecé a arreglarla, para que todos la vieran bien presentada. Le coloqué una túnica blanca que había en su armario y me sorprendió que tuviera tan poca ropa, porque yo tenía la idea de que era una mujer elegante. Encontré unos calcetines de lana y se los puse para que no se le helaran los pies, porque era muy friolenta. Luego le cepillé el pelo con la idea de armar el moño que usaba, pero al pasar la escobilla se alborotaron sus rizos formando un marco alrededor de su cara y me pareció que así se veía más bonita. Busqué sus joyas, para ponerle alguna, pero no pude hallarlas, así es que me conformé con sacarme la alianza de oro que llevaba desde nuestro noviazgo y ponérsela en el dedo, para remplazar la que se quitó cuando rompió conmigo. Acomodé las almohadas, estiré la cama, le puse unas gotas de agua de colonia en el cuello y luego abrí la ventana, para que entrara la mañana. Una vez que todo estuvo listo, abrí la puerta y permití que mis hijos y mi nieta se despidieran de ella. Encontraron a Clara sonriente, limpia y hermosa, como siempre estuvo. Yo me había achicado diez centímetros, me nadaban los zapatos y tenía el pelo definitivamente blanco, pero ya no lloraba.

—Pueden enterrarla —dije—. Aprovechen de enterrar también la cabeza de mi suegra, que anda perdida en el sótano desde hace algún tiempo —agregué y salí arrastrando los pies para que no se me cayeran los zapatos.

Así se enteró mi nieta que aquello que había en la sombrerera de cuero de cochino y que le sirvió para jugar a las misas negras y poner de adorno en sus casitas del sótano, era la cabeza de su bisabuela Nívea, que permaneció insepulta durante mucho tiempo, primero para evitar el escándalo y después porque en el desorden de esta casa, se nos olvidó. Lo hicimos con el mayor sigilo, para no dar que hablar a la gente. Después que los empleados de la funeraria terminaron de colocar a Clara en su ataúd y de arreglar el salón como capilla mortuoria, con cortinajes y crespones negros, cirios chorreados y un altar improvisado sobre el piano, Jaime y Nicolás metieron en el ataúd la cabeza de su abuela, que ya no era más que un juguete amarillo con expresión despavorida, para que descansara junto a su hija preferida.

El funeral de Clara fue un acontecimiento. Ni yo mismo me pude explicar de dónde salió tanta gente dolida por la muerte de mi mujer. No sabía que conociera a todo el mundo. Desfilaron procesiones interminables estrechándome la mano, una cola de automóviles trancó todos los accesos al cementerio y acudieron unas insólitas delegaciones de indigentes, escolares, sindicatos obreros, monjas, niños mongólicos, bohemios y espirituados. Casi todos los inquilinos de Las Tres Marías viajaron, algunos por primera vez en sus vidas, en camiones y en tren para despedirla. En la muchedumbre vi a Pedro Segundo García, a quien no había vuelto a ver en muchos años. Me acerqué a saludarlo, pero no respondió a mi señal. Se aproximó cabizbajo a la tumba abierta y arrojó sobre el ataúd de Clara un ramo medio marchito de flores silvestres que tenían la apariencia de haber sido robadas de un jardín ajeno. Estaba llorando.

Alba, tomada de mi mano, asistió a los servicios fúnebres. Vio descender el ataúd en la tierra, en el lugar provisorio que le habíamos conseguido, escuchó los interminables discursos exaltando las únicas virtudes que su abuela no tuvo y cuando regresó a la casa, corrió a encerrarse en el sótano a esperar que el espíritu de Clara se comunicara con ella, tal cual se lo había prometido. Allí la encontré sonriendo dormida, sobre los restos apolillados de Barrabás.

Esa noche no pude dormir. En mi mente se confundían los dos amores de mi vida, Rosa, la del pelo verde, y Clara clarividente, las dos hermanas que tanto amé. Al amanecer decidí que si no las había tenido en vida, al menos me acompañarían en la muerte, de modo que saqué del escritorio unas hojas de papel y me puse a dibujar el más digno y lujoso mausoleo, de mármol italiano color salmón, con estatuas del mismo material que representarían a Rosa y a Clara con alas de ángeles, porque ángeles habían sido y seguirían siendo. Allí entre

las dos, seré enterrado algún día.

Quería morir lo antes posible, porque la vida sin mi mujer no tenía sentido para mí. No sabía que todavía tenía mucho que hacer en este mundo. Afortunadamente Clara ha regresado, o tal vez nunca se fue del todo. A veces pienso que la vejez me ha transtornado el cerebro y que no se puede pasar por alto el hecho de que la enterré hace veinte años. Sospecho que ando viendo visiones, como un anciano lunático. Pero esas dudas se disipan cuando la veo pasar por mi lado y oigo su risa en la terraza, sé que me acompaña, que me ha perdonado todas mis violencias del pasado y que está más cerca de mí de lo que nunca estuvo antes. Sigue viva y está conmigo, Clara clarísima...

La muerte de Clara transtornó por completo la vida de la gran casa de la esquina. Los tiempos cambiaron. Con ella se fueron los espíritus, los huéspedes y aquella luminosa alegría que estaba siempre presente debido a que ella no creía que el mundo fuera un Valle de Lágrimas, sino, por el contrario, una humorada de Dios, y por lo mismo era una estupidez tomarlo en serio, si Él mismo no lo hacía. Alba notó el deterioro desde los primeros días. Lo vio avanzar lento, pero inexorable. Lo percibió antes que nadie por las flores que se marchitaron en los jarrones, impregnando el aire con un olor dulzón y nauseabundo, donde permanecieron hasta secarse, se deshojaron, se cayeron y quedaron sólo unos tallos mustios que nadie retiró hasta mucho tiempo después. Alba no volvió a cortar flores para adornar la casa. Luego murieron las plantas porque nadie se acordó de regarlas ni de hablarles, como hacía Clara. Los gatos se fueron calladamente, tal como llegaron o nacieron en los vericuetos del tejado. Esteban Trueba se vistió de negro y pasó, en una noche, de su recia madurez de varón saludable, a una incipiente vejez encogida y tartamudeante, que no tuvo, sin embargo, la virtud de calmarle la ira. Llevó su riguroso luto por el resto de su vida, incluso cuando eso pasó de moda y nadie se lo ponía, excepto los pobres, que se ataban una cinta negra en la manga en señal de duelo. Se colgó al cuello una bolsita de gamuza suspendida de una cadena de oro, debajo de la camisa, junto a su pecho. Eran los dientes postizos de su mujer, que para él tenían un significado de buena suerte y de expiación. Todos en la familia sintieron que sin Clara se perdía la razón de estar juntos: no tenían casi nada que decirse. Trueba se dio cuenta de que lo único que lo retenía en su hogar era la presencia de su nieta.

En el transcurso de los años siguientes la casa se convirtió en una ruina. Nadie volvió a ocuparse del jardín, para regarlo o para

limpiarlo, hasta que pareció tragado por el olvido, los pájaros y la mala yerba. Aquel parque geométrico que mandó plantar Trueba, siguiendo los diseños de los jardines de los palacios franceses, y la zona encantada donde reinaba Clara en el desorden y la abundancia, la lujuria de las flores y el caos de los filodendros, se fueron secando, pudriendo, enmalezando. Las estatuas ciegas y las fuentes cantarinas se taparon de hojas secas, excremento de pájaro y musgo. Las pérgolas, rotas y sucias, sirvieron de refugio a los bichos y de basurero a los vecinos. El parque se convirtió en un tupido matorral de pueblo abandonado, donde apenas se podía andar sin abrirse paso a machetazos. La macrocarpa que antes podaban con pretensiones barrocas, terminó desesperanzada, contrahecha y atormentada por los caracoles y las pestes vegetales. En los salones, poco a poco las cortinas se desprendieron de sus ganchos y colgaron como enaguas de anciana, polvorientas y desteñidas. Los muebles pisoteados por Alba que jugaba a las casitas y a las trincheras en ellos, se transformaron en cadáveres con los resortes al aire y el gran gobelino del salón perdió su pulquérrima impavidez de escena bucólica de Versalles y fue usado como blanco de los dardos de Nicolás y su sobrina. La cocina se cubrió de grasa y de hollín, se llenó de tarros vacíos y pilas de periódicos y dejó de producir las grandes fuentes de leche asada y los guisos perfumados de antaño. Los habitantes de la casa se resignaron a comer garbanzos y arroz con leche casi a diario, porque nadie se atrevía a hacer frente al desfile de cocineras verruguientas, enojadas y despóticas que reinaron por turnos entre las cacerolas renegridas por el mal uso. Los temblores de tierra, los portazos y el bastón de Esteban Trueba abrieron grietas en las murallas y astillaron las puertas, se soltaron las persianas de los goznes y nadie tomó la iniciativa de repararlas. Empezaron a gotear las llaves, a filtrarse las cañerías, a romperse las tejas, a aparecer manchas verdosas de humedad en los muros. Sólo el cuarto tapizado de seda azul de Clara permaneció intacto. En su interior quedaron los muebles de madera rubia, dos vestidos de algodón blanco, la jaula vacía del canario, la cesta con tejidos inconclusos, sus barajas mágicas, la mesa de tres patas y las rumas de cuadernos donde anotó la vida durante cincuenta años y que mucho tiempo después, en la soledad de la casa vacía y el silencio de los muertos y los desaparecidos, yo ordené y leí con recogimiento para reconstruir esta historia.

Jaime y Nicolás perdieron el poco interés que tenían en la familia y no tuvieron compasión por su padre, que en su soledad procuró inútilmente construir con ellos una amistad que llenara el vacío dejado por una vida de malas relaciones. Vivían en la casa porque no tenían un lugar más conveniente donde comer y dormir, pero pasaban como

sombras indiferentes, sin detenerse a ver el estropicio. Jaime ejercía su oficio con vocación de apóstol y con la misma tenacidad con que su padre sacó del abandono a Las Tres Marías y amasó una fortuna, él dejaba sus fuerzas trabajando en el hospital y atendiendo a los pobres gratuitamente en sus horas libres.

—Usted es un perdedor sin remedio, hijo —suspiraba Trueba—. No tiene sentido de la realidad. Todavía no se ha dado cuenta de cómo es el mundo. Apuesta a valores utópicos que no existen.

—Ayudar al prójimo es un valor que existe, padre.

—No, la caridad, igual que su socialismo, es un invento de los débiles para doblegar y utilizar a los fuertes.

—No creo en su teoría de los fuertes y los débiles —replicaba Jaime.

—Siempre es así en la naturaleza. Vivimos en una jungla.

—Sí, porque los que hacen las reglas son los que piensan como usted, pero no siempre será así.

—Lo será, porque somos triunfadores. Sabemos desenvolvernos en el mundo y ejercer el poder. Hágame caso, hijo, asiente cabeza y ponga una clínica privada, yo lo ayudo. ¡Pero córtela con sus extravíos socialistas! —predicaba Esteban Trueba sin ningún resultado.

Después que Amanda desapareciera de su vida, Nicolás pareció estabilizarse emocionalmente. Sus experiencias en la India le dejaron el gusto por las empresas espirituales. Abandonó las fantásticas aventuras comerciales que le atormentaron la imaginación en los primeros años de su juventud, así como su deseo de poseer a todas las mujeres que se le cruzaban por delante, y se volcó al anhelo que siempre tuvo de encontrar a Dios por caminos poco convencionales. El mismo encanto que antes empleó para conseguir alumnas para sus bailes flamencos, le sirvió para reunir a su alrededor un número creciente de adeptos. Eran en su mayoría jóvenes hastiados de la buena vida, que deambulaban como él en búsqueda de una filosofía que les permitiera existir sin participar en los agites terrenales. Se formó un grupo dispuesto a recibir los milenarios conocimientos que Nicolás había adquirido en Oriente. Por su tiempo, se reunieron en los cuartos traseros de la parte abandonada de la casa, donde Alba les repartía nueces y les servía infusiones de yerbas, mientras ellos meditaban con las piernas cruzadas. Cuando Esteban Trueba se dio cuenta que a sus espaldas circulaban los coetáneos y los epónimos respirando por el ombligo y quitándose la ropa a la menor invitación, perdió la paciencia y los echó amenazándolos con el bastón y con la policía. Entonces Nicolás comprendió que sin dinero no podría continuar enseñando La Verdad, de modo que empezó a cobrar modestos honorarios por sus enseñanzas. Con eso pudo alquilar una casa donde montó su academia de ilu-

minados. Debido a las exigencias legales y a la necesidad de tener un nombre jurídico, la llamó Instituto de Unión con la Nada, IDUN. Pero su padre no estaba dispuesto a dejarlo en paz, porque los seguidodes de Nicolás comenzaron a aparecer fotografiados en los periódicos, con la cabeza afeitada, taparrabos indecentes y expresión beatífica, poniendo en ridículo el nombre de los Trueba. Apenas se supo que el profeta de IDUN era hijo del Senador Trueba, la oposición explotó el asunto para burlarse de él, usando la búsqueda espiritual del hijo como un arma política contra el padre. Trueba soportó estoicamente hasta el día que encontró a su nieta Alba con la cabeza rapada como una bola de billar repitiendo incansablemente la palabra sagrada Om. Tuvo uno de sus más terribles ataques de rabia. Se dejó caer por sorpresa en el Instituto de su hijo, con dos matones contratados para tal fin, que destrozaron a golpes el escaso mobiliario y estuvieron a punto de hacer lo mismo con los pacíficos coetáneos, hasta que el viejo, comprendiendo que una vez más se le había pasado la mano, les ordenó detener la destrucción y que lo aguardaran afuera. A solas con su hijo, consiguió dominar el temblor furibundo que se había apoderado de él, para mascullarle con voz contenida que ya estaba harto de sus bufonadas.

—¡No quiero volver a verlo hasta que le salga pelo a mi nieta! —agregó antes de irse con un último portazo.

Al día siguiente Nicolás reaccionó. Empezó por botar los escombros que habían dejado los matones de su padre y limpiar el local, mientras respiraba rítmicamente para vaciar de su interior todo rastro de cólera y purificar su espíritu. Luego, con sus discípulos vestidos con sus taparrabos y llevando pancartas en las que exigían libertad de culto y respeto por sus derechos ciudadanos, marcharon hasta las rejas del Congreso. Allí sacaron pitos de madera, campanillas y unos pequeños gongs improvisados, con los cuales armaron una algarabía que detuvo el tránsito. Una vez que se hubo juntado bastante público, Nicolás procedió a quitarse toda la ropa y, completamente desnudo como un bebé, se acostó en medio de la calle con los brazos abiertos en cruz. Se produjo tal conmoción de frenazos, cornetas, chillidos y silbatinas, que la alarma llegó al interior del edificio. En el Senado se interrumpió la sesión donde se discutía el derecho de los terratenientes para cercar con alambres de púas los caminos vecinales, y salieron los congresales al balcón a gozar del inusitado espectáculo de un hijo del Senador Trueba cantando salmos asiáticos totalmente en pelotas. Esteban Trueba bajó corriendo las anchas escaleras del Congreso y se lanzó a la calle dispuesto a matar a su hijo, pero no alcanzó a cruzar la reja, porque sintió que el corazón le

explotaba de ira en el pecho y un velo rojo le nublaba la vista. Cayó al suelo.

A Nicolás se lo llevó un furgón de los carabineros y al Senador se lo llevó una ambulancia de la Cruz Roja. El patatús duró a Trueba tres semanas y por poco lo despacha a otro mundo. Cuando pudo salir de la cama agarró a su hijo Nicolás por el cuello, lo montó en un avión y lo fletó en dirección al extranjero, con la orden de no volver a aparecer ante sus ojos por el resto de su vida. Le dio, sin embargo, suficiente dinero para que pudiera instalarse y sobrevivir por un largo tiempo, porque tal como se lo explicó Jaime, ésa era una manera de evitar que hiciera más locuras que pudieran desprestigiarlo también en el extranjero.

En los años siguientes Esteban Trueba supo de la oveja negra de su familia por la esporádica correspondencia que Blanca mantenía con él. Así se enteró que Nicolás había formado en Norteamérica otra academia para unirse con la nada, con tanto éxito, que llegó a tener la riqueza que no obtuvo elevándose en globo o fabricando emparedados. Terminó remojándose con sus discípulos en su propia piscina de porcelana rosada, en medio del respeto de la ciudadanía, combinando, sin proponérselo, la búsqueda de Dios con la buena fortuna en los negocios. Esteban Trueba, por cierto, no lo creyó jamás.

El Senador esperó que creciera un poco el cabello a su nieta, para que no pensaran que tenía tiña, y fue personalmente a matricularla a un colegio inglés para señoritas, porque seguía pensando que ésa era la mejor educación, a pesar de los resultados contradictorios que obtuvo con sus dos hijos. Blanca estuvo de acuerdo, porque comprendió que no bastaba una buena conjunción de planetas en su carta astral para que Alba saliera adelante en la vida. En el colegio, Alba aprendió a comer verduras hervidas y arroz quemado, a soportar el frío del patio, cantar himnos y abjurar de todas las vanidades del mundo, excepto aquellas de orden deportivo. Le enseñaron a leer la Biblia, jugar al tenis y escribir a máquina. Esto último fue la única cosa útil que le dejaron aquellos largos años en idioma extranjero. Para Alba, que había vivido hasta entonces sin oír hablar de pecados ni de modales de señorita, desconociendo el límite entre lo humano y lo divino, lo posible y lo imposible, viendo pasar a un tío desnudo por los corredores dando saltos de karateca y al otro enterrado debajo de una montaña de libros, a su abuelo destrozando a bastonazos los teléfonos y los maceteros de la terraza, a su madre escabulléndose con su maletita de payaso y a su abuela moviendo la mesa de tres patas y tocando a Chopin sin

abrir el piano, la rutina del colegio le pareció insoportable. Se aburría
en las clases. En los recreos se sentaba en el rincón más lejano y discreto del patio, para no ser vista, temblando de deseo de que la invita-
ran a jugar y rogando al mismo tiempo que nadie se fijara en ella. Su
madre le advirtió que no intentara explicar a sus compañeras lo
que había visto sobre la naturaleza humana en los libros de medicina de su tío Jaime, ni hablara a las maestras de las ventajas del
esperanto sobre la lengua inglesa. A pesar de estas precauciones, la
directora del establecimiento no tuvo dificultad en detectar, desde los
primeros días, las extravagancias de su nueva alumna. La observó por
un par de semanas y cuando estuvo segura del diagnóstico, llamó a
Blanca Trueba a su despacho y le explicó, en la forma más cortés que
pudo, que la niña escapaba por completo a los límites habituales de la
formación británica y le sugirió que la pusiera en un colegio de monjas
españolas, donde tal vez podrían dominar su imaginación lunática y
corregir su pésima urbanidad. Pero el Senador Trueba no estaba dispuesto a dejarse apabullar por una Miss Saint John cualquiera, e hizo
valer todo el peso de su influencia para que no expulsara a su nieta.
Quería, a toda costa, que aprendiera inglés. Estaba convencido de la
superioridad del inglés sobre el español, que consideraba un idioma de
segundo orden, apropiado para los asuntos domésticos y la magia, para
las pasiones incontrolables y las empresas inútiles, pero inadecuado
para el mundo de la ciencia y de la técnica, donde esperaba ver triunfar a Alba. Había acabado por aceptar —vencido por la oleada de los
nuevos tiempos— que algunas mujeres no eran del todo idiotas y pensaba que Alba, demasiado insignificante para atraer a un esposo de
buena situación, podía adquirir una profesión y acabar ganándose la
vida como un hombre. En ese punto Blanca apoyó a su padre, porque
había comprobado en carne propia los resultados de una mala preparación académica para enfrentar la vida.

—No quiero que seas pobre como yo, ni que tengas que depender
de un hombre para que te mantenga —decía a su hija cada vez que la
veía llorando porque no quería ir a clases.

No la retiraron del colegio y tuvo que soportarlo durante diez años
ininterrumpidos.

Para Alba, la única persona estable en aquel barco a la deriva en
que se convirtió la gran casa de la esquina después de la muerte
de Clara, era su madre. Blanca luchaba contra el estropicio y la deca-
dencia con la ferocidad de una leona, pero era evidente que perdería la
pelea contra el avance del deterioro. Sólo ella intentaba dar al caserón
una apariencia de hogar. El Senador Trueba siguió viviendo allí, pero
dejó de invitar a sus amigos y relaciones políticas, cerró los salones y

ocupó sólo la biblioteca y su habitación. Estaba ciego y sordo a las necesidades de su hogar. Muy atareado con la política y los negocios, viajaba constantemente, pagaba nuevas campañas electorales, compraba tierras y tractores, criaba caballos de carrera, especulaba con el precio del oro, el azúcar y el papel. No se daba cuenta de que las paredes de su casa estaban ávidas de una capa de pintura, los muebles desvencijados y la cocina transformada en un muladar. Tampoco veía los chalecos de lana apelmazada de su nieta, ni la ropa anticuada de su hija o sus manos destruidas por el trabajo doméstico y la arcilla. No actuaba así por avaricia: su familia había dejado simplemente de interesarle. Algunas veces se sacudía la distracción y llegaba con algún regalo desproporcionado y maravilloso para su nieta, que no hacía más que aumentar el contraste entre la riqueza invisible de las cuentas en los Bancos y la austeridad de la casa. Entregaba a Blanca sumas variables, pero nunca suficientes, destinadas a mantener en marcha aquel caserón destartalado y oscuro, casi vacío y cruzado por las corrientes de aire, en que había degenerado la mansión de antaño. A Blanca nunca le alcanzaba el dinero para los gastos, vivía pidiendo prestado a Jaime y por más que recortara el presupuesto por aquí y lo remendara por allá, a fin de mes siempre tenía un alto de cuentas impagas que iban acumulándose, hasta que tomaba la decisión de ir al barrio de los joyeros judíos a vender alguna de las alhajas, que un cuarto de siglo antes habían sido compradas allí mismo y que Clara le legó en un calcetín de lana.

En la casa, Blanca andaba con delantal y alpargatas, confundiéndose con la escasa servidumbre que quedaba, y para salir usaba su mismo traje negro planchado y vuelto a planchar, con su blusa de seda blanca. Después que su abuelo enviudó y dejó de preocuparse por ella, Alba se vestía con lo que heredaba de algunas primas lejanas, que eran más grandes o más pequeñas que ella, de modo que en general los abrigos le quedaban como capotes militares y los vestidos cortos y estrechos. Jaime hubiera querido hacer algo por ellas, pero su conciencia le indicaba que era mejor gastar sus ingresos dando comida a los hambrientos, que lujos a su hermana y a su sobrina.

Después de la muerte de su abuela, Alba comenzó a sufrir pesadillas que la hacían despertar gritando y afiebrada. Soñaba que se morían todos los miembros de su familia y ella quedaba vagando sola en la gran casa, sin más compañía que los tenues fantasmas deslucidos que deambulaban por los corredores. Jaime sugirió trasladarla a la habitación de Blanca, para que estuviera más tranquila. Desde que empezó a compartir el dormitorio con su madre, esperaba con secreta impaciencia el momento de acostarse. Encogida entre sus sábanas, la seguía

con la vista en su rutina de terminar el día y meterse a la cama. Blanca se limpiaba la cara con Crema del Harem, una grasa rosada con perfume de rosas, que tenía fama de hacer milagros por la piel femenina, y se cepillaba cien veces su largo pelo castaño que empezaba a teñirse con algunas canas invisibles para todos, menos para ella. Era propensa al resfriado, por eso en invierno y en verano dormía con refajos de lana que ella misma tejía en los ratos libres. Cuando llovía se cubría las manos con guantes, para mitigar el frío polar que se le había introducido en los huesos debido a la humedad de la arcilla y que todas las inyecciones de Jaime y la acupuntura china de Nicolás fueron inútiles para curar. Alba la observaba ir y venir por el cuarto, con su camisón de novicia flotando alrededor del cuerpo, el pelo liberado del moño, envuelta en la suave fragancia de su ropa limpia y de la Crema del Harem, perdida en un monólogo incoherente en el que se mezclaban las quejas por el precio de las verduras, el recuento de sus múltiples malestares, el cansancio de llevar a cuestas el peso de la casa, y sus fantasías poéticas con Pedro Tercero García, a quien imaginaba entre las nubes del atardecer o recordaba entre los dorados trigales de Las Tres Marías. Terminado su ritual, Blanca se introducía en su lecho y apagaba la luz. A través del estrecho pasillo que las separaba, tomaba la mano a su hija y le contaba los cuentos de los libros mágicos de los baúles encantados del bisabuelo Marcos, pero que su mala memoria transformaba en cuentos nuevos. Así se enteró Alba de un príncipe que durmió cien años, de doncellas que peleaban cuerpo a cuerpo con los dragones, de un lobo perdido en el bosque a quien una niña destripó sin razón alguna. Cuando Alba quería volver a oír esas truculencias, Blanca no podía repetirlas, porque las había olvidado, en vista de lo cual, la pequeña tomó el hábito de escribirlas. Después anotaba también las cosas que le parecían importantes, tal como lo hacía su abuela Clara.

Los trabajos del mausoleo comenzaron al poco tiempo de la muerte de Clara, pero se demoraron casi dos años, porque fui agregando nuevos y costosos detalles: lápidas con letras góticas de oro, una cúpula de cristal para que entrara el sol y un ingenioso mecanismo copiado de las fuentes romanas, que permitía irrigar en forma constante y mesurada un minúsculo jardín interior, donde hice plantar rosas y camelias, las flores preferidas de las hermanas que habían ocupado mi corazón. Las estatuas fueron un problema. Rechacé varios diseños, porque no deseaba unos ángeles cretinos, sino los retratos de Rosa y Clara, con sus rostros, sus manos, su tamaño real. Un escultor uruguayo me dio en el gusto y las estatuas quedaron por fin como yo las quería. Cuando

estuvo listo, me encontré ante un obstáculo inesperado: no pude trasladar a Rosa al nuevo mausoleo, porque la familia del Valle se opuso. Intenté convencerlos con toda suerte de argumentos, con regalos y presiones, haciendo valer hasta el poder político, pero todo fue inútil. Mis cuñados se mantuvieron inflexibles. Creo que se habían enterado del asunto de la cabeza de Nívea y estaban ofendidos conmigo por haberla tenido en el sótano todo ese tiempo. Ante su testarudez, llamé a Jaime y le dije que se aprontara para acompañarme al cementerio a robarnos el cadáver de Rosa. No demostró ninguna sorpresa.

—Si no es por las buenas, tendrá que ser por las malas —expliqué a mi hijo.

Como es habitual en estos casos, fuimos de noche y sobornamos al guardián, tal como hice mucho tiempo atrás, para quedarme con Rosa la primera noche que ella pasó allí. Entramos con nuestras herramientas por la avenida de los cipreses, buscamos la tumba de la familia del Valle y nos dimos a la lúgubre tarea de abrirla. Quitamos cuidadosamente la lápida que guardaba el reposo de Rosa y sacamos del nicho el ataúd blanco, que era mucho más pesado de lo que suponíamos, de modo que tuvimos que pedir al guardián que nos ayudara. Trabajamos incómodos en el estrecho recinto, estorbándonos mutuamente con las herramientas, mal alumbrados por un farol de carburo. Después volvimos a colocar la lápida en el nicho, para que nadie sospechara que estaba vacío. Terminamos sudando. Jaime había tenido la precaución de llevar una cantimplora con aguardiente y pudimos tomar un trago para darnos ánimo. A pesar de que ninguno de nosotros era supersticioso, aquella necrópolis de cruces, cúpulas y lápidas nos ponía nerviosos. Yo me senté en el umbral de la tumba a recuperar el aliento y pensé que ya no estaba nada joven, si mover un cajón me hacía perder el ritmo del corazón y ver puntitos brillantes en la oscuridad. Cerré los ojos y me acordé de Rosa, su rostro perfecto, su piel de leche, su cabello de sirena oceánica, sus ojos de miel provocadores de tumultos, sus manos entrelazadas con el rosario de nácar, su corona de novia. Suspiré evocando a esa virgen hermosa que se me había escapado de las manos y que estuvo allí, esperando durante todos esos años, que yo fuera a buscarla y la llevara al sitio donde le correspondía estar.

—Hijo, vamos a abrir esto. Quiero ver a Rosa —dije a Jaime.

No intentó disuadirme, porque conocía mi tono cuando la decisión era irrevocable. Acomodamos la luz del farol, él desprendió con paciencia los tornillos de bronce que el tiempo había oscurecido y pudimos levantar la tapa, que pesaba como si fuera de plomo. A la blanca luz del carburo vi a Rosa, la bella, con sus azahares de

novia, su pelo verde, su imperturbable belleza, tal como la viera muchos años antes, acostada en su féretro blanco sobre la mesa del comedor de mis suegros. Me quedé mirándola fascinado, sin extrañarme que el tiempo no la hubiera tocado, porque era la misma de mis sueños. Me incliné y deposité a través del cristal que cubría su rostro, un beso en los labios pálidos de la amada infinita. En ese momento una brisa avanzó reptando entre los cipreses, entró a traición por alguna rendija del ataúd que hasta entonces había permanecido hermético y en un instante la novia inmutable se deshizo como un encantamiento, se desintegró en un polvillo tenue y gris. Cuando levanté la cabeza y abrí los ojos, con el beso frío aún en los labios, ya no estaba Rosa, la bella. En su lugar había una calavera con las cuencas vacías, unas tiras de piel color marfil adheridas a los pómulos y unos mechones de crin mohoso en la nuca.

Jaime y el guardián cerraron la tapa precipitadamente, colocaron a Rosa en una carretilla y la llevaron al sitio que le estaba reservado junto a Clara en el mausuleo color salmón. Me quedé sentado sobre una tumba en la avenida de los cipreses, mirando la luna.

—Férula tenía razón —pensé—. Me he quedado solo y se me está achicando el cuerpo y el alma. Sólo me falta morir como un perro.

El Senador Trueba luchaba contra sus enemigos políticos, que cada día avanzaban más en la conquista del poder. Mientras otros dirigentes del Partido Conservador engordaban, envejecían y perdían el tiempo en interminables discusiones bizantinas, él se dedicaba a trabajar, estudiar y recorrer el país de norte a sur, en una campaña personal que no cesaba nunca, sin tener en cuenta para nada sus años ni el sordo clamor de sus huesos. Lo reelegían Senador en cada elección parlamentaria. Pero no estaba interesado en el poder, la riqueza o el prestigio. Su obsesión era destruir lo que él llamaba «el cáncer marxista», que estaba filtrándose poco a poco en el pueblo.

—¡Uno levanta una piedra y aparece un comunista! —decía.

Nadie más lo creía. Ni los mismos comunistas. Se burlaban un poco de él, por sus arrebatos de mal humor, su pinta de cuervo enlutado, su bastón anacrónico y sus pronósticos apocalípticos. Cuando les blandía delante de las narices las estadísticas y los resultados reales de las últimas votaciones, sus correligionarios temían que fueran chocheras de viejo.

—¡El día que no podamos echar el guante a las urnas antes que cuenten los votos, nos vamos al carajo! —sostenía Trueba.

—En ninguna parte han ganado los marxistas por votación popu-

lar. Se necesita por lo menos una revolución y en este país no pasan esas cosas —le replicaban.

—¡Hasta que pasan! —alegaba Trueba frenético.

—Cálmate, hombre. No vamos a permitir que eso pase —lo consolaban—. El marxismo no tiene ni la menor oportunidad en América Latina. ¿No ves que no contempla el lado mágico de las cosas? Es una doctrina atea, práctica y funcional. ¡Aquí no puede tener éxito!

Ni el mismo coronel Hurtado, que andaba viendo enemigos de la patria por todos lados, consideraba a los comunistas un peligro. Le hizo ver en más de una oportunidad, que el Partido Comunista estaba compuesto por cuatro pelagatos que no significaban nada estadísticamente y que se regían por los mandatos de Moscú con una beatería digna de mejor causa.

—Moscú queda donde el diablo perdió el poncho, Esteban. No tienen idea de lo que pasa en este país —le decía el coronel Hurtado—. No tienen en cuenta para nada las condiciones de nuestro país, la prueba es que andan más perdidos que la Caperucita Roja. Hace poco publicaron un manifiesto llamando a los campesinos, los marineros y los indígenas a formar parte del primer soviet nacional, lo cual, desde todo punto de vista es una payasada. ¡Qué van a saber los campesinos lo que es un soviet! Y los marineros están siempre en alta mar y andan más interesados en los burdeles de otros puertos que en la política. ¡Y los indígenas! Nos quedan unos doscientos en total. No creo que hayan sobrevivido más a las masacres del siglo pasado, pero si quieren formar un soviet en sus reservaciones, allá ellos —se burlaba el coronel.

—¡Sí, pero además de los comunistas están los socialistas, los radicales y otros grupúsculos! Todos son más o menos lo mismo —respondía Trueba.

Para el Senador Trueba todos los partidos políticos, excepto el suyo, eran potencialmente marxistas y no podía distinguir claramente la ideología de unos y otros. No vacilaba en exponer su posición en público cada vez que se le presentaba la oportunidad, por eso para todos menos para sus partidarios, el Senador Trueba pasó a ser una especie de loco reaccionario y oligarca, muy pintoresco. El Partido Conservador tenía que frenarlo, para que no se fuera de lengua y los pusiera a todos en evidencia. Era el paladín furibundo dispuesto a dar la batalla en los foros, en las ruedas de prensa, en las universidades, donde nadie más se atrevía a dar la cara, allá estaba él inconmovible en su traje negro, con su melena de león y su bastón de plata. Era el blanco de los caricaturistas, que de tanto burlarse de él consiguieron hacerlo popular y en todas las elecciones arrasaba con la votación conservadora. Era

fanático, violento y anticuado, pero representaba mejor que nadie los valores de la familia, la tradición, la propiedad y el orden. Todo el mundo lo reconocía en la calle, inventaban chistes a su costa y corrían de boca en boca las anécdotas que se le atribuían. Decían que, en ocasión de su ataque al corazón, cuando su hijo se desnudó en las puertas del Congreso, el Presidente de la República lo llamó a su oficina para ofrecerle la Embajada en Suiza, donde podría tener un cargo apropiado para sus años, que le permitiera reponer su salud. Decían que el Senador Trueba respondió con un puñetazo sobre el escritorio del primer mandatario, volcando la bandera nacional y el busto del Padre de la Patria.

—¡De aquí no salgo ni muerto, Excelencia! —rugió—. ¡Porque apenas yo me descuide los marxistas le quitan a usted la silla donde está sentado!

Tuvo la habilidad de ser el primero que llamó a la izquierda «enemiga de la democracia», sin sospechar que años después ése sería el lema de la dictadura. En la lucha política ocupaba casi todo su tiempo y una buena parte de su fortuna. Notó que, a pesar de que siempre estaba tramando nuevos negocios, ésta parecía irse mermando desde la muerte de Clara, pero no se alarmó, porque supuso que en el orden natural de las cosas estaba el hecho irrefutable de que en su vida ella había sido un soplo de buena suerte, pero que no podía continuar beneficiándolo después de su muerte. Además, calculó que con lo que tenía podía mantenerse como un hombre rico por el tiempo que le quedaba en este mundo. Se sentía viejo, tenía la idea de que ninguno de sus tres hijos merecía heredarlo y que a su nieta la dejaría asegurada con Las Tres Marías, a pesar de que el campo ya no era tan próspero como antes. Gracias a las nuevas carreteras y automóviles, lo que antes era un safari en tren, se había reducido a sólo seis horas desde la capital a Las Tres Marías, pero él estaba siempre ocupado y no encontraba el momento para hacer el viaje. Llamaba al administrador de vez en cuando, para que le rindiera cuentas, pero esas visitas lo dejaban con la resaca del mal humor por varios días. Su administrador era un hombre derrotado por su propio pesimismo. Sus noticias eran una serie de infortunadas casualidades: se helaron las fresas, las gallinas se contagiaron de moquillo, se apestó la uva. Así el campo, que había sido la fuente de su riqueza, llegó a ser una carga y a menudo el Senador Trueba tuvo que sacar dinero de otros negocios para apuntalar a esa tierra insaciable que parecía tener ganas de volver a los tiempos del abandono, antes que él la rescatara de la miseria.

—Tengo que ir a poner orden. Allá hace falta el ojo del amo —murmuraba.

—Las cosas están muy revueltas en el campo, patrón —le advirtió muchas veces su administrador—. Los campesinos están alzados. Cada día hacen nuevas exigencias. Uno diría que quieren vivir como los patrones. Lo mejor es vender la propiedad.

Pero Trueba no quería oír hablar de vender. «La tierra es lo único que queda cuando todo lo demás se acaba», repetía igual como lo hacía cuando tenía veinticinco años y lo presionaban su madre y su hermana por la misma razón. Pero, con el peso de la edad y el trabajo político, Las Tres Marías, como muchas otras cosas que antes le parecieron fundamentales, había dejado de interesarle. Sólo tenía un valor simbólico para él.

El administrador tenía razón: las cosas estaban muy revueltas en esos años. Así lo andaba pregonando la voz de terciopelo de Pedro Tercero García, que gracias al milagro de la radio, llegaba a los más apartados rincones del país. A los treinta y tantos años seguía teniendo el aspecto de un rudo campesino, por una cuestión de estilo, ya que el conocimiento de la vida y el éxito le habían suavizado las asperezas y afinado las ideas. Usaba una barba montaraz y una melena de profeta que él mismo podaba de memoria con una navaja que había sido de su padre, adelantándose en varios años a la moda que después hizo furor entre los cantantes de protesta. Se vestía con pantalones de tela basta, alpargatas artesanales y en invierno se echaba encima un poncho de lana cruda. Era su tenida de batalla. Así se presentaba en los escenarios y así aparecía retratado en las carátulas de los discos. Desilusionado de las organizaciones políticas, terminó por destilar tres o cuatro ideas primarias con las que armó su filosofía. Era un anarquista. De las gallinas y los zorros evolucionó para cantar a la vida, a la amistad, al amor y también a la revolución. Su música era muy popular y sólo alguien tan testarudo como el Senador Trueba pudo ignorar su existencia. El viejo había prohibido la radio en su casa, para evitar que su nieta oyera las comedias y folletines en que las madres pierden a sus hijos y los recuperan después de años, así como evitar la posibilidad de que las canciones subversivas de su enemigo le malograran la digestión. Él tenía una radio moderna en su dormitorio, pero sólo escuchaba las noticias. No sospechaba que Pedro Tercero García era el mejor amigo de su hijo Jaime, ni que se reunía con Blanca cada vez que ella salía con su maleta de payaso tartamudeando pretextos. Tampoco sabía que algunos domingos asoleados llevaba a Alba a trepar a los cerros, se sentaba con ella en la cima a observar la ciudad y a comer pan con queso, y antes de dejarse caer rodando por las laderas, reventados de la risa como cachorros felices, le hablaba de los pobres, los oprimidos, los desesperados y otros asun-

tos que Trueba prefería que su nieta ignorara.

Pedro Tercero veía crecer a Alba y procuró estar cerca de ella, pero no llegó a considerarla realmente su hija, porque en ese punto Blanca fue inflexible. Decía que Alba había tenido que soportar muchos sobresaltos y que era un milagro que fuera una criatura relativamente normal, de modo que no había necesidad de agregarle otro motivo de confusión respecto a su origen. Era mejor que siguiera creyendo la versión oficial y, por otra parte, no quería correr el riesgo de que hablara del asunto con su abuelo, provocando una catástrofe. De todos modos, el espíritu libre y contestatario de la niña agradaba a Pedro Tercero.

—Si no es hija mía, merece serlo —decía, orgulloso.

En todos esos años, Pedro Tercero nunca llegó a acostumbrarse a su vida de soltero, a pesar de su éxito con las mujeres, especialmente las adolescentes esplendorosas a quienes los quejidos de su guitarra encendían de amor. Algunas se introducían a viva fuerza en su vida. Él necesitaba la frescura de esos amores. Procuraba hacerlas felices un tiempo brevísimo, pero desde el primer instante de ilusión, comenzaba a despedirse, hasta que, por último, las abandonaba con delicadeza. A menudo, cuando tenía a una de ellas en la cama suspirando dormida a su lado, cerraba los ojos y pensaba en Blanca, en su amplio cuerpo maduro, en sus pechos abundantes y tibios, en las finas arrugas de su boca, en las sombras de sus ojos árabes y sentía un grito oprimiéndole el pecho. Intentó permanecer junto a otras mujeres, recorrió muchos caminos y muchos cuerpos alejándose de ella, pero en el momento más íntimo, en el punto preciso de la soledad y del presagio de la muerte, siempre era Blanca la única. A la mañana siguiente comenzaba el suave proceso de desprenderse de la nueva enamorada y apenas se encontraba libre, regresaba donde Blanca, más delgado, más ojeroso, más culpable, con una nueva canción en la guitarra y otras inagotables caricias para ella.

Blanca, en cambio, se había acostumbrado a vivir sola. Terminó por encontrar paz en sus quehaceres de la gran casa, en su taller de cerámica y en sus Nacimientos de animales inventados, donde lo único que correspondía a las leyes de la biología era la Sagrada Familia perdida en una multitud de monstruos. El único hombre de su vida era Pedro Tercero, pues tenía vocación para un solo amor. La fuerza de ese inconmovible sentimiento la salvó de la mediocridad y de la tristeza de su destino. Permanecía fiel aun en los momentos en que él se perdía detrás de algunas ninfas de pelo lacio y huesos largos, sin amarlo menos por ello. Al principio creía morir cada vez que se alejaba, pero pronto se dio cuenta de que sus ausencias duraban lo que

un suspiro y que invariablemente regresaba más enamorado y más dulce. Blanca prefería esos encuentros furtivos con su amante en hoteles de cita, a la rutina de una vida en común, al cansancio de un matrimonio y a la pesadumbre de envejecer juntos compartiendo las penurias de fin de mes, el mal olor en la boca al despertar, el tedio de los domingos y los achaques de la edad. Era una romántica incurable. Alguna vez tuvo la tentación de tomar su maleta de payaso y lo que quedaba de las joyas del calcetín, e irse con su hija a vivir con él, pero siempre se acobardaba. Tal vez temía que ese grandioso amor, que había resistido tantas pruebas, no pudiera sobrevivir a la más terrible de todas: la convivencia. Alba estaba creciendo muy rápido y comprendía que no le iba a durar mucho el buen pretexto de velar por su hija para postergar las exigencias de su amante, pero prefería siempre dejar la decisión para más adelante. En realidad, tanto como temía la rutina, la horrorizaba el estilo de vida de Pedro Tercero, su modesta casita de tablas y calaminas en una población obrera, entre cientos de otras tan pobres como la suya, con piso de tierra apisonada, sin agua y con un solo bombillo colgando del techo. Por ella, él salió de la población y se mudó a un departamento en el centro, ascendiendo así, sin proponérselo, a una clase media a la cual nunca tuvo aspiración de pertenecer. Pero tampoco eso fue suficiente para Blanca. El departamento le pareció sórdido, oscuro, estrecho y el edificio promiscuo. Decía que no podía permitir que Alba creciera allí, jugando con otros niños en la calle y en las escaleras, educándose en una escuela pública. Así se le pasó la juventud y entró en la madurez, resignada a que los únicos momentos de placer eran cuando salía disimuladamente con su mejor ropa, su perfume y las enaguas de mujerzuela que a Pedro Tercero cautivaban y que ella escondía, arrebolada de vergüenza, en lo más secreto de su ropero, pensando en las explicaciones que tendría que dar si alguien las descubría. Esa mujer práctica y terrenal para todos los aspectos de la existencia, sublimó su pasión de infancia, viviéndola trágicamente. La alimentó de fantasías, la idealizó, la defendió con fiereza, la depuró de las verdades prosaicas y pudo convertirla en un amor de novela.

Por su parte, Alba aprendió a no mencionar a Pedro Tercero García, porque conocía el efecto que ese nombre causaba en la familia. Intuía que algo grave había ocurrido entre el hombre de los dedos cortados que besaba a su madre en la boca, y el abuelo, pero todos, hasta el mismo Pedro Tercero, contestaban a sus preguntas con evasivas. En la intimidad del dormitorio, a veces Blanca le contaba anécdotas de él y le enseñaba sus canciones con la recomendación de que no fuera a tararearlas en la casa. Pero no le contó que era su padre

y ella misma parecía haberlo olvidado. Recordaba el pasado como una sucesión de violencias, abandonos y tristezas y no estaba segura de que las cosas hubieran sido como pensaba. Se había desdibujado el episodio de las momias, los retratos y el indio lampiño con zapatos Luis XV, que provocaron su huida de la casa de su marido. Tantas veces repitió la historia de que el conde había muerto de fiebre en el desierto, que llegó a creerla. Años después, el día que llegó su hija a anunciarle que el cadáver de Jean de Satigny yacía en la nevera de la Morgue, no se alegró, porque hacía mucho tiempo que se sentía viuda. Tampoco intentó justificar su mentira. Sacó del armario su antiguo traje sastre negro, se acomodó las horquillas en el moño y acompañó a Alba a sepultar al francés en el Cementerio General, en una tumba del Municipio, donde iban a parar los indigentes, porque el Senador Trueba se negó a cederle un lugar en su mausoleo color salmón. Madre e hija caminaron solas detrás del ataúd negro que pudieron comprar gracias a la generosidad de Jaime. Se sentían un poco ridículas en el bochornoso mediodía estival, con un ramo de flores mustias en las manos y ninguna lágrima para el cadáver solitario que iban a enterrar.

—Veo que mi padre ni siquiera tenía amigos —comentó Alba.

Tampoco en esa ocasión Blanca admitió a su hija la verdad.

Después que tuve a Clara y a Rosa acomodadas en mi mausoleo, me sentí algo más tranquilo, porque sabía que tarde o temprano estaríamos los tres reunidos allí, junto a otros seres queridos, como mi madre, la Nana y la misma Férula, quien espero me haya perdonado. No imaginé que iba a vivir tanto como he vivido y que tendrían que esperarme tan largo tiempo.

La habitación de Clara permaneció cerrada con llave. No quería que nadie entrara, para que no movieran nada y yo pudiera encontrar su espíritu allí presente cada vez que lo deseara. Empecé a tener insomnio, el mal de todos los viejos. En las noches deambulaba por la casa sin poder conciliar el sueño, arrastrando las zapatillas que me quedaban grandes, envuelto en la antigua bata episcopal que todavía guardo por razones sentimentales, rezongando contra el destino, como un anciano acabado. Con la luz del sol, sin embargo, recuperaba el deseo de vivir. Aparecía a la hora del desayuno con la camisa almidonada y mi traje de luto, afeitado y tranquilo, leía el periódico con mi nieta, ponía al día mis asuntos de negocios y la correspondencia y luego salía por el resto del día. Dejé de comer en la

casa, incluso los sábados y domingos, porque sin la presencia cataliza-
dora de Clara, no había ninguna razón para soportar las peleas con
mis hijos.

Mis únicos dos amigos procuraban quitarme el luto del alma. Al-
morzaban conmigo, jugábamos al golf, me desafiaban al dominó. Con
ellos discutía mis negocios, hablaba de política y a veces de la familia. Una tarde en que me vieron más animado, me invitaron al Cristóbal
Colón, con la esperanza de que una mujer complaciente me hiciera recuperar el buen humor. Ninguno de los tres teníamos edad para esas
aventuras, pero nos tomamos un par de copas y partimos.

Había estado en el Cristóbal Colón hacía algunos años, pero casi
lo había olvidado. En los últimos tiempos, el hotel había adquirido
prestigio turístico y los provincianos viajaban a la capital nada más
que para visitarlo y después contarlo a sus amigos. Llegamos al
anticuado caserón, que por fuera se mantenía igual desde hacía mu-
chísimos años. Nos recibió un portero que nos condujo al salón principal, donde recordaba haber estado antes, en la época de la matrona
francesa o, mejor dicho, con acento francés. Una muchachita, vestida
como una escolar, nos ofreció un vaso de vino a cuenta de la casa.
Uno de mis amigos trató de tomarla por la cintura, pero ella le advirtió que pertenecía al personal de servicio y que debíamos esperar a las
profesionales. Momentos después se abrió una cortina y apareció una
visión de las antiguas cortes árabes: un negro enorme, tan negro que
parecía azul, con los músculos aceitados, cubierto con unas bombachas de seda color zanahoria, un chaleco sin mangas, turbante de lamé
morado, babuchas de turco y un anillo de oro atravesado en la nariz.
Al sonreír, vimos que tenía todos los dientes de plomo. Se presentó
como Mustafá y nos pasó un álbum de retratos, para que eligiéramos
la mercancía. Por primera vez en mucho tiempo reí de buena gana,
porque la idea de un catálogo de prostitutas me pareció muy divertida.
Hojeamos el álbum, donde había mujeres gordas, delgadas, de pelo
largo, de pelo corto, vestidas como ninfas, como amazonas, como novicias, como cortesanas, sin que fuera posible para mí escoger una, porque todas tenían la expresión pisoteada de las flores de banquete. Las
últimas tres páginas del álbum estaban destinadas a muchachos con
túnicas griegas, coronados de laureles, jugando entre falsas ruinas he-
lénicas, con sus nalgas regordetas y sus párpados pestañudos, repugnantes. Yo no había visto de cerca a ningún marica confeso, excepto
Carmelo el que se vestía de japonesa en el Farolito Rojo, por eso me
sorprendió que uno de mis amigos, padre de familia y corredor de la
Bolsa de Comercio, eligiera a uno de esos adolescentes culones de los
retratos. El muchacho surgió como por arte de magia detrás de las

cortinas y se llevó a mi amigo de la mano, entre risitas y contoneos femeninos. Mi otro amigo prefirió a una gordísima odalisca, con quien dudo que haya podido realizar ninguna proeza, debido a su edad avanzada y su frágil esqueleto, pero, en todo caso, salió con ella, también tragados por la cortina.

—Veo que al señor le cuesta decidirse —dijo Mustafá cordialmente—. Permítame ofrecerle lo mejor de la casa. Le voy a presentar a Afrodita.

Y entró Afrodita al salón, con tres pisos de crespos en la cabeza, mal cubierta por unos tules drapeados y chorreando uvas artificiales desde el hombro hasta las rodillas. Era Tránsito Soto, quien había adquirido un definitivo aspecto mitológico, a pesar de las uvas chabacanas y los tules de circo.

—Me alegro de verlo, patrón —saludó.

Me llevó a través de la cortina y desembocamos en un breve patio interior, el corazón de aquella laberíntica construcción. El Cristóbal Colón estaba formado por dos o tres casas antiguas, unidas estratégicamente por patios traseros, corredores y puentes hechos con tal fin. Tránsito Soto me condujo a una habitación anodina, pero limpia, cuya única extravagancia eran unos frescos eróticos mal copiados de los de Pompeya, que un pintor mediocre había reproducido en las paredes, y una bañera grande, antigua, algo oxidada, con agua corriente. Silbé admirativamente.

—Hicimos algunos cambios en el decorado —dijo ella.

Tránsito se quitó las uvas y los tules, y volvió a ser la mujer que yo recordaba, sólo que más apetecible y menos vulnerable, pero con la misma expresión ambiciosa de los ojos que me cautivara cuando la conocí. Me contó de la cooperativa de prostitutas y maricones, que había resultado formidable. Entre todos levantaron al Cristóbal Colón de la ruina en que lo dejó la falsa madama francesa de antaño, y trabajaron para convertirlo en un acontecimiento social y un monumento histórico, que andaba en boca de marineros por los más remotos mares. Los disfraces eran la mayor contribución al éxito, porque removían la fantasía erótica de los clientes, así como el catálogo de putas, que habían podido reproducir y distribuir por algunas provincias, para despertar en los hombres el deseo de llegar a conocer algún día el famoso burdel.

—Es una lata andar con estos trapos y estas uvas de mentira, patrón, pero a los hombres les gusta. Se van contando y eso atrae a otros. Nos va muy bien, es un buen negocio y nadie aquí se siente explotado. Todos somos socios. Ésta es la única casa de putas del país que tiene su propio negro auténtico. Otros que usted ve por

ahí son pintados, en cambio a Mustafá, aunque lo frote con lija, negro se queda. Y esto está limpio. Aquí se puede tomar agua en el excusado, porque echamos lejía hasta por donde usted no se imagina y todas estamos controladas por Sanidad. No hay venéreas.

Tránsito se quitó el último velo y su magnífica desnudez me apabulló tanto, que de pronto sentí un mortal cansancio. Tenía el corazón agobiado por la tristeza y el sexo fláccido como una flor mustia y sin destino entre las piernas.

—¡Ay, Tránsito! Creo que ya estoy muy viejo para esto —balbuceé.

Pero Tránsito Soto comenzó a ondular la serpiente tatuada alrededor de su ombligo, hipnotizándome con el suave contorneo de su vientre, mientras me arrullaba con su voz de pájaro ronco, hablando de los beneficios de la cooperativa y las ventajas del catálogo. Tuve que reírme, a pesar de todo, y poco a poco sentí que mi propia risa era como un bálsamo. Con el dedo traté de seguir el contorno de la serpiente, pero se me deslizó zigzagueando. Me maravillé de que esa mujer, que no estaba en su primera ni en su segunda juventud, tuviera la piel tan firme y los músculos tan duros, capaces de mover a aquel reptil como si tuviera vida propia. Me incliné a besar el tatuaje y comprobé, satisfecho, que no estaba perfumada. El olor cálido y seguro de su vientre me entró por las narices y me invadió por completo, alertando en mi sangre un hervor que creía enfriado. Sin dejar de hablar, Tránsito abrió las piernas, separando las suaves columnas de sus muslos, en un gesto casual, como si acomodara la postura. Comencé a recorrerla con los labios, aspirando, hurgando, lamiendo, hasta que olvidé el luto y el peso de los años y el deseo me volvió con la fuerza de otros tiempos y sin dejar de acariciarla y besarla fui quitándole la ropa a tirones, con desesperación, comprobando feliz la firmeza de mi masculinidad, al tiempo que me hundía en el animal tibio y misericordioso que se me ofrecía, arrullado por la voz de pájaro ronco, enlazado por los brazos de la diosa, zarandeado por la fuerza de esas caderas, hasta perder la noción de las cosas y estallar en gozo.

Después nos remojamos los dos en la bañera con agua tibia, hasta que me volvió el alma al cuerpo y me sentí casi curado. Por un instante jugueteé con la fantasía de que Tránsito era la mujer que siempre había necesitado y que a su lado podría volver a la época en que era capaz de levantar en vilo a una robusta campesina, subirla al anca de mi caballo y llevarla a los matorrales contra su voluntad.

—Clara... —murmuré sin pensar, y entonces sentí que caía una lágrima por mi mejilla y luego otra y otra más, hasta que fue un torrente de llanto, un tumulto de sollozos, un sofoco de nostalgias y de tristezas, que Tránsito Soto reconoció sin dificultad, porque tenía

una larga experiencia con las penas de los hombres. Me dejó llorar todas las miserias y las soledades de los últimos años y después me sacó de la bañera con cuidados de madre, me secó, me hizo masajes hasta dejarme blando como un pan remojado y me tapó cuando cerré los ojos en la cama. Me besó en la frente y salió en puntilla.

—¿Quién será Clara? —la oír murmurar al salir.

Capítulo XI

EL DESPERTAR

Alrededor de los dieciocho años Alba abandonó definitivamente la infancia. En el momento preciso en que se sintió mujer, fue a encerrarse a su antiguo cuarto, donde todavía estaba el mural que había comenzado muchos años atrás. Buscó en los viejos tarros de pintura hasta que encontró un poco de rojo y de blanco que todavía estaban frescos, los mezcló con cuidado y luego pintó un gran corazón rosado en el último espacio libre de las paredes. Estaba enamorada. Después tiró a la basura los tarros y los pinceles y se sentó un largo rato a contemplar los dibujos, para revisar la historia de sus penas y alegrías. Sacó la cuenta que había sido feliz y con un suspiro se despidió de la niñez.

Ese año cambiaron muchas cosas en su vida. Terminó el colegio y decidió estudiar filosofía, para darse el gusto, y música, para llevar la contra a su abuelo, que consideraba el arte como una forma de perder el tiempo y predicaba incansablemente las ventajas de las profesiones liberales o científicas. También la prevenía contra el amor y el matrimonio, con la misma majadería con que insistía para que Jaime se buscara una novia decente y se casara, porque se estaba quedando soltorón. Decía que para los hombres es bueno tener una esposa, pero, en cambio, las mujeres como Alba siempre salían perdiendo con el matri-

monio. Las prédicas de su abuelo se volatilizaron cuando Alba vio por primera vez a Miguel, en una memorable tarde de llovizna y frío en la cafetería de la Universidad.

Miguel era un estudiante pálido, de ojos afiebrados, pantalones desteñidos y botas de minero, en el último año de Derecho. Era dirigente izquierdista. Estaba inflamado por la más incontrolable pasión: buscar la justicia. Eso no le impidió darse cuenta que Alba lo observaba. Levantó la vista y sus ojos se encontraron. Se miraron deslumbrados y desde ese instante buscaron todas las ocasiones para juntarse en las alamedas del parque, por donde paseaban cargados de libros o arrastrando el pesado violoncello de Alba. Desde el primer encuentro ella notó que él llevaba una pequeña insignia en la manga: una mano alzada con el puño cerrado. Decidió no decirle que era nieta de Esteban Trueba y, por primera vez en su vida, usó el apellido que tenía en su cédula de identidad: Satigny. Pronto se dio cuenta que era mejor no decírselo tampoco al resto de sus compañeros. En cambio, pudo jactarse de ser amiga de Pedro Tercero García, que era muy popular entre los estudiantes, y del Poeta, en cuyas rodillas se sentaba cuando niña y que para entonces era conocido en todos los idiomas y sus versos andaban en boca de los jóvenes y en el graffiti de los muros.

Miguel hablaba de la revolución. Decía que a la violencia del sistema había que oponer la violencia de la revolución. Alba, sin embargo, no tenía ningún interés en la política y sólo quería hablar de amor. Estaba harta de oír los discursos de su abuelo, de asistir a sus peleas con su tío Jaime, de vivir las campañas electorales. La única participación política de su vida había sido salir con otros escolares a tirar piedras a la Embajada de los Estados Unidos sin tener motivos muy claros para ello, debido a lo cual la suspendieron del colegio por una semana y a su abuelo casi le da otro infarto. Pero en la Universidad la política era ineludible. Como todos los jóvenes que entraron ese año, descubrió el atractivo de las noches insomnes en un café, hablando de los cambios que necesitaba el mundo y contagiándose unos a otros con la pasión de las ideas. Volvía a su casa tarde en la noche, con la boca amarga y la ropa impregnada de olor a tabaco rancio, con la cabeza caliente de heroísmos, segura de que, llegado el momento, podría dar su vida por una causa justa. Por amor a Miguel, y no por convicción ideológica, Alba se atrincheró en la Universidad junto a los estudiantes que se tomaron el edificio en apoyo a una huelga de trabajadores. Fueron días de campamento, de discursos inflamados, de gritar insultos a la policía desde las ventanas hasta quedar afónicos. Hicieron barricadas con sacos de tierra y adoquines que desprendieron del patio principal, tapiaron las puertas y ventanas con la intención de transformar

el edificio en una fortaleza y el resultado fue una mazmorra de la cual era mucho más difícil para los estudiantes salir, que para la policía entrar. Fue la primera vez que Alba pasó la noche fuera de su casa, acunada en los brazos de Miguel, entre montones de periódicos y botellas vacías de cerveza, en la cálida promiscuidad de los compañeros, todos jóvenes, sudados, con los ojos enrojecidos por el sueño atrasado y el humo, un poco hambrientos y sin nada de miedo, porque aquello se parecía más a un juego que a una guerra. El primer día lo pasaron tan ocupados haciendo barricadas y movilizando sus cándidas defensas, pintando pancartas y hablando por teléfono, que no tuvieron tiempo para preocuparse cuando la policía les cortó el agua y la electricidad.

Desde el primer momento, Miguel se convirtió en el alma de la toma, secundado por el profesor Sebastián Gómez, quien a pesar de sus piernas baldadas, los acompañó hasta el final. Esa noche cantaron para darse ánimos y cuando se cansaron de las arengas, las discusiones y los cantos, se acomodaron en grupos para pasar la noche lo mejor posible. El último en descansar fue Miguel, que parecía ser el único que sabía cómo actuar. Se hizo cargo de la distribución del agua, juntando en recipientes hasta la que había almacenada en los estanques de los excusados, improvisó una cocina y produjo, nadie sabe de adónde, café instantáneo, galletas y unas latas de cerveza. Al día siguiente, el hedor de los baños sin agua era terrible, pero Miguel organizó la limpieza y ordenó que no se ocuparan: había que hacer sus necesidades en el patio, en un hoyo cavado junto a la estatua de piedra del fundador de la Universidad. Miguel dividió a los muchachos en cuadrillas y los mantuvo todo el día ocupados, con tanta habilidad, que no se notaba su autoridad. Las decisiones parecían surgir espontáneamente de los grupos.

—¡Parece que fuéramos a quedarnos por varios meses! —comentó Alba, encantada con la idea de estar sitiados.

En la calle, rodeando el antiguo edificio, se colocaron estratégicamente los carros blindados de la policía. Comenzó una tensa espera que iba a prolongarse por varios días.

—Se plegarán los estudiantes de todo el país, los sindicatos, los colegios profesionales. Tal vez caiga el gobierno —opinó Sebastián Gómez.

—No lo creo —replicó Miguel—. Pero lo que importa es establecer la protesta y no dejar el edificio hasta que se firme el pliego de peticiones de los trabajadores.

Comenzó a llover suavemente y muy temprano se hizo de noche dentro del edificio sin luz. Encendieron algunos improvisados chonchones con gasolina y una mecha humeante en tarros. Alba pensó que también habían cortado el teléfono, pero comprobó que la línea funcionaba.

Miguel explicó que la policía tenía interés en saber lo que ellos hablaban y los previno respecto a las conversaciones. De todos modos, Alba llamó a su casa para avisar que se quedaría junto a sus compañeros hasta la victoria final o la muerte, lo cual le sonó falso una vez que lo hubo dicho. Su abuelo arrebató el aparato de la mano de Blanca y con la entonación iracunda que su nieta conocía muy bien, le dijo que tenía una hora para llegar a la casa con una explicación razonable por haber pasado toda la noche afuera. Alba le replicó que no podía salir y aunque pudiera, tampoco pensaba hacerlo.

—¡No tienes nada que hacer allá con esos comunistas! —gritó Esteban Trueba. Pero en seguida dulcificó la voz y le rogó que saliera antes que entrara la policía, porque él estaba en posición de saber que el gobierno no iba a tolerarlos indefinidamente—. Si no salen por las buenas, se va a meter el Grupo Móvil y los sacarán a palos —concluyó el Senador.

Alba miró por una rendija de la ventana, tapiada con tablas y sacos de tierra, y vio las tanquetas alineadas en la calle y una doble fila de hombres en pie de guerra, con cascos, palos y máscaras. Comprendió que su abuelo no exageraba. Los demás también los habían visto y algunos temblaban. Alguien mencionó que había unas nuevas bombas, peores que las lacrimógenas, que provocaban una incontrolable cagantina, capaz de disuadir al más valiente con la pestilencia y el ridículo. A Alba la idea le pareció aterradora. Tuvo que hacer un gran esfuerzo para no llorar. Sentía punzadas en el vientre y supuso que eran de miedo. Miguel la abrazó, pero eso no le sirvió de consuelo. Los dos estaban cansados y empezaban a sentir la mala noche en los huesos y en el alma.

—No creo que se atrevan a entrar —dijo Sebastián Gómez—. El gobierno ya tiene bastantes problemas. No va a meterse con nosotros.

—No sería la primera vez que carga contra los estudiantes —observó alguien.

—La opinión pública no lo permitirá —replicó Gómez—. Ésta es una democracia. No es una dictadura y nunca lo será.

—Uno siempre piensa que esas cosas pasan en otra parte —dijo Miguel—. Hasta que también nos pase a nosotros.

El resto de la tarde transcurrió sin incidentes y en la noche todos estaban más tranquilos, a pesar de la prolongada incomodidad y del hambre. Las tanquetas seguían fijas en sus puestos. En los largos pasillos y las aulas los jóvenes jugaban al gato o a los naipes, descansaban tirados por el suelo y preparaban armas defensivas con palos y piedras. La fatiga se notaba en todos los rostros. Alba sentía cada vez más fuertes los retorcijones en el vientre y pensó que si las cosas no se resolvían

al día siguiente, no tendría más remedio que utilizar el hoyo en el patio. En la calle seguía lloviendo y la rutina de la ciudad continuaba imperturbable. A nadie parecía importar otra huelga de estudiantes y la gente pasaba delante de las tanquetas sin detenerse a leer las pancartas que colgaban de la fachada de la Universidad. Los vecinos se acostubraron rápidamente a la presencia de los carabineros armados y cuando cesó la lluvia salieron los niños a jugar a la pelota en el estacionamiento vacío que separaba el edificio de los destacamentos policiales. Por momentos, Alba tenía la sensación de estar en un barco a vela en un mar inmutable, sin una brisa, en una eterna y silenciosa espera, inmóvil, oteando el horizonte durante horas. La alegre camaradería del primer día se transformó en irritación y constantes discusiones a medida que transcurrió el tiempo y aumentó la incomodidad. Miguel registró todo el edificio y confiscó los víveres de la cafetería.

—Cuando esto termine, se los pagaremos al concesionario. Es un trabajador como cualquier otro —dijo.

Hacía frío. El único que no se quejaba de nada, ni siquiera de la sed, era Sebastián Gómez. Parecía tan incansable como Miguel, a pesar de que lo doblaba en edad y tenía aspecto de tuberculoso. Era el único profesor que quedó con los estudiantes cuando se tomaron el edificio. Decían que sus piernas baldadas eran la consecuencia de una ráfaga de metralla en Bolivia. Era el ideólogo que hacía arder en sus alumnos la llama que la mayoría vio apagarse cuando abandonaron la Universidad y se incorporaron al mundo que en su primera juventud creyeron poder cambiar. Era un hombre pequeño, enjuto, de nariz aguileña y pelo ralo, animado por un fuego interior que no le daba tregua. A él le debía Alba el apodo de «condesa», porque el primer día su abuelo tuvo la mala idea de mandarla a clases en el automóvil con chofer y el profesor la divisó. El apodo era un acierto casual, porque Gómez no podía saber que, en el caso improbable de que ella algún día quisiera hacerlo, podía desenterrar el título de nobleza de Jean de Satigny que era una de las pocas cosas auténticas que tenía el conde francés que le dio el apellido. Alba no le guardaba rencor por el sobrenombre burlón, por el contrario, algunas veces había fantaseado con la idea de seducir al esforzado profesor. Pero Sebastián Gómez había visto a muchas niñas como Alba y sabía distinguir esa mezcla de compasión y curiosidad que provocaban sus muletas sosteniendo sus pobres piernas de trapo.

Así pasó todo el día, sin que el Grupo Móvil moviera sus tanquetas y sin que el gobierno cediera ante las demandas de los trabajadores. Alba empezó a preguntarse qué diablos estaba haciendo en ese lugar, porque el dolor de vientre se estaba haciendo insoportable y la necesidad de lavarse en un baño con agua corriente empezaba a

obsesionarla. Cada vez que miraba hacia la calle y veía a los carabineros se le llenaba la boca de saliva. Para entonces ya se había dado cuenta que los entrenamientos de su tío Nicolás no eran tan efectivos en el momento de la acción como en la ficción de los sufrimientos imaginarios. Dos horas después Alba sintió entre las piernas una viscosidad tibia y vio sus pantalones manchados de rojo. La invadió una sensación de pánico. Durante esos días el temor de que eso acurriera la atormentó casi tanto como el hambre. La mancha en sus pantalones era como una bandera. No intentó disimularla. Se encogió en un rincón sintiéndose perdida. Cuando era pequeña, su abuela le había enseñado que las cosas propias de la función humana son naturales y podía hablar de la menstruación como de la poesía, pero más tarde, en el colegio, se enteró que todas las secreciones del cuerpo, menos las lágrimas, son indecentes. Miguel se dio cuenta de su bochorno y su angustia, salió a buscar a la improvisada enfermería un paquete de algodón y consiguió unos pañuelos, pero al poco rato se dieron cuenta que no era suficiente y al anochecer Alba lloraba de humillación y de dolor, asustada por las tenazas en sus entrañas y por ese gorgoriteo sangriento que no se parecía en nada a lo de otros meses. Creía que algo se le estaba reventando dentro. Ana Díaz, una estudiante que, como Miguel, llevaba la insignia del puño alzado, hizo la observación de que eso sólo duele a las mujeres ricas, porque las proletarias no se quejan ni cuando están pariendo, pero al ver que los pantalones de Alba eran un charco y que estaba pálida como moribundo, fue a hablar con Sebastián Gómez. Éste se declaró incapaz de resolver el problema.

—Esto pasa por meter a las mujeres en cosas de hombres —bromeó.

—¡No! ¡Esto pasa por meter a los burgueses en las cosas del pueblo! —replicó la joven indignada.

Sebastián Gómez fue hasta el rincón donde Miguel había acomodado a Alba y se deslizó a su lado con dificultad, debido a las muletas.

—Condesa, tienes que irte a tu casa. Aquí no contribuyes en nada, al contrario, eres una molestia —le dijo.

Alba sintió una oleada de alivio. Estaba demasiado asustada y esa era una honrosa salida que le permitiría volver a su casa sin que pareciera cobardía. Discutió un poco con Sebastián Gómez para salvar la cara, pero aceptó casi en seguida que Miguel saliera con una bandera blanca a parlamentar con los carabineros. Todos lo observaron desde las mirillas mientras cruzaba el estacionamiento vacío. Los carabineros habían estrechado filas y le ordenaron, con un altoparlante, detenerse, depositar la bandera en el suelo y avanzar con las manos en la nuca.

—¡Esto parece una guerra! —comentó Gómez.

Poco después regresó Miguel y ayudó a Alba a ponerse en pie. La misma joven que antes había criticado los quejidos de Alba, la tomó de un brazo y los tres salieron del edificio sorteando las barricadas y los sacos de tierra, iluminados por los potentes reflectores de la policía. Alba apenas podía caminar, se sentía avergonzada y le daba vueltas la cabeza. Una patrulla les salió al paso a medio camino y Alba se encontró a pocos centímetros de un uniforme verde y vio una pistola que la apuntaba a la altura de la nariz. Levantó la vista y enfrentó un rostro moreno con ojos de roedor. Supo al punto quién era: Esteban García.

—¡Veo que es la nieta del Senador Trueba! —exclamó García con ironía.

Así se enteró Miguel que ella no le había dicho toda la verdad. Sintiéndose traicionado, la depositó en las manos del otro, dio media vuelta y regresó arrastrando su bandera blanca por el suelo, sin darle ni una mirada de despedida, acompañado por Ana Díaz, que iba tan sorprendida y furiosa como él.

—¿Qué te pasa? —preguntó García señalando con su pistola los pantalones de Alba—. ¡Parece un aborto!

Alba enderezó la cabeza y lo miró a los ojos.

—Eso no le importa. ¡Lléveme a mi casa! —ordenó copiando el tono autoritario que empleaba su abuelo con todos los que no consideraba de su misma clase social.

García vaciló. Hacía mucho tiempo que no oía una orden en boca de un civil y tuvo la tentación de llevarla al retén y dejarla pudriéndose en una celda, bañada en su propia sangre, hasta que le rogara de rodillas, pero en su profesión había aprendido la lección de que había otros mucho más poderosos que él y que no podía darse el lujo de actuar con impunidad. Además, el recuerdo de Alba con sus vestidos almidonados tomando limonada en la terraza de Las Tres Marías, mientras él arrastraba los pies desnudos en el patio de las gallinas y se sorbía los mocos, y el temor que todavía le tenía al viejo Trueba, fueron más fuertes que su deseo de humillarla. No pudo sostener la mirada de la muchacha y agachó imperceptiblemente la cabeza. Dio media vuelta, ladró una breve frase y dos carabineros llevaron a Alba de los brazos hasta un carro de la policía. Así llegó a su casa. Al verla, Blanca pensó que se habían cumplido los pronósticos del abuelo y la policía había arremetido a palos contra los estudiantes. Empezó a chillar y no paró hasta que Jaime examinó a Alba y le aseguró que no estaba herida y que no tenía nada que no se pudiera curar con un par de inyecciones y reposo.

Alba pasó dos días en la cama, durante los cuales se disolvió pacíficamente la huelga de los estudiantes. El Ministro de Educación fue

relevado de su puesto y lo trasladaron al Ministerio de Agricultura.

—Si pudo ser Ministro de Educación sin haber terminado la escuela, igual puede ser Ministro de Agricultura sin haber visto en su vida una vaca entera —comentó el Senador Trueba.

Mientras estuvo en la cama, Alba tuvo tiempo para repasar las circunstancias en que había conocido a Esteban García. Buscando muy atrás en las imágenes de la infancia, recordó a un joven moreno, la biblioteca de la casa, la chimenea encendida con grandes leños de espino perfumando el aire, la tarde o la noche, y ella sentada sobre sus rodillas. Pero esa visión entraba y salía fugazmente de su memoria y llegó a dudar de haberla soñado. El primer recuerdo preciso que tenía de él era posterior. Sabía la fecha exacta porque fue el día que cumplió catorce años y su madre lo anotó en el álbum negro que inició su abuela cuando ella nació. Para la ocasión se había encrespado el pelo y estaba en la terraza, con el abrigo puesto, esperando que llegara su tío Jaime para llevarla a comprar su regalo. Hacía mucho frío, pero a ella le gustaba el jardín en invierno. Se sopló las manos y se subió el cuello del abrigo para protegerse las orejas. Desde allí podía ver la ventana de la biblioteca, donde su abuelo hablaba con un hombre. El vidrio estaba empañado, pero pudo reconocer el uniforme de los carabineros y se preguntó qué podía estar haciendo su abuelo con uno de ellos en su despacho. El hombre daba la espalda a la ventana y estaba sentado rígidamente en la punta de una silla, con la espalda tiesa y un aire patético de soldadito de plomo. Alba estuvo mirándolos un rato, hasta que calculó que su tío estaba por llegar, entonces caminó por el jardín hasta una glorieta semi destruida, golpeándose las manos para entrar en calor, quitó las hojas húmedas que había sobre el banco de piedra y se sentó a esperar. Poco después, la encontró allí mismo Esteban García, cuando salió de la casa y tuvo que cruzar el jardín para dirigirse a la reja. Al verla se detuvo bruscamente. Miró hacia todos lados, vaciló y luego se acercó.

—¿Te acuerdas de mí? —preguntó García.

—No... —dudó ella.

—Soy Esteban García. Nos conocimos en Las Tres Marías.

Alba sonrió mecánicamente. Le traía un mal recuerdo a la memoria. Había algo en sus ojos que le producía inquietud, pero no pudo precisarlo. García barrió con la mano las hojas y se sentó a su lado en la glorieta, tan cerca, que sus piernas se tocaban.

—Este jardín parece una selva —dijo, respirándole muy cerca.

Se quitó la gorra del uniforme y ella vio que tenía el pelo muy corto y tieso, peinado con gomina. De pronto, la mano de García se posó sobre su hombro. La familiaridad del gesto desconcertó a la mu-

chacha, que por un momento se quedó paralizada, pero en seguida se echó hacia atrás, tratando de zafarse. La mano del carabinero le apretó el hombro, enterrándole los dedos a través de la gruesa tela de su abrigo. Alba sintió que el corazón le latía como una máquina y el rubor le cubrió las mejillas.

—Has crecido, Alba, pareces casi una mujer —susurró el hombre en su oreja.

—Tengo catorce años, hoy los cumplo —balbuceó ella.

—Entonces tengo un regalo para ti —dijo Esteban García sonriendo con la boca torcida.

Alba trató de quitar la cara, pero él la sujetó firmemente con las dos manos, obligándola a enfrentarlo. Fue su primer beso. Sintió una sensación caliente, brutal, la piel áspera y mal afeitada le raspó la cara, sintió su olor a tabaco rancio y cebolla, su violencia. La lengua de García trató de abrirle los labios mientras con una mano le apretaba las mejillas hasta obligarla a despegar las mandíbulas. Ella visualizó esa lengua como un molusco baboso y tibio, la invadió la náusea y le subió una arcada del estómago, pero mantuvo los ojos abiertos. Vio la dura tela del uniforme y sintió las manos feroces que le rodearon el cuello y, sin dejar de besarla, sus dedos comenzaron a apretar. Alba creyó que se ahogaba y lo empujó con tal violencia que consiguió apartarlo. García se separó del banco y sonrió con burla. Tenía manchas rojas en las mejillas y respiraba agitadamente.

—¿Te gustó mi regalo? —se rió.

Alba lo vio alejarse a grandes trancos por el jardín y se sentó a llorar. Se sentía sucia y humillada. Después corrió a la casa a lavarse la boca con jabón y cepillarse los dientes como si eso pudiera quitar la mancha de su memoria. Cuando llegó su tío Jaime a buscarla, se colgó de su cuello, hundió la cara en su camisa y le dijo que no quería ningún regalo, porque había decidido meterse a monja. Jaime se echó a reír con una risa sonora y honda que le nacía de las entrañas y que ella sólo le había oído en muy pocas ocasiones, porque su tío era un hombre taciturno.

—¡Te juro que es verdad! ¡Voy a meterme a monja! —sollozó Alba.

—Tendrías que nacer de nuevo —replicó Jaime—. Y además tendrías que pasar por encima de mi cadáver.

Alba no volvió a ver a Esteban García hasta que lo tuvo a su lado en el estacionamiento de la Universidad, pero nunca pudo olvidarlo. No contó a nadie de aquel beso repugnante ni de los sueños que tuvo después, en los que él aparecía como una bestia verde dispuesta a estrangularla con sus patas y asfixiarla introduciéndole un tentáculo baboso en la boca.

Recordando todo eso, Alba descubrió que la pesadilla había estado agazapada en su interior todos esos años y que García seguía siendo la bestia que la acechaba en las sombras, para saltarle encima en cualquier recodo de la vida. No podía saber que eso era una premonición.

A Miguel se le esfumó la decepción y la rabia de que Alba fuera nieta del Senador Trueba, la segunda vez que la vio deambular como alma perdida por los pasillos cercanos a la cafetería donde se habían conocido. Decidió que era injusto culpar a la nieta por las ideas del abuelo y volvieron a pasear abrazados. Al poco tiempo los besos interminables se hicieron insuficientes y comenzaron a citarse en la pieza donde vivía Miguel. Era una pensión mediocre para estudiantes pobres, regentada por una pareja de edad madura con vocación para el espionaje. Observaban a Alba con indisimulada hostilidad cuando subía de la mano con Miguel a su habitación y para ella era un suplicio vencer su timidez y enfrentar la crítica de esas miradas que le arruinaban la dicha del encuentro. Para evitarlos prefería otras alternativas, pero tampoco aceptaba la idea de ir juntos a un hotel, por la misma razón que no quería ser vista en la pensión de Miguel.

—¡Eres la peor burguesa que conozco! —se reía Miguel.

A veces él conseguía una moto prestada y se escapaban unas horas, viajando a una velocidad suicida, acaballados en la máquina, con las orejas heladas y el corazón ansioso. Les gustaba ir en invierno a las playas solitarias, andar sobre la arena mojada dejando sus huellas que el agua lamía, espantar a las gaviotas y respirar a bocanadas el aire del mar. En verano preferían los bosques más tupidos, donde podían retozar impunemente una vez que eludían a los niños exploradores y a los excursionistas. Pronto Alba descubrió que el lugar más seguro era su propia casa, porque en el laberinto y el abandono de los cuartos traseros, donde nadie entraba, podían amarse sin perturbaciones.

—Si las empleadas oyen ruidos, creerán que han vuelto los fantasmas —dijo Alba y le contó del glorioso pasado de espíritus visitantes y mesas voladoras de la gran casa de la esquina.

La primera vez que lo condujo a través de la puerta posterior del jardín, abriéndose paso en la maraña y sorteando las estatuas manchadas de musgo y cagadas de pájaro, el joven tuvo un sobresalto al ver la triste casona. «Yo he estado aquí antes», murmuró, pero no pudo recordar, porque esa selva de pesadilla y esa lúgubre mansión apenas guardaban semejanza con la luminosa imagen que había atesorado en la memoria desde su infancia.

Los enamorados probaron uno por uno los cuartos abandonados y terminaron improvisando un nido para sus amores furtivos en las profundidades del sótano. Hacía varios años que Alba no entraba allí y llegó a olvidar su existencia, pero en el momento en que abrió la puerta y respiró el inconfundible olor, volvió a sentir la mágica atracción de antes. Usaron los trastos, los cajones, la edición del libro del tío Nicolás, los muebles y los cortinajes de otros tiempos para acomodar una sorprendente cámara nupcial. Al centro improvisaron una cama con varios colchones, que cubrieron con unos pedazos de terciopelo apolillado. De los baúles extrajeron incontables tesoros. Hicieron sábanas con viejas cortinas de damasco color topacio, descosieron el suntuoso vestido de encaje de Chantilly que usó Clara el día en que murió Barrabás, para hacer un mosquitero color del tiempo, que los preservara de las arañas que se descolgaban bordando desde el techo. Se alumbraban con velas y hacían caso omiso de los pequeños roedores, del frío y de ese tufillo de ultratumba. En el crepúsculo eterno del sótano, andaban desnudos, desafiando a la humedad y a las corrientes de aire. Bebían vino blanco en copas de cristal que Alba sustrajo del comedor y hacían un minucioso inventario de sus cuerpos y de las multiples posibilidades del placer. Jugaban como niños. A ella le costaba reconocer en ese joven enamorado y dulce que reía y retozaba en una inacabable bacanal, al revolucionario ávido de justicia que aprendía, en secreto, el uso de las armas de fuego y las estrategias revolucionarias. Alba inventaba irresistibles trucos de seducción y Miguel creaba nuevas y maravillosas formas de amarla. Estaban deslumbrados por la fuerza de su pasión, que era como un embrujo de sed insaciable. No alcanzaban las horas ni las palabras para decirse los más íntimos pensamientos y los más remotos recuerdos, en un ambicioso intento de poseerse mutuamente hasta la última estancia. Alba descuidó el violoncello, excepto para tocarlo desnuda sobre el lecho de topacio, y asistía a sus clases en la Universidad con un aire alucinado. Miguel también postergó su tesis y sus reuniones políticas, porque necesitaban estar juntos a toda hora y aprovechaban la menor distracción de los habitantes de la casa para deslizarse hacia el sótano. Alba aprendió a mentir y disimular. Pretextando la necesidad de estudiar de noche, dejó el cuarto que compartía con su madre desde la muerte de su abuela y se instaló en una habitación del primer piso que daba al jardín, para poder abrir la ventana a Miguel y llevarlo en puntillas a través de la casa dormida, hasa la guarida encantada. Pero no sólo se juntaban en las noches. La impaciencia del amor era a veces tan intolerable, que Miguel se arriesgaba a entrar de día, arrastrándose entre los matorrales, como un ladrón, hasta la puerta del sótano, donde lo esperaba Alba con el corazón en un hilo.

Se abrazaban con la desesperación de una despedida y se escabullían a su refugio sofocados de complicidad.

Por primera vez en su vida, Alba sintió la necesidad de ser hermosa y lamentó que ninguna de las espléndidas mujeres de su familia le hubiera legado sus atributos, y la única que lo hizo, la bella Rosa, sólo le dio el tono de algas marinas a su pelo, lo cual, si no iba acompañado por todo lo demás, parecía más bien un error de peluquería. Cuando Miguel adivinó su inquietud, la llevó de la mano hasta el gran espejo veneciano que adornaba un rincón de su cámara secreta, sacudió el polvo del cristal quebrado y luego encendió todas las velas que tenía y las puso a su alrededor. Ella se miró en los mil pedazos rotos del espejo. Su piel, iluminada por las velas, tenía el color irreal de las figuras de cera. Miguel comenzó a acariciarla y ella vio transformarse su rostro en el caleidoscopio del espejo y aceptó al fin que era la más bella de todo el universo, porque pudo verse con los ojos que la miraba Miguel.

Aquella orgía interminable duró más de un año. Al fin, Miguel terminó su tesis, se graduó y empezó a buscar trabajo. Cuando pasó la apremiante necesidad del amor insatisfecho, pudieron recuperar la compostura y normalizar sus vidas. Ella hizo un esfuerzo para interesarse otra vez en los estudios y él se volcó nuevamente a su tarea política, porque los acontecimientos estaban precipitándose y el país estaba jalonado por las luchas ideológicas. Miguel alquiló un pequeño departamento cerca de su trabajo, donde se juntaban para amarse, porque en el año que pasaron desnudos brincando por el sótano contrajeron ambos una bronquitis crónica que restaba una buena parte del encanto a su paraíso subterráneo. Alba ayudó a decorarlo, poniendo cojines caseros y afiches políticos por todos lados y hasta llegó a sugerir que podría irse a vivir con él, pero en ese punto Miguel fue inflexible.

—Se avecinan tiempos muy malos, mi amor —explicó—. No puedo tenerte conmigo, porque cuando sea necesario, entraré en la guerrilla.

—Iré contigo adonde sea —prometió ella.

—A eso no se va por amor, sino por convicción política y tú no la tienes —replicó Miguel—. No podemos darnos el lujo de aceptar aficionados.

A Alba aquello le pareció brutal y tuvieron que pasar algunos años para que pudiera comprenderlo en toda su magnitud.

El Senador Trueba ya estaba en edad de retirarse, pero esa idea no le pasaba por la cabeza. Leía el periódico del día y mascullaba entre

dientes. Las cosas habían cambiado mucho en esos años y sentía que los acontecimientos lo sobrepasaban, porque no pensó que iba a vivir tanto como para tener que enfrentarlos. Había nacido cuando no existía la luz eléctrica en la ciudad y le había tocado ver por televisión a un hombre paseando por la luna, pero ninguno de los sobresaltos de su larga vida lo habían preparado para enfrentar la revolución que se estaba gestando en su país, bajo sus propias barbas, y que tenía a todo el mundo convulsionado.

El único que no hablaba de lo que estaba ocurriendo, era Jaime. Para evitar las peleas con su padre había adquirido el hábito del silencio y pronto descubrió que le resultaba más cómodo no hablar. Las pocas veces que abandonaba su laconismo trapense era cuando Alba iba a visitarlo en su túnel de libros. Su sobrina llegaba en camisa de dormir, con el pelo mojado después de la ducha, y se sentaba a los pies de su cama a contarle asuntos felices, porque, tal como ella decía, él era un imán para atraer los problemas ajenos y las miserias irremediables, y era necesario que alguien lo pusiera al día sobre la primavera y el amor. Sus buenas intenciones se estrellaban con la urgencia de discutir con su tío todo lo que la preocupaba. Nunca estaban de acuerdo. Compartían los mismos libros, pero a la hora de analizar lo que habían leído, tenían opiniones totalmente encontradas. Jaime se burlaba de sus ideas políticas, de sus amigos barbudos y la regañaba por haberse enamorado de un terrorista de cafetín. Era el único en la casa que conocía la existencia de Miguel.

—Dile a ese mocoso que venga un día a trabajar conmigo en el hospital, a ver si le quedan ganas de andar perdiendo el tiempo con panfletos y discursos —decía a Alba.

—Es abogado, tío, no médico —replicaba ella.

—No importa. Allá necesitamos cualquier cosa. Hasta un plomero nos sirve.

Jaime estaba seguro que triunfarían finalmente los socialistas, después de tantos años de lucha. Lo atribuía a que el pueblo había tomado conciencia de sus necesidades y de su propia fuerza. Alba repetía las palabras de Miguel, que sólo a través de la guerra se podía vencer a la burguesía. Jaime tenía horror de cualquier forma de extremismo y sostenía que los guerrilleros sólo se justifican en las tiranías, donde no queda más remedio que batirse a tiros, pero que son una aberración en un país donde los cambios se pueden obtener por votación popular.

—Eso no ha ocurrido nunca, tío, no seas ingenuo —replicaba Alba—. ¡Jamás dejarán que ganen tus socialistas!

Ella trataba de explicar el punto de vista de Miguel: que no se podía seguir esperando el lento paso de la historia, el laborioso proceso de

educar al pueblo y organizarlo, porque el mundo avanzaba a saltos y ellos se quedaban atrás, que los cambios radicales nunca se implantaban por las buenas y sin violencias. La historia lo demostraba. La discusión se prolongaba y ambos se perdían en una oratoria confusa que los dejaba agotados, acusándose mutuamente de ser más testarudos que una mula, pero al final se daban las buenas noches con un beso y quedaban ambos con la sensación de que el otro era un ser maravilloso.

Un día a la hora de la cena, Jaime anunció que ganarían los socialistas, pero como hacía veinte años que pronosticaba lo mismo, nadie le creyó.

—Si tu madre estuviera viva, diría que van a ganar los de siempre —le respondió el Senador Trueba desdeñosamente.

Jaime sabía por qué lo decía. Se lo había dicho el Candidato. Hacía muchos años que eran amigos y Jaime iba a menudo a jugar ajedrez con él en la noche. Era el mismo socialista que había estado postulando a la Presidencia de la República desde hacía deciocho años. Jaime lo había visto por primera vez a espaldas de su padre, cuando pasaba en medio de una nube de humo en los trenes del triunfo, durante las campañas electorales de su adolescencia. En aquellos tiempos el Candidato era un hombre joven y robusto, con mejillas de perro cazador, que gritaba exaltados discursos entre las pifias y la silbatina de los patrones y el silencio rabioso de los campesinos. Era la época en que los hermanos Sánchez colgaron en el cruce de los caminos al dirigente socialista y que Esteban Trueba azotó a Pedro Tercero García delante de su padre, por repetir ante los inquilinos las perturbadoras versiones bíblicas del padre José Dulce María. Su amistad con el Candidato nació por casualidad, un domingo en la noche que lo mandaron del hospital a atender una emergencia a domicilio. Llegó a la dirección indicada en una ambulancia del servicio, tocó el timbre y el Candidato en persona abrió la puerta. Jaime no tuvo dificultad en reconocerlo, porque había visto su imagen muchas veces y porque no había cambiado desde que lo viera pasar en su tren.

—Pase, doctor, lo estamos esperando —saludó el Candidato.

Lo condujo a la habitación de servicio, donde sus hijas intentaban ayudar a una mujer que parecía estar asfixiándose, tenía la cara amoratada, los ojos desorbitados y una lengua monstruosamente hinchada que le colgaba fuera de la boca.

—Comió pescado —le explicaron.

—Traigan el oxígeno que está en la ambulancia —dijo Jaime mientras preparaba una jeringa.

Se quedó con el Candidato, los dos sentados al lado de la cama, hasta que la mujer empezó a respirar normalmente y pudo meter la

lengua dentro de su boca. Hablaron del socialismo y de ajedrez y ése fue el comienzo de una buena amistad. Jaime se presentó con el apellido de su madre, que siempre usaba, sin pensar que al día siguiente los servicios de seguridad del Partido entregarían al otro la información de que era hijo del Senador Trueba, su peor enemigo político. El Candidato, sin embargo, nunca lo mencionó y hasta la hora final, cuando ambos se estrecharon la mano por última vez en el fragor del incendio y de las balas, Jaime se preguntaba si alguna vez tendría el valor de decirle la verdad.

Su larga experiencia en la derrota y su conocimiento del pueblo, permitieron al Candidato darse cuenta antes que nadie que en esa ocasión iba a ganar. Se lo dijo a Jaime y agregó que la consigna era no divulgarlo, para que la derecha se presentara a las elecciones segura del triunfo, arrogante y dividida. Jaime replicó que aunque se lo dijeran a todo el mundo, nadie iba a creerlo, ni los mismos socialistas, y para probarlo se lo anunció a su padre.

Jaime siguió trabajando catorce horas diarias, incluso los domingos, sin participar en la contienda política. Estaba acobardado por el rumbo violento de aquella lucha, que estaba polarizando las fuerzas en dos extremos, dejando al centro sólo un grupo indeciso y voluble, que esperaba ver perfilarse al ganador para votar por él. No se dejó provocar por su padre, que aprovechaba todas las ocasiones en que estaban juntos para advertirlo sobre las maniobras del comunismo internacional y el caos que azotaría a la patria en el caso improbable que triunfara la izquierda. La única vez que Jaime perdió la paciencia fue cuando una mañana encontró la ciudad tapizada de afiches truculentos donde aparecía una madre barrigona y desolada, que intentaba inútilmente arrebatar su hijo a un soldado comunista que se lo llevaba a Moscú. Era la campaña del terror organizada por el Senador Trueba y sus correligionarios, con ayuda de expertos extranjeros importados especialmente para ese fin. Aquello fue demasiado para Jaime. Decidió que no podía vivir bajo el mismo techo que su padre, cerró su túnel, se llevó su ropa y se fue a dormir al hospital.

Los acontecimientos se precipitaron en los últimos meses antes de la elección. En todas las murallas estaban los retratos de los candidatos, tiraron volantes desde el aire con aviones y taparon las calles con una basura impresa que caía como nieve del cielo, las radios aullaban las consignas políticas y se cruzaron las apuestas más descabelladas entre los partidarios de cada bando. En las noches salían los jóvenes en pandillas para tomar por asalto a sus enemigos ideológicos. Se organizaron concentraciones multitudinarias para medir la popularidad de cada Partido y con cada una se atochaba la ciudad y se apiñaba la gente en

igual medida. Alba estaba eufórica, pero Miguel le explicó que la elección era una bufonada y que cualquiera que ganara daba lo mismo, porque se trataba de la misma jeringa con distinto bitoque y que la revolución no se podía hacer desde las urnas electorales, sino con la sangre del pueblo. La idea de una revolución pacífica en democracia y con plena libertad era un contrasentido.

—¡Ese pobre muchacho está loco! —exclamó Jaime cuando Alba se lo contó—. Vamos a ganar y tendrá que tragarse sus palabras.

Hasta ese momento, Jaime había conseguido eludir a Miguel. No quería conocerlo. Unos secretos e inconfesables celos lo atormentaban. Había ayudado a nacer a Alba y la había tenido mil veces sentada en sus rodillas, le había enseñado a leer, le había pagado el colegio y celebrado todos sus cumpleaños, se sentía como su padre y no podía evitar la inquietud que le producía verla convertida en mujer. Había notado el cambio en los últimos años y se engañaba con falsos argumentos, a pesar de que su experiencia cuidando a otros seres humanos le había enseñado que sólo el conocimiento del amor puede dar ese esplendor a una mujer. De la noche a la mañana había visto madurar a Alba, abandonando las formas imprecisas de la adolescencia, para acomodarse en su nuevo cuerpo de mujer satisfecha y apacible. Esperaba con absurda vehemencia que el enamoramiento de su sobrina fuera un sentimiento pasajero, porque en el fondo no quería aceptar que necesitara a otro hombre más que a él. Sin embargo, no pudo seguir ignorando a Miguel. En esos días, Alba le contó que su hermana estaba enferma.

—Quiero que hables con Miguel, tío. Él te va a contar de su hermana. ¿Harías eso por mí? —pidió Alba.

Cuando Jaime conoció a Miguel, en un cafetín del barrio, toda su suspicacia no pudo impedir que una oleada de simpatía lo hiciera olvidar su antagonismo, porque el hombre que tenía al frente revolviendo nerviosamente su café no era el extremista petulante y matón que había esperado, sino un joven conmovido y tembloroso, que mientras explicaba los síntomas de la enfermedad de su hermana, luchaba contra las lágrimas que nublaban sus ojos.

—Llévame a verla —dijo Jaime.

Miguel y Alba lo condujeron al barrio bohemio. En pleno centro, a escasos metros de los edificios modernos de acero y cristal, habían surgido en la ladera de una colina las empinadas calles de los pintores, ceramistas, escultores. Allí habían hecho sus madrigueras, dividiendo las antiguas casas en minúsculos estudios. Los talleres de los artesanos se abrían al cielo por los techos vidriados y en los oscuros cuchitriles sobrevivían los artistas en un paraíso de grandezas y miserias. En las

callecitas jugaban niños confiados, hermosas mujeres con largas túnicas cargaban a sus criaturas en la espalda o afirmadas en las caderas y los hombres barbudos, somnolientos, indiferentes, veían pasar la vida sentados en las esquinas y en los umbrales de las puertas. Se detuvieron frente a una casa estilo francés decorada como una torta de crema con angelotes en los frisos. Subieron por una escalera estrecha, construida como salida de emergencia en caso de incendio, y que las numerosas divisiones del edificio había transformado en el único acceso. A medida que ascendían, la escalera se doblaba sobre sí misma y los envolvía un penetrante olor a ajo, marihuana y trementina. Miguel se detuvo en el último piso, frente a una puerta angosta pintada de naranja, sacó una llave y abrió. Jaime y Alba creyeron entrar a una pajarera. La habitación era redonda, coronada por una absurda cúpula bizantina y rodeada de vidrios, desde los cuales se podía pasear la vista por los techos de la ciudad y sentirse muy cerca de las nubes. Las palomas habían anidado en el alféizar de las ventanas y contribuido con sus excrementos y sus plumas al jaspeado de los vidrios. Sentada en una silla frente a la única mesa, había una mujer con una bata adornada con un triste dragón en hilachas bordado sobre el pecho. Jaime necesitó unos segundos para reconocerla.

—Amanda... Amanda... —balbuceó.

No había vuelto a verla desde hacía más de veinte años, cuando el amor que los dos sentían por Nicolás pudo más que el que se tenían entre ellos. En ese tiempo el joven atlético, moreno, con el pelo engominado y siempre húmedo, que se paseaba leyendo en alta voz sus tratados de medicina, se había transformado en un hombre ligeramente encorvado por el hábito de inclinarse sobre las camas de los enfermos, con el cabello gris, un rostro grave y grueso lentes con montura metálica, pero básicamente era la misma persona. Para reconocer a Amanda, sin embargo, se necesitaba haberla amado mucho. Se veía mayor que los años que podía tener, estaba muy delgada, casi en los huesos, su piel macilenta y amarilla y las manos muy descuidadas, con los dedos teñidos de nicotina. Sus ojos estaban abotagados, sin brillo, enrojecidos, con las pupilas dilatadas, lo que le daba un aspecto desvalido y aterrorizado. No vio a Jaime ni a Alba, sólo tuvo ojos para Miguel. Trató de levantarse, tropezó y se tambaleó. Su hermano se acercó y la sostuvo, apretándola contra su pecho.

—¿Se conocían? —preguntó Miguel extrañado.

—Sí, hace mucho tiempo —dijo Jaime.

Pensó que era inútil hablar del pasado y que Miguel y Alba eran muy jóvenes para comprender la sensación de pérdida irremediable que él sentía en ese momento. De una plumada se había borrado la imagen de la gitana que había guardado todos esos años en su corazón, único

amor en la soledad de su destino. Ayudó a Miguel a tender a la mujer en el diván que le servía de cama y le acomodó la almohada. Amanda se sujetó la bata con las manos, defendiéndose débilmente y balbuceando incoherencias. Estaba sacudida por temblores convulsivos y acezaba como perro cansado. Alba la observó horrorizada y sólo cuando Amanda estuvo acostada, quieta y con los ojos cerrados, reconoció a la mujer que sonreía en la pequeña fotografía que Miguel siempre llevaba en su billetera. Jaime le habló con una voz desconocida y poco a poco consiguió tranquilizarla, la acarició con gestos tiernos y paternales, como los que empleaba a veces con los animales, hasta que la enferma se relajó y permitió que subiera las mangas de la vieja bata china. Aparecieron sus brazos esqueléticos y Alba vio que tenía millares de minúsculas cicatrices, moretones, pinchazos, algunos infectados y supurando pus. Luego descubrió sus piernas y sus muslos estaban también torturados. Jaime la observó con tristeza, comprendiendo en ese instante el abandono, los años de miseria, los amores frustrados y el terrible camino que esa mujer había recorrido hasta llegar al punto de desesperanza donde se encontraba. La recordó cómo era en su juventud, cuando lo deslumbraba con el revoloteo de su pelo, la sonajera de sus abalorios, su risa de campana y su candor para abrazar ideas disparatadas y perseguir las ilusiones. Se maldijo por haberla dejado ir y por todo ese tiempo perdido para ambos.

—Hay que internarla. Sólo una cura de desintoxicación podrá salvarla —dijo—. Sufrirá mucho —agregó.

Capítulo XII

LA CONSPIRACIÓN

Tal como había pronosticado el Candidato, los socialistas, aliados con el resto de los partidos de izquierda, ganaron las elecciones presidenciales. El día de la votación transcurrió sin incidentes en una luminosa mañana de septiembre. Los de siempre, acostumbrados al poder desde tiempos inmemoriales, aunque en los últimos años habían visto debilitarse mucho sus fuerzas, se prepararon para celebrar el triunfo con semanas de anticipación. En las tiendas se terminaron los licores, en los mercados se agotaron los mariscos frescos y las pastelerías trabajaron doble turno para satisfacer la demanda de tortas y pasteles. En el Barrio Alto no se alarmaron al oír los resultados de los cómputos parciales en las provincias, que favorecían a la izquierda, porque todo el mundo sabía que los votos de la capital eran decisivos. El Senador Trueba siguió la votación desde la sede de su Partido, con perfecta calma y buen humor, riéndose con petulancia cuando alguno de sus hombres se ponía nervioso por el avance indisimulable del candidato de la oposición. En anticipación al triunfo, había roto su duelo riguroso poniéndose una rosa roja en el ojal de la chaqueta. Lo entrevistaron por televisión y todo el país pudo escucharlo: «Ganaremos los de siempre», dijo sober-

biamente, y luego invitó a brindar por el «defensor de la democracia».

En la gran casa de la esquina, Blanca, Alba y los empleados estaban frente al televisor, sorbiendo té, comiendo tostadas y anotando los resultados para seguir de cerca la carrera final, cuando vieron aparecer al abuelo en la pantalla, más anciano y testarudo que nunca.

—Le va a dar un yeyo —dijo Alba—. Porque esta vez van a ganar los otros.

Pronto fue evidente para todos que sólo un milagro cambiaría el resultado que se iba perfilando a lo largo de todo el día. En las señoriales residencias blancas, azules y amarillas del Barrio Alto, comenzaron a cerrar las persianas, a trancar las puertas y a retirar apresuradamente las banderas y los retratos de su candidato, que se habían anticipado a poner en los balcones. Entretanto, de las poblaciones marginales y de los barrios obreros salieron a la calle familias enteras, padres, niños, abuelos, con su ropa de domingo, marchando alegremente en dirección al centro. Llevaban radios portátiles para oír los últimos resultados. En el Barrio Alto, algunos estudiantes, inflamados de idealismo, hicieron una morisqueta a sus parientes congregados alrededor del televisor con expresión fúnebre, y se volcaron también a la calle. De los cordones industriales llegaron los trabajadores en ordenadas columnas, con los puños en alto, cantando los versos de la campaña. En el centro se juntaron todos, gritando como un solo hombre que el pueblo unido jamás será vencido. Sacaron pañuelos blancos y esperaron. A medianoche se supo que había ganado la izquierda. En un abrir y cerrar de ojos, los grupos dispersos se engrosaron, se hincharon, se extendieron y las calles se llenaron de gente eufórica que saltaba, gritaba, se abrazaba y reía. Prendieron antorchas y el desorden de las voces y el baile callejero se transformó en una jubilosa y disciplinada comparsa que comenzó a avanzar hacia las pulcras avenidas de la burguesía. Y entonces se vio el inusitado espectáculo de la gente del pueblo, hombres con sus zapatones de la fábrica, mujeres con sus hijos en los brazos, estudiantes en mangas de camisa, paseando tranquilamente por la zona reservada y preciosa donde muy pocas veces se habían aventurado y donde eran extranjeros. El clamor de sus cantos, sus pisadas y el resplandor de sus antorchas penetraron al interior de las casas cerradas y silenciosas, donde temblaban los que habían terminado por creer en su propia campaña de terror y estaban convencidos que la poblada los iba a despedazar o, en el mejor de los casos, despojarlos de sus bienes y enviarlos a Siberia. Pero la rugiente multitud no forzó ninguna puerta ni pisoteó los perfectos jardines. Pasó alegremente sin tocar los vehículos de lujo estacionados en la calle, dio vuelta por las plazas y los parques que nunca había pisado, se detuvo maravillada ante las vitrinas del

comercio, que brillaban como en Navidad y donde se ofrecían objetos que no sabía siquiera qué uso tenían y siguió su ruta apaciblemente. Cuando las columnas pasaron frente a su casa, Alba salió corriendo y se mezcló con ellas cantando a voz en cuello. Toda la noche estuvo desfilando el pueblo alborozado. En las mansiones las botellas de champán quedaron cerradas, las langostas languidecieron en sus bandejas de plata y las tortas se llenaron de moscas.

Al amanecer, Alba divisó en el tumulto que ya empezaba a dispersarse la inconfundible figura de Miguel, que iba gritando con una bandera en las manos. Se abrió paso hasta él, llamándolo inútilmente, porque no podía oírla en medio de la algarabía. Cuando se puso al frente y Miguel la vio, pasó la bandera al que estaba más cerca y la abrazó, levantándola del suelo. Los dos estaban en el límite de sus fuerzas y mientras se besaban, lloraban de alegría.

—¡Te dije que ganaríamos por las buenas, Miguel!— rió Alba.

—Ganamos, pero ahora hay que defender el triunfo —replicó.

Al día siguiente, los mismos que habían pasado la noche en vela aterrorizados en sus casas salieron como una avalancha enloquecida y tomaron por asalto los Bancos, exigiendo que les entregaran su dinero. Los que tenían algo valioso, preferían guardarlo debajo del colchón o enviarlo al extranjero. En veinticuatro horas, el valor de la propiedad disminuyó a menos de la mitad y todos los pasajes aéreos se agotaron en la locura de salir del país antes que llegaran los soviéticos a poner alambres de púas en la frontera. El pueblo que había desfilado triunfante fue a ver a la burguesía que hacía cola y peleaba en las puertas de los Bancos y se rió a carcajadas. En pocas horas el país se dividió en dos bandos irreconciliables y la división comenzó a extenderse entre todas las familias.

El Senador Trueba pasó la noche en la sede de su Partido, retenido a la fuerza por sus seguidores, que estaban seguros que si salía a la calle la multitud no iba a tener dificultad alguna en reconocerlo y lo colgaría de un poste. Trueba estaba más sorprendido que furioso. No podía creer lo que había ocurrido, a pesar de que llevaba muchos años repitiendo la cantinela de que el país estaba lleno de marxistas. No se sentía deprimido, por el contrario. En su viejo corazón de luchador aleteaba una emoción exaltada que no sentía desde su juventud.

—Una cosa es ganar la elección y otra muy distinta es ser Presidente —dijo misteriosamente a sus llorosos correligionarios.

La idea de eliminar al nuevo Presidente, sin embargo, no estaba todavía en la mente de nadie, porque sus enemigos estaban seguros que acabarían con él por la misma vía legal que le había permitido triunfar. Eso era lo que Trueba estaba pensando. Al día siguiente, cuando fue evidente que no había que temer de la muchedumbre enfiestada, salió

de su refugio y se dirigió a una casa campestre en los alrededores de la ciudad, donde se llevó a cabo un almuerzo secreto. Allí se juntó con otros políticos, algunos militares y con los gringos enviados por el servicio de inteligencia, para trazar el plan que tumbaría al nuevo gobierno: la desestabilización económica, como llamaron al sabotaje.

Aquélla era una casona de estilo colonial rodeada por un patio de adoquines. Al llegar, el Senador Trueba ya había varios coches estacionados. Lo recibieron efusivamente, porque era uno de los líderes indiscutidos de la derecha y porque él, previniendo lo que se avecinaba, había hecho los contactos necesarios con meses de anticipación. Después de la comida: corvina fría con salsa de palta, lechón asado en brandy y mousse de chocolate, despidieron a los mozos y trancaron las puertas del salón. Allí trazaron a grandes líneas su estrategia y después, de pie, hicieron un brindis por la patria. Todos ellos, menos los extranjeros, estaban dispuestos a arriesgar la mitad de su fortuna personal en la empresa, pero sólo el viejo Trueba estaba dispuesto a dar también la vida.

—No lo dejaremos en paz ni un minuto. Tendrá que renunciar —dijo con firmeza.

—Y si eso no resulta, Senador, tenemos esto —agregó el general Hurtado poniendo su arma de reglamento sobre el mantel.

—No nos interesa un cuartelazo, general —replicó en su correcto castellano el agente de inteligencia de la embajada—. Queremos que el marxismo fracase estrepitosamente y caiga solo, para quitar esa idea de la cabeza a otros países del continente. ¿Comprende? Este asunto lo vamos a arreglar con dinero. Todavía podemos comprar a algunos parlamentarios para que no lo confirmen como presidente. Está en su Constitución: no obtuvo la mayoría absoluta y el Parlamento debe decidir.

—¡Sáquese esa idea de la cabeza, míster! —exclamó el Senador Trueba—. ¡Aquí no va a poder sobornar a nadie! El Congreso y las Fuerzas Armadas son incorruptibles. Mejor destinamos ese dinero a comprar todos los medios de comunicación. Así podremos manejar a la opinión pública, que es lo único que cuenta en realidad.

—¡Eso es una locura! ¡Lo primero que harán los marxistas será acabar con la libertad de prensa! —dijeron varias voces al unísono.

—Créanme, caballeros —replicó el Senador Trueba—. Yo conozco a este país. Nunca acabarán con la libertad de prensa. Por lo demás, está en su programa de gobierno, ha jurado respetar las libertades democráticas. Lo cazaremos en su propia trampa.

El Senador Trueba tenía razón. No pudieron sobornar a los parla-

mentarios y en el plazo estipulado por la ley la izquierda asumió tranquilamente el poder. Y entonces la derecha comenzó a juntar odio.

Después de la elección, a todo el mundo le cambió la vida y los que pensaron que podían seguir como siempre, muy pronto se dieron cuenta que eso era una ilusión. Para Pedro Tercero García el cambio fue brutal. Había vivido sorteando las trampas de la rutina, libre y pobre como un trovador errante, sin haber usado nunca zapatos de cuero, corbata ni reloj, permitiéndose el lujo de la ternura, el candor, el despilfarro y la siesta, porque no tenía que rendir cuentas a nadie. Cada vez le costaba más trabajo encontrar la inquietud y el dolor necesarios para componer una nueva canción, porque con los años había llegado a tener una gran paz interior y la rebeldía que lo movilizaba en la juventud se había transformado en la mansedumbre del hombre satisfecho consigo mismo. Era austero como un franciscano. No tenía ninguna ambición de dinero o de poder. El único manchón en su tranquilidad era Blanca. Le había dejado de interesar el amor sin futuro de las adolescentes y había adquirido la certeza de que Blanca era la única mujer para él. Contó los años que la había amado en la clandestinidad y no pudo recordar ni un momento de su vida en que ella no estuviera presente. Después de la elección presidencial, vio el equilibrio de su existencia destrozado por la urgencia de colaborar con el gobierno. No pudo negarse, porque, como le explicaron, los partidos de izquierda no tenían suficientes hombres capacitados para todas las funciones que había que desempeñar.

—Yo soy un campesino. No tengo ninguna preparación —trató de excusarse.

—No importa, compañero. Usted, por lo menos, es popular. Aunque meta la pata, la gente se lo va a perdonar —le replicaron.

Así fue como se encontró sentado detrás de un escritorio por primera vez en su vida, con una secretaria para su uso personal y a sus espaldas un grandioso retrato de los Próceres de la Patria en alguna honrosa batalla. Pedro Tercero García miraba por la ventana con barrotes de su lujosa oficina y sólo podía ver un minúsculo cuadrilátero de cielo gris. No era un cargo decorativo. Trabajaba desde las siete de la mañana hasta la noche y al final estaba tan cansado, que no se sentía capaz de arrancar ni un acorde a su guitarra y, mucho menos, de amar a Blanca con la pasión acostumbrada. Cuando podían darse cita, venciendo todos los obstáculos habituales de Blanca, más los nuevos que le imponía su trabajo, se encontraban entre las sábanas con más angustia que deseo. Hacían el amor fatigados, interrumpidos por el teléfono, perseguidos por el tiempo, que nunca les alcanzaba. Blanca dejó de usar

su ropa interior de mujerzuela, porque le parecía una provocación inútil que los sumía en el ridículo. Terminaron juntándose para reposar abrazados, como una pareja de abuelos, y para conversar amigablemente sobre sus problemas cotidianos y sobre los graves asuntos que estremecían a la nación. Un día Pedro Tercero sacó la cuenta que llevaban casi un mes sin hacer el amor y, lo que le pareció aún peor, que ninguno de los dos sentía el deseo de hacerlo. Tuvo un sobresalto. Calculó que a su edad no había razón para la impotencia y lo atribuyó a la vida que llevaba y a las mañas de solterón que había desarrollado. Supuso que si hiciera una vida normal con Blanca, en la cual ella estuviera esperándolo todos los días en la paz de un hogar, las cosas serían de otro modo. La conminó a casarse de una vez por todas, porque ya estaba harto de esos amores furtivos y ya no tenía edad para vivir así. Blanca le dio la misma respuesta que le había dado muchas veces antes.

—Tengo que pensarlo, mi amor.

Estaba desnuda, sentada en la angosta cama de Pedro Tercero. Él la observó sin piedad y vio que el tiempo comenzaba a devastarla con sus estragos, estaba más gorda, más triste, tenía las manos deformadas por el reuma y esos maravillosos pechos que en otra época le quitaron el sueño, se estaban convirtiendo en el amplio regazo de una matrona instalada en plena madurez. Sin embargo, la encontraba tan bella como en su juventud, cuando se amaban entre las cañas del río en Las Tres Marías, y justamente por eso lamentaba que la fatiga fuera más fuerte que su pasión.

—Lo has pensado durante casi medio siglo. Ya basta. Es ahora o nunca —concluyó.

Blanca no se inmutó, porque no era la primera vez que él la emplazaba para que tomara una decisión. Cada vez que rompía con una de sus jóvenes amantes y volvía a su lado, le exigía casamiento, en una búsqueda desesperada de retener el amor y de hacerse perdonar. Cuando consintió en abandonar la población obrera donde había sido feliz por varios años, para instalarse en un departamento de clase media, le había dicho las mismas palabras.

—O te casas conmigo ahora o no nos vemos más.

Blanca no comprendió que en esa oportunidad la determinación de Pedro Tercero era irrevocable.

Se separaron enojados. Ella se vistió, recogiendo apresuradamente su ropa que estaba regada por el suelo y se enrolló el pelo en la nuca sujetándolo con algunas horquillas que rescató del desorden de la cama. Pedro Tercero encendió un cigarrillo y no le quitó la vista de encima mientras ella se vestía. Blanca terminó de ponerse los

zapatos, tomó su cartera y desde la puerta le hizo un gesto de despedida. Estaba segura que al día siguiente él la llamaría para una de sus espectaculares reconciliaciones. Pedro Tercero se volvió contra la pared. Un rictus amargo le había convertido la boca en una línea apretada. No volverían a verse en dos años.

En los días siguientes, Blanca esperó que se comunicara con ella, de acuerdo a un esquema que se repetía desde siempre. Nunca le había fallado, ni siquiera cuando ella se casó y pasaron un año separados. También en esa oportunidad fue él quien la buscó. Pero al tercer día sin noticias, comenzó a alarmarse. Se daba vueltas en la cama, atormentada por un insomnio perenne, dobló la dosis de tranquilizantes, volvió a refugiarse en sus jaquecas y sus neuralgias, se aturdió en el taller metiendo y sacando del horno centenares de monstruos para Nacimientos en un esfuerzo por mantenerse ocupada y no pensar, pero no pudo sofocar su impaciencia. Por último lo llamó al Ministerio. Una voz femenina le respondió que el compañero García estaba en una reunión y que no podía ser interrumpido. Al otro día Blanca volvió a llamar y siguió haciéndolo durante el resto de la semana, hasta que se convenció de que no lo conseguiría por ese medio. Hizo un esfuerzo para vencer el monumental orgullo que había heredado de su padre, se puso su mejor vestido, su portaligas de bataclana y partió a verlo a su departamento. Su llave no calzó en la cerradura y tuvo que tocar el timbre. Le abrió la puerta un hombrazo bigotudo con ojos de colegiala.

—El compañero García no está —dijo sin invitarla a entrar.

Entonces comprendió que lo había perdido. Tuvo la fugaz visión de su futuro, se vio a sí misma en un vasto desierto, consumiéndose en ocupaciones sin sentido para consumir el tiempo, sin el único hombre que había amado en toda su vida y lejos de esos brazos donde había dormido desde los días inmemoriales de su primera infancia. Se sentó en la escalera y rompió en llanto. El hombre de bigotes cerró la puerta sin ruido.

No dijo a nadie lo que había pasado. Alba le preguntó por Pedro Tercero y ella le contestó con evasivas, diciéndole que el nuevo cargo en el gobierno lo tenía muy ocupado. Siguió haciendo sus clases para señoritas ociosas y niños mongólicos y además comenzó a enseñar cerámica en las poblaciones marginales, donde se habían organizado las mujeres para aprender nuevos oficios y participar, por primera vez, en la actividad política y social del país. La organización era una necesidad, porque «el camino al socialismo» muy pronto se convirtió en un campo de batalla. Mientras el pueblo celebraba la victoria dejándose crecer los pelos y las barbas, tratándose unos a otros de compañeros, rescatando

el folklore olvidado y las artesanías populares y ejerciendo su nuevo poder en eternas e inútiles reuniones de trabajadores donde todos hablaban al mismo tiempo y nunca llegaban a ningún acuerdo, la derecha realizaba una serie de acciones estratégicas destinadas a hacer trizas la economía y desprestigiar al gobierno. Tenía en sus manos los medios de difusión más poderosos, contaba con recursos económicos casi ilimitados y con la ayuda de los gringos, que destinaron fondos secretos para el plan de sabotaje. A los pocos meses se pudieron apreciar los resultados. El pueblo se encontró por primera vez con suficiente dinero para cubrir sus necesidades básicas y comprar algunas cosas que siempre deseó, pero no podía hacerlo, porque los almacenes estaban casi vacíos. Había comenzado el desabastecimiento, que llegó a ser una pesadilla colectiva. Las mujeres se levantaban al amanecer para pararse en las interminables colas donde podían adquirir un escuálido pollo, media docena de pañales o papel higiénico. El betún para lustrar zapatos, las agujas y el café pasaron a ser artículos de lujo que se regalaban envueltos en papel de fantasía para los cumpleaños. Se produjo la angustia de la escasez, el país estaba sacudido por oleadas de rumores contradictorios que alertaban a la población sobre los productos que iban a faltar y la gente compraba lo que hubiera, sin medida, para prevenir el futuro. Se paraban en las colas sin saber lo que se estaba vendiendo, sólo para no dejar pasar la oportunidad de comprar algo, aunque no lo necesitaran. Surgieron profesionales de las colas, que por una suma razonable guardaban el puesto a otros, los vendedores de golosinas que aprovechaban el tumulto para colocar sus chucherías y los que alquilaban mantas para las colas nocturnas. Se desató el mercado negro. La policía trató de impedirlo, pero era como una peste que se metía por todos lados y por mucho que revisaran los carros y detuvieran a los que portaban bultos sospechosos no lo pudieron evitar. Hasta los niños traficaban en los patios de las escuelas. En la premura por acaparar productos, se producían confusiones y los que nunca habían fumado terminaban pagando cualquier precio por una cajetilla de cigarros, y los que no tenían niños se peleaban por un tarro de alimento para lactantes. Desaparecieron los repuestos de las cocinas, de las máquinas industriales, de los vehículos. Racionaron la gasolina y las filas de automóviles podían durar dos días y una noche, bloqueando la ciudad como una gigantesca boa inmóvil tostándose al sol. No había tiempo para tantas colas y los oficinistas tuvieron que desplazarse a pie o en bicicleta. Las calles se llenaron de ciclistas acezantes y aquello parecía un delirio de holandeses. Así estaban las cosas cuando los camioneros se declararon en huelga. A la segunda semana fue evidente que no era un asunto laboral, sino político, y que no pensaban volver al trabajo. El ejército quiso hacerse

cargo del problema, porque las hortalizas se estaban pudriendo en los campos y en los mercados no había nada que vender a las amas de casa, pero se encontró con que los choferes habían destripado los motores y era imposible mover los millares de camiones que ocupaban las carreteras como carcasas fosilizadas. El Presidente apareció en televisión pidiendo paciencia. Advirtió al país que los camioneros estaban pagados por el imperialismo y que iban a mantenerse en huelga indefinidamente, así es que lo mejor era cultivar sus propias verduras en los patios y balcones, al menos hasta que se descubriera otra solución. El pueblo, que estaba habituado a la pobreza y que no había comido pollo más que para las fiestas patrias y la Navidad, no perdió la euforia del primer día, al contrario, se organizó como para una guerra, decidido a no permitir que el sabotaje económico le amargara el triunfo. Siguió celebrando con espíritu festivo y cantando por las calles aquello de que el pueblo unido jamás será vencido, aunque cada vez sonaba más desafinado, porque la división y el odio cundían inexorablemente.

Al Senador Trueba, como a todos los demás, también le cambió la vida. El entusiasmo por la lucha que había emprendido le devolvió las fuerzas de antaño y alivió un poco el dolor de sus pobres huesos. Trabajaba como en sus mejores tiempos. Hacía múltiples viajes de conspiración al extranjero y recorría infatigablemente las provincias del país, de norte a sur, en avión, en automóvil y en los trenes, donde se había acabado el privilegio de los vagones de primera clase. Resistía las truculentas cenas con que lo agasajaban sus partidarios en cada ciudad, pueblo y aldea que visitaba, fingiendo el apetito de un preso, a pesar de que sus tripas de anciano ya no estaban para esos sobresaltos. Vivía en conciliábulos. Al principio, el largo ejercicio de la democracia lo limitaba en su capacidad para poner trampas al gobierno, pero pronto abandonó la idea de jorobarlo dentro de la ley y aceptó el hecho de que la única forma de vencerlo era empleando los recursos prohibidos. Fue el primero que se atrevió a decir en público que para detener el avance del marxismo sólo daría resultado un golpe militar, porque el pueblo no renunciaría al poder que había estado esperando con ansias durante medio siglo, porque faltaran los pollos.

—¡Déjense de mariconadas y empuñen las armas! —decía cuando oía hablar de sabotaje.

Sus ideas no eran ningún secreto, las divulgaba a todos los vientos y, no contento con ello, iba de vez en cuando a tirar maíz a los cadetes de la Escuela Militar y gritarles que eran unas gallinas. Tuvo que buscarse un par de guardaespaldas que lo vigilaran de sus propios excesos. A menudo olvidaba que él mismo los había contratado y al sentirse espiado sufría arrebatos de mal humor, los insultaba, los amenazaba con

el bastón y terminaba generalmente sofocado por la taquicardia. Estaba seguro que si alguien se proponía asesinarlo, esos dos imbéciles fornidos no servirían para evitarlo, pero confiaba en que su presencia al menos podría atemorizar a los insolentes espontáneos. Intentó también poner vigilancia a su nieta, porque pensaba que se movía en un antro de comunistas donde en cualquier momento alguien podría faltarle al respeto por culpa del parentesco con él, pero Alba no quiso oír hablar del asunto. «Un matón a sueldo es lo mismo que una confesión de culpa. Yo no tengo nada que temer», alegó. No se atrevió a insistir, porque ya estaba cansado de pelear con todos los miembros de su familia y, después de todo, su nieta era la única persona en el mundo con quien compartía su ternura y que lo hacía reír.

Entretanto, Blanca había organizado una cadena de abastecimiento a través del mercado negro y de sus conexiones en las poblaciones obreras, donde iba a enseñar cerámica a las mujeres. Pasaba muchas angustias y trabajos para escamotear un saco de azúcar o una caja de jabón. Llegó a desarrollar una astucia de la que no se sabía capaz, para almacenar en uno de los cuartos vacíos de la casa toda clse de cosas, algunas francamente inútiles, como dos barriles de salsa de soya que le compró a unos chinos. Tapió la ventana del cuarto, puso candado a la puerta y andaba con las llaves en la cintura, sin quitárselas ni para bañarse, porque desconfiaba de todo el mundo, incluso de Jaime y de su propia hija. No le faltaban razones. «Pareces un carcelero, mamá», decía Alba, alarmada por esa manía de prevenir el futuro a costa de amargarse el presente. Alba era de opinión que si no había carne, se comían papas, y si no había zapatos, se usaban alpargatas, pero Blanca, horrorizada con la simplicidad de su hija, sostenía la teoría de que, pase lo que pase, no hay que bajar de nivel, con lo cual justificaba el tiempo gastado en sus argucias de contrabandista. En realidad, nunca habían vivido mejor desde la muerte de Clara, porque por primera vez había alguien en la casa que se preocupaba de la organización doméstica y disponía lo que iba a parar en la olla. De Las Tres Marías llegaban regularmente cajones de alimentos que Blanca escondía. La primera vez se pudrió casi todo y la pestilencia salió de los cuartos cerrados, ocupó la casa y se desparramó por el barrio. Jaime sugirió a su hermana que donara, cambiara o vendiera los productos perecibles, pero Blanca se negó a compartir sus tesoros. Alba comprendió entonces que su madre, que hasta entonces parecía ser la única persona equilibrada de la familia, también tenía sus propias locuras. Abrió un boquete en el muro de la despensa, por donde sacaba en la misma medida en que Blanca almacenaba. Aprendió a hacerlo con tanto cuidado para que no se notara, robando el azúcar, el arroz y la harina por tazas, rompiendo los quesos y

desparramando las frutas secas para que pareciera obra de los ratones, que Blanca se demoró más de cuatro meses en sospechar. Entonces hizo un inventario escrito de lo que tenía en la bodega y marcaba con cruces lo que sacaba para el uso de la casa, convencida que así descubriría al ladrón. Pero Alba aprovechaba el menor descuido de su madre para hacerle cruces en la lista, de modo que al final Blanca estaba tan confundida que no sabía si se había equivocado al contabilizar, si en la casa comían tres veces más de lo que ella calculaba o si era cierto que en ese maldito caserón todavía circulaban almas errantes.

El producto de los hurtos de Alba iba a parar a manos de Miguel, quien lo repartía en las poblaciones y en las fábricas junto con sus panfletos revolucionarios llamando a la lucha armada para derrotar a la oligarquía. Pero nadie le hacía caso. Estaban convencidos que si habían llegado al poder por la vía legal y democrática, nadie se lo podía quitar, al menos hasta las próximas elecciones presidenciales.

—¡Son unos imbéciles, no se dan cuenta de que la derecha se está armando! —dijo Miguel a Alba.

Alba le creyó. Había visto descargar en medio de la noche grandes cajas de madera en el patio de su casa, y luego, con gran sigilo, el cargamento fue almacenado, bajo las órdenes de Trueba, en otro de los cuartos vacíos. Su abuelo, igual que su madre, le puso un candado a la puerta y andaba con la llave al cuello en la misma bolsita de gamuza donde llevaba siempre los dientes de Clara. Alba se lo contó a su tío Jaime, que después de acordar una tregua con su padre, había vuelto a la casa. «Estoy casi segura de que son armas», le comentó. Jaime, que en esa época estaba en la luna y lo siguió estando hasta el día en que lo mataron, no pudo creerlo, pero su sobrina insistió tanto, que aceptó hablar con su padre a la hora de la comida. Las dudas que tenían se les disiparon con la respuesta del viejo.

—¡En mi casa hago lo que me da la gana y traigo cuantas cajas se me antojen! ¡No vuelvan a meter las narices en mis asuntos! —rugió el Senador Trueba dando un puñetazo a la mesa que hizo bailar la cristalería y cortó en seco la conversación.

Esa noche Alba fue a ver a su tío en el túnel de libros y le propuso usar con las armas del abuelo el mismo sistema que ella empleaba con las vituallas de su madre. Así lo hicieron. Pasaron el resto de la noche abriendo un agujero en la pared del cuarto contiguo al arsenal, que disimularon por un lado con un armario y por el otro con las mismas cajas prohibidas. Por allí pudieron meterse al cuarto cerrado por el abuelo, provistos de un martillo y un alicate. Alba, que ya tenía experiencia en ese oficio, señaló las cajas de más abajo para abrirlas. Encontraron un armamento de batalla que los dejó boquiabiertos, porque no

sabían que existieran instrumentos tan perfectos para matar. En los días siguientes se robaron todo lo que pudieron, dejando las cajas vacías debajo de las otras y rellenándolas con piedras para que no se notara al levantarlas. Entre los dos sacaron pistolas de combate, metralletas cortas, rifles y granadas de mano, que escondieron en el túnel de Jaime hasta que Alba pudo llevarlas en la caja de su violoncello a lugar seguro. El Senador Trueba veía pasar a su nieta arrastrando la pesada caja, sin sospechar que en el interior forrado en paño rodaban las balas que tanto le habían costado pasar por la frontera y esconder en su casa. Alba tuvo la idea de entregar las armas confiscadas a Miguel, pero su tío Jaime la convenció de que Miguel no era menos terrorista que el abuelo y que era mejor disponer de ellas de modo que no pudieran hacerle mal a nadie. Discutieron varias alternativas, desde arrojarlas al río hasta quemarlas en una pira, y finalmente decidieron que era más práctico enterrarlas en bolsas de plástico en algún lugar seguro y secreto, por si alguna vez podían servir para una causa más justa. El Senador Trueba se extrañó de ver a su hijo y a su nieta planeando una excursión a la montaña, porque ni Jaime ni Alba habían vuelto a practicar deporte alguno desde los tiempos del colegio inglés y nunca había manifestado inclinación por las incomodidades del andinismo. Un sábado por la mañana partieron en un jeep prestado, provistos de una carpa, un canasto con provisiones y una misteriosa maleta que tuvieron que cargar entre los dos, porque pesaba como un muerto. Adentro iban los armamentos de guerra que habían robado al abuelo. Se fueron entusiasmados rumbo a la montaña hasta donde pudieron llegar por el camino y después avanzaron a campo traviesa, buscando un sitio tranquilo en medio de la vegetación torturada por el viento y el frío. Allí pusieron sus bártulos y levantaron sin ninguna pericia la pequeña carpa, cavaron los hoyos y enterraron las bolsas, marcando cada lugar con un montículo de piedras. El resto del fin de semana lo emplearon en pescar truchas en el río y asarlas en un fuego de espino, andar por los cerros como niños exploradores y contarse el pasado. En la noche calentaron vino tinto con canela y azúcar y arropados en sus chales brindaron por la cara que pondría el abuelo cuando se diera cuenta que lo habían robado, riéndose hasta que les saltaron las lágrimas.

—¡Si no fueras mi tío, me casaría contigo! —bromeó Alba.

—¿Y Miguel?

—Sería mi amante.

A Jaime no le pareció divertido y el resto del paseo estuvo huraño. Esa noche se metieron cada uno en su saco de dormir, apagaron la lámpara a parafina y se quedaron en silencio. Alba se durmió rápidamente, pero Jaime se quedó hasta el amanecer con los ojos abiertos en

la oscuridad. Le gustaba decir que Alba era como su hija, pero esa
noche se sorprendió deseando no ser su padre o su tío, sino ser simplemente Miguel. Pensó en Amanda y lamentó que ya no pudiera conmoverlo, buscó en su memoria el rescoldo de aquella pasión descomedida que una vez sintió por ella, pero no pudo encontrarlo. Se había
convertido en un solitario. En un principio estuvo muy cerca de Amanda, porque se había hecho cargo de su tratamiento y la veía casi todos
los días. La enferma pasó varias semanas de agonía, hasta que
pudo prescindir de las drogas. Dejó también los cigarrillos y el licor y empezó a hacer una vida saludable y ordenada, ganó algo
de peso, se cortó el pelo y volvió a pintarse sus grandes ojos oscuros y a colgarse collares y pulseras tintineantes, en un patético
intento por recuperar la desteñida imagen que guardaba de sí misma. Estaba enamorada. De la depresión pasó a un estado de euforia permanente y Jaime era el centro de su manía. El enorme esfuerzo de voluntad que hizo para librarse de sus numerosas adiccio-
nes, se lo ofreció a él como prueba de amor. Jaime no la alentó, pero
no tuvo tampoco el valor de rechazarla, porque pensó que la ilusión del
amor podía ayudarla en la recuperación, pero sabía que era tarde
para ellos. Apenas pudo trató de establecer distancia, con la disculpa
de ser un solterón perdido para el amor. Le bastaban los encuentros
furtivos con algunas enfermeras complacientes del hospital o las tristes visitas a los burdeles, para satisfacer sus urgencias más apremiantes, en los raros momentos libres que le dejaba su trabajo. A pesar de
él mismo, se vio envuelto en una relación con Amanda que en su juventud deseó con desesperación, pero que ya no lo conmovía ni se sentía
capaz de mantener. Sólo le inspiraba un sentimiento de compasión,
pero ésta era una de las emociones más fuertes que él podía
sentir. En toda una vida de convivir con la miseria y el dolor, no se
había endurecido su alma, sino, por el contrario, era cada vez más vulnerable a la piedad. El día que Amanda le echó los brazos al cuello y
dijo que lo amaba, la abrazó maquinalmente y la besó con una pasión
fingida, para que ella no percibiera que no la deseaba. Así se vio atrapado en una relación absorbente a una edad en la que se creía incapa-
citado para los amores tumultosos. «Ya no sirvo para estas cuestiones»,
pensaba después de aquellas agotadoras sesiones en que Amanda, para
encantarlo, recurría a rebuscadas manifestaciones amorosas que dejaban a ambos aniquilados.

Su relación con Amanda y la insistencia de Alba, lo pusieron a menudo en contacto con Miguel. No podía evitar encontrarlo en muchas
ocasiones. Hizo lo posible por mantenerse indiferente, pero Miguel terminó por cautivarlo. Había madurado y ya no era un joven exaltado,

pero no había variado ni un ápice en su línea política y seguía pensando que sin una revolución violenta, sería imposible vencer a la derecha. Jaime no estaba de acuerdo, pero lo apreciaba y admiraba su carácter valiente. Sin embargo, lo consideraba uno de esos hombres fatales, poseídos de un idealismo peligroso y una pureza intransigente, que todo lo que tocan lo tiñen de desgracia, especialmente a las mujeres que tienen la mala suerte de amarlos. No le gustaba tampoco su posición ideológica, porque estaba convencido de que los extremistas de izquierda como Miguel, hacían más daño al Presidente que los de derecha. Pero nada de eso impedía que le tuviera simpatía y se inclinara ante la fuerza de sus convicciones, su alegría natural, su tendencia a la ternura y la generosidad con que estaba dispuesto a dar la vida por ideales que Jaime compartía, pero que no tenía el valor de llevar a cabo hasta las últimas consecuencias.

Esa noche Jaime se durmió apesadumbrado e inquieto, incómodo en su saco de dormir, escuchando muy cerca la respiración de su sobrina. Cuando despertó, ella se había levantado y estaba calentando el café del desayuno. Soplaba una brisa fría y el sol iluminaba con reflejos dorados las cumbres de las montañas. Alba echó los brazos al cuello de su tío y lo besó, pero él mantuvo las manos en los bolsillos y no devolvió la caricia. Estaba turbado.

Las Tres Marías fue uno de los últimos fundos que expropió la Reforma Agraria en el Sur. Los mismos campesinos que habían nacido y trabajado por generaciones en esa tierra, formaron una cooperativa y se adueñaron de la propiedad, porque hacía tres años y cinco meses que no veían a su patrón y se les había olvidado el huracán de sus rabietas. El administrador, atemorizado por el rumbo que tomaban los acontecimientos y por el tono exaltado de las reuniones de los inquilinos en la escuela, juntó sus bártulos y se largó sin despedirse de nadie y sin avisar al Senador Trueba, porque no quería enfrentar su furia y porque pensó que ya había cumplido con advertírselo varias veces. Con su partida, Las Tres Marías quedó por un tiempo a la deriva. No había quien diera las órdenes y ni quien estuviera dispuesto a cumplirlas, pues los campesinos saboreaban por primera vez en sus vidas el gustillo de la libertad y de ser sus propios amos. Se repartieron equitativamente los potreros y cada uno cultivó lo que le dio la gana, hasta que el gobierno mandó un técnico agrícola que les dio semillas a crédito y los puso al día sobre la demanda del mercado, las dificultades de transporte para los productos y las ventajas de los abonos y desinfectantes. Los campesinos hicieron poco caso al técnico, porque parecía un alfeñique de ciudad y era evidente que jamás había tenido un arado

en las manos, pero de todos modos celebraron su visita abriendo las sagradas bodegas del antiguo patrón, saqueando sus vinos añejos y sacrificando los toros reproductores para comer las criadillas con cebolla y cilantro. Después que partió el técnico, se comieron también las vacas importadas y las gallinas ponedoras. Esteban Trueba se enteró que había perdido la tierra, cuando le notificaron que iban a pagársela con bonos del Estado, a treinta años plazo y al mismo precio que él había puesto en su declaración de impuestos. Perdió el control. Sacó de su arsenal una metralleta que no sabía usar y le ordenó a su chófer que lo llevara en el coche de un tirón hasta Las Tres Marías sin avisar a nadie, ni siquiera a sus guardaespaldas. Viajó varias horas, ciego de rabia, sin ningún plan concreto en la mente.

Al llegar, tuvieron que frenar el automóvil en seco, porque les cerraba el paso una gruesa tranca en el portón. Uno de los inquilinos estaba montando guardia armado con un chuzo y una escopeta de caza sin balas. Trueba se bajó del vehículo. Al ver al patrón, el pobre hombre se colgó frenéticamente de la campana de la escuela, que le habían instalado cerca para dar la alarma, y en seguida se arrojó de boca al suelo. La ráfaga de balas le pasó por encima de la cabeza y se incrustó en los árboles cercanos. Trueba no se detuvo a ver si lo había muerto. Con una agilidad inesperada a su edad, se metió por el camino del fundo sin mirar para ningún lado, de modo que el golpe en la nuca le llegó de sorpresa y lo tiró de bruces en el polvo antes que alcanzara a darse cuenta de lo que le había pasado. Despertó en el comedor de la casa patronal, acostado sobre la mesa, con las manos amarradas y una almohada bajo la cabeza. Una mujer estaba poniéndole paños mojados en la frente y a su alrededor estaban casi todos los inquilinos mirándolo con curiosidad.

—¿Cómo se siente, compañero? —preguntaron.

—¡Hijos de puta! ¡Yo no soy compañero de nadie! —bramó el viejo tratando de incorporarse.

Tanto se debatió y gritó, que soltaron sus ligaduras y lo ayudaron a pararse, pero cuando quiso salir, vio que las ventanas estaban tapiadas por fuera y la puerta cerrada con llave. Trataron de explicarle que las cosas habían cambiado y ya no era el amo, pero no quiso escuchar a nadie. Echaba espuma por la boca y el corazón amenazaba con estallarle, lanzaba improperios como un demente, amenazando con tales castigos y venganzas, que los otros terminaron por echarse a reír. Por último, aburridos, lo dejaron solo encerrado en el comedor. Esteban Trueba se derrumbó en una silla, agotado por el tremendo esfuerzo. Horas después se enteró que se había convertido en un rehén y que querían filmarlo para la televisión. Advertidos por el chofer, sus dos

guardaespaldas y algunos jóvenes exaltados de su Partido habían hecho el viaje hasta Las Tres Marías, armados con palos, manoplas y cadenas, para rescatarlo, pero se encontraron con la guardia redoblada en el portón, encañonados por la misma metralleta que el Senador Trueba les había proporcionado.

—Al compañero rehén no se lo lleva nadie —dijeron los campesinos, y para dar énfasis a sus palabras los corrieron a tiros.

Apareció un camión de la televisión a filmar el incidente y los inquilinos, que nunca habían visto nada semejante, lo dejaron entrar y posaron para las cámaras con sus más amplias sonrisas, rodeando al prisionero. Esa noche todo el país pudo ver en sus pantallas al máximo representante de la oposición amarrado, echando espumarajos de rabia y bramando tales palabrotas que tuvo que actuar la censura. El Presidente también lo vio y el asunto no le hizo gracia, porque vio que podía ser el detonante que haría estallar el polvorín donde se asentaba su gobierno en precario equilibrio. Mandó a los carabineros a rescatar al Senador. Cuando éstos llegaron al fundo, los campesinos, envalentonados por el apoyo de la prensa, no los dejaron entrar. Exigieron una orden judicial. El juez de la provincia, viendo que podía meterse en un lío y salir también en la televisión vilipendiado por los reporteros de izquierda, se fue apresuradamente a pescar. Los carabineros tuvieron que limitarse a esperar al otro lado del portón de Las Tres Marías, hasta que mandaran la orden de la capital.

Blanca y Alba se enteraron, como todo el mundo, porque lo vieron en el noticiario. Blanca esperó hasta el día siguiente sin hacer comentarios, pero al ver que tampoco los carabineros habían podido rescatar al abuelo, decidió que había llegado el momento de volver a encontrarse con Pedro Tercero García.

—Quítate esos pantalones roñosos y ponte un vestido decente —ordenó a Alba.

Se presentaron ambas en el Ministerio sin haber pedido cita. Un secretario intentó detenerlas en la antesala, pero Blanca lo eliminó de un empujón y pasó con tranco firme llevando a su hija a remolque. Abrió la puerta sin golpear e irrumpió en la oficina de Pedro Tercero, a quien no veía desde hacía dos años. Estuvo a punto de retroceder, creyendo que se había equivocado. En tan corto plazo, el hombre de su vida había adelgazado y envejecido, parecía muy cansado y triste, tenía el pelo todavía negro, pero más ralo y corto, se había podado su hermosa barba y estaba vestido con un traje gris de funcionario y una mustia corbata del mismo color. Sólo por la mirada de sus antiguos ojos negros Blanca lo reconoció.

—¡Jesús! ¡Cómo has cambiado!... —balbuceó.

A Pedro Tercero, en cambio, ella le pareció más hermosa de lo que recordaba, como si la ausencia la hubiera rejuvenecido. En ese plazo él había tenido tiempo de arrepentirse de su decisión y de descubrir que sin Blanca había perdido hasta el gusto por las jóvenes que antes lo entusiasmaban. Por otra parte, sentado en ese escritorio, trabajando doce horas diarias, lejos de su guitarra y la inspiración del pueblo, tenía muy pocas oportunidades de sentirse feliz. A medida que pasaba el tiempo, echaba más y más de menos el amor tranquilo y reposado de Blanca. Apenas la vio entrar con ademanes decididos y acompañada por Alba, comprendió que no iba a verlo por razones sentimentales y adivinó que la causa era el escándalo del Senador Trueba.

—Vengo a pedirte que nos acompañes —le dijo Blanca sin preámbulos—. Tu hija y yo vamos a ir a buscar al viejo a Las Tres Marías.

Fue así como se enteró Alba de que su padre era Pedro Tercero García.

—Está bien. Pasemos por mi casa a buscar la guitarra —respondió él levantándose.

Salieron del Ministerio en un automóvil negro como carruaje funerario con placas oficiales. Blanca y Alba esperaron en la calle mientras él subió a su departamento. Cuando regresó, había recuperado algo de su antiguo encanto. Se había cambiado el traje gris por su mameluco y su poncho de antaño, calzaba alpargatas y llevaba la guitarra colgando en la espalda. Blanca le sonrió por primera vez y él se inclinó y la besó brevemente en la boca. El viaje fue silencioso durante los primeros cien kilómetros, hasta que Alba pudo recuperarse de la sorpresa y sacó un hilo de voz temblorosa para preguntar por qué no le habían dicho antes que Pedro Tercero era su padre, así se habría ahorrado tantas pesadillas de un conde vestido de blanco muerto de fiebre en el desierto.

—Es mejor un padre muerto que un padre ausente —respondió enigmáticamente Blanca, y no volvió a hablar del asunto.

Llegaron a Las Tres Marías al anochecer y encontraron en el portón del fundo un gentío en amigable charla alrededor de una fogata donde se asaba un cerdo. Eran los carabineros, los periodistas y los campesinos que estaban dando el bajo a las últimas botellas de la bodega del Senador. Algunos perros y varios niños jugueteaban iluminados por el fuego, esperando que el rosado y reluciente lechón terminara de cocinarse. A Pedro Tercero García lo reconocieron al punto los de la prensa, porque lo habían entrevistado a menudo, los carabineros por su inconfundible pinta de cantor popular, y los campesinos porque lo habían visto nacer en esa tierra. Lo recibieron con afecto.

—¿Qué le trae por aquí, compañero? —le preguntaron los campesinos.

—Vengo a ver al viejo —sonrió Pedro Tercero.

—Usted puede entrar, compañero, pero solo. Doña Blanca y la niña Alba nos van a aceptar un vasito de vino —dijeron.

Las dos mujeres se sentaron alrededor de la fogata con los demás y el suave olor de la carne chamuscada les recordó que no habían comido desde la mañana. Blanca conocía a todos los inquilinos y a muchos de ellos les había enseñado a leer en la pequeña escuela de Las Tres Marías, así es que se pusieron a recordar los tiempo pasados, cuando los hermanos Sánchez imponían su ley en la región, cuando el viejo Pedro García acabó con la plaga de hormigas y cuando el Presidente era un eterno candidato, que se paraba en la estación a arengarlos desde el tren de sus derrotas.

—¡Quién hubiera pensado que alguna vez iba a ser Presidente! —dijo uno.

—¡Y que un día el patrón iba a mandar menos que nosotros en Las Tres Marías! —se rieron los demás.

A Pedro Tercero García lo condujeron a la casa, directamente a la cocina. Allí estaban los inquilinos más viejos cuidando la puerta del comedor donde tenían prisionero al antiguo patrón. No habían visto a Pedro Tercero en años, pero todos lo recordaban. Se sentaron a la mesa a beber vino y a rememorar el pasado remoto, los tiempos en que Pedro Tercero no era una leyenda en la memoria de las gentes del campo, sino tan solo un muchacho rebelde enamorado de la hija del patrón. Después Pedro Tercero tomó su guitarra, se la acomodó en la pierna, cerró los ojos y comenzó a cantar con su voz de terciopelo aquello de las gallinas y los zorros, coreado por todos los viejos.

—Voy a llevarme al patrón, compañeros —dijo suavemente Pedro Tercero en una pausa.

—Ni lo sueñes, hijo —le replicaron.

—Mañana vendrán los carabineros con una orden judicial y se lo llevarán como a un héroe. Mejor me lo llevo yo con la cola entre las piernas —dijo Pedro Tercero.

Lo discutieron un buen rato y por último lo condujeron al comedor y lo dejaron solo con el rehén. Era la primera vez que estaban frente a frente desde el día fatídico en que Trueba le cobró la virginidad de su hija con un hachazo. Pedro Tercero lo recordaba como un gigante furibundo armado con una fusta de cuero de culebra y un bastón de plata, a cuyo paso temblaban los inquilinos y se alteraba la naturaleza con su vozarrón de trueno y su prepotencia de gran señor. Se sorprendió de que su rencor, amasado durante tan largo tiempo, se desinflara en presencia de ese anciano encorvado y empequeñecido que lo miraba asustado. El Senador Trueba había agotado su rabia y la noche que

había pasado sentado en una silla con las manos amarradas lo tenía con dolor en todos los huesos y un cansancio de mil años en la espalda. Al principio tuvo dificultad en reconocerlo, porque no lo había vuelto a ver desde hacía un cuarto de siglo, pero al notar que le faltaban tres dedos de la mano derecha, comprendió que ésa era la culminación de la pesadilla en que se encontraba sumergido. Se observaron en silencio por largos segundos, pensando los dos que el otro encarnaba lo más odioso en el mundo, pero sin encontrar el fuego del antiguo odio en sus corazones.

—Vengo a sacarlo de aquí —dijo Pedro Tercero.

—¿Por qué? —preguntó el viejo.

—Porque Alba me lo pidió —respondió Pedro Tercero.

—Váyase al carajo —balbuceó Trueba sin convicción.

—Bueno, para allá vamos. Usted viene conmigo.

Pedro Tercero procedió a soltarle las ligaduras, que habían vuelto a ponerle en las muñecas para evitar que diera puñetazos contra la puerta. Trueba desvió los ojos para no ver la mano mutilada del otro.

—Sáqueme de aquí sin que me vean. No quiero que se enteren los periodistas —dijo el Senador Trueba.

—Voy a sacarlo de aquí por donde mismo entró, por la puerta principal —dijo Pedro Tercero, y echó a andar.

Trueba lo siguió con la cabeza gacha, tenía los ojos enrojecidos y por primera vez desde que podía recordar se sentía derrotado. Pasaron por la cocina sin que el viejo levantara la vista, cruzaron toda la casa y recorrieron el camino desde la casa patronal hasta el portón de la entrada, acompañados por un grupo de niños revoltosos que brincaban a su alrededor y un séquito de campesinos silenciosos que marchaba detrás. Blanca y Alba estaban sentadas entre los periodistas y los carabineros, comiendo cerdo asado con los dedos y bebiendo grandes sorbos de vino tinto del gollete de la botella que circulaba de mano en mano. Al ver al abuelo, Alba se conmovió, porque no lo había visto tan abatido desde la muerte de Clara. Tragó lo que tenía en la boca y corrió a su encuentro. Se abrazaron estrechamente y ella le susurró algo al oído. Entonces el Senador Trueba consiguió dominar su dignidad, levantó la cabeza y sonrió con su antigua soberbia a las luces de las máquinas fotográficas. Los periodistas lo retrataron subiendo a un automóvil negro con patente oficial y la opinión pública se preguntó durante semanas qué significaba esa bufonada, hasta que otros acontecimientos mucho más graves borraron el recuerdo del incidente.

Esa noche el Presidente, que había tomado el hábito de engañar al insomnio jugando ajedrez con Jaime, comentó el asunto entre dos partidas, mientras espiaba con sus ojos astutos, ocultos detrás de gruesas

gafas con marcos oscuros, algún signo de incomodidad en su amigo, pero Jaime siguió colocando las piezas en el tablero sin agregar palabra.

—El viejo Trueba tiene los cojones bien puestos —dijo el Presidente—. Merecería estar de nuestro lado.

—Usted parte, Presidente —respondió Jaime señalando el juego.

En los meses siguientes la situación empeoró mucho, aquello parecía un país en guerra. Los ánimos estaban muy exaltados, especialmente entre las mujeres de la oposición, que desfilaban por las calles aporreando sus cacerolas en protesta por el desabastecimiento. La mitad de la población procuraba echar abajo al gobierno y la otra mitad lo defendía, sin que a nadie le quedara tiempo para ocuparse del trabajo. Alba se sorprendió una noche al ver las calles del centro oscuras y vacías. No se había recogido la basura en toda la semana y los perros vagos escarbaban entre los montones de porquería. Los postes estaban cubiertos de propaganda impresa, que la lluvia del invierno había deslavado, y en todos los espacios disponibles estaban escritas las consignas de ambos bandos. La mitad de los faroles había sido apedreada y en los edificios no había ventanas encendidas, la luz provenía de unas tristes fogatas alimentadas con periódicos y tablas, donde se calentaban pequeños grupos que montaban guardia ante los Ministerios, los Bancos, las oficinas, turnándose para impedir que las pandillas de extrema derecha los tomaran por asalto en las noches. Alba vio detenerse una camioneta frente a un edificio público. Se bajaron varios jóvenes con cascos blancos, tarros de pintura y brochas y cubrieron las paredes con un color claro como base. Después dibujaron grandes palomas multicolores, mariposas y flores sangrientas, versos del Poeta y llamadas a la unidad del pueblo. Eran las brigadas juveniles que creían poder salvar su revolución a punta de murales patrióticos y palomas panfletarias. Alba se acercó y les señaló el mural que había al otro lado de la calle. Estaba manchado con pintura roja y tenía escrita una sola palabra con letras enormes: Djakarta.

—¿Qué significa ese nombre, compañeros? —preguntó.

—No sabemos —respondieron.

Nadie sabía por qué la oposición pintaba esa palabra asiática en las paredes, jamás habían oído hablar de los montones de muertos en las calles de esa lejana ciudad. Alba montó en su bicicleta y pedaleó rumbo a su casa. Desde que había racionamiento de gasolina y huelga de transporte público, había desenterrado del sótano el viejo juguete de su infancia para movilizarse. Iba pensando en Miguel y un oscuro presentimiento le cerraba la garganta.

Hacía tiempo que no iba a clase y empezaba a sobrarle el tiempo. Los profesores habían declarado un paro indefinido y los estudiantes se

tomaron los edificios de las Facultades. Aburrida de estudiar violoncello en su casa, aprovechaba los ratos en que no estaba retozando con Miguel, paseando con Miguel o discutiendo con Miguel para ir al hospital del Barrio de la Misericordia a ayudar a su tío Jaime y a unos pocos médicos más, que seguían ejerciendo a pesar de la orden del Colegio Médico de no trabajar para sabotear al gobierno. Era una tarea hercúlea. Los pasillos se atochaban de pacientes que esperaban durante días para ser atendidos, como un gimiente rebaño. Los enfermeros no daban abasto. Jaime se quedaba dormido con el bisturí en la mano, tan ocupado que a menudo olvidaba comer. Adelgazó y andaba muy demacrado. Hacía turnos de dieciocho horas y cuando se echaba en su camastro no podía conciliar el sueño, pensando en los enfermos que estaban aguardando y en que no había anestesias, ni jeringas, ni algodón, y aunque él se multiplicara por mil, todavía no sería suficiente, porque aquello era como tratar de detener un tren con la mano. También Amanda trabajaba en el hospital como voluntaria, para estar cerca de Jaime y mantenerse ocupada. En esas agotadoras jornadas cuidando enfermos desconocidos recuperó la luz que la iluminaba por dentro en su juventud y, por un tiempo, tuvo la ilusión de ser feliz. Usaba un delantal azul y zapatillas de goma, pero a Jaime le parecía que cuando andaba cerca tintineaban sus abalorios de antaño. Se sentía acompañado y hubiera deseado amarla. El Presidente aparecía en la televisión casi todas las noches para denunciar la guerra sin cuartel de la oposición. Estaba muy cansado y a menudo se le quebraba la voz. Dijeron que estaba borracho y que pasaba las noches en una orgía de mulatas traídas por vía aérea desde el trópico para calentar sus huesos. Advirtió que los camioneros en huelga recibían cincuenta dólares diarios del extranjero para mantener el país parado. Respondieron que le enviaban helados de coco y armas soviéticas en las valijas diplomáticas. Dijo que sus enemigos complotaban con los militares para hacer un golpe de estado, porque preferían ver la democracia muerta, antes que gobernada por él. Lo acusaron de inventar patrañas de paranoico y de robarse las obras del Museo Nacional para ponerlas en el cuarto de su querida. Previno que la derecha estaba armada y decidida a vender la patria al imperialismo y le contestaron que tenía su despensa llena de pechugas de ave mientras el pueblo hacía cola para el cogote y las alas del mismo pájaro.

El día que Luisa Mora tocó el timbre de la gran casa de la esquina, el Senador Trueba estaba en su biblioteca sacando cuentas. Ella era la última de las hermanas Mora que todavía quedaba en este mundo, reducida al tamaño de un ángel errante y totalmente lúcido, en plena posesión de su inquebrantable energía espiritual. Trueba no la veía desde

la muerte de Clara, pero la reconoció por la voz, que seguía sonando como una flauta encantada y por el perfume de violetas silvestres que el tiempo había suavizado, pero que aún era perceptible a la distancia. Al entrar a la habitación trajo consigo la presencia alada de Clara, que quedó flotando en el aire ante los ojos enamorados de su marido, quien no la veía desde hacía varios días.

—Vengo a anunciarle desgracias, Esteban —dijo Luisa Mora después de acomodarse en el sillón.

—¡Ay, querida Luisa! De eso ya he tenido suficiente... —suspiró él.

Luisa contó lo que había descubierto en los planetas. Tuvo que explicar el método científico que había usado, para vencer la pragmática resistencia del Senador. Dijo que había pasado los últimos diez meses estudiando la carta astral de cada persona importante en el gobierno y en la oposición, incluyendo al mismo Trueba. La comparación de las cartas reflejaba que en ese preciso momento histórico ocurrirían inevitables hechos de sangre, dolor y muerte.

—No tengo la menor duda, Esteban —concluyó—. Se avecinan tiempos atroces. Habrá tantos muertos que no se podrán contar. Usted estará en el bando de los ganadores, pero el triunfo no le traerá más que sufrimiento y soledad.

Esteban Trueba se sintió incómodo ante esa pitonisa insólita que transtornaba la paz de su biblioteca y alborotaba su hígado con desvaríos astrológicos, pero no tuvo valor para despedirla, a causa de Clara, que estaba observando con el rabillo del ojo desde su rincón.

—Pero no he venido a molestarlo con noticias que escapan a su control, Esteban. He venido a hablar con su nieta Alba, porque tengo un mensaje para ella de su abuela.

El Senador llamó a Alba. La joven no había visto a Luisa Mora desde que tenía siete años, pero se acordaba perfectamente de ella. La abrazó con delicadeza, para no desbaratar su frágil esqueleto de marfil y aspiró con ansias una bocanada de ese perfume inconfundible.

—Vine a decirte que te cuides, hijita —dijo Luisa Mora después que se hubo secado el llanto de emoción—. La muerte te anda pisando los talones. Tu abuela Clara te proteje desde el Más Allá, pero me mandó a decirte que los espíritus protectores son ineficaces en los cataclismos mayores. Sería bueno que hicieras un viaje, que te fueras al otro lado del mar, donde estarás a salvo.

A esas alturas de la conversación, el Senador Trueba había perdido la paciencia y estaba seguro que se encontraba frente a una anciana demente. Diez meses y once días más tarde, recordaría la profecía de Luisa Mora, cuando se llevaron a Alba en la noche, durante el toque de queda.

Capítulo XIII

EL TERROR

El día del golpe militar amaneció con un sol radiante, poco usual en la tímida primavera que despuntaba. Jaime había trabajado casi toda la noche y a las siete de la mañana sólo tenía en el cuerpo dos horas de sueño. Lo despertó la campanilla del teléfono y una secretaria, con la voz ligeramente alterada, terminó de espantarle la modorra. Lo llamaban de Palacio para informarle que debía presentarse en la oficina del compañero Presidente lo antes posible, no, el compañero Presidente no estaba enfermo, no, no sabía lo que estaba pasando, ella tenía orden de llamar a todos los médicos de la Presidencia. Jaime se vistió como un sonámbulo y tomó su automóvil, agradeciendo que por su profesión tuviera derecho a una cuota semanal de gasolina, porque o si no, habría tenido que ir al centro en bicicleta. Llegó al Palacio a las ocho y se extrañó de ver la plaza vacía y un fuerte destacamento de soldados en los portones de la sede del gobierno, vestidos todos con ropa de batalla, cascos y armamentos de guerra. Jaime estacionó su automóvil en la plaza solitaria, sin reparar en los gestos que hacían los soldados para que no se detuviera. Se bajó y de inmediato lo rodearon apuntando con sus armas.

—¿Qué pasa, compañeros? ¿Estamos en guerra con los chinos? —sonrió Jaime.

—¡Siga, no puede detenerse aquí! ¡El tráfico está interrumpido! —ordenó un oficial.

—Lo siento, pero me han llamado de la Presidencia —alegó Jaime mostrando su identificación—. Soy médico.

Lo acompañaron hasta las pesadas puertas de madera del Palacio, donde un grupo de carabineros montaba guardia. Lo dejaron entrar. En el interior del edificio reinaba una agitación de naufragio, los empleados corrían por las escaleras como ratones mareados y la guardia privada del Presidente estaba arrimando los muebles contra las ventanas y repartiendo pistolas entre los más próximos. El Presidente salió a su encuentro. Tenía puesto un casco de combate, que se veía incongruente junto a su fina ropa deportiva y sus zapatos italianos. Entonces Jaime comprendió que algo grave estaba ocurriendo.

—Se ha sublevado la Marina, doctor —explicó brevemente—. Ha llegado el momento de luchar.

Jaime tomó el teléfono y llamó a Alba para decirle que no se moviera de la casa y pedirle que avisara a Amanda. No volvió a hablar con ella nunca más, porque los acontecimientos se desencadenaron vertiginosamente. En el transcurso de la siguiente hora llegaron algunos ministros y dirigentes políticos del gobierno y comenzaron las negociaciones telefónicas con los insurrectos para medir la magnitud de la sublevación y buscar una solución pacífica. Pero a las nueve y media de la mañana las unidades armadas del país estaban al mando de militares golpistas. En los cuarteles había comenzado la purga de los que permanecían leales a la Constitución. El general de los carabineros ordenó a la guardia del Palacio que saliera, porque también la policía acababa de plegarse al Golpe.

—Pueden irse, compañeros, pero dejen sus armas —dijo el Presidente.

Los carabineros estaban confundidos y avergonzados, pero la orden del general era terminante. Ninguno se atrevió a desafiar la mirada del Jefe de Estado, depositaron sus armas en el patio y salieron en fila, con la cabeza gacha. En la puerta uno se volvió.

—Yo me quedo con usted, compañero Presidente —dijo.

A media mañana fue evidente que la situación no se arreglaría con el diálogo y empezó a retirarse casi todo el mundo. Sólo quedaron los amigos más cercanos y la guardia privada. Las hijas del Presidente, fueron obligadas por su padre a salir. Tuvieron que sacarlas a la fuerza y desde la calle podían oír sus gritos llamándolo. En el interior del edificio quedaron alrededor de treinta personas

atrincheradas en los salones del segundo piso, entre quienes estaba Jaime. Creía encontrarse en medio de una pesadilla. Se sentó en un sillón de terciopelo rojo, con una pistola en la mano, mirándola idiotizado. No sabía usarla. Le pareció que el tiempo transcurría muy lentamente, en su reloj sólo habían pasado tres horas de ese mal sueño. Oyó la voz del Presidente que hablaba por radio al país. Era su despedida.

«Me dirijo a aquellos que serán perseguidos, para decirles que yo no voy a renunciar: pagaré con mi vida la lealtad del pueblo. Siempre estaré junto a ustedes. Tengo fe en la patria y su destino. Otros hombres superarán este momento y mucho más temprano que tarde se abrirán las grandes alamedas por donde pasará el hombre libre, para construir una sociedad mejor. ¡Viva el pueblo! ¡Vivan los trabajadores! Éstas serán mis últimas palabras. Tengo la certeza de que mi sacrificio no será en vano.»

El cielo comenzó a nublarse. Se oían algunos disparos aislados y lejanos. En ese momento el Presidente estaba hablando por teléfono con el jefe de los sublevados, quien le ofreció un avión militar para salir del país con toda su familia. Pero él no estaba dispuesto a exilarse en algún lugar lejano donde podría pasar el resto de su vida vegetando con otros mandatarios derrocados, que habían salido de su patria entre gallos y media noche.

—Se equivocaron conmigo, traidores. Aquí me puso el pueblo y sólo saldré muerto —respondió serenamente.

Entonces oyeron el rugido de los aviones y comenzó el bombardeo. Jaime se tiró al suelo con los demás, sin poder creer lo que estaba viviendo, porque hasta el día anterior estaba convencido que en su país nunca pasaba nada y hasta los militares respetaban la ley. Sólo el Presidente se mantuvo en pie, se acercó a una ventana con una bazooka en los brazos y disparó hacia los tanques de la calle. Jaime se arrastró hasta él y lo tomó de las pantorrillas para obligarlo a agacharse, pero el otro le soltó una palabrota y se mantuvo de pie. Quince minutos después ardía todo el edificio y adentro no se podía respirar por las bombas y el humo. Jaime gateaba entre los muebles rotos y los pedazos de cielo raso que caían a su alrededor como una lluvia mortífera, procurando dar auxilio a los heridos, pero sólo podía ofrecer consuelo y cerrar los ojos a los muertos. En una súbita pausa del tiroteo, el Presidente reunió a los sobrevivientes y les dijo que se fueran, que no quería mártires ni sacrificios inútiles, que todos tenían una familia y tendrían que realizar una importante tarea después. «Voy a pedir una tregua para que puedan salir»,

agregó. **Pero nadie se retiró. Algunos temblaban, pero todos esta-**
ban en aparente posesión de su dignidad. El bombardeo fue breve,
pero dejó el Palacio en ruinas. A las dos de la tarde el incendio
había devorado los antiguos salones que habían servido desde tiempos
coloniales, y sólo quedaba un puñado de hombres alrededor del Presidente. Los militares entraron al edificio y ocuparon todo lo que quedaba de la planta baja. Por encima del estruendo escucharon la voz histérica de un oficial que les ordenaba rendirse y bajar en fila india y con
los brazos en alto. El Presidente estrechó la mano a cada uno. «Yo
bajaré al final», dijo. No volvieron a verlo con vida.

Jaime bajó con los demás. En cada peldaño de la amplia escalera
de piedra había soldados apostados. Parecían haber enloquecido. Patea-
ban y golpeaban con las culatas a los que bajaban, con un odio nuevo,
recientemente inventado, que había florecido en ellos en pocas horas.
Algunos disparaban sus armas por encima de las cabezas de los rendi-
dos. Jaime recibió un golpe en el vientre que lo dobló en dos y cuando
pudo enderezarse, tenía los ojos llenos de lágrimas y los pantalones
tibios de mierda. Siguieron golpeándolos hasta la calle y allí les ordenaron acostarse boca abajo en el suelo, los pisaron, los insultaron hasta que se les acabaron las palabrotas del castellano y entonces le hicieron señas a un tanque. Los prisioneros lo oyeron acercarse, estremeciendo el asfalto con su peso de paquidermo invencible.

—¡Abran paso, que les vamos a pasar con el tanque por encima
a estos huevones! —gritó un coronel.

Jaime atisbó desde el suelo y creyó reconocerlo, porque le recordó a un muchacho con quien jugaba en Las Tres Marías cuando él
era joven. El tanque pasó resoplando a diez centímetros de sus cabezas entre las carcajadas de los soldados y el aullido de las sirenas de los
bomberos. A lo lejos se oía el rumor de los aviones de guerra. Mucho
rato después separaron a los prisioneros en grupos, según su culpa, y a
Jaime lo llevaron al Ministerio de Defensa, que estaba convertido en
cuartel. Lo obligaron a avanzar agazapado, como si estuviera en
una trinchera, lo llevaron a través de una gran sala, llena de hombres
desnudos, atados en filas de diez, con las manos amarradas en la espalda, tan golpeados, que algunos no podían tenerse en pie y la sangre
corría en hilitos sobre el mármol del piso. Condujeron a Jaime al cuarto de las calderas, donde había otras personas de pie contra la pared,
vigiladas por un soldado lívido que se paseaba apuntándolos con su
metralleta. Allí pasó mucho rato inmóvil, parado, sosteniéndose como
un sonámbulo, sin acabar de comprender lo que estaba sucediendo,
atormentado por los gritos que se escuchaban a través del muro. Notó
que el soldado lo observaba. De pronto bajó el arma y se acercó.

—Siéntese a descansar, doctor, pero si yo le aviso, párese inmediatamente —dijo en un murmullo, pasándole un cigarrillo encendido—.
Usted operó a mi madre y le salvó la vida.

Jaime no fumaba, pero saboreó aquel cigarrillo aspirando lentamente. Su reloj estaba detrozado, pero por el hambre y la sed, calculó
que ya era de noche. Estaba tan cansado e incómodo en sus pantalones manchados, que no se preguntaba lo que iba a sucederle. Empezaba a cabecear cuando el soldado se aproximó.

—Párese, doctor —le susurró—. Ya vienen a buscarlo. ¡Buena
suerte!

Un instante después entraron dos hombres, le esposaron las muñecas y lo condujeron donde un oficial que tenía a su cargo el interro-
gatorio de los prisioneros. Jaime lo había visto algunas veces en compañía del Presidente.

—Sabemos que usted no tiene nada que ver con esto, doctor
—dijo—. Sólo queremos que aparezca en la televisión y diga que el Presidente estaba borracho y que se suicidó. Después lo dejo irse a su
casa.

—Haga esa declaración usted mismo. Conmigo no cuenten, cabrones —respondió Jaime.

Lo sujetaron de los brazos. El primer golpe le cayó en el estómago.
Después lo levantaron, lo aplastaron sobre una mesa y sintió que le
quitaban la ropa. Mucho después lo sacaron inconsciente del Ministerio
de Defensa. Había comenzado a llover y la frescura del agua y del aire
lo reanimaron. Despertó cuando lo subieron a un autobús del Ejército
y lo dejaron en el asiento trasero. A través del vidrio observó la noche
y cuando el vehículo se puso en marcha, pudo ver las calles vacías y los
edificios embanderados. Comprendió que los enemigos habían ganado
y probablemente pensó en Miguel. El autobús se detuvo en el patio de
un regimiento, allí lo bajaron. Había otros prisioneros en tan mal estado como él. Les ataron los pies y las manos con alambres de púas y los
tiraron de bruces en las pesebreras. Allí pasaron Jaime y los otros dos
días sin agua y sin alimento, pudriéndose en su propio excremento, su
sangre y su espanto, al cabo de los cuales los transportaron a todos en un
camión hasta las cercanías del aeropuerto. En un descampado los
fusilaron en el suelo, porque no podían tenerse de pie, y luego dinami-
taron los cuerpos. El asombro de la explosión y el hedor de los despojos
quedaron flotando en el aire por mucho tiempo.

En la gran casa de la esquina, el Senador Trueba abrió una botella
de champán francés para celebrar el derrocamiento del régimen con-

tra el cual había luchado tan ferozmente, sin sospechar que en ese mismo momento a su hijo Jaime estaban quemándole los testículos con un cigarrillo importado. El viejo colgó la bandera en la entrada de la casa y no salió a bailar a la calle porque era cojo y porque había toque de queda, pero ganas no le faltaron, como anunció regocijado a su hija y a su nieta. Entretanto Alba, colgada del teléfono, trataba de obtener noticias de la gente que la preocupaba: Miguel, Pedro Tercero, su tío Jaime, Amanda, Sebastián Gómez y tantos otros.

—¡Ahora las van a pagar! —exclamó el Senador Trueba alzando la copa.

Alba se la arrebató de la mano de un zarpazo y la lanzó contra la pared, haciéndola añicos. Blanca, que nunca había tenido el valor de hacer frente a su padre, sonrió sin disimulo.

—¡No vamos a celebrar la muerte del Presidente ni la de otros, abuelo! —dijo Alba.

En las pulcras casas del Barrio Alto abrieron las botellas que habían estado esperando durante tres años y brindaron por el nuevo orden. Sobre las poblaciones obreras volaron durante toda la noche los helicópteros, zumbando como moscas de otros mundos.

Muy tarde, casi al amanecer, sonó el teléfono y Alba, que no se había acostado, corrió a atenderlo. Aliviada, escuchó la voz de Miguel.

—Llegó el momento, mi amor. No me busques ni me esperes. Te amo —dijo.

—¡Miguel! ¡Quiero ir contigo! —sollozó Alba.

—No hables a nadie de mí, Alba. No veas a los amigos. Rompe las agendas, los papeles, todo lo que pueda relacionarte conmigo. Te voy a querer siempre, recuérdalo, mi amor —dijo Miguel y cortó la comunicación.

El toque de queda duró dos días. Para Alba fueron una eternidad. Las radios transmitían ininterrupidamente himnos guerreros y la televisión mostraba sólo paisajes del territorio nacional y dibujos animados. Varias veces al día aparecían en las pantallas los cuatro generales de la Junta, sentados entre el escudo y la bandera, para promulgar sus bandos: eran los nuevos héroes de la patria. A pesar de la orden de disparar contra cualquiera que se asomara fuera de su casa, el Senador Trueba cruzó la calle para ir a celebrar donde un vecino. La algazara de la fiesta no llamó la atención a las patrullas que circulaban por la calle, porque ése era un barrio donde no esperaban encontrar oposición. Blanca anunció que tenía la peor jaqueca de su vida y se encerró en su habitación. En la noche Alba la oyó rondar por la cocina y supuso que el hambre había sido más fuerte que el dolor de cabeza. Ella pasó dos días dando vueltas por la casa en estado de

desesperación, revisando los libros del túnel de Jaime y su propio escritorio, para destruir lo que consideró comprometedor. Era como cometer un sacrilegio, estaba segura que cuando su tío regresara iba a ponerse furioso y le quitaría su confianza. También destruyó las libretas donde estaban los números de teléfono de los amigos, sus más preciosas cartas de amor y hasta las fotografías de Miguel. Las empleadas de la casa, indiferentes y aburridas, se entretuvieron durante el toque de queda haciendo empanadas, menos la cocinera, que lloraba sin parar y esperaba con ansias el momento de ir a ver a su marido, con quien no había podido comunicarse.

Cuando se levantó por algunas horas la prohibición de salir, para dar a la población la oportunidad de comprar víveres, Blanca comprobó maravillada que los almacenes estaban abarrotados con los productos que durante tres años habían escaseado y que parecían haber surgido como por obra de magia en las vitrinas. Vio rumas de pollos faenados y pudo comprar todo lo que quiso, a pesar de que costaban el triple, porque se había decretado libertad de precios. Notó que muchas personas observaban los pollos con curiosidad, como si no los hubieran visto nunca, pero que pocas compraban, porque no los podían pagar. Tres días después el olor a carne putrefacta apestaba los almacenes de la ciudad.

Los soldados patrullaban nerviosamente por las calles, vitoreados por mucha gente que había deseado el derrocamiento del gobierno. Algunos, envalentonados por la violencia de esos días, detenían a los hombres con pelo largo o con barba, signos inequívocos de su espíritu rebelde, y paraban en la calle a las mujeres que andaban con pantalones para cortárselos a tijeretazos, porque se sentían responsables de imponer el orden, la moral y la decencia. Las nuevas autoridades dijeron que no tenían nada que ver con esas acciones, nunca habían dado orden de cortar barbas o pantalones, probablemente se trataba de comunistas disfrazados de soldados para desprestigiar a las Fuerzas Armadas y hacerlas odiosas a los ojos de la ciudadanía, que no estaban prohibidas las barbas ni los pantalones, pero, por supuesto, preferían que los hombres anduvieran afeitados y con el pelo corto, y las mujeres con faldas.

Se corrió la voz de que el Presidente había muerto y nadie creyó la versión oficial de que se suicidó.

Esperé que se normalizara un poco la situación. Tres días después del Pronunciamiento Militar, me dirigí en el automóvil del Congreso al Ministerio de Defensa, extrañado de que no me hubieran buscado para

invitarme a participar en el nuevo gobierno. Todo el mundo sabe que fui el principal enemigo de los marxistas, el primero que se opuso a la dictadura comunista y se atrevió a decir en público que sólo los militares podían impedir que el país cayera en las garras de la izquierda. Además yo fui quien hizo casi todos los contactos con el alto mando militar, quien sirvió de enlace con los gringos y puse mi nombre y mi dinero para la compra de armas. En fin, me jugué más que nadie. A mi edad el poder político no me interesa para nada. Pero soy de los pocos que podían asesorarlos, porque llevo mucho tiempo ocupando posiciones y sé mejor que nadie lo que le conviene a este país. Sin asesores leales, honestos y capacitados, ¿qué pueden hacer unos pocos coroneles improvisados? Sólo desatinos. O dejarse engañar por los vivos que se aprovechan de las circunstancias para hacerse ricos, como de hecho está sucediendo. En ese momento nadie sabía que las cosas iban a ocurrir como ocurrieron. Pensábamos que la intervención militar era un paso necesario para la vuelta a una democracia sana, por eso me parecía tan importante colaborar con las autoridades.

Cuando llegué al Ministerio de Defensa me sorprendió ver el edificio convertido en un muladar. Los ordenanzas baldeaban los pisos con estropajos, vi algunas paredes aportilladas por las balas y por todos lados corrían los militares agazapados, como si de verdad estuvieran en medio de un campo de batalla o esperaran que le cayeran los enemigos del techo. Tuve que aguardar casi tres horas para que me atendiera un oficial. Al principio creí que en ese caos no me habían reconocido y por eso me trataban con tan poca deferencia, pero luego me di cuenta cómo eran las cosas. El oficial me recibió con las botas sobre el escritorio, masticando un emparedado grasiento, mal afeitado, con la guerrera desabotonada. No me dio tiempo de preguntar por mi hijo Jaime ni para felicitarlo por la valiente acción de los soldados que habían salvado a la patria, sino que procedió a pedirme las llaves del automóvil con el argumento de que se había clausurado el Congreso y, por lo tanto, también se habían terminado las prebendas de los congresales. Me sobresalté. Era evidente, entonces, que no tenían intención alguna de volver a abrir las puertas del Congreso, como todos esperábamos. Me pidió, no, me ordenó, presentarme al día siguiente en la catedral, a las once de la mañana, para asistir al Te Deum con que la patria agradecería a Dios la victoria sobre el comunismo.

—¿Es cierto que el Presidente se suicidó? —pregunté.

—¡Se fue! —me contestó.

—¿Se fue? ¿Adónde?

—¡Se fue en sangre! —rió el otro.

Salí a la calle desconcertado, apoyado en el brazo de mi chofer.

No teníamos forma de regresar a la casa, porque no circulaban taxis ni buses y yo no estoy en edad para caminar. Afortunadamente pasó un jeep de carabineros y me reconocieron. Es fácil distinguirme, como dice mi nieta Alba, porque tengo una pinta inconfundible de viejo cuervo rabioso y siempre ando vestido de luto, con mi bastón de plata.

—Suba, Senador —dijo un teniente.

Nos ayudaron a trepar al vehículo. Los carabineros se veían cansados y me pareció evidente que no habían dormido. Me confirmaron que hacía tres días que estaban patrullando la ciudad, manteniéndose despiertos con café negro y pastillas.

—¿Han encontrado resistencia en las poblaciones o en los cordones industriales? —pregunté.

—Muy poca. La gente está tranquila —dijo el teniente—. Espero que la situación se normalice pronto, Senador. No nos gusta esto, es un trabajo sucio.

—No diga eso, hombre. Si ustedes no se adelantan, los comunistas habrían dado el Golpe y a estas horas usted, yo y otras cincuenta mil personas estaríamos muertos. ¿Sabía que tenían un plan para implantar su dictadura, no?

—Eso nos han dicho. Pero en la población donde yo vivo hay muchos detenidos. Mis vecinos me miran con recelo. Aquí a los muchachos les pasa lo mismo. Pero hay que cumplir órdenes. La patria es lo primero, ¿verdad?

—Así es. Yo también siento lo que está pasando, teniente. Pero no había otra solución. El régimen estaba podrido. ¿Qué habría sido de este país, si ustedes no empuñan las armas?

En el fondo, sin embargo, no estaba tan seguro. Tenía el presentimiento de que las cosas no estaban saliendo como las habíamos planeado y que la situación se nos estaba escapando de las manos, pero en ese momento acallé mis inquietudes razonando que tres días son muy pocos para ordenar un país y que probablemente el grosero oficial que me atendió en el Ministerio de Defensa representaba una minoría insignificante dentro de las Fuerzas Armadas. La mayoría era como ese teniente escrupuloso que me llevó a la casa. Supuse que al poco tiempo se restablecería el orden y cuando se aliviara la tensión de los primeros días, me pondría en contacto con alguien mejor colocado en la jerarquía militar. Lamenté no haberme dirigido al general Hurtado, no lo había hecho por respeto y también, lo reconozco, por orgullo, porque lo correcto era que él me buscara y no yo a él.

No me enteré de la muerte de mi hijo Jaime hasta dos semanas después, cuando se nos había pasado la euforia del triunfo al ver que todo el mundo andaba contando a los muertos y a los desaparecidos. Un

domingo se presentó en la casa un soldado sigiloso y relató a Blanca
en la cocina lo que había visto en el Ministerio de Defensa y lo que
sabía de los cuerpos dinamitados.

—El doctor del Valle salvó la vida de mi madre —dijo el soldado
mirando el suelo, con el casco de guerra en la mano—. Por eso vengo
a decirles cómo lo mataron.

Blanca me llamó para que oyera lo que decía el soldado, pero me
negué a creerlo. Dije que el hombre se había confundido, que no era
Jaime, sino otra persona la que había visto en la sala de las calderas,
porque Jaime no tenía nada que hacer en el Palacio Presidencial el día
del Pronunciamiento Militar. Estaba seguro que mi hijo había escapado al extranjero por algún paso fronterizo o se había asilado en alguna embajada, en el supuesto de que lo estuvieran persiguiendo. Por
otra parte, su nombre no aparecía en ninguna de las listas de la gente
solicitada por las autoridades, así es que deduje que Jaime no tenía
nada que temer.

Había de pasar mucho tiempo, varios meses, en realidad, para que
yo comprendiera que el soldado había dicho la verdad. En los desvaríos
de la soledad aguardaba a mi hijo sentado en la poltrona de la biblioteca, con los ojos fijos en el umbral de la puerta, llamándolo con el
pensamiento, tal como llamaba a Clara. Tanto lo llamé, que finalmente
llegué a verlo, pero se me apareció cubierto de sangre seca y andrajos,
arrastrando serpentinas de alambres de púas sobre el parquet encerado.
Así supe que había muerto tal como nos había contado el soldado. Sólo
entonces comencé a hablar de la tiranía. Mi nieta Alba, en cambio, vio
perfilarse al dictador mucho antes que yo. Lo vio destacarse entre los
generales y gentes de guerra. Lo reconoció al punto, porque ella heredó
la intuición de Clara. Es un hombre tosco y de apariencia sencilla, de
pocas palabras, como un campesino. Parecía modesto y pocos pudieron
adivinar que algún día lo verían envuelto en una capa de emperador,
con los brazos en alto, para acallar a las multitudes acarreadas en camiones para vitorearlo, sus augustos bigotes temblando de vanidad,
inaugurando el monumento a Las Cuatro Espadas, desde cuya cima
una antorcha eterna iluminaría los destinos de la patria, pero, que
por un error de los técnicos extranjeros, jamás se elevó llama alguna,
sino solamente una espesa humareda de cocinería que quedó flotando
en el cielo como una perenne tormenta de otros climas.

Empecé a pensar que me había equivocado en el procedimiento
y que tal vez no era ésa la mejor solución para derrocar al marxismo.
Me sentía cada vez más solo, porque ya nadie me necesitaba, no tenía
a mis hijos y Clara, con su manía de la mudez y la distracción, parecía
un fantasma. Incluso Alba se alejaba cada día más. Apenas la veía en

la casa. Pasaba por mi lado como una ráfaga, con sus horrendas faldas largas de algodón arrugado y su increíble pelo verde, como el de Rosa, ocupada en quehaceres misteriosos que llevaba a cabo con la complicidad de su abuela. Estoy seguro que a mis espaldas ellas dos tramaban secretos. Mi nieta andaba azorada, igual como Clara en los tiempos del tifus, cuando se echó a la espalda el fardo del dolor ajeno.

Alba tuvo muy poco tiempo para lamentar la muerte de su tío Jaime, porque las urgencias de los necesitados la absorbieron de inmediato, de modo que tuvo que almacenar su dolor para sufrirlo más tarde. No volvió a ver a Miguel hasta dos meses después del Golpe Militar y llegó a pensar que también estaba muerto. No lo buscó, sin embargo, porque en ese sentido tenía instrucciones muy precisas de él y además oyó que lo llamaban por las listas de los que debían presentarse ante las autoridades. Eso le dio esperanza. «Mientras lo busquen, está con vida», dedujo. Se atormentaba con la idea que podían agarrarlo vivo e invocaba a su abuela para pedirle que eso no ocurriera. «Prefiero mil veces verlo muerto, abuela», suplicaba. Ella sabía lo que estaba pasando en el país, por eso andaba día y noche con el estómago oprimido, le temblaban las manos, y cuando se enteraba de la suerte de algún prisionero, se cubría de ronchas desde los pies hasta la cabeza, como un apestado. Pero no podía hablar de eso con nadie, ni siquiera con su abuelo, porque la gente prefería no saberlo.

Después de aquel martes terrible, el mundo cambió en forma brutal para Alba. Tuvo que acomodar los sentidos para seguir viviendo. Debió acostumbrarse a la idea de que no volvería a ver a los que más había amado, a su tío Jaime, a Miguel y a muchos otros. Culpaba a su abuelo por lo que había pasado, pero luego, al verlo encogido en su poltrona, llamando a Clara y a su hijo en un murmullo interminable, le volvía todo el amor por el viejo y corría a abrazarlo, a pasarle los dedos por la melena blanca, a consolarlo. Alba sentía que las cosas eran de vidrio, frágiles como suspiros, y que la metralla y las bombas de aquel martes inolvidable, destrozaron una buena parte de lo conocido, y el resto quedó hecho trizas y salpicado de sangre. Con el transcurso de los días, las semanas y los meses, lo que al principio parecía haberse preservado de la destrucción, también comenzó a mostrar señales del deterioro. Notó que los amigos y parientes la eludían, que algunos cruzaban la calle para no saludarla o daban vuelta la cara cuando se aproximaba. Pensó que se había corrido la voz de que ayudaba a los perseguidos.

Así era. Desde los primeros días la mayor urgencia fue asilar a los

que corrían peligro de muerte. Al principio a Alba le pareció una ocupación casi divertida, que permitía mantener la mente en otras cosas y no pensar en Miguel, pero pronto se dio cuenta que no era un juego. Los bandos advirtieron a los ciudadanos que debían delatar a los marxistas y entregar a los fugitivos, o bien serían considerados traidores a la patria y juzgados como tales. Alba recuperó milagrosamente el automóvil de Jaime, que se salvó del bombardeo y estuvo una semana estacionado en la misma plaza donde él lo dejó, hasta que Alba se enteró y lo fue a buscar. Le pintó dos grandes girasoles en las puertas, de un amarillo impactante, para que se distinguiera de otros coches y facilitara así su nueva tarea. Tuvo que memorizar la ubicación de todas las embajadas, los turnos de los carabineros que las vigilaban, la altura de sus muros, el ancho de sus puertas. El aviso de que había alguno a quien asilar le llegaba sorpresivamente, a menudo a través de un desconocido que la abordaba en la calle y que suponía que era enviado por Miguel. Iba al lugar de la cita a plena luz del día y cuando veía a alguien haciendo señas, advertido por las flores amarillas pintadas en su automóvil, se detenía brevemente para que subiera a toda prisa. Por el camino no hablaban, porque ella prefería no saber ni su nombre. A veces tenía que pasar todo el día con él, incluso esconderlo por una o dos noches, antes de encontrar el momento adecuado para introducirlo en una embajada asequible, saltando un muro a espaldas de los guardias. Ese sistema resultaba más expedito que los trámites con timoratos embajadores de las democracias extranjeras. Nunca más volvía a saber del asilado, pero guardaba para siempre su agradecimiento tembloroso y, cuando todo terminaba, respiraba aliviada porque por esa vez se había salvado. En ocasiones tuvo que hacerlo con mujeres que no querían desprenderse de sus hijos y, a pesar de que Alba les prometía hacerles llegar la criatura por la puerta principal, puesto que ni el más tímido embajador se rehusaría a ello, las madres se negaban a dejarlos atrás, de modo que al final también a los niños había que tirarlos por encima de los muros o descolgarlos por las rejas. Al poco tiempo todas las embajadas estaban erizadas de púas y ametralladoras y fue imposible seguir tomándolas por asalto, pero otras necesidades la mantuvieron ocupada.

Fue Amanda quien la puso en contacto con los curas. Las dos amigas se juntaban para hablar en susurros de Miguel, a quien ninguna había vuelto a ver, y para recordar a Jaime con una nostalgia sin lágrimas, porque no había una prueba oficial de su muerte y el deseo que ambas tenían de volver a verlo era más fuerte que el relato del soldado. Amanda había vuelto a fumar compulsivamente, le temblaban mucho las manos y se le extraviaba la mirada. A veces tenía las pupilas dila-

tadas y se movía con torpeza, pero seguía trabajando en el hospital. Le contó que a menudo atendía gente que traían desmayada de hambre.

—Las familias de los presos, los desaparecidos y los muertos no tienen nada para comer. Los cesantes tampoco. Apenas un plato de mazamorra cada dos días. Los niños se duermen en la escuela, están desnutridos.

Agregó que el vaso de leche y las galletas que antes recibían diariamente todos los escolares, se habían suprimido y que las madres callaban el hambre de sus hijos con agua de té.

—Los únicos que hacen algo para ayudar son los curas —explicó Amanda—. La gente no quiere saber la verdad. La Iglesia ha organizado comedores para dar un plato diario de comida seis veces por semana, a los menores de siete años. No es suficiente, claro. Por cada niño que come una vez al día un plato de lentejas o de patatas, hay cinco que se quedan afuera mirando, porque no alcanza para todos.

Alba comprendió que habían retrocedido a la antigüedad, cuando su abuela Clara iba al Barrio de la Misericordia a remplazar la justicia con la caridad. Sólo que ahora la caridad era mal vista. Comprobó que cuando recorría las casas de sus amistades para pedir un paquete de arroz o un tarro de leche en polvo, no se atrevían a negárselo la primera vez, pero luego la eludían. Al principio Blanca la ayudó. Alba no tuvo dificultad en obtener la llave de la despensa de su madre, con el argumento de que no había necesidad de acaparar harina vulgar y porotos de pobre, si se podía comer centolla del mar Báltico y chocolate suizo, con lo que pudo abastecer los comedores de los curas por un tiempo que, de todos modos, le pareció muy breve. Un día llevó a su madre a uno de los comedores. Al ver el largo mesón de madera sin pulir, donde una doble fila de niños con ojos suplicantes esperaba que les dieran su ración, Blanca se puso a llorar y cayó a la cama por dos días con jaqueca. Habría seguido lamentándose si su hija no la obliga a vestirse, olvidarse de sí misma y conseguir ayuda, aunque fuera robando al abuelo del presupuesto familiar. El Senador Trueba no quiso oír hablar del asunto, tal como hacía la gente de su clase, y negó el hambre con la misma tenacidad con que negaba a los presos y a los torturados, de modo que Alba no pudo contar con él y más tarde, cuando tampoco pudo contar con su madre, debió recurrir a métodos más drásticos. Lo más lejos que llegaba el abuelo era al Club. No andaba por el centro y mucho menos se acercaba a la periferia de la ciudad o a las poblaciones marginales. No le costó nada creer que las miserias que relataba su nieta eran patrañas de los marxistas.

—¡Curas comunistas! —exclamó—. ¡Era lo último que me faltaba oír!

Pero cuando comenzaron a llegar a todas horas los niños y las mujeres a pedir a las puertas de las casas, no dio orden de cerrar las rejas y las persianas para no verlos, como hicieron los demás, sino que aumentó la mensualidad a Blanca y dijo que tuvieran siempre algo de comida caliente para darles.

—Ésta es una situación temporal —aseguró—. Apenas los militares ordenen el caos en que el marxismo dejó al país, este problema será resuelto.

Los periódicos dijeron que los mendigos en las calles, que no se veían desde hacía tantos años, eran enviados por el comunismo internacional para desprestigiar a la Junta Militar y sabotear el orden y el progreso. Pusieron panderetas para tapar las poblaciones marginales, ocultándolas a los ojos del turismo y de los que no querían ver. En una noche surgieron por encantamiento jardines recortados y macizos de flores en las avenidas, plantados por los cesantes para crear la fantasía de una pacífica primavera. Pintaron de blanco borrando los murales de palomas panfletarias y retirando para siempre de la vista los carteles políticos. Cualquier intento de escribir mensajes políticos en la vía pública era penado con una ráfaga de ametralladora en el sitio. Las calles limpias, ordenadas y silenciosas, se abrieron al comercio. Al poco tiempo desaparecieron los niños mendigos y Alba notó que tampoco había perros vagos ni tarros de basura. El mercado negro terminó en el mismo instante en que bombardearon el Palacio Presidencial, porque los especuladores fueron amenazados con ley marcial y fusilamiento. En las tiendas comenzaron a venderse cosas que no se conocían ni de nombre, y otras que antes sólo conseguían los ricos mediante el contrabando. Nunca había estado más hermosa la ciudad. Nunca la alta burguesía había sido más feliz: podía comprar whisky a destajo y automóviles a crédito.

En la euforia patriótica de los primeros días, las mujeres regalaban sus joyas en los cuarteles, para la reconstrucción nacional, hasta sus alianzas matrimoniales, que eran remplazadas por anillos de cobre con el emblema de la patria. Blanca tuvo que esconder el calcetín de lana con las joyas que Clara le había legado, para que el Senador Trueba no las entregara a las autoridades. Vieron nacer una nueva y soberbia clase social. Señoras muy principales, vestidas con ropas de otros lugares, exóticas y brillantes como luciérnagas de noche, se pavoneaban en los centros de diversión del brazo de los nuevos y soberbios economistas. Surgió una casta de militares que ocupó rápidamente los puestos claves. Las familias que antes habían considerado una desgracia tener a un militar entre sus miembros, se peleaban las influencias para meter a los hijos en las academias de guerra y ofrecían

sus hijas a los soldados. El país se llenó de uniformados, de máquinas bélicas, de banderas, himnos y desfiles, porque los militares conocían la necesidad del pueblo de tener sus propios símbolos y ritos. El Senador Trueba, que por principio detestaba esas cosas, comprendió lo que habían querido decir sus amigos del Club, cuando aseguraban que el marxismo no tenía ni la menor oportunidad en América Latina, porque no contemplaba el lado mágico de las cosas. «Pan, circo y algo que venerar, es todo lo que necesitan», concluyó el Senador, lamentando en su fuero interno que faltara el pan.

Se orquestó una campaña destinada a borrar de la faz de la tierra el buen nombre del ex-Presidente, con la esperanza de que el pueblo dejara de llorarlo. Abrieron su casa e invitaron al público a visitar lo que llamaron «el palacio del dictador». Se podía mirar dentro de sus armarios y asombrarse del número y la calidad de sus chaquetas de gamuza, registrar sus cajones, hurgar en su despensa, para ver el ron cubano y el saco de azúcar que guardaba. Circularon fotografías burdamente trucadas que lo mostraban vestido de Baco, con una guirnalda de uvas en la cabeza, retozando con matronas opulentas y con atletas de su mismo sexo, en una orgía perpetua que nadie, ni el mismo Senador Trueba, creyó que fueran auténticas. «Esto es demasiado, se les está pasando la mano», masculló cuando se enteró.

De una plumada, los militares cambiaron la historia universal, borrando los episodios, las ideologías y los personajes que el régimen desaprobaba. Acomodaron los mapas, porque no había ninguna razón para poner el norte arriba, tan lejos de la benemérita patria, si se podía poner abajo, donde quedaba más favorecida y, de paso, pintaron con azul de Prusia vastas orillas de aguas territoriales hasta los límites de Asia y de África y se apoderaron en los libros de geografía de tierras lejanas, corriendo las fronteras con toda impunidad, hasta que los países hermanos perdieron la paciencia, pusieron un grito en las Naciones Unidas y amenazaron con echarles encima los tanques de guerra y los aviones de caza. La censura, que al principio sólo abarcó los medios de comunicación, pronto se extendió a los textos escolares, las letras de las canciones, los argumentos de las películas y las conversaciones privadas. Había palabras prohibidas por bando militar, como la palabra «compañero», y otras que no se decían por precaución, a pesar de que ningún bando las había eliminado del diccionario, como libertad, justicia y sindicato. Alba se preguntaba de adonde habían salido tantos fascistas de la noche a la mañana, porque en la larga trayectoria democrática de su país, nunca se habían notado, excepto algunos exaltados durante la guerra, que por monería se ponían camisas negras y desfilaban con el brazo en alto, en medio de las carcajadas y la silbatina

de los transeúntes, sin que tuvieran ningún papel importante en la vida nacional. Tampoco se explicaba la actitud de las Fuerzas Armadas, que provenían en su mayoría de la clase media y la clase obrera y que históricamente habían estado más cerca de la izquierda que de la extrema derecha. No comprendió el estado de guerra interna ni se dio cuenta de que la guerra es la obra de arte de los militares, la culminación de sus entrenamientos, el broche dorado de su profesión. No están hechos para brillar en la paz. El Golpe les dio la oportunidad de poner en práctica lo que habían aprendido en los cuarteles, la obediencia ciega, el manejo de las armas y otras artes que los soldados pueden dominar cuando acallan los escrúpulos del corazón.

Alba abandonó sus estudios, porque la Facultad de Filosofía, como muchas otras que abren las puertas del pensamiento, fue clausurada. Tampoco siguió con la música, porque el violoncello le pareció una frivolidad en esas circunstancias. Muchos profesores fueron despedidos, arrestados o desaparecieron de acuerdo a una lista negra que manejaba la policía política. A Sebastián Gómez lo mataron en el primer allanamiento, delatado por sus propios alumnos. La Universidad se llenó de espías.

La alta burguesía y la derecha económica, que habían propiciado el cuartelazo, estaban eufóricas. Al comienzo se asustaron un poco, al ver las consecuencias de su acción, porque nunca les había tocado vivir en una dictadura y no sabían lo que era. Pensaron que la pérdida de la democracia iba a ser transitoria y que se podía vivir por un tiempo sin libertades individuales ni colectivas, siempre que el régimen respetara la libertad de empresa. Tampoco les importó el desprestigio internacional, que los puso en la misma categoría de otras tiranías regionales, porque les pareció un precio barato por haber derrocado al marxismo. Cuando llegaron capitales extranjeros para hacer inversiones bancarias en el país, lo atribuyeron, naturalmente, a la estabilidad del nuevo régimen, pasando por alto el hecho de que por cada peso que entraba, se llevaban dos en intereses. Cuando fueron cerrando de a poco casi todas las industrias nacionales y empezaron a quebrar los comerciantes, derrotados por la importación masiva de bienes de consumo, dijeron que las cocinas brasileras, las telas de Taiwan y las motocicletas japonesas eran mucho mejores que cualquier cosa que se hubiera fabricado nunca en el país. Sólo cuando devolvieron las concesiones de las minas a las compañías norteamericanas, después de tres años de nacionalización, algunas voces sugirieron que eso era lo mismo que rega-

lar la patria envuelta en papel celofán. Pero cuando comenzaron a entregar a sus antiguos dueños las tierras que la reforma agraria había repartido, se tranquilizaron: habían vuelto a los buenos tiempos. Vieron que sólo una dictadura podía actuar con el peso de la fuerza y sin rendirle cuentas a nadie, para garantizar sus privilegios, así es que dejaron de hablar de política y aceptaron la idea de que ellos iban a tener el poder económico, pero los militares iban a gobernar. La única labor de la derecha fue asesorarlos en la elaboración de los nuevos decretos y las nuevas leyes. En pocos días eliminaron los sindicatos, los dirigentes obreros estaban presos o muertos, los partidos políticos declarados en receso indefinido y todas las organizaciones de trabajadores y estudiantes, y hasta los colegios profesionales, desmantelados. Estaba prohibido agruparse. El único sitio donde la gente podía reunirse era en la iglesia, de modo que al poco tiempo la religión se puso de moda y los curas y las monjas tuvieron que postergar sus labores espirituales para socorrer las necesidades terrenales de aquel rebaño perdido. El gobierno y los empresarios empezaron a verlos como enemigos potenciales y algunos soñaron con resolver el problema asesinando al cardenal, en vista de que el Papa, desde Roma, se negó a sacarlo de su puesto y enviarlo a un asilo para frailes alienados.

Una gran parte de la clase media se alegró con el Golpe Militar, porque significaba la vuelta al orden, a la pulcritud de las costumbres, las faldas en las mujeres y el pelo corto en los hombres, pero pronto empezó a sufrir el tormento de los precios altos y la falta de trabajo. No alcanzaba el sueldo para comer. En todas las familias había alguien a quien lamentar y ya no pudieron decir, como al principio, que si estaba preso, muerto o exilado, era porque se lo merecía. Tampoco pudieron seguir negando la tortura.

Mientras florecían los negocios lujosos, las financieras milagrosas, los restaurantes exóticos y las casas importadoras, en las puertas de las fábricas hacían cola los cesantes esperando la oportunidad de emplearse por un jornal mínimo. La mano de obra descendió a niveles de esclavitud y los patrones pudieron, por primera vez desde hacía muchas décadas, despedir a los trabajadores a su antojo, sin pagarles indemnización, y meterlos presos a la menor protesta.

En los primeros meses, el Senador Trueba participó del oportunismo de los de su clase. Estaba convencido de que era necesario un período de dictadura para que el país volviera al redil del cual nunca debió haber salido. Fue uno de los primeros terratenientes en recuperar su propiedad. Le devolvieron Las Tres Marías en ruinas, pero íntegra, hasta el último metro cuadrado. Hacía casi dos años que estaba esperando ese momento, rumiando su rabia. Sin pensarlo dos ve-

ces, se fue al campo con media docena de matones a sueldo y pudo vengarse a sus anchas de los campesinos que se habían atrevido a desafiarlo y a quitarle lo suyo. Llegaron allá una luminosa mañana de domingo, poco antes de la Navidad. Entraron al fundo con un alboroto de piratas. Los matones se metieron por todos lados, arreando con la gente a gritos, golpes y patadas, juntaron en el patio a humanos y a animales, y luego rociaron con gasolina las casitas de ladrillo, que antes habían sido el orgullo de Trueba, y les prendieron fuego con todo lo que contenían. Mataron las bestias a tiros. Quemaron los arados, los gallineros, las bicicletas y hasta las cunas de los recién nacidos, en un aquelarre de mediodía que por poco mata al viejo Trueba de alegría. Despidió a todos los inquilinos con la advertencia de que si volvía a verlos rondando por la propiedad, sufrirían la misma suerte que los animales. Los vio partir más pobres de lo que nunca fueron, en una larga y triste procesión, llevándose a sus niños, sus viejos, los pocos perros que' sobrevivieron al tiroteo, alguna gallina salvada del infierno, arrastrando los pies por el camino de polvo que los alejaba de la tierra donde habían vivido por generaciones. En el portón de Las Tres Marías había un grupo de gente miserable esperando con ojos ansiosos. Eran otros campesinos desocupados, expulsados de otros fundos, que llegaban tan humildes como sus antepasados de siglos atrás, a rogar al patrón que los empleara en la próxima cosecha.

Esa noche Esteban Trueba se acostó en la cama de hierro que había sido de sus padres, en la vieja casa patronal donde no había estado desde hacía tanto tiempo. Estaba cansado y tenía pegado en la nariz el olor del incendio y de los cuerpos de los animales que también tuvieron que quemar, para que la podredumbre no infectara el aire. Todavía ardían los restos de las casitas de ladrillo y a su alrededor todo era destrucción y muerte. Pero él sabía que podía volver a levantar el campo, tal como lo había hecho una vez, pues los potreros estaban intactos y sus fuerzas también. A pesar del placer de su venganza, no pudo dormir. Se sentía como un padre que ha castigado a sus hijos con demasiada severidad. Toda esa noche estuvo viendo los rostros de los campesinos, a quienes había visto nacer en su propiedad, alejándose por la carretera. Maldijo su mal genio. Tampoco pudo dormir el resto de la semana y cuando logró hacerlo, soñó con Rosa. Decidió no contar a nadie lo que había hecho y se juró que Las Tres Marías volvería a ser el fundo modelo que una vez fue. Echó a correr la voz de que estaba dispuesto a aceptar a los inquilinos de vuelta, bajo ciertas condiciones, evidentemente, pero ninguno regresó. Se habían desparramado por los campos, por los cerros, por la costa, algunos habían ido a pie a las minas, otros a las islas del Sur, buscando cada uno el pan para su fa-

milia en cualquier oficio. Asqueado, el patrón regresó a la capital sintiéndose más viejo que nunca. Le pesaba el alma.

El Poeta agonizó en su casa junto al mar. Estaba enfermo y los acontecimientos de los últimos tiempos agotaron su deseo de seguir viviendo. La tropa le allanó la casa, dieron vueltas sus colecciones de caracoles, sus conchas, sus mariposas, sus botellas y sus mascarones de proa rescatados de tantos mares, sus libros, sus cuadros, sus versos inconclusos, buscando armas subversivas y comunistas escondidos, hasta que su viejo corazón de bardo empezó a trastabillar. Lo llevaron a la capital. Murió cuatro días después y las últimas palabras del hombre que le cantó a la vida, fueron: ¡los van a fusilar! ¡los van a fusilar! Ninguno de sus amigos pudo acercarse a la hora de la muerte, porque estaban fuera de la ley, prófugos, exilados o muertos. Su casa azul del cerro estaba medio en ruinas, el piso quemado y los vidrios rotos, no se sabía si era obra de los militares, como decían los vecinos, o de los vecinos, como decían los militares. Allí lo velaron unos pocos que se atrevieron a llegar y periodistas de todas partes del mundo que acudieron a cubrir la noticia de su entierro. El Senador Trueba era su enemigo ideológico, pero lo había tenido muchas veces en su casa y conocía de memoria sus versos. Se presentó al velorio vestido de negro riguroso, con su nieta Alba. Ambos montaron guardia junto al sencillo ataúd de madera y lo acompañaron hasta el cementerio en una mañana desventurada. Alba llevaba en la mano un ramo de los primeros claveles de la temporada, rojos como la sangre. El pequeño cortejo recorrió a pie, lentamente, el camino al camposanto, entre dos filas de soldados que acordonaban las calles.

La gente iba en silencio. De pronto, alguien gritó roncamente el nombre del Poeta y una sola voz de todas las gargantas respondió ¡Presente! ¡Ahora y siempre! Fue como si hubieran abierto una válvula y todo el dolor, el miedo y la rabia de esos días saliera de los pechos y rodara por la calle y subiera en un clamor terrible hasta los negros nubarrones del cielo. Otro gritó ¡Compañero Presidente! Y contestaron todos en un solo lamento, llanto de hombre: ¡Presente! Poco a poco el funeral del Poeta se convirtió en el acto simbólico de enterrar la libertad.

Muy cerca de Alba y su abuelo, los camarógrafos de la televisión sueca filmaban para enviar al helado país de Nobel la visión pavorosa de las ametralladoras apostadas a ambos lados de la calle, las caras de la gente, el ataúd cubierto de flores, el grupo de mujeres silenciosas que se apiñaban en las puertas de la Morgue, a dos cuadras del cemen-

terio, para leer las listas de los muertos. La voz de todos se elevó en un canto y se llenó el aire con las consignas prohibidas, gritando que el pueblo unido jamás será vencido, haciendo frente a las armas que temblaban en las manos de los soldados. El cortejo pasó delante de una construcción y los obreros abandonando sus herramientas, se quitaron los cascos y formaron una fila cabizbaja. Un hombre marchaba con la camisa gastada en los puños, sin chaleco y con los zapatos rotos, recitando los versos más revolucionarios del Poeta, con el llanto cayéndole por la cara. Lo seguía la mirada atónita del Senador Trueba, que caminaba a su lado.

—¡Lástima que fuera comunista! —dijo el Senador a su nieta—. ¡Tan buen poeta y con las ideas tan confusas! Si hubiera muerto antes del Pronunciamiento Militar, supongo que habría recibido un homenaje nacional.

—Supo morir como supo vivir, abuelo —replicó Alba.

Estaba convencida que murió a debido tiempo, porque ningún homenaje podría haber sido más grande que ese modesto desfile de unos cuantos hombres y mujeres que lo enterraron en una tumba prestada, gritando por última vez sus versos de justicia y libertad. Dos días después apareció en el periódico un aviso de la Junta Militar decretando duelo nacional por el Poeta y autorizando a poner banderas a media asta en las casas particulares que lo desearan. La autorización regía desde el momento de su muerte hasta el día en que apareció el aviso.

Del mismo modo que no pudo sentarse a llorar la muerte de su tío Jaime, Alba tampoco pudo perder la cabeza pensando en Miguel o lamentando al Poeta. Estaba absorta en su tarea de indagar por los desaparecidos, consolar a los torturados que regresaban con la espalda en carne viva y los ojos transtornados y buscar alimentos para los comedores de los curas. Sin embargo, en el silencio de la noche, cuando la ciudad perdía su normalidad de utilería y su paz de opereta, ella se sentía acosada por los tormentosos pensamientos que había acallado durante el día. A esa hora sólo los furgones llenos de cadáveres y detenidos y los autos de la policía circulaban por las calles, como lobos perdidos ululando en la oscuridad del toque de queda. Alba temblaba en su cama. Se le aparecían los fantasmas desgarrados de tantos muertos desconocidos, oía la gran casa respirando con un jadeo de anciana, afinaba el oído y sentía en los huesos los ruidos temibles: un frenazo lejano, un portazo, tiroteos, las pisadas de las botas, un grito sordo. Luego retornaba el silencio largo que duraba hasta el amanecer, cuando la ciudad revivía y el sol parecía borrar los terrores de la noche. No era la única desvelada en la casa. A menudo encontraba a su abuelo en camisa de dormir y pantuflas, más anciano y más triste que en el

día, calentándose una taza de caldo y mascullando blasfemias de filibustero, porque le dolían los huesos y el alma. También su madre hurgaba en la cocina o se paseaba como una aparición de medianoche por los cuartos vacíos.

Así pasaron los meses y llegó a ser evidente para todos, incluso para el Senador Trueba, que los militares se habían tomado el poder para quedárselo y no para entregar el gobierno a los políticos de derecha que habían propiciado el golpe. Eran una raza aparte, hermanos entre sí, que hablaban un idioma diferente al de los civiles y con quienes el diálogo era como una conversación de sordos, porque la menor disidencia era considerada traición en su rígido código de honor. Trueba vio que tenían planes mesiánicos que no incluían a los políticos. Un día comentó con Blanca y Alba la situación. Se lamentó de que la acción de los militares, cuyo propósito era conjurar el peligro de una dictadura marxista, hubiera condenado al país a una dictadura mucho más severa y, por lo visto, destinada a durar un siglo. Por primera vez en su vida, el Senador Trueba admitió que se había equivocado. Hundido en su poltrona, como un anciano acabado, lo vieron llorar calladamente. No lloraba por la pérdida del poder. Estaba llorando por su patria.

Entonces Blanca se hincó a su lado, le tomó la mano y confesó que tenía a Pedro Tercero García viviendo como un anacoreta, escondido en uno de los cuartos abandonados que había hecho construir Clara, en los tiempos de los espíritus. Al día siguiente del Golpe se habían publicado listas de las personas que debían presentarse ante las autoridades. El nombre de Pedro Tercero García estaba entre ellas. Algunos, que seguían pensando que en ese país nunca pasaba nada, fueron por sus propios pies a entregarse al Ministerio de Defensa y lo pagaron con sus vidas. Pero Pedro Tercero tuvo antes que los demás el presentimiento de la ferocidad del nuevo régimen, tal vez porque durante esos tres años había aprendido a conocer a las Fuerzas Armadas y no creía el cuento de que fueran diferentes a las de otras partes. Esa misma noche, durante el toque de queda, se arrastró hasta la gran casa de la esquina y llamó a la ventana de Blanca. Cuando ella se asomó, con la vista nublada por la jaqueca, no lo reconoció, porque se había afeitado la barba y llevaba anteojos.

—Mataron al Presidente —dijo Pedro Tercero.

Ella lo escondió en los cuartos vacíos. Acomodó un refugio de emergencia, sin sospechar que debería mantenerlo oculto durante varios meses, mientras los soldados peinaban el país con rastrillo buscándolo.

Blanca pensó que a nadie se le iba a ocurrir que Pedro Tercero García estaba en la casa del Senador Trueba en el mismo momento en

que éste escuchaba de pie el solemne Te Deum en la catedral. Para Blanca fue el período más feliz de su vida.

Para él, sin embargo, las horas transcurrían con la misma lentitud que si hubiera estado preso. Pasaba el día entre cuatro paredes, con la puerta cerrada con llave, para que nadie tuviera la iniciativa de entrar a limpiar, y la ventana con las persianas y las cortinas corridas. No entraba la luz del día, pero podía adivinarla por el tenue cambio en las rendijas de la persiana. En la noche abría la ventana de par en par, para que se ventilara la habitación —donde tenía que mantener un balde tapado para hacer sus necesidades— y para respirar a bocanadas el aire de la libertad. Ocupaba su tiempo leyendo los libros de Jaime, que Blanca le iba llevando a escondidas, escuchando los ruidos de la calle, los susurros de la radio encendida al volumen más bajo. Blanca le consiguió una guitarra a la que puso unos trapos de lana bajo las cuerdas, para que nadie lo oyera componer en sordina sus canciones de viudas, de huérfanos, de prisioneros y desaparecidos. Trató de organizar un horario sistemático para llenar el día, hacía gimnasia, leía, estudiaba inglés, dormía siesta, escribía música y volvía a hacer gimsia, pero con todo eso le sobraban interminables horas de ocio, hasta que finalmente escuchaba la llave en la cerradura de la puerta y veía entrar a Blanca, que le llevaba los periódicos, la comida, agua limpia para lavarse. Hacían el amor con desesperación, inventando nuevas fórmulas prohibidas que el miedo y la pasión transformaban en viajes alucinados a las estrellas. Blanca ya se había resignado a la castidad, a la madurez y a sus variados achaques, pero el sobresalto del amor le dio una nueva juventud. Se acentuó la luz de su piel, el ritmo de su andar y la cadencia de su voz. Sonreía para adentro y andaba como dormida. Nunca había sido más hermosa. Hasta su padre se dio cuenta y lo atribuyó a la paz de la abundancia. «Desde que Blanca no tiene que hacer cola, parece como nueva», decía el Senador Trueba. Alba también lo notó. Observaba a su madre. Su extraño sonambulismo le parecía sospechoso, así como su nueva manía de llevar comida a su habitación. En más de una ocasión tuvo el propósito de espiarla en la noche, pero la vencía el cansancio de sus múltiples ocupaciones de consuelo y, cuando tenía insomnio, le daba miedo aventurarse por los cuartos vacíos donde susurraban los fantasmas.

Pedro Tercero enflaqueció y perdió el buen humor y la dulzura que lo habían caracterizado hasta entonces. Se aburría, maldecía su prisión voluntaria y bramaba de impaciencia por saber noticias de sus amigos. Sólo la presencia de Blanca lo apaciguaba. Cuando ella entraba al cuarto, se abalanzaba a abrazarla como enajenado, para calmar los terrores del día y el tedio de las semanas. Empezó a obsesionarle la

idea de que era traidor y cobarde, por no haber compartido la suerte de tantos otros y que lo más honroso sería entregarse y enfrentar su destino. Blanca procuraba disuadirlo con sus mejores argumentos, pero él parecía no escucharla. Trataba de retenerlo con la fuerza del amor recuperado, lo alimentaba en la boca, lo bañaba frotándolo con un paño húmedo y empolvándolo como a una criatura, le cortaba el pelo y las uñas, lo afeitaba. Al final, de todos modos tuvo que empezar a ponerle pastillas tranquilizantes en la comida y somníferos en el agua, para tumbarlo en un sueño profundo y tormentoso, del cual despertaba con la boca seca y el corazón más triste. A los pocos meses Blanca se dio cuenta de que no podría tenerlo prisionero indefinidamente y abandonó sus planes de reducir su espíritu, para convertirlo en su amante perpetuo. Comprendió que se estaba muriendo en vida porque para él la libertad era más importante que el amor, y que no habrían píldoras milagrosas capaces de hacerlo cambiar de actitud.

—¡Ayúdeme, papá! —suplicó Blanca al Senador Trueba—. Tengo que sacarlo del país.

El viejo se quedó paralizado por el desconcierto y comprendió cuán gastado estaba, al buscar su rabia y su odio y no encontrarlos por ninguna parte. Pensó en ese campesino que había compartido un amor de medio siglo con su hija y no pudo descubrir ninguna razón para detestarlo, ni siquiera su poncho, su barba de socialista, su tenacidad, o sus malditas gallinas perseguidoras de zorros.

—¡Caramba! Tendremos que asilarlo, porque si lo encuentran en esta casa, nos joden a todos —fue lo único que se le ocurrió decir.

Blanca le echó los brazos al cuello y lo cubrió de besos, llorando como una niña. Era la primera caricia espontánea que hacía a su padre desde su más remota infancia.

—Yo puedo meterlo en una embajada —dijo Alba—. Pero tenemos que esperar el momento propicio y tendrá que saltar un muro.

—No será necesario, hijita —replicó el Senador Trueba—. Todavía tengo amigos influyentes en este país.

Cuarenta y ocho horas después se abrió la puerta del cuarto de Pedro Tercero García, pero en vez de Blanca, apareció el Senador Trueba en el umbral. El fugitivo pensó que había llegado finalmente su hora, y, en cierta forma, se alegró.

—Vengo a sacarlo de aquí —dijo Trueba.

—¿Por qué? —preguntó Pedro Tercero.

—Porque Blanca me lo pidió —respondió el otro.

—Váyase al carajo —balbuceó Pedro Tercero.

—Bueno, para allá vamos. Usted viene conmigo.

Los dos sonrieron simultáneamente. En el patio de la casa estaba

esperando la limusina plateada de un embajador nórdico. Metieron a Pedro Tercero en la maleta trasera del vehículo, encogido como un fardo, y lo cubrieron con bolsas del mercado llenas de verduras. En los asientos se acomodaron Blanca, Alba, el Senador Trueba y su amigo, el embajador. El chofer los llevó a la Nunciatura Apostólica, pasando por delante de una barrera de carabineros, sin que nadie los detuviera. En el portón de la Nunciatura había doble guardia, pero al reconocer al Senador Trueba y ver la placa diplomática del automóvil, los dejaron pasar con un saludo. Detrás del portón, a salvo en la sede del Vaticano, sacaron a Pedro Tercero, rescatándolo debajo de una montaña de hojas de lechuga y de tomates reventados. Lo condujeron a la oficina del Nuncio, que lo esperaba vestido con su sotana obispal y provisto de un flamante salvoconducto para enviarlo al extranjero junto a Blanca, quien había decidido vivir en el exilio el amor postergado desde su niñez. El Nuncio les dio la bienvenida. Era un admirador de Pedro Tercero García y tenía todos sus discos.

Mientras el sacerdote y el embajador nórdico discutían sobre la situación internacional, la familia se despidió. Blanca y Alba lloraban con desconsuelo. Nunca habían estado separadas. Esteban Trueba abrazó largamente a su hija, sin lágrimas, pero con la boca apretada, tembloroso, esforzándose por contener los sollozos.

—No he sido un buen padre para usted, hija —dijo—. ¿Cree que podrá perdonarme y olvidar el pasado?

—¡Lo quiero mucho, papá! —lloró Blanca echándole los brazos al cuello, estrechándolo con desesperación, cubriéndolo de besos.

Después el viejo se volvió hacia Pedro Tercero y lo miró a los ojos. Le tendió la mano, pero no supo estrechar la del otro, porque le faltaban algunos dedos. Entonces abrió los brazos y los dos hombres, en un apretado nudo, se despidieron, libres al fin de los odios y los rencores que por tantos años les habían ensuciado la existencia.

—Cuidaré de su hija y trataré de hacerla feliz, señor —dijo Pedro Tercero García con la voz quebrada.

—No lo dudo. Váyanse en paz, hijos —murmuró el anciano.

Sabía que no volvería a verlos.

El Senador Trueba se quedó solo en la casa con su nieta y algunos empleados. Al menos así lo creía él. Pero Alba había decidido adoptar la idea de su madre y usaba la parte abandonada de la casa para esconder gente por una o dos noches, hasta encontrar otro lugar más seguro o la forma de sacarla del país. Ayudaba a los que vivían en las sombras, huyendo en el día, mezclados con el bullicio de la ciudad, pero

que, al caer la noche, debían estar ocultos, cada vez en una parte diferente. Las horas más peligrosas eran durante el toque de queda, cuando los fugitivos no podían salir a la calle y la policía podía cazarlos a su antojo. Alba pensó que la casa de su abuelo era el último sitio que allanarían. Poco a poco transformó los cuartos vacíos en un laberinto de rincones secretos donde escondía a sus protegidos, a veces familias completas. El Senador Trueba sólo ocupaba la biblioteca, el baño y su dormitorio. Allí vivía rodeado de sus muebles de caoba, sus vitrinas victorianas y sus alfombras persas. Incluso para un hombre tan poco propenso a las corazonadas como él, aquella mansión sombría era inquietante: parecía contener un monstruo oculto. Trueba no comprendía la causa de su desazón, porque él sabía que los ruidos extraños que los sirvientes decían oír, provenían de Clara que vagaba por la casa en compañía de sus espíritus amigos. Había sorprendido a menudo a su mujer deslizándose por los salones con su blanca túnica y su risa de muchacha. Fingía no verla, se quedaba inmóvil y hasta dejaba de respirar, para no asustarla. Si cerraba los ojos haciéndose el dormido, podía sentir el roce tenue de sus dedos en la frente, su aliento fresco pasar como un soplo, el roce de su pelo al alcance de la mano. No tenía motivos para sospechar algo anormal, sin embargo procuraba no aventurarse en la región encantada que era el reino de su mujer y lo más lejos que llegaba era la zona neutral de la cocina. Su antigua cocinera se había marchado, porque en una balacera mataron por error a su marido, y su único hijo, que estaba haciendo la conscripción en una aldea del Sur, fue colgado de un poste con sus tripas enrolladas en el cuello, como venganza del pueblo por haber cumplido las órdenes de sus superiores. La pobre mujer perdió la razón y al poco tiempo Trueba perdió la paciencia, harto de encontrar en la comida los pelos que ella se arrancaba en su ininterrumpido lamento. Por un tiempo, Alba experimentó entre las ollas valiéndose de un libro de recetas, pero a pesar de su buena disposición, Trueba terminó por cenar casi todas las noches en el Club, para hacer por lo menos una comida decente al día. Eso dio a Alba mayor libertad para su tráfico de fugitivos y mayor seguridad para meter y sacar gente de la casa antes del toque de queda, sin que su abuelo sospechara.

Un día apareció Miguel. Ella estaba entrando a la casa, a plena luz de la siesta, cuando él le salió al encuentro. Había estado esperándola escondido entre la maleza del jardín. Se había teñido el pelo de un pálido color amarillo y vestía un traje azul cruzado. Parecía un vulgar empleado de Banco, pero Alba lo reconoció al punto y no pudo atajar un grito de júbilo que le subió de las entrañas. Se abrazaron en el jardín, a la vista de los transeúntes y de quien quisiera mirar, hasta

que les volvió la cordura y comprendieron el peligro. Alba lo llevó al interior de la casa, a su dormitorio. Cayeron sobre la cama en un nudo de brazos y piernas, llamándose mutuamente por los nombres secretos que usaban en los tiempos del sótano, se amaron con desespero, hasta que sintieron que se les escapaba la vida y les reventaba el alma, y tuvieron que quedarse quietos, escuchando los estrepitosos latidos de sus corazones, para tranquilizarse un poco. Entonces Alba lo miró por primera vez y vio que había estado retozando con un perfecto desconocido, que no sólo tenía el pelo de un vikingo, sino que tampoco tenía la barba de Miguel, ni sus pequeños lentes redondos de preceptor y parecía mucho más delgado. ¡Te ves horrible! le sopló al oído. Miguel se había convertido en uno de los jefes de la guerrilla, cumpliendo así el destino que él mismo se había labrado desde la adolescencia. Para descubrir su paradero, habían interrogado a muchos hombres y mujeres, lo que pesaba a Alba como una piedra de molino en el espíritu, pero para él no era más que una parte del horror de la guerra, y estaba dispuesto a correr igual suerte cuando le llegara el momento de encubrir a otros. Entretanto, luchaba en la clandestinidad, fiel a su teoría de que a la violencia de los ricos había que oponer la violencia del pueblo. Alba, que había imaginado mil veces que estaba preso o le habían dado muerte de alguna manera horrible, lloraba de alegría saboreando su olor, su textura, su voz, su calor, el roce de sus manos callosas por el uso de las armas y el hábito de reptar, rezando y maldiciendo y besándolo y odiándolo por tantos sufrimientos acumulados y deseando morir allí mismo, para no volver a penar su ausencia.

—Tenías razón, Miguel. Pasó todo lo que tú decías que pasaría —admitió Alba sollozando en su hombro.

Luego le contó de las armas que robó al abuelo y que escondió con su tío Jaime y se ofreció para llevarlo a buscarlas. Le hubiera gustado darle también las que no pudieron robarse y quedaron en la bodega de la casa, pero pocos días después del Golpe Militar le habían ordenado a la población civil entregar todo lo que pudiera considerarse una arma, hasta los cuchillos de exploradores y los cortaplumas de los niños. La gente dejaba sus paquetitos envueltos en papel de periódico en las puertas de las iglesias, porque no se atrevía a llevarlas a los cuarteles, pero el Senador Trueba, que tenía armamentos de guerra, no sintió ningún temor, porque las suyas estabas destinadas a matar comunistas, como todo el mundo sabía. Llamó por teléfono a su amigo, el general Hurtado, y éste mandó un camión del ejército a retirarlas. Trueba condujo a los soldados hasta el cuarto de las armas y allí pudo comprobar, mudo de sorpresa, que la mitad de las cajas estaban rellenas

de piedras y paja, pero comprendió que si admitía la pérdida, iba a involucrar a alguien de su propia familia o meterse él mismo en un lío. Empezó a dar disculpas que nadie le estaba pidiendo, puesto que los soldados no podían saber el número de armas que había comprado. Sospechaba de Blanca y Pedro Tercero García, pero las mejillas arreboladas de su nieta también le hicieron dudar. Después que los soldados se llevaron las cajas, firmándole un recibo, tomó a Alba de los brazos y la sacudió como nunca lo había hecho, para que confesara si tenía algo que ver con las metralletas y los rifles que faltaban: «No me preguntes lo que no quieres que te conteste, abuelo», respondió Alba mirándolo a los ojos. No volvieron a hablar del tema.

—Tu abuelo es un desgraciado, Alba. Alguien lo matará como se merece —dijo Miguel.

—Morirá en su cama. Ya está muy viejo —dijo Alba.

—El que a hierro mata, no puede morir a sombrerazos. Tal vez yo mismo lo mate un día.

—Ni Dios lo quiera, Miguel, porque me obligarías a hacer lo mismo contigo —repuso Alba ferozmente.

Miguel le explicó que no podrían verse en mucho tiempo, tal vez nunca más. Trató de razonar con ella el peligro que significaba ser la compañera de un guerrillero, aunque estuviera protegida por el apellido del abuelo, pero ella lloró tanto y se abrazó con tanta angustia a él, que tuvo que prometerle que aun a riesgo de sus vidas buscarían la ocasión de verse algunas veces. Miguel accedió, también, a ir con ella a buscar las armas y municiones enterradas en la montaña, porque era lo que más necesitaba en su lucha temeraria.

—Espero que no estén convertidas en chatarra —murmuró Alba—. Y que yo pueda recordar el sitio exacto, porque de eso hace más de un año.

Dos semanas después Alba organizó un paseo con los niños de su comedor popular en una camioneta que le prestaron los curas de la parroquia. Llevaba canastos con la merienda, una bolsa de naranjas, pelotas y una guitarra. A ninguno de los niños les llamó la atención que recogiera por el camino a un hombre rubio. Alba condujo la pesada camioneta con su cargamento de niños, por el mismo camino de la montaña que antes había recorrido con su tío Jaime. La detuvieron dos patrullas y tuvo que abrir los canastos de la comida, pero la alegría contagiosa de los niños y el inocente contenido de las bolsas alejaron toda sospecha de los soldados. Pudieron llegar tranquilos al sitio donde estaban escondidas las armas. Los niños jugaron al pillarse y al escondite. Miguel organizó con ellos un partido de fútbol, los sentó en rueda y les contó cuentos y después todos cantaron hasta desgañitarse. Luego

dibujó un plano del sitio para regresar con sus compañeros amparados por las sombras de la noche. Fue un feliz día de campo en el cual por unas horas pudieron olvidar la tensión del estado de guerra y gozar del tibio sol de la montaña, oyendo el griterío de los niños que corrían entre las piedras con el estómago lleno por primera vez en muchos meses.

—Miguel, tengo miedo —dijo Alba—. ¿Es que nunca podremos hacer una vida normal? ¿Por qué no nos vamos al extranjero? ¿Por qué no escapamos ahora, que todavía es tiempo?

Miguel señaló a los niños y entonces Alba comprendió.

—¡Entonces déjame ir contigo! —suplicó ella, como tantas veces lo había hecho.

—No podemos tener una persona sin entrenamiento en este momento. Mucho menos una mujer enamorada —sonrió Miguel—. Es mejor que tú sigas cumpliendo tu labor. Hay que ayudar a estos pobres chiquillos hasta que vengan tiempos mejores.

—¡Por lo menos dime cómo puedo ubicarte!

—Si te agarra la policía, es mejor que no sepas nada —respondió Miguel.

Ella se estremeció.

En los meses siguientes Alba comenzó a traficar con el mobiliario de la casa. Al principio sólo se atrevió a sacar las cosas de los cuartos abandonados y del sótano, pero cuando lo hubo vendido todo, empezó a llevarse una por una las sillas antiguas del salón, los arrimos barrocos, los cofres coloniales, los biombos tallados y hasta la mantelería del comedor. Trueba se dio cuenta, pero no dijo nada. Suponía que su nieta estaba dando al dinero un fin prohibido, tal como creía que había hecho con las armas que le robó, pero prefirió no saberlo, para poder seguir sosteniéndose en precaria estabilidad sobre un mundo que se le hacía trizas. Sentía que los acontecimientos escapaban a su control. Comprendió que lo único que realmente le importaba era no perder a su nieta, porque ella era el último lazo que lo unía a la vida. Por eso, tampoco dijo nada cuando fue sacando uno por uno los cuadros de las paredes y los tapices antiguos para venderlos a los nuevos ricos. Se sentía muy viejo y muy cansado, sin fuerzas para luchar. Ya no tenía las ideas tan claras y se le había borrado la frontera entre lo que le parecía bueno y lo que consideraba malo. En la noche, cuando el sueño lo sorprendía, tenía pesadillas con casitas de ladrillo incendiadas. Pensó que si su única heredera decidía echar la casa por la ventana, él no lo evitaría, porque le faltaba muy poco para estar en la tumba, y ahí no se llevaría más que la mortaja. Alba quiso hablar con él, para ofrecer una explicación, pero el viejo se negó a escuchar el cuento de los

niños hambrientos que recibían un plato de limosna con el producto de su gobelino de Aubisson, o los cesantes que sobrevivían otra semana con su dragón chino de piedra dura. Todo eso, seguía sosteniendo, era una monstruosa patraña del comunismo internacional, pero, en el caso remoto de que fuera cierto, tampoco correspondía a Alba echarse a la espalda esa responsabilidad, sino al gobierno, o en última instancia a la Iglesia. Sin embargo, el día que llegó a su casa y no vio el retrato de Clara colgando en la entrada, consideró que el asunto estaba sobrepasando los límites de su paciencia y se enfrentó a su nieta.

—¿Adónde diablos está el cuadro de tu abuela? —bramó.

—Se lo vendí al cónsul inglés, abuelo. Me dijo que lo pondría en un museo en Londres.

—¡Te prohíbo que vuelvas a sacar algo de esta casa! Desde mañana tendrás una cuenta en el Banco, para tus alfileres —replicó.

Pronto Esteban Trueba vio que Alba era la mujer más cara de su vida y que un harén de cortesanas no habría resultado tan costoso como aquella nieta de verde cabellera. No le hizo reproches, porque habían vuelto los tiempos de la buena fortuna y mientras más gastaba, más tenía. Desde que la actividad política estaba prohibida, le sobraba tiempo para sus negocios y calculó que, contra todos sus pronósticos, iba a morirse muy rico. Colocaba su dinero en las nuevas financieras que ofrecían a los inversionistas multiplicar su dinero de la noche a la mañana en forma pasmosa. Descubrió que la riqueza le producía un inmenso fastidio, porque le resultaba fácil ganarla, sin encontrar mayor aliciente para gastarla y ni siquiera el prodigioso talento para el despilfarro de su nieta lograba mermar su faltrica. Con entusiasmo reconstruyó y mejoró Las Tres Marías, pero después perdió interés en cualquier otra empresa, porque notó que gracias al nuevo sistema económico, no era necesario esforzarse y producir, puesto que el dinero atraía más dinero y sin ninguna participación suya las cuentas bancarias engrosaban día a día. Así, sacando cuentas, dio un paso que nunca imaginó dar en su vida: enviaba todos los meses un cheque a Pedro Tercero García, que vivía con Blanca asilados en el Canadá. Allí ambos se sentían plenamente realizados en la paz del amor satisfecho. Él escribía canciones revolucionarias para los trabajadores, los estudiantes y, sobre todo, la alta burguesía, que las había adoptado como moda, traducidas al inglés y al francés con gran éxito, a pesar de que las gallinas y los zorros son criaturas subdesarrolladas que no poseen el esplendor zoológico de las águilas y los lobos de ese helado país del Norte. Blanca, entretanto, plácida y feliz, gozaba por primera vez en su existencia de una salud de fierro. Instaló un gran horno en su casa para cocinar sus Nacimientos de monstruos que se vendían muy bien, por tratarse de ar-

tesanía indígena, tal como lo pronosticara Jean de Satigny veinticinco
años atrás, cuando quiso exportarlos. Con estos negocios, los cheques
del abuelo y la ayuda canadiense, tenían suficiente y Blanca, por precaución, escondió en el más secreto rincón, la calceta de lana con las
inagotables joyas de Clara. Confiaba nunca tener que venderlas, para
que un día las luciera Alba.

Esteban Trueba no supo que la policía política vigilaba su casa hasta la noche que se llevaron a Alba. Estaban durmiendo y, por una
casualidad, no había nadie oculto en el laberinto de los cuartos abandonados. Los culatazos contra la puerta de la casa sacaron al viejo del
sueño con el nítido presentimiento de la fatalidad. Pero Alba había
despertado antes, cuando oyó los frenazos de los automóviles, el ruido
de los pasos, las órdenes a media voz, y comenzó a vestirse, porque no
tuvo dudas que había llegado su hora.
En esos meses, el Senador había aprendido que ni siquiera su limpia trayectoria de golpista era garantía contra el terror. Nunca se
imaginó, sin embargo, que vería irrumpir en su casa, al amparo del
toque de queda, una docena de hombres sin uniformes, armados hasta
los dientes, que lo sacaron de su cama sin miramientos y lo llevaron
de un brazo hasta el salón, sin permitirle ponerse las pantuflas o arro-
parse con un chal. Vio a otros que abrían de una patada la puerta del
cuarto de Alba y entraban con las metralletas en la mano, vio a su nieta
completamente vestida, pálida, pero serena, aguardándolos de pie, los
vio sacarla a empujones y llevarla encañonada hasta el salón, donde le
ordenaron quedarse junto al viejo y no hacer el menor movimiento.
Ella obedeció sin pronunciar una sola palabra, ajena a la rabia de su
abuelo y a la violencia de los hombres que recorrían la casa destrozando las puertas, vaciando a culatazos los armarios, tumbando los muebles, destripando los colchones, volteando el contenido de los armarios,
pateando los muros y gritando órdenes, en busca de guerrilleros
escondidos, de armas clandestinas y otras evidencias. Sacaron de sus
camas a las empleadas y las encerraron en un cuarto vigiladas por un
hombre armado. Dieron vueltas las estanterías de la biblioteca y los
adornos y obras de arte del Senador rodaron por el piso con estrépito. Los volúmenes del túnel de Jaime fueron a dar al patio, allí los
apilaron, los rociaron con gasolina y los quemaron en una pira infame,
que fueron alimentando con los libros mágicos de los baúles encantados del bisabuelo Marcos, la edición esotérica de Nicolás, las obras de
Marx en encuadernación de cuero y hasta las partituras de las óperas
del abuelo, en una hoguera escandalosa que llenó de humo a todo el

barrio y que, en tiempos normales, habría atraído a los bomberos.

—¡Entreguen todas las agendas, las libretas de direcciones, las chequeras, todos los documentos personales que tengan! —ordenó el que parecía el jefe.

—¡Soy el Senador Trueba! ¿Es que no me reconoce, hombre, por Dios? —chilló el abuelo desesperadamnte—. ¡No pueden hacerme esto! ¡Es un atropello! ¡Soy amigo del general Hurtado!

—¡Cállate, viejo de mierda! ¡Mientras yo no te lo autorice, no tienes derecho a abrir la boca! —replicó el otro con brutalidad.

Lo obligaron a entregar el contenido de su escritorio y metieron en unas bolsas todo lo que les pareció interesante. Mientras un grupo terminaba de revisar la casa, otro seguía tirando libros por la ventana. En el salón quedaron cuatro hombres sonrientes, burlones, amenazantes, que pusieron los pies sobre los muebles, bebieron el whisky escocés de la botella y rompieron uno por uno los discos de la colección de clásicos del Senador Trueba. Alba calculó que habían pasado por lo menos dos horas. Estaba temblando, pero no era de frío, sino de miedo. Había supuesto que ese momento llegaría algún día, pero siempre había tenido la esperanza irracional de que la influencia de su abuelo podría protegerla. Pero al verlo encogido en un sofá, pequeño y miserable como un anciano enfermo, comprendió que no podía esperar ayuda.

—¡Firma aquí! —ordenó el jefe a Trueba, poniendo delante de sus narices un papel—. Es una declaración de que entramos con una orden judicial, que te mostramos nuestras identificaciones, que todo está en regla, que hemos procedido con todo respeto y buena educación, que no tienes ninguna queja. ¡Fírmalo!

—¡Jamás firmaré eso! —exclamó el viejo furioso.

El hombre dio una rápida media vuelta y abofeteó a Alba en la cara. El golpe la lanzó al suelo. El Senador Trueba se quedó paralizado de sorpresa y espanto, comprendiendo al fin que había llegado la hora de la verdad, después de casi noventa años de vivir bajo su propia ley.

—¿Sabías que tu nieta es la puta de un guerrillero? —dijo el hombre.

Abatido, el Senador Trueba firmó el papel. Después se acercó trabajosamente a su nieta y la abrazó, acariciándole el pelo con una ternura desconocida en él.

—No te preocupes, hijita. Todo se va arreglar, no pueden hacerte nada, esto es un error, quédate tranquila —murmuraba.

Pero el hombre lo apartó brutalmente y gritó a los demás que había que irse. Dos matones se llevaron a Alba de los brazos, casi en vilo. Lo último que ella vio fue la figura patética del abuelo, pálido como la cera, temblando, en camisa de dormir y descalzo, que desde el um-

bral de la puerta le aseguraba que al día siguiente iba a rescatarla, hablaría directamente con el general Hurtado, iría con sus abogados a buscarla donde quiera que estuviera, para llevarla de vuelta a la casa.

La subieron en una camioneta junto al hombre que la había golpeado y otro que manejaba silbando. Antes que pusieran tiras de papel engomado en sus párpados, miró por última vez la calle vacía y silenciosa, extrañada que a pesar del escándalo y de los libros quemados, ningún vecino se hubiera asomado a mirar. Supuso que, tal como muchas veces lo había hecho ella misma, estaban atisbando por las rendijas de las persianas y los pliegues de las cortinas, o se habían tapado la cabeza con la almohada para no saber. La camioneta se puso en marcha y ella, ciega por primera vez, perdió la noción del espacio y el tiempo. Sintió una mano húmeda y grande en su pierna, sobando, pellizcando, subiendo, explorando, un aliento pesado en su cara susurrando te voy a calentar puta, ya lo verás, y otras voces y risas, mientras el vehículo daba vueltas y vueltas en lo que a ella le pareció un viaje interminable. No supo adonde la llevaban hasta que escuchó el ruido del agua y sintió las ruedas de la camioneta pasar sobre madera. Entonces adivinó su destino. Invocó a los espíritus de los tiempos de la mesa de tres patas y del inquieto azucarero de su abuela, a los fantasmas capaces de torcer el rumbo de los acontecimientos, pero ellos parecían haberla abandonado, porque la camioneta siguió por el mismo camino. Sintió un frenazo, oyó las pesadas puertas de un portón que se abrían rechinando y volvían a cerrarse después de su paso. Entonces Alba entró en su pesadilla, aquella que vieron su abuela en su carta astrológica al nacer y Luisa Mora, en un instante de premonición. Los hombres la ayudaron a bajar. No alcanzó a dar dos pasos. Recibió el primer golpe en las costillas y cayó de rodillas, sin poder respirar. La levantaron entre dos de las axilas y la arrastraron un largo trecho. Sintió los pies sobre la tierra y después sobre la áspera superficie de un piso de cemento. Se detuvieron.

—Esta es la nieta del Senador Trueba, coronel —oyó decir.

—Ya veo —respondió otra voz.

Alba reconoció sin vacilar la voz de Esteban García y comprendió en ese instante que la había estado esperando desde el día remoto en que la sentó sobre sus rodillas, cuando ella era una criatura.

Capítulo XIV

LA HORA DE LA VERDAD

Alba estaba encogida en la oscuridad. Habían quitado de un tirón el papel engomado de sus ojos y en su lugar colocaron una venda apretada. Tenía miedo. Recordó el entrenamiento de su tío Nicolás cuando la prevenía contra el peligro de tenerle miedo al miedo, y se concentró para dominar el temblor de su cuerpo y cerrar los oídos a los pavorosos ruidos que le llegaban del exterior. Procuró evocar los momentos felices con Miguel, buscando ayuda para engañar al tiempo y encontrar fuerzas para lo que iba a pasar, diciéndose que debía soportar unas cuantas horas sin que la traicionaran los nervios, hasta que su abuelo pudiera mover la pesada maquinaria de su poder y sus influencias, para sacarla de allí. Buscó en su memoria un paseo con Miguel a la costa, en otoño, mucho antes que el huracán de los acontecimientos pusiera el mundo patas arriba, en la época en que todavía las cosas se llamaban por nombres conocidos y las palabras tenían un significado único, cuando pueblo, libertad y compañero eran sólo eso, pueblo, libertad y compañero, y no eran todavía contraseñas. Trató de volver a vivir ese momento, la tierra roja y húmeda, el intenso olor de los bosques de pinos y eucaliptos, donde el

tapiz de hojas secas se maceraba, después del largo y cálido verano, y donde la luz cobriza del sol se filtraba entre las copas de los árboles. Trató de recordar el frío, el silencio y esa preciosa sensación de ser los dueños de la tierra, de tener veinte años y la vida por delante, de amarse tranquilos, ebrios de olor a bosque y de amor, sin pasado, sin sospechar el futuro, con la única increíble riqueza de ese instante presente, en que se miraban, se olían, se besaban, se exploraban, envueltos en el murmullo del viento entre los árboles y el rumor cercano de las olas reventando contra las rocas al pie del acantilado, estallando en un fragor de espuma olorosa, y ellos dos, abrazados dentro del mismo poncho como siameses en un mismo pellejo, riéndose y jurando que sería para siempre, convencidos de que eran los únicos en todo el universo en haber descubierto el amor.

Alba oía los gritos, los largos gemidos y la radio a todo volumen. El bosque, Miguel, el amor, se perdieron en el túnel profundo de su terror y se resignó a enfrentar su destino sin subterfugios.

Calculó que había transcurrido toda la noche y una buena parte del día siguiente, cuando se abrió la puerta por primera vez y dos hombres la sacaron de su celda. La condujeron entre insultos y amenazas a la presencia del coronel García, a quien ella podía reconocer a ciegas, por el hábito de su maldad, aun antes de oírle la voz. Sintió sus manos tomándole la cara, sus gruesos dedos en el cuello y las orejas.

—Ahora vas a decirme dónde está tu amante —le dijo—. Eso nos evitará muchas molestias a los dos.

Alba respiró aliviada. ¡Entonces no habían detenido a Miguel!

—Quiero ir al baño —respondió Alba con la voz más firme que pudo articular.

—Veo que no vas a cooperar, Alba. Es una lástima —suspiró García—. Los muchachos tendrán que cumplir con su deber, yo no puedo impedirlo.

Hubo un breve silencio a su alrededor y ella hizo un esfuerzo desmesurado por recordar el bosque de pinos y el amor de Miguel, pero se le enredaron las ideas y ya no sabía si estaba soñando, ni de adónde provenía aquella pestilencia de sudor, de excremento, de sangre y orina, y la voz de ese locutor de fútbol que anunciaba unos goles finlandeses que nada tenían que ver con ella, entre otros bramidos cercanos y precisos. Un bofetón brutal la tiró al suelo, manos violentas la volvieron a poner de pie, dedos feroces se incrustaron en sus pechos triturándole los pezones y el miedo la venció por completo. Voces desconocidas la presionaban, entendía el nombre de Miguel, pero no sabía lo que le preguntaban y sólo repetía incansablemente un no monumental mientras la golpeaban, la manoseaban, le arrancaban la blusa, y ella ya no podía

pensar, sólo repetir no y no y no, calculando cuánto podría resistir antes
que se le agotaran las fuerzas, sin saber que eso era sólo el comienzo,
hasta que se sintió desvanecer y los hombres la dejaron tranquila, ti-
rada en el suelo, por un tiempo que le pareció muy corto.

Pronto oyó de nuevo la voz de García y adivinó que eran sus manos
ayudándola a pararse, guiándola hasta una silla, acomodándole la ropa,
poniéndole la blusa.

—¡Ay, Dios! —dijo—. ¡Mira cómo te han dejado! Te lo advertí,
Alba. Ahora trata de tranquilizarte, voy a darte una taza de café.

Alba rompió a llorar. El líquido tibio la reanimó, pero no sintió su
sabor, porque lo tragaba mezclado con sangre. García sostenía la taza
acercándosela con cuidado, como un enfermero.

—¿Quieres fumar?

—Quiero ir al baño —dijo ella, pronunciando cada sílaba con dificultad a través de los labios hinchados.

—Por supuesto, Alba. Te llevarán al baño y después podrás descansar. Yo soy tu amigo, comprendo perfectamente tu situación. Estás
enamorada y por eso lo proteges. Yo sé que tú no tienes nada que ver
con la guerrilla. Pero los muchachos no me creen cuando se lo digo,
no se van a conformar hasta que no les digas dónde está Miguel. En
realidad ya lo tienen cercado, saben dónde está, lo atraparán, pero
quieren estar seguros de que tú no tienes nada que ver con la guerrilla, ¿entiendes? Si lo proteges, si te niegas a hablar, ellos seguirán sos-
pechando de ti. Diles lo que quieren saber y entonces yo mismo te lle-
varé a tu casa. ¿Se lo dirás, verdad?

—Quiero ir al baño —repitió Alba.

—Veo que eres testaruda, como tu abuelo. Está bien. Irás al baño.
Te voy a dar la oportunidad de pensar un poco —dijo García.

La llevaron a un baño y tuvo que hacer caso omiso del hombre que
estaba a su lado tomándola del brazo. Después la condujeron a su celda. En el pequeño cubo solitario de su prisión trató de aclarar sus
ideas, pero estaba atormentada por el dolor de la paliza, la sed, la
venda apretada en las sienes, el ruido atronador de la radio, el terror
de las pisadas que se acercaban y el alivio cuando se alejaban, los
gritos y las órdenes. Se encogió como un feto en el suelo y se abandonó
a sus múltiples sufrimientos. Así estuvo varias horas, tal vez días. Dos
veces fue un hombre a sacarla y la guió a una letrina fétida, donde no
pudo lavarse, porque no había agua. Le daba un minuto de tiempo
y la ponía sentada en el excusado con otra persona silenciosa y torpe como ella. No podía adivinar si era otra mujer o un hombre. Al
principio lloró, lamentando que su tío Nicolás no le hubiera dado
un entrenamiento especial para soportar la humillación, que le parecía

peor que el dolor, pero al fin se resignó a su propia inmundicia y dejó de pensar en la insoportable necesidad de lavarse. Le dieron de comer maíz tierno, un pequeño trozo de pollo y un poco de helado, que ella adivinó por el sabor, el olor, la temperatura, y devoró apresuradamente con la mano, extrañada de aquella cena de lujo, inesperada en aquel lugar. Después se enteró que la comida para los prisioneros de ese recinto de tortura provenía de la nueva sede del gobierno, que se había instalado en un improvisado edificio, porque el antiguo Palacio de los Presidentes no era más que un montón de escombros.

Trató de llevar la cuenta de los días transcurridos desde su detención, pero la soledad, la oscuridad y el miedo le trastornaron el tiempo y le dislocaron el espacio, creía ver cavernas pobladas de monstruos, imaginaba que la habían drogado y por eso sentía todos los huesos flojos y las ideas locas, se hacía el propósito de no comer ni beber, pero el hambre y la sed eran más fuertes que su decisión. Se preguntaba por qué su abuelo no había ido todavía a rescatarla. En los momentos de lucidez podía comprender que no era un mal sueño y que no estaba allí por error. Se propuso olvidar hasta el nombre de Miguel.

La tercera vez que la llevaron donde Esteban García, Alba estaba más preparada, porque a través de la pared de su celda podía oír lo que ocurría en la pieza del lado, donde interrogaban a otros prisioneros, y no se hizo ilusiones. Ni siquiera intentó evocar los bosques de sus amores.

—Has tenido tiempo para pensar, Alba. Ahora vamos a hablar los dos tranquilamente y me dirás dónde está Miguel y así saldremos de esto rápido —dijo García.

—Quiero ir al baño —replicó Alba.

—Veo que te estás burlando de mí, Alba —dijo él—. Lo siento mucho, pero aquí no podemos perder el tiempo.

Alba no respondió.

—¡Quítate la ropa! —ordenó García con otra voz.

Ella no obedeció. La desnudaron con violencia, arrancándole los pantalones a pesar de sus patadas. El recuerdo preciso de su adolescencia y del beso de García en el jardín le dieron la fuerza del odio. Luchó contra él, gritó por él, lloró, orinó y vomitó por él, hasta que se cansaron de golpearla y le dieron una corta tregua, que aprovechó para invocar a los espíritus comprensivos de su abuela, para que la ayudaran a morir. Pero nadie vino en su auxilio. Dos manos la levantaron, cuatro la acostaron en un catre metálico, helado, duro, lleno de resortes que le herían la espalda, y le ataron los tobillos y las muñecas con correas de cuero.

—Por última vez, Alba. ¿Dónde está Miguel? —preguntó García.

Ella negó silenciosamente. Le habían sujetado la cabeza con otra correa.

—Cuando estés dispuesta a hablar, levanta un dedo —dijo él.

Alba escuchó otra voz.

—Yo manejo la máquina —dijo.

Y entonces ella sintió aquel dolor atroz que le recorrió el cuerpo y la ocupó completamente y que nunca, en los días de su vida, podría llegar a olvidar. Se hundió en la oscuridad.

—¡Les dije que tuvieran cuidado con ella, cabrones! —oyó la voz de Esteban García que le llegaba de muy lejos, sintió que le abrían los párpados, pero no vio nada más que un difuso resplandor, luego sintió un pinchazo en el brazo y volvió a perderse en la inconsciencia.

Un siglo después, Alba despertó mojada y desnuda. No sabía si estaba cubierta de sudor, de agua o de orina, no podía moverse, no recordaba nada, no sabía dónde estaba ni cuál era la causa de ese malestar intenso que la había reducido a una piltrafa. Sintió la sed del Sáhara y clamó por agua.

—Aguanta, compañera —dijo alguien a su lado—. Aguanta hasta mañana. Si tomas agua, te vienen convulsiones y puedes morir.

Abrió los ojos. No los tenía vendados. Un rostro vagamente familiar estaba inclinado sobre ella, unas manos la arroparon con una manta.

—¿Te acuerdas de mí? Soy Ana Díaz. Fuimos compañeras en la Universidad. ¿No me reconoces?

Alba negó con la cabeza, cerró los ojos y se abandonó a la dulce ilusión de la muerte. Pero unas horas más tarde despertó y al moverse sintió que le dolía hasta la última fibra de su cuerpo.

—Pronto te sentirás mejor —dijo una mujer que estaba acariciándole la cara y apartando unos mechones de pelo húmedo que le tapaban los ojos—. No te muevas y trata de relajarte. Yo estaré a tu lado, descansa.

—¿Qué pasó? —balbuceó Alba.

—Te dieron fuerte, compañera —dijo la otra con tristeza.

—¿Quién eres? —preguntó Alba.

—Ana Díaz. Estoy aquí desde hace una semana. A mi compañero también lo agarraron, pero todavía está vivo. Una vez al día lo veo pasar, cuando los llevan al baño.

—¿Ana Díaz? —murmuró Alba.

—La misma. No éramos muy amigas en la Universidad, pero nunca es tarde para empezar. La verdad es que la última persona que pensaba encontrar aquí eras tú, condesa —dijo con dulzura la mujer—. No hables, trata de dormir, para que se te haga más corto el tiempo. Poco a

poco te volverá la memoria, no te preocupes. Es por la electricidad.

Pero Alba no pudo dormir, porque se abrió la puerta de la celda, entró un hombre.

—¡Ponle la venda! —ordenó a Ana Díaz.

—¡Por favor...! ¿No ve que está muy débil? Déjela descansar un poco...

—¡Haz lo que te digo!

Ana se inclinó sobre el camastro y le puso la venda en los ojos. Luego quitó la manta y trató de vestirla, pero el guardia la apartó de un empujón, levantó a la prisionera por los brazos y la sentó. Otro entró a ayudarlo y entre los dos la llevaron en vilo, porque no podía caminar. Alba estaba segura de que se estaba muriendo, si es que no estaba muerta ya. Oyó que avanzaba por un corredor donde el ruido de las pisadas era devuelto por el eco. Sintió una mano en su cara, levantándole la cabeza.

—Pueden darle agua. Lávenla y póngale otra inyección. Vean si puede tragar un poco de café y me la traen —dijo García.

—¿La vestimos, coronel?

—No.

Alba estuvo en manos de García mucho tiempo. A los pocos días él se dio cuenta que lo había reconocido, pero no abandonó la precaución de mantenerla con los ojos vendados, incluso cuando estaban solos. Diariamente traían y se llevaban nuevos prisioneros. Alba oía los vehículos, los gritos, el portón que se cerraba, y procuraba llevar la cuenta de los detenidos, pero era casi imposible. Ana Díaz calculaba que había alrededor de doscientos. García estaba muy ocupado, pero no dejó pasar un día sin ver a Alba, alternando la violencia desatada, con su comedia de buen amigo. A veces parecía genuinamente conmovido y con su propia mano le daba cucharadas de sopa, pero el día que le hundió la cabeza en una batea llena de excrementos, hasta que ella se desmayó de asco, Alba comprendió que no estaba tratando de averiguar el paradero de Miguel, sino vengándose de agravios que le habían infligido desde su nacimiento, y que nada que pudiera confesar modificaría su suerte como prisionera particular del coronel García. Entonces pudo salir poco a poco del círculo privado de su terror y empezó a disminuir su miedo y pudo sentir compasión por los otros, por los que colgaban de los brazos, por los recién llegados, por aquel hombre al que le pasaron con una camioneta por encima de los pies engrillados. Sacaron a todos los prisioneros al patio, al amanecer, y los obligaron a mirar, porque ése era también un asunto personal entre el coronel y

su prisionero. Fue la primera vez que Alba abría los ojos fuera de la penumbra de su celda, y el suave resplandor de la madrugada y la escarcha que brillaba entre las piedras, donde se habían juntado los charcos de lluvia en la noche, le parecieron insoportablemente luminosos. Arrastraron al hombre, que no opuso resistencia, pero tampoco podía tenerse en pie, y lo dejaron al centro del patio. Los guardias tenían las caras cubiertas con pañuelos, para que nunca pudieran ser reconocidos en el caso improbable de que las circunstancias cambiaran. Alba cerró los ojos cuando escuchó el motor de la camioneta, pero no pudo cerrar los oídos al bramido, que quedó vibrando para siempre en su recuerdo.

Ana Díaz la ayudó a resistir durante el tiempo que estuvieron juntas. Era una mujer inquebrantable. Había soportado todas las brutalidades, la habían violado delante de su compañero, los habían torturado juntos, pero ella no había perdido la capacidad para la sonrisa o para la esperanza. Tampoco la perdió cuando la llevaron a una clínica secreta de la policía política, porque a causa de una paliza perdió el niño que esperaba y comenzó a desangrarse.

—No importa, algún día tendré otro —dijo a Alba cuando volvió a su celda.

Esa noche Alba la escuchó llorar por primera vez, tapándose la cara con la frazada para ahogar su tristeza. Se acercó a ella, la abrazó, la acunó, limpió sus lágrimas, le dijo todas las palabras tiernas que pudo recordar, pero esa noche no había consuelo para Ana Díaz, de modo que Alba se limitó a mecerla en sus brazos, arrullándola como a una criatura y deseando que ella misma pudiera echarse a la espalda ese terrible dolor para aliviarla. La mañana las sorprendió durmiendo enrolladas como dos animalitos. En el día esperaban ansiosamente el momento en que pasaba la larga fila de los hombres rumbo al baño. Iban con los ojos vendados, para guiarse, cada uno llevaba la mano en el hombro del que iba adelante, vigilados por guardias armados. Entre ellos iba Andrés. Por la minúscula ventana con barrotes de su celda, ellas podían verlos, tan cerca que si hubieran podido sacar la mano los habrían tocado. Cada vez que pasaban, Ana y Alba cantaban con la fuerza de la desesperación y de otras celdas también surgían voces femeninas. Entonces, los prisioneros se enderezaban, levantaban los hombros, torcían la cabeza en su dirección y Andrés sonreía. Tenía la camisa desgarrada y manchada de sangre seca.

Un guardia se dejó conmover por el himno de las mujeres. Una noche les llevó tres claveles en un tarro con agua, para que adornaran la ventana. Otra vez fue a decir a Ana Díaz que necesitaba una voluntaria para lavar la ropa de un preso y limpiar su celda. La

condujo donde Andrés y los dejó solos por algunos minutos. Cuando Ana Díaz regresó estaba transfigurada y Alba no se atrevió a hablarle, para no interrumpir su felicidad.

Un día el coronel García se sorprendió acariciando a Alba como un enamorado y hablándole de su infancia en el campo, cuando la veía pasar a lo lejos, de la mano de su abuelo, con sus delantales almidonados y el halo verde de sus trenzas, mientras él, descalzo en el barro, se juraba que algún día le haría pagar cara su arrogancia y se vengaría de su maldito destino de bastardo. Rígida y ausente, desnuda y temblando de asco y de frío, Alba no lo escuchaba ni lo sentía, pero aquella grieta en su ansia de atormentarla, sonó al coronel como una campana de alarma. Ordenó que pusieran a Alba en la perrera y se dispuso, furioso, a olvidarla.

La perrera era una celda pequeña y hermética como una tumba sin aire, oscura y helada. Había seis en total, construidas como lugar de castigo, en un estanque vacío de agua. Se ocupaban por períodos más o menos breves, porque nadie resistía mucho tiempo en ellas, a lo más unos pocos días, antes de empezar a divagar, perder la noción de las cosas, el significado de las palabras, la angustia del tiempo o, simplemente, empezar a morir. Al principio, encogida en su sepultura, sin poder sentarse ni estirarse a pesar de su escaso tamaño, Alba se defendió contra la locura. En la soledad comprendió cuánto necesitaba a Ana Díaz. Creía escuchar golpecitos imperceptibles y lejanos, como si le enviaran mensajes en clave desde otras celdas, pero pronto dejó de prestarles atención, porque se dio cuenta de que toda forma de comunicación era inútil. Se abandonó, decidida a terminar su suplicio de una vez, dejó de comer y sólo cuando la vencía su propia flaqueza bebía un sorbo de agua. Trató de no respirar, de no moverse, y se puso a esperar la muerte con impaciencia. Así estuvo mucho tiempo. Cuando casi había conseguido su propósito, apareció su abuela Clara, a quien había invocado tantas veces para que la ayudara a morir, con la ocurrencia de que la gracia no era morirse, puesto que eso llegaba de todos modos, sino sobrevivir, que era un milagro. La vio tal como la había visto siempre en su infancia, con su bata blanca de lino, sus guantes de invierno, su dulcísima sonrisa desdentada y el brillo travieso de sus ojos de avellana. Clara trajo la idea salvadora de escribir con el pensamiento, sin lápiz ni papel, para mantener la mente ocupada, evadirse de la perrera y vivir. Le sugirió, además, que escribiera un testimonio que algún día podría servir para sacar a la luz el terrible secreto que estaba viviendo, para que el mundo se enterara del horror que ocurría paralelamente a la existencia apacible y ordenada de los que no querían saber, de los que podían tener la ilusión de una vida

normal, de los que podían negar que iban a flote en una balsa sobre un
mar de lamentos, ignorando, a pesar de todas las evidencias, que a pocas
cuadras de su mundo feliz estaban los otros, los que sobreviven o mueren en el lado oscuro. «Tienes mucho que hacer, de modo que deja de
compadecerte, toma agua y empieza a escribir», dijo Clara a su nieta
antes de desaparecer tal como había llegado.

Alba intentó obedecer a su abuela, pero tan pronto como empezó a
apuntar con el pensamiento, se llenó la perrera con los personajes de su
historia, que entraron atropellándose y la envolvieron en sus anécdotas,
en sus vicios y virtudes, aplastando sus propósitos documentales y
echando por tierra su testimonio, atosigándola, exigiéndole, apurándola,
y ella anotaba a toda prisa, desesperada porque a medida que escribía
una nueva página, se iba borrando la anterior. Esta actividad la mantenía ocupada. Al comienzo perdía el hilo con facilidad y olvidaba en
la misma medida en que recordaba nuevos hechos. La menor distracción o un poco más de miedo o de dolor, embrollaban su historia como
un ovillo. Pero luego inventó una clave para recordar en orden, y entonces pudo hundirse en su propio relato tan profundamente, que dejó
de comer, de rascarse, de olerse, de quejarse, y llegó a vencer, uno por
uno, sus innumerables dolores.

Se corrió la voz de que estaba agonizando. Los guardias abrieron
la trampa de la perrera y la sacaron sin ningún esfuerzo, porque estaba
muy liviana. La llevaron de nuevo donde el coronel García, que en
esos días había renovado su odio, pero Alba no lo reconoció. Estaba
más allá de su poder.

Por fuera, el hotel Cristóbal Colón tenía el mismo aspecto anodino
de una escuela primaria, tal como yo lo recordaba. Había perdido la
cuenta de los años que habían transcurrido desde la última vez que
estuve allí y traté de hacerme la ilusión de que podría salir a recibirme
el mismo Mustafá de antaño, aquel negro azul, vestido como una aparición oriental con su doble hilera de dientes de plomo y su cortesía de
visir, el único negro auténtico del país, todos los demás eran pintados,
como había asegurado Tránsito Soto. Pero no fue así. Un portero me
condujo a un cubículo muy pequeño, me señaló un asiento y me indicó
que esperara. Al poco rato apareció, en vez del espectacular Mustafá,
una señora con el aire triste y pulcro de una tía provinciana, uniformada de azul con cuello blanco almidonado, que al verme tan anciano
y desvalido, dio un ligero respingo. Llevaba una rosa roja en la mano.

—¿El caballero viene solo? —preguntó.

—¡Por supuesto que vengo solo! —exclamé.

La mujer me pasó la rosa y me preguntó qué cuarto prefería.

—Me da igual —respondí sorprendido.

—Están libres el Establo, el Templo y las Mil y Una Noches. ¿Cuál quiere?

—Las Mil y Una Noches —dije al azar.

Me condujo por un largo pasillo señalado con luces verdes y flechas rojas. Apoyado en mi bastón, arrastrando los pies, la seguí con dificultad. Llegamos a un pequeño patio donde se alzaba una mezquita en miniatura, provista de absurdas ojivas de vidrios coloreados.

—Es aquí. Si desea beber algo, pídalo por teléfono —indicó.

—Quiero hablar con Tránsito Soto. A eso he venido —dije.

—Lo siento, pero la señora no atiende a particulares. Sólo a proveedores.

—¡Yo tengo que hablar con ella! Dígale que soy el Senador Trueba. Me conoce.

—No recibe a nadie, ya le dije —replicó la mujer cruzándose de brazos.

Levanté el bastón y le anuncié que si en diez minutos no aparecía Tránsito Soto en persona, rompería los vidrios y todo lo que hubiera dentro de esa caja de Pandora. La uniformada retrocedió espantada. Abrí la puerta de la mezquita y me encontré dentro de una Alhambra de pacotilla. Una corta escalera de azulejos, cubierta con falsas alfombras persas, conducía a una habitación hexagonal con una cúpula en el techo, donde alguien había puesto todo lo que pensaba que existía en un harén de Arabia, sin haber estado nunca allí: almohadones de damasco, pebeteros de vidrio, campanas y toda suerte de baratijas de bazar. Entre las columnas, multiplicadas hasta el infinito por la sabia disposición de los espejos, vi un baño de mosaico azul más grande que el dormitorio, con una gran alberca donde calculé que se podía lavar una vaca y, con mayor razón, podían retozar dos amantes juguetones. No se parecía en nada al Cristóbal Colón que yo había conocido. Me senté trabajosamente sobre la cama redonda, sintiéndome de súbito muy cansado. Me dolían mis viejos huesos. Levanté la vista y un espejo en el techo me devolvió mi imagen: un pobre cuerpo empequeñecido, un rostro triste de patriarca bíblico surcado de amargas arrugas y los restos de una blanca melena. «¡Cómo ha pasado el tiempo!», suspiré.

Tránsito Soto entró sin golpear.

—Me alegro de verlo, patrón —saludó tal como siempre.

Se había convertido en una señora madura, delgada, con un moño severo, ataviada con un vestido negro de lana y dos vueltas de perlas soberbias en el cuello, majestuosa y serena, con más aspecto de concer-

tista de piano que dueña de prostíbulo. Me costó relacionarla con la mujer de antaño poseedora de una serpiente tatuada alrededor del ombligo. Me puse de pie para saludarla y no pude tutearla como antes.

—Se ve muy bien, Tránsito —dije, calculando que debía haber pasado los sesenta y cinco años.

—Me ha ido bien, patrón. ¿Se acuerda que cuando nos conocimos le dije que algún día yo sería rica? —sonrió ella.

—Me alegro que lo haya conseguido.

Nos sentamos lado a lado en la cama redonda. Tránsito sirvió un coñac para cada uno y me contó que la cooperativa de putas y maricones había sido un negocio estupendo durante diez largos años, pero que los tiempos habían cambiado y tuvieron que darle otro giro, porque por culpa de la libertad de las costumbres, el amor libre, la píldora y otras innovaciones, ya nadie necesitaba prostitutas, excepto los marineros y los viejos. «Las niñas decentes se acuestan gratis, imagínese la competencia», dijo ella. Me explicó que la cooperativa empezó a arruinarse y las socias tuvieron que ir a trabajar en otros oficios mejor remunerados y hasta Mustafá partió de vuelta a su patria. Entonces se le ocurrió que lo que se necesitaba era un hotel de citas, un sitio agradable para que las parejas clandestinas pudieran hacer el amor y donde un hombre no tuviera vergüenza de llevar a una novia por la primera vez. Nada de mujeres, ésas las pone el cliente. Ella misma lo decoró, siguiendo los impulsos de su fantasía y teniendo en consideración el gusto de la clientela y así, gracias a su visión comercial, que le indujo a crear un ambiente diferente en cada rincón disponible, el hotel Cristóbal Colón se convirtió en el paraíso de las almas perdidas y de los amantes furtivos. Tránsito Soto hizo salones franceses con muebles capitoné, pesebres con heno fresco y caballos de cartón piedra que observaban a los enamorados con sus inmutables ojos de vidrio pintado, cavernas prehistóricas, con estalactitas y teléfonos forrados en piel de puma.

—En vista de que no ha venido a hacer el amor, patrón, vamos a hablar a mi oficina, para dejarle este cuarto a la clientela —dijo Tránsito Soto.

Por el camino me contó que después del Golpe, la policía política había allanado el hotel un par de veces, pero cada vez que sacaban a las parejas de la cama y las arreaban a punta de pistola hasta el salón principal, se encontraban con que había uno o dos generales entre los clientes, de modo que habían dejado de molestar. Tenía muy buenas relaciones con el nuevo gobierno, tal como había tenido con todos los gobiernos anteriores. Me dijo que el Cristóbal Colón era un negocio floreciente y que todos los años ella renovaba algunos decorados,

cambiando naufragios en islas polinésicas por severos claustros mona-
cales y columpios barrocos por potros de tormento, según la moda,
pudiendo introducir tanta cosa en una residencia de proporciones relativamente normales, gracias al artilugio de los espejos y las luces, que
podían multiplicar el espacio, engañar al clima, crear el infinito y sus-
pender el tiempo.

Llegamos a su oficina, decorada como una cabina de aeroplano,
desde donde manejaba su increíble organización con la eficiencia de un
banquero. Me contó cuántas sábanas se lavaban, cuánto papel higiénico
se gastaba, cuántos licores se consumían, cuántos huevos de codorniz
se cocían diariamente —son afrodisíacos—, cuánto personal se necesitaba y a cuánto ascendía la cuenta de luz, agua y teléfono, para mantener navegando aquel descomunal portaaviones de los amores prohibidos.

—Y ahora, patrón, dígame qué puedo hacer por usted —dijo finalmente Tránsito Soto, acomodándose en su sillón reclinable de piloto
aéreo, mientras jugueteaba con las perlas del collar—. Supongo que ha
venido para que le devuelva el favor que le estoy debiendo desde hace
medio siglo, ¿verdad?

Y entonces yo, que había estado esperando que ella me lo pregun-
tara, abrí el torrente de mi ansiedad y se lo conté todo, sin guardarme
nada, sin una sola pausa, desde el principio hasta el fin. Le dije que Alba
es mi única nieta, que me he ido quedando solo en este mundo, que se
me ha achicado el cuerpo y el alma, tal como Férula dijo al maldecirme,
y lo único que me falta es morir como un perro, que esa nieta de pelo
verde es lo último que me queda, el único ser que realmente me importa,
que por desgracia salió idealista, un mal de familia, es una de esas
personas destinadas a meterse en problemas y hacer sufrir a los que
estamos cerca, le dio por andar asilando fugitivos en las embajadas, lo
hacía sin pensar, estoy seguro, sin darse cuenta que el país está en
guerra, guerra contra el comunismo internacional o contra el pueblo,
ya no se sabe, pero guerra al fin, y que esas cosas están penadas por
la ley, pero Alba anda siempre en la luna y no se da cuenta del peligro,
no lo hace por maldad, todo lo contrario, lo hace porque tiene el corazón
desenfrenado, igual como lo tiene su abuela, que todavía anda socorriendo pobres a mis espaldas en los cuartos abandonados de la casa,
mi Clara clarividente, y cualquier tipo que llegue donde Alba contando
el cuento de que lo persiguen, consigue que ella arriesgue el pellejo
para ayudarlo, aunque sea un perfecto desconocido, yo se lo dije, se lo
advertí muchas veces que podían ponerle una trampa y un día iba a
resultar que el supuesto marxista era un agente de la policía política,
pero ella no me hizo caso, nunca me ha hecho caso en su vida, es más

testaruda que yo, pero aunque así sea, asilar a un pobre diablo de vez
en cuando no es una fechoría, no es algo tan grave que merezca que la
lleven detenida, sin considerar que es mi nieta, nieta de un Senador de
la República, miembro distinguido del Partido Conservador, no pueden
hacer eso con alguien de mi propia familia, en mi propia casa, porque
entonces qué diablos queda para los demás, si la gente como uno cae
presa, quiere decir que nadie está a salvo, que no han valido de nada
más de veinte años en el Congreso y tener todas las relaciones que
tengo, yo conozco a todo el mundo en este país, por lo menos a toda
la gente importante, incluso al general Hurtado, que es mi amigo personal, pero en este caso no me ha servido para nada, ni siquiera el
cardenal me ha podido ayudar a ubicar a mi nieta, no es posible que
ella desaparezca como por obra de magia, que se la lleven una noche
y yo no vuelva a saber nada de ella, me he pasado un mes buscándola
y la situación ya me está volviendo loco, éstas son las cosas que des-
prestigian a la Junta Militar en el extranjero y dan pie para que las
Naciones Unidas comiencen a joder con los derechos humanos, yo al
principio no quería oír hablar de muertos, de torturados, de desaparecidos, pero ahora no puedo seguir pensando que son embustes de los
comunistas, si hasta los propios gringos, que fueron los primeros en
ayudar a los militares y mandaron sus pilotos de guerra para bombar-
dear el Palacio de los Presidentes, ahora están escandalizados por la
matanza, y no es que esté en contra de la represión, comprendo que al
principio es necesario tener firmeza para imponer el orden, pero se les
pasó la mano, están exagerando las cosas y con el cuento de la seguridad interna y que hay que eliminar a los enemigos ideológicos, están
acabando con todo el mundo, nadie puede estar de acuerdo con eso, ni
yo mismo, que fui el primero en tirar plumas de gallinas a los cadetes
y en propiciar el Golpe, antes que los demás tuvieran la idea en la
cabeza, fui el primero en aplaudirlo, estuve presente en el Te Deum de
la catedral, y por lo mismo no puedo aceptar que estén ocurriendo
estas cosas en mi patria, que desaparezca la gente, que saquen a mi nieta
de la casa a viva fuerza y yo no pueda impedirlo, nunca habían pasado
cosas así aquí, por eso, justamente por eso, es que he tenido que venir
a hablar con usted, Tránsito, nunca me imaginé hace cincuenta años,
cuando usted era una muchachita raquítica en el Farolito Rojo, que
algún día tendría que venir a suplicarle de rodillas que me haga este
favor, que me ayude a encontrar a mi nieta, me atrevo a pedírselo
porque sé que tiene buenas relaciones con el gobierno, me han hablado
de usted, estoy seguro que nadie conoce mejor a las personas importantes en las Fuerzas Armadas, sé que usted les organiza sus fiestas y
puede llegar donde yo no tendría acceso jamás, por eso le pido que haga

algo por mi nieta, antes que sea demasiado tarde, porque llevo semanas sin dormir, he recorrido todas las oficinas, todos los Ministerios, todos los viejos amigos, sin que nadie pueda ayudarme, ya no me quieren recibir, me obligan a hacer antesala durante horas, a mí, que les he hecho tantos favores a esa misma gente, por favor, Tránsito, pídame lo que quiera, todavía soy un hombre rico, a pesar de que en los tiempos del comunismo las cosas se pusieron difíciles para mí, me expropiaron la tierra, sin duda se enteró, lo debe haber visto en la televisión y en los periódicos, fue un escándalo, esos campesinos ignorantes se comieron mis toros reproductores y pusieron mis yeguas de carrera a tirar del arado y en menos de un año Las Tres Marías estaba en ruinas, pero ahora yo llené el fundo de tractores y estoy levantándolo de nuevo, tal como lo hice una vez antes, cuando era joven, igual lo estoy haciendo ahora que estoy viejo, pero no acabado, mientras esos infelices que tenían título de propiedad de mi propiedad, la mía, andan muriéndose de hambre, como una cuerda de pelagatos, buscando algún miserable trabajito para subsistir, pobre gente, ellos no tuvieron la culpa, se dejaron engañar por la maldita reforma agraria, en el fondo los he perdonado y me gustaría que volvieran a Las Tres Marías, incluso he puesto avisos en los periódicos para llamarlos, algún día volverán y no me quedará más remedio que tenderles una mano, son como niños, bueno, pero no es de eso que vine a hablarle, Tránsito, no quiero quitarle su tiempo, lo importante es que tengo buena situación y mis negocios van viento en popa, así es que puedo darle lo que me pida, cualquier cosa, con tal que encuentre a mi nieta Alba antes que un demente me siga mandando más dedos cortados o empiece a mandarme orejas y acabe volviéndome loco o matándome de un infarto, discúlpeme que me ponga así, me tiemblan las manos, estoy muy nervioso, no puedo explicar lo que pasó, un paquete por correo y adentro sólo tres dedos humanos, amputados limpiamente, una broma macabra que me trae recuerdos, pero esos recuerdos nada tienen que ver con Alba, mi nieta ni siquiera había nacido entonces, sin duda yo tengo muchos enemigos, todos los políticos tenemos enemigos, no sería raro que hubiera un anormal dispuesto a fregarme enviándome dedos por correo justamente en el momento en que estoy desesperado por la detención de Alba, para ponerme ideas atroces en la cabeza, que si no fuera porque estoy en el límite de mis fuerzas, después de haber agotado todos los recursos, no hubiera venido a molestarla a usted, por favor, Tránsito, en nombre de nuestra vieja amistad, apiádese de mí, soy un pobre viejo destrozado, apiádese y busque a mi nieta Alba antes que me la terminen de mandar en pedacitos por correo, sollocé.

Tránsito Soto ha llegado a tener la posición que tiene, entre otras

cosas, porque sabe pagar sus deudas. Supongo que usó el conocimiento del lado más secreto de los hombres que están en el poder, para devolverme los cincuenta pesos que una vez le presté. Dos días después me llamó por teléfono.

—Soy Tránsito Soto, patrón. Cumplí su encargo —dijo.

EPÍLOGO

Anoche murió mi abuelo. No murió como un perro, como él temía, sino apaciblemente en mis brazos, confundiéndome con Clara y a ratos con Rosa, sin dolor, sin angustia, consciente y sereno, más lúcido que nunca y feliz. Ahora está tendido en el velero del agua mansa, sonriente y tranquilo, mientras yo escribo sobre la mesa de madera rubia que era de mi abuela. He abierto las cortinas de seda azul, para que entre la mañana y alegre este cuarto. En la jaula antigua, junto a la ventana, hay un canario nuevo cantando y al centro de la pieza me miran los ojos de vidrio de Barrabás. Mi abuelo me contó que Clara se había desmayado el día que él, por darle un gusto, colocó de alfombra la piel del animal. Nos reímos hasta las lágrimas y decidimos ir a buscar al sótano los despojos del pobre Barrabás, soberbio en su indefinible constitución biológica, a pesar del transcurso del tiempo y al abandono, y ponerlo en el mismo lugar donde medio siglo antes lo puso mi abuelo en homenaje a la mujer que más amó en su vida.
—Vamos a dejarlo aquí, que es donde siempre debió estar —dijo.
Llegué a la casa una brillante mañana invernal en un carretón tirado por un caballo flaco. La calle, con su doble fila de castaños centenarios y sus mansiones señoriales, parecía un escenario inapropiado para ese vehículo modesto, pero cuando se detuvo frente a la casa de mi abuelo, encajaba muy bien con el estilo. La gran casa de la esquina estaba más triste y vieja de lo que yo podía recordar, absurda con sus excentricidades arquitectónicas y sus pretensiones de estilo francés,

con la fachada cubierta de hiedra apestada. El jardín era un desparrame de maleza y casi todos los postigos colgaban de los goznes. El portón estaba abierto, como siempre. Toqué el timbre y después de un rato, sentí unas alpargatas que se aproximaban y una empleada desconocida me abrió la puerta. Me miró sin conocerme y yo sentí en la nariz el maravilloso olor a madera y a encierro de la casa donde nací. Se me llenaron los ojos de lágrimas. Corrí a la biblioteca, presintiendo que el abuelo estaría esperándome donde siempre se sentaba y allí estaba, encogido en su poltrona. Me sorprendió verlo tan anciano, tan minúsculo y tembloroso, guardando del pasado sólo su blanca melena leonina y su pesado bastón de plata. Nos abrazamos apretadamente por un tiempo muy largo, susurrando abuelo, Alba, Alba, abuelo, nos besamos y cuando él vio mi mano se echó a llorar y maldecir y a dar bastonazos a los muebles, como lo hacía antes, y yo me reí, porque no estaba tan viejo ni tan acabado como me pareció al principio.

Ese mismo día el abuelo quiso que nos fuéramos del país. Tenía miedo por mí. Pero yo le expliqué que no podía irme, porque lejos de esta tierra sería como los árboles que cortan para Navidad, esos pobres pinos sin raíces que duran un tiempo y después se mueren.

—No soy tonto, Alba —dijo mirándome fijamente—. La verdadera razón por que quieres quedarte es Miguel, ¿no es verdad?

Me sobresalté. Nunca le había hablado de Miguel.

—Desde que lo conocí, supe que no iba a poder sacarte de aquí, hijita —dijo con tristeza.

—¿Lo conociste? ¿Está vivo, abuelo? —lo zamarreé agarrándolo por la ropa.

—Lo estaba la semana pasada, cuando nos vimos por última vez —dijo.

Me contó que después que me detuvieron apareció una noche Miguel en la gran casa de la esquina. Estuvo a punto de darle una apoplejía de susto, pero a los pocos minutos comprendió que los dos tenían una meta en común: rescatarme. Después Miguel volvió a menudo a verlo, le hacía compañía y juntaban sus esfuerzos para buscarme. Fue Miguel quien tuvo la idea de ir a ver a Tránsito Soto, al abuelo no se le hubiera ocurrido nunca.

—Hágame caso, señor. Yo sé quien tiene el poder en este país. Mi gente está infiltrada en todas partes. Si hay alguien que puede ayudar a Alba en este momento, esa persona es Tránsito Soto —le aseguró.

—Si conseguimos sacarla de las garras de la policía política, hijo, tendrá que irse de aquí. Váyanse juntos. Puedo conseguirles salvoconductos y no les faltará dinero —ofreció el abuelo.

Pero Miguel lo miró como si fuera un viejito transtornado y pro-

cedió a explicarle que él tiene una misión que cumplir y no puede salir huyendo.

—Tuve que resignarme a la idea de que te quedarás aquí, a pesar de todo —dijo el abuelo abrazándome—. Y ahora cuéntamelo todo. Quiero saber hasta el último detalle.

De modo que se lo conté. Le dije que después que se me infectó la mano, me llevaron a una clínica secreta donde mandan a los prisioneros que no tienen interés en dejar morir. Allí me atendió un médico alto, de facciones elegantes, que parecía odiarme tanto como el coronel García y se negaba a darme calmantes. Aprovechaba cada curación para plantearme su teoría personal respecto a la forma de acabar con el comunismo en el país y, de ser posible, en el mundo. Pero aparte de eso, me dejaba en paz. Por primera vez en varias semanas tenía sábanas limpias, suficiente comida y luz natural. Me cuidaba Rojas, un enfermero, de tronco macizo y cara redonda, vestido con una bata celeste siempre sucia y provisto de una gran bondad. Me daba de comer en la boca, me contaba interminables historias de remotos partidos de fútbol disputados entre equipos que yo nunca había oído nombrar y conseguía calmantes para inyectármelos a escondidas, hasta que consiguió interrumpir mi delirio. Rojas había atendido en esa clínica a un desfile interminable de desgraciados. Había comprobado que en su mayoría no eran asesinos ni traidores a la patria, por eso tenía una buena disposición con los prisioneros. A menudo terminaba de zurcir a alguien y se lo llevaban de nuevo. «Esto es como apalear arena al mar», decía con tristeza. Supe que algunos le pidieron que los ayudara a morir y, por lo menos en un caso, creo que lo hizo. Rojas llevaba una cuenta rigurosa de los que entraban y salían y podía acordarse sin vacilar de los nombres, las fechas y las circunstancias. Me juró que nunca había oído hablar de Miguel y eso me devolvió el valor para seguir viviendo, aunque a veces caía en un negro abismo de depresión y empezaba a recitar la cantinela de que me quiero morir. Él me contó de Amanda. La detuvieron en la misma época que a mí. Cuando se la llevaron a Rojas, ya no había nada que hacer. Murió sin delatar a su hermano, cumpliendo una promesa que le hiciera mucho tiempo atrás, el día que lo llevó por primera vez a la escuela. El único consuelo es que fue mucho más rápido de lo que ellos hubieran deseado, porque su organismo estaba muy debilitado por las drogas y por la infinita desolación que le dejó la muerte de Jaime. Rojas me cuidó hasta que me bajó la fiebre, empezó a cicatrizar mi mano y a volverme la cordura, y entonces se le acabaron los pretextos para seguir reteniéndome; pero no me enviaron de vuelta a las manos de Esteban García, como yo temía. Supongo que en ese momento actuó la influencia

benéfica de la mujer del collar de perlas, a quien fuimos a visitar con el abuelo para agradecerle que me salvara la vida. Cuatro hombres fueron a buscarme de noche. Rojas me depertó, me ayudó a vestirme y me deseó suerte. Lo besé, agradecida.

—¡Adiós, chiquilla! Cámbiese el vendaje, no se lo moje y si le vuelve la fiebre, es que se le infectó otra vez —me dijo desde la puerta.

Me condujeron a una celda estrecha donde pasé el resto de la noche sentada en una silla. Al día siguiente me llevaron a un campo de concentración para mujeres. Jamás olvidaré cuando me quitaron la venda de los ojos y me encontré en un patio cuadrado y luminoso, rodeada de mujeres que cantaban para mí el Himno a la Alegría. Mi amiga Ana Díaz estaba entre ellas y corrió a abrazarme. Rápidamente me acomodaron en una litera y me dieron a conocer las reglas de la comunidad y mis responsabilidades.

—Hasta que te cures no tienes que lavar ni coser, pero tienes que cuidar a los niños —decidieron.

Yo había resistido el infierno con cierta entereza, pero cuando me sentí acompañada, me quebré. La menor palabra cariñosa me provocaba una crisis de llanto, pasaba la noche con los ojos abiertos en la oscuridad en medio de la promiscuidad de las mujeres, que se turnaban para cuidarme despiertas y no me dejaban nunca sola. Me ayudaban cuando empezaban a atormentarme los malos recuerdos o se me aparecía el coronel García sumiéndome en el terror, o Miguel se me quedaba prendido en un sollozo.

—No pienses en Miguel —me decían, insistían—. No hay que pensar en los seres queridos ni en el mundo que hay al otro lado de estos muros. Es la única manera de sobrevivir.

Ana Díaz consiguió un cuaderno escolar y me lo regaló.

—Para que escribas, a ver si sacas de adentro lo que te está pudriendo, te mejoras de una vez y cantas con nosotras y nos ayudas a coser —me dijo.

Le mostré mi mano y negué con la cabeza, pero ella me puso el lápiz en la otra y me dijo que escribiera con la izquierda. Poco a poco empecé a hacerlo. Traté de ordenar la historia que había empezado en la perrera. Mis compañeras me ayudaban cuando me faltaba la paciencia y el lápiz me temblaba en la mano. En ocasiones tiraba todo lejos, pero en seguida recogía el cuaderno y lo estiraba amorosamente, arrepentida porque no sabía cuándo podría conseguir otro. Otras veces amanecía triste y llena de presentimientos, me volteaba contra la pared y no quería hablar con nadie, pero ellas no me dejaban, me sacudían, me obligaban a trabajar, a contar cuentos a los niños. Me cambiaban el vendaje con cuidado y me ponían el papel por delante.

«Si quieres te cuento mi caso, para que lo escribas», me decían, se reían, se burlaban alegando que todos los casos eran iguales y que era mejor escribir cuentos de amor, porque eso gusta a todo el mundo. También me obligaban a comer. Repartían las porciones con estricta justicia, a cada quien según su necesidad y a mí me daban un poco más, porque decían que estaba en los huesos y así ni el hombre más necesitado se iba a fijar en mí. Me estremecía, pero Ana Díaz me recordaba que yo no era la única mujer violada y que eso, como muchas otras cosas, había que olvidarlo. Las mujeres se pasaban el día cantando a voz en cuello. Los carabineros les golpeaban la pared.

—¡Cállense, putas!

—¡Háganos callar, si pueden, cabrones, a ver si se atreven! —y seguían cantando más fuerte y ellos no entraban, porque habían aprendido que no se puede evitar lo inevitable.

Traté de escribir los pequeños acontecimientos de la sección de mujeres, que habían detenido a la hermana del Presidente, que nos quitaron los cigarrillos, que habían llegado nuevas prisioneras, que Adriana había tenido otro de sus ataques y se había abalanzado sobre sus hijos para matarlos, se los tuvimos que quitar de las manos y yo me senté con un niño en cada brazo, para contarles los cuentos mágicos de los baúles encantados del tío Marcos, hasta que se durmieron, mientras yo pensaba en los destinos de esas criaturas creciendo en aquel lugar, con su madre transtornada, cuidados por otras madres desconocidas que no habían perdido la voz para una canción de cuna, ni el gesto para un consuelo, y me preguntaba, escribía, en qué forma los hijos de Adriana podrían devolver la canción y el gesto a los hijos o los nietos de esas mismas mujeres que los arrullaban.

Estuve en el campo de concentración pocos días. Un miércoles por la tarde los carabineros fueron a buscarme. Tuve un momento de pánico, pensando que me llevarían donde Esteban García, pero mis compañeras me dijeron que si usaban uniforme, no eran de la policía política y eso me tranquilizó un poco. Les dejé mi chaleco de lana, para que lo deshicieran y tejieran algo abrigado a los niños de Adriana, y todo el dinero que tenía cuando me detuvieron y que, con la escrupulosa honestidad que tienen los militares para lo intrascendente, me habían devuelto. Me metí el cuaderno en los pantalones y las abracé a todas, una por una. Lo último que oí al salir fue el coro de mis compañeras cantando para darme ánimos, tal como hacían con todas las prisioneras que llegaban o se iban del campamento. Yo iba llorando. Allí había sido feliz.

Le conté al abuelo que me llevaron en un furgón, con los ojos vendados, durante el toque de queda. Temblaba tanto, que podía oír

castañetear mis dientes. Uno de los hombres que estaba conmigo en la parte posterior del vehículo, me puso un caramelo en la mano y me dio unas palmaditas de consuelo en el hombro.

—No se preocupe, señorita. No le va a pasar nada. La vamos a soltar y en unas horas más estará con su familia —dijo en un susurro.

Me dejaron en un basural cerca del Barrio de la Misericordia.

El mismo que me dio el dulce me ayudó a bajar.

—Cuidado con el toque de queda —me sopló al oído—. No se mueva hasta que amanezca.

Oí el motor y pensé que iban a aplastarme y después aparecería en la prensa que había muerto atropellada en un accidente del tránsito, pero el vehículo se alejó sin tocarme. Esperé un tiempo, paralizada de frío y miedo, hasta que por fin decidí quitarme la venda para ver donde me encontraba. Miré a mi alrededor. Era un sitio baldío, un descampado lleno de basura donde corrían algunas ratas entre los desperdicios. Brillaba una luna tenue que me permitió ver a lo lejos el perfil de una miserable población de cartones, calaminas y tablas. Comprendí que debía tomar en cuenta la recomendación del guardia y quedarme allí hasta que aclarara. Me habría pasado la noche en el basural, si no llega un muchachito agazapado en las sombras y me hace señas sigilosas. Como ya no tenía mucho que perder, eché a andar en su dirección, trastabillando. Al acercarme, vi su carita ansiosa. Me echó una manta en los hombros, me tomó de la mano y me condujo a la población sin decir palabra. Caminábamos agachados, evitando la calle y los pocos faroles que estaban encendidos, algunos perros alborotaron con sus ladridos, pero nadie asomó la cabeza para indagar. Cruzamos un patio de tierra donde colgaban como pendones de un alambre unas pocas ropas y entramos a un rancho destartalado, como todos los demás por allí. Adentro había un solo bombillo iluminando tristemente el interior. Me conmovió la pobreza extrema: los únicos muebles eran una mesa de pino, dos sillas toscas y una cama donde dormían varios niños amontonados. Salió a recibirme una mujer baja, de piel oscura, con las piernas cruzadas de venas y los ojos hundidos en una red de arrugas bondadosas que no conseguían darle un aspecto de vejez. Sonrió y vi que le faltaban algunos dientes. Se acercó y me acomodó la manta, con un gesto brusco y tímido que remplazó el abrazo que no se atrevió a darme.

—Voy a darle un tecito. No tengo azúcar, pero le hará bien tomar algo caliente —dijo.

Me contó que oyeron el furgón y sabían lo que significaba un vehículo circulando durante el toque de queda en esos andurriales. Esperaron hasta estar seguros que se había ido y después partió el niño a ver lo

que habían dejado. Pensaban encontrar un muerto.

—A veces vienen a tirarnos algún fusilado, para que la gente tome respeto —me explicó.

Nos quedamos conversando el resto de la noche. Era una de esas mujeres estoicas y prácticas de nuestro país, que con cada hombre que pasa por sus vidas tienen un hijo y además recogen en su hogar a los niños que otros abandonan, a los parientes más pobres y a cualquiera que necesite una madre, una hermana, una tía, mujeres que son el pilar central de muchas vidas ajenas, que crían hijos para que se vayan también y que ven partir a sus hombres sin un reproche, porque tienen otras urgencias mayores de las cuales ocuparse. Me pareció igual a tantas otras que conocí en los comedores populares, en el hospital de mi tío Jaime, en la Vicaría donde iban a indagar por sus desaparecidos, en la Morgue, donde iban a buscar a sus muertos. Le dije que había corrido mucho riesgo al ayudarme y ella sonrió. Entonces supe que el coronel García y otros como él tienen sus días contados, porque no han podido destruir el espíritu de esas mujeres.

En la mañana me acompañó donde un compadre que tenía un carretón de flete con un caballo. Le pidió que me trajera a mi casa y así es como llegué aquí. Por el camino pude ver la ciudad en su terrible contraste, los ranchos cercados con panderetas para crear la ilusión de que no existen, el centro aglomerado y gris, y el Barrio Alto, con sus jardines ingleses, sus parques, sus rascacielos de cristal y sus infantes rubios paseando en bicicleta. Hasta los perros me parecieron felices, todo en orden, todo limpio, todo tranquilo, y aquella sólida paz de las conciencias sin memoria. Este barrio es como otro país.

El abuelo me escuchó tristemente. Se le terminaba de desmoronar un mundo que él había creído bueno.

—En vista de que nos quedaremos aquí esperando a Miguel, vamos a arreglar un poco esta casa —dijo por último.

Así lo hicimos. Al comienzo pasábamos el día en la biblioteca, inquietos pensando que podrían volver para llevarme otra vez donde García, pero después decidimos que lo peor es tenerle miedo al miedo, como decía mi tío Nicolás, y que había que ocupar la casa enteramente y empezar a hacer una vida normal. Mi abuelo contrató una empresa especializada que la recorrió desde el techo hasta el sótano pasando máquinas pulidoras, limpiando cristales, pintando y desinfectando, hasta que quedó habitable. Media docena de jardineros y un tractor acabaron con la maleza, trajeron césped enrollado como un tapiz, un invento prodigioso de los gringos, y en menos de una semana teníamos hasta abedules crecidos, había vuelto a brotar el agua de las fuentes cantarinas y otra vez se alzaban arrogantes las estatuas del

Olimpo, limpias al fin de tanta caca de paloma y de tanto olvido. Fuimos juntos a comprar pájaros para las jaulas que estaban vacías desde que mi abuela, presintiendo su muerte, les abrió las puertas. Puse flores frescas en los jarrones y fuentes con fruta sobre las mesas, como en los tiempos de los espíritus, y el aire se impregnó con su aroma. Después nos tomamos del brazo, mi abuelo y yo, y recorrimos la casa, deteniéndonos en cada lugar para recordar el pasado y saludar a los imperceptibles fantasmas de otras épocas, que a pesar de tantos altibajos, persisten en sus puestos.

Mi abuelo tuvo la idea de que escribiéramos esta historia.

—Así podrás llevarte las raíces contigo si algún día tienes que irte de aquí, hijita —dijo.

Desenterramos de los rincones secretos y olvidados los viejos álbums y tengo aquí, sobre la mesa de mi abuela, un montón de retratos: la bella Rosa junto a un columpio desteñido, mi madre y Pedro Tercero García a los cuatro años, dando maíz a las gallinas en el patio de Las Tres Marías, mi abuelo cuando era joven y medía un metro ochenta, prueba irrefutable de que se cumplió la maldición de Férula y se le fue achicando el cuerpo en la misma medida en que se le encogió el alma, mis tíos Jaime y Nicolás, uno taciturno y sombrío, gigantesco y vulnerable, y el otro enjuto y gracioso, volátil y sonriente, también la Nana y los bisabuelos del Valle, antes que se mataran en un accidente, en fin, todos menos el noble Jean de Satigny, de quien no queda ningún testimonio científico y he llegado a dudar de su existencia.

Empecé a escribir con la ayuda de mi abuelo, cuya memoria permaneció intacta hasta el último instante de sus noventa años. De su puño y letra escribió varias páginas y cuando consideró que lo había dicho todo, se acostó en la cama de Clara. Yo me senté a su lado a esperar con él y la muerte no tardó en llegarle apaciblemente, sorprendiéndolo en el sueño. Tal vez soñaba que era su mujer quien le acariciaba la mano y lo besaba en la frente, porque en los últimos días ella no lo abandonó ni un instante, lo seguía por la casa, lo espiaba por encima del hombro cuando leía en la biblioteca y se acostaba con él en la noche, con su hermosa cabeza coronada de rizos apoyada en su hombro. Al principio era un halo misterioso, pero a medida que mi abuelo fue perdiendo para siempre la rabia que lo atormentó durante toda su existencia, ella apareció tal como era en sus mejores tiempos, riéndose con todos sus dientes y alborotando a los espíritus con su vuelo fugaz. También nos ayudó a escribir y gracias a su presencia, Esteban Trueba pudo morir feliz murmurando su nombre, Clara, clarísima, clarividente.

En la perrera escribí con el pensamiento que algún día tendría al coronel García vencido ante mí y podría vengar a todos los que tienen que ser vengados. Pero ahora dudo de mi odio. En pocas semanas, desde que estoy en esta casa, parece haberse diluido, haber perdido sus nítidos contornos. Sospecho que todo lo ocurrido no es fortuito, sino que corresponde a un destino dibujado antes de mi nacimiento y Esteban García es parte de ese dibujo. Es un trazo tosco y torcido, pero ninguna pincelada es inútil. El día en que mi abuelo volteó entre los matorrales del río a su abuela, Pancha García, agregó otro eslabón en una cadena de hechos que debían cumplirse. Después el nieto de la mujer violada repite el gesto con la nieta del violador y dentro de cuarenta años, tal vez, mi nieto tumbe entre las matas del río a la suya y así, por los siglos venideros, en una historia inacabable de dolor, de sangre y de amor. En la perrera tuve la idea de que estaba armando un rompecabezas en el que cada pieza tiene una ubicación precisa. Antes de colocarlas todas, me parecía incomprensible, pero estaba segura que si lograba terminarlo, daría un sentido a cada una y el resultado sería armonioso. Cada pieza tiene una razón de ser tal como es, incluso el coronel García. En algunos momentos tengo la sensación de que esto ya lo he vivido y que he escrito estas mismas palabras, pero comprendo que no soy yo, sino otra mujer, que anotó en sus cuadernos para que yo me sirviera de ellos. Escribo, ella escribió, que la memoria es frágil y el transcurso de una vida es muy breve y sucede todo tan de prisa, que no alcanzamos a ver la relación entre los acontecimientos, no podemos medir la consecuencia de los actos, creemos en la ficción del tiempo, en el presente, el pasado y el futuro, pero puede ser también que todo ocurre simultáneamente, como decían las tres hermanas Mora, que eran capaces de ver en el espacio los espíritus de todas las épocas. Por eso mi abuela Clara escribía en sus cuadernos, para ver las cosas en su dimensión real y para burlar a la mala memoria. Y ahora yo busco mi odio y no puedo encontrarlo. Siento que se apaga en la medida en que me explico la existencia del coronel García y de otros como él, que comprendo a mi abuelo y me entero de las cosas a través de los cuadernos de Clara, las cartas de mi madre, los libros de administración de Las Tres Marías y tantos otros documentos que ahora están sobre la mesa al alcance de la mano. Me será muy difícil vengar a todos los que tienen que ser vengados, porque mi venganza no sería más que otra parte del mismo rito inexorable. Quiero pensar que mi oficio es la vida y que mi misión no es prolongar el odio, sino sólo llenar estas páginas mientras espero el regreso de Miguel, mientras entierro a mi abuelo que ahora descansa a mi lado en este cuarto, mientras aguardo que lleguen tiempos mejores, gestando a la criatura que

tengo en el vientre, hija de tantas violaciones, o tal vez hija de Miguel, pero sobre todo hija mía.

Mi abuela escribió durante cincuenta años en sus cuadernos de anotar la vida. Escamoteados por algunos espíritus cómplices, se salvaron milagrosamente de la pira infame donde perecieron tantos otros papeles de la familia. Los tengo aquí, a mis pies, atados con cintas de colores, separados por acontecimientos y no por orden cronológico, tal como ella los dejó antes de irse. Clara los escribió para que me sirvieran ahora para rescatar las cosas del pasado y sobrevivir a mi propio espanto. El primero es un cuaderno escolar de veinte hojas, escrito con una delicada caligrafía infantil. Comienza así, «Barrabás llegó a la familia por vía marítima...».

ÍNDICE

Este libro se imprimió en los talleres
de Printer Industria Gráfica, sa
Sant Vicenç dels Horts
Barcelona